Droemer
Knaur®

Charles King

Mama's Boy

Roman

Aus dem Amerikanischen von
Georgia Sommerfeld

Droemer Knaur

Titel der Originalausgabe: Mama's Boy
Originalverlag: Pocket Books, New York

Die Deutsche Bibliothek - CIP-Einheitsaufnahme

King, Charles:
Mama's Boy: Roman / Charles King.
Aus dem Amerikanischen von Georgia Sommerfeld.-
München: Droemer Knaur, 1992
ISBN 3-426-19305-1

Dieses Buch wurde auf chlor- und säurefreiem Papier gedruckt.
Die Folie des Schutzumschlags sowie die
Einschweißfolie sind PE-Folien und biologisch abbaubar.

Umschlaggestaltung: Agentur Zero, München
Satzarbeiten: Compusatz GmbH, München
Druck und Bindearbeiten: Mohndruck, Gütersloh
Printed in Germany
ISBN 3-426-19305-1

2 4 5 3

Erstes Kapitel

Zur gleichen Zeit, als die Familie Harrow im ersten Stock ihres Hauses in Skokie, Illinois, vor der offenstehenden Wäschekammer auf dem Fußboden herumalberte, stieg nicht weit entfernt der Mann, der sie umbringen würde, auf dem Chicagoer O'Hare Airport aus einer soeben gelandeten Maschine.

Mit schnellen Schritten, doch ohne Hast durchquerte er die bevölkerte Ankunftshalle: Glattrasiert, im eleganten dunklen Anzug, den unvermeidlichen Trenchcoat des typisch amerikanischen Geschäftsmannes über dem Arm -- ein Jedermann, dessen Aussehen sich niemandem einprägte.

Als er an einem Abfalleimer vorbeikam, warf er unauffällig die beiden Taschenbücher hinein, die er während des Fluges gelesen hatte. Eines war in Hebräisch gedruckt, das andere in Arabisch – beides Übersetzungen desselben Buches: Jane Austens *Stolz und Vorurteil*.

Er betrat die Herrentoilette und schloß sich in einer Kabine ein. Jetzt brauchte er nicht mehr zu verbergen, daß er es eilig hatte. Schnell zog er sich bis auf die Unterwäsche aus, öffnete den Reißverschluß seiner Reisetasche und holte schmuddelige Jeans, eine abgetragene Bomberjacke und eine graugesträhnte blonde Perücke heraus. Dann stellte er einen Schminkspiegel auf den Toilettenpapierspender und machte sich mit Routine verratender Präzision an die Arbeit: Innerhalb von fünf Minuten verwandelte er sich in einen alternden Hippie – inklusive eines schütteren Schnurrbarts.

Als er fertig war, schnitt er seinem Spiegelbild eine Grimasse. Verkleidungen hatten etwas Lächerliches – und das Lächerlichste daran war ihre Überzeugungskraft. Was immer die Leute auch behaupten mögen – sie haben kein Interesse an Fremden. Sie mustern sie flüchtig, ordnen sie automatisch einer bestimmten Kategorie zu und haben sie auch schon wieder vergessen. Es ist wirklich bestürzend, wie leicht man sie hinters Licht führen kann.

Der Mann faltete seinen Anzug zusammen und stopfte ihn in die Tasche, die er kurz darauf in einem Schließfach auf dem Flughafengelände deponierte.

In seiner Brieftasche steckten ein Führerschein und die Kreditkarten eines Mannes, der nicht existierte – aber es waren nicht einfach gefälschte Papiere: Sie basierten auf einer echten Geburtsurkunde.

Die Frau am Schalter der Autovermietung wünschte ihm »einen schönen Aufenthalt«. Er nickte lächelnd.

»Es wird ein Huhn!« sagte Roger Harrow und warf ein paar Striche auf eine Zeichentafel. »Schaut her: Es wird wirklich ein...« Er brach in schallendes Gelächter aus. Seine Frau hatte die Angewohnheit, beim Lachen die Luft einzuziehen, und jetzt erstickte sie fast. Der fünfjährige Alexander quietschte vor Vergnügen. Sogar Jill, die sonst sehr stille Neunjährige, kicherte hemmungslos. Sie saßen vor der offenen Wäschekammer im Flur der ersten Etage.

Seit zehn Minuten versuchten sie es jetzt schon – und allmählich wurden sie überdreht.

»Vielleicht hat er Angst, weil wir alle hier sind«, meinte Jill. Einen Augenblick lang war sie ernst, doch dann begann sie wieder zu kichern.

»Probier es noch ein letztes Mal«, sagte Mandy.

»Noch einmal mit Gefühl«, grinste Roger. Er ging auf Hände und Knie, seine offene Strickjacke streifte den Boden. »Winston!« krähte er. »Winston Churchill...«

Er kroch in die Wäschekammer, Zeichentafel und Filzstift ausgestreckt. »Erinnerst du dich an Squiggle? Weißt du noch, wieviel Spaß du hattest, als Onkel Jake hier war und Squiggle mit dir gespielt hat? Möchtest du jetzt nicht auch gerne Squiggle spielen?«

Ganz hinten in der Kammer, unter dem tiefsten Regalbrett, hinter einer Zedernholzkommode, kauerte ein kleiner farbiger Junge. Er kniete auf seiner Matratze – sie war sein Bett. Neben ihm stand sein einziges Spielzeug – eine englische Polizistenpuppe. Er nahm Roger die Zeichentafel und den Stift aus der Hand, behielt beides einen Augenblick und gab es dann zurück.

»Zwecklos«, konstatierte Roger. Er kroch rückwärts aus der Kammer und richtete sich auf. Der Spaß – soweit man es als solchen bezeichnen konnte – war plötzlich vorbei.

»Wie hat Jake ihn denn zum Spielen gebracht?« fragte Mandy. »Vielleicht sollten wir ihn anrufen und fragen.«

»Meinst du, das würde uns helfen? Jake kann so gut mit Kindern, weil er selbst wie ein Kind ist.« Er hielt inne: Seine Frustration machte ihn unfair. »Er hat eine besondere Begabung in dieser Hinsicht. Ich habe die nicht.« Es schmerzte Roger, das zuzugeben. Er war nicht nur Vater, er war auch Lehrer an der örtlichen Schule – ein Mann, der die Erziehung von Kindern zu seiner Lebensaufgabe gemacht hatte. Jake, sein jüngster Bruder, hatte keine Kinder. Er arbeitete als Cop in New York und verbrachte seine Zeit damit, Räuber und Gendarm zu spielen, anstatt einer ernsthaften Tätigkeit nachzugehen. Aber trotzdem hatte er Anspruch auf eine gerechte Beurteilung, und deshalb zwang Roger sich, sie ihm auch zuteil werden zu lassen.

Als sie sah, wie unglücklich er war, nahm Mandy ihn in die Arme. »Es braucht eben Zeit«, tröstete sie ihn.

»Ja. Wir werden zu dem Jungen durchdringen – schon bald«, antwortete er mit einer Zuversicht, die er nicht empfand. Es ging jetzt schon seit zwei Monaten so. Wann würde der Durchbruch kommen? Er schob seine Zweifel beiseite. Wenn sie freundlich genug waren – gut genug –, dann würde Winston schon auftauen.

Gut sein – das war Rogers und Mandys wichtigstes Lebens-

ziel. Roger hatte eine hochbezahlte Stellung bei einer großen Chicagoer Wohlfahrtseinrichtung aufgegeben, um seinen Kindern mehr Zeit widmen zu können. Mandy war aktives Mitglied der örtlichen »Grünen« und tat alles, um Mutter Erde zu retten. Sie sammelte Unterschriften, klebte Plakate und hielt flammende Reden – mit enttäuschendem Ergebnis. Manchmal schien es, als sei sie die Grüne Partei von Skokie. Aber es genügte nicht, für abstrakte Begriffe wie Frieden, Ökologie und Recht zu kämpfen – man mußte der Welt gleichzeitig auch ein Kind erhalten.
Dieses Kind war Winston. Sie hatten ihn adoptiert. Nicht, daß sie nicht selbst noch Kinder hätten bekommen können – sie planten es sogar –, aber es war ihnen wichtig, einem Kind aus der Dritten Welt ein Heim zu geben.
Doch Winston blockte ab. Er war in einer winzigen, baufälligen Hütte auf der karibischen Insel Trinidad geboren worden – an einem grünen Hang, auf halbem Weg zur Sonne. Man hatte ihn in den Norden verschleppt – von einer lieblosen Pflegestelle zur anderen geschoben. Und jetzt war er in einem Haus gelandet, in dem ständig lächelnde, großzügige Menschen ihm entweder Essen aufzwangen oder mit ihm spielen wollten. Es war zuviel für ihn – und aus Protest hatte er aufgehört zu sprechen. Er saß ganz hinten in der Wäschekammer, aß, was man ihm brachte, und schoß nur aus seiner sicheren Höhle, um auf die Toilette zu gehen.
Obwohl Alexander »fast gleich alt war – sie könnten sehr gut Brüder sein«, kam Winston nie heraus, um mit ihm zu spielen. Er würde nie ein »echtes Familienmitglied« werden. Ein anderes Paar hätte ihn aus der Kammer gezerrt, ihn gezwungen, mit am Tisch zu essen und in dem bequemen Bett zu schlafen, das für ihn bereitstand. Nicht so Roger und Mandy: Ihrer Überzeugung nach gab es niemals eine Rechtfertigung für Gewalt – besonders nicht bei Kindern. Wie die Dritte Welt selbst vertraten sie die Ansicht, daß Winston das Recht hatte, seine Entwicklung selbst zu bestimmen.
»Ich will Squiggle spielen!« rief Alexander und riß Roger

ungestüm die Zeichentafel aus der Hand. Andere Väter hätten sich das vielleicht nicht bieten lassen, aber er lächelte nur: Er begrüßte jedes Anzeichen von Durchsetzungsvermögen bei seinen Kindern. Und er spielte gern mit ihnen.
Als wolle er Winston damit seine Überlegenheit zeigen, machte Alexander sich eifrig daran, mehrere parallele Kurven zu zeichnen, die er ganz offensichtlich als unlösbares Rätsel betrachtete. Dann hielt er seinem Vater triumphierend sein Werk hin: »Mach was draus!«
Roger betrachtete es und stöhnte theatralisch: »Zu schwierig!«
»Ausgetrickst! Ausgetrickst!« jubelte Alexander.
»Oh – warte mal!« In Windeseile verwandelte Roger die Linien in den Federschmuck eines Indianerhäuptlings.
»Aber das nächste schaffst du nicht!« versprach Alexander, seine Enttäuschung sofort wegsteckend.

Der Mann, der gekommen war, um die Harrows zu töten, fuhr gemächlich über Nebenstraßen mit Frostaufbrüchen auf sein Ziel zu. Es war ein warmer Donnerstagnachmittag Mitte April. Der Himmel leuchtete in wolkenlosem Blau, die Hekken schimmerten im ersten Grün. Manche Bäume waren noch kahl, aber die meisten schmückte bereits zartes Blattwerk. Es hing über der flachen Landschaft wie ein grüner Schleier.
Der Mann hielt beim Postamt von Skokie und holte ein großes, in braunes Papier eingewickeltes Paket von der Aufbewahrung ab: Es war an den falschen Namen in seinem Ausweis geschickt worden. Obwohl er Rechtshänder war, zeichnete er die Empfangsbestätigung mit der Linken ab – mit einem sorgfältig geübten Gekrakel, das keine Ähnlichkeit mit seiner echten Unterschrift hatte.

Das Haus der Harrows stammte noch aus den Zeiten vor dem Bürgerkrieg und hatte zeitweise als U-Bahn-Station gedient. Im Gegensatz zu den modernen Nachbarhäusern lag seine

Front zur Straße hin. Die Küche befand sich im rückwärtigen Teil, das Wohnzimmer ging nach vorn hinaus. Wenn Lastwagen vorbeifuhren, übertönte ihr Motorenlärm den Fernseher. Ursprünglich hatte es eine Veranda gehabt, aber sie war schließlich so verrottet gewesen, daß Roger sie im Jahr zuvor weggerissen und aus Hohlziegeln drei Stufen zum Eingang hinauf gebaut hatte. Er hatte auch das Dach erneuert, aber das Haus sah trotzdem noch immer schäbig aus.

Auf drei Seiten gab es Nachbarn, aber die Grundstücke im Norden waren noch unbebaut. Das Gebiet war in den späten zwanziger Jahren zur Aufteilung freigegeben worden, doch beim Ausbruch der Wirtschaftskrise hatte man das Projekt fallenlassen. Zwischen den braunen Resten letztjährigen Unkrauts konnte man noch die verrosteten Hydranten und gesprungenen Bürgersteige sehen.

Spät an jenem Nachmittag fuhr der Mörder langsam die alte Lastwagenstraße entlang, vorbei an dem am Rande des Grundstücks an einen Baumstumpf genagelten verbeulten Briefkasten, auf den mit schwarzer Farbe der Name HARROW gemalt war, und hielt etwa eine halbe Meile nördlich auf einem Sandweg hinter einer Baumreihe an. Es war kein idealer Platz – auf der anderen Straßenseite standen zwei Häuser, von denen aus man ihn sehen konnte –, aber über das brachliegende Aufteilungsgelände hatte er ungehinderte Sicht auf das Haus der Harrows.

Im schrägen Licht der sinkenden Sonne sah er Glas aufblitzen: Die Nachbarn benutzten den Platz als Müllhalde. Scheußlich. Manche Menschen hatten eben keine Achtung vor dem Gesetz.

Er öffnete das Paket, das er von der Post abgeholt hatte. Darin waren zwei Stahlkassetten.

Die erste enthielt eine elektronische Ausrüstung: ein Gerät mit Wählscheiben und Knöpfen, das er mittels eines Magneten unter dem Armaturenbrett anbrachte; einen Gegenstand, der aussah wie ein Spielzeuggewehr und den er an die Sonnenblende hängte; einen drahtlosen Kopfhörer, der einen

Empfänger, einen Verstärker, einen Lautsprecher und eine eingebaute Stromquelle enthielt: Das Ding verschwand in seinem Ohr. Alles zusammen stellte ein Laser-Abhörgerät dar, das es ihm ermöglichen würde, die eine halbe Meile entfernten Stimmen der Harrows zu hören, indem er selbst schwächste Vibrationen von den Fenstern ablas. Der Laserstrahl war infrarot – dadurch würden verräterische Lichtflecken auf den Scheiben vermieden.

Die zweite Kassette verstaute er unter dem Fahrersitz. Dann kurbelte er das Fenster herunter, brachte das Abhörgerät in Position und schaltete es ein. Die Maschine war ein wahres Wunder: Sie konnte die menschliche Stimme mit unfehlbarer Genauigkeit aus den umgebenden Geräuschen herausfiltern. Der Laserstrahl war noch das geringste daran. Das Herz des Geräts bildete ein Computer, der die Schwingungen von jeder Art Holz kannte, Kupfer von Aluminium unterscheiden konnte, Gips von Fasergipsplatten und – allein durch den Klang – eine Villa von einer Hütte und stabile Bausubstanz von bröckelndem Mauerwerk. In Mikrosekunden konstruierte es ein Modell des Zielobjekts, bis hin zu den Ritzen unter den Türen, den Unregelmäßigkeiten des Kellerbodens, der Anzahl der Löffel in der Küchenschublade, und zeichnete die Melodie des Hauses auf, seine Baßnoten, Tremolos und Falsette. Jetzt wußte die Maschine, wie das Haus im Wind ächzte, knackste, wenn es sich erwärmte oder auskühlte und erbebte, wenn Lastwagen vorbeidonnerten. Jedes unvorhergesehene Geräusch wurde durch Equalizer, Frequenz- und Formantfilter von Tonstudioqualität beseitigt. Das Haus wurde gleichsam transparent.

Gleich nachdem er eingeschaltet hatte, mußte der Lauscher die Lautstärke drosseln: Die Harrows aßen zu Abend. Sie schwatzten und lachten – und sie sangen sogar. Nichts hatte sich geändert: Roger war immer noch der König der Spaßvögel, machte aus allem ein Spiel: Jetzt zerdrücken wir alle auf Kommando unsere Kartoffeln... mal sehen, wer als erster mit seinen Erbsen fertig ist...

Offenbar vergnügten sie sich köstlich.
Die Fenster des alten Hauses zitterten wie Membranen – ein Leckerbissen für den gebündelten Lichtstrahl: Der Mann im Auto hörte alles so genau, als säße er mit am Tisch.
Irgendwann sagte Roger zu Alexander: »Komm jetzt – iß deine Venus auf.« Der Mann nickte: Er wußte, daß »Venus« die Abkürzung für »Venus Fliegenfalle« war – das Familienwort für Salat. Die Harrows benutzten also immer noch ihre komplizierte Geheimsprache. Kartoffeln hießen »Wolken«, Gemüse waren »Krokodile«, »Löwen«, »Känguruhs« – alle Arten wilder Tiere. Einen Augenblick stutzte er, als Roger seiner Frau ein Kompliment über die zarten »Stahlgürtelreifen« machte. Doch dann fiel es ihm ein: »Reifen« war das Wort für Fleisch. »Stahlgürtelreifen« war eine neue Variante. Nun ja – alle Sprachen entwickelten sich weiter und veränderten sich – wer wußte das besser als er?
Die Dämmerung brach herein, Lichter flammten in den Häusern jenseits der anderen Straßenseite und südlich von den Harrows auf.
Ein Lastwagen rumpelte vorbei, ließ die Fenster erzittern, wodurch der Laserstrahl unvermittelt auf Hochtouren arbeitete. Ein automatischer, digitaler Audioprozessor in dem Kasten unter dem Armaturenbrett würgte den plötzlichen Lärm ab und rettete damit das Trommelfell des Lauschers.
Ein Mann kam in Sicht: Er führte seinen Hund auf dem Brachland Gassi – so erfüllten die alten Hydranten schließlich doch noch einen Zweck. Der Fremde rutschte auf dem Sitz nach unten, bis sein Kopf unter Fensterhöhe war, aber der Spaziergänger kam gar nicht in seine Nähe.
Nach dem Abendessen spielte die Familie Up Jenkins – ein Spiel, bei dem man erraten muß, in welcher Hand der Spielleiter eine Münze hält. Der kleine Alexander war besonders gut darin – und jedesmal, wenn er gewann, quietschte er durchdringend, und die Nadel an dem Gerät unter dem Armaturenbrett schlug heftig aus.
Der Mann wurde zusehends ungeduldiger.

Nein. Noch nicht. Warte, bis alles schläft.

Er hatte die Bomberjacke in einem Secondhandladen am West Broadway in New York gekauft – sie stank nach abgestandenem Rauch. Er fand den Geruch widerlich: Er rauchte nicht. Sein falscher Bart juckte, doch er widerstand der Versuchung, ihn abzureißen: Bis zu seinem letzten Kostümwechsel waren es noch viele Stunden. Er verschränkte die Arme und versuchte sich zu entspannen – ein Dinnergast, der zu früh gekommen war.

Obwohl es in New York City eine Stunde später war, befand sich Rogers Bruder Jake noch im Dienst. An diesem Abend hatte er die Aufgabe, über den Ankauf von Kokain im Wert einer Viertelmillion Dollar zu verhandeln.

Das Ambiente entsprach ganz und gar nicht der beeindrukkenden Dimension der Transaktion: Die Unterredung fand in einem leerstehenden Gebäude im Clinton-Areal von Manhattan statt. Ein paar Blocks weiter ließen sich Yuppies in exklusiven vegetarischen Restaurants Tofu-Burger schmekken und diskutierten über die Zukunft des Weizens und den gemeinsamen Markt. Hier bestand der Boden aus festgetretener Erde. Die fehlende Rückwand gab den Blick auf einen eingezäunten Hof frei, in dem sich Ziegel- und Glasscherben türmten. In einem alten Eisenfaß kämpfte ein Feuer gegen die Nachtkälte. Über einem ramponierten Spieltisch baumelte eine fünfundzwanziger Glühbirne. Fünf Männer sahen zu, als Jake Harrow wie ein Kind, das mit seinem Chemiekasten experimentiert, kleine Mengen weißen Pulvers in eine Reihe von Reagenzgläsern schüttete, die in einem Holzgestell standen. Einer von ihnen war Jakes Partner in diesem Geschäft, ein massiger Mann, der sich Marchiselli nannte. Der Verkäufer war ein hochgeachteter Drogenhändler, Noble Tang, von dem es hieß, er habe Verbindungen zu höchsten Kreisen. Neben ihm standen bewegungslos ein junger Farbiger namens Ice mit kahlrasiertem Schädel und elegantem Anzug und ein Weißer mit wachsamen Augen: Rocca. Ein drahtiger junger Lateinamerikaner mit dem Spitznamen Bumpus hüpfte herum wie ein Teufelsjäger am vierten Juli. Jake beobachtete mit zusammengekniffenen Augen, wie das Pulver in der öligen Flüssigkeit abwärts sank – wie winzige weiße Flocken in einer Schneekugel.

Rocca zog Tang zum Feuer und flüsterte ihm etwas ins Ohr. Jake spürte, daß etwas verteufelt schieflief.

»Bist du sicher?« fragte Tang. Unheilvolle Worte unter den gegebenen Umständen.

»Ja, ja« – Rocca war sicher.

»Problem!« sagte Tang laut.

Bevor er noch bei dem »r« des Wortes »Problem« angekommen war, hatten Bumpus und Ice schon ihre Waffen im Anschlag – Designermodelle, äußerst schick. Mein Gott, dachte Jake – wie lange ist es her, daß ich in diesem Geschäft jemanden mit einem einfachen, altmodischen Revolver gesehen habe? Er blickte auf, sorgsam darauf bedacht, keine abrupten Bewegungen zu machen.

»Hände hinter den Kopf«, befahl Tang. »Beide. So ist's recht.«

Jake gab sich Mühe, verwirrt zu klingen. »Was ist denn los, Gentlemen?«

Aber Rocca zeigte mit seinem knochigen Finger nicht auf ihn, sondern auf seinen Partner. »Dein Name ist nicht Marchiselli!«

Die Temperatur sank auf den absoluten Nullpunkt. Jake hatte das Gefühl, als sauge ihm irgend etwas alle Luft aus den Lungen.

»Wie ist er denn dann, Arschloch?« fragte der Angegriffene. Brillant!

»Du heißt Gatto und bist ein Bulle.«

»Ist doch Schwachsinn. Wir sind hier, um ein Geschäft zu machen.«

Roccas Lider flatterten. »Du warst auf der Christ the King School in Queens. Du spieltest rechter Verteidiger im Footballteam. Und dein Alter war ein Bulle. Du erzähltest allen, du würdest später auch mal ein Cop. Und das bist du auch geworden. Alle in der Nachbarschaft wußten das.«

»Ich sehe einem ähnlich, den Sie auf der High-School kannten, Mister? Na ja, kann vorkommen.«
»Ich war zwei Klassen unter dir. Ich erinnere mich an dich. Dein Vorname ist Matteo oder so ähnlich. Dein Spitzname war ›Fleischklops‹. Fleischklops Gatto.«
»He, Tang – der Bursche ist übergeschnappt. Sie werden doch nicht...«
»Maul halten«, unterbrach Tang ihn grob. »Abstreiten genügt nicht. Sie sollten mir lieber beweisen, daß Sie nicht von der Polizei sind – und zwar in einer Weise, die mich zufriedenstellt. Ansonsten haben Sie mit ernsten Konsequenzen zu rechnen.«
Jake starrte auf die Läufe der Maschinenpistolen. Ice' Waffe schwankte keinen Millimeter – als sei sie auf ein Stativ montiert. Bumpus wedelte ungeduldig damit herum. Diese Kerle würden Gatto und ihn durchlöchern, sobald einer von ihnen beiden auch nur hustete.
Er grinste. »Okay – ihr habt uns erwischt. Wir sind beide Cops.«
»He – bist du irre?« brüllte Gatto.
»Was soll's?« antwortete Jake. »Das Spiel ist aus. Wir können sie nicht mehr täuschen.«
»Ich danke Ihnen für Ihre Aufrichtigkeit«, sagte Tang. »Aber ich fürchte, ich kann Ihnen dafür keine Vergünstigungen gewähren. Die Lage ist ernst.«
»Sie ist noch viel ernster, als Sie denken«, erklärte Jake fröhlich. »Ich habe ein Mikro dabei.«
Gatto riß die Augen auf. Er starrte Jake ungläubig an. Sogar Tang blickte verblüfft drein. Doch er faßte sich sehr schnell, wandte sich an die beiden jungen Männer mit den Maschinenpistolen und sagte: »Gebt mir dreißig Sekunden, um zu verschwinden – dann legt sie um. Rocca – räum hier auf.« Er ging auf die Treppe zu, die zum Parterre hinaufführte.
Jake pfiff ihm nach wie einem Hund. »He, Arschloch – Sie können uns nicht umbringen lassen.«
Tang hielt inne: Jakes Enthüllungen hatten ihn offenbar

genügend nervös gemacht, um ihn zum Zuhören zu veranlassen. »Und warum nicht?«
»Weil sich zehn Blocks von hier ein großes Tonband dreht wie ein Karussell und jedes Ihrer Worte aufzeichnet.«
»Du kannst uns nicht für dumm verkaufen!« schrie Rocca.
»Halt den Mund«, schnauzte Tang, ohne Jake aus den Augen zu lassen.
Der grinste. »Wenn wir nicht in ein paar Minuten aus diesem Gebäude kommen – Ihr Befehl, uns zu beseitigen, ist auf dem Band.«
»Na und?« meinte Tang wegwerfend. »Irgendeine Stimme auf einem Tonband.«
»Ihre. Wir haben Ihr Stimmbild.«
»Ist vor Gericht als Beweismittel nicht zulässig.«
»Hören Sie mit dem juristischen Quatsch auf. Vergessen Sie das. Wir sind Cops – und Polizistenmord macht manche meiner Kollegen ausgesprochen wütend.«
»Denken Sie, Sie können mich einschüchtern?«
»Aber nicht doch – ich stelle nur Tatsachen fest.«
»Ein Risiko, das ich eingehen muß.«
»Warum? Es ist doch gar nichts vorgefallen.«
»Sie wollten kaufen.«
»Wir sprachen über ein Geschäft. Das tun täglich Millionen. Aber der Handel sollte zu einem anderen Zeitpunkt und an einem anderen Ort abgewickelt werden. Es ist kein Rauschgift hier – na ja, eine kleine Testmenge, aber einen Mann Ihres Formats würden wir deswegen nicht hochgehen lassen. Und es ist auch kein Geld hier – nicht im tatsächlichen Sinn. Alle notwendigen Voraussetzungen für einen Geschäftsabschluß fehlen. Wir haben uns nur zu einem kleinen Plausch getroffen.«
»Und das heißt?«
»Sie sind stocksauer auf uns. Es ist nicht nett, Noble Tang reinzulegen. Sie würden uns liebend gern wegpusten lassen – aber Sie sind nicht durch Unbesonnenheit an die Spitze gekommen. Denken Sie nach. Sie hatten Glück. Sie haben

uns früh enttarnt – bevor irgend etwas Entscheidendes passierte. Warum wollen Sie aus einem schwachen Kopfschmerz eine Migräne machen? Möchten Sie wirklich 32000 Polizisten auf den Fersen haben?«

»Sie meinen, ich soll Sie einfach so gehen lassen?«

»Wir gehen, Sie gehen – alle gehen.«

Tang überlegte. »Schön und gut«, sagte er schließlich, »aber vielleicht haben Sie in Wirklichkeit ja gar kein Mikrofon.«

»Wollen Sie's sehen?«

»Behalten Sie bitte die Hände oben. Rocca – sieh nach.«

Vorsichtig näherte Rocca sich Jake. Bumpus tänzelte beiseite, um weiterhin freies Schußfeld zu haben. Ice stand regungslos da – ihn kümmerte nicht, was mit Rocca geschah. Der zitterte sichtbar: Es behagte ihm ganz und gar nicht, in der Schußlinie zu stehen.

»Wo?« fragte er Jake.

»In der Unterhose.«

»Was?«

»Ja – wirklich.«

»Faß ihm zwischen die Beine, Rocca«, befahl Tang. »Wenn er für einen dummen Witz sterben will, dann ist das seine Sache.«

Mit abgewandtem Gesicht legte Rocca die flache Hand auf Jakes Hosenschlitz.

»O Darling – ich gebe dir zwanzig Minuten, um damit aufzuhören«, flötete Jake.

Rocca klopfte hierhin und dorthin, immer in der Hoffnung, die richtige Stelle zu treffen.

Jake sagte laut: »Falls wir erschossen werden sollten – die Täter sind: erstens Hector Colon, Spitzname Bumpus...«

Bumpus begann zu schlottern. Seine Zähne schlugen klappernd aufeinander, und Schweiß lief ihm über das Gesicht.

»Ich blas' dir deinen verfluchten Schädel runter, Mann!«

»...ein männlicher Lateinamerikaner, einsfünfundsiebzig, kleiner Schnurrbart, Muttermal über dem linken Auge...«, fuhr Jake unbeirrt fort.

Die Mündung von Bumpus' Waffe kam hoch und richtete sich auf ihr Ziel – wie ein Penis im entscheidenden Augenblick.

»Fleischklops« Gatto konnte sich vor Angst kaum noch auf den Beinen halten. »Jake – halt deine verdammte Schnauze!« schrie er.

Roccas Hand verhielt plötzlich regungslos an einer Stelle auf Jakes Reißverschluß.

»Du bist auf Sendung, Rocca – sing uns doch was vor. Kennst du *Volare*?«

Rocca richtete sich abrupt auf. »Es ist da! Es ist da! Der Kerl hat tatsächlich so 'n Ding.«

»Nimm's mir ab«, forderte Jake ihn auf. »Zeig's deinem Boß.«

»Das genügt«, entschied Tang. »Verschwinden wir. Los.«

Ein paar Minuten später stiegen Jake und Gatto wieder in ihren Zivilwagen. Jake mußte das Steuer übernehmen – Gattos Hände zitterten zu sehr.

Als er losfuhr, rief Gatto: »Was zum Teufel treibst du eigentlich? Wann hast du das Mikro bekommen? Warum hast du mir nichts gesagt? Ich bin dein Partner, verdammt noch mal!«

Jake hatte Mühe, ernst zu bleiben. »Ach komm schon, Fleischklops – das hätte doch den ganzen Spaß verdorben. Hast du nichts übrig für kleine Überraschungen? Sie sind es doch, die unserer Ehe die Würze geben.«

»So was kannst du nicht machen. Ich gehe zu Captain Cowen.«

»Du warst derjenige, der erkannt wurde – schon vergessen? Warum hast du dich nicht mit mir beraten, bevor du mit Rocca auf die High-School gingst? Du weißt doch, wie ich mich sorge, wenn du in schlechter Gesellschaft herumhängst.«

»Du Arsch! Es ist mir scheißegal, ob du mir das Leben gerettet hast! Ich werde eine formelle Beschwerde einreichen. Ich mach' dich fertig!«

Jake brach in schallendes Gelächter aus und schlug mit der

Faust auf das Lenkrad. »Ich hab's geschafft! Ich hab's geschafft! Das ist phantastisch. Lieber Gott – ich danke dir! Danke für diesen Abend!«
»Was ist denn so komisch?«
»Ich habe gar kein Mikro!«
»Mach mich nicht wahnsinnig – ich kann keine weiteren Scherze mehr verkraften.«
»Als Rocca mich abtastete – was, glaubst du, hat er da gespürt?«
»Wenn du mir jetzt erzählen willst, daß du einen Ständer hattest ...«
»Eine Waffe.«
»An *der* Stelle trägst du eine Waffe?«
»Da faßt bei einer Durchsuchung normalerweise keiner hin. Ist den Leuten peinlich – und außerdem würden die meisten Burschen dort sowieso keine Pistole hinstecken – sie hätten viel zuviel Angst, sich ihr bestes Stück wegzupusten.«
»Aber Rocca hat dich eine Ewigkeit untersucht. Wie konnte er eine Pistole für ein Mikrofon halten?«
»Wie fühlt sich so ein Gerät denn an – durch zwei Lagen Stoff? Es gibt die verschiedensten Modelle. Ich hatte ihn dazu gebracht, nach einem Mikrofon zu suchen, und deshalb dachte er an gar nichts anderes. Außerdem hatte er Angst und genierte sich – und da ertastete er plötzlich ein Metallobjekt – an *dieser* Stelle! Bingo! Ein Mikro!«
»Und es ist wirklich keins da? Aber du hast Rocca doch sogar aufgefordert, es dir abzunehmen und Tang zu zeigen.«
»Na ja – ich mußte die Show doch durchziehen.«
»Und wenn Rocca deiner Einladung gefolgt wäre?«
»Ich hätte die Waffe gezogen und ihn als Schild benutzt.«
»Als ob die sich um Rocca geschissen hätten!«
»Ein Glück, daß ich es nicht darauf ankommen lassen mußte, was?«
»Du hättest nie eine Chance gehabt mit deinem Spielzeug gegen zwei Mack 10er.«
»He – ich hab' uns rausgepaukt, oder?«

Gatto starrte auf den beleuchteten Springbrunnen am Columbus Circle. »Warum mußtest du Bumpus so reizen? Der Junge war derart in Panik, daß er kurz davor war, uns alle umzulegen – Tang eingeschlossen.«
»Ja, schon – aber es war gut, Mann. Es war der richtige Moment dafür. Konntest du das nicht fühlen? Ich flog – ich konnte gar keinen Fehler machen.«
»Deine verdammte große Klappe wird dich noch mal umbringen«, brüllte Gatto wutentbrannt.
»Auf mich gerichtete Maschinenpistolen machen mich immer irgendwie gesprächig – wie eine belebende Tasse englischer Tee.«
Die Lichter der *Tavern of The Green* glitten rechts an ihnen vorbei. Gatto studierte Jakes Gesicht in der plötzlichen Helligkeit, als sähe er es zum erstenmal. »Ist dir schon jemals der Gedanke gekommen, daß du dich vielleicht ein bißchen zu gut amüsierst?«
Jake zog hörbar die Luft durch die Nase ein. »He, ›Fleischklops‹ – ich rieche was. Hast du vielleicht in die Hose geschissen?«

Jakes Bruder und seine Frau Mandy brachten die Kinder ins Bett, lasen noch eine Weile und gingen dann nach oben.
Obwohl er auch gut genug gehört hätte, wenn der Laserstrahl auf dem Parterrefenster geblieben wäre, machte der lauschende Killer sich die Mühe, ihn auf das Schlafzimmer auszurichten. Zärtliches Geflüster, kleine Lustschreie – gedämpft, damit die Kinder nichts mitbekämen. Es kostete den Mann ungeheure Beherrschung, nicht jetzt gleich hinüberzugehen.
Ein Zeitlang später hörte man nur noch Atmen – und ein schwaches Knarren und Knacksen von Balken und Dielen: Das alte Haus ächzte auch, wenn kein Wind wehte.
Freunde sagten oft, Roger und Mandy lebten »in ständiger Umarmung«. Sie waren engumschlungen eingeschlafen und entfernten sich nur langsam voneinander, unbewußt darauf achtend, den anderen nicht zu stören.

Hoch oben wanderte der gelbe Mond eine Stunde weiter. Es war die Zeit der kurzen Träume, die nicht erinnerbar sind, des Tiefschlafs, in dem niemand auf Gefahr achtet. Aus dem Parterre kamen schwache Geräusche: ein Klicken, ein dumpfer Schlag und dann leise Schritte – als käme der Nikolaus.

Zweites Kapitel

HILFE! NEIN! BITTE NICHT! HILFE!

Sie versuchte zu schreien, aber es kam kein Ton heraus. Der Mann senkte sich auf sie nieder, seine große Hand hielt ihr Mund und Nase zu. Warum half Jake ihr nicht? Wo war Jake?

Nach Luft ringend, fuhr Sally Harrow aus ihrem Alptraum auf.

Die Morgensonne fiel durch das Schlafzimmerfenster des kleinen Hauses in Queens. Jake lag neben ihr. Er schlief fest, aber sein breiter Rücken erschien ihr wie eine Mauer, die sie gegen eine Welt schützte, die voller Sittenstrolche war.

Sein bloßer Anblick beruhigte sie augenblicklich. Sie dankte Gott für Jake. Er machte es ihr möglich, ein normales Leben zu führen. Wenn sie außerhalb der unmittelbaren Nachbarschaft etwas zu erledigen hatte, fuhr er sie hin. Er verlangte nie, daß sie selbst führe, brachte sie nie in Verlegenheit. Er hielt ihr fremde Menschen vom Leib, fand immer eine Ausrede für sie. Und was das schönste war – sie mußte ihn nie bitten: Er hatte ein Radar – er wußte es einfach.

Sallys Ängste hatten zwei Jahre zuvor begonnen, als sie noch in Princeton studierte.

Eines Abends war sie mit einem Footballspieler der Princeton University in Manhattan aus gewesen – einem Riesen namens Bo. Niemand sagte nein zu Bo – nicht seine Kinderfrau, nicht seine Mutter, und auch sein Tutor nicht. Bos Vorstellung von einem gelungenen Fest bestand darin, in einer Suite des *Plaza* eine Party zu schmeißen und dort die Toilette mit bloßen Händen aus dem Boden zu reißen.

Er war der Überzeugung, daß es seine Attraktivität verstär-

ke, wenn er betrunken war – und am Ende jenes Abends war er so »attraktiv«, daß er auf der Straße die Abfallkübel umstieß und vorbeifahrenden Autos Schimpfworte nachbrüllte.
Keiner der Fahrer hielt, um ihn sich vorzunehmen: Bo war einszweiundneunzig groß und wog zweihundertfünfundzwanzig Pfund – ohne ein Gramm Fett am Körper! Er hatte Beine wie Baumstämme, durch Steroide wie aufgeblasen, und seine Smokinghosen saßen so eng wie Jeans.
Sally machte sich keine Gedanken: Bo sah zwar gefährlich aus, aber er war nur ein großer, übermütiger Junge. Die Leute liebten es, Bo Geschichten zu erzählen – Bo liebte es, Bo Geschichten zu erzählen.
Er hatte seinen Wagen auf einem Parkplatz westlich vom Theater District abgestellt. Als sie seinen BMW erreichten, beschloß Bo, seine Begleiterin in den vollen Genuß seiner Männlichkeit kommen zu lassen.
Er warf sie auf den Sitz und schob seine Pranke unter ihr Kleid. Einen Augenblick war Sally wie erstarrt – sie konnte es nicht fassen: Bo war ein Spaßvogel – und Spaßvögel vergewaltigen niemanden! Sie preßte die Beine zusammen. Er ballte seine Hand zu einer melonengroßen Faust und schlug Sally ins Gesicht.
Sterne tanzten vor ihren Augen, sie schmeckte Blut und spürte, wie ihre Beine auseinandergedrängt wurden. Sie war so hilflos wie ein Kalb im Schlachthaus. Bos Bizepse waren dicker als ihre Oberschenkel. Sie fühlte seine Hand, hörte ihr Höschen reißen, und dann stieß etwas gegen ihre Scheide. Sein Penis bohrte sich wie ein glühender Feuerhaken in sie. Der Parkplatz war nur spärlich beleuchtet, und sie befanden sich ganz am Ende des Areals. Es war niemand in der Nähe – sinnlos, zu schreien.
Aber sie mußte trotzdem geschrien haben, denn Jake hörte sie. Er war nicht auf Patrouille – sein Wagen stand nur zufällig auf demselben Parkplatz. Er trug keine Uniform, kein Abzeichen – er war außer Dienst, kam von einer Verab-

redung. Sally sah sein Gesicht durch die Windschutzscheibe: Der schwache Lichtschein hinter ihm ließ seine Haare wie einen Heiligenschein schimmern – ein Engel war gekommen, sie zu retten!

Jake tippte Bo auf die Schulter. »Schau jetzt nicht hin«, sagte er, »aber ich glaube, dein Hosenschlitz ist offen.«

Bo brüllte wie ein wütender Stier und kam rückwärts aus dem Auto. Sein großer rosa Penis wabbelte, als er ihn in seine Hose zurückstopfte. Und dann wandte er sich Jake zu, um ihn für die Unterbrechung seines Vergnügens zu strafen. Riesig und drohend wie ein Grizzly, ragte er vor seinem Widersacher auf.

Und dann plötzlich war alles vorüber. Sie sah nicht, was Jake tat – und Bo sah es auch nicht. Jedenfalls lag er unversehens flach auf dem Asphalt, spuckte sein Abendessen aus und brauchte dringend einen Kieferchirurgen.

Diese Prügel waren die einzige Strafe, die Bo bekam. Drähte wurden gezogen, Geld wechselte den Besitzer: Princeton mußte seinen Ruf wahren! Sallys Vater war Professor August Payden, auf dem Campus als »Popsy« bekannt. Die Universitätsleitung trat an Popsy heran. Popsy trat an seine Tochter heran – und sie zog die Klage zurück. Bo ließ sich sogar zu einer Art Entschuldigung herab: »Tut mir leid, daß ich dein Höschen zerrissen habe – hahaha.« Eine jugendliche Entgleisung, würde nicht wieder vorkommen, niemand war zu Schaden gekommen.

Zuerst schien es wirklich so, als sei kein Schaden angerichtet worden: Sally hatte Bo verziehen, Sally ging es gut.

Nicht, daß man nicht versucht hätte, ihr zu helfen. Unablässig kamen Anrufe mit Informationen und Vorschlägen. Wie jede andere akademische Einrichtung hatte auch Princeton mehr Vergewaltigungs-Krisenzentren und Beratungsstellen für Betroffene als Cafés und Waschsalons. Aber Sally sagte, sie habe Besseres zu tun, als mit einem Haufen gestörter Teenager herumzusitzen und in ihr Bier zu weinen. Nan Payden, ihre Mutter, gab ihr recht: In ihrer Familie war es üblich, Probleme zu lösen, indem man die Ärmel hochkrempelte und zur Tagesordnung überging. Einige von Nans Freundinnen schlugen eine Psychotherapie vor. Popsy war außer sich über diesen Vorschlag: Als Philosoph konnte er beweisen, daß Freuds Theorien schwere logische Mängel aufwiesen. Außerdem würde er den Teufel tun und sein hartverdientes Geld einem Kurpfuscher in den Rachen werfen! Das einzig richtige war, die ganze Sache zu vergessen. Doch Sally stellte überrascht fest, daß das nicht so einfach war.

Sie begann sich Vorwürfe zu machen, weil sie überhaupt mit Bo ausgegangen war. Sie hatte genau gewußt, daß er gewalttätig wurde, wenn er betrunken war. Warum hatte sie sich diesem Risiko ausgesetzt?

Dann begann sich eine unbestimmte Furcht in ihrer Seele einzunisten, wie Feuchtigkeit in einem Keller. Alpträume kamen. Nacht für Nacht wachte sie auf – nach Luft ringend, um nach Hilfe rufen zu können.

Sie erzählte ihrer Mutter davon, die ihr erklärte, sie solle sich nicht so haben. Was verspreche sie sich davon, immer wieder in diesem Vorfall herumzustochern? Kurz gesagt – sie wurde dafür getadelt, daß sie sich »in etwas hineinsteigerte, das man nun wirklich ruhen lassen sollte«. Sally fühlte sich allein gelassen und verzweifelt. Sie ging nicht mehr aus. Männer ängstigten sie. Busfahrer, Schalterbeamte – jeder Mann, den sie nicht kannte. Fremde auf der Straße. Sogar in Princeton. Wenn ein Spaßvogel wie Bo ihr das hatte antun können – vor wem war sie dann sicher?

Nur einer konnte sie beschützen: der Polizist, der sie gerettet hatte. Er wurde zu einer fixen Idee. Seine Erscheinung hatte sich unauslöschlich in ihr Gedächtnis eingebrannt. Sie brauchte nur die Augen zu schließen, um ihn vor sich zu sehen: das Gesicht hinter der Windschutzscheibe, das ihr die Rettung brachte. Es war nicht nur das, *was* er getan hatte, sondern auch *wie* er es getan hatte. »Schau jetzt nicht hin, aber ich glaube, dein Hosenschlitz ist offen«, hatte er zu Bo gesagt. Diese Lässigkeit. Allein der Gedanke an ihn erregte sie. Sie konnte es selbst nicht glauben: Ein Polizist, ein Bulle, war der aufregendste Mann, den sie je kennengelernt hatte! Sie konnte nichts dagegen tun – der Bursche machte sie heiß. Sie rief ihn an, bat ihn um ein Treffen. Zuerst lehnte er ab – aus Zorn darüber, daß sie Bo nicht vor Gericht gebracht hatte. Sie ließ nicht locker, rief ihn jeden Abend an, trieb sich beim Revier herum, stellte ihn sogar in Gegenwart des diensthabenden Sergeant.

Jake war ein unbeschwerter Single, lebte in einem Apartment in Manhattan – mit schwarzen Möbeln, einer Küchenmaschine und einer groben Wolldecke von einer Umzugsfirma als Bettüberwurf. Er hielt Sally für eines der üblichen Cop-Groupies, die darauf scharf waren, ihm das Blut vom Handschuh zu lecken und einen Ritt auf seinem Schlagstock zu machen – eine überspannte Tochter aus reichem Haus, die ein bißchen Abenteuerluft schnuppern wollte, bevor sie einen seriösen Anwalt zum Mann nahm.

Er knallte den Hörer auf, schnauzte sie an, befahl ihr, zu verschwinden – aber sie kam immer wieder, als hätte sie eine Sprungfeder in sich.

Und schließlich schaffte sie es tatsächlich, ihn zu einem Besuch im Haus ihrer Eltern in Princeton zu überreden – an einem Wochenende, als das Ehepaar Payden verreist war. Sobald sie die Haustür hinter sich geschlossen hatten, stürzte sie sich auf ihn wie ein ausgehungerter Leopard, bedeckte stöhnend sein Gesicht mit Küssen und machte sich an seiner Hose zu schaffen – doch sie erwischte die falsche Seite und landete bei seiner Pistole.

»Mmmm – so hart«, murmelte sie an seinem Mund.

»Das ist noch gar nichts.« Er schob ihre Hand an die richtige Stelle.

Sie stieß einen kleinen Schrei aus und wich zurück.

»Du hast zwei... zwei...!«

»Warte nur, bis du das Kondom siehst!« sagte er und brach in schallendes Gelächter aus.

Dann zeigte er ihr die Waffe und erklärte ihr, daß es eine Zweiundzwanziger sei, und sie fand sie hübsch, und sie lachten, und dann fielen sie sich in die Arme und begannen einander auszuziehen. Er warf die Pistole auf das Sofa, und als er sich gerade das Unterhemd über den Kopf zog, nahm sie die Waffe, zielte damit auf die Wand und tat so, als ziehe sie den Abzug durch – etwas zu *weit*!
Peng!
Das Geräusch jenseits der Wand verhieß nichts Gutes. Jake fluchte, und dann liefen sie beide splitternackt in die Küche hinüber: Die Kugel hatte die Wand durchschlagen, die Küche durchquert und war in einen Hängeschrank eingedrungen. Sally wandte das Gesicht ab. Jake wagte einen Blick hinter die Tür: Alles, was er sah, war ein Haufen winziger Scherben.
»Sieht mir aus wie das Sonntagsgeschirr deiner Mutter.«
»Nicht das de Spode! Um Himmels willen, bloß das nicht! Das überlebt sie nicht! Es hat ihrer Mutter gehört – und der Mutter ihrer Mutter! Es ist seit Karl dem Großen im Familienbesitz! Ist es schlimm beschädigt?«
Jake nickte düster. »Explodiert, könnte man sagen.«
Sie begann zu lachen. Er begann zu lachen. Sie konnten nicht mehr aufhören. Und bums! fielen sie übereinander her, und auch damit konnten sie nicht mehr aufhören – sie liebten sich in jedem Zimmer des Hauses, das ganze Wochenende lang –, so besessen voneinander, daß sie sich nicht einmal die Zeit nahmen, die chinesischen und italienischen Mahlzeiten zu essen, die sie sich kommen ließen, so unersättlich, daß sie sich sogar beim Duschen ineinander verkeilten.
Drei Wochen später legalisierten sie ihre Leidenschaft.
Popsy, der Philosoph, ein Mann mit ehernen Grundsätzen und Verfasser einer flammenden Schrift zum Thema Ethik, war außer sich vor Wut, daß seine Tochter »unter ihrem Stand« heiratete – einen windigen Polizisten!
Sally war so angewidert von seiner Überheblichkeit, daß sie dem akademischen Leben den Rücken kehrte: Entgegen Jakes Rat verließ sie Princeton – im letzten Semester. Sie habe

ihn, sagte sie – und mehr brauche sie nicht. Außerdem würde sie Schriftstellerin werden, und als solche benötige sie keinen Universitätsabschluß. Habe sie nicht den Solent Prize für eine ihrer Kurzgeschichten bekommen – die höchste aller literarischen Auszeichnungen, die Princeton zu vergeben hatte? Als Schriftstellerin könne sie zu Hause bleiben und trotzdem Karriere machen.

Jake würde ihr das Material liefern. Er war eine wahre Fundgrube, was heitere, bizarre und erschütternde Geschichten betraf. Er war eine lebende Legende, ein echter »Mr. Kaltschnäuzig« – jeder Polizist im Revier erzählte Jake-Harrow-Anekdoten. He! Da hatte sie doch schon einen Titel: *Kaltschnäuzig*. Sie würde die Geschichten literarisch aufarbeiten, sie in Szene setzen, die sozialen und moralischen Aspekte herausarbeiten – wie Dostojewskij, der aus einem billigen Zeitungsartikel über einen Mord sein *Schuld und Sühne* gemacht hatte. Sie würde ihren Helden »Detective Rascol« nennen – nach Raskolnikow, Dostojewskijs tragischem Helden. Der war zwar der Mörder und nicht der Polizist – aber was machte das?

Sie kauften sich ein kleines Haus in Queens – mehr konnte Jake sich mit seinem Gehalt nicht leisten. Es hätte fünfmal in Popsys stattlicher Villa Platz gehabt, in der sie aufgewachsen war, aber sie liebte es gerade, weil es klein, überschaubar, unauffällig war – und sicher! Ein Haus wie Millionen andere – ein Haus, in dem man untertauchen konnte.

Denn Sally hatte ihre Furcht nicht überwunden – vor allem die wilde, ungebärdige Stadt, in der Jake sich so unbekümmert bewegte, versetzte sie in Angst und Schrecken.

Sie konnte sich kaum dazu überwinden, sich in die unmittelbare Nachbarschaft zu wagen, obwohl sie wußte, daß hier keine Gefahren lauerten. Das gute alte Queens war ein »Spießerviertel«: Polizisten wohnten hier, Beamte und Lehrer. Es gab keine großartigen Bauvorhaben, keine Wolkenkratzer, nur Einfamilienhäuser – hübsche kleine Hühnerställe mit asphaltierten Zufahrten, kurzgeschorenen Rasen-

flächen und Kunststoffschwimmbecken im eingezäunten Hinterhof: die Sparversion des amerikanischen Traums.
Sie hatte mit der Inneneinrichtung jegliche Erinnerung an sexuelle Brutalität verdrängt. Aber letzte Nacht war dennoch ein Sittenstrolch eingedrungen – in ihr gemütliches Schlafzimmer mit den gelbgestrichenen Wänden, der Spitzendecke auf dem Frisiertisch und dem blumengemusterten Bettüberwurf: Die Erinnerung läßt sich nicht durch Chintzvorhänge aussperren.
Mmmm! Die Erinnerung läßt sich nicht durch Chintzvorhänge aussperren – kein schlechter Satz. Wo ist mein Notizblock?

»Hab' ich dir schon erzählt – gestern kam wieder ein Ablehnungsschreiben für *Kaltschnäuzig*. Ein Formbrief. Sie schlagen mir vor, mir einen Agenten zu nehmen«, sagte Sally.
Jake war in Uniform: Man würde ihm heute eine Medaille verleihen. Auch Sally war für die Zeremonie angezogen: Ihr leichtes Sommerkleid verbarg und enthüllte gleichermaßen ihre hochstehenden Apfelbrüste und die langen, wohlgeformten Beine. Es fiel Jake schwer, sich angesichts dessen auf sein Rührei-und-Tomaten-Frühstück zu konzentrieren. »Laß dich nicht entmutigen, Schatz. Solche Dinge brauchen eben ihre Zeit.«
»Die Verleger sehen sich nur das an, was von Agenten kommt, und die Agenten vertreten nur bekannte Autoren, eine Katze, die sich in den Schwanz beißt.«
Jake trank einen Schluck Kaffee. »Vielleicht entspricht der Artikel in dem Schriftstellermagazin ja der Wahrheit: ›Niemand traut Neulingen genug zu, um ihnen nur aufgrund von ein paar Kapiteln und einem Exposé einen Vertrag zu geben.‹ Wahrscheinlich mußt du das Buch erst ganz fertigschreiben.«
»Aber das dauert noch ein Jahr – und dann stelle ich womöglich fest, daß es niemanden interessiert.«
»Vorsicht, Mädel – immerhin sprichst du hier über mein Leben!«

»Es tut mir wirklich weh, einen Monat zu warten und dann zu erkennen, daß sie nicht mal gelesen haben, was man ihnen geschickt hat.«
Jake ging zum Herd und schaufelte eine zweite Portion Eier aus der Pfanne auf seinen Teller. »He – hör zu, was gestern abend passiert ist: Das ist bisher das Tollste.«
Und er erzählte ihr von seinem kleinen Abenteuer mit Noble Tang. Sie hing mit großen Augen an seinen Lippen. Mein Gott, hatte er ein Glück: Die meisten Polizistenfrauen wollten von diesen Dingen gar nichts wissen – und Sally schrieb sogar ein Buch darüber!
»Dann bin ich also nicht die einzige, die du mit deinem Spielzeug reingelegt hast. Trägst du die Waffe jetzt auch?«
»Aber doch nicht zu einer Ordensverleihung!«
»Ich wette doch! Ich wette, du gehst nie ohne sie aus dem Haus!«
Er stand auf. »Es gibt nur eine Möglichkeit, das herauszufinden.«
Sally preßte ihren weichen, jungen Körper an den seinen und bewegte forschend ihr Becken. »Mmmm – fühlt sich eher an wie eine fünfundvierziger Magnum.«
»O Scheiße! Das hatte ich ja ganz vergessen: Ich darf heute nicht zu spät kommen – Captain Cowen will, daß ich in seinem Wagen mitfahre.«
Sie küßte ihn und streichelte seine Wange. »Daran hättest du denken sollen, bevor du mich zu diesem Test verführtest, Honigtiger.«
»Du hast recht«, nickte er. »Zur Hölle mit Cowen. Soviel Zeit muß sein.«

Drittes Kapitel

»Sie haben *was* gesagt? Hören Sie auf! Ich halte das nicht aus! Gatto – sagen Sie mir, daß er mich verarscht!«

Captain Douglas Cowen wischte sich mit dem Ärmel die Tränen ab: Jake erzählte ihm gerade von dem Treffen mit Noble Tang, und er war vor Lachen schon ganz außer Atem.

»Es hört sich jetzt viel komischer an, als es war«, erwiderte Gatto säuerlich.

»Du hast eben keinen Sinn für Humor«, sagte Jake.

Wieder schüttelte Cowen sich vor Vergnügen.

Die drei Männer saßen im Fond eines Straßenkreuzers, der auf das Stadtzentrum zusteuerte.

»Los! Los!« rief Cowen dem Fahrer zu. »Schalten Sie das Blaulicht ein! Werfen Sie die Sirene an! Wir können den Bürgermeister schließlich nicht warten lassen!«

Bei der New Yorker Polizei ist nur einmal im Jahr Medaillenverleihung.

Jake wurde jetzt zum drittenmal in drei aufeinanderfolgenden Jahren für seine Tüchtigkeit ausgezeichnet.

Er hatte eine ganze Schublade voll anderer Auszeichnungen – Plaketten von der Centurion Society und New York's Finest Foundation –, aber dies war eine aufwendige Zeremonie, militärisch aufgezogen, auf der Terrasse des Präsidiums, bei der Medaillen verliehen wurden, keine Plaketten, und der Bürgermeister und der Polizeipräsident Reden hielten.

Und das Fernsehen würde dasein! Das erklärte das strahlende Lächeln auf Captain Cowens Gesicht: Er sah sich als PR-Mann – und Jake Harrows Medaille war eine hervorragende Werbung für das Revier!

Captain Cowen liebte sein Revier wie eine Rakete ihre Startrampe. Er strebte eine politische Karriere an und hatte sogar seine Frau nach diesem Gesichtspunkt ausgesucht. Seine Erscheinung kam seinen Plänen entgegen: Er war hochgewachsen und sah auf eine verdrießliche Weise gut aus – Warner Brothers hätten ihn als Idealbesetzung für eine entsprechende Rolle betrachtet.
Gatto fühlte sich miserabel: Er bekam keine Medaille – er würde der Feier nur beiwohnen, weil er Jakes neuer Partner war. Er fand es gräßlich, hier hinten zwischen Cowen und Harrow eingeklemmt zu sein – als fünftes Rad am Wagen. Seine riesigen Hände schwitzten sich durch seine Hosenbeine. Harrow redete wie ein Wasserfall. Der Kerl kann mit jedem quatschen, dachte Gatto – sogar mit einer Schlange wie Cowen.
Gatto haßte Cowen. Dieser arrogante Hund mit seiner hochgestochenen Frau, seinen italienischen Anzügen und dem Messerschnitt war anders als alle anderen Polizisten, die er bisher kennengelernt hatte. Er war ein Politiker – in der Art, wie Bezirksstaatsanwälte Politiker sind, und nicht wie ein Captain! Er war auf dem Weg nach oben – an Manhattan North vorbei, am Polizeipräsidenten vorbei. Er benutzte Menschen für seine Zwecke. Er hatte große Pläne. Jeder, der ihm in den Weg kam, wurde überrollt. Sogar seine eigenen Männer! *Besonders* seine eigenen Männer!
Gatto war erwischt worden, als er während der Dienstzeit auf einem Feldbett im Keller des Reviers gepennt hatte. Märchenhaft! Irgendwelche Intrigen waren seinem alten Partner zum Verhängnis geworden, und der Knabe hatte ihn verpfiffen. Der frühere Captain hätte ihn mit einer Verwarnung davonkommen lassen. Nicht so Cowen! Nein – Cowen hatte ihm angedroht, ihm die Marke abzunehmen, und erst nachgegeben, als Gatto sich bereit erklärte, mit dem jungen Jake Harrow zusammenzuarbeiten.
Und was noch schlimmer war – Cowen hatte immerzu ein Auge auf ihn. Er konnte nicht furzen, ohne daß es in seine

Unterlagen eingetragen wurde. Seine Karriere hing an einem seidenen Faden. Er mußte alles mitmachen, was Jake Harrow einfiel.
Und genau das war der Grund für Cowens Maßnahme gewesen: Jeder andere Partner hätte Harrow bremsen können! Soweit es Gatto betraf, war der Polizeidienst ein Beamtenjob. Altersrente lautete das Zauberwort. Und da hatte er das Pech, ausgerechnet mit einem Wyatt Earp zusammenarbeiten zu müssen, der die ganze Welt verhaften wollte!
Harrow machte vor nichts halt: Wenn jemand Pferde stahl, würde er ihn zwingen, mit ihm in ein Pferdekostüm zu steigen und dem Schurken in der Scheune aufzulauern! Keine Frage, wer das Hinterteil des Gauls würde spielen müssen!

Das New Yorker Polizeipräsidium kauert hinter dem Rathaus – eingezwängt zwischen der Park Row und den Zufahrtswegen zur Brooklyn Bridge. Es sieht aus wie das Hauptgebäude einer Seifenfabrik. An einer Highwayausfahrt. In Ohio. Die Terrasse liegt hoch über sechs Verkehrsadern – ein Ort, an dem Bäume auf Gitterrosten wachsen – und wird von einer Rosenthalskulptur beherrscht, die aussieht wie überdimensionale Trommeln einer alten Thompson-Maschinenpistole.
Heute lag die Terrasse in strahlendem Sonnenschein. Der Verkehr auf der Brooklyn Bridge drang nur als schwaches Summen herüber. Der Wind spielte mit Papierfetzen und schleuderte sie in die Höhe wie die Seelen verstorbener Polizisten.
Alles hatte sich für den großen Tag feingemacht, zog den Bauch ein, stand stramm, versuchte möglichst zackig und militärisch auszusehen. Für diesen einen Tag verwandelte sich das Polizeipräsidium in ein Armeehauptquartier.
Der Präsident verkündete, daß in diesem Jahr acht Beamte ihr Einschleusen in Dealerkreise mit dem Leben bezahlt hätten – aber das sei kein Grund, die Methode zu ändern, und

er würde es auch nicht tun, denn das hieße, der Drogenmafia nachzugeben. »Wir befinden uns im Krieg – und wir werden ihn gewinnen!«
In der Rede des Bürgermeisters kamen sehr oft die Worte »Verdienste« und »Tüchtigkeit« vor. Und natürlich sagte er, diese Polizisten seien »die Besten der Besten« und auch »die Besten, die wir haben«.
Viele der Medaillen wurden postum verliehen. Witwen weinten, Kinder schnieften, Captain Cowen trug eine grimmig-ergreifende Miene zur Schau – für den Fall, daß eine Kamera auf ihn gerichtet wäre.
Um mit einem Höhepunkt abzuschließen, hoben sie sich Jakes Medaille für den Schluß auf. Er bekam sie dafür, daß er in einen Raum, in dem fünf Geiseln festgehalten wurden, eine Rauchgranate geworfen und damit ermöglicht hatte, daß das bereitstehende Team vom Dach aus durch die Fenster brechen konnte.
Cowen nahm das Mikrofon. Eine wirklich elegante Erscheinung: Einem Gerücht nach waren seine Uniformen maßgeschneidert. Irgendwie hatte er sich das Recht ergattert, die Geschichte zu erzählen. Natürlich ruinierte er sie, da er ein Heldenstück daraus machte und die Pointe unter den Tisch fallen ließ. Seinen Worten nach hatte Jake einen Fernsehapparat als Schild benutzt und sich so den Weg in den Raum erkämpft.
In Wahrheit war die Situation, wie Jake sich durchaus noch erinnerte, zu Beginn mehr als brenzlig gewesen. Die Geiselnehmer hatten den Fernseher angefordert. Er hatte ihn vier Stockwerke hochgeschleppt, mit einer Rauchgranate im linken Ärmel – in der Hoffnung, in den Raum hineinzukommen. Aber die Gangster mußten den Braten gerochen haben: Einer von ihnen kam auf den Flur heraus, um ihm den Apparat abzunehmen – ein großer, blonder Kerl, der eine Art Fotografenweste mit lauter Reißverschlüssen und Taschen trug.
Als Jake die oberste Stufe erreichte, kam der Bursche mit einer abgesägten Flinte im Anschlag auf ihn zu.

Jake würde nie das Geräusch vergessen, mit dem das Gewehr entsichert wurde: Sein Unterleib hatte sich verkrampft, als tauche er in Eiswasser. Er riß die Arme hoch und ließ den Fernseher los. Sein Gegenüber sah unwillkürlich in die Richtung, in die der schöne Sony mit der zweiunddreißiger Bildröhre flog: Holterdipolter bis zum nächstunteren Treppenabsatz. Als Jake an dem Hünen vorbeitrat, sah er, daß der Rückenteil der Weste aus Netz bestand: Kein Problem, die Granate darin einzuhaken!

»Nicht schießen!«

»Du hast den Apparat fallen lassen! Du hast den verdammten Apparat fallen lassen!«

»Mach dir keine Gedanken – es ist noch Garantie drauf.«

»Okay – Klugscheißer. Du bist grade zur Geisel geworden. Hände hinter den Kopf! Beweg dich.«

Jemand stieß Jake in die Rippen: Cowen hatte aufgehört zu reden, und Jakes Name war aufgerufen worden.

Sally beobachtete stolz, wie er zur Tribüne ging. Der Bürgermeister hängte ihm die Medaille um und schüttelte ihm die Hand. Sie dachte daran, wieviel besser sie die Geschichte in ihrem Buch beschrieben hatte als heute Captain Cowen. Und sie stellte sich vor, daß sie selbst eine Auszeichnung erhielt: den National Book Award. Sie malte es sich als eine Kreuzung zwischen dieser Zeremonie und den Academy Awards aus: Sie stand in einem langen, dekolletierten blauen Kleid auf einer Bühne und sagte: »Ich möchte meinem Mann danken, meinem Agenten und meinem Verleger – dafür, daß sie an mich geglaubt haben. Aber am meisten möchte ich einem Mann danken, der nicht an mich geglaubt hat – meinem Vater, Popsy Payden: Seine indiskutable Reaktion auf meine Heirat mit einem Polizisten hat mich dazu veranlaßt, die Universität zu verlassen und mich früher als geplant ganz aufs Schreiben zu konzentrieren. Und ich möchte auch meiner rückgratlosen Mutter danken, die ihm stets in allem bei...«

Aus dem Augenwinkel sah sie einen Mann in einem braunen

Anzug über die Terrasse laufen. Ungeachtet des feierlichen Anlasses sprang er auf die Tribüne und lief am Bürgermeister vorbei auf Jake zu.

Die Halle des Polizeipräsidiums ist ein Mittelding zwischen einer U-Bahn-Station und einem Flughafenterminal: Besucher müssen sich durchsuchen lassen, Gepäckstücke werden durchleuchtet, ein Drehgitter läßt immer nur einen Beamten passieren. Hinter diesem Gitter ragt das Standbild eines Polizisten in einer altmodischen Uniform auf, der mit einer Hand einen kleinen Jungen beschützt und in der anderen eine aufgerollte Fahne hält. Ein echter Anachronismus – Überbleibsel des alten Präsidiums und der alten Zeiten, als Polizisten noch Helden aus der Nachbarschaft waren und nicht eine Besatzungsarmee.

Der Mann im braunen Anzug sagte Jake nur, er habe einen dringenden Anruf für ihn. Er brachte ihn zu einem kleinen, abgelegenen Büro im rückwärtigen Teil des Erdgeschosses und ließ ihn allein.

Auch dieses Büro hätte zu einer Seifenfabrik gepaßt. Das Mobiliar war eine Kombination aus grauem Stoff und Stahlrohr. Auf dem Schreibtisch türmte sich ein sechzig Zentimeter hoher Berg von statistischem Material – der einzige Hinweis darauf, daß hier Polizeiarbeit geleistet wurde, bestand darin, daß die Ordner nicht die Aufschrift »Kunden« trugen, sondern »Straftäter«. Die vertikalen Sonnenjalousien ließen nur spärliches weißes Licht herein, von dem man nicht auf das Wetter draußen schließen konnte.

An einer Ecke des Schreibtisches stand ein Telefon. Der Hörer lag daneben.

Jake hob ihn ans Ohr. »Hallo?«

»Detective Harrow?« Die Stimme eines harten Mannes – mit einem weichen Unterton.

»Ja.«

»Ich bin Lieutenant Rourke. Tom Rourke. Aus Skokie, Illinois.«

»Ja?«
»Sie haben einen Bruder namens Roger?«
»Was ist mit ihm?« Jake hatte selbst schon einige solcher Anrufe getätigt: Die Nachrichten, die er hatte überbringen müssen, waren keine guten gewesen.
»Es tut mir leid, Ihnen das sagen zu müssen: Letzte Nacht hat Ihr Bruder seine Familie getötet und sich dann erschossen.«
Jake hörte zwar die Worte, hatte jedoch Mühe, ihre Bedeutung zu begreifen.
»Erschossen«, wiederholte er tonlos.
»Sie sind alle tot, Detective Harrow – die ganze Familie.«
Jake antwortete nicht. Wie gelähmt stand er da, den Hörer ans Ohr gepreßt.
»Die Schulbusfahrerin fand sie heute früh«, fuhr Rourke fort. »Da Mr. Harrow dort unterrichtet und beide Kinder diese Schule besuchen, kam es ihr merkwürdig vor, daß niemand auf ihr Hupen reagierte – also ging sie zur Hintertür und klopfte und rief. Die Nachbarin hörte es. Sie hat einen Schlüssel. Die beiden gingen ins Haus, um nachzusehen, was los war.«
Plötzlich trugen Jake seine Beine nicht mehr. Er setzte sich.
»Sie meinen, Roger hat seine Frau und seine Kinder getötet und dann Selbstmord begangen?«
»Es tut mir leid.«
Jake starrte blicklos vor sich hin. Seine Gedanken waren unscharf wie ein verwackeltes Foto. Schließlich sagte er: »Schildern Sie mir den Fall.«
»Ich kann Sie auch später noch mal anrufen, wenn Ihnen das lieber...«
»Danke – ich möchte es jetzt wissen.«
»Gut. Okay.« Rourke fing an zu lesen. »Äh – Ehefrau und Kinder mit Wäscheleinen gefesselt, mit Kopfkissenbezügen geknebelt, Tod durch Erstechen. Waffe scheint ein Steakmesser zu sein, am Tatort sichergestellt. Vater aufrecht im Sessel sitzend, Tod durch Kopfwunde. Waffe: automatische Pistole, ebenfalls sichergestellt.«

»Das kann nicht sein!« brüllte Jake plötzlich. »Es kann nicht...« Er brach ab, sammelte sich und begann erneut: »Es kann nicht Roger gewesen sein. Er hätte niemals mit einem Messer...«
»Es tut mir leid, Detective Harrow – die Tatsachen lassen keine andere Möglichkeit zu. Nach Aussage all der Leute, mit denen wir gesprochen haben, hatte seine Frau auf der ganzen Welt keinen einzigen Feind. Es waren Geld und Wertsachen im Haus – unberührt. Die Art der Kopfwunde von Roger Harrow...«
»Könnte er nicht auch gefesselt und geknebelt gewesen sein?«
»Nein, nein. Wie ich schon sagte, fanden wir ihn...«
»Nein – ich meine davor!«
»Ich kann Ihnen nicht folgen.«
»Hätte nicht jemand Roger fesseln und dann wieder losbinden können, nachdem er ihn erschossen hatte – um es wie Selbstmord aussehen zu lassen?«
»Das bezweifle ich.«
»Haben Sie nach entsprechenden Spuren auf seiner Haut gesucht?«
»Er schien mir sauber.«
»Sauber? Wir sprechen hier von einem menschlichen Wesen – nicht von einem Auto!«
»Das weiß ich – deshalb habe ich Sie angerufen.«
»Wann ist es denn passiert?«
»Wahrscheinlich irgendwann nach Mitternacht: Die ganze Familie war in Nachtwäsche.«
»Eine genauere Todeszeit haben Sie nicht?«
»Nun – es geschah jedenfalls nicht heute morgen: Sie waren schon eine Weile tot, als wir eintrafen.«
»Haben die Nachbarn denn nichts gehört?«
»Nein.«
»Niemand hat den Schuß gehört?«
»Das Haus liegt an der Straße – man kann einen Schuß leicht für die Fehlzündung eines Lastwagens halten.«

»Was für eine Waffe?«
»Eine alte achtunddreißiger Smith & Wesson Automatic.«
»Roger hat mir nie erzählt, daß er eine Waffe hatte. Er war überzeugter Pazifist.«
»Vielleicht hat er es Ihnen deshalb nicht erzählt.«
»Wann hat er sie gekauft?«
»Wahrscheinlich schon vor längerer Zeit: Es ist ein altes Modell.«
»Wahrscheinlich? Mehr wissen Sie nicht darüber?«
»Wir sahen keine Veranlassung, eine große Sache daraus zu machen.«
»Sie werden es überprüfen müssen: Ich glaube nicht, daß er eine Waffe besaß.«
»Hier ist nicht New York. Die meisten Leute in dieser Gegend haben eine Waffe im Haus – zu ihrem Schutz.« Rourkes Ton war merklich dienstlicher geworden.
»Wie hat er es gemacht – bei sich, meine ich?«
»Durch den Mund.«
»Ausgeschlossen.«
»Die sicherste Möglichkeit.«
»Ja – das stimmt«, dehnte Jake. »Für Cops. Tief in den Rachen, nicht an die Schläfe: Wir wissen, daß Kugeln von der Hirnschale abprallen können. Aber Roger wußte nichts über solche Dinge.«
Rourke ließ sich nicht beirren: »Ich sage Ihnen nicht, worüber er nachdachte – ich sage Ihnen, was wir vorgefunden haben.«
»Okay. Mit welcher Hand?« Zu einem Selbstmord wird üblicherweise die dominante Hand benutzt. Roger war Linkshänder. Jake hatte ihn damit aufgezogen, daß daher wohl auch seine linksgerichtete politische Überzeugung rühre.
Papiergeraschel: Rourke blätterte den Bericht durch.
»Die linke.«
»Oh. Und was ist mit der Spurensicherung? Haben die was gefunden, was sie sich nicht erklären können?«
»Wir sahen keinen Grund, sie zu holen.«

»Klingt, als hätten Sie keinen Grund gesehen, überhaupt etwas zu untersuchen. Wenn Sie es getan hätten, wüßten Sie, daß mein Bruder es nicht war.«
»Er war es: Er hat einen Abschiedsbrief hinterlassen.«
»Text?«
Wieder Rascheln. »›Ich kann nicht länger in einer Welt leben, in der es so viel Leid gibt.‹«
»Sind Sie sicher, daß es seine Handschrift ist?«
»Ich bin sicher.«
»Hat das ein Schriftsachverständiger festgestellt?«
»Ich habe sie mit einem Notizbuch verglichen, das er für die Schule führte: Es ist dieselbe Schrift.«
»Sie haben sie verglichen? Das beweist gar nichts! Sogar ich könnte wahrscheinlich Rogers Handschrift gut genug nachmachen, um Sie zu täuschen, wenn ich ein paar Tage zum Üben hätte. Genau aus diesem Grund haben wir Schriftsachverständige.«
»Hören Sie – ich habe Sie angerufen, um Ihnen eine schlechte Nachricht zu überbringen – nicht, um Sie um Rat zu fragen. Ich versuche, nett zu sein und Ihre Gefühle nicht zu verletzen, bis Sie den ersten Schock überwunden haben. Wenn Sie die ganze Geschichte kennen, werden Sie mir zustimmen, daß...«
»Vielleicht ist es am besten, wenn Sie mir die ganze Geschichte erzählen. Jetzt! Mir scheint nämlich, daß ihr Burschen so sicher wart, einen klaren Fall vor euch zu haben, daß ihr ihn praktisch schon zu den Akten gelegt habt.«
»Ich war da – Sie nicht. Ich habe Dinge gesehen...«
»Es ist mir scheißegal, was Sie gesehen haben. Ich will eine umfassende Untersuchung: Gerichtsmedizin, Ballistik, Spurensicherung, Nägel mit Köpfen, Rourke, kein Husch-husch-ist-eh-alles-klar-Geschluder.«
Rourke schluckte hörbar. Schließlich sagte er: »Haben Sie schon mal so einen undankbaren Anruf machen müssen, Harrow? Ich kann Ihnen sagen, es ist eine üble Sache. Manche Leute möchten einen umbringen, sie toben und fluchen

und geben einem die Schuld, aber – das ist ein ungeschriebenes Gesetz – man darf nicht einfach auflegen: Man darf einem Kummer nicht noch eine Kränkung hinzufügen. Aber wenn Sie so weitermachen, dann werde ich dieses ungeschriebene Gesetz brechen – kapiert? Und dann können Sie hier anrufen und die Angelegenheit mit dem Diensthabenden diskutieren, der nicht am Schauplatz war, sondern nur die Notizen eines anderen herunterrattert.«
»Ja, ja – schon gut.«
»Wenn Sie mehr über die näheren Umstände des Todes Ihrer Verwandten erfahren wollen, dann stellen Sie Ihre Fragen in ruhigem, höflichem Ton: Es kümmert mich nicht, wie betroffen Sie sind – ich brauche keinen neunmalklugen Stadtcop, der mich maßregelt!«
Es verging eine Weile, bis Jake fragte: »Wo waren die Leichen?«
»Alle im ersten Stock – im Elternschlafzimmer. Roger saß in einem Sessel, Amanda lag auf dem Bett, die beiden Kinder auf dem Boden.«
»Die *beiden*?«
»Jill, weiblich, neun Jahre alt. Alexander, männlich, fünf.«
»Und was ist mit Winston?«
»Sie hatten noch ein Kind?«
»Adoptiert. Einen kleinen farbigen Jungen.«
»Ich habe keinen... Halt mal.« Erneutes Rascheln. »Hier steht nichts von einem weiteren Kind.«
»Er versteckt sich. Winston versteckt sich fast immer. Ganz hinten in der Wäschekammer – gegenüber vom Elternschlafzimmer.«
Rourkes Stimme wurde plötzlich unnatürlich hoch. »Das Haus ist gründlich untersucht worden. Wir hätten ihn nicht übersehen.«
»Lieutenant Rourke«, sagte Jake mühsam beherrscht, »würden Sie so freundlich sein, sofort ein paar Mann zu Rogers Haus hinüberzuschicken. Sagen Sie ihnen, sie sollen im...«
»...ersten Stock nachsehen. In der Wäschekammer. Ja. Bleiben Sie beim Telefon. Ich fahre selbst rüber.« Er legte auf.

Jake vergrub das Gesicht in den Händen. Schließlich riß er sich zusammen und nahm den Hörer ab: Er wollte seinen Vater anrufen. Doch er blieb regungslos sitzen. In seinem Kopf wirbelten die Erinnerungen an Roger, Mandy, Jill und Alexander durcheinander. Draußen gingen die Feierlichkeiten zu Ende. Schwach klang der Applaus herüber. Jake hörte es nicht.
Das Telefon gab merkwürdige Geräusche von sich. Er hängte ein. Was hatte er gewollt? O ja – seinen Vater anrufen. Wieder nahm er den Hörer ab.
Jakes Mutter war gestorben, als er fünf Jahre alt gewesen war. Joe Harrow lebte mit seiner neuen Frau in einem Wohnwagencamp. Er hatte keinen Telefonanschluß, und es war jedesmal ein Riesentheater, wenn man ihn erreichen wollte. Jake rief bei der Campingverwaltung an. Man sagte ihm, man werde versuchen, ihn aufzutreiben und ihn zum Rückruf zu veranlassen.
Sally kam herein. Sie sah verängstigt und traurig aus: Offensichtlich hatte Mr. Brauner Anzug ihr die Neuigkeit mitgeteilt. Sie trat zu Jake und nahm ihn in die Arme.
Das Telefon klingelte: Die Leute von der Campverwaltung hatten Joe Harrow diesmal gleich aufgespürt. Jake konnte seinen Whiskyatem durch die tausend Meilen lange Leitung riechen. Der alte Mann brauchte eine Weile, bis er begriff, was geschehen war. Und dann lautete seine erste Frage: »Wer bekommt das Haus?«
»Ich weiß es nicht, Dad – kommst du zur Beerdigung?«
»Mal sehen. Ich habe wichtige Geschäfte hier unten.«
»Wiedersehen, Dad.«

Die Zeit schleppte sich dahin – Jake verlor jegliches Zeitgefühl. Endlich klingelte das Telefon.
»Harrow?«
»Haben Sie ihn gefunden?«
»Da, wo Sie sagten: in der Kammer – hinter einer Zedernholzkommode. Der weiß wirklich, wie man sich versteckt. Er

hatte sich in ein Laken gewickelt wie eine Mumie. Es ist nicht verwunderlich, daß niemand ihn bemerkt hat. Sie können uns wirklich nicht ankreiden...« Rourkes Stimme verebbte. Er hatte seltsam tonlos und geistesabwesend geklungen, als sei er mit einem ganz anderen Problem beschäftigt.

Jake mußte sich zwingen, die nächste Frage zu stellen – er war nicht sicher, ob er noch eine weitere Todesnachricht würde verkraften können. »Wie...? Ich meine... ist er...«

»Was? Am Leben? O ja. Winston geht's gut.«

Viertes Kapitel

Der Samstag war regnerisch und windig – im ganzen Mittelwesten. Am frühen Vormittag fuhr Jake über eine kleine Hügelkuppe und sah das Haus seines Bruders vor sich liegen. Es war nie dem Erscheinungsbild der übrigen Bauten angeglichen worden: ein Überbleibsel aus einer anderen Epoche, das nie an die Gebietserschließer verkauft worden war – heruntergekommen, zu nahe an der Straße, und auf der Nordseite an verwilderte Wiesen grenzend. Obwohl es nicht weit von den Nachbarn entfernt stand, wirkte es verletzlich und isoliert – wie ein alter Mann, der alleine in einem Bushäuschen wartet.

Der Frühling von Skokie hinkte dem New Yorker leicht hinterher: Der Baum im Hof, an dem eine Kinderschaukel hing, bekam gerade erst Knospen. Drei Polizeiwagen blokkierten die Einfahrt, ein Lastwagen hatte tiefe Furchen in den ungepflegten Rasen gepflügt. Ein halbes Dutzend Uniformen und Laborkittel umringten den Kaffeespender, der auf der heruntergeklappten Rückwand des Lasters stand.

Jake parkte auf der anderen Straßenseite, überquerte die Fahrbahn und setzte über das gelbe Band, das den Schauplatz des Verbrechens abschirmte. Mit seinem dünnen Polohemd war er viel zu leicht angezogen, aber er bemerkte gar nicht, wie kühl es war: Er dachte nur daran, was er im Innern des Hauses vorfinden würde.

Zwei Männer sprangen aus dem vordersten Straßenkreuzer, um ihn aufzuhalten. Sie waren beide groß, aber gewichtsmäßig bestand ein Unterschied von etwa gut fünfzig Pfund zwischen ihnen.

Der schwerere war Lieutenant Tom Rourke. Er hatte ein Gesicht, das man sich gut auf einem Plakat in einem Postamt hätte vorstellen können – mit der Aufschrift: »Wenn Sie diesen Mann sehen, unternehmen Sie keine eigenmächtigen Schritte, sondern benachrichtigen Sie sofort die nächste Polizeidienststelle.« Seine Stimme klang kratzig und wie die eines Fünfzigjährigen, aber er sah mindestens zehn Jahre jünger aus mit seinen widerspenstigen Haaren, die die Farbe weichen Teers an einem heißen Sommertag hatten. Als Jake nahe genug heran war, bemerkte er winzige Stückchen blutdurchtränkten Toilettenpapiers am Kinn seines Gegenübers. Seine Haut war zerschunden – wahrscheinlich mußte er sich zweimal am Tag rasieren, um sein finsteres Aussehen wenigstens etwas zu mildern.

Als sie sich die Hände schüttelten, fragte Jake: »Wie geht's Winston?«

Rourke runzelte unbehaglich die Augenbrauen. »Gut, gut. Sie können ihn gleich sehen, wenn wir hier fertig sind – okay? Ich möchte Ihnen Dr. Motley vorstellen – er ist der Leiter der Gerichtsmedizin.«

Motley hatte soviel Ausstrahlung wie ein toter Fisch. Er war hager, mit schmalen Lippen – ein Mann, der sein Leben damit verbrachte, Leichen zu untersuchen und sich die Hände zu waschen. Die grüne Fliege an seinem Kragen wirkte bei ihm befremdend fröhlich. Er gönnte Jake ein schwaches Proformalächeln und zog seine Hand sofort wieder zurück. Seine Haut war kühl und trocken wie die einer Schlange.

Rourke legte sichtlich Wert darauf, die Kontrolle über die Vorgänge zu haben. »Hören Sie«, sagte er energisch, »ich denke, es ist das beste, wenn wir folgendermaßen vorgehen: Zuerst mache ich Sie mit unserer ursprünglichen Rekonstruktion des Falles vertraut – und dann wird Motley Ihnen erklären, was er vorhat. Okay?«

»In Ordnung.« Jake nickte.

Rourke schlug ein kleines Spiralheft auf und starrte auf seine Notizen.

»Detective Harrow ... ich ... es ist ... ich hoffe, daß Sie verstehen, daß ich Sie gestern nur anrief, um Ihnen die nackten Tatsachen mitzuteilen. Ich habe gewisse Details zurückgehalten, weil ... nun ja, ich fand es eben richtig. Jetzt werde ich Ihnen die ganze Geschichte erzählen, aber vorher habe ich eine Frage.«

»Ja?«

»Wissen Sie, ob Ihr Bruder Drogen nahm?«

»Halt, halt! Wir wissen beide verdammt gut, daß Roger seine Familie nicht umgebracht hat – das beweist allein schon die Tatsache, daß Winston am Leben ist. Wer immer die Familie niedergemetzelt hat, wußte nichts von Winstons Existenz. Also kann es Roger nicht gewesen sein.«

»Warum beantworten Sie nicht einfach meine Frage? Hat Ihr Bruder Drogen genommen?«

»Was zum Teufel soll das? Suchen Sie immer noch eine Möglichkeit, ihm dieses Verbrechen anzuhängen? Wenn ja, dann ist diese Drogenkiste eine ziemlich billige Masche.«

»Nein – es ist viel mehr: Wir haben Grund zu der Annahme, daß, wer immer es getan hat, unter dem Einfluß von Drogen handelte – und deshalb ist es meine Pflicht, Sie zu fragen, ob Ihr Bruder welche nahm.«

»Nein – jedenfalls nicht in dem Sinn, den Sie meinen. Gelegentlich rauchte er einen Joint zu seinem Wein.« Jake fiel ein, daß Popsy Payden Roger und Mandy einmal als »versoffene Radikale« abqualifiziert hatte, und es kostete ihn Mühe, die aufsteigende Wut auf seinen Schwiegervater zu unterdrücken.

»Was heißt gelegentlich?«

»Einmal im Monat – wenn überhaupt so oft. Wenn es etwas zu feiern gab. Warum meinen Sie, daß der Täter Drogen nahm?«

Rourkes Antwort kam schleppend: »Na ja ... manchmal ist es schwer, die Auswirkungen von Drogen und abgrundtiefem Haß zu unterscheiden.«

»Vielleicht erzählen Sie mir endlich, worum es geht.«

Rourke nickte nervös. »Ich beginne mit unserer ursprünglichen Rekonstruktion – aber werden Sie nicht wütend, wenn ich Dinge über Ihren Bruder sage, die Ihnen nicht gefallen: So haben wir die Dinge gestern eben gesehen.«

Jake blickte zum Himmel. »Fangen Sie schon an.«

Rourke räusperte sich. »Okay. Nun – wir nahmen an, daß die Katastrophe irgendwann ihren Anfang nahm, als die Familie bereits im Bett war: Alle hatten ihr Nachtzeug an, als wir sie fanden. Unsere Leute setzten die Todeszeit irgendwann zwischen Mitternacht und drei Uhr Freitag früh an.«

»Sie haben nur geraten«, mischte sich Motley ein.

»Wir reimten uns zusammen, daß Ihr... Roger Harrow und seine Frau Amanda in ihrem Schlafzimmer in Streit gerieten. Er... äh... schlug sie, und natürlich schrie sie, was dazu führte, daß er sie mit einem Kopfkissenbezug knebelte und mit einer Wäscheleine fesselte. Wahrscheinlich weckte der Lärm die beiden Kinder, und sie begannen zu weinen oder zu rufen oder sonstwas. Also ging er in ihre Zimmer, fesselte und knebelte sie ebenfalls und schleppte sie ins Elternschlafzimmer – die Kopfkissenbezüge, mit denen sie geknebelt waren, stammten aus ihren eigenen Zimmern. Danach scheinen die beiden Kinder... sexuell mißbraucht worden zu sein..., und irgendwann holte er dann ein Steakmesser – wohl aus der Küche – und begann sie zu verstümmeln.«

»Okay – hören Sie auf«, sagte Jake. Er drehte sich um und entfernte sich ein paar Meter.

Die drei Männer standen schweigend in der dunstigen Morgenluft. Einer aus der Gruppe bei der Ladeklappe erzählte einen Witz. Wie Funken von einem aufflammenden Feuer stob das Gelächter auf und erstarb.

Schließlich fragte Jake, ohne sich umzudrehen: »Wie sind sie verstümmelt worden?«

»Er stach immer wieder auf sie ein. Am ganzen Körper.«

»Auf Jill und Alexander?«

»Auch auf Amanda. Als alle drei tot waren, setzte er sich in einen Sessel, schrieb seinen Abschiedsbrief und erschoß sich.« Rourke klappte sein Notizheft zu, erleichtert, diesen Teil hinter sich zu haben.

»Erzählen Sie ihm den Rest«, forderte Motley ihn auf.
Rourke seufzte. »Er... wer immer es getan hat... bevor er ihnen die Kehle durchschnitt, nahm sich die... er zerschnitt ihre Gesichter.«
»Ihre Gesichter.«
»Ich habe noch nie etwas Ähnliches gesehen«, gestand Motley.
»Es gibt nichts Charakteristisches an diesen Wunden – außer, daß jede mit einem ziemlich tiefen Stich beginnt. Es sind so viele, und sie liegen so dicht beieinander, daß man sie unmöglich zählen kann. Ich würde sagen, er tat es in einem Anfall von Tobsucht. Sehen Sie es sich selbst an.« Er hielt Jake einige Polaroidfotos hin.
»Das ist der Grund, warum ich nach Drogen gefragt habe«, erklärte Rourke.
Jake betrachtete die Bilder, und obwohl er sich bemühte, seine Mimik unter Kontrolle zu halten, sah man deutlich, wie es in ihm arbeitete. »Sie hatten wegen *meines Bruders* gefragt – ob *er* Drogen genommen habe. Roger hat das hier nicht getan! Was zur Hölle wollen Sie beweisen?«
Rourke legte ihm seine schwere Hand auf die Schulter. »Nicht aufregen, Harrow, okay? Wir müssen den Kerl erst noch kriegen.«
»Wenn es ein Außenstehender getan hat«, sagte Motley, »dann müßten wir Spuren finden. Irgend jemand muß doch versucht haben, sich zu wehren – vielleicht ist es Roger oder Amanda gelungen, ihm eine Schnittwunde beizubringen oder mit einem Gegenstand auf ihn einzuschlagen, der eine blutende Verletzung verursachte, vielleicht hat eines der Kinder ihn gebissen... Mein Team und ich werden seine wahrscheinlichen Wege nachvollziehen und nach vereinzelten Blutspuren suchen – und natürlich auch nach Haaren und Fasern. Möglicherweise hat er sich gewaschen, bevor er verschwand. Wir werden die Waschbecken abkratzen, die Abflußrohre abschrauben und Abdrücke von den Griffen der Toilettenspülung nehmen: Sogar der vorsichtigste Mann

zieht zum Pinkeln die Handschuhe aus und betätigt dann gewohnheitsmäßig die Spülung, bevor er sie wieder anzieht. Die Wertsachen haben wir gestern sichergestellt – und natürlich das Steakmesser: Selbst wenn er Handschuhe trug, haben wir vielleicht Glück und können mit dem Laser einen Fingerabdruck ausmachen. Und dann folgt die Laboruntersuchung der Opfer. Wenn eines von ihnen unseren Freund auch nur gekratzt hat, bekommen wir genug unter dem Fingernagel heraus, um die Blutgruppe des Täters feststellen zu können – und damit könnten wir möglicherweise Ihren Bruder ausschließen.«

Jake folgte seinen Ausführungen mit wachsender Ungeduld. »Hört sich gut an. Fangen Sie an. Wie kommt es, daß alle nur herumstehen?«

Motley zuckte mit den Schultern und blickte zu Boden.

Rourke holte tief Luft. »Bevor wir irgend etwas tun, brauchen wir Ihre Hilfe.«

Jake sah ihn von der Seite an. »Inwiefern?« fragte er mißtrauisch.

»Es geht um den kleinen Winston. Es bringt nichts, ihn in die Sache reinzuziehen. Er hat auch ohne die unvermeidliche Publicity genug Probleme. Er war ja gar nicht das leibliche Kind Ihres Bruders – er ist erst vor ein paar Monaten adoptiert worden. Was meinen Sie dazu, ihn aus der Angelegenheit rauszulassen?«

»Rauszulassen? Er war am Tatort!«

»Aber wer weiß das?«

»Wie bitte?«

»Ich war allein, als ich ihn fand. Ich habe ihn rausgeschmuggelt, ohne daß uns jemand gesehen hat.«

»Und was soll das für einen Sinn haben? Früher oder später...«

»Nicht unbedingt. Wenn Sie den Mund halten, können wir so tun, als wäre er in der Mordnacht nicht dagewesen.«

»Ich glaube das einfach nicht! Wo soll er denn gewesen sein?«

»Ich habe schon mit der Leiterin der Adoptionsagentur gesprochen, einer Mrs. Appleby: Sie wird sagen, daß er dort war.«

»Die Adoptionsagentur spielt da mit?«

»Sie haben einen ihrer Schützlinge an einen Massenmörder vermittelt – und jetzt liegt es in ihrem Interesse, die Gefahr für den Jungen so gering wie möglich zu halten.«

»Und Sie erwarten, daß ich da mitziehe?«

»Ich möchte nur den Kleinen schützen: Eine Geschichte wie diese könnte ihn den Rest seines Lebens verfolgen.«

»Ich bin gerührt von Ihrer Fürsorge! Verschonen Sie mich mit diesem verlogenen Gesülze«, schnauzte Jake. »Was glauben Sie eigentlich – daß ich frisch von der Polizeischule komme?«

»Ich habe Ihnen gleich gesagt, daß er sich querlegen wird«, sagte Motley zu Rourke.

Der massige Beamte rieb sich den Nacken. »Hören Sie, Harrow – ich weiß, es geht um Ihren Bruder –, aber versuchen Sie nur für eine Minute, als Cop zu denken.«

Motley stöhnte. »Warum sagen Sie ihm nicht endlich, was passiert ist?«

Rourke wand sich. »Die Busfahrerin, die die Leichen fand... nachdem sie uns gerufen hatte, rief sie bei ihren Freundinnen an. Wir trafen nur Minuten vor den Geiern der *Eyewitness News* ein. Ihr New Yorker Burschen seid sicher allerhand gewohnt, aber uns hat das, was wir hier vorfanden, ganz schön mitgenommen. Wir stehen also da und atmen schwer und bemühen uns, das Frühstück drinzubehalten. In der Einfahrt lauert die Presse. Ununterbrochen klingelt das Telefon, weil irgendwelche Captains und Bürgermeister anrufen. Ich werde bedrängt, eine Erklärung abzugeben. Wissen Sie, was das bedeutet? Amerika ist eine Monarchie, mein Freund – und die Medien sind das Königshaus. Die wollen Antworten. Und wenn man keine hat – na ja, es werden nicht nur Verbrecher in Zeitungen abgeurteilt. Okay – wir glaubten zu wissen, was sich hier abgespielt hat: Eine Familie, getötet durch Messerstiche, ein blutiges Messer auf dem

Fußboden, der Vater tot im Sessel, die Pistole auf dem Schoß, der Abschiedsbrief neben ihm... es war alles da – wie für das Wachsfigurenkabinett von Hollywood arrangiert. Also rücke ich damit raus. Ich gebe vor den Fernsehkameras eine offizielle Stellungnahme ab.«

»Bevor Sie mich anriefen? Wie rücksichtsvoll von Ihnen.«

»Offen gestanden dachte ich in diesem Augenblick nicht an die Gefühle etwaiger Verwandter. Wie dem auch sei... ich fahre ins Präsidium. Ich rufe Sie an. Ich rase wieder hierher. Ich finde Winston. Wir hatten einen Menschen übersehen! Einen kleinen – aber doch größer als ein Fingerabdruck!«

»Sie haben einen Fehler gemacht – na und?«

»Einen Fehler! Bei einem Fall mit vier Leichen gibt es keine Fehler – da gibt es nur Katastrophen, die eine Karriere beenden!« brüllte Rourke. »Ich mußte etwas tun!«

»Was sind Sie doch für ein armer Kerl!« spottete Jake.

»Ich wäre erledigt gewesen! Ich weiß, daß Sie das nicht interessiert...«

»Sie haben eine falsche Story erzählt.«

»Welchen Unterschied macht das?«

»Die Tatsache, daß Winston lebt, beweist, daß mein Bruder es nicht getan hat!«

»Es beweist gar nichts! Er war neu in der Familie – es kann eine Million Gründe dafür geben, daß Ihr Bruder ihn verschonte. Daß er am Leben ist, ist nur ein interessanter Punkt, nicht mehr.«

»Ein Punkt, den Sie unter den Tisch kehren wollen.«

»Ich kehre gar nichts unter den Tisch. Ich kenne die Wahrheit. Aber wenn wir doch irgendwann auf Winston zurückgreifen müssen, können wir die jetzige Fassung jederzeit berichtigen.«

»Ach ja? Wie wollen Sie das denn machen?«

»Ich werde zugeben, daß wir Winston am Schauplatz des Verbrechens fanden – jeder wird verstehen, daß wir das Kind schützen wollten: Wir gaben die ›Vater-bringt-Familie-um‹-Version an die Medien, um Zeit zu gewinnen – um andere

Spuren zu verfolgen, den Mörder in Sicherheit zu wiegen. So was in der Art.«

»Sie haben das gut durchdacht, was?«

»Ja – aber ich bin auf Ihre Mithilfe angewiesen.«

»Ich werde nicht lügen.«

»Ich werde nicht lügen«, äffte Rourke ihn nach. Wieder rieb er sich den Nacken. »Sie sind einer von diesen Typen, nicht wahr?«

»Welchen Typen?«

»Gestern, als ich Sie anrief, sagte man mir, es würde Ihnen gerade eine Medaille verliehen. Sie sind einer von diesen Typen, die Medaillen bekommen und immer nur die Wahrheit sagen.«

»Genau.«

»Okay – dann muß ich Ihnen anders kommen. Sehen Sie Motley? Sehen Sie die Burschen von der Spurensicherung? Die warten alle auf mein Startzeichen, Ihren Mörder zu suchen – oder nicht! Hängt ganz von Ihnen ab.«

»Vielleicht sollte ich Ihren Captain anrufen und ihm die ganze Geschichte erzählen – inklusive dieses kleinen Gesprächs.«

»Haben Sie deshalb die Frühmaschine aus New York genommen – um dafür zu sorgen, daß ich wieder Streife gehen muß? Na schön – hauen Sie mich in die Pfanne! Das wird den Captain aber nicht dazu veranlassen, die Untersuchung wiederaufzunehmen. Ein durchgedrehter Vater hat sein Adoptivkind verschont? Na und? Wahrscheinlich konnte er den Jungen auch nicht finden.«

»Ich werde einen Skandal machen. Ich kriege ihn schon dazu, den Fall erneut aufzurollen.«

»Das bezweifle ich stark. Aber nehmen wir mal an, Sie schaffen's. Heute ist Samstag. Ein schlechter Tag, um Leute zu erreichen. Sonntag ist noch schlimmer. Und dann müssen die Dienstpläne umgestellt werden. Bis alles ins Rollen kommt, ist es Mittwoch – wenn Sie Glück haben. Was meinen Sie, Motley?«

»Mittwoch scheint mir eine sehr optimistische Schätzung. Ich würde eher sagen, Montag der folgenden Woche. Aber dann wird man darauf angewiesen sein, aus dem Kaffeesatz zu lesen. Es wird nichts mehr dasein, an das man sich halten kann. Ein Mord ist wie ein sinkendes Schiff: Man muß die Spuren schnell sichern, sonst versinken sie unwiederbringlich in den Fluten. Die Chance, die Reihenfolge der Morde festzustellen, haben wir bereits verspielt. Die Körpertemperatur kann einem die Todeszeit zeigen – aber man muß sie früh genug messen: Innerhalb von vierundzwanzig Stunden gleicht sie sich der Umgebung an. Vorbei. Wir haben vier eiskalte Leichen. Wissen Sie – man stirbt nicht von jetzt auf sofort: Es ist ein allmählicher Vorgang – der Tod hat sein eigenes Leben: Schürfwunden können im Laufe von Tagen verblassen, Messerstiche sich mit geronnenem Blut verschließen. Flüssigkeit kann ins Gewebe dringen und Blutergüsse hervorrufen, die vorher nicht da waren. Für uns heißt es ›jetzt oder nie‹. Ganz ehrlich, Harrow – Sie haben nur diesen einen Schuß.«
Rourke nickte. »Die Leute vergessen unheimlich schnell. Wollen Sie Busfahrer und Taxichauffeure wirklich erst in zehn Tagen nach verdächtigen Fahrgästen fragen? Wann sollen wir das Gelände untersuchen? Jetzt – oder erst nachdem weitere Aprilschauer die Maiblumen zur Blüte gebracht haben? Es liegt bei Ihnen.«
Jake hatte noch niemals im Dienst gelogen – und selbstverständlich erwartete er von sich, daß er Rourke zur Hölle schicken würde. Statt dessen hörte er sich sagen: »Ich mache mit.«

Als Motley seine Arbeit beendete, war es Mittag. Während seine Leute Pappschachteln mit Untersuchungsmaterial und ihre Ausrüstung in den Lastwagen packten, kam er zu dem Wagen herüber, in dem Rourke und Jake warteten.
»Ist Ihnen was Besonderes aufgefallen?« fragte Jake.
»Eine unverständliche Menge Blut: Er muß seine Opfer

ziemlich lange am Leben gehalten haben, während er sich an ihnen zu schaffen machte.« Motley lächelte dünn. »In diesem Bericht muß ich nicht ›MNA‹ vermerken.« MNA bedeutete »Menge nicht ausreichend«. Gerichtsmedizinerhumor. »Hat Ihr Bruder solche geraucht?« Er hielt ihm den in einer Pinzette klemmenden Stummel einer schwarzen Zigarette hin.
»Die ist von Sadowski«, erklärte Rourke. »Das ist einer von meinen Jungs. Er raucht an Mordschauplätzen immer Gauloises – er sagt, das überdecke den Leichengeruch.«
»Ein Cop raucht Gauloises?« fragte Motley erstaunt.
»Ja – damit wir wissen, daß sie von ihm stammen, und sie nicht etwa als Beweismittel einsammeln.«
Motley sah ihn schweigend an.
Kein Wunder, daß dieser Bursche Probleme hat, dachte Jake, aber er sagte nichts: Er gehörte jetzt zu Rourkes Team – auf Gedeih und Verderb.
»Was glauben Sie – wie ist er reingekommen?« fragte Jake Motley.
»Keine Ahnung. Unter den Fenstern gibt es keine Spuren. Die Türschlösser sind für eine mikroskopische Untersuchung ausgebaut worden. Es hängen statt dessen Vorhängeschlösser da. Hier ist ein Schlüssel – falls Sie reinwollen.«
Jake wollte noch eine Frage stellen, aber Motley hob abwehren die Hand. »Wenn wir jetzt verschwinden, dann kann ich vielleicht erreichen, daß das Labor mit den meisten Tests noch anfängt. Wir werden das Wochenende durcharbeiten.«
»Wann wird der Bericht vorliegen?« wollte Jake wissen.
»Wir versuchen, es bis Montag zu schaffen – am frühen Vormittag.«
»Erst nach der Beerdigung?«
»Es wäre der Landes-Geschwindigkeitsrekord. Da sind dann zwei Goldmedaillen fällig.«

Jake betrat das Haus durch die Hintertür und stand in der Küche. Jemand hatte das Geschirr abgewaschen. Mandy?

Oder die Polizei? Die Plastikplatzdeckchen auf dem Tisch waren sauber abgewischt und glänzten in dem beigen Licht, das durch die Fenster hereinfiel. Wie immer stand für Jakes Geschmack viel zuviel Grünzeug herum: Mandy hatte eine Vorliebe für Dschungelatmosphäre. Pflanzen hingen von der Decke, standen aufgereiht auf den Fensterbrettern, wuchsen in Töpfen am Rand der Arbeitsflächen. Obwohl ihre Betreuerin tot war, strotzten sie geradezu vor Gesundheit – sie mußte sie am Tag vor ihrem Tod noch gegossen haben.
Jake ging suchend umher. Von dem lecken Herd ging ein schwacher Gasgeruch aus. Alle Schubladen neben dem Spülbecken waren aufgezogen. Eine enthielt einen unterteilten Besteckkasten: Gabeln, Suppenlöffel, Steakmesser. Drei Steakmesser. Mit dem einen, das man im Schlafzimmer gefunden hatte, waren es vier. Jake nahm eines der drei Messer heraus und musterte es aufmerksam: Der messingbeschlagene Holzgriff war von der Geschirrspülmaschine ausgebleicht, und trotz dem Sägeschliff schien es zu klein und zu windig, um sich als Mordwaffe zu eignen.
Er legte es zurück, schob die Schublade mit dem Ellbogen zu und ging zur Vorderseite des Hauses – an der Treppe vorbei: Er fühlte sich noch nicht bereit, hinaufzugehen.
Ohne Leben darin wirkte das Wohnzimmer noch schäbiger, als er es in Erinnerung hatte: Er und Sally hatten erst ein paar Wochen zuvor auf einem der wackligen Stühle und dem Sofa mit den kaputten Sprungfedern gesessen. Als Roger und Mandy heirateten, hatten sie alles bei der Heilsarmee gekauft und nie ein Stück ausgetauscht: Sie sahen darin ein Politikum. Der Fernsehapparat war ein vorsintflutliches Schwarzweißgerät, festgeschweißt auf dem Unterrichtskanal. Sogar in der finstersten Ecke standen Pflanzen – Jake hatte sich immer gefragt, wie sie bei so wenig Licht überleben konnten. Der Ficus neben dem Fenster war zu groß für das Zimmer: Er drohte sich durch die Decke zu bohren. An der Wand hinter dem Sofa hing ein Poster, das ein kleines dunkelhäutiges Kind mit Trommelbauch und ausgestreckten

Ärmchen zeigte, den Mund weit aufgerissen – man glaubte, den Hilfeschrei zu hören. Der Junge sah ein bißchen aus wie Winston. Provozierende Poster waren schon immer Rogers Lieblingsdekoration gewesen.
Jake lächelte traurig, als ihm wieder einfiel, wie sein Bruder ihn bei seinem letzten Besuch wie immer in eine politische Diskussion hatte verwickeln wollen. Diesmal war das Thema die Todesstrafe gewesen. Roger vertrat die Ansicht, daß Morde nur von Geisteskranken begangen würden, und deshalb sollten die Täter behandelt werden – nicht bestraft.
Jake hatte lachend zugestimmt. Er konnte derartige Gespräche nicht ernst nehmen – sie waren Kinderkram, eine Sache für hitzköpfige, idealistische Collegeabsolventen: Das Leben verlangte praktisches Denken, keine schönen Theorien. »Was nun?« lautete die Frage und nicht: »Menschheit, wohin?«
Seine Einstellung hatte Roger stets irritiert, aber nie die tiefe Liebe gemindert, die er für seinen Bruder empfand. Nichts konnte daran etwas ändern. Dafür hatten sie zuviel miteinander durchgemacht. In ihrer Kindheit hatten sie sich gemeinsam gegen die ganze Welt gestellt.
In Jakes Erinnerung war seine frühe Kindheit ein goldenes Zeitalter. Damals hatte die Familie noch glücklich zusammengelebt. Er stand besonders seinem Vater nahe. Sie rauften oft im Spaß miteinander, und Joe nannte ihn scherzhaft »Kleiner Krieger«.
Aber als Jake fünf und Roger sechs war, starb die Mutter. Joe brachte die beiden zu Tante Freezie, die allerdings keine richtige Tante, sondern eine »spezielle Freundin« von Joe war. Doch sie war besser als gar keine Familie – und sie war sehr nett zu den Jungen. Doch nach einer Weile beschloß Joe weiterzuziehen und trennte die Brüder, indem er sie bei verschiedenen Verwandten unterbrachte.
Jake war so wütend, daß er sich in der Nacht vor Joes Abfahrt aus dem Haus schlich und das Auto an den Pfosten vertäute, die das »Garagendach« trugen: Als Joe am nächsten Morgen wegfahren wollte, riß er die ganze Konstruktion nieder.

Er wußte sofort, daß das Jakes Werk war und der Junge sich in den Büschen versteckte und ihn beobachtete. Nachdem er die Stoßstange losgebunden hatte, rief er: »Alle Achtung, Kleiner Krieger! War keine schlechte Idee!«
Jake erinnerte sich noch genau daran, wie der blaue Chevrolet seines Vaters mit Roger auf dem Rücksitz davongefahren war: Es war einer der schlimmsten Augenblicke seines Lebens gewesen. Im darauffolgenden Jahr kamen die Jungen wieder zusammen, aber sie lebten nie wieder bei ihrem Vater. Er schob sie in einem großen Kreis von entfernten Verwandten und alten Freundinnen herum, kam nur ab und zu mal vorbei, um hallo zu sagen und sich mit seinen Söhnen fotografieren zu lassen.
Joe war Schweißer gewesen. Er liebte es, durch die Weltgeschichte zu gondeln, und sein Gewerkschaftsausweis war sein fliegender Teppich. Ständig entwickelte er irgendwelche Pläne, um sich selbständig zu machen.
»Ein Football-Restaurant«, schwärmte er eines Tages. »Starfotos an den Wänden – und die Gerichte müßten Namen haben, die dazu passen: ›Torpfosten-Gulasch‹ zum Beispiel. Ich habe schon einen Laden im Auge, sogar schon einen Koch verpflichtet – der Mann ist ein wahrer Künstler am Grill. Ihr Jungs werdet am Wochenende und in den Sommerferien das Servieren übernehmen – da könnt ihr Trinkgelder scheffeln. Und das beste an der Sache ist: Wir werden alle zusammensein – ein Team.«
Jake fragte nicht was aus »Harrow's Eisenwaren-Himmel« geworden war – der voller Leidenschaft verfochtenen Idee beim letzten Besuch.
Er und Roger versuchten einander die Eltern zu ersetzen. Roger war der sorgfältige Planer, Jake der Draufgänger, der sich vor nichts fürchtete. Sie schliefen immer im selben Zimmer, spielten miteinander, teilten ihre Geheimnisse. Obwohl Roger ein Jahr älter war, verfügte Jake fast von Anfang an über einen kräftigeren Körper. Als sie bei Tante Freezy wohnten – Jake konnte damals nicht älter als sechs gewesen

sein –, bewahrte er seinen Bruder vor dem Ertrinken in einem See. Der Triumph dieses Tages, die Überzeugung, tapfer und stark und nützlich zu sein, glomm in seiner Seele wie ein Nachtlicht. Vielleicht hatte dieses gute Gefühl ihn sogar bewogen, Polizist zu werden...

Wenn ich Donnerstagnacht nur hiergewesen wäre, dachte Jake.

Und dann ging er doch die Treppe hinauf.

Oben im Flur stand ein Tischchen mit einer kleinen Lampe darauf.

An Jills Tür hing ein Zettel: »Warnung vor dem Einhorn«. Die Wände ihres Zimmers waren mit Postern wild dreinblikkender englischer Rockmusiker tapeziert. Sie hatte einen Regenbogen an die Decke gemalt und ihn bis zum Boden heruntergezogen. An seinem Ende stand das verwaiste Bett. Es war zerwühlt, aber es gab keine Anzeichen für einen Kampf: nirgends Blut, nichts zerbrochen oder umgeworfen.

In Alexanders Zimmer stand eine große Schachtel mit Action-Figuren mitten auf dem Teppich. Die Ungeheuer und Muskelprotze sahen furchterregend auf – aber sie waren kein besserer Schutz gewesen als Jills Einhorn.

Roger und Mandy hatten Alexander erlaubt, seine Wände mit Kreide zu bemalen: Neben seinem Bett befand sich eine kindliche Zeichnung.

Sein Bett sah aus wie Jills – unordentlich, aber nicht durcheinandergeworfen. Es stand noch ein weiteres Bett im Zimmer – klein und unberührt: Für Winston, falls er sich doch einmal entschließen sollte, es zu benutzen.

Jake ging zum Elternschlafzimmer. Bevor er es betrat, warf er einen Blick in die gegenüberliegende offenstehende Wäschekammer: Winstons Matratze lag immer noch dort. Die Tür mußte in der fraglichen Nacht auch aufgewesen sein – wegen der Luftzufuhr. Der Killer hatte Winstons Gesichtsfeld zwangsläufig mehrmals passiert. Der Junge war mit Sicherheit wach gewesen: Niemand konnte ein solches Inferno verschlafen. Bestimmt hatte im Schlafzimmer Licht gebrannt, aber selbst wenn nicht – das Lämpchen im Flur blieb nachts stets eingeschaltet. Winston hatte einen »Logenplatz« gehabt: Er mußte den Mörder deutlich gesehen haben!

Das erste, was Jake in dem großen Schlafzimmer auffiel, war der Gestank: Die Morde waren in der Nacht zum Freitag geschehen, doch sogar heute, am Samstag, hing der an Rost erinnernde Blutgeruch noch schwer in der Luft.

Fast bis in Schulterhöhe waren die Wände mit Blutspritzern bedeckt – das Werk eines Expressionisten, der die Farbe Rot bevorzugte. Jake blinzelte und versuchte, den Raum so zu sehen, wie er vor der gewaltsamen Umgestaltung gewesen war.

Er ging hinüber zu dem abgeschabten Lehnsessel und betrachtete den einzelnen Blutfleck auf der Kopfstütze: Er sah aus wie ein Rorschach-Testbild. Eine fette Spinne, assoziierte Jake unwillkürlich. Hier wurde Roger gezwungen, einen Abschiedsbrief zu schreiben, dachte er.

Motleys Polaroidfotos vor Augen, versuchte er, objektiv zu sein und die Blutspuren so nüchtern zu studieren wie ein Geologe die verschiedenen Gesteinsschichten in einem Canyon.

Blutspuren auf dem Teppich und an der Scheuerleiste – da hat der Killer den kleinen Alexander entlanggeschleift und ihn dann mißbraucht und zerfetzt. Jake trat ans Bett, neben dem eine Blutlache in den Teppich gesickert war: Und hier hat er Jill vergewaltigt und ihr das Gesicht zerschnitten.

Auf Mandys Seite war das Bettzeug steif von getrocknetem Blut. Arme, unschuldige Mandy, die gewissenhaft ihren Zimmerdschungel goß, ihre Kinder die Wände bemalen ließ und glaubte, sie könne die Welt retten. Der Mörder hatte sie eines Besseren belehrt – mit seinem Schwanz und mit einem Steakmesser!

Wie lautete der Abschiedsbrief doch gleich? Richtig: »Ich kann nicht länger in einer Welt leben, in der es so viel Leid gibt.« Roger hätte niemals Selbstmord begangen – das lag jenseits seiner Vorstellungskraft, er hätte es für verantwor-

tungslos, feige und asozial gehalten – aber wenn, dann hätte sein Abschiedsbrief exakt so gelautet.
Der Mörder war intelligent, okay – doch er hatte sich darauf verlassen, daß die Polizei auf das von ihm beabsichtigte Szenarium hereinfallen und keine gründliche Untersuchung durchführen würde. Doch er hatte zu dick aufgetragen und würde Motleys Pinzetten nicht entrinnen.
Und er hatte den Jungen in der Wäschekammer übersehen!
Das konnte ihm das Genick brechen!
Jake ließ den Blick über die blutigen Wände gleiten.
Wir werden uns treffen, du und ich!
Bald!
Auf dem Weg nach draußen machte er beim Spülbecken halt und nahm eines der Steakmesser aus der Schublade.
Er drehte die Klinge hin und her: Die Sägezähne blitzten im Mittagslicht.
Er hob die Klappe seiner rechten Jackentasche und ließ das Messer hineingleiten.

Fünftes Kapitel

Die Adoptionsagentur Appleby besaß ein eigenes Gebäude, einen dreistöckigen Bau aus hellem Stein und Glasziegeln, weit draußen an der Western Avenue – in einer Gegend mit verwahrlosten Grundstücken und schwarzfenstrigen Bars, vor denen immer noch die alten *Master Brew*-Reklameschilder hingen.

Die kleine Empfangshalle lag verlassen da. Jake folgte den Geräuschen und gelangte zu einem Raum, in dem etwa zwanzig Kinder, die meisten im Krabbel- und Kindergartenalter, unter der Aufsicht mehrerer Teenager auf einem nackten Holzfußboden herumtobten. Die Luft war schwer von dem Geruch dringend zu wechselnder Windeln.

Eine etwa zweijährige Chinesin lief auf Jake zu und reichte ihm mit feierlicher Miene eine tote Spinne.

»Vielen Dank.« Er musterte das Tier aufmerksam und lächelte das Kind an. »Das ist aber eine schöne. Die hebe ich mir auf.« Er schob sie in die Tasche.

Die Kleine klatschte begeistert in die Hände und lief davon, um etwas anderes zu suchen, das sein Wohlgefallen finden würde.

Eines der jungen Mädchen führte Jake zu Mrs. Appleby. Sie war eine füllige, rosige Frau mit einem ständig besorgten Gesichtsausdruck. Als Jake den Kopf zur Tür hereinsteckte, blickte sie auf und schrie.

Er sah sie einen Augenblick verdutzt an, doch dann begriff er. »Ich bin Jake Harrow – der Bruder.«

»Es… es tut mir leid«, stammelte sie verlegen. »Es ist nur… diese Ähnlichkeit…«

»Schon in Ordnung. Wo ist Winston?«
»Mr. Harrow, ich habe gute Neuigkeiten für Sie: Die Agentur ist bereit, Ihnen Winston abzunehmen. Ich habe die Formulare schon fertig, durch die die Adoption rückgängig gemacht wird.«
Jake sah sie ausdruckslos an.
Sie begann einen offenbar geprobten Text herunterzurattern: »So viele Menschen haben falsche Vorstellungen von unserer Arbeit. Sie denken, wir gehen leichtfertig mit den uns anvertrauten Kindern um, und die wenigen Fälle, in denen es sich herausstellt, daß ein Kind keinen guten Platz bekommen hat, werden von den Medien hochgespielt und dramatisiert: Das bringt Auflage. Dieses Vorgehen ist besonders einer privaten Agentur wie dieser gegenüber unfair. Wir suchen die Pflegestellen sorgfältig aus und überprüfen sie ständig...«
Jake unterbrach sie: »Scheint das beste für ihn zu sein.«
»Sie hatten nicht vor, ihn mitzunehmen?« Sie sah aus, als würde sie gleich vor Erleichterung in Ohnmacht sinken.
»Um ihn zu behalten? Auf die Idee bin ich gar nicht gekommen. Offen gestanden bin ich so erschüttert von dem, was vorgefallen ist, daß ich über meine nächsten Schritte noch nicht nachdenken konnte.«
»Ja, natürlich – das ist verständlich. Ich habe meine Manieren vergessen: Lassen Sie mich Ihnen mein aufrichtiges Beileid zu Ihrem Verlust aussprechen. Was für eine schreckliche... Sache.«
»Ich danke Ihnen.«
»Wir brauchen auch die Unterschrift Ihrer Frau. Haben Sie schon mit Sally gesprochen?«
»Sie kennen ihren Namen?«
Mrs. Appleby tippte auf den Ordner, der vor ihr auf dem Schreibtisch lag: »Aus der Akte.«
»Ah ja. Geben Sie mir die Unterlagen mit: Sally kommt morgen zur Beerdigung her, und dann werden wir die Papiere unterschreiben und Ihnen per Post zuschicken.«

Sie akzeptierte den Vorschlag mit einem strahlenden Lächeln. »Ich bin so froh, daß Sie die Angelegenheit ebenso sehen wie wir. Sie tun wirklich das Beste – für alle Beteiligten. Finden Sie allein hinaus?«
»Ich möchte ihn aber trotzdem sehen.«
Ihr Lächeln erstarb. »Darf ich fragen, weshalb?«
»Ich muß ihm ein paar Fragen stellen.«
»Worüber?«
»Mrs. Appleby – wir wissen beide, wo er in der Nacht zum Freitag wirklich war!«
»Er spricht nicht.«
»Er war nicht immer so.«
»Seit er hierher zurückgekommen ist, hat er noch kein Wort gesagt. Sie vergeuden nur Ihre Zeit.«
»Ich muß es wenigstens versuchen: Er könnte ein wichtiger Zeuge sein.«
Sie fuhr erschreckt auf. »Vor Gericht?«
»Kommt ganz darauf an, was ich herausfinde.«
»Aber Lieutenant Rourke sagte mir, der Fall sei abgeschlossen.«
»Das war ein Irrtum.«
»O mein Gott! Ich fände es schrecklich, wenn der arme kleine Kerl einen Prozeß durchstehen müßte!«
»Regen Sie sich nicht auf. Wahrscheinlich wird es gar nicht nötig sein. Und jetzt... wenn ich bitte zu ihm könnte. Nur für ein paar Minuten.«
Sie führte ihn eine Treppe hinauf und einen langen Flur entlang, von dem in kurzen Abständen Türen abgingen – wie zu Kabinen in einem Umkleideraum. Manche standen offen und gaben den Blick auf steril wirkende Zellen frei, die kaum breiter waren als eine Pritsche.
»Wir haben ihn wieder in seinem alten Zimmer untergebracht: Es erschien uns wichtig, ihm seine vertraute Umgebung wiederzugeben nach... nach diesem... Vorfall.«
Sie klopfte laut an die Tür Nummer 16. »Winston Churchill? Du hast Besuch.«

Jake fiel auf, daß sie ihn mit seinen beiden Vornamen ansprach, ohne »Harrow« hinzuzufügen: In ihrem Kopf war die Rücktrittserklärung bereits unterschrieben.
Sie öffnete die Tür. Der kleine Junge mit dem Namen eines großen Mannes saß auf der Kante seines schmalen Bettes und starrte vor sich hin. Er bewegte keinen Muskel, als befürchte er bei der kleinsten Bewegung fatale Folgen.
Am Fußende des Bettes standen ordentlich aufgereiht seine Spielsachen – ganz offensichtlich unberührt.
Jake ging vor ihm in die Knie. »Hallo, Winston. Wie geht's dir denn so?«
Keine Reaktion.
»Du kennst mich doch noch, oder? Ich bin Onkel Jake. Wir haben miteinander Squiggle gespielt.«
Winstons Augen weiteten sich ein wenig – das war alles.
Mrs. Appleby breitete in einer Hoffnungslosigkeit ausdrükkenden Geste die Hände aus. »Ich sagte es Ihnen doch – Sie verschwenden nur Ihre Zeit.«
»Mann, hast du tolle Spielsachen. Welches ist denn dein Lieblingsspielzeug? Zeigst du's mir?«
Der Junge rührte sich nicht.
»Erinnerst du dich noch an den Constable?« fragte Mrs. Appleby. »Mit dem hast du doch besonders gern gespielt.« Sie nahm eine Puppe in die Hand, die aussah wie ein englischer Polizist, und drückte sie Winston in die Hand. Er griff nicht zu. Die Puppe fiel zu Boden.
»Sehen Sie«, sagte Mrs. Appleby. »Diese Puppe war für ihn ein Bezugsobjekt – wie die Schmusedecke für Linus von den *Peanuts*. Er schlief mit ihr, nahm sie überall mit hin – und jetzt erkennt er sie nicht einmal.«
»Ich möchte gern allein mit ihm sprechen.«
»Wie Sie wollen. Wenn Sie mich brauchen – ich bin in meinem Büro.«
Jake schloß die Tür. Dann kniete er sich so vor Winston hin, daß ihre Augen auf gleicher Höhe waren.
»Ich weiß – du hast Angst. Du hast was Schreckliches gese-

hen. Du willst nicht darüber reden, und das kann ich gut verstehen. Aber, weißt du – du mußt darüber reden. Ich brauche deine Hilfe! Du mußt mir erzählen, was passiert ist. Wirst du das tun? Wirst du Onkel Jake helfen?«
Winston starrte mit ausdruckslosem Gesicht durch ihn hindurch.
»Bitte. Bittebittebitte!«
Nichts.
»Sag ja. Nur einfach ja. Oder sag nein. Oder sag Hopsipopsischnopsi. Sag was!«
Schweigen.
»Okay, okay – du willst nicht reden, also mußt du auch nicht reden. Es ist deine Entscheidung – dies ist ein freies Land. Alles, was ich von dir möchte, ist, daß du den Kopf auf und ab bewegst, wenn du ›ja‹ sagen willst und ihn von einer Seite zur anderen drehst, wenn du ›nein‹ meinst. Das ist doch einfach, oder? Wirst du es tun?«
Winston wandte den Kopf ab und schaute zum Fußende seines Bettes.
Jake hob die heruntergefallene Puppe auf und hielt sie ihm vors Gesicht.
»Wenn du mir nichts erzählen willst – warum erzählst du es dann nicht dem Constable. Er ist ein alter Freund. Du kannst ihm alles sagen.«
Eine Ewigkeit verging. Jakes linkes Knie war bereits gefühllos. Und dann – langsam, ganz langsam, streckte der Junge die Hand aus und legte sie auf die Mütze der Puppe. In Zeitlupengeschwindigkeit bogen sich seine Finger und griffen zu. Er nahm die Puppe und drückte sie an sich.
»Ich wette, der Constable ist froh, wieder bei seinem...«
Winston glitt vom Bett, öffnete die Tür und ging hinaus.
»Wo willst du hin?« Jake sprang auf, wobei seine Knie beängstigend knackten, und folgte dem Jungen, der den Flur hinunterlief, vorbei an der Treppe, den Constable fest an die Brust gepreßt.
»Bleib da«, bat Jake. »Wir müssen doch...«

Winston verschwand in der Toilette, die am Ende des Korridors lag.
»Oh – entschuldige«, sagte Jake. »Ich warte in deinem Zimmer auf dich.« Er machte sich auf den Rückweg.
Pschsch! Pschsch! Pschsch!
Jake kehrte um. Die Toilettentür stand weit offen. Er ging hinein: Winston drückte mit beiden Händen in wilder Verzweiflung unentwegt auf das Fußpedal der Spülung. Im Toilettenbecken führte, von den Wasserschüben herumgestoßen, mit dem Gesicht nach oben, der Constable einen grotesken Tanz auf.

Sechstes Kapitel

Am Abend desselben Tages war Professor Lamb in New York zu einer Party eingeladen. Als er klingelte, konnte er nur mit Mühe ein Lächeln unterdrücken: Dieser Abend würde entsetzlich langweilig werden – eine angenehme Aussicht.
Das war eines der besten Dinge am Wren College: Man ging die Dinge langsam an. Das College war ein Sammelbecken für Studenten, die von den von ihnen angestrebten Institutionen nicht genommen worden waren – und auch nicht von ihrer zweiten Wahl. Es stand bei niemandem ganz oben auf der Liste.
Und genau das, dachte Lamb befriedigt, macht es für mich erstrebenswerter als Harvard.
In diesem Augenblick wurde die Tür aufgerissen, und vor ihm stand der berühmte Harvardabsolvent Osbert Orpington höchstpersönlich. Er hatte Harvard verlassen, um Dekan am Wren College zu werden – und sich nie ganz von seinem Schock erholt. Er lebte hier wie Napoleon auf St. Helena: Alles, was ihm geblieben war, waren Erinnerungen und ein tiefes Gefühl der Reue.
»Julian! Mein lieber Junge! Sie sind gekommen! Ich freue mich!« Er umarmte Lamb, als habe dieser die libysche Wüste durchqueren müssen, um hierherzugelangen, und nicht nur den Campus. Die Umarmung war zu heftig und zu ausgedehnt für Lambs Geschmack, aber er ertrug sie ohne Protest: Orpington war lebenswichtig für ihn – er durfte ihn unter keinen Umständen gegen sich aufbringen.
Schließlich ließ Orpington ihn los, Tränen der Freude in den Augen, und geleitete ihn ins Haus. »Mein lieber Junge! Bitte,

bedienen Sie sich. Da ist etwas zu essen, hinten gibt es etwas zu trinken – und dort drüben finden Sie gute Gespräche.«
Zwei von diesen drei Punkten sind nicht zu verachten, dachte Lamb und mischte sich unter die Menge.
Orpingtons Wohnzimmer ähnelte dem Gemeinschaftsraum im Harvard Faculty Club – doch es übertraf ihn noch. An der Decke zogen sich handbehauene Balken entlang, geschwärzt von den Jahrzehnten lodernder Feuer in dem großen offenen Kamin. Die Eichentische bildeten einen prächtigen Untergrund für die kalten Platten. Auf der Tapete waren Jagdszenen dargestellt. Das Lampenlicht spiegelte sich in den gewölbten Bleiglasfenstern aus dem neunzehnten Jahrhundert, durch die man unglücklicherweise nicht auf Harvardgelände hinausblickte, sondern auf den Wrenkomplex in all seiner prächtigen Mittelmäßigkeit.
Natürlich war der Raum mit Harvardsesseln und Harvardlampen ausgestattet, und man trank aus Harvardgläsern. Auf dem Couchtisch lagen Exemplare des *Harvard Magazine* – aufgefächert wie das Gewinnerblatt eines Pokerspielers. Jeder kleine Luftzug schien Ve Ri Tas zu flüstern. Wenn Orpington zum Joggen ging, tat er das in einem Harvard-Sweatshirt und mit einer Schirmmütze mit dem Aufdruck »John Harvard«. Und er trug sogar diesen unsäglichen Harvardring.
Lamb war der jüngste unter den anwesenden Professoren – noch nicht einmal ein Jahr in Wren. Schlank und drahtig, mit einem gutgeschnittenen, fast hübschen Jungengesicht, hatte er zunächst großen Eindruck auf die jüngeren weiblichen Lehrkräfte und älteren Studentinnen gemacht, aber er war so in sich gekehrt, daß sie ihre Avancen sehr bald einstellten. Doch an den Fakultätsparties nahm er grundsätzlich teil: Er betrachtete es als wichtig, dort gesehen zu werden. Er wollte ein Bestandteil von Wren sein – unauffällig, aber dennoch eine »feste Einrichtung«.
Als er sich vorsichtig durch die Menge auf den Tisch mit den Flaschen zuschob, hörte er um sich herum die anderen Gäste

schnattern – in der üblichen durchsichtigen Art der Verleugnung ihrer eigenen Großartigkeit, die angeberischer war als offene Prahlerei. In Wren war das Gegenteil von Sprechen nicht Zuhören – es war das Warten darauf, zu Wort zu kommen. Der Raum war voller lächelnder und nickender Menschen, die dem Augenblick entgegenfieberten, da sie endlich Gelegenheit haben würden, die anderen in den Genuß ihrer epochemachenden Äußerungen kommen zu lassen.
»Das Telefon steht nicht mehr still – alle wollen mich als Redner haben. Ich muß lernen, nein zu sagen.«
»Die Verleger meinen, mein Buch könne eine Sensation werden – sie haben mehr Vertrauen in mich als ich selbst.«
»Offen gestanden fand ich es schwierig, mit all der Schminke für die Kamera über Melville nachzudenken, und die Fragen des Interviewers waren ziemlich einfallslos, aber, na ja, es war ja nur Kanal 45, ein Kabelsender, du meine Güte, ich dachte, kein Mensch würde das sehen, aber die Resonanz war erstaunlich...«
»Ich habe es ihnen gesagt! Ich erklärte ihnen, daß es durchaus möglich sei, eine Konferenz über Sprachwissenschaft ohne mich abzuhalten. Es ist möglich!«
Lamb erreichte den Bar-Tisch und goß sich Weißwein ein. Er mochte Alkohol, trank jedoch nur sehr wenig: Er durfte seine Wachsamkeit nicht gefährden. Dieses Glas war weniger ein Drink als ein Zeitmesser für diesen Abend: Er würde nur gelegentlich daran nippen – und wenn es leer wäre, würde er wissen, daß es an der Zeit war, zu gehen. Das war viel unauffälliger, als ständig auf die Uhr zu sehen.
Plötzlich stieg der Geräuschpegel hinter ihm deutlich an: Offenbar war eine wichtige Persönlichkeit angekommen. Er drehte sich um und sah eine hochgewachsene, schöne und extravagant gekleidete Frau mit blauschwarzer Mähne an der Tür stehen. Gleich darauf fühlte er eine Hand an seinem Ellbogen. Sie gehörte Dekan Orpington. »Kommen Sie, mein lieber Junge – ich möchte Sie mit Jessica bekannt machen.«
O ja – jetzt fiel es Lamb wieder ein: Sie war der Ehrengast, für

den Orpington diese Party gab: Jessica Thorne, das neue Fakultätsmitglied – eine Schriftstellerin.
Zehn Jahre zuvor, noch in den Zwanzigern, hatte sie einen Bestseller herausgebracht: *Malibu Fire Sale*, einen autobiographischen Roman, ungebärdig, salopp, voller Gefühlsüberschwang und in geschliffenem Stil. Es war ihr nicht gelungen, diesen Erfolg zu wiederholen. Seit damals zeichneten sich ihre Werke durch bessere Kritiken und schrumpfende Verkaufszahlen aus. Und als sie ihre Begabung schließlich richtig einzuschätzen lernte, trat sie den langen Weg von Johnny Carson zu Dekan Orpington an.
Lamb ließ sich zu ihr hinzerren. Er mußte zugeben, daß sie ausgesprochen attraktiv war. Aber ihre Aufmachung! Offensichtlich versuchte sie, ihre schwindende Popularität durch übertriebene Kleidung auszugleichen. An diesem Abend trug sie feuerwehrrote Wellingtonstiefel und einen schamlos ausgeschnittenen Overall mit Besätzen aus Samt und Leopardenfell. Die schwarzen Haare standen hoch, als habe man sie unter Strom gesetzt. Das war vielleicht das richtige Erscheinungsbild für die erbitterten Sex- und Literaturkämpfe in New York – aber hier in Wren, wo die Herren mit der Langlebigkeit ihrer Tweedjacketts prahlten, wirkte sie wie aus einem Science-fiction-Comic entsprungen.
Als sie einander vorgestellt wurden, unterdrückte er den Impuls, sie zu fragen, warum sie ihre Strahlenpistole zu Hause gelassen habe, murmelte ein paar Artigkeiten und zog sich zurück.
Andere drängten heran, um sie kennenzulernen, sich in ihrer Berühmtheit zu sonnen – wie verblaßt sie auch sein mochte. Hier in Wren hatte sie noch einen Namen, den man in Gesprächen nebenbei, aber wirkungsvoll einfließen lassen konnte. Die Fakultätsangehörigen umschwärmten sie, begierig darauf, Formulierungen zu erhaschen, die sie bei ihrer nächsten Dinnerparty würden zitieren können. »Wie ich zu Jessica Thorne sagte... die gute Jessica... wie Jessica zu mir sagte...«

Lamb schlenderte umher, zwang sich dazu, sich gesellig zu geben, hielt sich jedoch von der Menschentraube um Jessica Thorne fern. Schließlich landete er bei einem Historiker namens Rountree, einem Schwätzer mit einer schmalen Krawatte, deren Knoten durch eine Gürtelschnalle ersetzt war. Rountree war Altertumsexperte, interessierte sich in Wahrheit jedoch nur für seine eigene Geschichte und die seiner Familie. Er erzählte ihm haarklein – inklusive Fußnoten –, wie viele Meilen er an jedem Tag seines Urlaubs gefahren war, und von den Lieblingsspeisen seiner Kinder.
Lamb widerstand erfolgreich der Versuchung, sich Notizen zu machen. Er lehnte an der Wand und gab vor zuzuhören. Gelegentlich befeuchtete er seine Lippen mit einem winzigen Schluck aus seinem Weinglas. Das einzig gute an Rountree war, daß er grundsätzlich nur rhetorische Fragen stellte: Man konnte ihn in aller Ruhe vor sich hin plappern lassen, ohne selbst etwas beisteuern zu müssen – abgesehen von einem gelegentlichen Nicken oder zustimmenden Grunzen.
Äonen vergingen. Ninive fiel. Alexander der Große eroberte Arbela. Lambs Anzug wurde unmodern. Schließlich war sein Glas leer. Er hatte seiner Pflicht Genüge getan, seine Mission erfüllt – jetzt konnte er beruhigt gehen.
Als er sich unauffällig der Tür näherte, entdeckte Dekan Orpington ihn – und das leere Glas in seiner Hand. Großzügig wie ein Rothschild einen chilenischen Riesling, goß er ihm billigen Wein ein – so schnell, daß Lamb keine Zeit hatte zu protestieren. Hätte er das Glas doch nur abgestellt – aber er hatte befürchtet, daß man seine Absicht, die Party zu verlassen, dann eher erkannt haben würde.
»Julian – ich muß Sie um eine kleine Gefälligkeit bitten.«
»Natürlich.«
»Jessica will gehen. Ich habe sie erst mal im Gästehaus untergebracht. Wären Sie so freundlich, sie hinüberzubegleiten? Sie hat ein bißchen zuviel getrunken, und ich möchte nicht, daß sie in ein Loch fällt.«
»In welches Loch?«

»Mein Gott – ist Ihnen das denn nicht aufgefallen? Der Besitzer des Geländes und seine fröhlichen Helfer haben schon wieder den Campus aufgebuddelt. Das ist das einzige, was dieser Knallkopf wirklich kann. Er und seine Leute können – nur mit einem Spaten und Unkrauthacken bewaffnet – die Landschaftsgärtner von Harvard das Fürchten lehren. Trotzdem wünschte ich, sie hätten bis zum Sommer gewartet.«

»Natürlich bringe ich sie gern hinüber«, log Lamb. »Aber warum ist Ihre Wahl auf mich gefallen? Jeder Mann auf dieser Party würde diese Aufgabe nur zu gern übernehmen – und einige der Frauen ebenfalls.«

»Ts, ts – was haben Sie nur für ein lockeres Mundwerk. Sie hat ausdrücklich um Ihre Begleitung gebeten.«

»Wirklich? Ich habe keine zwei Worte mit ihr gesprochen, seit wir einander vorgestellt wurden.«

»Vielleicht betrachtet sie Sie als Herausforderung, mein lieber Junge.«

Lamb wartete in der Halle, bis Jessica sich von ihren Bewunderern losreißen konnte. Vor lauter Nervosität leerte er das Glas in einem Zug, ohne darüber nachzudenken.

Sie brach durch die Tür wie die Sonne durch die Wolken. »O Gott – ich bin total erschöpft«, stöhnte sie, doch er konnte keine Anzeichen dafür entdecken.

Auf dem Weg durch die Dunkelheit der Aprilnacht hing sie schwer an seinem Arm. Lamb roch Kirschblüten und Lehmboden – und den süßlichen Alkoholgeruch ihres Atems. Und ihr aufreizendes Parfum. Es erregte ihn und weckte Erinnerungen, die er nicht einordnen konnte.

Er führte seinen Schützling links an dem Seerosenteich in der Mitte des Campus, an Skulpturen, Laubengängen und Spaliergittern vorbei. Sie lehnte sich gegen ihn – ob das als Annäherungsversuch gemeint war oder nur darauf zurückzuführen, daß sie nicht sicher auf den Beinen war, konnte er nicht beurteilen. Als er versuchte, ein wenig Abstand zu gewinnen, verstärkte sie den Griff um seinen Arm noch.

»Ich höre, Sie sind Linguist«, eröffnete sie die Unterhaltung.
»Das ist richtig.«
»Mmmm – klingt gut.«
Zu seiner Überraschung hörte Lamb sich laut auflachen. Er war irritiert, aber nicht besorgt: Ein solcher Ausrutscher konnte schon mal passieren.
»Ich freue mich, daß jemand in dieser Klippschule Sinn für Humor hat!« sagte sie.
»Offen gestanden weiß ich gar nicht, worüber ich lache.«
»Doch – das wissen Sie: über ein Bonmot der ehemals berühmten Jessica Thorne.«
»Sie sind immer noch ziemlich berühmt.«
»Das sagt mein Verleger auch unentwegt. Und wie wäre es, solange Jessica Thorne noch ziemlich berühmt ist, wenn sie eine Fortsetzung von *Malibu Fire Sale* schriebe und eine Fortsetzung der Fortsetzung, und wenn Band neun dann mit *Police Academy zwölf* zusammengeschmissen würde – mit Arnold Schwarzenegger in der Hauptrolle?«
»Ich wollte nicht...«
»Ich heiße noch nicht einmal wirklich Thorne, wissen Sie. Mein richtiger Name ist Jessica Nyeburg. Vor zehn Jahren fand ich, daß ›Thorne‹ toll klänge – elegant und doch phallisch –, und nun sitze ich darauf fest. Heute finde ich, daß ›Thorne‹ die Assoziation mit Pornoheftchen weckt. Das Wort Pseudonym hat nicht umsonst die Silbe ›pseudo‹ drin. Ich wünschte, ich könnte wieder Nyeburg heißen.«
»Und warum können Sie es nicht?«
»Mein Agent würde meine Titten den Wölfen zum Fraß vorwerfen. ›Thorne‹ ist ein Markenartikel. Ich bin ein Markenartikel. Glauben Sie, ich donnere mich gerne auf wie Liberace? Ich muß jede Sekunde das Image der Jessica Thorne pflegen. Es ist, als hätte man mich in einen Käfig gesperrt.«
Als sie beim Gästehaus ankamen, wollte er sich verabschieden, doch sie bestand darauf, ihn noch auf einen Drink hereinzubitten. Bevor er wußte, wie ihm geschah, saß er auf dem Sofa und hatte ein weiteres Glas Wein in der Hand.

Sie setzte sich ihm gegenüber und betrachtete ihn über den Rand ihres Glases. Unverwandt. Schweigend.
»Orpington hat mir alles über Sie erzählt«, sagte sie schließlich.
»Nur Gutes, wie ich hoffe.«
»Zuviel des Guten. Er vertraute mir an, daß er Sie gegen den Widerstand des Kuratoriums verpflichtet hat. Er sagte, sie konnten nicht verstehen, wozu Wren einen Spezialisten für Sprachen des Mittleren Ostens brauche, wenn die meisten Studenten Deutsch schon für zu exotisch hielten.«
Lamb zuckte lächelnd mit den Schultern.
»Er sagt, Sie hätten das ausgefallenste Repertoire aller Kapazitäten an der Ostküste – Sie lehrten ein verträumtes iranisches Mädchen mittelalterliches Persisch, einen aufgeweckten, aber neurotischen Studenten, der von Yale hierhergekommen ist, Arabisch, ein paar zukünftige Kibbuzniks aus New York Hebräisch und unterrichteten die halbe Abschlußklasse in altertümlichem Französisch.«
»Hört sich an, als wollten Sie mich in Ihr nächstes Buch einbauen.«
»Das kommt ganz drauf an.«
Sie nippte an ihrem Wein. »Nun rücken Sie mal raus damit – was macht ein kluger Kopf wie Sie auf einer Müllhalde wie dieser?«
»Wie kommen Sie darauf, daß ich ein kluger Kopf sei?« Lamb bemühte sich um einen leichten Ton, aber er hörte selbst, daß seine Paranoia durchklang: Er schätzte es nicht, ausgefragt zu werden.
»Kokettieren Sie nicht. Orpington erklärte mir, Sie seien eine Art Super-Sprachgenie.«
»Orpington ist der Dekan – es gehört zu seinen Aufgaben, den Lehrkörper hochzuloben.«
»Die anderen brauchten mehr als das – aber sie haben keine Mängel, die nicht durch eine Reinkarnation behoben werden könnten. Orpington selbst ist ein Valium auf Beinen. Als er mich begrüßte, schlief mir die Hand ein. Es wäre passender, wenn er Penn-ington hieße.«

Lamb lächelte wider Willen. »Meinen Sie nicht, Sie gehen ein bißchen hart mit ihm ins Gericht?«
»Spielen Sie nicht den Unschuldigen. Ich sah Sie mit dieser Flasche mit der lächerlichen Krawatte.«
»Er ist ein ziemlich guter...« Lambs Stimme erstarb: Es fiel ihm nichts ein, worin Rountree gut war.
»Sie haben sich zu Tode gelangweilt. Er versetzte Sie in Tiefschlaf. Ihr Herzschlag setzte dreimal aus.« Sie kicherte.
»Ich habe gar nicht bemerkt, daß Sie mich beobachteten.«
»Ich kann einen Raum überblicken und gleichzeitig den Eindruck erwecken, mich auf meinen Gesprächspartner zu konzentrieren – habe ich im Lauf meiner beiden Ehen gelernt.«
»Sind Sie auf der Suche nach Nummer drei?«
»Nein, nein. Im Augenblick steht mir der Sinn nur nach jemandem, der gut im Bett ist. Mein nächster Ehemann muß wesentlich älter sein als ich, mich anbeten und die Taschen voller Geld haben.«
»Ich sollte allmählich...«, begann er unbehaglich.
»Ganz und gar nicht. Um ehrlich zu sein – ich habe Sie nicht mit hergenommen, um Scrabble mit Ihnen zu spielen.«
Entschlossen stellte sie ihr Glas ab, stand auf, ging um den Couchtisch herum und ließ sich neben ihm auf das Sofa fallen. Lamb saß stocksteif da und blickte unverwandt geradeaus. Als er ihr schließlich das Gesicht zuwandte, hob sie die Augenbrauen und rutschte an ihn heran, bis ihr Schenkel den seinen berührte. Er hörte sie seufzen, sah ihre Finger eilfertig die Knöpfe ihres Overalls öffnen. Kein Büstenhalter. Die Brustwarzen standen rosig und hart.
Und als er in ihre feuchtglänzenden braunen Augen schaute, wußte er nicht, wie er ihr widerstehen sollte. Ihr Parfum betäubte seine Sinne. Ihr Gesicht schien in der Luft zu schweben, umgeben von Dunkelheit. Er war in höchstem Maße erregt. Gefühle, die ihn zu anderen Zeiten und an anderen Orten aufgewühlt hatten, schüttelten seinen Körper, ließen ihn jedes Realitätsempfinden verlieren. Er schien

gleichzeitig an zwei verschiedenen Orten zu sein, zwei verschiedene Frauen zu sehen.
Die linke Gesichtshälfte Jessicas veränderte sich, wurde weicher, die Sonnenbräune verblaßte zu einem zarten Porzellanton. Meergrün überschwemmte ihr linkes Auge wie die Flut. Und darüber leuchteten die Haare flammend rot, blieben auf der rechten Seite jedoch mitternachtsschwarz. Er sah zwei Gesichter, die eins waren – vereint durch die überwältigende Macht seiner Begierde.
Der Mund war in beiden Gesichtshälften unterschiedlich geformt, aber er sprach als ein Mund. »Komm, Julian«, sagte er. »Sei lieb zu mir.« Das geteilte Gesicht zeigte auf beiden Seiten denselben bittenden, fast flehenden Ausdruck. Irgendwo hier gibt es Kopfkissenbezüge, Schnur und scharfe Messer, dachte er.
Sie schlang die Arme um ihn. Er spürte ihre Wärme und ihren heftigen Atem auf seinem Gesicht.
Nein! Nicht auf dem Campus! Ich habe es mir geschworen! Niemals hier! Dies ist meine Basis, mein Schlupfloch, mein sicherer Hafen! Ich darf nicht!
Er sprang auf. Seine Kehle war wie zugeschnürt. Sein Herz hämmerte. Er lief auf die Tür zu.
»O bitte – geh nicht!« Sie folgte ihm, den Overall mit den Händen zusammenhaltend, um ihre Brüste zu bedecken. »Es tut mir leid. Es ging dir zu schnell, nicht wahr? Entschuldige, das war mein Fehler – ich bin schüchterne Männer nicht gewohnt!«
Er stolperte aus der Tür.
Sie war ihm dicht auf den Fersen. »Ich wollte dich nicht überrumpeln. Ich habe mich hinreißen lassen. Du bist der aufregendste Bursche, den ich seit langem getroffen habe. Fangen wir noch mal von vorne an. Langsam. Mach dir keine Gedanken darüber, ob du ihn hochkriegst – ich kann sehr einfühlsam sein, ich kann zuhören, und ich habe schöne Spielsachen.«
Er blieb stehen und drehte sich zu ihr um. Ihr Gesicht war

immer noch geteilt, die gegensätzlichen Haarfarben verliehen ihr das schrille Aussehen einer Punkerin. Er rannte los.
»Was immer du auch tust – es wird mir gefallen«, rief sie ihm nach.
Darauf würde ich nicht wetten, dachte Lamb, als er in die Dunkelheit floh.

Siebtes Kapitel

Die Beerdigung war für Montag angesetzt. Am Samstag abend hatte Sally ihrem Mann am Telefon mit einer perfekten »Mach-dir-um-mich-keine-Sorgen«-Stimme versichert, daß es ihr selbstverständlich nichts ausmache, allein zu fliegen. Er war ihr Mann, die Toten waren auch ihre Verwandten, und der Flug dauerte nur zwei Stunden. Sie mußte sich nur zusammenreißen. Denk nicht darüber nach – tu es einfach!

Sonntag nachmittag fing sie an zu packen und konnte ihre schwarzen Schuhe nicht finden, die sie beim Begräbnis tragen wollte. »Wo sind sie? Verdammt, wo sind sie?« schrie sie. »Was ist los mit mir? Ich kann nicht einmal meine Schuhe allein finden! Ich kann überhaupt nichts!« Sie brach in Tränen aus und warf sich aufs Bett. Schließlich verebbte der Verzweiflungsanfall, und sie kam auf die Idee, unter dem Bett nachzusehen – und siehe da: Die Schuhe grinsten ihr spöttisch entgegen. Was für ein Glück, daß ich nicht gerade eine außerkörperliche Phase hatte, dachte sie: Dieser hysterische Anfall hätte sogar auf mich selbst reichlich albern gewirkt. Sie schluckte ein Valium und schaffte es irgendwie, zu Ende zu packen.

Ihre Freundin fuhr sie zum Flughafen. Auch als sie sich verabschiedet hatte, fühlte Sally sich gut: Das Valium hüllte ihre Nerven ein wie eine warme Decke.

Es war noch eine ganze Weile Zeit bis zum Start, und so ging sie zu einem Kiosk auf dem Gelände und fragte nach einem »echten Kriminalfall, der literarisch verarbeitet ist«.

Die Verkäuferin schlug ihr *Kaltblütig* von Truman Capote

vor. Doch das kannte Sally bereits. Ein junger Geschäftsmann, der ein Päckchen Kaugummi kaufte, holte ein Buch aus seinem Aktenkoffer und gab es ihr: »Versuchen Sie's damit«, sagte er. »Es ist sehr blutvoll geschrieben. Behalten Sie's ruhig – ich bin fertig damit.« Er lächelte sie an, in seinen Augen tanzten kleine Lichter.
Sally kannte dieses Lächeln. Sie dankte ihm und flüchtete, bevor er sie fragen konnte, ob sie öfter hierherkomme.
In der Maschine ließ sie sich auf dem Platz am Gang nieder, den sie sich extra ausbedungen hatte. Am Fenster saß eine dicke Frau mit blassem Gesicht und vorstehenden Augen, die sich keine Sekunde stillhalten konnte: Bordkarte prüfen, am Ohrring ziehen, imaginäre Stäubchen von der Jacke wischen, seufzen, Bordkarte überprüfen...
Durch das Valium mit sich und der Welt im reinen, nahm sich Sally das Buch vor, das sie geschenkt bekommen hatte: *Singing in my Chains* – Mel Haneys Briefe aus dem Gefängnis. Mit einem Vorwort von Humphry Shaw. Sie kannte den Namen: Der Mann war einer der wenigen Schriftsteller, die es noch in Amerika gab, die die Bestsellerlisten anführten und gleichzeitig die Literaturkritiker in Verzückung versetzten. Die Briefe waren an ihn geschrieben worden, und ihre literarische Qualität hatte ihn dermaßen beeindruckt, daß er Haney aus dem Gefängnis herausgeholt hatte.
Das ist genau das, was *Kaltschnäuzig* braucht, dachte Sally – einen berühmten Schriftsteller, der das Buch Verlagen empfiehlt. Warum nicht sogar Shaw selbst? Er interessiert sich für Kriminalliteratur. Er hat Haney geholfen – vielleicht hilft er mir auch. Ich werde ihm einen Brief schreiben...
Das Flugzeug setzte sich in Bewegung. Sie umklammerte die Armlehnen. Die Valiumdecke rutschte weg. Eine eiskalte Hand schloß sich um ihr Herz.
Ruhig. Bleib ruhig. Nachdem sie denselben Satz viermal gelesen hatte und immer noch nicht wußte, was da stand, stopfte sie das Buch in die Tasche an der Rückenlehne vor ihr. Atme tief und langsam – du schaffst es. Alles wird gutgehen.

Die dicke Frau neben ihr saß kerzengerade da, die Augen fest geschlossen.
Das Geräusch der Motoren schwoll zu einem mächtigen Brüllen an. Die Maschine beschleunigte. Sally wurde gegen die Rückenlehne gedrückt.
»Ich muß hier raus«, sagte Sally, so ruhig sie konnte.
Ohne die Augen zu öffnen, sagte die dicke Frau: »Das geht jetzt nicht mehr, meine Liebe – wir starten gleich.«
Mit vor Panik fliegenden Fingern versuchte Sally, ihren Sicherheitsgurt zu öffnen. »Ich kann es nicht durchstehen. Ich kann es nicht!«
Ihre Nachbarin sagte, die Augen noch immer geschlossen, mit erbarmungsloser Endgültigkeit: »Wir sind gleich am Ende der Startbahn.«
Sally hörte gar nicht zu. »Raus! Ich muß raus hier!«
»Ich habe etwas, das wird Ihnen helfen, Liebes.« Ohne auch nur zu blinzeln, zog die Dicke einen Flachmann aus ihrem Ausschnitt. »Wodka«, erklärte sie. »Normalerweise trinke ich ihn ja selber – aber ich glaube, Sie brauchen ihn nötiger.«
Sally riß ihr die Flasche aus der Hand und nahm einen kräftigen Schluck. Der Schnaps brannte, ihre Kehle verkrampfte sich, der Wodka gurgelte in ihrer Luftröhre, und sie wurde von einem Hustenanfall geschüttelt. Die Frau klopfte ihr fürsorglich auf den Rücken.
Der Husten ließ nach. Sally warf einen Blick aus dem Fenster und sah Manhattan im Dunst versinken. Sie waren schon zwei Meilen hoch und stiegen weiter. Sie fühlte sich, als hätte sie eine Wärmflasche in ihrem Magen.
»Na – geht's besser?« fragte die dicke Frau mitfühlend. Sie öffnete die Augen gerade lange genug, um Sally verschwörerisch zuzublinzeln.
Sally nahm noch einen Schluck. »Viel.« Sie nickte.
Als sie die Grenze des Staates New York überflogen, war der Flachmann leer. Dem folgten zwei Miniaturdrinks vom Barwagen und die gesamte Auswahl guter Weine, die sie zu dem Inlandsflug-Gourmet-Dinner genoß, das aus einer Schuhsoh-

le im eigenen Saft, einem Badeschwamm und Mistelzweigen bestand.
Das nächste, was sie wahrnahm, war die vergnügte Ankündigung ihrer Nachbarin: »Wir sind in O'Hare gelandet, Liebes. Zeit zum Aufwachen.«
Sally stöhnte. Ihr Gesicht fühlte sich an wie unter einer Schlammaske. Ihr Kopf hatte seine richtige Größe verloren und probierte jetzt alle Möglichkeiten durch. Sie konnte kaum aufstehen: Das gesamte Blut ihres Körpers schien sich in den Füßen gesammelt zu haben.
Ihre Reisetasche hatte sich unter dem Sitz verklemmt, und Sally büßte einen Fingernagel ein, als sie sie mit Gewalt herauszerrte. Sie legte sich, noch in der Hocke, den Tragriemen über die Schulter und richtete sich mühsam auf: Irgendwelche Strolche hatten den Inhalt der Tasche gestohlen, während sie schlief, und statt dessen Pflastersteine hineingepackt. Sie zwängte sich in den Gang hinaus und bewegte sich Zentimeter für Zentimeter, eingekeilt zwischen anderen Passagieren, auf die unerreichbar scheinende Tür zu.
Als sie am Flugkapitän vorbeikam, lächelte er sie an und wünschte ihr einen schönen Aufenthalt. Sie stolperte die Rampe hinauf. Und dann sah sie Jake. Er gestikulierte wild. Warum hetzte er sie denn so? Sie versuchte, schneller zu gehen, aber sie konnte nicht: Seltsamerweise war sie plötzlich von Menschen umringt.
»Mrs. Harrow – was empfanden Sie, als Sie erfuhren, daß Ihr Schwager seine Familie umgebracht hatte?«
Reporter, Kameras, Mikrofone. Ein Mann mit beginnender Glatze ging, mit ihr im Gleichschritt, rückwärts vor ihr her – eine Minikamera im Anschlag, die Linse nur sechzig Zentimeter von ihrem Gesicht entfernt.
»Mrs. Harrow! Mrs. Harrow! Wie fühlen Sie sich? Wie fühlen Sie sich?«
»Wenn die Phantasie einen verläßt, ist es notfalls erlaubt, die Wahrheit zu sagen«, lautete einer von Popsys Grundsätzen.
»Wie betäubt«, rief Sally, als sie auf ihren Mann zutaumelte.
»Wie betäubt.«

Vier blumengeschmückte Särge standen vor der Community Church in einer Reihe: Roger, Amanda, Jill und Alexander.
»Wenn wir auf die Welt kommen, besitzen wir nichts, und wenn wir gehen, nehmen wir nichts mit«, begann Reverend Dr. Ewald seine Predigt.
Zu Lebzeiten hatten Roger und Mandy Hunderte von Freunden gehabt, aber es waren kaum welche gekommen: Die Art ihres Todes schien ihr Ansehen im nachhinein befleckt und die Erinnerung an die guten Dinge, die sie getan hatten, ausgelöscht zu haben. Während der Pfarrer den Nachruf sprach, blickten die wenigen Trauergäste, die gekommen waren, unbehaglich zu Boden – als teilten sie ein schlimmes Geheimnis.
Später, auf dem All Souls Cemetery, kam Rogers Sarg als letzter an die Reihe. Eine Weile hing er regungslos über dem dunklen Loch. Es war später Vormittag. Der Himmel war grau, und leichter Nieselregen ging nieder. In der Ferne rumpelte ein Güterzug dahin.
Dann begann die Hydraulik zu arbeiten, und Roger trat seine letzte Reise an. Die Stahlseile knirschten, als der Sarg sich in Bewegung setzte.
Sally drückte mitfühlend Jakes Arm. Sein Gesicht war starr, wie aus Stein gehauen. Die Nässe auf seinem Gesicht rührte vom Regen her – nicht von Tränen.
Und dann unterbrach plötzlich eine rauhe Säuferstimme hinter ihnen die feierliche Stille: »Sie wollen meinen schönen Jungen begraben!«
Jake küßte seine Fingerspitzen: »Perfektes Timing!«
Ein alter Mann in einer billigen Baumwolljacke und ausgewaschenen blauen Arbeitshosen stolperte in den Kreis der Trauernden. Sein kahler Schädel war von einem schwarzgefärbten Haarkranz umgeben und so sonnenverbrannt, daß er sogar im fahlen Licht dieses Tages leuchtete. Er steuerte auf das Grab zu und – trat mitten auf den Sarg! Zuerst mußte er mit den Armen rudern, um das Gleichgewicht zu halten, doch dann ging er in die Knie und streckte sich schließlich der

Länge nach aus – das Gesicht dem Regen zugewandt, die Hände über der Brust gefaltet: Die Parodie eines Sarkophags.
»Ihr werdet mich mit ihm beerdigen müssen, ihr Bastarde«, schrie er.
Irgend jemand hielt die Hydraulik an. Der Sarg schwang leicht hin und her. Der Deckel war gewölbter, als Joe angenommen hatte, und er mußte sich seitlich mit Armen und Beinen festklammern, um nicht abzurutschen.
Jake begann, im Zeitlupentempo zu applaudieren: Klatsch... Klatsch... Klatsch... »Eine beeindruckende Vorstellung«, sagte er. »Hätte ich nicht besser machen können.«
»Er ist nicht er selbst«, verteidigte Dr. Ewald den alten Mann.
»Da irren Sie sich aber gewaltig.«
»Seien Sie nachsichtig, Jacob«, mahnte Ewald. »Es ist seine Art, seinen Kummer auszudrücken.«
»Dann lassen wir ihn am besten mit seinem Kummer allein.«
Jake wandte sich ab und schlenderte hinaus zu den geparkten Autos. Sally folgte ihm. Die kleine Trauergemeinde zerstreute sich zögernd. Als Joe erkannte, daß er kein Publikum mehr hatte, kletterte er vom Sarg und trottete hinter den anderen her.

Nach der Beerdigung waren alle ins Pfarrhaus eingeladen, doch sehr bald waren nur noch ein paar enge Freunde von Roger und Mandy da, die im Wohnzimmer Kuchen aßen und gequälte Konversation machten.
Joe Harrow hatte eine Serviette auf den Knien liegen und aß seinen Kuchen ebenso manierlich wie die anderen, während er unbefangen auf Sally einredete, als hätte er sich auf dem Friedhof völlig normal benommen.
Jake blieb eine angemessene Zeit bei der kleinen Gesellschaft und zog sich dann in das Arbeitszimmer des Pfarrers zurück, um Rourke anzurufen.
»Ich habe gerade Motleys Bericht bekommen. Ich gebe Ihnen

das Endergebnis als erstes«, erklärte Rourke mit einem Anflug von Triumph in der Stimme. »Das Endergebnis lautet: Es war nichts zu finden! Keinerlei Beweis dafür, daß ein Fremder am Tatort war: nicht ein Haar, nicht ein Fingernagel, nicht ein einziger Blutstropfen!«
»Was ist mit Sperma?«
»Sperma in Amandas Scheide: Rogers.«
»Sie müssen miteinander geschlafen haben, bevor der Killer sie überfiel.«
»Wie scharfsinnig.«
»Und bei den Kindern?«
»Kein Sperma.«
»Der Mörder muß ein Kondom getragen haben. Hätte ein Mann, der sich umbringen wollte, eine solche Vorsichtsmaßnahme getroffen?«
»Vielleicht: Letzten Monat hatten wir einen Selbstmörder in Morton Grove, der sich unmittelbar davor noch einen Zahn ziehen ließ.«
»Tja, es gibt schon verrückte Dinge – aber sie sind nicht die Norm.«
»Vielleicht hatte er keinen Samenerguß. Vielleicht benutzte er einen Besenstiel oder sonst irgendeinen Gegenstand. Hören Sie – auf diese Weise können Sie gar nichts beweisen. Nichts ist eben nichts.«
»Keine Anzeichen dafür, daß Roger gefesselt gewesen sein könnte?«
»Seine einzige Verletzung ist die Schußwunde. Es gibt keine Spuren eines Knebels, keine Abschürfungen oder Druckstellen von einem Seil. Er wurde nicht auf den Kopf geschlagen, nicht ins Gesicht geboxt, nicht gewürgt – nichts dergleichen. Und zwei Handschriftexperten schwören, daß er den Abschiedsbrief selbst geschrieben hat.«
»Ich begreife das nicht. Wie ist das möglich?«
»Meine Männer haben inzwischen auch das ganze Grundstück untersucht – einschließlich des angrenzenden Brachlandes. Sie sprachen mit der gesamten Nachbarschaft, mit

allen Kollegen Ihres Bruders in der Schule und den Leuten von den ›Grünen‹ – und sie machten alle Fahrer ausfindig, die Busse fuhren, mit denen er gekommen sein könnte. Ebenso bei den Taxigesellschaften: Nichts.«

»Haben Sie was über die Waffe rausgefunden?«

»Vergessen Sie's: Irgend jemand hat vor langer Zeit die Seriennummer weggefeilt. Ihr Bruder hat sie nicht offiziell besessen – es gibt keine Quittung und auch keinen Waffenschein –, aber das ist nicht ungewöhnlich: Er kann sie irgendwo privat gekauft haben. Vielleicht bei einer Schießveranstaltung oder...«

»Roger ging nicht zu Schießveranstaltungen.«

»Und auch keiner seiner Freunde? Jesus – es schwirren eine Million Handfeuerwaffen in der Gegend herum. Reiten Sie nicht auf der verdammten Pistole herum!«

»In Ordnung. Was tun Sie als nächstes?«

»Wir halten die Augen offen – vielleicht ergibt sich ja doch noch irgendein Hinweis.«

»Sie schließen den Fall ab.«

»Haben Sie eine Idee, was ich noch tun könnte?«

»Wenn Sie glaubten, daß ein Massenmörder frei herumläuft, würden Sie mich das nicht fragen.«

»Sie haben recht. Es tut mir leid um Ihre Verwandten – wirklich.«

Als Jake ins Wohnzimmer zurückkam, waren alle Gäste gegangen. Sally versuchte, eine gezwungene Unterhaltung mit Ewald aufrechtzuerhalten. Joe Harrow wankte im Raum herum, eine leere Sherryflasche an die Brust gepreßt, und hielt den leeren Stühlen eine Ansprache.

»Ich habe die Jungs großgezogen – sie schulden mir was! Das Haus gehört jetzt mir. Roger wird es nicht mehr brauchen – das ist verdammt sicher!«

Er blieb vor einem geschnitzten Pult in einer Ecke des Zimmer stehen, beugte sich vor, um seine Hosen zu schonen, und spuckte sein Frühstück mitten über das dort aufgeschlagen liegende Buch.

Ewald stürzte auf ihn zu und begann in wilder Panik mit dem Ärmel seiner Robe vorsichtig die Seiten abzutupfen. »Das ist die *Incunabula*«, krächzte er entsetzt. »Die Bibel von König Edward VI.! Er hat sie besudelt.«

»Das ist eben seine Art, seinen Kummer auszudrücken«, sagte Jake trocken.

Achtes Kapitel

»Oh, Detective Harrow – kommen Sie herein. Und Sie müssen Sally sein.« Mrs. Appleby schüttelte ihnen die Hand und deutete auf zwei Stühle. Sally setzte sich – Jake blieb stehen. Mrs. Appleby zog sich hinter ihren Schreibtisch zurück. »Sie hätten die Papiere doch nicht selbst vorbeibringen müssen – mit der Post wären sie auch schnell genug hiergewesen.«
»Ich fürchte, so fix wird die Sache nicht gehen«, sagte Jake. »Ich muß Winston für eine Weile mit nach Hause nehmen.«
Sie versteifte sich. »O Gott – das hatte ich befürchtet!«
»Nur für kurze Zeit.«
»Es tut mir leid – das ist nicht möglich.«
»Höchstens zwei Wochen.«
»Sie werden den Jungen nicht mitnehmen.«
»Wir haben das Recht dazu«, fuhr Sally auf.
»Sie mögen ja das Recht haben – aber ich habe Winston.«
»Nicht mehr lange, das versichere ich Ihnen.« Jake verließ im Eilschritt das Büro. Sally folgte ihm in die Halle hinaus, doch er schüttelte den Kopf. »Warte im Büro auf mich. Behalte sie im Auge.«
Er lief in den zweiten Stock hinauf und klopfte an die Tür von Zimmer 16. »Ich bin's – Onkel Jake.«
Er öffnete die Tür.
»Bist du mein neuer Daddy?«
Ein kleines weißes Mädchen von etwa vier Jahren saß in einem blauen Partykleid auf dem Bett. Sie streckte ihm die Arme entgegen.
Er überprüfte die Zimmernummer: Sechzehn.
»Dein neuer Daddy wird bald hiersein«, versicherte er.

In den Regalen standen andere Spielsachen – Winstons waren verschwunden. Jake schaute in die Schublade der Kommode: Kleinmädchenkleider.

»Wie heißt du?«

»Camille.«

»Das ist mein Lieblingsname.«

Sie kicherte.

»Sag mal, Camille – wie lange wohnst du schon in diesem Zimmer?«

»Seit gestern.«

»Wirklich? Du hast letzte Nacht in diesem Bett geschlafen?«

Sie nickte.

»Und in welchem Zimmer warst du vorher?«

»In dem blauen.«

»Weißt du, welche Zimmernummer das hatte?«

»Mmmm.« Sie nickte heftig.

»Und welche?«

»Siebenundzwanzig. Die Treppe rauf.«

»Sehr gut, Camille. Du bist ein kluges Mädchen.«

Wieder kicherte sie.

»Hör mal, Camille – kennst du jemanden, der Winston heißt?«

»Mmm.«

»Kannst du mir zeigen, wo er ist?«

»Mmmm.« Sie rührte sich nicht.

»Könntest du es jetzt gleich tun?«

Sie glitt vom Bett, lief zum Spielzeugregal und brachte Jake einen Teddybären.

»Der ist sehr hübsch«, sagte er, »aber ich suche einen anderen Winnie.«

Mrs. Appleby saß hinter ihrem Schreibtisch, die rosigen Arme über der Brust verschränkt und die Lippen zu einem schmalen Strich zusammengepreßt, und starrte Sally feindselig an.

»Sagen Sie schon – wo ist er!« forderte Jake.

»Wo Sie ihn niemals finden werden.«

»Das können Sie nicht tun! Winston ist meine einzige Chance, diesen Fall zu lösen!«
»Der Fall ist abgeschlossen.«
»Wie kommen Sie denn darauf?«
Sie wischte sich eine imaginäre Fliege aus dem Gesicht. »Glauben Sie im Ernst, ich hätte das Kind weggebracht, wenn die Untersuchung liefe?«
»Aber Sie haben Winston bereits gestern weggeschafft!«
»Wer hat Ihnen das erzählt?« fuhr sie wütend auf. »Wer hat mit Ihnen gesprochen?«
»Sie brauchen Ihr Personal nicht zu entlassen – ich weiß es von Camille.«
»Camille? Wer ist Camille?«
»Das Kind in Winstons altem Zimmer.«
»Oh.« Mrs. Appleby sah ihn ausdruckslos an.
»Sie hat bereits letzte Nacht dort geschlafen. Wie kamen Sie dazu, Winston schon gestern wegzubringen? Der Fall wurde erst heute vormittag abgeschlossen.«
Sie sah ihn gelassen an. »Das hat Lieutenant Rourke *Ihnen* erzählt.«
»Aber der Bericht der Gerichtsmedizin…«
Sie richtete sich kerzengerade auf. »Ich habe jahrelang daran gearbeitet, eine gute Beziehung zur hiesigen Polizei aufzubauen.«
»Ich verstehe.« Er nickte. »Er lag schon gestern vor – und so wurde auch der Fall bereits gestern abgeschlossen. Rourke hielt mich hin, um Ihnen Zeit zu verschaffen, Winston verschwinden zu lassen.«
»Was ich getan habe, geschah nur, um das Kind zu schützen.«
»Sie schützen auch den wirklichen Mörder – ist Ihnen der Gedanke schon mal gekommen?«
»Ihr Bruder war der Mörder, und der Junge hat das Böse gespürt, das von diesem Mann ausging: Er hörte schon vor den Morden auf zu sprechen. Lange zuvor. Er sah die Katastrophe kommen. Er fühlte, wie gefährlich Ihr Bruder war. Kinder haben Antennen für solche Dinge.«

»Ihre Meinung interessiert mich nicht, Winston wurde legal adoptiert, und als sein nächster Verwandter bin ich dem Gesetz nach sein Vormund – solange ich die Adoption nicht rückgängig mache. Und jetzt werden Sie mir sagen, wo er ist.«

Ihr rosiges Gesicht lief dunkelrot an. »Ihr Bruder hat mich getäuscht und mich veranlaßt, ihm ein Kind zu geben. Er war raffiniert – viele Psychopathen sind das –, aber Sie wissen genau, wem am Ende die Schuld gegeben würde. Wir könnten unseren guten Ruf einbüßen, vielleicht sogar unser Haus schließen müssen. Ein Leben im Dienste der Öffentlichkeit wäre mit einem Schlag zunichte gemacht. Durch Gottes Gnade wurden wir aus der Sache herausgehalten. Und jetzt wollen Sie alles wiederaufrollen und uns in den Dreck ziehen – und alles nur, weil Sie nicht akzeptieren können, was Ihr Bruder getan hat. Nun – es ist mir gleichgültig, welche Register Sie ziehen: Sie bekommen den Jungen nicht!«

Neuntes Kapitel

Jake ging nachdenklich in der Abflughalle des O'Hare Airport auf und ab. Sally war Kaffee holen gegangen. Eine Stimme verkündete über Lautsprecher, daß die Passagiere nach New York in Kürze aufgerufen würden. Er schnalzte mit den Fingern und steuerte eilig auf die Telefone zu, die in einer Reihe an der Wand angebracht waren.

Er wählte die Nummer der Appleby-Agentur und verlangte die Verwaltung. Gleich darauf meldete sich ein Mädchen namens Cindy.

»Tag, Cindy. Hier spricht Officer Fashonado von der Polizei in Skokie. Wir haben uns schon mal unterhalten, erinnern Sie sich?«

Fashonado – schnell und schlampig ausgesprochen – war Jakes bevorzugter Deckname für Telefonate: Er blieb nicht im Gedächtnis haften.

»Äh – ja, natürlich«, antwortete Cindy: Sie wollte sich nicht die Blöße geben, es vergessen zu haben.

»Da der Fall Harrow abgeschlossen ist, müssen wir die sichergestellten Sachen zurückgeben, verstehen Sie? Und wir haben noch einen Karton mit Kleidung von dem kleinen Winston Harrow hier.«

Aus dem Lautsprecher dröhnte eine neue Ansage.

»Seid mal 'n bißchen leiser, Jungs!« brüllte Jake. »Tut mir leid, Cindy – hier im Mannschaftsraum ist wieder mal die Hölle los. Lieutenant Rourke sagt, ihr hättet den Jungen woandershin gebracht, und ich brauche die Adresse.«

»Die darf ich nicht rausgeben«, erklärte Cindy.

»Das ist klar – aber ich bin von der Polizei.«

»Tut mir furchtbar leid – aber Mrs. Appleby hat gesagt, es dürften keine Ausnahmen gemacht werden. Wollen Sie mit ihr sprechen?«

»Nein – das dürfte wohl keinen Sinn haben. Vorschrift ist eben Vorschrift. Aber es ist wirklich blöde. Wir haben keinen Platz, das Zeug zu lagern. Na ja – dann müssen wir's eben wegschmeißen. Traurig, traurig: Der arme Junge hat sein Zuhause und seine Familie verloren – und jetzt bekommt er nicht mal seine vertrauten Kleider wieder.«

»Moment – ich rede mal kurz mit jemandem, okay?« Sie schaltete ihn auf die Warteleitung, und er kam in den Genuß von zwölf Zeilen des Songs *Breaking Up is Hard to Do*. Sally kam auf ihn zu. Er bedeutete ihr mit einer heftigen Handbewegung, sich still zu verhalten, denn Cindy meldete sich wieder.

»Hören Sie, Officer. Mrs. Appleby ist nach Hause gegangen – sie hatte Migräne. Ich darf das eigentlich nicht – Sie müssen mir versprechen, daß Sie nicht verraten, woher Sie Ihre Information haben.«

»Großes Ehrenwort! Was Mrs. Appleby nicht weiß, macht sie nicht heiß.«

»Okay. Also… Winston ist in Halcyon Hills! Stellen Sie sich das vor!«

»Halcyon Hills. Das kann doch nicht Ihr Ernst sein!« schaltete er blitzschnell.

»Ich würde Ihnen doch keinen Bären aufbinden. Officer… Fush… Fash… Officer.«

»Ich finde das wirklich ganz prima von Ihnen. Es wird ein Trost für den Kleinen sein, wieder seine eigenen Sachen anziehen zu können. Sie sind großartig, Cindy.«

Jake nahm sich das Chicagoer Telefonbuch vor.

»Wir müssen los«, sagte Sally, die neben ihm stand, ungeduldig. »Wir sind schon zum letztenmal aufgerufen worden.«

»Wir fliegen nicht: Ich habe erfahren, wo sie Winston hingebracht haben.«

»Tatsächlich? Jetzt gerade? Jake – du bist ein Genie!«
»Bloß kann ich die verdammte Telefonnummer nicht finden.«
Sally griff nach dem Des-Plaines-Verzeichnis. »Ich helfe dir. Wonach soll ich suchen?«
»Nach Halcyon Hills.«
Sie blinzelte verblüfft. »Die Klapse?«
»Die was?«
»Es gibt eine Klapsmühle, die Halcyon Hills heißt.«
»In der Nähe von Chicago?«
»Mm. Ein ganz nobles Haus – eins von denen, wo die Zwangsjacken von Designern entworfen worden sind. Man geht im Gymnastikanzug zur Gruppentherapie, weil man gleich anschließend zum Aerobic muß. Erst weinen – dann schwitzen. Man hat den Verstand verloren – da kann man auch gleich seine Zellulitis verlieren. Liiiebes, Sie sehen wundervooooll aus – die Schizophrenie hat Ihre Körperhaltung entscheidend verbessert!«
Jetzt war es an Jake, verblüfft zu blinzeln. »Woher weißt du denn so genau Bescheid?«
»Nans beste Freundin hat ein Jahr dort zugebracht. Sie schrieb jeden Tag – köstliche Briefe. Wir haben uns krankgelacht. Und dann trank sie Lysol, das arme Ding. Popsy hat ihr nie verziehen.«

Halcyon Hills lag nördlich von Chicago – zwischen dem Naturschutzgebiet und dem Musikfestivalgelände am Fox River. Von der Straße durch eine Phalanx von Bäumen abgeschirmt, wirkte es eher wie ein exklusiver Country Club als wie eine Nervenheilanstalt.
Kurz vor vier bog Jake mit dem Mietwagen in die lange, sanftgeschwungene gekieste Zufahrt ein. Sie rollten an einer Reihe von Luxuskarossen vorbei, die unter einem Schild mit der Aufschrift »Reserviert für Personal« parkten.
Der Duft frischgemähten Grases wehte durch das offene Wagenfenster herein. Fröhliche Stimmen und Geplätscher

deuteten darauf hin, daß sich irgendwo in der Nähe ein Swimmingpool befinden mußte.
»Die schwimmen im April?« wunderte sich Jake. »Na ja – sind eben Verrückte!«
»Sie schwimmen das ganze Jahr – es ist ein Hallenbad mit einer Schleuse zu einem Außenbecken. Ich sage dir – diese Anstalt ist ein Fitneßcenter.«
Er hielt vor dem Hauptportal.
»Schwache Leistung: kein Lakai da, der dir den Schlag öffnet!«
»Das Büro des Chefs wird dich für diese Enttäuschung entschädigen: Nans Freundin schrieb, ›so würde Gott sich einrichten, wenn er Geld hätte‹.«
Die junge Frau am Empfang wirkte wie die gestrenge Leiterin eines Mädchenpensionats.
»Wir wollen zu einem Ihrer Patienten«, erklärte Jake.
»Wir ziehen die Bezeichnung ›Gäste‹ vor«, korrigierte sie ihn, ohne zu lächeln.
Auf die Anmeldekarte, die sie ihm zum Ausfüllen gab, schrieb er bei »Art der Verwandtschaft«: »Onkel«.
Als sie las, daß es um Winston ging, wurde ihr Gesicht noch verschlossener.
»Es tut mir leid, Sir – wir haben niemanden dieses Namens hier.«
»Doch – das haben Sie.« Er zeigte ihr seine Polizeimarke.
»Sie haben angegeben, sein Onkel zu sein«, sagte sie anklagend, als könne sie ihn loswerden, indem sie ihn einer Lüge überführte.
»Das bin ich *auch*.«
»Und ich bin seine Tante«, fügte Sally liebenswürdig hinzu.
»Aber er ist ein... ich meine... Sie sind....« Die Miene der Frau wechselte von Verwirrung zu Zorn. »Ich muß Dr. Smoak anrufen.«
»Das ist der Bursche, dem dieser Kasten gehört«, erinnerte sich Sally.
Die Empfangsdame musterte sie feindselig und wandte sich

dann ihrem Telefon zu. »Linda?« sagte sie, nachdem sie ein paar Knöpfe gedrückt hatte. »Hier ist die Halle. Sag ihm, daß ein Paar hier ist, das W. H. sucht. Ich weiß – aber der Mann ist Detective. Ja – von der Polizei. Harrow. Ja. Er behauptet, er sei der Onkel.«
Gleich darauf brachen zwei stämmige junge Männer im Tennisdreß durch eine Seitentür, als seien sie von einem Katapult abgeschossen worden, und trieben Jake und Sally vor sich her in Smoaks Büro. Sie erklärten, der Chef käme gleich, und blieben an der Tür stehen, von wo aus sie Jake mißtrauisch fixierten, als erwarteten sie, daß er ein Gewehr hervorzaubern und den Queen-Anne-Schreibtisch durchlöchern würde.
»Hier drin hätte ja eine Bowlingbahn Platz«, stellte er fest.
»Hab ich's dir nicht gesagt?« Sally schaute sich um. »Orientteppiche, Tische mit Lederplatten – das Feinste vom Feinen. Genau das, was Popsy liebt. Er würde einen Mord begehen für ein solches Arbeitszimmer.«
Etwa zwanzig Gemälde bedeckten die Wände. Sally betrachtete sie aus der Nähe. »Jake – komm her! Ich glaube, das ist echt!«
»Sehr echt: Man denkt, man stünde im Freien. Gefällt mir.«
»Das meine ich nicht. Es ist ein Original – keine Reproduktion! Ein Sisley. Er war bekannt als der ›Poet vom Flußufer‹.«
»Wie teuer?«
»Wie soll ich das wissen! Wahrscheinlich Millionen.«
Jake ging weiter zum nächsten Bild. »Also, das finde ich nicht so toll.«
»Ein Seurat. Auch echt. Ich glaube, sie sind alle echt.«
»Ganz schöner Wert, was?«
»Kann man wohl sagen. Er hat das Bruttosozialprodukt von Portugal hier hängen.«
»Wer ist der berühmteste Kunsthändler aller Zeiten?«
»Duveen, denke ich. Er hat viele alte Meister an J. P. Morgan verkauft. Warum fragst du?«
In diesem Augenblick kam Dr. Smoak herein. Er hätte ein

Fernsehpfarrer sein können: hochgewachsen, sonnengebräunt und gutaussehend, das weiße Haar perfekt frisiert.
»Ah – Detective und Mrs. Harrow. Tut mir leid, daß Sie warten mußten. Nehmen Sie doch bitte Platz.«
Sally setzte sich. Wie in der Appleby-Agentur blieb Jake auch diesmal stehen. Der Arzt musterte seine beiden Besucher mit einer Mischung aus Mitgefühl und Zuversicht. Machen Sie sich keine Sorgen, schien seine Miene zu sagen, wir kommen Ihrem Problem auf den Grund.
»Möchten Sie vielleicht Kaffee?«
Freundlich, entgegenkommend und scheinbar ungezwungen – aber die beiden stämmigen jungen Männer standen nach wie vor an der Tür.
»Nein danke«, antwortete Jake. »Wir bleiben nicht lange. Wir wollen nur Winston abholen, und dann sind wir auch schon wieder weg.«
Smoak stützte die Ellbogen auf die schimmernde Rosenholzplatte seines Schreibtischs und legte die Fingerspitzen aneinander. »Winston leidet an traumatischer Aphasie.« Er sprach die Worte langsam und deutlich aus – der weltberühmte Psychiater, der eine Diagnose stellt und damit jedes Gegenargument im Keim erstickt.
»Vielleicht ist er nur total verängstigt.«
»Er spricht nicht, Detective. Kein Wort. Eine ernste Sache.«
»Ich denke, ich kann etwas aus ihm herausbekommen.«
»Als er die Puppe in der Toilette hinunterzuspülen versuchte, zeigte er Ihnen damit doch, daß er nicht mit Ihnen sprechen wollte.«
»Ich gebe mich nicht so schnell geschlagen.«
»Finden Sie es nicht bezeichnend, daß die Puppe ein Polizist war?«
»Das ist mein Problem – nicht Ihres. Ich möchte ihn nur etwa zwei Wochen bei mir haben. Dann bringe ich ihn zurück.«
»Warum wollen Sie das Kind durch einen neuerlichen Ortswechsel noch mehr verstören? Der Fall ist doch abgeschlossen.«

»Das ist genau der Punkt: Er muß wieder aufgerollt werden – und dafür brauche ich Winston.«
»Sie wollen einen Alleingang starten? Eine Art Kreuzzug?«
»Kreuzzug? Wenn man das hört, könnte man meinen, ich jagte einer Wahnidee nach. Was würden Sie mir verordnen, Doc? Vielleicht eine Mischung aus Psychotherapie und Lithium?«
Smoak lächelte liebenswürdig. »Es besteht kein Grund, aggressiv zu werden.«
»Das sehe ich anders. Das Spiel ist aus, Jim. Sie und Mrs. Appleby haben den Jungen versteckt. Wir haben ihn gefunden. Und wir nehmen ihn mit!«
»Nach meinem Dafürhalten ist das nicht im Interesse des Kindes.«
»Ich habe es notiert. Und jetzt bringen Sie uns zu ihm.«
»Nein.«
»Sagt Ihnen das Wort ›Kidnapping‹ etwas?«
»Das bekomme ich immer wieder zu hören. Nicht alle meine Gäste sind aus freien Stücken hier, und die lassen nichts unversucht, uns etwas am Zeug zu flicken. Doch Halcyon Hills verfügt über ausgezeichnete Rechtsberater. Ich glaube nicht, daß ein Anwalt, den Sie sich leisten könnten, eine Chance hätte, Ihre Forderung durchzusetzen. Aber selbst wenn Sie gewinnen würden, kann ich Ihnen eines garantieren: Meine Juristen würden so viele Aufschübe bei Gericht erwirken, daß Winston sich bereits rasieren müßte, wenn Sie ihn endlich in die Hände bekämen. Und da Sie sagen, Sie wollten ihn nur für kurze Zeit haben, würde sich ein solcher Aufwand doch gar nicht lohnen.«
Jake stand hinter Sallys Stuhl, die Hände auf ihren Schultern. Er drückte sie sanft nieder – ein deutliches »Rühr-dich-nicht«-Signal.
»Sieht so aus, als hätten Sie mich geschlagen, was, Doc?«
»Sie sehen das anscheinend als ein Spiel an. Ich versichere Ihnen, ich spiele niemals. Ich habe den Eindruck, Sie betrachten den Jungen als eine Art Trophäe – und die werde ich Ihnen nicht zugestehen.«

Jake bohrte die Hände tief in die Taschen und begann herumzuwandern. Vor dem Sisley blieb er stehen. »Ah – ein Sisley. Der ›Poet vom Flußufer‹. Ich habe seine Fähigkeit, die Atmosphäre einzufangen, schon immer bewundert.«
Smoak lächelte süffisant. »Ich wußte nicht, daß auf der Polizeiakademie auch Kunstverstand gelehrt wird.«
»Doch, doch – aber es wird in den Unterricht eingebaut: Die Galerie ist gleichzeitig der Schießstand.«
Der Arzt runzelte die Stirn. »Soll das ein Scherz sein?«
Jake streckte den Arm mit nach oben zeigendem Daumen aus und studierte das nächste Gemälde. »Offen gestanden habe ich mich für Seurat nie so richtig erwärmen können. Zu steif, zu durchdacht. Ich bevorzuge Spontaneität. Aber er muß Sie eine ganze Stange Geld gekostet haben. Wie Duveen sagte, als er mit J.P. Morgan zusammentraf: ›Ich zeige Ihnen meinen, wenn Sie mir Ihren zeigen.‹«
»Mrs. Harrow – Ihr Mann redet zusehends wirrer. Nimmt er Drogen?«
»Ne, ne – er mag einfach Bildah«, antwortete Sally in breitem Brooklyn-Dialekt.
»Halcyon Hills«, sagte Jake. »Das Haus, das den dreifachen Satz verlangt, weil es so abgeschieden liegt – gegen den Zugriff der Medien abgesichert. Und dann kommt ein Plappermaul und verdirbt alles. Wenn ich zu übersteigertem Selbstbewußtsein neigte, würde ich jetzt platzen.«
Smoak versteifte sich. »Sie sind nicht mein Patient – ich bin nicht verpflichtet, mir Ihr Gefasel anzuhören. Vor allem nicht, wenn es beleidigend ist.«
»Wissen Sie, was ich tun werde, Doc – ich werde Ihre goldene Gans in den Hof rausbringen und ihr den Hals umdrehen.«
»Wenn das eine Drohung sein sollte, so kann ich Ihnen nicht folgen.«
»Seien Sie doch nicht so bescheiden: Sie haben mich selbst auf die Idee gebracht. Sie haben recht – mit einer Klage wegen Kidnapping käme ich nicht durch. Aber Behinderung der Justiz in einem grausigen Schlagzeilen-Mordfall gibt was

her. Ich zerre Sie nicht vor Gericht – ich bringe die Geschichte in die *Chicago Tribune* und die *Eyewitness News*. Ich nenne Sie in einem Atemzug mit Lieutenant Rourke und Mrs. Appleby – als Verschwörer, die die Tatsache verheimlichen wollen, daß Winston Zeuge der Abschlachtung seiner Familie war.«

»Wer würde Ihnen Gehör schenken – einem New Yorker Polizisten mit einer fadenscheinigen Theorie?«

Jake schlenderte auf Smoaks Schreibtisch zu. »Seien Sie da nicht so sicher. Immerhin bin ich der Bruder des angeblichen Mörders. Den gestrigen Tag habe ich damit verbracht, Reporter abzuwimmeln: Die Haie sind so hungrig, daß sie sich ihre eigenen Flossen abbeißen. Eine Story wie diese kann man nicht durch ein paar gezielte Telefonate unter den Teppich kehren – nicht, wenn es um einen Typ geht, der ganze Familien mißbraucht und niedermetzelt. Möchten Sie, daß Reporter auf Ihrem schönen Besitz herumschwärmen wie Ameisen auf einem Schokoladenkuchen? Möchten Sie Ihre illustren ›Gäste‹ fürs Fernsehen filmen lassen? Möchten Sie, daß Reporter vor den Toren von Halcyon Hills vor der Kamera Vermutungen anstellen? ›Und noch immer beschäftigt uns eine Frage: Warum hat Dr. Smoak die Aufklärung eines mehrfachen Mordes verhindern wollen? War er vorübergehend nicht zurechnungsfähig? Wäre möglich. Oder weiß der niedliche kleine farbige Junge vielleicht etwas über gewisse Behandlungsmethoden, die in dieser Zuflucht für geistig verwirrte Reiche praktiziert werden, und wurde deshalb von Smoak unter Verschluß gehalten? Es wird sich bald herausstellen. Brad Fashonado vom Sanatorium für verrückte Millionäre Halcyon Hills – ich gebe zurück ins Studio.‹«

»Sie haben die Medien belogen – Sie sind ebenfalls in die Verschleierung verwickelt«, schoß Smoak zurück. »Haben Sie schon darüber nachgedacht, wie Ihre Vorgesetzten in New York das aufnehmen werden?«

»Ich hatte keine andere Wahl – aber mir wird nichts passieren.«

»Diesen Optimismus halte ich für reichlich blauäugig. Es könnte durchaus sein, daß Ihre Karriere ein abruptes Ende findet.«
Jake stützte die Fäuste auf den Schreibtisch und lehnte sich zu Smoak hinüber.
»Wissen Sie was? Es ist mir scheißegal! Meine Verwandten wurden abgeschlachtet wie Schweine. Sie sind Psychiater – Sie müßten wissen, wie mir zumute ist.«
»Sie können mich nicht einschüchtern.« Smoaks sonore Stimme klang plötzlich schrill.
Die Männer an der Tür erwachten zum Leben. Jake wirbelte herum. »Na los – schmeißt mich endlich raus! Ich habe nicht den ganzen Tag Zeit. Ich muß telefonieren. Nun tut schon eure Pflicht! Mein Gott, es ist heutzutage offenbar kaum noch möglich, kompetentes Personal zu bekommen.«
Sie hatten genügend Erfahrung mit gewalttätigen Menschen, um Jakes Gefährlichkeit richtig einschätzen zu können, und näherten sich ihm vorsichtig von zwei Seiten.
»Halt!« Smoak sprang auf. »In Ordnung, in Ordnung. Nehmen Sie ihn mit!« Er warf Jake einen Zimmerschlüssel zu, den dieser geschickt auffing. »Sie gottverdammter Dickschädel. Sie überfallen mich hier, reden wirres Zeug, drohen mir und denken, Sie könnten sich alles erlauben. Sie Mistkerl! Sie sind schlimmer als die Verbrecher.«
»Ich danke Ihnen«, erwiderte Jake ohne erkennbare Ironie. »Ich weiß Ihr Vertrauen zu schätzen.«
Smoak starrte ihn mit offenem Mund an. Sein Blick wanderte von Jake zu Sally und weiter zu den beiden jungen Pflegern, die völlig verwirrt dreinschauten.
Mit ruhiger Stimme sagte er: »Ich denke nicht, daß zwei Wochen bei Ihnen die geistige Stabilität des Jungen ernstlich gefährden werden – man könnte es sogar als Milieutherapie betrachten.«
»Ich wußte doch, daß Sie es schließlich so sehen würden, Doc. Ist es nicht ein schönes Gefühl, sich so einig zu sein?«

Nichts deutete darauf hin, daß Winston Jake erkannte. Er verhielt sich wie ein kleiner Roboter. Als Jake ihn auf den Rücksitz des Leihwagens verfrachtete, war er sicher, daß der Junge sich nicht rühren würde – wie lange die Fahrt auch dauerte.

»Du warst umwerfend!« sagte Sally. »Ich habe meinen Ohren nicht getraut!« Sie kritzelte wie wild in ihr Notizbuch.

»Was für ein Kapitel das geben wird! Ein berühmter Psychiater mit einem Haus voller Personal, das auf seiner Seite steht – und du hast ihn außer Gefecht gesetzt! Wie konntest du so ruhig bleiben? Hattest du keine Angst, als die beiden Pfleger auf dich zukamen?«

»Nein. Zu dem Zeitpunkt war die Sache doch schon gelaufen. Der gute Doc hatte Todesangst!«

»Wirklich? Wann wurde dir klar, daß du gewonnen hattest?«

»Als ich die Sache mit dem ›Poeten vom Flußufer‹ brachte. Diesen Dolchstoß hattest du mir ermöglicht.«

Sally schlug mit dem Kugelschreiber auf ihr Heft. »Der ›Poet vom Flußufer‹? Damit hast du ihn geschafft?«

»Mit der Lithium-Psychotherapie-Kiste konnte ich ihm nicht imponieren – auch ein Cop kann solche Kenntnisse haben. Aber der ›Poet vom Flußufer‹ – das haute ihn um!«

»Offen gestanden habe ich keinen Schimmer von psychologischer Kriegführung im Polizeiwesen. Ich verstand überhaupt nicht, warum du ausgerechnet bei einer solchen Gelegenheit über Kunst sprachst.«

»Er auch nicht.«

»Wolltest du ihn verwirren? War das deine Absicht?«

Jake schüttelte lächelnd den Kopf. »Er glaubte, er könne mich in seinen Aktenschrank einordnen – unter ›D‹. ›Ah, Detective. Nehmen Sie doch bitte Platz. Kaffee, Detective?‹ Er dachte, er könne es sich in seiner Muschel bequem machen und mich auslachen. Aber der ›Poet vom Flußufer‹ öffnete die Muschel gerade so weit, daß ich eine Gabel reinschieben konnte. Und mit der piekste ich ihn dann. Man darf solche Typen nie wissen lassen, wer man ist.«

Sally schrieb den letzten Satz in ihr Notizbuch und fragte: »Und wer bist du, Fremder?«
Jake zuckte mit den Schultern. »Woher soll ich das wissen?«

In der Abendmaschine nach New York saß Jake auf dem Mittelplatz und Sally wieder am Gang. Sie krallte sich so an den Armlehnen fest, daß ihre Fingerknöchel weiß hervortraten. Beim kleinsten Hüpfer packte sie Jakes Arm und umklammerte ihn wie eine Adlerklaue. Winston saß am Fenster, starrte unverwandt geradeaus und sah zunehmend unglücklich aus – aber er gab keinen Ton von sich. Das Flugzeug war bereits über dem Eriesee, als Jake auffiel, wie verkrampft das Gesicht des Jungen war.
»Du wirst meinen Arm loslassen müssen, Schatz – ich fürchte, wir haben einen Notfall hier.« Er öffnete Winstons und seinen Sicherheitsgurt.
»Einen Notfall?«
»Unser kleiner Freund ist seit Halcyon Hills nicht auf der Toilette gewesen – und wer weiß, wann er dort das letztemal war.«
Als er Winston sanft den Gang hinunterschob, bemerkte er, wie steifbeinig der arme kleine Kerl ging, verzweifelt bemüht, diese letzten paar Meter noch durchzuhalten.

Gegen elf kamen sie zu Hause an. Jake stellte oben im Flur eine Liege auf und drapierte einladend Kissen und Decken darauf. Winston beobachtete ihn mißtrauisch.
»Die ist für dich, Freund. Ich stelle sie hin, wo du willst.«
Er nahm den Jungen an der Hand und machte mit ihm einen kurzen Rundgang durch das erste Stockwerk. »Du kannst das Gästezimmer haben – ganz für dich allein. Das wäre doch toll, oder? Aber du kannst auch bei Sally und mir schlafen.«
Winston blickte zu Boden.
Jake seufzte und öffnete die Tür der Schrankkammer. »Wenn du das wirklich willst, dann lege ich dir da eine Matratze rein. Also – wofür entscheidest du dich?«

Ohne aufzuschauen, deutete Winston auf die Kammer.
»Eins mußt du zugeben«, sagte Jake. »Mit dir ist nicht leicht auszukommen.«
Keine Reaktion.
Er ging ins Parterre hinunter, Sally lag auf dem Sofa und nippte an ihrem Weinglas. Die Reise hatte sie völlig erschöpft. Jake ließ sich neben ihr nieder und barg das Gesicht in den Händen.
»Vielleicht ist es doch falsch: Er hat jetzt mehr Angst als bei Mrs. Appleby. Ich komme mir vor wie ein Unmensch, weil ich möchte, daß er in einem Bett schläft. Dieses Kind soll mir erzählen, was in der Nacht zum letzten Freitag passiert ist!«
Sally fuhr streichelnd über seinen Rücken. »Er hat früher gesprochen – er wird es wieder tun. Wetten – eher, als du denkst, wird er dich mit seinem Geplapper wahnsinnig machen!«
»Ich hoffe es. Vielleicht spricht er ja einfach nicht gern – vielleicht möchte er lieber...«
»Was?«
»Es ist nur so eine Idee. Weit hergeholt, aber nicht ganz abwegig. Weißt du, daß Stotterer singen können, ohne zu stottern?«
»Mmm. Das hat was mit der rechten und der linken Gehirnhälfte zu tun, glaube ich. Und?«
»Wenn Winston nicht sprechen will – vielleicht kann ich ihn dazu bringen zu singen.«

Zehntes Kapitel

Julian Lamb, Altphilologe am Wren College, hatte im Laufe seines Lebens viele verschiedene Namen benutzt.
Sein ursprünglicher Name, den er bei seiner Geburt im Jahr 1960 bekommen hatte, lautete Evan Highland.

1970, als er zehn Jahre alt war, wachte er eines Nachts davon auf, daß seine Mutter zu ihm ins Bett kroch.
Er war es gewohnt, daß sie sich irgendwann im Laufe der Nacht leise in sein Zimmer schlich. Manchmal wurde er wach und sah im schwachen Schein des Flurlichts, daß sie vor seinem Bett stand und auf ihn herunterschaute. Wenn sie bemerkte, daß er nicht schlief, beugte sie sich über ihn, küßte ihn, sagte »schlaf jetzt« und ging auf Zehenspitzen hinaus.
Doch diesmal war es anders. Sie drängte sich an seinen Rücken und atmete schwer. Er stellte sich schlafend.
Nach einiger Zeit begann sie seine Schulter zu streicheln. Sehr zart. Die Berührung verursachte ihm ein merkwürdiges Gefühl, das er noch nie empfunden hatte, und er hoffte, sie würde wieder gehen.
Ihre Hand wanderte streichelnd abwärts und kroch unter sein Pyjamaoberteil. Gegen seinen Willen versteifte er sich und packte ihr Handgelenk. »Nicht«, sagte er.
»Ich liebe dich so sehr.« Sie versuchte, ihre Hand zu befreien, aber er hatte erstaunliche Kräfte für sein Alter.
»Nein!« wiederholte er entschieden.
»Du bist mein Liebling – mein einziger Liebling. Ich habe dir alles gegeben. Du gehörst mir. Ich habe ein Recht auf dich.«
»Ma – bitte ....«

»Ich will dich doch nur berühren. Ich habe dich da unten gewaschen, als du klein warst.«
»Nein!«
Sie kämpfte mit ihm, und dann fing sie plötzlich an zu weinen. »Mein Mann ist tot«, jammerte sie. »Es ist nicht fair!«
Evan wußte nicht, was er darauf erwidern sollte, aber er hielt sie sich weiter vom Leibe.
»Du brichst mir das Handgelenk!« schrie sie in sein Ohr. »Du tust deiner Mutter weh!«
Augenblicklich ließ er sie los. Ihre Finger legten sich sanft um seinen Penis.
»Du bist mein kleiner Mann«, flüsterte sie.
So lagen sie eine ganze Weile. Es kam ihm vor wie eine Ewigkeit. Langsam begann sie ihre Hand auf und ab zu bewegen.
Evan kniff die Augen so fest zu, daß er Lichtblitze sah.
Er konnte kaum atmen.
Seine Mutter verlagerte ihr Gewicht. Sie schob ihre freie Hand zwischen ihre Schenkel und begann sich ganz dicht an ihm rhythmisch zu bewegen.
»Mein kleiner Mann«, flüsterte sie wieder, »mein kleiner Mann...«
Sie fuhr fort, seinen Penis zu massieren. Es kam ihm vor, als stünde sein Unterleib unter Strom. Das Gefühl war erregend und quälend zugleich. Sein Penis versteifte sich.
Ohne von ihm abzulassen, schob sie die Bettdecke zurück und legte ihn auf den Rücken, spreizte seine Beine und kniete sich dazwischen. Sein Körper war schlaff wie der einer Stoffpuppe – er hatte keine Möglichkeit, sie aufzuhalten. In dem trüben Licht, das vom Flur hereinfiel, sah er, daß sie ihren Kopf senkte – und dann küßte sie seinen erigierten Penis.
»Mein Liebling – mein kleiner Mann.«
Sie nahm seine linke Hand und schob einen glatten Goldreif auf seinen Ringfinger. Er war zu groß, und sie bog seine Finger um, damit er nicht herunterfiel.

Das kann doch nicht der von meinem Vater sein, dachte Evan. Er ist im Dschungel abgestürzt – und sein Ehering ist für immer mit ihm verschwunden.
»Nimm diesen Ring als Zeichen meiner Treue«, sagte seine Mutter.
Dann schlossen sich ihre Lippen um seinen Penis.

In jenem Sommer kam Claire Highland noch dreimal in das Bett ihres Sohnes – danach nie mehr. Keiner von beiden erwähnte es jemals mit einem Wort.

»Du kleiner Schnüffler«, kreischte seine Mutter. »Wie kommst du dazu, in meinen Sachen herumzuwühlen?«
Evan schluchzte – aber er sah ihr gerade in die Augen: Er würde sich nicht einschüchtern lassen. Anklagend streckte er ihr ein Blatt Kohlepapier entgegen.
»Das ist ein Brief an meinen Vater!«
Sie hatten keine Geheimnisse voreinander – das sagte seine Mutter jedenfalls immer. Aber manchmal sperrte sie sich in ihrem Schlafzimmer ein, und dann hörte er sie aufgeregt vor sich hin murmeln, während sie auf ihrer Schreibmaschine herumhämmerte – und danach wurde eine Schublade aufgeschlossen, geöffnet und gleich wieder zugeschoben: Nun war die Briefkopie sicher im Schreibtisch verwahrt. Kurz darauf fiel die Haustür zu, und seine Mutter lief zum Briefkasten an der Ecke.
Sobald er das hörte, stürzte er in ihr Zimmer, jedesmal hoffend, daß sie vielleicht den Schubladenschlüssel auf dem Schreibtisch liegengelassen hätte – doch er wurde stets enttäuscht. Doch an diesem Tag hatte sie vergessen, das Kohlepapier zu zerreißen.
Er fischte es aus dem Papierkorb neben dem Schreibtisch und hielt es gegen das Licht: Es war zum erstenmal benutzt worden und der Text leicht zu entziffern.
»Du weißt genau, daß dein Vater tot ist!« schrie sie.
»Wieso bittest du ihn dann um Geld?«

«Gib das her!« Sie riß ihm das Kohlepapier aus der Hand. »Dein Vater starb, bevor du geboren warst!« kreischte sie und knüllte das Blatt zusammen, als könne sie ihre Behauptung wahr machen, indem sie es vernichtete.

Das kleine Wohnzimmer war stickig und unordentlich. Überall standen Blumensträuße und Porzellannippes. Seine Mutter hatte den Raum zu einem Gedächtnisschrein für Walter Highland gemacht, der im Dschungel von Südostasien mit seinem Flugzeug abgestürzt war.

Er lächelte unter gekreuzten Säbeln auf Hochzeitsfotos, winkte vom Rollfeld des Flughafens von Tansonhut – der Schnappschuß stand auf dem Kaminsims – und blickte auf einem gerahmten Portrait an der Wand in die wilde asiatische Unendlichkeit. Überall lagen Reliquien herum: Halstücher, Hüte – sogar Stiefel.

Evan hatte diesen Kult gern mitgemacht. Über seinem Bett hingen Modellflugzeuge aus der aktiven Zeit seines Vaters – und einen Ehrenplatz nahm die Nachbildung des Aufklärers ein, den sein Vater auf seiner letzten Mission geflogen hatte.

»Du hast gesagt, wir würden uns nie anlügen!« schrie Evan. Hektische Flecken erschienen auf den Wangen seiner Mutter, und ihre Augen sprühten Blitze. »Ich hasse Schnüffler!« keifte sie. »Schwöre, daß du nie wieder spionieren wirst!«

»Aber was ist mit meinem Vater? Was ist mit meinem Vater?«

Sie taumelte auf ihn zu wie eine erschöpfte Motte und versetzte ihm eine schallende Ohrfeige. Es war das erstemal, daß sie ihn schlug. Es war unfaßbar. Für sie beide.

Am ganzen Leibe zitternd, sank sie in einen Sessel und barg schluchzend ihr Gesicht in den Händen. Evan drehte sich um und stürmte durch den Perlenvorhang in die Halle und aus dem Haus.

Er riß sein Fahrrad von der baufälligen Veranda und raste durch die brütende Hitze davon.

Erst nach etwa einer halben Meile erkannte er, wohin er

fuhr. Der Brief war geschäftsmäßig abgefaßt worden – mit der Adresse seines Vaters über der Anrede: Walter Highland wohnte nur fünf Meilen entfernt – in Malcolm.
Er würde seinen Vater besuchen.
Obwohl Malcolm ganz in der Nähe lag, fuhren nur wenige Bewohner von Evans Heimatstadt Salvage jemals hinüber. Die beiden Städte lagen an verschiedenen Eisenbahnstrekken, die von Port Jarvis ausgingen. In jenen Jahren wuchsen die Verbindungen zwischen Städten entlang dieser Schienenstränge – wie Bohnenranken an einem Spaliergitter.
Salvage und Malcolm standen gewissermaßen Rücken an Rücken und blickten in zwei verschiedene Zeitkontinua. Um nach Malcolm zu gelangen, mußte Evan ein Gebiet von Müllhalden und Friedhöfen durchqueren, durch von der Hitze verworfene, menschenleere Nebenstraßen und über verkehrsreiche Highways fahren, vorbei an Gemüsefarmen, und sein Rad unter durchhängenden Hochspannungsleitungen durch das hohe Gras schieben.
Während der Fahrt versuchte Evan eine Erklärung zu finden. Dieser Betrug mußte die Idee seiner Mutter gewesen sein! Als sein Vater sie um die Scheidung bat, hatte sie zweifellos verlangt, daß er seinen Sohn niemals wiedersähe: Sie wollte ihn für sich allein haben.
Doch jetzt würde alles anders werden. Sein Dad würde ihn in die Arme schließen! Ein Vater! Er würde einen Vater haben – wie er es immer wieder in seinen Träumen erlebt hatte.
Das Haus lag im vornehmsten Viertel von Malcolm. Es war im Kolonialstil erbaut, umgeben von Rasenflächen und Bäumen. Verglichen mit der schäbigen Schuhschachtel, in der er mit seiner Mutter lebte, erschien dieser Bau ihm wie ein Palast.
Sein Name stand auf dem Briefkasten: HIGHLAND. Er war zu Hause – endlich!
Ein großer, grüner Buick stand vor dem Haus auf der Straße. Hinter dem Steuer saß ein Mann. Als Evan von seinem Rad stieg, bedeutete der Mann ihm mit einer hastigen Handbewegung, zu ihm zu kommen. Sein Vater!

»Steig ein. Ich will mit dir reden.«

Evan gehorchte. Keine Umarmung. Nicht einmal ein Händedruck. Schwacher Zigarrenduft hing in der Luft. Evan saß auf der Kante des breiten Beifahrersitzes und starrte sein Gegenüber an. Ja: Das war der Mann auf den Fotos – aber doch irgendwie anders. Nicht nur älter. Der Mann auf den Bildern hatte ein offenes, freundliches Gesicht – dieses wirkte wie aus Stein gehauen. Seine Augen waren kalt wie Murmeln. Evan ertrug diesen Blick nicht – seine Augen rutschten immer wieder zu dem Hemd seines Vaters hinunter. Er sah, daß ein kleines Krokodil daraufgenäht war, und fragte sich, was das wohl bedeutete.

»Claire hat mich vorgewarnt, daß du vielleicht kommen würdest. Du hast ganz schön lange gebraucht.«

Evan wußte nicht, was er darauf erwidern sollte. Er konzentrierte sich auf das Krokodil.

»Du kannst nicht herkommen! Verstehst du? Ich will dich nicht sehen.«

»Aber ich bin dein Sohn.«

»Das liegt alles weit zurück. Vergiß es.«

»Aber was ist mit...«

»Ich will nicht, daß du herkommst und meine neue... meinen Familienfrieden störst.«

»Aber Dad...«

»Nenn mich nicht so!«

»Aber du bist es doch, oder! Bist du denn nicht mein Vater?«

»Hör zu: Meine Heirat mit deiner Mutter... es war ein Fehler. *Sie* war ein Fehler. *Du* warst ein Fehler, verstehst du?«

»Na schön – du haßt sie«, sagte Evan. »Aber deswegen mußt du mich doch nicht auch hassen.«

»Ich hasse sie nicht – sie ist verrückt.«

»Das ist eine Lüge«, raffte Evan sich ohne große Überzeugung zur Loyalität auf.

»Warum, glaubst du, ist sie aus der High-School geflogen? Ich sage dir – sie ist nicht bei Trost. Sie könnte niemals für sich

sorgen – oder für dich. Was verdient sie denn schon mit den paar Musikstunden? Lächerlich! Nein – ich bin derjenige, der euch ernährt.«
Evan erinnerte sich, daß es in dem Text auf dem Kohlepapier ausschließlich um Geld gegangen war. Geld für ein neues Dach, für neue Regenrinnen.... Er begann zu würgen.
Sein Vater fuhr unbeirrt fort. »Ich sagte, du seist ein Fehler gewesen. Aber ich bin nicht wie manche andere Männer: Ich bezahle für meine Fehler. Ich habe all die Jahre gezahlt. Wer, meinst du, hat das Haus gekauft, in dem ihr wohnt? Wer, denkst du, bezahlt eure Kleider und euer Essen? Nicht deine bescheuerte Mutter, das kann ich dir versichern.«
»Danke, Dad.«
Sein Vater sah ihn irritiert an. »Was zum Teufel soll das? Ich verlange keinen Dank von dir, um Himmels willen. Ich versuche dir nur zu erklären, daß deine Mutter und ich eine Vereinbarung getroffen haben – und die besagt, daß ich zahle und ihr beide euch von mir fernhaltet.«
»Aber kann ich dich nicht wenigstens ab und zu mal sehen? Ich werde bestimmt niemanden stören.«
Sein Vater starrte ihn feindselig an. »Hör mir zu, Junge: Wenn ich dich noch einmal hier sehe, stelle ich die Zahlungen an deine Mutter ein. Sofort. Endgültig. Hast du das begriffen? Und dann kommt sie in ein Heim, wo sie hingehört. Und du ebenfalls.«
Evan begann herzzerreißend zu schluchzen.
Die Züge seines Vaters wurde noch härter. Die Murmelaugen verengten sich. »Großer Gott – sie hat ja eine richtige Memme aus dir gemacht. Wie kann ich dein Vater sein? Du bist genau wie sie!«
Evan hörte auf zu weinen. »Ich habe Durst«, sagte er mit so viel Würde, wie er aufbringen konnte. »Ich brauche ein Glas Wasser, bevor ich zurückfahre.«
»Da drüben liegt ein Gartenschlauch auf dem Rasen«, antwortete sein Vater. »Ich wünsche nicht, daß du mein Haus betrittst.«

Als er an diesem Abend nach Hause kam, war seine Mutter schon zu Bett gegangen.
Am nächsten Morgen wirkte sie völlig in sich gekehrt. Als er versuchte, ihr zu erzählen, was er erlebt hatte, schien sie ihn gar nicht zu hören. Er gab auf – er wußte, daß sie die Realität nicht ertragen konnte. Es war etwas Wahres an dem, was sein Vater gesagt hatte – sie war... zerbrechlich. Sie konnte ihn nicht beschützen. Er mußte sie beschützen.
Danach sprach sie über ihren Mann, wie sie es immer getan hatte – als sei er lange tot. Evan korrigierte sie nicht.
Eine Woche später entwendete er das Opernglas seiner Mutter und radelte nach Malcolm. Als er ankam, wurde es bereits dunkel. Er versteckte sein Rad in dem Wäldchen hinter dem Haus seines Vaters, stieg auf einen Baum und beobachtete die erleuchteten Fenster. Stundenlang. Er erhaschte nur Bruchstücke des harmonischen Familienlebens dort drin, aber sie genügten, um ihn zum Wiederkommen zu veranlassen.
Die Walter-Highland-Familie wurde zur fixen Idee für Evan. Er begann sie regelmäßig zu bespitzeln. Manchmal kroch er in der Dunkelheit bis zum Haus und lauschte angestrengt auf die Stimmen, die leise zu ihm herüberdrangen. An anderen Tagen bezog er in einiger Entfernung Posten und benutzte das Opernglas. Er stahl Briefe aus ihrem Kasten, öffnete sie über Dampf, las sie und legte sie, sorgfältig verschlossen, wieder zurück.
Stückchen für Stückchen setzte er ihr Leben zusammen.
Da war zunächst einmal Walter, der Vater, den Evan hätte haben sollen. Evan fand heraus, daß das Flugzeug tatsächlich zerstört worden war – aber nicht durch einen Absturz: Die Maschine war gar nicht in der Luft gewesen, sondern noch im Rollen in eine andere hineingekracht. Danach hatte Walter die Luftwaffe verlassen müssen und arbeitete jetzt als Wertpapiermakler für eine Firma in Port Jarvis.
Evan wurde geboren, als sein Vater in Asien stationiert war. Sechs Monate nach seiner Rückkehr verließ der Flieger seine Frau und seinen damals einjährigen Sohn.

Evan hatte Schwierigkeiten, den liebenden Familienvater mit dem eiskalten Mann in dem Buick in Einklang zu bringen, der gedroht hatte, ihm und seiner Mutter die Existenzgrundlage zu entziehen, wenn er sich nicht von Malcolm fernhielte.

Dann war da der fünfjährige Walt junior. Junior! Diese Bezeichnung hätte eigentlich ihm, Evan, zugestanden! Und die drei Jahre alte Liza. Und Marilyn Highland, die zweite Frau, zehn Jahre jünger als ihr Mann, eine hinreißende Rothaarige mit schimmernder, perlweißer Haut und riesigen grünen Augen.

Sie führten das Leben, auf das eigentlich *er* Anspruch hatte! Sie hatten es ihm gestohlen! Er beobachtete, wie sein Vater dem kleinen Walt junior das Radfahren beibrachte, geduldig nebenherlaufend, das Rad haltend, loslassend und sofort wieder zugreifend, wenn Junior zu wackeln anfing. Niemand hatte das je für Evan getan. Er war gezwungen gewesen, es auf die harte Methode zu lernen – mit ständig aufgeschürften Knien.

Aber das schmerzlichste von allem war die Geheimsprache. Er hörte sie zum erstenmal in einer heißen Nacht, als er dicht am Haus bäuchlings auf dem weichen Lehmboden lag. Aus dem offenen Fenster des dunklen Kinderzimmers hörte er ein seltsames Falsettkrähen: »Zazali... Eorjun... alalho!« Es war Walter Highland – und er benutzte die »Stoß-mich-Zieh-dich-Sprache, wo die Worte seitwärts kommen«, wie er es nannte.

In den nächsten Tagen arbeitete Evan daran, das System zu lernen, und erkannte schnell die oft gebrauchten Begriffe. »Liza« hieß »Zazali«. »Junior« war »Eorjun«. »Alalho« bedeutete »Hallo«. Aus »gut« wurde »ugtutu«, und aus »böse« machte man »öbsödö«. Mutter Marilyn hieß »Linlinma« und Walter »Teterwall«. Über den Vater wurde immer so gesprochen, als sei er gar nicht anwesend: Er lag im Dunkeln auf dem Teppich, sprach im Falsett und nannte sich selbst Tumtumbobo.

Die Kinder glaubten an Tumtumbobo. Sie sagten ihm Dinge, die sie ihren Eltern bei Tageslicht niemals erzählt hätten – sie beschwerten sich sogar über Teterwall und Linlinma. Tumtumbobo fühlte mit ihnen und ergriff ihre Partei.

Die Sprache schien ein Geheimnis zwischen Highland und seinen Kindern zu sein – Marilyn benutzte sie nie. Außerhalb des Kinderzimmers war sie tabu. Einmal hörte Evan, wie Junior sagte, er wolle aufbleiben und fernsehen – er sei überhaupt noch nicht »ümdemü.«

»Ich weiß nicht, was dieses Wort bedeutet«, sagte sein Vater in strengem Ton.

»Es bedeutet ›müde‹.«

»Dann *sag* müde. Babysprache ist hier nicht erlaubt.«

Abend für Abend lag Evan an die Mauer des Highland-Hauses gepreßt und hörte den seltsamen Unterhaltungen zu. Sie vermittelten eine Intimität, die ihm fast das Herz zerriß – aber er konnte nicht aufhören zu lauschen.

Als der Herbst kam und die Nächte kühler wurden, schlossen die Highlands ihre Fenster. Nun konnte Evan nichts mehr hören – aber er konnte sie immer noch beobachten.

Eines Abends saß Evan hoch oben in einem Baum hinter dem Haus und betrachtete es durch sein neues Fernglas, das er sich mit Gartenarbeit verdient hatte.

Phantastisch, wie nah alles durch diese großen Linsen wirkte! Er sah zu, wie die Kinder ins Bett gebracht wurden und das Licht ausging. Eine Minute später sah er im Schein der Flurbeleuchtung Walter zurückkommen: Gleich würde sein Vater sich wieder in Tumtumbobo verwandeln.

Das Gefühl des Ausgeschlossenseins war so schmerzlich, daß Evan schon den Baum herunterklettern und heimradeln wollte, als plötzlich das Licht im Elternschlafzimmer aufflammte: Die Fensterläden waren nicht geschlossen worden. Er sah, wie Marilyn nach dem Duschen ins Schlafzimmer kam. Ihr nackter Körper, immer noch leicht feucht, schimmerte im warmen Schein der Lampe. Sie nahm die Duschhaube ab und schüttelte ihre rote Mähne. Der heftige Pulsschlag in Evans Hand ließ ihr Bild im Fernglas tanzen.

Die Tür öffnete sich, und Walter kam herein – als Tumtumbobo: Er kroch auf allen vieren, nur sein Kopf war über dem Fensterbrett zu sehen.
Marilyn setzte sich in einen Sessel. Jetzt konnte Evan nur noch ihren Oberkörper sehen – bis zum Brustansatz. Tumtumbobo kniete offenbar vor ihr, und sein Kopf tauchte über dem Sims auf und verschwand wieder, als sein Mund zwischen ihren Brüsten hin und her wanderte. Sie schaute nicht auf ihn hinunter: Sie blickte aus dem Fenster – unverwandt und regungslos.
Nach einer Weile blieb Walters Kopf verschwunden.
Eine Welle der Erregung erfaßte Evan: Tumtumbobo war zwar noch dort, aber nicht mehr zu sehen. Evan war allein mit Linlinma! Sie schaute ihn an!
Er preßte das Fernglas fest an die Augen, als könne er damit näher an sie herankommen.
Ihr Gesicht schwebte über dem dunklen Rasen auf ihn zu – wie das Bruchstück einer antiken Statue, überirdisch schön. Sie kam immer näher – magisch angezogen von seinem Blick. Sie liebte nur ihn! Näher, näher. Er ertrank in dem Meergrün ihrer Augen.
Ihre Lider flatterten und schlossen sich. Ihre Lippen öffneten sich bebend.
»O Linlinma«, flüsterte Evan. »Ich iliebele dich. Vanvanlee iliebte Linlinma.«
Er klammerte sich mit einer Hand an den Baum, mit der anderen das Fernglas an die Augen drückend, und begann zu zittern – immer heftiger, bis auch er die Augen schloß, seine Lippen sich öffneten und er mit der Frau seines Vaters einen Orgasmus erlebte.
Auf einem Baum seines Vaters.
In der Geheimsprache seines Vaters Liebesworte stammelnd.

»Aber das ist verrückt! Völlig verrückt! Was kann ich tun, damit Sie Ihre Meinung ändern?« Professor Osbert Orpington war den Tränen nahe.

»Ich fürchte, Sie können gar nichts tun, Ozzie. Ich habe mich entschieden«, sagte Evan Highland.

Er saß im Arbeitszimmer seines Doktorvaters. Es war Ende Juni. Das Harvardgebäude lag verlassen im Sonnenlicht: Die Semesterferien hatten begonnen – und die Sommerkurse würden erst in Kürze anfangen.

»Aber Sie vergeuden Ihr Talent«, erwiderte Orpington heftig. »Sie haben Arabisch in sechs Wochen gemeistert. Sogar Friedrich Engels scheiterte daran. Ich habe niemals jemanden mit einer solchen Sprachbegabung erlebt wie Sie.«

»Genau deshalb ist der CIA so interessiert an mir.«

»Und wie sind Sie darauf gekommen? Haben Sie eine Annonce gelesen: ›Sind Sie gut in Sprachen? Kommen Sie zum CIA und sehen Sie die Welt!‹ Sie sind Akademiker, um Himmels willen! Sie haben eine großartige Karriere vor sich! Sie brauchen diesen Unsinn nicht!«

»Ich möchte mehr tun, als nur Sprachen zu studieren.«

»Das verstehe ich – aber Sie sind doch kein Spion! Sie sind ein genialer Übersetzer. Sie könnten ein zweiter Bob Howard werden!«

»Ich habe lange und gründlich nachgedacht...«

»Na schön – Sie mögen Harvard nicht. Zu viele alte Sturköpfe. Meine Güte, das begreife ich ja – ich werde wahrscheinlich selbst eines Tages hier weggehen. Aber verlassen Sie die akademische Laufbahn nicht. Sie können Ihr Ziel selbst bestimmen.«

»Das habe ich schon getan.«

»Ich glaube das einfach nicht! Wie hat das denn überhaupt angefangen? Wie haben die Sie eingewickelt?«

»Oh – sie haben mich schon seit Jahren hofiert. Ein Mann namens Carl Ordway kam zweimal im Jahr hierher und lud mich zum Abendessen ein. Ohne Druck auf mich auszuüben – nur zu einer netten Unterhaltung.«

»Worüber konnten Sie sich mit einem Anwerber des CIA schon unterhalten? Warum sind Sie der Einladung gefolgt?«
»Ich dachte zuerst, es ginge um die Bundesstipendien, die ich ständig bekam.«
»Evan! Evan! Die brauchten Sie doch gar nicht! Für einen Studenten wie Sie ist immer Geld da. Ich wäre für Sie sogar betteln gegangen. Wie konnten Sie sich von diesen Leuten erpressen lassen?«
»Niemand hat mich erpreßt. Ordway erwähnte die Stipendien nicht einmal – und immerhin bekam ich durch ihn Gelegenheit, in Drei-Sterne-Restaurants zu essen.«
Orpington schlug mit der Faust auf seinen Schreibtisch. »Geld! Damit haben sie Sie geködert, stimmt's? Was haben sie Ihnen geboten?«
»Nichts Ungewöhnliches.«
Orpingtons Augen verengten sich. »Die sorgen doch nicht etwa für Ihre Mutter, oder?«
»Sie sind bereit, die Kosten für eine geschulte Kraft zu übernehmen, die sich rund um die Uhr um sie kümmert.«
»Es muß eine andere Möglichkeit geben. Kann Ihr Vater nicht etwas zuzahlen?«
»Eher sprudelt Wasser aus einem Felsen – das wissen Sie doch. Und außerdem ist er nicht so reich – haben Sie eine Ahnung, was so eine ausgebildete Vollzeitkraft kostet? Mehrere tausend pro Jahr!«
»Evan – Sie können Ihr Leben doch nicht nach den geistigen Problemen Ihrer Mutter ausrichten.«
»Ich kann sie nicht in eine Anstalt bringen, Ozzie – es würde sie umbringen.«
»Das sagt Sie Ihnen ständig – aber vielleicht stimmt es gar nicht. Viele Menschen...«
»Claire ist meine Mutter, und sie möchte in ihrem Zuhause bleiben. Ich will nicht länger darüber diskutieren.«
»Tun Sie sich das nicht an! Der CIA ist eine Schlangengrube!«
Evan stand auf und streckte seinem Doktorvater die Hand hin: »Auf Wiedersehen, Ozzie.«

Orpington rührte sich nicht. Überrascht stellte Evan fest, daß sein Gegenüber Tränen in den Augen hatte.

»Also gut. Nur eines noch: Wenn sich die Dinge beim CIA nicht so entwickeln, wie Sie es erwarten – wenn Sie feststellen sollten, daß dieser Job doch nichts für Sie ist, dann kommen Sie zu mir. Wo immer ich dann auch sein werde – ich besorge Ihnen eine Stelle. Versprechen Sie mir, daß Sie das tun werden.«

»Ich verspreche es, Ozzie«, antwortete Evan gerührt. Er hatte nicht geahnt, welchen Eindruck er auf Orpington gemacht hatte. Und es war ein nettes Angebot.

Nicht, daß er es je würde in Anspruch nehmen müssen.

Elftes Kapitel

Am nächsten Morgen fuhr Jake nach dem Frühstück in das riesige Spielzeugparadies am Queens Boulevard und kaufte einen Kassettenrecorder mit einem Mikrofon.

Als er nach Hause kam, bemerkte er, daß er vergessen hatte, Kassetten zu besorgen. Er fand Sally in der Küche. Sie las die *Village Voice.*

»Jake! Humphry Shaw spricht Freitag abend in Manhattan!«

»Wer?«

»Der Schriftsteller! Der Mann, den ich um Hilfe wegen meines Buches bitten will. Ich habe dir auf dem Weg nach Halcyon Hills von ihm erzählt. Ich wollte ihm schreiben – aber jetzt kann ich ihn direkt fragen.«

»Ist ja großartig. Hör mal – haben wir irgendwelche Kassetten mit Songs, die einem Kind gefallen könnten?«

»Ich werde nachsehen.« Sie sprang auf und lief ins Wohnzimmer hinüber. »Wenn ich Tina dazu überreden könnte, mich zu begleiten – würde es dir was ausmachen, an dem Abend mit Winston allein zu Hause zu bleiben?«

»Überhaupt nicht. Vielleicht habe ich ihn bis dahin schon soweit, daß er spricht.«

Sie durchsuchten mehrere Kartons mit Kassetten, die Staub angesetzt hatten, seit der CD-Player im Haus war. Die einzige, die in Frage kam, war eine von den Gitt Brothers.

Jake stürmte die Treppe hinauf und riß die Kammertür weit auf. »Hallo, Winston – ich habe was ganz Tolles für dich!«

Der Junge saß ganz hinten, neben dem Absperrhahn für das Wasser in der Gästetoilette. Er schaute Jake mit großen Augen entgegen.

»Sieh dir das an! Eine eigene Musikmaschine für dich. Sie spielt die großartigsten Lieder.«
Jake ging in die Hocke, watschelte wie eine Ente in die Kammer und ließ den Kassettenrecorder vor Winston hin und her baumeln: Das Gerät hatte die Form eines Henkelmanns, war giftgrün und mit singenden Katzen verziert.
Er zeigte Winston, wo man den Apparat einschaltete. Zwei Männerstimmen näselten:

He's got the whole world in His hands,
He's got the whole world in His hands,
He's got the whole world in His hands,
He's got the whole world in His hands,

Jake drückte auf einen anderen Knopf. »Siehst du – so schaltet man aus. Und so an. Aus. An. Verstanden? Wenn dir ein Lied gefällt und du es noch mal hören willst, drückst du erst auf den Aus-Knopf, dann auf ›Rückspulen‹, und dann fängt es von vorne an.«
Winston starrte ihn unverwandt an. Er hatte überhaupt nicht zugeschaut.
Jake hielt ihm das Gerät hin.
Winston nahm es und gab es wieder zurück.
»Behalt es, behalt es – es gehört dir«, sagte Jake. »Es bricht mir das Herz, wenn du's nicht nimmst.« Er hielt es ihm wieder hin. Diesmal behielt Winston es, aber sein Blick blieb auf Jake gerichtet.
»Einen Moment.« Jake nahm ihm den Apparat wieder aus der Hand. »Das Beste habe ich ja vergessen! Siehst du dieses Mikrofon? Damit kannst du die Lieder mitsingen. Natürlich kannst du das so auch – aber wenn du in dieses fabelhafte Mikrofon singst, dann kommt deine Stimme da aus dem Lautsprecher – zusammen mit denen von den Gitts.«
»Hast du sie je live gesehen? Nein? Jammerschade. Mann, ich sage dir – da ist dir wirklich was entgangen.« Er breitete die Arme aus wie ein Ansager und rief:

»Und hier sind sie, Herrschaften – freuen Sie sich mit mir auf die unvergleichlichen Gitt Brothers!« Dann ließ er *He's Got the Whole World in His Hands* wieder anlaufen, nahm das einer Banane nachempfundene Mikrofon in beide Hände und sang mit frommem Augenaufschlag aus vollem Halse mit.
Winston fixierte ihn regungslos. Nachdem der Song zu Ende war, hörte er mit ernster Miene zu, als Jake ihm auseinandersetzte, wie er mit dem Mikrofon umgehen müsse.
Im Laufe des Tages und des Abends ging Jake viele Male an der Kammer vorbei.
Tiefe Stille.

Zwölftes Kapitel

Es war der Tag, an dem Mandy mit dem neugeborenen Alexander aus der Klinik kam – ein magischer Tag voller Aufregung und Betriebsamkeit und »Willkommen daheim, Mammi«-Zeichnungen von Jill überall im Haus.

Die Vierjährige empfing ihre Mutter an der Küchentür. Sie trug ihr »Wonder-Woman«-Kostüm.

»Wie kommt es, daß du heute ›Wonder Woman‹ bist?« fragte Mandy.

»Ich muß das neue Baby beschützen. Ich liebe es – aber es gibt eine Menge böser Menschen, die es weghaben wollen.«

Mandy gab Alexander an Roger weiter und zog Jill in ihre Arme. »Mach dir keine Sorgen, Liebling – Mammi liebt dich genauso wie früher.«

»Wirklich? Ganz wirklich?«

Es war perfekt, es war wundervoll – eine der besten Szenen, die er hatte – mit einwandfreier Tonqualität und gestochen scharf von der knopfgroßen Kamera in der Küchendecke aufgezeichnet. Julian Lamb masturbierte – die Augen starr auf den Fernsehschirm gerichtet. Doch sein Körper reagierte nicht!

»Nein!« sagte er laut. »Nicht schon jetzt!« Es war unmöglich – der Reiz der Harrows konnte nicht so schnell verflogen sein! Die Aufnahmen von der Leith-Familie und den Giles' hatten noch zwei Wochen nach den Morden gewirkt! Die Sturlusons fast so lange. Und Skokie lag erst eine Woche zurück. Was geschah mit ihm?

Versuch es mit etwas anderem. Er nahm die Fernbedienung von der Rückenlehne des Sofas, auf dem er lag, und ließ das

Video weiterlaufen – auf der Suche nach einer Szene, die seinen Motor zum Laufen bringen könnte. Er sah sich ein Stück von Alexanders Geburtstagsfeier an – für gewöhnlich eine hundertprozentige Sache –, aber auch diese erregte ihn heute nicht im geringsten. Er ließ eine besonders klare Liebesszene von Roger und Mandy durchlaufen: Eine heiße Sommernacht, Mondlicht strömte durch die offenen Fenster. Dabei hatte er jahrelang onaniert, doch jetzt lag sein Penis schlaff in seiner Hand.

Wütend schaltete er auf Rücklauf. Es hatte keinen Sinn. Ein Jahr aus dem Leben der Harrows lief blitzschnell rückwärts ab. Er fühlte sich betrogen. Entmutigt schaltete er vom Videorecorder auf Fernsehen um. Die Stimme eines Talkmasters plärrte in den Raum: Die Lautstärkeneinstellung der beiden Geräte stimmte nicht überein.

In den Apartments um ihn herum wohnten Fakultätsangehörige, die früh schlafen gingen. Der laute Fernseher würde sie höchstwahrscheinlich aus dem Schlaf reißen, aber Lamb – für gewöhnlich sorgfältig darauf bedacht, nicht aufzufallen – war zu angespannt, um sich jetzt darüber Gedanken zu machen.

Er war impotent! Die Rücken seiner gelehrten Bücher in den Regalen verhöhnten ihn in zwölf verschiedenen Sprachen.

Seit dem fünfzehnten April wurde im Wren College nicht mehr geheizt – um Geld zu sparen. Die Aprilnacht war kalt, und Lamb war nackt – doch daß er zitterte, lag nicht an der Kälte, sondern an seiner ohnmächtigen Wut. Er mußte einen Orgasmus haben! *Er mußte*! Wenn er ohne Orgasmus ins Bett ginge, würde er einen Sextraum haben. Er haßte das. Manchmal waren in diesen Träumen die Rollen vertauscht. Manchmal...

Die Harrows hatten sich als Fehlschlag erwiesen. Na schön – würde er sich eben der nächsten Familie zuwenden. Den Reneckers. Er nahm sich vor, ihr Video mindestens einen Monat lang auszukosten, bevor er sich an den Reneckers selbst erfreute – in Fleisch und Blut.

Immer noch nackt, ging er eilig zu dem verschlossenen stählernen Aktenschrank, der in der Abstellkammer stand. Er enthielt Hunderte von Videobändern. Lamb schaute sie hastig durch, zu ungeduldig für eine systematische Suche. Die meisten hatten keinen Wert für ihn. Warum behielt er sie alle? Langweilige Familien, die keinerlei erotisierende Wirkung auf ihn hatten. Warum hob er alle auf? Es wäre klüger, sie wegzuwerfen. Aber irgendwie brachte er das nicht fertig. Sie waren ein Lebenswerk, die Zeugnisse jahrelanger Überwachungen von Menschen, die nicht wußten, daß ein elektronisches Auge auf sie gerichtet war. Er hatte große Risiken auf sich genommen, um diese Bänder zu kopieren und somit zu besitzen, was eigentlich nur für seine Auftraggeber gedacht war.

Sie standen für mehr als nur Arbeit und Risiko: Obwohl die neuesten von ihnen kaum älter als drei Jahre waren, gehörten sie zu einem Abschnitt seines Lebens, zu dem es kein Zurück gab – zu den wenigen Jahren vergleichsweise »unschuldiger« Überwachung. Vor all den Morden.

Die Schnelligkeit, mit der die Ausstrahlung der Harrows nachgelassen hatte, war besorgniserregend. Er mußte unbedingt herausfinden, ob die Schuld bei ihnen lag oder ob sein System schließlich versagte – indem er andere Aufzeichnungen testete.

Von diesem Gesichtspunkt aus betrachtet, war der Schrank fast leer: Nur zwei Videos von all den Hunderten kamen in Frage – nur zwei Familien, die einen Erfolg versprachen: die Reneckers und die Grants. Aber was dann?

Er schob die Frage beiseite und überflog die Beschriftung der Kassetten. »Grant«! Zum erstenmal an diesem Tag rührte sich etwas in seinem Unterleib. Die Grants waren warmherzige, fürsorgliche Menschen, die sich engagiert für Tiere einsetzten – besonders für bedrohte Arten. Ihre Geheimsprache war eine Mischung aus verschiedenen Wildtierlauten – herrlich, um Empfindungen auszudrücken. Und die Frau sah Linlinma Highland ähnlich!

Er hatte sich das Grant-Video seit Jahren nicht angesehen – das Beste sollte für den Schluß aufgespart werden –, doch jetzt konnte er nicht widerstehen. Furcht kroch in ihm hoch: Er durchbrach die von ihm selbst aufgestellte Reihenfolge, seine eiserne Disziplin bekam einen weiteren kleinen Riß. Aber er wußte, daß es zu spät war: Seine Erregung ließ ihm keine Möglichkeit zur Umkehr. Die Grants hatten die Ehre verdient, die nächsten zu sein. Hautnah.
Die armen Reneckers würden noch warten müssen.

Dreizehntes Kapitel

Sally saß vor der offenen Kammer auf dem Boden und sprach mit Winston.

»Mr. Churchill – wußtest du, daß wir Erwachsenen auch vor vielen Dingen Angst haben? Es stimmt. Mir geht es ganz ähnlich wie dir: Du fürchtest dich, aus der Kammer zu kommen, und ich fürchte mich davor, unser Viertel zu verlassen. Morgen abend hält jemand eine Rede, die ich gern hören möchte – aber ich traue mich nicht, allein hinzufahren. Deshalb habe ich meine Freundin Tina gebeten, mich zu begleiten.«

Winston sah sie aufmerksam an. Sie war sich nicht sicher, wieviel er von dem verstand, was sie ihm erzählte. »Ich weiß, es ist viel verlangt – aber könntest du mir vielleicht helfen? Schließlich sind wir Leidensgenossen. Jake ist verschwunden – ich weiß nicht, wo er hingegangen ist. Ich fühle mich einsam. Würdest du mir den großen Gefallen tun, mir Gesellschaft zu leisten, während ich das Frühstücksgeschirr abwasche? Du mußt natürlich nicht – aber es wäre sehr nett von dir.«

Sie stand auf. Zu ihrer Freude kam er aus seiner Höhle und trottete vor ihr die Treppe hinunter.

Er setzte sich an den Küchentisch und beobachtete jede ihrer Bewegungen. Wenn sie etwas zu ihm sagte, schaute er sie an. Sein Gesicht war ausdruckslos, aber Sally hatte das Gefühl, daß er genau zuhörte.

Vor dem Haus hielt ein Auto. Sie ging ins Wohnzimmer und sah aus dem Fenster: Gerade stieg Jake aus dem roten Mustang – mit einer schwarzen Schachtel. Sally kehrte in die Küche zurück.

»Jake ist wieder da. Du kannst uns ja beiden Gesell...«
Winston war verschwunden.
Sie rannte in den ersten Stock: Er saß wieder in seiner Kammer.
Wie hatte er das gemacht? Die Treppe lag im vorderen Teil des Hauses. Er mußte ihr aus der Küche gefolgt und dann an ihr vorbei die Stufen hinaufgehetzt sein, bevor sie dem Fenster wieder den Rücken zuwandte. Lautlos! Es beunruhigte sie.
»Ich danke dir, daß du mich nicht allein gelassen hast. Du bist ein lieber Junge, Winston – und ein schneller Läufer!«
Sie trat zurück und beugte sich dann noch einmal hinein. »Habe ich da ein Lächeln gesehen? Hast du gelächelt, Mr. Churchill?«
Winston schüttelte den Kopf.
»Okay – wenn du das sagst, dann glaube ich dir.«
Er sah sie an – und jetzt machte es ihm deutlich Mühe, ernst zu bleiben. Er schlug die Hände vors Gesicht. Sally tätschelte seine Schulter. »Wir können einfach nichts dagegen tun, wir beide: Egal, was wir auch machen, wir mögen uns einfach. Ist das nicht schrecklich?«

Jake hatte noch Trauerurlaub, aber an diesem Morgen war er aufs Revier gefahren und hatte sich Detective Vitulanos Identikit ausgeliehen.
Eigentlich durfte Vitulano es ihm gar nicht leihen – die Benutzung des Identikits war den Auserwählten vorbehalten, die einen entsprechenden Spezialkurs absolviert hatten – aber Detective Vitulano wußte, was Jakes Familie zugestoßen war, und so gab er brummelnd nach.
Jake mußte ihm feierlich versprechen, vorsichtig mit dem Schatz umzugehen. Ja, ja – er wußte es: Diese transparenten Folien waren unersetzbar. Wofür er sie brauchte? Das sagte er nicht: Er wollte unter keinen Umständen Wirbel um Winston verursachen.
Sally empfing ihn an der Haustür. »Er taut allmählich auf«,

berichtete sie. »Ich bat ihn, mir in der Küche beim Abwaschen Gesellschaft zu leisten, und er hat es tatsächlich getan!«

»Ist ja großartig!« freute sich Jake. »Vielleicht geht es ja viel schneller, als ich dachte.« Er brachte das Identikit ins Schlafzimmer hinauf und ging langsam den Flur entlang.

Nachdem er ein paarmal auf und ab geschlendert war, beugte er sich in Winstons Versteck und streckte ihm die Hand hin. »Na komm – schüttle sie, Partner.« Gehorsam griff Winston nach oben und umfaßte Jakes Zeigefinger. »Auuuu!« brüllte Jake, als würde er zerquetscht. Erschrocken ließ Winston los und verkroch sich ganz hinten in seiner Höhle – aber Jake kam ihm nach, als zerre Winston ihn hinter sich her. Unter angeblicher Aufbietung aller Kräfte riß Jake seinen Finger zurück und pustete darauf. »Was für ein Griff! Was für ein Mann!« Er grinste Winston breit an und entfernte sich dann, als habe er etwas zu tun.

Eine Weile wanderte er pfeifend und singend durch den ersten Stock, dann kehrte er zu der Kammer zurück und wiederholte die Show.

Beim drittenmal hielt Winston ihm mit ernstem, gespanntem Gesicht die Hand hin. Als Jake ihm den Zeigefinger reichte und »Auuuu!« brüllte, drückte Winston zu. »Auuu! Auuu! Du bist zu stark für mich! Das halte ich nicht aus! Hab doch Erbarmen!« Winston kostete die Situation gründlich aus, bevor er losließ.

Jake sprang in den Flur zurück, als habe Winstons Stärke ihn in Angst und Schrecken versetzt. Er ging in die Hocke und brummte mit einer Stimme, die der von John Wayne recht nahekam: »Well – diesmal hast du mich geschlagen –, aber ich wette, du würdest es nicht noch mal schaffen.« Er ließ seine Hand locker über sein Knie hängen, den Zeigefinger ausgestreckt. Winston fixierte den Finger. Schließlich kam er aus der Kammer gekrochen und packte ihn. Als wolle er sich losreißen, bewegte Jake, vor vermeintlicher Anstrengung ächzend, seine Hand vor und zurück.

»Ich werde dir schon zeigen, wer stärker ist!«
Winston umfaßte mit seiner freien Hand Jakes Handgelenk und stoppte so seine Bemühungen. Jake gab vor, all sein Gewicht gegen Winstons Griff einzusetzen, und ließ sich seitwärts auf den Boden krachen. Winstons Augen weiteten sich vor Überraschung, aber er hielt weiter fest. Sie kämpften sich den Flur hinauf und hinunter, wobei Jake abwechselnd sich zu befreien suchte und um Gnade winselte. Winston setzte schon sehr bald all seine Kraft ein, und Jake stellte erfreut fest, daß sie nicht unbeträchtlich war.
Er wollte das Spiel nicht dadurch verderben, daß er sich wirklich losriß. Also erschlaffte er und begann laut zu schnarchen. Winston ließ seinen Finger los, floh jedoch nicht in seine Kammer zurück, sondern blieb neben Jake sitzen und beobachtete ihn aufmerksam. Jake schlug die Augen auf und gähnte und streckte sich wie nach einem tiefen Schlaf. Dann schnippte er mit den Fingern. »Da fällt mir grade was ein: Ich muß in den Garten. Komm mit – du kannst mir helfen.« Er stand auf und ging, ohne sich umzuschauen, die Treppe hinunter. Als er in den Hof hinaustrat, war Winston hinter ihm.
Jake schnitt seine Wiese immer mit einem Handmäher – die Motormäher, mit denen seine Nachbarn ihre briefmarkengroßen Rasenflächen bearbeiteten, kamen ihm lächerlich übertrieben vor.
Als er den Mäher herausholte, überlegte er kurz, ob er sich bei einem der Nachbarn einen Spielzeugrasenmäher leihen sollte, doch es erwies sich als unnötig – Winston schien ganz zufrieden zu sein: Mit ernstem Gesicht ging er neben Jake her – auf und ab, auf und ab, nie mehr als dreißig Zentimeter von ihm entfernt. Und so brachten sie die Arbeit gemeinsam zu Ende – trotz leichtem Nieseln.
Dann gingen sie zum Mittagessen ins Haus. Sally machte den »Männern« ein Kompliment über ihren Fleiß.
Nach dem Essen fand wieder ein Ringkampf statt – und diesmal lächelte Winston offen.

Der Regen war stärker geworden – keine Chance mehr, draußen etwas zu tun.
Zeit für das Identikit.
»Ich habe ein tolles Spiel. Komm mit rauf«, sagte Jake zu Winston.
Die Luft im Schlafzimmer war stickig. Jake schob das Fenster hoch, aber da es windstill war, half das kaum etwas. Der Regen fiel senkrecht herunter.
»Das ist wirklich Klasse. Warte, bist du es siehst…« Jake stellte den schwarzen Kasten auf das Bett. Winston beobachtete ihn gespannt. Jake öffnete den Kasten. Er enthielt mehrere Umschläge mit Aufschriften wie »Lippen«, »Brillen«, »Schnurrbärte« und »Altersfalten«. Er nahm einige der Folien heraus, auf die mit Kohlestift Umrisse gezeichnet waren.
»Schau dir diese komischen Nasen an!«
Winston nahm eine, die Andeutung eines Lächelns erschien auf seinem Gesicht.
Er macht mit! Es wird klappen!
»Der Witz an diesem Spiel ist, daß du alle möglichen Gesichter zusammensetzen kannst.«
Jake komponierte ein Männergesicht aus buschigen Augenbrauen, einem üppigen Herzmund und einem eckigen Kinn.
»Jetzt setz die Nase rein, die du in der Hand hast. Mann! Der sieht wirklich komisch aus. Möchtest du nicht auch so aussehen?«
Er grinst! Es gefällt ihm!
»Du bist wirklich gut. Aber ich wette, du könntest dir nicht ganz allein ein Gesicht ausdenken – das wäre bestimmt zu schwierig für dich.«
In Windeseile bewies Winston ihm das Gegenteil.
»Ist ja toll! So schnell kann ich das nicht. Mmm – aber da stimmt was nicht. Siehst du's? Genau: Die Brille saß verkehrt herum. Junge, du bist unschlagbar.«
Jetzt oder nie! Morgen hat er vielleicht schon das Interesse daran verloren!

»Hör mal, Winston – es ist unheimlich wichtig für mich zu erfahren, wie ein bestimmter Mann aussieht. Würdest du mir helfen – du weißt schon: die richtige Nase und die Augen und so weiter aussuchen und ein Bild von ihm machen? Würdest du das tun?«

Winston nickte eifrig.

»Erinnerst du dich noch daran, daß du bei Jill und Alexander gewohnt hast? Na klar erinnerst du dich. Erinnerst du dich auch an deine letzte Nacht dort? Da kam ein Mann in das Haus. Ein böser Mann, der mit Jill und Alexander und den anderen schlimme Dinge machte. Ich weiß, daß du ihn von der Kammer aus gesehen hast. Kannst du mir zeigen, wie er aussieht?«

Winston schüttelte heftig den Kopf. Seine Augen waren vor Entsetzen weit aufgerissen.

»He – reg dich nicht auf. Du mußt es ja nicht gleich machen – wir können es ja auf morgen verschieben, oder...«

Winston packte das Identikit, stürzte zum offenen Fenster und schleuderte den Kasten hinaus. Dann schlug er einen Haken um Jake und stürmte aus dem Schlafzimmer. Gleich darauf wurde die Tür der Kammer zugeschlagen.

Jake saß völlig verdattert auf dem Bett. Seine Fäuste öffneten und schlossen sich. Am liebsten hätte er dem Jungen eine ordentliche Tracht Prügel verabreicht.

Nein – das ist idiotisch! So kann ich nicht reagieren! Das Kind hat ein Trauma und jede Menge Probleme. Ich bin offensichtlich zu schnell vorgegangen. Es ist meine Schuld – nicht seine.

Er stand auf, atmete ein paarmal tief durch und trat ans Fenster. Auf der frischgemähten Wiese lagen die Ohren und Augenbrauen verstreut im strömenden Regen wie Fetzen eines alten Zirkusplakates.

Vitulano würde einen Herzinfarkt bekommen.

Vierzehntes Kapitel

»TOTES MEER!«
Sally fuhr aus dem Schlaf auf. »Es ist jemand im Haus!«
»Ich schau' nach«, sagte Jake, die nackten Füße bereits auf dem Boden.
»Es klang ganz nah – auf dem Flur«, flüsterte sie, als er leise die Tür öffnete.
Er schaltete das Ganglicht an: Winston kauerte neben der Kammertür – den Kopf weit zurückgelegt und blicklos an die Decke starrend. In einem überraschend satten Bariton wiederholte er »TOTES MEER!«
Jake wollte auf ihn zulaufen, beherrschte sich jedoch. Stattdessen ließ er sich auf Hände und Knie nieder und kroch langsam zu dem Jungen hin. Dann hielt er ihm seinen Zeigefinger vor die Augen.
»Schüttle ihn, Partner.«
Winston blinzelte. Er packte den Finger. Und dann sah er Jake an und blickte sich um, eine Mischung aus Erstaunen und Furcht auf dem Gesicht.
»Alles okay«, versicherte Jake leise. »Keiner tut dir was.«
Sally kam den Flur entlang und blieb bei ihnen stehen. »Was ist passiert, Winston? Hast du schlecht geträumt?«
Er starrte sie an.
»Ich habe Eiskrem in der Küche. Möchtest du ein bißchen Eiskrem? Die schmeckt dir bestimmt.«
Er starrte weiter.
»Du kannst bei uns im Zimmer schlafen«, bot Jake an, immer noch sehr leise. »Ich kann dein Bett reinstellen – kein Problem. Wie wäre das?«

Winston schien darüber nachzudenken. Dann schüttelte er den Kopf.
»Wie du willst.« Jake streckte sich auf dem Boden aus. »He – dieser Teppich ist ja richtig gemütlich. Ich glaube, ich werde hier schlafen.« Er gähnte ausgiebig und schloß die Augen. Gleich darauf hörte er Winston in die Kammer zurückkehren.
Jake stand auf und beugte sich hinein. »Soll ich das Flurlicht anlassen?«
Winston lag regungslos auf dem Rücken, den Blick unverwandt auf das Regalbrett über seinem Kopf gerichtet.
»Wenn du was brauchst – du weißt ja, wo ich bin.« Jake drehte das Licht aus und ging wieder ins Bett.
»Er hat mich zu Tode erschreckt«, flüsterte Sally.
»Das war gespenstisch.«
Eine Weile lagen sie schweigend nebeneinander.
»Jake?«
»Mmm?«
»Was ist, wenn der Killer herausgefunden hat, daß... daß Winston ihn gesehen hat.«
»Ausgeschlossen.«
»Bist du sicher?«
»Wer sollte das denn herumposaunen? Für Rourke steht sein Job auf dem Spiel – für Mrs. Appleby ihre Agentur. Sie haben die Wahrheit zehn Fuß tief vergraben – und von mir erfährt ganz bestimmt niemand was.«
»Auch Captain Cowen nicht?«
»Niemand.«
»Das ist gut.«
»Ich würde dich oder Winston niemals einer Gefahr aussetzen.«
»Natürlich nicht.«
»Ich habe nicht einmal Vitulano erklärt, wofür ich sein Identikit brauchte.«
»Schweigsam wie eine Auster. Nacht, Liebling.«
Die nächste Stunde lag er auf dem Rücken, starrte in die

Dunkelheit und gab vor zu schlafen. Er hatte den Verdacht, daß Sally dasselbe tat.
Und dann hörte er plötzlich Musik – so leise, daß er zuerst glaubte, es sich einzubilden. Aber es war ansonsten völlig still im Haus, und nach einer Weile erkannte er, daß er sich nicht täuschte.

He's got you and me, brother, in His hands,
He's got you and me, sister, in His hands,
He's got you and me, brother, in His hands,
He's got the whole world in His hands.

He's got the night and the day in His hands,
He's got the sun and the moon in His hands,
He's got the night and the day in His hands,
He's got the whole world in His hands.

Fünfzehntes Kapitel

Quiiiiiiietsch – – – kreiiiiisch – – – Piiiiiiep.
»Test. Test. Eins, zwei, drei.«
Der Saal gehörte einem Tanzverein. Man mußte die Schuhe neben dem Lift stehenlassen und es sich auf dem gebohnerten Boden so bequem wie möglich machen. Sally und Tina kamen sehr früh, aber es war bereits so voll, daß sie nur noch hinten bei den Fenstern Platz fanden.
Tina war Sallys einzige wirkliche Freundin in Queens. Auch sie war mit einem Polizisten verheiratet. Tina bewunderte Sally wegen ihrer feinen Herkunft, ihrer dialektfreien Aussprache und ihres brillanten Verstandes. Es gab Tage – besonders, wenn ein weiteres Ablehnungsschreiben ins Haus geflattert war –, an denen Sally großen Wert auf Tinas Meinung legte.
Tina hatte sofort begeistert zugestimmt, Sally auf ihrem todesmutigen Trip nach Manhattan zu begleiten, um dem Literaturlöwen in seiner Höhle gegenüberzutreten. Sie wußte nicht, daß Sally es ohne sie nicht gewagt hätte, in die U-Bahn zu steigen.
Es war schon dunkel, und sie befanden sich im achten Stock. Sally versuchte das Lichtermeer jenseits der großen Fenster zu ignorieren – das hell erleuchtete Empire State Building, das Chrysler Building und die hundert anderen Giganten, die durch Nummern gekennzeichnet waren, statt durch Namen, die Höllenfeuer-Lichtreklamen am Times Square und die breiten Avenues, die sich nordwärts wanden wie Neon-Riesenschlangen.
Sally war hingerissen von der Atmosphäre im Saal. Hier trug

man keine stützenden Büstenhalter – hier schob man sich lässig die Ärmel hoch. Obwohl sie es ihr niemals gesagt hätte, war sie etwas befremdet über die Art, wie Tina sich für diesen Abend angezogen hatte: Angorapullover, marineblauer Rock, falsche Perlen und – zum Pullover passend – blaßrosa Lippenstift. Sally trug einen breitkrempigen Hut, eine Bluse aus rostroter Seide mit einem darüber drapierten großen Halstuch und einen schwarzen, engen langen Rock.
In ihrer Handtasche steckte das Manuskript von *Kaltschnäuzig* – genauer gesagt, zwei Kapitel und das Exposé – das sie Humphry Shaw geben wollte. Würde er es annehmen? Würde es ihm gefallen? Würde er für sie tun, was er für Mel Haney getan hatte – dafür sorgen, daß sie bekannt und ihr Buch veröffentlicht würde? Sie zitterte vor Aufregung dermaßen, daß sie nur mit größter Beherrschung verhindern konnte, daß ihre Zähne aufeinanderschlugen.
Ein hochgewachsener Mann in einem schwarzen Rollkragenpullover sprang federnd auf das Podium und tippte vorsichtig an das Mikrofon, als sei es noch nicht getestet worden. BONK!
»Ist es angeschlossen? Können Sie mich hören? Gut. Ich danke Ihnen allen für Ihr Kommen. So viele Besucher wie heute hatten wir noch nie. Inzwischen wissen es sicher die meisten von Ihnen – mein Name ist Lorenzo Segura von der ›Soho Samisdat‹. Ich möchte Sie zu der siebzehnten Veranstaltung im Rahmen unserer Reihe ›Stimmen Gesetzloser‹ begrüßen. Wir haben heute abend etwas ganz Besonderes für Sie – aber gestatten Sie mir vorher noch ein paar einführende Worte.«
Er beschrieb die Arbeit der »Soho Samisdat«. Seiner Schilderung nach war sie ein Zusammenschluß von Untergrunddichtern und -schriftstellern, die einen erbitterten Guerillakrieg gegen das feindliche Establishment führten.
Sally warf einen Blick auf das nur eine Seite umfassende Programm und stellte überrascht fest, daß die Aufzählung der Sponsoren der »Stimmen Gesetzloser« vom Government

Art Councils über Ölfirmen, Banken, Fernsehsender und Verleger bis hin zu privaten Organisationen reichte.
Segura hielt ein Buch hoch. »Der heutige Abend ist diesem Werk gewidmet: *Singing in My Chains* – Mel Haneys Briefen aus dem Gefängnis. Bedauerlicherweise kann er nicht selbst hiersein. (Vereinzeltes Gelächter im Publikum, aber auch Zischen.) »Denn vorläufig hat ihm der Generalstaatsanwalt noch keinen Straferlaß gewährt.«
Diese Bemerkung, ganz offensichtlich als Witz gemeint, hatte ganz und gar nicht die beabsichtigte Wirkung: Buhrufe und Beschimpfungen brandeten zur Bühne – doch Segura ließ sich nicht irritieren.
»Glücklicherweise haben wir eine andere Persönlichkeit gewinnen können«, fuhr er fort. »Den Mann, der das Vorwort zu *Singing in My Chains* schrieb. Den Mann, an den diese Briefe aus dem Gefängnis gerichtet wurden. Den Mann, der Mel Haney freibekommen hat. Humphry Shaw!«
Es gab Applaus, doch auch wieder Buhrufe. Als der Lärm sich legte, schrie eine Frau hinter Sally: »Mörder!«
»Ruhe!« riefen andere.
»Lassen Sie ihn reden!«
Segura hatte Mühe, sich durchzusetzen. »Beruhigen Sie sich. Hören Sie mir zu. Es ist jetzt ein halbes Jahr her, daß Mel Haney verschwand. In all dieser Zeit hat Humphry Shaw keine öffentlichen Erklärungen zu dem Fall abgegeben...«
»Warum nicht?« rief ein Mann in der Nähe des Podiums.
»Weil die Medien ihm jedes Wort im Mund herumgedreht hätten. Sie wissen, welchen Anfeindungen er in den letzten sechs Monaten seitens der Law and Order-Front ausgesetzt war – ganz zu schweigen von der *New York Times*. Diese Zeitung sitzt für gewöhnlich auf Wolke neun, weitab der Realität, aber etwa alle fünf Jahre entdecken die dort das Böse – und dann gibt es kein Halten mehr. Sie haben ihn in der Luft zerrissen – und ihm keine Chance gegeben, sich zu äußern!«
»Was ist mit dem Barker-Brief?« fragte der Mann.

»Der sollte eigentlich nicht veröffentlicht werden. Die Familie gab ihn an die Presse – es war nicht zu verhindern. Ich fand, es war ein bewegender Brief.«

»Er war ein ganz übles Machwerk«, brüllte der Mann. Er sprang auf, was besonders bedrohlich wirkte, da alle anderen im Schneidersitz auf dem Boden saßen.

Segura starrte ihn feindselig an. »Entschuldigen Sie, Sir – vielleicht sind Sie an der falschen U-Bahn-Station ausgestiegen. Sie befinden sich hier nicht bei einem Carl-Sandburg-Abend im Lincoln Center. Die ›Soho Samisdat‹ ist ein Forum für schmerzliche, unpopuläre und gefährliche Wahrheiten. Wir werden uns nicht mundtot machen lassen.«

Die Antwort des Mannes ging in Hurrarufen des Publikums unter.

Segura brach den Blickkontakt zu dem Störenfried ab und wandte sich an die Zuhörer. »Humphry Shaw kommt heute abend hierher, um uns zu erklären, wie er die Geschichte sieht. Es kostete ihn großen Mut. Wenn Sie nicht bereit sind, ihm zuzuhören – warum sind Sie dann hier?«

Eine heftige Diskussion entbrannte. Die Leute um den immer noch stehenden Mann riefen, er solle sich setzen.

Segura ging mit dem Mund ganz nah ans Mikrofon. »Ich frage Sie – werden Sie ihm zuhören, ohne ihn zu unterbrechen?«

Heftiger Applaus. Auch Sally klatschte. »Humphry-Humphry-Humphry«, intonierte jemand, und andere fielen ein. Etwa zehn Leute, darunter auch der stehende Mann, verließen den Raum. Sally schaute sich um: Die Frau, die »Mörder« geschrien hatte, war noch da – sie hatte den Lotussitz eingenommen und starrte unverwandt auf den Boden.

Segura wartete, bis alles still war. »Ich danke Ihnen, meine Freunde. Und jetzt präsentiere ich Ihnen den größten lebenden Schriftsteller der Vereinigten Staaten – Humphry Shaw.«

Der Beifall war stark und anhaltend. Der Ehrengast kam auf sein Stichwort hin aus einer Seitentür, den Kopf leicht gesenkt, bescheiden lächelnd. Er war gekleidet wie ein Harvardabsolvent aus den fünfziger Jahren – in Tweedjackett und Khakihosen. Sally kannte sein altersloses Aristokratengesicht aus einem Dutzend Fortbildungssendungen im Fernsehen, aber sie hatte nie realisiert, wie groß er war: gut über einsachtzig. Doch er wirkte nicht kräftig – eher wie ein zu hoch gewachsener Halm, den der leiseste Hauch abknicken konnte.

Shaw nahm das Mikrofon aus der Halterung und begann zu sprechen: Eine Hand in der Hosentasche, einen Fuß auf dem Stuhl, den man zu seiner Bequemlichkeit bereitgestellt hatte – so locker, als sei er ein Collegestudent, der mit jüngeren Kommilitonen einen Diskussionsabend veranstaltete.

Er sprach langsam und deutlich. In Sally erwachte der Verdacht, daß er vielleicht ein Stottern verberge, und eine Welle des Mitgefühls erfaßte sie: Sie wußte, was es bedeutete, ein Manko vor der Welt verbergen zu müssen.

Der Schriftsteller erzählte, wie es zu dem Buch gekommen war. Wie eines Tages, vor Jahren, Briefe von einem Mann aus einer Strafanstalt bei ihm eintrafen – ergreifende Briefe einer gequälten Kreatur, die das Leben in einer Hölle hinter Gittern beschrieben. Wie er sie zunächst ignorieren wollte, sich immer und immer wieder fragte, warum Haney sich ausgerechnet an ihn wandte. Im Gegensatz zu anderen Autoren seiner Generation wie beispielsweise Capote und Mailer habe er nie über tatsächliche Verbrechen oder Kriminelle geschrieben.

Er fuhr sich mit einer jungenhaften Bewegung durchs Haar und gestand mit gewinnender Offenheit, daß er ein »Bluter« sei, was das Schreiben betreffe, und Briefeschreiben für eine Zumutung und unerwünschte Unterbrechung dessen halte, was er als seine »echte Arbeit« betrachte.

Aber Haney hatte nicht lockergelassen: Die Briefe waren in einem stetigen Strom hereingeflossen, manchmal zwei am Tag, in gestochener Druckschrift, neun Seiten lang, ohne Fußnoten. »Meine Jahrhundert-Gebete«, hatte Haney sie genannt. Nachdem Shaw das dreihundertste »Gebet« erhalten hatte, schrieb er endlich zurück und fragte nach dem Grund. Warum ich?

»Weil Sie sich für die Wahrheit einsetzen«, antwortete Haney. Anders als seine Kollegen hatte Shaw sich nie mit spektakulären Fällen befaßt, doch jetzt machte er Mel Haneys Rettung zu seiner Lebensaufgabe, wie er mit einem etwas hilflosen Lächeln bekannte.

Er wurde Haneys Herausgeber, sein Agent, sein Anwalt. Er sorgte dafür, daß die Briefe unredigiert veröffentlicht wurden – und schließlich erreichte er Haneys Freilassung: Er wurde als sein »Privatsekretär« seiner Obhut unterstellt.

»Was ich nicht erkannte – was ich nicht ermessen konnte –, war die furchtbare Wirkung, die das Gefängnis auf einen jungen Menschen wie Haney hatte. Ich, der ich die Veröffentlichung von *Singing in My Chains* betrieben und das Vorwort dazu geschrieben hatte, muß gestehen, daß ich keine Vorstellung davon hatte. Er war systematisch in den Wahnsinn getrieben worden, entflammt in Haß und Wut – durch ein System, das nur überleben kann, indem es seine tapfersten und unbezähmbaren Mitglieder einsperrt.

Wie sollte er mein Sekretär sein? Wie hatte ich mir das einbilden können? Er war so lange eingesperrt gewesen, daß er nicht einmal wußte, wie man ein heutiges Telefon bedient.« Ein Raunen ging durchs Publikum – die Brutalität des Gefängnisses stand den Zuhörern durch diese Bemerkung deutlicher vor Augen als durch ein Dutzend Peitschenstriemen auf dem Rücken des Gepeinigten.

Shaw erzählte von »jener Nacht«. Er war zu einem Vortrag nach New York eingeladen worden und im *Pierre* abgestiegen. Haney hatte ein Zimmer am anderen Ende des Flurs. Um zwei Uhr nachts wurde Shaw davon geweckt, daß jemand wie wild an seine Tür hämmerte. Draußen stand Haney, völlig außer sich und blutüberströmt. Er sei von einer Straßengang überfallen worden, habe einem der Kerle, einem schwarzen Riesen, das Messer entrissen und ihn damit getö-

tet. Die Bande kenne ihn, werde ihm mit Sicherheit die Cops auf den Hals hetzen. Angesichts seiner Akte habe er dann keine Chance mehr – er werde für den Rest seines Lebens hinter Gitter wandern.
Shaw versuchte, vernünftig mit ihm zu reden, aber es war sinnlos. Haney flehte ihn an, ihm Geld zu leihen – »Ich zahl's zurück, das schwöre ich!« Schließlich gab Shaw ihm fünfhundert Dollar – das gesamte Bargeld, das er bei sich hatte – und verlangte als Gegenleistung das Versprechen, daß Haney ihn wissen ließe, wo er sich aufhielt.
Am nächsten Tag suchte die Polizei ihn auf. Die Beamten erzählten eine völlig andere Version. Keine Rede von einer Straßengang – und Haney habe keinen großen Mann umgebracht, sondern eine kleine Frau: eine Krankenschwester namens Megan Barker. Vergewaltigt und verstümmelt. Es gebe Zeugen: Mitbewohnerinnen, die von einer Party gekommen seien, hätten ihn auf frischer Tat ertappt. Es sei ihnen gelungen, ihn in dem Apartment einzuschließen, und deshalb seien sie mit dem Leben davongekommen.
»Ich dachte, die Cops hätten die Geschichte erfunden«, sagte Shaw. »Um mich mit diesem Trick zu veranlassen, ihnen Mels Aufenthaltsort preiszugeben. Den Schweinen ist ja alles zuzutrauen.«
Zustimmendes Gekicher. Tina stieß Sally den Ellbogen in die Rippen: Als Ehefrau eines Polizisten war sie nicht gerade begeistert von dieser Bemerkung. Sally auch nicht – aber sie erinnerte sich daran, weshalb sie hergekommen war, und blickte unverwandt geradeaus.
Es stellte sich sehr bald heraus, daß es Haney gewesen war, der sich eine Geschichte ausgedacht hatte – und natürlich hielt er sein Versprechen nicht, sich bei Shaw zu melden: Er verschwand und ließ seinen Retter mit den Konsequenzen allein.
Und es gab reichlich Konsequenzen. Leute, die Megan Barker nicht einmal gekannt hatten, spuckten Shaw in aller Öffentlichkeit an. Er erhielt Morddrohungen und wurde ge-

warnt, es ja nicht zu wagen, den Gedenkgottesdienst für das tote Mädchen zu besuchen. Eine Frau rief monatelang bei ihm zu Hause an und hinterließ jedesmal die Nachricht »Megan Barker ist immer noch tot« auf dem Anrufbeantworter. Ein Taxifahrer erkannte ihn und warf ihn auf der Fahrt durch eine finstere Gegend aus dem Wagen.

Und nun folgte ein Geständnis: Am Anfang war Shaw wütend auf Mel gewesen. Nicht nur, weil er ihn angelogen, sondern auch, weil er von ihm Geld erschlichen hatte – und dabei waren fünfhundert Dollar für ihn wirklich nur eine Lappalie.

Es brauchte Zeit, den Zorn zu überwinden. Dann versuchte er, Haney zu verzeihen – bis er erkannte, daß es nichts zu verzeihen gab: Megan und Mel waren beide Opfer einer kranken Gesellschaft.

»Es war die Gesellschaft, die Megan tötete – als hätte sie ihr das Messer in die Brust gestoßen und die Klinge in der Wunde herumgedreht.«

Shaw richtete sich aus seiner leicht gebückten Haltung auf. Seine Augen sprühten Feuer. »Dostojewskij sagte ...«

Dostojewskij! Sally war wie elektrisiert: Er wird meinen Detective Rascol lieben!

»... die besten Menschen in Rußland säßen im Gefängnis. Wieviel mehr trifft das in der krebszerfressenen Kultur des spätkapitalistischen Amerika zu! Wenn die Gesellschaft selbst auf einem Fundament aus Verbrechen ruht, kann es keinen Verbrecher geben – nur Freiheitskämpfer! Das sogenannte Strafrecht ist nichts weiter als ein Mittel der Unterdrückung. Im faschistischen Amerika sind alle Gefangenen politische Gefangene!«

Das Publikum brach begeistert in Beifall aus.

Und jetzt, da er versucht habe, das kranke System zu ändern, habe die Gesellschaft sich gegen ihn gestellt. Auch er sei ihr Opfer geworden. Das hieße natürlich nicht, daß seine Leiden mit denen von Megan oder Mel zu vergleichen seien... Wieder diese entwaffnend jungenhafte Geste, sich mit den ge-

spreizten Fingern durch die Haare zu fahren, womit er gleichzeitig jegliches Mitgefühl abwehrte.
»Sie kamen heute abend hierher, um zu hören, was ich zu sagen hatte. Ich übernehme die volle Verantwortung für das Geschehene. Ich habe keine Entschuldigung. Wenn Sie sich dadurch besser fühlen, daß Sie mir die Schuld geben, mich hassen, meine Bücher boykottieren und mich öffentlich beschimpfen – tun Sie sich keinen Zwang an. Was mit mir geschieht, spielt kaum eine Rolle – es sind Megan und Mel, um die ich mich gräme.«
Irgendwie war im Laufe seines Berichts aus Megan und Mel ein Paar geworden – auf unheilvolle Weise aneinandergebunden wie Bonnie und Clyde oder Frankie und Johnny.
»Was für eine Verschwendung! Was für eine tragische Verschwendung!« endete er mit bebender Stimme.
Ergriffenes Schweigen, gefolgt von frenetischem Applaus. Shaw hatte einen Sieg errungen: Sogar die Frau, die »Mörder!« gerufen hatte, klatschte – mit glänzenden Augen!
Sally entknotete ihre Beine und kam mühsam auf die Füße.
»Bist du sicher, daß du diesen Cop-Hasser dein Buch beurteilen lassen willst?« fragte Tina.
»Er ist kein Cop-Hasser.«
»Sollte ich mich verhört haben?«
»Er irrt sich, was das Strafrecht betrifft – aber immerhin hat er selbst Thriller geschrieben. Als Literat sieht er das eben alles ein wenig anders.«
»Das kann man wohl sagen: Cops sind Schweine, Gauner bedauernswerte Opfer. Fabelhafte Ansichten!«
»Schau – er befaßt sich als Schriftsteller mit demselben Thema wie ich – und er ist offenbar wirklich engagiert. Wem sonst sollte ich mein Buch geben?«
»Okay, okay – wahrscheinlich habe ich diese ›Schweine‹-Bemerkung überbewertet. Na, dann geh schon los, Sal. Viel Glück. Ich hole inzwischen unsere Schuhe, bevor jemand anderer damit davonmarschiert.«
Sally hatte ernste Befürchtungen, daß ihre Knie jede Sekun-

de nachgeben würden. Das Publikum verstopfte bereits die Ausgänge. Von draußen hörte man den alten Lastenaufzug unter der versammelten Intelligenzija ächzen und stöhnen. Sally schob die Hand in ihre Tasche und legte sie auf ihr Manuskript. Sollte sie es wirklich wagen, nach seinem Triumph an Shaw heranzutreten? Komm schon, Sallybaby – du kannst doch jetzt nicht kneifen! Sie atmete tief durch und setzte sich in Bewegung.
Gratulanten umringten ihn, hektisch darum bemüht, seine Aufmerksamkeit zu erregen. Sally blieb ängstlich außerhalb des Kreises stehen.
Als die Menge sich lichtete, trat Sally näher heran. Was sollte sie sagen? Wie sein Interesse wecken? Ich habe alle Ihre Bücher gelesen? Wer von den Anwesenden hatte das nicht? Wie konnte sie sich von den anderen abheben? Aus der Nähe, und auch, weil sie keine Schuhe anhatte, kam er ihr noch größer vor – und unnahbarer.
Plötzlich hatte sie einen Einfall, wie vom Himmel geschickt. Als sie die Chance bekam, das Wort zu ergreifen, sprudelte sie heraus: »Mr. Shaw – ich möchte Sie darüber aufklären, daß nicht alle Schweine Schweine sind. Ich bin mit einem Polizisten verheiratet (darauf wären Sie aufgrund meiner Aufmachung nicht gekommen, was?), und offen gestanden kam ich mit feindseligen Gefühlen hierher (eine Lüge, aber was machte das schon?). Aber Ihre Erklärung hat meine Einstellung Ihnen gegenüber geändert.«
»Das ist ja wundervoll! Ich danke Ihnen, daß Sie dageblieben sind, um mir das zu sagen. Hör dir das an, Lorenzo: Ich habe heute abend die Frau eines Polizisten bekehrt. Wie findest du das?«
Segura lächelte dünn und sah auf seine Uhr.
»Was war Ihrer Meinung nach mein stärkstes Argument? Wodurch habe ich Ihre Ansicht geändert?«
Sally zitierte die für sie markantesten Stellen aus seiner Rede. Er wand sich vor Vergnügen, als würde er gekitzelt.
»Sind Sie wirklich die Frau eines Polizisten? Sie sehen gar

nicht so aus. Nicht, daß etwas dagegen zu sagen wäre, mit einem Polizisten verheiratet zu sein. Aber wissen Sie, an wen Sie mich erinnern? An Virginia Woolf! Lorenzo – sieht sie nicht aus wie die junge Virginia Woolf?«
Segura deutete auf Sallys blonde Haare. »Die Woolf war dunkelhaarig.«
»Sei doch nicht so pingelig. Ich spreche von ihrer Ausstrahlung – ihrer Haltung.«
»Das Restaurant hat auch eine bestimmte Haltung.« Segura hielt Shaw seine Uhr unter die Nase. »Die werden unseren Tisch anderweitig vergeben.«
Ich darf ihn nicht gehen lassen, dachte Sally verzweifelt. »Lustig, daß Sie mich mit Virginia Woolf vergleichen. Ich schreibe nämlich an einem Buch. Es hat den Titel *Kaltschnäuzig*. Sein Thema ist das Gute und das Böse – mit authentischem Hintergrundmaterial von der Polizei.«
»Sieh da! Ich lag also richtig! Sehr gut, sehr gut. Nun – wenn Sie jemals die Meinung eines Außenstehenden dazu hören wollen, dann schicken Sie es mir.«
»Sie würden es beurteilen?«
»Mit Vergnügen. Ich sage Ihnen was! Falls es mir gefällt – wäre es Ihnen dann recht, wenn ich es ein paar Verlegern zeigte?«
»Das wäre phantastisch!«
»Wirklich? Ich möchte nicht Ihrem Agenten in die Quere kommen.«
»Kein Problem.«
»Gut. Schicken Sie es an meinen Verlag – zu meinen Händen.«
»Wir müssen los, Humphry«, drängte Segura. »Die Leute sind knochenhart: Sie heben für niemanden einen Tisch auf! Wenn der Papst zu spät käme, würden sie ihn gnadenlos an der Bar warten lassen.«
»Zufällig habe ich ein Exemplar meines Romans dabei.« Sally zog den Umschlag aus der Tasche.
»Das ist ja noch besser!« Shaw nahm ihn strahlend entgegen. Er schien nur ungern gehen zu wollen.

Sie nahm allen Mut zusammen. »Vielleicht darf ich Sie anrufen – nachdem Sie es gelesen haben?«
Er sah sie durchdringend an. »Hören Sie: Lorenzo gibt für mich in ein paar Wochen eine kleine Party. Wir könnten dort darüber sprechen.«
Eine Party? Sally fühlte Panik in sich aufsteigen: Eine Fahrt zu einem unbekannten Ort, ein Zusammentreffen mit fremden Menschen!
»Das ist sehr nett von Ihnen, aber...«
»Lorenzo – gib Virginia Woolf eine Einladung, ja?«
Segura drückte sie ihr in die Hand wie einen Zwanzigdollarschein, mit dem er sie loswerden wollte. Er packte Shaw am Ärmel. »Können wir jetzt endlich gehen?«
»Ich sehe Sie dann in ein paar Wochen«, sagte Shaw, rückwärts gehend, das Manuskript in der Hand, seinen Blick in ihre Augen bohrend. »Nicht vergessen!« Und dann verschwand er mit Segura und einigen Insidern durch die Hintertür.
»Hallo, Mrs. Virginia Woolf! Ich habe unsere Latschen gerettet.«
Tina stand hinter ihr, in jeder Hand ein Paar Schuhe.
»Stell dir vor, er hat mich zu einer Party eingeladen«, sagte Sally tonlos.
»Hab' ich gehört. Virginia hat den Wolf ja ganz schön angeschmachtet.«
»Ich wollte unbedingt, daß er mein Manuskript liest.«
Tina ließ die Schuhe fallen, neigte sich zur Seite, legte neckisch einen Finger an die Lippen und klimperte mit den Wimpern. »Vielleicht darf ich Sie einmal anrufen, großer Meister – nachdem Sie es gelesen haben, natürlich«, säuselte sie.
»So habe ich mich nun wirklich nicht aufgeführt – und ganz sicher war ich nicht darauf aus, zu dieser Party eingeladen zu werden! Wie soll ich denn in Gegenwart von lauter Leuten mit ihm über mein Buch sprechen?«
»Wo liegt das Problem? Er hat versprochen, es zu lesen. Er

sagte sogar, er würde es einigen Verlegern zeigen. Du solltest Luftsprünge machen vor Freude!«

»Ja – wahrscheinlich.«

»Wahrscheinlich? Sally – dies könnte der Wendepunkt deines Lebens sein!«

Sechzehntes Kapitel

Als Sally am nächsten Morgen aufwachte, war Jake bereits dabei, sich zu rasieren. Um mit ihr reden zu können, tat er es vor dem Schlafzimmerspiegel und ging nur ab und zu ins Bad, um den Rasierapparat abzuspülen. Sally beobachtete ihn vom Bett aus, noch nicht ganz bereit, dem neuen Tag ins Auge zu sehen.

»Mir ist gerade was eingefallen«, sagte er. »*Eine* Möglichkeit, an Winston heranzukommen, habe ich noch nicht ausprobiert. Einmal ist es mir gelungen, zu ihm durchzudringen – als wir bei Roger zu Besuch waren. Erinnerst du dich, womit?«

»Nein«, murmelte sie. Sie war ein Mensch, der nur langsam zu sich kam und die Schutzschicht des Schlafes erst allmählich abstreifte, um den Schock der kalten Realität abzumildern. Jake hingegen sprang mit einem Satz aus dem Bett, die Triebwerke bereits eingeschaltet, und durchbrach ohne Verzögerung die Schallmauer, stellte Fragen, traf Entscheidungen und telefonierte, bevor sie ihre erste Tasse Kaffee getrunken hatte. Es war entsetzlich.

»Ich habe es damals mit dem Zeichenspiel geschafft – mit Squiggle! Fällt es dir jetzt wieder ein?«

»Mmm.«

»Ich werde es noch mal versuchen. Gibt es am Queens Boulevard ein Geschäft für Zeichenbedarf?«

»Mmm.«

»Sally? Sahhhh-liiiii!«

»Oh. Guten Morgen.« Sie setzte sich auf und lehnte sich an den Kopfteil des Bettes. Blinzelnd und schniefend rieb sie sich das Gesicht.

»Ach – ich hab' dich ja noch gar nicht gefragt, wie es gestern abend gelaufen ist«, sagte Jake. »Hat dieser Soundso dein Buch angenommen?«

»Er wird es lesen.«

»Ist ja großartig! Wie schön für dich!«

»Er sagte, wenn es ihm gefiele, würde er es vielleicht sogar ein paar Verlegern zeigen.«

»Das ist ja toll, Schatz! Du bist auf dem Weg nach oben!« Jake kam zum Bett und küßte sie, einen Klecks Rasierschaum auf ihrer Wange hinterlassend. »Was ist los? Warum strahlst du nicht?«

»Er will mir seine Meinung auf einer Party mitteilen.«

»Was hast du denn dagegen? Dann bekommst du auch gleich eine Chance, ihm Fragen zu stellen und zu erklären, was du mit dem Buch beabsichtigst.«

»Ja, schon – aber als ich im Kalender nachschaute, sah ich, daß wir an dem Abend was anderes vorhaben.«

»Was denn? Eine Operation am offenen Herzen? Sag sie ab. Du darfst diese Gelegenheit auf keinen Fall verpassen.«

»Die Party ist am selben Tag wie Cowens Einladung. Ist das nicht schrecklich?«

Jake runzelte die Stirn. »Was ist daran schrecklich? Cowen ist doch nicht so wichtig.«

»Du bist lieb, aber der Abend bei Cowen ist doch eine große Sache für dich – eine Chance, die hohen Tiere mal privat sprechen zu können.«

»Ich werde allein hingehen – ich kann ja sagen, daß du in letzter Minute krank geworden bist.«

»O nein – ich würde deine Karriere nie für eine so unsichere Sache aufs Spiel setzen.«

»He – deine Karriere zählt schließlich auch.«

Sally schlug die Augen nieder. »Ich sag' dir was: Ich frage Tina, ob sie mich fährt. Wenn es klappt, dann gehe ich hin – ansonsten begleite ich dich zu Cowen. Wie ist das?«

»Warum sollte Tinas Zeitplan über dein Leben entscheiden? Ich setze dich auf dem Weg zu Cowen ab und hole dich hinterher wieder. Tür-zu-Tür-Service.«

»Na ja – dann werde ich wohl doch hingehen.«
Jake legte ihr sanft die Hand auf die Schulter. »Der gestrige Abend war ein Anfang – gib jetzt nicht auf.«
Sie legte ihre Hand auf seine. »Das werde ich nicht. Versprochen.«
Jake küßte sie. »Dieser große Schriftsteller hat offensichtlich einen Blick für Talente. Haben wir was von ihm im Haus?«
»Nein. Ich geh' nachher mal in die Leihbücherei.« Sie hatte *Singing in My Chains* in der Handtasche, aber das wollte sie Jake nicht sagen: Es war in höchstem Maße polizeifeindlich – und außerdem hatte Shaw nur das Vorwort geschrieben.

Um die Mittagszeit saß Jake vor der offenen Kammertür im ersten Stock auf dem Fußboden. Neben ihm lagen ein großer Zeichenblock und mehrere Filzstifte. Auf dem Schoß hatte er eine heiße Schachtel mit einer Pizza, die gerade von einer nahe gelegenen Pizzeria geliefert worden war.
Er öffnete den Deckel und ließ den würzigen Duft herausströmen. Jake verdrehte die Augen. »Mann, sieht die gut aus! Salami und Paprika – mein Lieblingsbelag!« Jakes Lieblingsbelag waren Pilze und Peperoni – Salami und Paprika wurde von jemand anderem bevorzugt. Jedenfalls hatte Roger das beim letzten Besuch erwähnt.
Jake rieb sich die Hände. »Mmmmmm! Ich werde diese herrliche Pizza ganz allein essen! Keiner bekommt was ab. Deine Tante Sally wollte etwas davon haben. Sie liebt Salami-Paprika-Pizza. Sie bettelte mich richtig an, ihr doch ein Stück zu geben, aber ich sagte: ›Tut mir leid – diese Pizza ist nur für mich!‹ Jetzt nehme ich mal ein großes Stück. He – es geht nicht ab: Der Käse ist so heiß und zieht Fäden! Ah – jetzt hab' ich's geschafft.« Er biß hinein. »Mmmm! Das ist die beste Pizza, die ich je gegessen habe!«
Jake aß das Stück auf, wobei er unter lautem Schmatzen immer wieder den köstlichen Geschmack lobte.
»Phantastisch! Aber es würde mir noch besser schmecken, wenn ich nette Gesellschaft hätte. Dafür würde ich viel

geben – sogar ein Stück von meiner Pizza! Mmmmm! Dieses ist sogar noch besser als das erste. Genau richtig – dünner Boden und ordentlich was drauf. 'tschuldige – ich sollte nicht mit vollem Mund sprechen.«

Er kaute einen Moment schweigend.

»He, Winston – ich mache ein Geschäft mit dir: Du bekommst was von meiner Pizza, aber du mußt hier draußen essen – nicht danach grabschen und wieder in die Kammer verschwinden. Und wenn du aufgegessen hast, mußt du noch eine Weile bei mir sitzen bleiben. Okay?«

Winston schoß aus der Kammer wie ein geölter Blitz.

Jake klopfte neben sich auf den Teppich. Den Blick starr auf die Pizza gerichtet, ließ der Junge sich auf dem befohlenen Platz nieder.

Jake trennte ein Stück ab und gab es ihm. In Null Komma nichts war es verschwunden.

»Heiliger Strohsack! Schon weg?«

Winston nickte, mit vollen Backen kauend.

»Ich habe noch niemanden so schlingen sehen!«

Winston schluckte und schaute sehnsüchtig auf die noch verbliebene Pizza.

»Willst du noch was?«

Nicken.

»Wirklich? Damit hatte ich nicht gerechnet. Dann ist ja für mich bald nichts mehr übrig.«

Winston blickte unverwandt auf die Pizza.

»Ich sag' dir was: Es gibt etwas, das ich noch mehr mag als Pizza: ein Spiel, das Squiggle heißt. Erinnerst du dich an Squiggle?«

Ungeduldiges Nicken: Das Kind war ausschließlich an einem zweiten Stück von der Pizza interessiert, die so nah vor ihm lag und doch so unerreichbar.

»Wir haben es ein paarmal gespielt in... in deinem alten Zuhause. Erinnerst du dich daran, wie ich Squiggle mit dir gespielt habe?«

Nicken.

»Wenn du es mit mir spielst, gebe ich dir noch was ab. Okay?«
Stirnrunzelndes Nicken: Der Gedanke, spielen zu müssen, um an sein Essen zu kommen, mißfiel ihm sichtlich.
Jake hielt ihm den Zeichenblock hin und drückte ihm einen gelben Filzstift in die Hand.
Lange Pause. Irgendwo im Haus hackte Sally auf ihrer Schreibmaschine herum. Die Geschirrspülmaschine schaltete auf Klarspülen. Jakes Arm wurde allmählich lahm.
»Komm schon, Champ – du kannst es.«
Winston fuhr ein paarmal halbherzig über das weiße Blatt – es machte eher den Eindruck, als wolle er es mit dem Stift wegstoßen als etwas zeichnen.
»Aha! Was haben wir denn hier?«
Sieht aus wie eine willkürliche Reihe von schwachen Linien, dachte Jake.
Er zeichnete ein großes Oval um die Linien und fügte einen Kopf und Füße hinzu. »He – schau mal, was das ist: ein dicker, fetter Vogel!«
Winston starrte auf die Pizza.
»Das ist lustig«, strahlte Jake. »Machen wir noch ein paar. Nimm jetzt mal den blauen Stift.«
Diesmal gehorchte Winston sofort. Jake verwandelte das hastige Gekritzel in einen blauen Hasen.
Bei den nächsten Versuchen wurden Winstons Kritzeleien zwar größer, aber es blieben planlose Striche.
»Los – jetzt mal was richtig Schwieriges!«
Noch ein Gekritzel.
Jake riß das Blatt ab und knüllte es zusammen.
»Ich glaube, du kannst das viel besser. Wie damals in Skokie – weißt du noch: Da hast du einen kleinen Punkt in eine Ecke gesetzt, und ich mußte mich unheimlich anstrengen, um was daraus zu machen. Erinnerst du dich, wie wir gelacht haben?«
Der Junge setzte einen kleinen Punkt in eine Ecke des Blocks.
Jake zeichnete eine Reihe von Zugvögeln – Winstons Punkt

bildete das »Schlußlicht«. Der vorderste Vogel trug eine Schirmmütze und rauchte Zigarre.
»Wie gefällt dir das?« Er hielt es hoch. Winston starrte mit Röntgenaugen durch das Papier auf die Pizza.
»Jetzt stell mir eine andere Aufgabe – ganz anders, aber genauso schwierig. Kannst du das?«
Wieder ein Gekritzel.
»He – du spielst ja gar nicht richtig. Wie kannst du erwarten, eine Belohnung zu bekommen, wenn du nicht richtig spielst?«
Winston sah Jake an wie einen gemeinen Betrüger.
»Okay, okay – wir werden uns was einfallen lassen. Laß mich nachdenken. Womit kannst du dir die Pizza verdienen?« Er schnippte mit den Fingern. »Ah ja! Ich hab's. Ich sag' dir, was wir tun: Wir spielen rückwärts: Ich fange an, und du machst das Bild fertig – und dann bekommst du deine Pizza, okay?«
Winston schaute etwas verwirrt drein, aber die Aussicht, endlich an die Pizza zu kommen, gefiel ihm sichtlich. Er beugte sich vor und sah gespannt zu, wie Jake mit schnellen Strichen zu zeichnen anfing.
Daddy, Mami, Junge, Mädchen – alle in einer Reihe. Hinter ihnen ein großes Rechteck mit Fächern. Ein Bücherregal? Nein – es hat eine Tür. Es ist ein Schrank. Eine Kammer. Unter dem tiefsten Brett ein kleiner Junge mit großen Augen.
Jake gab Winston den Filzstift. »Jetzt bist du dran – und danach gibt's Pizza.«
Winston saß regungslos da, den Stift in der Hand: Er verstand offenbar nicht, was von ihm erwartet wurde.
»Wo liegt das Problem? Oh – du denkst wohl, es sei schon fertig. Ist es aber nicht. Ich müßte noch einen Mann hinzeichnen – aber das dumme ist, daß ich nicht weiß, wie er angezogen war, oder wie sein Haar aussah oder sonstwas. Kannst du mir helfen?«
Der Junge rührte sich nicht.
»Okay, okay – ich weiß, daß es schwer ist. Gib mir den Block

noch mal. Sagen wir, er stand ungefähr da. Hatte er Stiefel an, Halbschuhe oder Tennisschuhe – was glaubst du?« Schweigen. »Okay – kommen wir später darauf zurück. Erst braucht er mal Beine, richtig? Ich weiß nicht, wie lang, also zeichne ich sie mal so mittel. Und wahrscheinlich hatte er auch irgendwo einen Arm. Oh – ich weiß, was er in der Hand hatte: Er hat es dagelassen. Es war eine Pistole, die so aussah.« Trotz seiner Aufregung nahm Jake sich die Zeit, eine genaue Zeichnung der automatischen Pistole zu machen, die man auf Rogers Schoß gefunden hatte. »Was glaubst du – hatte er breite Schultern? Ungefähr so? Oder...«

Ein dünner, schwarzer Arm schoß vor. Winston riß Jake den Filzstift aus der Hand und stürzte sich auf die Zeichnung. Diesmal kritzelte er nicht, sondern arbeitete angestrengt und sorgfältig – offenbar bemüht, alles richtig zu machen.

Es dauerte nicht lange. Als er fertig war, riß er das Blatt vom Block, knüllte es wütend zusammen und warf es auf den Boden. Dann schleuderte er den Filzstift an die Wand, stieß einen dünnen, hohen Schrei aus wie ein gequältes Tier, ließ sich auf den Boden fallen und grub die Zähne in die geballten Fäuste. Wieder schrie er, kurz und durchdringend, und strampelte verzweifelt mit den Beinen.

Jake kniete sich neben ihn und zog den verstörten Jungen in seine Arme. »Es tut mir leid. Es tut mir leid. Es ist meine Schuld. Ich lass' dich in Ruhe, ich versprech's – ich lass' dich in Ruhe. Wir werden Pizza essen – ganze Berge von Pizza.«

Winstons Körper erschlaffte. Jake wiegte ihn sanft hin und her.

Sally kam die Treppe heraufgerannt. »Was ist los?« fragte sie alarmiert. »Ist er okay?«

»Es geht ihm gleich wieder gut.« Jake ließ den Jungen zu Boden gleiten, wo er regungslos mit glasigen Augen liegenblieb.

»Was ist passiert? Es hörte sich an, als würde jemand umgebracht...«

»Später. Ich erzähl's dir später.«

Sie näherte sich vorsichtig, als fürchte sie, Winston würde wieder schreien. Als sie die Bescherung sah, weiteten sich ihre Augen: Winston war über die Pizza gerollt, hatte sie in den Teppich gedrückt und seine Kleider mit Tomatenpüree beschmiert.

Sally streckte die Hand aus. »Winston – ich glaube, du könntest ein Bad und saubere Sachen brauchen. Komm mit mir. Komm.«

Langsam richtete der Junge sich auf – er schien wieder völlig ruhig. An Sallys Hand ging er in Richtung Badezimmer.

Jake stand auf. Seine Hände und sein Hemd rochen nach Pizza – er hatte selbst eine Dusche nötig. Er lehnte sich an die Wand – unsicher, was er als nächstes tun sollte. Sein Kopf war leer.

Wasser rauschte in die Wanne. Sally kam zurück, warf ihm einen komischen Blick zu und begann den Teppich sauberzumachen. Als sie die zusammengeknüllte Zeichnung aufhob, sagte Jake: »Das war der Auslöser.«

»Diese Zeichnung hat ihn so aufgeregt?«

»Wir spielten Squiggle. Ich versuchte ihn dazu zu bringen, den Mörder zu zeichnen.«

Sally faltete das Blatt auseinander und glättete es an der Wand. »Winston hat das gezeichnet?«

»Nein – ich.«

»Ich dachte, ihr habt Squiggle gespielt.«

»Ja – sozusagen: Ich habe die Waffe des Killers gezeichnet, und er hat etwas hinzugefügt – und dann bekam er den Anfall.«

Sally nickte. »Ich glaube, ich fange an zu verstehen. Schau mal, was er getan hat: Er hat den Lauf der Pistole länger und dicker gemacht. Sieht aus wie ein klassisches Freudsches Symbol.«

»Ein Freudsches Symbol?«

»Na ja – wenn man eine Waffe als Phallus deutet, dann hat Winston diesem hier eine gewaltige Erektion verpaßt. Der arme kleine Kerl muß allein durch den Anblick schon trau-

matisiert worden sein. Und jetzt hat er versucht, damit fertig zu werden, indem er die Pistole so zeichnete, wie sie psychologisch gesehen auf ihn wirkte – indem er sie größer und noch gefährlicher darstellte ...«
Jake hörte nicht mehr zu – er starrte wie gebannt auf die Zeichnung.
Sally war auf einer völlig falschen Fährte.
Winston hatte die Waffe nicht wegen eines Traumes vergrößert – er hatte mit eindeutigen, präzisen Strichen einen Schalldämpfer auf den Lauf gesetzt!

Siebzehntes Kapitel

1988

Carl Ordway stand am Steuer, Evan Highland kurbelte die Winsch, als gehe es um den Cup of America. Sie wollten eine Wende fahren.

Ordway lachte vergnügt: Er liebte die Gischt auf seinem Gesicht und das widerspenstige Ziehen des Steuers unter seinen Händen. Er war über fünfzig, mit einer weißen Mähne und tiefen Furchen in den sonnengegerbten Zügen – aber er konnte immer noch zwei Poollängen unter Wasser schwimmen, eine Steilwand hochklettern und mit einem fünfundvierziger Colt auf fünfzehn Meter ins Schwarze treffen.

Es war Frühling, ein klarer Tag, und ein frischer Wind wehte. *Blind Zoë* durchpflügte die Wellen mit stolzen sechseinhalb Knoten. Nicht schlecht für eine alte Zwölfmeterjacht.

Blind Zoë wurde nicht oft losgemacht: Meist lag sie vor der Cane Cove Plantation an der Küste von Georgia vor Anker. Das Wohngebäude der Plantage war eine baufällige Ruine mit einem halbverfaulten Pier, der von der Mitte der rückwärtigen Rasenfläche in den Atlantik führte. Ordway schätzte diese Atmosphäre vernachlässigter Pracht. Er verabscheute die Vorstellung der »Firma« von einer »sicheren Unterkunft«: Ein schäbiges kleines Apartment an der Connecticut Avenue, in dessen Briefkasten sichtbar Post steckte, damit es so aussah, als wohne jemand dort, und mit einer Reihe von Blumentöpfen auf dem Fensterbrett – zum selben Zweck. Nicht einmal der Hausmeister ließ sich dadurch täuschen.

Nein – dieser Ort war wirklich sicher – sogar vor den neugierigen Beamten der Finanzabteilung der »Firma«. Wie alles andere in Cal Ordways derzeitigem Leben war er streng geheim. Das Gelände war kreuz und quer von Stolperdrähten durchzogen, Sensoren, die auf Bewegung reagierten, walteten von Bäumen herab ihres Amtes, in den verwitterten Skulpturen hielten Kameras die Augen offen. Doch Ordway zog es vor, wirklich wichtige Gespräche auf der *Blind Zoë* zu führen.
Sie war ein altmodisches Mädchen, mit einem Holzmast und ohne hochmoderne Navigationsausstattung – keinerlei Elektronik, nicht einmal ein Funkgerät. Der Grund dafür war nicht nur reines Stilempfinden: Ordway wußte, daß man aus Sensoren Sender machen und Lautsprecher zu Abhörgeräten umfunktionieren konnte.
Blind Zoë war ein blinder Fleck – und viel sicherer als schalldichte Räume oder die sogenannten »Kegel der Stille«: Sie waren feste Einrichtungen – anfällig für Störmanöver. Die *Blind Zoë* war immer in Bewegung, umgeben von den Wellen des Ozeans, die durch ihr Auf und Ab elektromagnetische Übertragung abblockten – und an einem Tag wie heute tat auch der Wind noch das Seine dazu, indem er die Worte verwehte, kaum daß sie ausgesprochen waren.
Blind Zoë wurde vor jedem Einsatz auf Wanzen untersucht – zuerst von einem vertrauenswürdigen Techniker und danach von Ordway selbst. Diesmal war er besonders sorgfältig vorgegangen – das Gespräch mit Highland betraf die geheimste Operation, mit der er je zu tun gehabt hatte.
Die Wende war geglückt. Highland gesellte sich zu Ordway. Sie tranken dampfenden Kaffee aus Bechern, die das Emblem des KGB zierte: Langleyscher Humor.
»Also Evan – was soll dieser Unsinn, das Red-Queen-Team verlassen zu wollen?«
»Ich möchte zur Überwachung zurück, Cal.«
»Das ist doch läppisch – gar kein Vergleich. Hier haben Sie die Chance, etwas wirklich Wichtiges zu tun.«

»Ich bin zu der Erkenntnis gekommen, daß die Überwachung das Gebiet ist, für das ich mich am besten eigne«, erklärte Highland störrisch.

»Aber Sie haben doch gerade erst angefangen – das Training läuft ja kaum einen Monat. Das hieße aufgeben, bevor Sie richtig angefangen haben.«

Highland blickte geradeaus zum Horizont. »Ich sehe schon jetzt, daß das nichts für mich ist.«

Ordway schnaubte. »Seien Sie doch vernünftig. Haben Sie geglaubt, daß Sie mit Ihren Sprachkenntnissen ewig in der Überwachung bleiben könnten?«

»Dann schicken Sie mich nach Übersee – ich arbeite überall.«

»Ich habe mich nicht drei Jahre bemüht, Sie anzuwerben, damit Sie Ihre Zeit verschwenden, drittklassige Sicherheitsrisiken zu bespitzeln.«

»Mir ist alles recht – außer Red Queen.«

»Könnte es sein, daß ich Ihnen mehr zutraue als Sie selbst?«

»Sie haben immer an mich geglaubt, Cal. Dafür bin ich Ihnen dankbar – aber diesmal muß ich nein sagen.«

»Machen Sie noch einen Monat weiter. Werden Sie das für mich tun?«

»Tut mir leid – nein.«

»Manchmal im Leben muß man etwas wagen. Eine Gelegenheit wie diese kommt nicht wieder.«

Highland zuckte schweigend mit den Schultern.

»Was ist los?« fragte Ordway. »Was stört Sie? Vielleicht, daß Red Queen vorbeugend eingesetzt wird? Daß wir diese Männer ausschalten, bevor sie ihre terroristischen Anschläge ausführen können?«

»Ich bin sicher, sie sind... sorgfältig ausgewählt.«

»Wo liegt dann Ihr Problem?« explodierte Ordway. »Ich muß Ihnen doch wohl nicht sagen, was die Terroristen uns antun. Nicht nur den Vereinigten Staaten – allen westlichen Ländern: Sie verhindern Wahlen, stürzen Regierungen, zerstören das Sozialgefüge. Sie haben den schwachen Punkt unseres offenen Systems gefunden. Nimm ein paar Geiseln, und

schon sind die Fernsehkameras da. Und sobald die Kameras da sind, können die Kerle an den Regierungen vorbei direkt mit den Leuten sprechen. Sie können einem Land die Pistole an die Schläfe setzen. Wissen Sie, was Jimmy Carter zu Fall gebracht hat? Vierhundert Folgen einer Nachrichtensendung mit dem Titel *Amerika als Geisel.* Das ist der Grund, warum jeder mit den Strolchen verhandelt – jeder!
Aber sie haben auch einen schwachen Punkt: Gleichgültig, was sie sagen – es gibt unter ihnen nur sehr wenige Männer, die wirklich mit Freuden in den Tod gehen. Terrorist ist ein gefährlicher Job – und Red Queen wird ihn noch gefährlicher machen.«
»Ja – jetzt werden auch potentielle Terroristen umgebracht.«
»Es werden echte Terroristen eliminiert – nur schon, bevor sie zuschlagen. Was haben Sie dagegen?«
»Ich kann... es geht um das Töten. Ich bin kein Killer. Ich bin ein Schnüffler, ein Spion – aber kein Mörder.«
»Niemand verlangt das von Ihnen. Sie sind ein Überwachungsmann – der beste, den wir haben. Das Töten übernehmen Spezialisten.«
»Warum dann das ganze Training mit Handfeuerwaffen, Schalldämpfern und Sprengstoffen?«
»Für alle Fälle. Red Queen ist völlig anders als alles, was wir bisher gemacht haben. Wir bilden euch aus. Wir schaffen euch Scheinexistenzen – ganz neue, nicht in einem der Betriebe der ›Firma‹. Wir geben euch die Einsatzliste – und dann seid ihr auf euch allein gestellt. Keine Rückendeckung, keine Hilfe, keine Kontakte mit irgendwelchen Stellen der ›Firma‹ – und kein Kontakt mit mir, außer im äußersten Notfall. Wenn ihr beschließt, eine Operation abzublasen, liegt das bei euch.«
»Ich verstehe immer noch nicht: Wenn ich nicht zum Töten eingesetzt werde – warum wird dann eine Mordmaschine aus mir gemacht?«
»Denken Sie doch nach. Es ist wie bei einem Mondflug: Jeder muß für alle anderen einspringen können. Jeder spricht

mehrere Sprachen. Die anderen Männer werden in Überwachung ausgebildet – genau wie Ihnen der Umgang mit Waffen und Sprengstoffen beigebracht wird. Sechs Männer – sechs Funktionen. Fünf Männer – sechs Funktionen. Vier Männer – immer noch sechs Funktionen. Wir verlangen von Ihnen nicht grundsätzlich, zu töten – wir verlangen nur, daß Sie es tun, wenn die Situation es erfordert.«

»Ich weiß nicht, ob ich das könnte – töten, meine ich.«

Achtern begann der Verklicker zu flattern. Ordway riß das Steuer kurz herum, brachte es gleich wieder in die Ausgangsposition – schon herrschte Ruhe.

»Das weiß niemand, bis es soweit ist. Wenn wir Ihnen vertrauen – warum vertrauen Sie sich selbst nicht?«

»Worauf soll ich vertrauen? Daß ich in der Lage sein werde, den Abzug durchzudrücken? Und was dann? Wie soll ich damit leben?«

»Werden Sie wenigstens mit Greenspan reden?«

»Einem Arzt, der Menschen von ihren Hemmungen heilt, andere umzubringen? Sollten die Patienten nicht eher Achtung für ihre Mitmenschen entwickeln?«

»Nun – Sie sollten einen Weg suchen, sich mit dieser Sache abzufinden: Sie haben keine Alternative.«

»Was heißt das?«

»Entweder Red Queen oder gar nichts.«

»So einfach ist das also.«

»Ich fürchte, ja.«

»Das hätte ich nicht von Ihnen erwartet.«

»Von mir? Sie hätten das nicht von mir erwartet? Es handelt sich hier nicht um ein Spiel! Wir müßten ganz von vorn anfangen – einen neuen Mann anwerben. Damit wären Sie für die Verzögerung einer großen Anti-Terroristen-Initiative um mindestens zwei Monate verantwortlich! Und nur aus Feigheit! Es wäre wie eine Desertion während der Schlacht. Wenn wir Krieg hätten, würden Sie erschossen!«

»Was für ein Glück für mich, daß wir nicht Krieg haben.«

Ordway schüttete den Rest seines Kaffees über die Reling.

»Es wäre das Ende Ihrer Karriere – das Ende von allem, was Sie sich aufgebaut haben.«

»Ich kann nicht morden.«

»Wissen Sie – Ihre Ablehnung trifft mich persönlich. Sie sind einer von meinen Leuten – und die ›Firma‹ wird mich ganz schön fertigmachen.«

»Tut mir leid – aber ich kann es nicht ändern.«

»Wenn Sie sich schon keine Gedanken um mich machen – wie steht es mit Ihrer Mutter? Wenn Sie wirklich aussteigen, bedeutet das den Abbruch ihrer Versorgung. Haben Sie das bedacht?«

»Nein – habe ich nicht.«

»Überschlafen Sie's.«

»Mein Entschluß steht fest, Cal.«

»Denken Sie an Ihre Mutter!«

»Ich werde mich schon um sie kümmern.«

»Wir leben in einer gefährlichen Welt.«

»Was meinen Sie damit?«

»Sie können nicht töten. Andere können es.«

»Cal – wenn wir nicht alte Freunde wären, würde ich denken, daß Sie drohen, meiner Mutter etwas anzutun. Aber das tun Sie doch nicht, oder?«

»Alles klar zur Wende!«

1989

DA-DONG! DA-DONG! DA-DONG!

Ronski hatte ein Funkgerät dabei, und sein Herzschlag donnerte in Highlands Kopfhörer wie ein entferntes Gewitter.

Was ist mit ihm los? fragte Highland sich: Beim »Trockentraining« am Abend zuvor hatte sein Herz sich nicht so aufgeführt. Natürlich waren sie da in Piräus gewesen – mit Säcken statt Wachtposten, Platzpatronen in den Waffen und einer Puppe im Bett.

Heute nacht waren sie in Dschidda – mit scharfer Munition gegen lebendige Wachen!

Er runzelte besorgt die Stirn: Ronski hatte noch nicht einmal das Haus erreicht, und schon hämmerte sein Herz wie eine Maschinenpistole. Ronski, der Killer, der Scharfschütze, der eiskalte Profi. Konnte es sein, daß ihn jetzt, da es wirklich »zur Sache« ging und er einen lebenden Menschen im Bett vor sich haben würde, die Panik packte?
Nun – es würde sich bald herausstellen. Es war der erste Einsatz des Teams: Red Queen stand kurz davor, ihre Jungfräulichkeit zu verlieren.
Es war ein Uhr neunundfünfzig. Der heiße Wüstenwind wehte auf das nur wenige Meilen entfernte Rote Meer zu. Die Sterne leuchteten wie Scheinwerfer.
Highlands geschlossener Transporter stand gegenüber der hohen Mauer, die das Anwesen der Zielperson umgab – eines saudischen Geschäftsmannes, fünfundzwanzig Jahre alt, mit einem abgeschlossenen Studium am Massachusetts Institute of Technology. Sein Name war Achmed.
Achmed war Importeur. Er hatte ein großes Geschäft im Basar, wo er japanische Elektronik, hergestellt in Taiwan, und amerikanische Kühlschränke, hergestellt in Italien, verkaufte.
Achmed war kein Terrorist – sein Bruder Omar war es. Einen Monat zuvor hatte Omar einen amerikanischen Journalisten als Geisel genommen – und Achmed sollte jetzt dafür büßen. Wenn der Journalist daraufhin nicht freigelassen würde, müßte als nächster Achmeds Vater, der alte Scheich, sterben. Sie hatten beschlossen, Achmed in seinem Haus zu töten – nachts, wenn er schliefe.
Der Besitz war umfriedet und dicht bepflanzt. Das Haus selbst war von der Straße aus nicht zu sehen. Ein paar Wochen zuvor hatte Highland sich, als niemand zu Hause war, Zutritt verschafft und das Gebäude flächendeckend verkabelt. Dabei war er zu seinem Schrecken auf mehrere bereits vorhandene Wanzen gestoßen – große, plumpe Mikrofone, die selbst ein Kind hätte entdecken können.
Besorgt hatte er Sweep Carr gefragt, ob das auf eine Gefahr

hindeute: Offiziell gab es bei Red Queen keinen Anführer – aber jeder betrachtete Carr als Chef. »Das ist ganz normal«, erklärte Carr. »Dschidda ist die Wanzenhochburg der Welt.«
In den nächsten Wochen hatte Highland Achmeds häusliches Leben überwacht. Meist wurden Geschäftsessen gegeben. Mit Hilfe der Kamera in der Decke konnte Highland die Etiketten der Scotch-Flaschen entziffern, die Achmed für seine amerikanischen, japanischen und italienischen Gäste bereitstehen hatte, um damit zu beweisen, daß er international eingestellt und nicht durch Zwänge des Islams eingeschränkt sei.
Seine Frau, eine Libanesin, war meistens auf Einkaufstour in London oder Paris, aber sie rief ihn jeden Abend an – weniger aus Liebe, als vielmehr, um ihn zu kontrollieren. Sie hätte sich keine Sorgen zu machen brauchen: Achmeds Sexualleben erschöpfte sich offenbar in den schlüpfrigen Witzen, die er seinen Gästen in fließendem amerikanischem Englisch erzählte.
Sogar wenn er nicht mit Ausländern sprach, gab er Highland wenig Gelegenheit, seine arabischen Kenntnisse einzusetzen: Er sprach die meiste Zeit englisch, ebenso wie seine Frau und seine Freunde. Lediglich die Anweisungen für das Personal erteilte er in seiner Muttersprache. Gelegentlich behauptete Achmed, das arabische Wort für so einfache Dinge wie »Stuhl« oder »Brot« vergessen zu haben – doch an seinem Ton war zu erkennen, daß er kokettierte.
Achmed betrachtete sich nicht als Araber – und er war wütend darüber, daß sein Bruder Terrorist geworden war. Omar, sagte er zu seinen Freunden, hätte nicht »Khayyam« heißen sollen, sondern vielmehr »Sharif«: Er hielte sich für einen Filmstar. Für ihn bedeutete Terrorist zu sein: eine Hauptrolle zu spielen – mit dramatischen Szenen und eindrucksvollen Monologen. Achmed hatte keinerlei Verständnis dafür: Es schadete seinem Geschäft – und wegen der Geltungssucht seines Bruders mußte er auch noch eine zusätzliche Alarmanlage installieren lassen und das Wachpersonal vergrößern!

Je länger Highland ihn beobachtete, um so unruhiger wurde er. »Töten wir nicht den falschen Mann?« fragte er Sweep Carr. »Sollten wir uns nicht seinen Bruder vornehmen?«
Carr schüttelte den Kopf. »Damit wäre der Tod des Journalisten programmiert.«
»Aber Achmed ist nur ein harmloser Geschäftsmann!«
»Seien Sie doch froh darüber: Er kauft eine Waffe und schiebt sie ganz hinten in irgendeine Schublade, statt sie immer griffbereit zu haben. Er stellt Wachen ein und bringt sie eine Meile entfernt im Personaltrakt unter. Er läßt ein teures Alarmsystem anbringen, um Gelegenheitsdiebe abzuhalten – nicht professionelle. Er glaubt, er sei in Sicherheit, weil er einen Haufen Geld ausgegeben hat.«
»Ich dachte, es sei unsere Aufgabe, Terroristen zu töten und nicht unschuldige Menschen.«
»Der KGB hat mit der Methode, die wir jetzt anwenden, große Erfolge: Es ist Ihnen vielleicht schon aufgefallen, wie selten Russen als Geiseln genommen werden.«
»Aber ich dachte, Red Queen würde...«
»Regel eins: Halten Sie eine ursprüngliche Definition nie für bindend.« Damit hatte Carr ihn stehenlassen.
Highland war es müde, Ronskis Herzschlag zu lauschen: Er legte ein paar Hebel um und schaltete die Kameras im Haus auf Monitor.
»Mord ist wie Ballett«, hatte einer ihrer Ausbilder gesagt. »Man muß ihn zu einem Metronom einstudieren und ihn dann im Rhythmus ausführen.« Highland war das Metronom – umgeben von kleinen Fernsehschirmen, die die Aufnahmen aus dem Haus übertrugen, und mittels Kopfhörer in der Lage, das Dutzend versteckter Mikrofone zu überwachen. Und er konnte sich jederzeit mit den anderen fünf Männern verständigen.
Noch vierzig Sekunden. Highland schaltete auf die Unterkünfte der Wachtposten. Elektronische Augen und Ohren zeigten ihm, daß sich nichts verändert hatte: Die vier Ersatzmänner schliefen fest.

Er überprüfte die beiden diensthabenden Wachen: Sie waren auf ihren Posten: Der draußen las im Licht einer Bleistiftlampe, die er nicht hätte benutzen dürfen, in einem Buch, der drinnen saß am Fuß der Treppe, die zu Achmeds Schlafzimmer führte, auf einem Stuhl, ein russisches AK-47-Sturmgewehr quer über dem Schoß.
In ein paar Sekunden würde Wachablösung sein.
Highland sah in Achmeds Schlafzimmer: Die Zielperson schnarchte gleichmäßig – wahrscheinlich träumte er von einer saudischen Stewardeß. Er schlief allein in dieser Nacht: Seine Frau war in Paris.
Obwohl er im Schutz des Transporters arbeitete, zog Highland sich seine Strumpfmaske über: Niemand durfte jemals sehen, wie ein Mitglied von Red Queen aussah.
Punkt zwei Uhr meldete sich Highland über Mikrofon bei dem Mann, den sie »Houdini« nannten.
»Los!«
Einen Augenblick später verlosch ein rotes Licht an der Kontrolltafel vor Highland: Houdini hatte die Alarmanlage ausgeschaltet. Es war eins von diesen ganz raffinierten Systemen, die ein Signal an das jeweilige Polizeipräsidium geben, wenn die entscheidenden Drähte durchschnitten werden. Houdini hatte die entscheidenden Drähte nicht durchschnitten.
»Alarm aus«, teilte Highland dem Team mit.
Das war das Zeichen für Carr, über die vordere Mauer zu klettern und durch die Büsche zum Quartier der Wachen zu rennen.
Ein erstickter Schrei kam durch Highlands Kopfhörer. Dann herrschte Stille. Das Betäubungsgeschoß sollte eigentlich schmerzlos und augenblicklich wirken – offensichtlich tat es beides nicht.
»Wache ausgeschaltet«, knarrte Carrs Stimme an sein Ohr. Er klang völlig gelassen – fast gelangweilt.
Highland starrte auf den zweiten Posten, den er auf dem mittleren Bildschirm hatte: Der Mann rührte sich nicht – er hatte den Schrei nicht gehört.

Highland öffnete alle Kanäle.
»Los!«
Houdini sprintete zur Haustür. Borchard und Ronski kletterten über die Frontmauer, Crowhurst über die hintere, um die Rückseite des Hauses abzusichern, falls Achmed versuchen sollte, auf diesem Weg zu entkommen.
Houdini knackte das Schloß der Haustür – eine geradezu lächerliche Aufgabe für einen Mann mit seinen Fähigkeiten –, und rüttelte dann absichtlich laut am Türknauf.
Highland beobachtete den zweiten Wachmann: Er blickte überrascht auf, als er den Lärm hörte.
»Ich habe meinen Schlüssel vergessen!« rief Houdini auf arabisch. Bei den Proben hatte er die Stimme des Außenpostens besser hingekriegt – aber es klang immerhin ähnlich.
Highland sah zu, wie der Mann an der Treppe gemächlich aufstand, sich gähnend streckte und dann, das Gewehr wie einen Schlagstock unter den Arm geklemmt, langsam auf die Tür zuschlurfte.
Als er noch anderthalb Meter entfernt war, kommandierte Highland: »Jetzt!«
Houdini trat die Tür auf, und Carr feuerte sein Betäubungsgewehr ab.
Diesmal funktionierte es wie beschrieben: Die Wache ging lautlos zu Boden.
Houdini schnappte sich das AK-47 und stürmte über den Rasen davon, um die andere Seite des Hauses zu sichern.
Carr nahm dem Posten die Pistole ab und machte sich daran, ihm die Hände mit einer mitgebrachten Schnur auf dem Rücken zu fesseln.
Borchard kam den Weg heraufgespurtet. Er war ein Riese, gerissen und brutal – der Muskelmann des Teams. Obwohl doppelt so schwer wie Ronski, hatte er die Mauer schneller geschafft als dieser und erreichte lange vor ihm das Haus.
An der Tür blieb er abrupt stehen. Dann schlich er, die Waffe schußbereit, mit beiden Händen vor sich haltend, durch die Halle. Er sollte am Fuß der Treppe Stellung beziehen, um

Ronski Deckung zu geben, falls der Probleme mit dem Rückzug hätte.
Highland öffnete die Leitung zu Ronski: Sein Herz klopfte immer noch wie wild.
Er bekam Ronski ins Bild, als dieser an Carr vorbeilief – nachdem Carr den bewußtlosen Wachtposten ins Gebüsch geschleppt hatte, stand er jetzt vor der Haustür und wartete auf Highlands Befehl: Seine Aufgabe war es, sich nach Abschluß der Aktion zu überzeugen, daß die Zielperson tot war, keine Patronenhülsen herumlagen und Red Queen auch ansonsten keine Spuren hinterließ.
Klick, klick, klick. Highland schaltete von einer Mikrokamera zur nächsten, Ronskis Weg durch das Haus auf Schritt und Tritt verfolgend. Das Gesicht des Mannes kam trotz Nachtaufnahmen klar durch: Es war vor Anspannung verzerrt, die Augen quollen fast aus den Höhlen. Er ging schnell, seine geschäumten Schuhsohlen bewegten sich lautlos über die dicken Teppiche und teuren Parkettböden. Er passierte Borchard und stieg die Treppe hinauf. DA-DONG! DA-DONG! DA-DONG!
Highland eilte ihm voraus. Klick: das Schlafzimmer. Die Mikrokamera saß in der Mitte der Zimmerdecke und zeigte die Tür und Achmed. Es war dunkel im Raum, aber die Infrarotlinse ließ die schlafende Gestalt schimmern wie eine überirdische Erscheinung. Er schnarchte noch immer leise.
Ronski hätte schon längst auftauchen müssen. Na endlich!
Was war mit ihm los?
Er hatte Anweisung, mit einem Satz zum Bett zu springen und Achmed aus nächster Nähe mit seiner schallgedämpften Pistole zu erschießen: eine Kugel durch den Kopf. Statt dessen verharrte er im Türrahmen und hob langsam seine Waffe – wie bei einer Schießübung.
KRACH! Ronski hatte von der Tür aus auf den schlafenden Achmed gefeuert! Ohne Schalldämpfer! Deshalb war er also erst so spät erschienen: Er mußte stehengeblieben sein, um ihn abzuschrauben! Highland verstand sofort, was Ronski

dazu bewogen hatte: Eine schallgedämpfte Waffe arbeitet nicht mehr automatisch – der Schalldämpfer schluckt die für den Mechanismus notwendige Energie, und man muß vor jedem Schuß neu spannen. Ronski hatte die Nerven verloren: Er brachte es nicht fertig, einen Menschen aus der Nähe zu erschießen – er zog es vor, von weitem draufloszuballern.
Achmed fuhr hoch. KRACH! Achmed fummelte mit zitternden Händen eine Automatik aus der Schreibtischschublade. KRACH! Unglaublich: Ronski, der Killer, der Scharfschütze, hatte vier Schüsse auf Achmeds massigen Körper abgegeben und kein einziges Mal getroffen!
Achmed kam hoch. PENG! Ronski ging zu Boden.
Großer Gott! Der erste Einsatz – ein Fiasko! Highland öffnete alle Leitungen. »Ronski ausgefallen, Zielperson noch am Leben. Zielperson hat eine Pistole!« Das würde Borchard in Richtung Schlafzimmer in Bewegung setzen. Das Haus war immer noch umstellt – keine Möglichkeit für Achmed, zu entkommen.
Highland hörte Rufe: Ronskis donnernde Schüsse hatten die schlafenden Wachen geweckt. Die Lage wurde ernsthaft brenzlig. Ronski schien tot zu sein. Sie mußten ihn da rausholen: Es durfte kein Mitglied des Red-Queen-Teams zurückgelassen werden!
Achmed lief zum Fenster, öffnete es und kletterte hinaus. Das war nicht vorgesehen! Das Schlafzimmer lag im ersten Stock. Es hatte keinen Balkon. Achmed hängte sich an den Sims. Dann ließ er los. Kein Laut: Er mußte im Blumenbeet gelandet sein!
Auf dieser Seite des Hauses stand niemand! Die Zielperson entkam!
Borchard stürmte ins Schlafzimmer, sprang über Ronski und blickte sich suchend nach der Zielperson um.
Highland war der einzige, der wußte, was geschehen war. Er traf eine Entscheidung.
»Ronski muß raus«, befahl er Borchard.
»Nach links!« sagte er zu Carr. »Auf die Seite, wo der Trans-

porter steht. Die Zielperson kommt vielleicht in Ihre Richtung.«
»Bleiben Sie, wo Sie sind«, wandte er sich an Crowhurst. »Die Zielperson könnte sich von rechts nähern.«
Dann nahm er die schallgedämpfte Walther PPK, die er keinesfalls hatte benutzen wollen, und verließ den Transporter. Achmeds einzige Chance, Carr und Crowhurst zu entkommen, war der direkte Weg zur Mauer.
Highland hatte den Gedanken gerade zu Ende gedacht, als Achmed oben auf der Gartenmauer erschien. Im nächsten Augenblick sprang er und stürzte davon. Highland sprintete hinterher.
Achmed war jung und verzweifelt, aber Highland hatte gerade sein Training abgeschlossen: Nach dreißig Metern hatte er ihn eingeholt.
Achmed fuhr herum. Er hatte keine Waffe! Wahrscheinlich war sie ihm im Weg gewesen, als er über die Mauer kletterte. Schwer atmend starrte er mit aufgerissenen Augen auf die PPK. Er trug einen blauen Seidenpyjama, dessen Brusttasche die britischen Wappenlöwen zierten.
Er sank auf die Knie. »Nicht schießen! Nicht schießen! Ich werde keinen Widerstand leisten! Ich komme ganz ruhig mit«, wimmerte er auf arabisch.
Alles, was Highland wahrnahm, waren diese Augen: Schwarz, feuchtglänzend – und voller Entsetzen. Ich habe diesen Mann drei Wochen lang beobachtet, dachte er. Ich kenne ihn besser als sein Vater. Ronski konnte ihn nicht erschießen – wie sollte ich es da können!
Wie aus weiter Ferne hörte er plötzlich ein Geräusch: PCHIUH! Es kam aus der Walther PPK – ein durch den Schalldämpfer abgewürgtes Bellen. Achmed wurde rückwärts geschleudert, gegen die Gartenmauer – mit weggeschossenem Hinterkopf. Die großen, feuchten Augen erloschen.
Aus dem Bann dieses flehenden Blickes befreit, wirbelte Highland herum und rannte zum Transporter zurück.
Ronski war tot.

Sie hatten vereinbart, für den Fall, daß einer von ihnen getötet würde, über das Fortbestehen von Red Queen abzustimmen.
Highland war unschlüssig, wofür er stimmen würde: Einerseits betrachtete er Ronski nicht als Verlust, und es schien ihm absurd, das Team schon nach dem ersten Einsatz aufzulösen – andererseits verfolgten ihn Achmeds Augen bis in seine Träume.
Offiziell arbeitete Highland für eine Firma auf einer kleinen griechischen Insel, die Jachten ohne Besatzung vermietete. Es war ein kleiner Betrieb – keine großen Partyboote mit unechter Takelage, keine umfangreiche Flotte.
Ein weiterer Vorteil für Highland war, daß er für seine Tätigkeit nur seinen Mund brauchte – es gab wenig für ihn zu tun, außer bei den Booten herumzulungern, Freizeitkapitänen Ratschläge für die Handhabung der Boote zu geben und den Koffer mit Ersatzteilen aus England an Bord zu bringen. Am nützlichsten machte er sich, wenn er dem Chef bei Verhandlungen mit Griechen, Arabern, Türken, Armeniern, Maltesern, Japanern oder Israelis zur Seite stand: Wenn sie in ihre Muttersprache verfielen, um sich darüber zu unterhalten, was sie von den Geschäftsbedingungen hielten, kam keiner von ihnen auf die Idee, daß der lächelnde Matrose, der offenbar Amerikaner war, jedes ihrer Worte verstand.
Oft gab es überhaupt nichts zu tun. Dann saß Highland im nahe gelegenen Hafencafé unter einem Schild mit der Aufschrift »Krep Suset« und las. Die Engländer, die die Chartergesellschaft führten, waren von Ordway instruiert worden: Sie stellten niemals Fragen.
Die übrigen Mitglieder des Red-Queen-Teams waren über die umliegenden Inseln und die Peloponnes verteilt – alle in der Nähe des Ablegeplatzes des Flugboots *Blauer Delphin*, das sie bei Bedarf nach Piräus bringen konnte, wo sich das Hauptquartier der Gruppe befand.
Eine Woche nach dem Dschidda-Fiasko trafen sie sich in einem Haus in der Nähe von Piräus. Borchard, die »zweite

Besetzung« für die Killer-Rolle, stimmte dafür, Red Queen aufzulösen. Houdini schloß sich an. Sweep Carr und Crowhurst wollten weitermachen. Aller Augen richteten sich auf Highland: Seine Stimme würde die Entscheidung bringen. Doch er starrte nur schweigend vor sich hin. Schließlich sagte Borchard, er werde seine Meinung ändern, wenn jemand anderer seine Aufgabe übernehme.

»Ich werde es tun!« stieß Highland hervor.

Die anderen sahen ihn fragend an: Hatte er so lange gezögert, weil er nicht sicher gewesen war, wofür er stimmen sollte – oder hatte er nur erreichen wollen, daß Borchard ihm seinen Job überließ?

Auch Highland fragte sich das – und er fand keine Antwort.

Am Abend desselben Tages wurde jenseits des Mittelmeers, in Beirut, ein amerikanischer Journalist unbewacht in einem Parterrezimmer gelassen. Nachdem er drei Stunden lang niemanden in dem festungsartigen Bau gehört hatte, nahm der Mann schließlich all seinen Mut zusammen und »entkam«, indem er die unverschlossene Tür öffnete und das Haus verließ.

Bei der Pressekonferenz versprach er, blaß, aber strahlend, für den Rest seines Lebens jeden Tag ein Dankgebet zum Himmel zu schicken. »Gott muß die Hand im Spiel gehabt haben«, sagte er. »Eine andere Erklärung gibt es nicht.«

Achtzehntes Kapitel

Winston hatte den Schalldämpfer am Samstag gezeichnet. Am Donnerstag der folgenden Woche saß Captain Cowen morgens allein in seinem Büro und betrachtete liebevoll sein eigenes Gesicht.

Der Raum sah eher aus wie das Arbeitszimmer eines leitenden Angestellten in der freien Wirtschaft als wie das eines Polizeichefs: silberne Wasserkaraffe, goldene Kugelschreiber in einer Halterung aus Onyx, hochlehnige Ledersessel.

Die Detectives von Manhattan brüsteten sich damit, sich besser zu kleiden als die aus der Bronx – aber ihr absolutes Ideal war Brooks Brothers: schlicht und anwaltsmäßig. Cowen vertrat eine völlig andere Richtung: Gucci, Pucci, Fiorucci – stets darauf vorbereitet, fotografiert zu werden.

Manche Männer haben einen Flachmann in ihrer Schreibtischschublade – Cowen hatten einen Spiegel dort. Zwischen zwei Besprechungen warf er gerne einen Blick hinein und schöpfte Selbstvertrauen für den Tag aus seinem Abbild, das ihm besätigte, daß er das Zeug dazu hatte, eines Tages gewählt zu werden – neben sich eine vornehme Frau, die vor ihm die erforderlichen Türen öffnete und hinter ihm die Rechnungen aufsammelte.

Er betrachtete sich verzückt und malte sich sein Konterfei auf einem Plakat für die Bürgermeisterwahl aus: Mit hochgekrempelten Ärmeln, das Jackett lässig über der Schulter, hocherhobenen Hauptes zuversichtlich in eine bessere Zukunft für alle Menschen in New York blickend. »Cowen – er engagiert sich«. Gerade hatte er diesen zugkräftigen Slogan entworfen, als Jake hereinstürmte und sah, wie sein Chef mit

einem Ruck die Schreibtischschublade zuschob und sich betont aufrecht hinsetzte.
»Was machen Sie denn hier, Jake?« fragte er. »Sie sind doch erst nächsten Monat wieder im Dienst. Trauerurlaub dauert zwei Wochen, erinnern Sie sich? Ich bestehe darauf, daß Sie ihn zur Gänze nehmen. Ich möchte nicht, daß jemand in Manhattan sagt, ich…«
»Ich muß Ihnen was zeigen.«
»Das hat bestimmt noch ein paar Tage Zeit. Gehen Sie nach Hause. Ich kann jetzt sowieso nicht: Ich muß zu einer Polizeihunde-Pensionierung.«
»Zu einer was?«
»Wissen Sie nichts darüber? Wenn unsere Polizeihunde zu alt werden, um weiterzuarbeiten, dann halten wir eine kleine Feier ab, um ihnen für ihren jahrelangen Einsatz zu danken.«
»Sie werfen ihnen Knochen hin.«
»Seien Sie nicht so zynisch. Es ist gut für die Moral des Departments – und es schlägt eine Brücke zur Bevölkerung. Sie wären überrascht, wie groß das Interesse ist. Wir halten die Zeremonie auf einem Spielplatz ab, und die gesamte Nachbarschaft kommt zuschauen.«
»Und die Fernsehnachrichten, wette ich.«
»Nun – es geht um Tiere, es sind Kinder da, es ist rührend – aber die Sache hat auch eine ernste Seite. Bisher war noch nie ein Kamerateam da, aber für diesmal habe ich Hoffnung. Beten Sie für einen sensationsarmen Tag.«
»Zwei Minuten – mehr brauche ich nicht.« Jake legte einen braunen Ordner auf Cowens Schreibtisch. »Letzte Woche habe ich eine gerichtliche Verfügung für die Exhumierung meines Bruders erwirkt.«
»Großer Gott – warum denn das?«
»Ich hatte so ein Gefühl, als hätten die Gerichtsmediziner in Skokie was übersehen.«
»Ein Gefühl!« Cowen blickte auf den Ordner hinunter: Auf dem Deckel prangte das FBI-Emblem. Seine Augen vereng-

ten sich. Er nahm die Mappe in die Hand und las die Zeile am unteren Rand: »›Dr. V. Singh. FBI – Gerichtsmedizin, Quantico, Virginia‹. Das Bureau hat die Leiche Ihres Bruders untersucht?«

Er schlug den Ordner auf. Das erste Bild zeigte ein Netzwerk von dicken schwarzen Linien auf einem grauen, seltsam strukturierten Untergrund.

»Das ist eine elektronische Mikrografie«, erklärte Jake. »Der Pathologe sagt, es sei ein winziges Stück Glaswolle von einem selbstgemachten Schalldämpfer – aber am Tatort wurde kein Schalldämpfer gefunden.«

»Woher will er denn wissen, daß es von einem Schalldämpfer stammt? Wo ist es gefunden worden? Auf seiner Haut, in seinem Haar ...«

Jake beugte sich über den Bericht und deutete auf eine Zeile:

»Da steht ›Fragmente entfernt aus Schläfen- und Scheitellappen ...‹. Sie haben es in seinem Kopf gefunden, Doug – sie haben es aus seinem Gehirn ausgegraben! Mein Bruder hat nicht Selbstmord begangen – er wurde umgebracht!«

»Mein Gott.« Einen Moment lang gab sich Cowen erschüttert, unsicher, ob er Jake nun gratulieren oder kondolieren sollte. Er beschloß, auf der streng sachlichen Ebene zu bleiben. »Das ist die Schlußfolgerung des Bureau?«

»Nach diesem Untersuchungsergebnis exhumieren sie jetzt noch andere Leichen.«

»Die übrigen Familienmitglieder?«

»Nein – andere Väter aus anderen Fällen.«

»Ich verstehe nicht ...«

»Der Kerl, der Rogers Familie umgebracht hat, war ein eiskalter Sadist. Der Mistkerl tat Dinge – kein Vater benimmt sich so, selbst wenn er seine Familie tatsächlich tötet. Der Computer des FBI kann Fälle auf alle möglichen Übereinstimmungen überprüfen. In diesem Fall wurde er mit Vätern gefüttert, die angeblich ihre Familien mit extremer sexueller Grausamkeit töteten und anschließend Selbstmord begingen. Die Suche ging zehn Jahre zurück. Es gab nichts, was mit der Abschlachtung von Rogers Familie zu vergleichen gewesen wäre – bis vor kurzem: Der Computer spuckte eine ganze Gruppe von ähnlichen Fällen aus – alle aus den letzten sechs Monaten.«

»Alle im Gebiet von Chicago?«

»Bundesweit.«

Cowen pfiff leise.

»Wenn da wirklich eine Verbindung hergestellt werden kann, dann ist das eine Sache für sämtliche Nachrichtensender. Haben sie schon was gefunden?«

»Vor etwa einer Stunde riefen sie mich an: Schalldämpferfragmente in einer Leiche in Washington, D.C. Ein Mann namens Albert Leith. Gleicher Fall: Familie gequält, mißbraucht, Vater vermutlich Selbstmord. Tatzeit: letzter Januar. Sieht ganz nach demselben Täter aus. Und sie haben erst einen ausgegraben!«

»Wie steht's in New York?«

»Nichts.«

»Long Island? Tri-State-Area?«

Cowen schien die Hunde-Pensionierung völlig vergessen zu haben.

»Auch nichts. Hören Sie – ich will Ihre Erlaubnis, in dieser Sache mit dem Bureau zusammenzuarbeiten. Die haben nichts dagegen – sie wollen nur Ihre Unterschrift auf diesen Formularen.«

Er legte Cowen einige Papiere hin.

Cowen ignorierte sie. Seine Augen waren auf Jake gerichtet.

»Das FBI ist Ihnen nicht gut genug – Sie müssen die Sache selbst in die Hand nehmen?«

»Ich möchte mitarbeiten.«

»Sie haben nicht vielleicht die Phantasie, den Burschen allein schnappen zu können? Sie planen nicht zufällig einen privaten Rachefeldzug?«

»Wie lange kennen Sie mich jetzt?«

»Er hat immerhin Ihren Bruder getötet.«

»Ich war derjenige, der auf der Exhumierung bestanden hat – sonst wäre das verdammte Schalldämpferstück nie gefunden worden! Es ist mein Fall. Meiner!«

»Schießen Sie nicht ein wenig über das Ziel hinaus? Sie mögen ja einen wichtigen Hinweis gefunden haben, aber Sie unterstehen immer noch dem New York Police Department und nicht umgekehrt!«

»Womit wollen Sie sich rausreden? Daß Sie mich nicht entbehren können? Wenn das so ist, dann können Sie mein Abzeichen sofort haben.«

»Einfach so, ja? Kommen Sie von Ihrer Palme runter, Amigo. Ich sage ja nicht, daß Sie nicht mitmischen dürfen. Aber wenn es eine so große Sache ist, wie Sie sagen, dann frage ich mich, ob das New York Police Department nicht auch eine Rolle dabei spielen könnte.«

»Was für eine Art Rolle?« fragte Jake mißtrauisch.

»Wir arbeiten ständig mit dem FBI zusammen – wir haben gemeinsame Einsatzgruppen für Bankraub, Drogen, Terrorismus, Wirtschaftsverbrechen – was Sie wollen. Im FBI-Hauptquartier schwirren so viele New Yorker Cops herum, daß der Commissioner es als ›unsere Zweigstelle‹ bezeichnet. Ist Ihr erster Partner nicht auch da? Rich Gimlet – ja: Ich habe die Formulare selbst unterschrieben.«

»Stimmt – Gimlet ist dort. Hören Sie – ich weiß nicht, wie Sie das zu einer Gemeinschaftsaktion machen wollen: Keiner von denen ist spezialisiert auf...«

Cowen sah äußerst selbstzufrieden aus. »Ich spreche nicht von einem *vorhandenen* Team – ich denke, wir könnten das Bureau dazu bringen, mit uns eine Sondereinheit zusammenzustellen – eine ganz neue!«

»Nur für diesen einen Fall?«

»Wenn es wirklich solche Dimensionen hat – warum nicht? Immerhin hat ein New Yorker Detective ihn ihnen sozusagen auf einem Silbertablett präsentiert. Warum, glauben Sie, sind die mit Ihrer Mitarbeit einverstanden? Weil sie so einen ausgeprägten Sinn für Fairneß haben? Nein, mein Junge –

die wollen nur verhindern, daß Sie ihnen durch einen Alleingang die Schau stehlen. Und sie brauchen Sie.«

»Und Sie.«

Cowen lächelte liebenswürdig. »Seien Sie doch nicht so kleinlich: Sie bekommen Ihr Blut – lassen Sie mir wenigstens die Tinte.«

Neunzehntes Kapitel

»TOTES MEER!«

Winston konnte kaum atmen – die Luft war so dick. So… *rot.*

Der rote Geruch war überall.

Der Constable war wieder da!

Winston öffnete langsam die Augen. Alles um ihn war schwarz, aber die Schwärze hatte Flecken – wie leuchtende Schneeflocken. Große Schatten bewegten sich über die Wand – wie unter Wasser.

Er hörte Schritte – dröhnend und unheildrohend, lange nachhallend. Und da waren noch andere Geräusche: flehende Stimmen, knallende Türen, Stöhnen.

Der Constable kam an der Kammer vorbei. Im spärlichen Licht der kleinen Flurlampe wirkte seine Gestalt massig wie eine Gewitterwolke. Er zog Jill hinter sich her. Ihr Körper war schlaff wie der einer Stoffpuppe. Blut strömte über ihr Gesicht, und in ihrem Mund steckte ein blutiger Lumpen.

Winston wollte schreien, aber er brachte keinen Ton heraus.

Der Constable verschwand aus seinem Blickfeld.

Eine Tür öffnete sich, helles Licht fiel in den Korridor.

Gleich darauf kam der Constable wieder vorbei. Er öffnete Alexanders Tür und rief wieder mit Donnerstimme: »TOTES MEER!« Es war ein Gruß, ein Befehl, ein Versprechen. Alexander stieß einen spitzen Schrei aus – dann war er still. Als Winston den Constable diesmal sah, schleppte er Alexander hinter sich her: Der Kopf des Jungen war merkwürdig verdreht, die untere Körperhälfte über und über voller Blut.

Kurz darauf hörte Winston andere Laute: dumpfe Schläge, Krachen und Klatschen wie von nassen Tüchern. Und eine

Stimme, die redete und redete – manchmal wie ein Mann, manchmal wie ein Kind, manchmal wie ein Papagei.
Dann Stille.
Schritte.
Jetzt war er an der Reihe. Die riesige Gestalt ragte in der Tür auf.
»TOTES MEER!«
Winstons Furcht wurde so groß, daß sie ihn durch Zeit und Raum zu schleudern schien. Plötzlich rannte er den Flur entlang und stürmte die Treppe hinunter.
Der Constable war ihm auf den Fersen – grunzend wie ein wütendes Wildschwein.
Winston stürzte aus dem Haus – und plötzlich war er nicht mehr in Skokie, sondern an einem Strand von Trinidad. Rechts von ihm rollte sanft das Meer heran, leckte mit leisem Rauschen über den Sand. Weit vor ihm winkte ihm im hellen Mondlicht eine Frau zu.
Seine Mutter! Er rannte auf sie zu: Sie konnte ihn vor dem Constable beschützen!
Doch da drehte sie sich um und verschwand in dem dunklen Dattelpalmenhain. Warum ließ sie ihn im Stich? Wo wollte sie hin?
Er versuchte ihr zuzurufen, sie solle auf ihn warten, doch sosehr er sich auch anstrengte, es kam kein Laut aus seiner Kehle.
Er erreichte die Stelle, an der sie gestanden hatte, sah den Pfad und floh in den Wald – so schnell, daß seine Füße kaum den Boden berührten. Hinter ihm brach der Constable durch das Unterholz.
Der Wald öffnete sich auf eine wunderschöne Wiese, die im Mondschein silbrig schimmerte. Auf der anderen Seite befand sich ein kleines weißes Tor. Dahinter stand seine Mutter und winkte ihn zu sich.
Während er auf sie zulief, wuchs die schreckliche Gewißheit in ihm, daß er, sobald er dieses Tor passiert hätte, immer so klein bleiben würde wie jetzt – er würde niemals erwachsen werden! Er wurde langsamer, blieb stehen.

Die donnernden Schritte des Constable kamen näher. Näher, näher. Winstons Arme und Beine verloren all ihre Kraft, er konnte nicht mehr atmen, sein Herz hörte auf zu schlagen. In seinem Kopf entwickelte sich ein steigender Druck – bis er das Gefühl hatte, seine Schädeldecke würde abgesprengt. Gigantische Schatten huschten über die Berge, die Welt ging unter, versank im Nichts.
Die Finger des Constable gruben sich tief in seine Schultern – wie die Krallen eines riesigen Raubvogels.

Zwanzigstes Kapitel

Cowen hatte den Zeitpunkt gut gewählt. Das FBI arbeitete auf Hochtouren: Im ganzen Land wurden Exhumierungen vorgenommen, und während die Leichensäcke nach Quantico transportiert wurden, schwärmten Beamte der örtlichen Niederlassungen aus, um Hunderte von Nachbarn, Verwandten und Mitarbeitern der Opfer zu befragen, die bei der ersten Untersuchung außer acht gelassen worden waren. Das Bureau war überzeugt davon, den »Fall des Jahrhunderts« vor sich zu haben. Sollten die New Yorker Cops ruhig mitmischen: Durch eine gemeinsame Einsatztruppe würde Harrow daran gehindert, auf eigene Faust zu ermitteln und womöglich noch die Lorbeeren für die Aufklärung einzuheimsen.

»Er hat vier Familien umgebracht – soweit wir wissen.«
Der Sprecher war Randall Brasswater, der Leiter des vom FBI für die gemeinsame Sondereinheit gestellten Teams: ein scharfäugiger Mann in grauem Anzug, mit der nervösen Wachsamkeit eines Leibwächters – als überprüfe er ständig die umliegenden Dächer oder lausche auf Warnungen, die ihm via Kopfhörer zugingen.
Er hielt inne und ließ seinen Blick um den Tisch wandern, an dem sechs FBI-Agenten saßen: drei Fachleute für Verhaltenspsychologie des Bureau aus Washington, Cowen, Harrow und Gatto. »Er hat bedeutend mehr Menschen getötet, als sich in diesem Raum befinden: achtzehn!« Wieder eine Pause. »Zehn Kinder!«
Die Konferenz fand in einem der obersten Stockwerke des FBI-Gebäudes in Manhattan statt. Man hätte eine herrliche

Aussicht auf den Hudson River und New Jersey gehabt – wenn der Monolith der Telefongesellschaft sie nicht versperrt hätte.
Unbehagliche Stille folgte seinen Worten. Die Männer spielten die grausigen Verbrechen, mit denen sie es häufig zu tun hatten, üblicherweise durch schnoddrige Bemerkungen und makabre Witze herunter – um mit ihrem Entsetzen besser fertig zu werden: Sie taten so, als beträfe es sie nicht, damit sie es nicht so sehr betraf. Es war wie bei den Chirurgen: Mitleid wirkte sich hinderlich auf ihre Arbeit aus. Aber heute konnten sie dieses Hilfsmittel nicht anwenden – nicht mit Harrow am Tisch!
Brasswater räusperte sich. »Machen Sie sich nicht die Mühe, etwas mitzuschreiben: Sie bekommen alle Informationen in diesem Heft – zusammen mit Familienfotos, Angaben über Verwandte, Nachbarn, Freunde –, eine Tonne Adressen und Telefonnummern. Wir sind fleißig gewesen.
7. Januar: Washington, D.C.: Leith. Albert und Claudette. Kinder: Martin, 10, Gelsie, 8, Parker, 6. Albert war Finanzberater, äußerst kompetent, hatte viele Politiker und höhere Beamte als Klienten. Stand in dem Ruf, stets im Rahmen der Gesetze zu arbeiten und seinen Kunden dennoch ein Vermögen aufzuhäufen. Offensichtlich hatte er ein phantastisches Gespür: Keiner seiner Klienten kaufte Anteile an einer alteingesessenen englischen Bank, um anschließend in der *Washington Post* zu lesen, daß das Haus heimlich Betriebe besaß, die den Regenwald im Amazonasgebiet niederbrannten.
18. Februar: Los Angeles, Kalifornien: Giles. Morton und Audrey. Drei Töchter: Nodi, 8, Sandra, 6, und Francine, 4. Morton Giles war Bühnenbildner, hauptsächlich fürs Theater, einige Male auch für Filme. Audrey war Psychoanalytikerin mit einer Reihe von Patienten und ehemaligen Patienten aus der Schauspielergilde.
27. März: Beals, Colorado: Sturluson. Lyle und Marlene. Sohn Dwayne, 7, und Tochter Millicent, 5. Lyle war Elektro-

ingenieur, Marlene Hausfrau, die nebenher alles über Edelsteine gelernt hatte, weil sie mit einer Freundin ein Juweliergeschäft eröffnen wollte.«

Brasswater lächelte dünn. »Lyle Sturluson war ein Rattler: Die Rattlers sind eine von diesen Überlebensgruppen, die Büchsennahrung und Waffen horten, um für den Atomkrieg gerüstet zu sein. Den Berichten nach stand er politisch rechts von Attila dem Hunnenkönig.

27. April: Skokie, Illinois: Harrow. Roger und Amanda. Tochter Jill, 9, und Sohn Alexander, 5. Roger lehrte an einer progressiven Schule, Amanda war der Kopf der lokalen ›Grünen‹.«

Er blickte auf. »Ungefähr eine Familie pro Monat.«

»Wie häufig in solchen Fällen, werden die Abstände zwischen den einzelnen Morden kürzer«, sagte der Chef der Verhaltenspsychologen-Delegation, Dr. Josephson. Die Herren hatten nichts übrig für Anzüge: Sie trugen Wolljacken, Fliegen statt Krawatten und rauchten Pfeife – wie Klein-Mäxchen sich Intellektuelle vorstellt.

Josephson hielt einen Kalender hoch, auf dem einzelne Daten rot eingekreist waren. »Von Leith zu Giles waren es sechs Wochen, von Giles bis Sturluson fünf, von Sturluson zu Harrow genau ein Monat. Wenn wir die Pause danach mit drei Wochen ansetzen, dann könnte er bereits am 10. Mai wieder zuschlagen.«

»Das wäre in drei Tagen«, sagte einer der FBI-Leute leise.

»Irgendeine Vorstellung, was für eine Art von Familie diesmal dran sein könnte?« wandte Cowen sich an Brasswater.

»Es fällt auf, daß alle Kinder zwischen fünf und zehn Jahre alt waren. Und es gibt noch andere Gemeinsamkeiten: höhere Schulbildung, Zugehörigkeit zur Mittel- bis oberen Mittelschicht – und ausgeprägter Familiensinn; in allen Fällen betonten die Nachbarn die ungewöhnlich enge Bindung.

Aber es bestehen auch große Unterschiede: Als wir herausfanden, daß Sturluson ultrarechts stand, erinnerten wir uns daran, daß Amanda Harrow eine Linke gewesen war, und fragten uns, ob die Morde vielleicht einen politischen Hintergrund hätten. Aber die Giles' gingen nicht einmal zur Wahl – und Leith' Klientel gehörte beiden Seiten an, und er hielt sich deshalb völlig aus der Politik heraus: Es wäre schlecht fürs Geschäft gewesen, sich festzulegen.«

»Haben Sie noch mehr über die Rattlers?« fragte Jake.

»Im Augenblick nicht«, antwortete Brasswater. »Natürlich muß man bei solchen Spinnern auch den Kultgedanken einbeziehen – vielleicht liegt die Verbindung ja dort. Unglücklicherweise waren wir noch nicht in der Lage, Sturlusons Kameraden zu befragen: Sie sind auf ›Manöver‹ irgendwo in den Bergen – Sie wissen schon: Sie proben die Ermordung ihrer Nachbarn, für den Fall, daß die ihnen ihre Büchsennahrung klauen wollen. Der Anführer, ein Bursche namens Chuell Vaughn, wird erst in zwei Wochen zurückerwartet.«

»Die nächste kann also eine beliebige, fest zusammenhaltende Familie irgendwo in den Staaten sein?« resümierte Cowen. »Wir haben nicht den geringsten Anhaltspunkt!«

Brasswater schaute aus dem Fenster und überprüfte das Gebäude der Telefongesellschaft auf Scharfschützen. »Wie es beim KGB so schön heißt: Mord ist kein Problem – die Schwierigkeit liegt darin, ihn wie einen Selbstmord aussehen zu lassen. Bedenken Sie: Er darf sich nicht sehen lassen, wenn er das Haus betritt, und auch nicht, wenn er es verläßt. Er darf die Telefonleitungen nicht durchschneiden und die Türen oder Fenster vernageln. Er muß in ein Haus eindringen, wenn die ganze Familie versammelt ist, und den Vater zwingen, einen Abschiedsbrief zu schreiben, ohne ihn in irgendeiner Weise zu verletzen – und das alles, ohne die Aufmerksamkeit von Personen zu erregen, die er nicht sofort unter Kontrolle bringen kann. Es ist fast unmöglich – aber er hat es viermal geschafft.

Er hinterläßt keine Spuren – außer diesen winzigen Stückchen seiner Schalldämpfer. Nach den Fragmenten zu urteilen, die in den Leichen gefunden wurden, sind sie offenbar selbstgemacht. Wahrscheinlich fertigt er jedesmal einen neuen an und vernichtet ihn anschließend. Auf diese Weise kann man nie etwas finden, wenn man eines Tages seine Habseligkeiten durchsuchen sollte. Außerdem sind Schalldämpfer fast überall illegal. Das ist nicht wie mit Waffen: Privatleute kaufen zu ihrem Schutz keine Schalldämpfer. Sie sind eindeutig eine Spezialität von Kriminellen: Killer-Ausrüstung. Sogar auf dem schwarzen Markt kann man sie nicht kaufen, ohne Aufmerksamkeit zu erregen.«

»Wenn er sie nach Gebrauch wegwirft, dann müssen sie ja irgendwo sein«, sagte Jake. »Haben Sie die jeweiligen Mülldeponien überprüft?«

Brasswater blickte über Jakes Kopf hinweg. »Wir sind dabei. Möglicherweise ist heute früh etwas gefunden worden: Es kam gerade vorhin erst rein – zu spät, um noch in die vorliegenden Unterlagen aufgenommen zu werden.«

Die Männer am Tisch hingen an seinen Lippen.

»Ein zwanzig Zentimeter langes PVC-Rohr, und daran Reste von Glaswolle und Harz – beschädigt, aber noch in einem Stück. Es ist per Kurier auf dem Weg nach Quantico. Wenn die Fasern mit den anderen übereinstimmen, dann haben wir einen entscheidenden Beweis in der Hand. Vielleicht hat der Kerl sogar einen Fingerabdruck auf dem Ding hinterlassen: Wenn es zu dem Fall gehört, war es zwar drei Wochen lang der Witterung ausgesetzt, aber unsere Laborkünstler finden manchmal trotzdem noch etwas – wenn wir Glück haben, sogar ein Haar oder ein Stückchen Haut. Für eine eindeutige DNA-Typisierung brauchen wir nur ein paar Zellen. Und die Methoden der chemischen Analyse sind so ausgefeilt, daß wir den Hersteller bestimmen können.«

Cowen wurden die Lobeshymnen auf die überragenden Fähigkeiten des Bureau allmählich zuviel. »Was ist mit den Waffen?« fragte er. »Wie kommt es, daß niemand bemerkte, daß sie schallgedämpft waren?«

Brasswater zuckte mit den Schultern. »Er hat den Lauf wahrscheinlich mit doppelseitigem Klebeband umwickelt, dann mit Glaswolle, und eine Schlauchklemme oder so was benutzt. Und nach der Tat riß er das Ganze wieder ab. Vielleicht hat er den Lauf auch noch mit Aceton abgewischt. Aber es suchte niemand nach etwaigen Kratzern: Die Waffen waren alt und zerschrammt, sicher gebraucht gekauft – die Seriennummern wurden schon vor Jahren rausgefeilt. Sie sind oft abgefeuert, aber weder geölt noch sonstwie gepflegt worden. Solche Dinger fliegen überall in den Staaten herum – man kann sie in Eisenwarenläden kaufen. Das einzige Interessante daran ist ihre Ähnlichkeit: Wahrscheinlich stammen sie alle aus derselben Quelle. O ja – und sie sind alle automatisch.«

»Was du nicht sagst, Dick Tracy«, murmelte Gatto.

Brasswater funkelte ihn wütend an. »Was haben Sie gesagt?«

»Klar sind es verdammte Automatics: Wenn man einen Schalldämpfer auf einen Revolver setzt, kommt der Knall aus dem Zwischenraum zwischen dem Zylinder und dem Lauf – man kann ihn nicht schalldämpfen.«

»Dann müssen Sie ein Revolver sein«, schnappte Cowen.

Brasswater lächelte gezwungen und erteilte Dr. Josephson das Wort.

Der stopfte sich in aller Ruhe seine Pfeife: So erreichte er die ungeteilte Aufmerksamkeit. »Wir haben eine Theorie, was den Mörder betrifft. Ich weiß, daß sich das für Sie, in Anbetracht dessen, daß wir keine Hinweise haben, seltsam anhören mag – daß wir, je bizarrer das Verbrechen ist, um so mehr beizusteuern haben: Ironischerweise sind abartige Killer berechenbarer als die Feld-Wald-und-Wiesen-Sorte.

In diesem Fall haben wir eine sehr klare Zweiteilung: Einerseits wählte er Familien aus, die sehr weit voneinander entfernt leben und anscheinend keine Verbindung zueinander haben: Das ist die Vorgehensweise eines Serienmörders, der Menschen umbringt, die er nicht kennt. Andererseits zerstörte er ihre Gesichter – für gewöhnlich ein Zeichen dafür, daß der Mörder seine Opfer sehr gut kennt. Wenn man das Augenmerk nur darauf richtete, welche Vorsichtsmaßnahmen er getroffen hat – erzwungene Abschiedsbriefe,

Handschuhe, Kondome, Schalldämpfer –, dann würde man schwören, es handle sich um einen nüchternen, beherrschten Mann in den Dreißigern. Aber wenn man sich die Art ansieht, wie er mordet – mit wütender, ja sogar wahnsinnig anmutender Gewalttätigkeit –, dann hält man ihn für viel jünger: Anfang der Zwanzig.«

»Wollen Sie damit sagen, daß wir es mit zwei Killern zu tun haben?« fragte Brasswater.

»Genau. Wie bei den Hillside-Morden: Auch sie wiesen eine Mischung aus Impulsivität und Planung auf.«

Brasswater nickte. »Das würde die Erklärung erleichtern, warum sie es viermal schafften, einen Selbstmord vorzutäuschen: Zwei können eine Familie wesentlich besser in Schach halten als einer.«

»Es ist aber nur ein Mörder«, sagte Jake.

»Wie können Sie dessen so sicher sein?« Josephson sah ihn scharf an. »Haben Sie im Haus Ihres Bruders etwas gesehen, wovon Sie uns nichts erzählt haben?«

Ja: Er hatte Winston gesehen – aber das wollte er nicht verraten. »Meine Intuition sagt mir, daß es nur ein Mann ist«, erklärte er lahm.

»Ihre Intuition«, wiederholte Josephson in einem Tonfall, als sei Jake ein Patient, den er bei einem Psychiatriesymposium vorführte. Er beugte sich vor, und seine Stimme wurde berufsmäßig mitfühlend-väterlich. »Hören Sie, Jake«, daß er ihn beim Vornamen nannte, sollte eine vertrauliche Atmosphäre schaffen, »ich respektiere Ihre Intuition natürlich«, was hieß, daß er es nicht tat, »aber es muß doch sehr schwer für Sie sein, objektiv zu urteilen – wenn man bedenkt, was Ihrem Bruder zugestoßen ist. Sind Sie in der Lage, den Gedanken in Erwägung zu ziehen, daß möglicherweise die Tatsache, daß dieser Fall Sie selbst betrifft, Ihre Objektivität beeinträchtigt?«

»Sparen Sie Ihren Scharfsinn für den Killer auf«, empfahl Jake ihm.

Halblaut, aber laut genug, daß alle am Tisch es hören konn-

ten, murmelte Gatto: »Bravo!« Sogar einige der FBI-Leute grinsten.
Brasswater räusperte sich. »Ich möchte zwei Sachen vorlesen: Einmal ein Rundschreiben an die betreffenden Police Departments – wir werden alle Hilfe brauchen, die wir kriegen können – und zum anderen eine gemeinsame Presseerklärung des FBI und des New York Police Department.«
Beide Verlautbarungen enthielten dieselben mageren Informationen: die Namen der betroffenen Familien und die Aussage, daß die Morde ein und demselben Täter zugeschrieben wurden. In dem Text für die Presse wurde herausgestellt, daß FBI und New York Police Department die Untersuchung gemeinsam durchführten. Brasswater und Cowen wurden namentlich genannt.
»Was ist mit den Schalldämpfern? Es steht nichts von den Schalldämpfern drin!« bemängelte Cowen.
»Natürlich nicht«, antwortete Brasswater. »Das ist der einzige Fehler, den der Killer gemacht hat: Wenn wir verraten, daß wir darauf gekommen sind, wird er keinen mehr benutzen.«
»Aber der Schalldämpfer ist das Verbindungsglied zwischen den Verbrechen!« gab Cowen zu bedenken. Er war auch das Verbindungsglied zwischen dem New York Police Department und dem Fall – die triumphale Entdeckung, die zu dieser Gemeinschaftsaktion geführt hatte. Und jetzt kehrte das FBI diese Sensation unter den Teppich und beraubte das Department seines Verdienstes!
»Und was ist, wenn eine weitere Familie ermordet wird? Wie sollten wir herausfinden, ob sie auf unsere Liste gehört oder nicht?«
Cowen gab nicht auf. »Aber so können wir doch niemanden davon überzeugen, daß die Morde zusammenhängen! Wir brauchen die Mitarbeit der Regierungen der einzelnen Staaten und der Öffentlichkeit!«
»Ich bin nicht bereit, die Pressemitteilung zu erweitern!« erklärte Brasswater entschieden.

Cowen wandte sich hilfesuchend an Jake. »Sie haben den Fall auf den Tisch gebracht, Harrow. Was meinen Sie?«
»Wir können unsere Karten nicht aufdecken!«
»Sehen Sie – sogar Ihr eigener Mann ist derselben Meinung.«
»Seit wann hat er denn ein Stimmrecht?« fuhr Cowen auf. »Ich bin der Captain.«
Jetzt grinsten alle FBIler: Die Hierarchierangeleien bei der Polizei waren ein Quell ständiger Erheiterung für das Bureau.
»Wir haben das jetzt lange genug diskutiert«, blockte Brasswater ab.
»Ich werde mich über Sie hinwegsetzen«, drohte Cowen.
»Da müssen Sie sich aber beeilen«, erwiderte Brasswater gelassen. »Diese Erklärung geht heute noch raus – ohne Erwähnung der Schalldämpfer!«

Einundzwanzigstes Kapitel

1990

Seit Dschidda hatte Red Queen sechs Männer liquidiert.
In fünf Fällen hatte Highland geschossen. Nummer sechs erledigte Crowhurst – mit einem Sprengkörper, den er in einem Haus deponierte, eine Woche bevor die Zielperson dort eintraf. Highlands Kamera war in Crowhursts Bombe verborgen: In der Höhlung eines Plastik-Doughnut. Die Explosion ließ nichts von der Kamera übrig – und von der Zielperson auch nicht.
Es gab keine Pannen mehr: Red Queen war eine verschworene Bruderschaft geworden – zusammengeschweißt durch die gemeinsame Aufgabe und das gemeinsame Risiko.
Cal Ordway war äußerst angetan. Vor allem von Highland – und das gab er ihm durch eine Reihe von Vergünstigungen zu verstehen. Beispielsweise erhielt Highland gegen alle Regeln die Erlaubnis, wieder regelmäßig mit seiner Mutter zu korrespondieren.
Ihre Briefe waren für gewöhnlich acht bis zehn Seiten lang – von Rand zu Rand beschrieben und ohne Absätze –, voller endloser Details über Speisenfolgen und Kleider, aber der Inhalt war unwichtig: Das entscheidende war, daß er Briefe von ihr *bekam*. Seine Mutter kochte und pflanzte Rosen am Zaun – gleichgültig, wie viele Männer Red Queen tötete.
Und dann wurde Houdini ermordet.
Der älteste Trick der Welt – eine Liebesfalle. Er war allein in Athen und lernte in der Bar des *Hilton* ein Mädchen kennen: groß, von exotischer Schönheit. Halb Schwarze, halb Orien-

talin, meinte der Barmann später. Sie nahmen sich ein Zimmer und schliefen miteinander – und irgendwann im Laufe der Nacht schnitt sie ihm die Kehle durch.

Red Queen erhielt keinerlei Unterstützung von Langley: Was den Geheimdienst betraf, so existierte die Gruppe gar nicht. Es gab ein Versorgungsnetz für Terroristen in Europa, das mit Waffen, elektronischen Geräten, Informationen, Dienstleistungen und sogar Menschen handelte – ohne für eine bestimmte Seite Partei zu ergreifen. Auch Red Queen war in dieses Netz verwoben – wahrscheinlich hatte derjenige, der Houdinis Tod wünschte, ihn dank auf diesem Wege gewonnenen Hinweisen aufgespürt.

Aber es funktionierte auch andersherum: Innerhalb einer Woche wußte das Team über das Mädchen Bescheid – ein unabhängig arbeitendes, teures Callgirl, das derzeit in einem großen, neuen Hotel am Strand von Nizza Quartier bezogen hatte.

Doch damit endete der Informationsfluß: Niemand konnte ihnen sagen, wer hinter dem Mord steckte.

Zwei Tage später trafen sie sich in ihrem Versteck bei Piräus und hatten die erste ernsthafte Auseinandersetzung seit Ronskis Tod. Highland juckte es in den Fingern: Er wollte das Mädchen stellen, sie zwingen, ihm zu sagen, wer sie beauftragt hatte, und sie dann töten.

Carr war entschieden dagegen: Sie auszuschalten bedeute ein Risiko – vielleicht diente sie als Lockvogel! Und selbst wenn sie von ihr ein paar Namen erführen – was sollten sie damit anfangen? Einen Rachefeldzug starten? Das würde sie alle in noch größere Gefahr bringen. Sie befänden sich ohnehin auf einem glitschigen Abhang. Er hielt es für besser, sich eine Weile still zu verhalten und dann die restlichen Aufträge auf ihrer Liste auszuführen.

»Und wenn eine der Terrororganisationen uns auf der Abschußliste hat?« fragte Highland hitzig. »Wenn Houdini nur der erste von uns war?«

»Dann werden wir es bald erfahren«, erwiderte Carr gelassen. »Jede Aktion wäre riskant – und außerdem haben wir auch so schon genug zu tun.«

»Aber das Mädchen hat Houdini kaltblütig ermordet!« rief Highland. »Willst du sie ungeschoren davonkommen lassen?«

»Sie ist eine Einzelgängerin«, sagte Carr ruhig. »Sie mordet für Geld. Sie zu töten würde uns nichts bringen – und wir würden damit nur noch mehr auf uns aufmerksam machen.«

»Wir dürfen das nicht durchgehen lassen!« ereiferte Highland sich weiter. »Was würden die Terroristen denn davon halten?«

»Das interessiert uns nicht: Wir sind keine Nation, die sich mit Terroristen auseinandersetzt – wir töten sie. Unsere Gruppe ist von sechs auf vier Mann geschrumpft – und wir haben keine Zeit für Vergeltungsmaßnahmen.«

Borchard und Crowhurst stimmten ebenfalls dafür, nichts zu unternehmen.

Zurück auf seiner kleinen Insel, wanderte Highland die ganze Nacht ziellos herum, unablässig vor sich hin murmelnd und wie ein Besessener alle Möglichkeiten erwägend wie Kombinationen beim Schachspiel – bis alle seine Argumente unter ihrem eigenen Gewicht zusammenbrachen: Carr hatte recht. Na und? Er würde diese Frau töten. Er mußte es tun. Es spielte keine Rolle, was die anderen dachten – er würde die Sache allein erledigen.

Er stand auf dem Hügel hoch über dem Hafen. Die See lag flach da wie eine Tanzfläche. Der Horizont wurde langsam hell. Ein schwacher Wind spielte mit den Gräsern. Die Stadt schlief noch. Links unter sich sah er den Rohbau des zweiten Stocks eines alten Hauses, der in der typischen Nestbauweise der Griechen aufgesetzt wurde: Raum für die nächste Generation.

Merkwürdig, dachte er: Er hatte das normale Leben verlassen, als er dem CIA beitrat, und er hatte den CIA verlassen, als er Red Queen beitrat – und jetzt verließ er auch Red Queen.

Er war ein Außenseiter. Allein. Das normale Leben lief dort unten ab – etwas, das er aus großer Höhe betrachtete, an dem er jedoch niemals teilhaben konnte. So viele Ehebetten, so viele Paare, die engumschlungen darin schliefen...
Wenigstens gab es jetzt auch für ihn eine Frau – an einer anderen Küste dieses ewigen Meeres.

Das Glück war auf seiner Seite: Die Chartergesellschaft hatte neue Kunden gewonnen: drei Versicherungsvertreter aus Wisconsin, Gewinner des Verkäuferwettbewerbs, und ihre Frauen. Einer der Männer besaß eine Jacht auf dem Lake Michigan, aber in diesen unbekannten Gewässern zog er es vor, jemand anderen ans Ruder zu lassen. Die Charterjachten waren Luxusboote, ausgestattet mit hydraulischen Winden an Segeln und Anker, modernste Navigationsausrüstung – alles vom Feinsten. Zwei Männer konnten die Arbeit leicht bewältigen. Highland fuhr als zweiter Mann mit.
Den Versicherungsleuten war es gleichgültig, wohin die Fahrt ging – als Highland vorschlug, nach Nizza zu segeln, stimmten sie ohne Zögern zu.
Sie kamen eines Abends bei Einbruch der Dämmerung an. Als sie im Hafen vor Anker gegangen waren, ließ Highland sich geräuschlos ins Wasser gleiten und schwamm, seine Kleider in einem Gummisack auf dem Rücken, ans Ufer.
Er mietete sich in dem Hotel ein, in dem auch die Mörderin wohnte. Natürlich nicht als Evan Highland – und er benutzte auch keinen anderen seiner bisherigen Decknamen: Ordways Leute hatten ihm viel über die Schaffung falscher Identitäten beigebracht – und im letzten Jahr hatte er noch dazugelernt: Die Spur, die er legte, führte ins Nichts.
Sobald er in seinem Zimmer war, wählte er den Apparat der Frau an und schickte einen elektronischen Ton durch die Telefonanlage des Hotels, die ihren Apparat in ein Mikrofon umfunktionierte, solange der Hörer nicht abgenommen wurde.
Dann setzte er den Kopfhörer auf, legte sich aufs Bett und

wartete darauf, daß sie in ihr Zimmer zurückkäme. Um zwei Uhr früh konnte er es nicht mehr aushalten – er mußte raus hier. Er ging in die Halle hinunter.

Alles schien ihm fremd – sogar er selbst: Für gewöhnlich war er eiskalt, wenn er einen Auftrag ausführte – heute nacht war er angespannt, erregt, erfüllt von ungewohnten Sehnsüchten. Diesmal tötete er ohne Plan, ohne »Trockentraining«, ohne Rückendeckung – ein Schauspieler ohne Stichwort, ja sogar ohne Drehbuch.

Massen von Papierschnipseln lagen in der Lobby herum, als sei ein Paradezug durchmarschiert. Ein häßlicher kleiner Mann schob sie mit einem Besen vor sich her. Die Nachtbesetzung der Rezeption sah müde aus. Highland watete knöcheltief durch Papierfetzen. Er war so nervös, daß er glaubte, er würde jeden Augenblick aus der Haut fahren.

An einem Ende der Halle sicherte ein Geländer eine nach unten führende Treppe. Eine Gruppe schicker junger Franzosen drängte durch die Drehtür und verschwand in den Untergrund. Einem Impuls folgend, ging Highland den jungen Leuten nach.

Ein Stockwerk, dann noch eins – er befand sich sechs Meter unter dem Meeresspiegel. Die Wände waren häßlich gekachelt – einen Augenblick dachte er, er würde bei der Herrentoilette landen.

Dann kam er an eine Feuertür. Dahinter Dunkelheit und ohrenbetäubende Musik: eine große Diskothek, hoffnungslos überfüllt, die Luft schwer von Ausdünstungen.

Highland stellte sich an die Bar, trank Mineralwasser zu Whiskypreisen und beobachtete die Menschen.

Schließlich beschloß er, sich einen Drink zu bestellen, der sein Geld auch wert war. Für gewöhnlich trank er nie bei der Arbeit, aber jetzt wollte er es, brauchte es sogar.

In dem Augenblick, als ihm sein Drink hingestellt wurde, sah er die Frau auf der Tanzfläche: hochgewachsen, fast einsachtzig, von exotischer Schönheit, in einem fließenden weißen Kaftan, der ihre schimmernde, hellbraune Haut besonders

gut zur Geltung brachte – diesen Ton, vom dem Weiße träumen, den sie aber niemals erreichen können. Die Frau, die Houdini ermordet hatte.
Als die Musik eine Pause machte, dankte sie ihrem Partner und kam an die Bar. Sie schien allein zu sein. Aus der Art, wie sie mit dem Barmixer sprach, ließ sich schließen, daß die Diskothek ihr Betätigungsfeld war. Sie arbeitete zweigleisig – verkaufte Liebe und Tod.
Sie ist nur eine Hure, dachte Highland – kein Anlaß für Skrupel. Es wird ganz leicht sein. Er drängte sich zu ihr durch und fragte sie auf französisch, ob er sie zu einem Drink einladen dürfe.
»Das wäre nett«, antwortete sie auf englisch. »Aber ich sollte Ihnen fairerweise sagen, daß ich nur teuren Champagner trinke, flaschenweise.«
Er lächelte, als spiele Geld für ihn keine Rolle. Sie nickte dem Barmann zu.
Aus der Nähe sah sie noch hinreißender aus. Ihr würziges Parfüm strömte von ihrer durch das Tanzen aufgeheizten Haut zu Highland herüber und hüllte ihn in einen erotisierenden Schleier. Ihr feingeschnittenes Gesicht war von einer Schönheit, die einen Mann ein Leben lang verfolgen konnte – was in Houdinis Fall nicht lange gewesen war, dachte Highland zynisch.
Der Champagner kostete fünfhundert Franc – mit Wasser »verlängert«. Sie unterhielten sich eine Weile, jeder zu den Lügen des anderen lächelnd und nickend. Highland nannte ihr einen anderen Namen als den, den er bei der Rezeption benutzt hatte. Sie sagte, sie heiße Tanaba, ihre Eltern seien im diplomatischen Dienst und hätten sich bei den Vereinten Nationen kennengelernt. Ihre Aussprache war geziert und sehr ungewöhnlich. Seine geschulten Linguistenohren entschlüsselten sie als Westküstenamerikanisch mit vietnamesisch-französischem Akzent.
Der Diskjockey kehrte an seinen Platz zurück. Rockmusik dröhnte durch den Raum – mit englischem Text: die Weltmu-

sik in der Weltsprache. Eine Unterhaltung war unmöglich. Tanaba deutete auf die Tanzfläche.
Sie tanzten. Sie preßte sich an ihn, ihr Parfüm umnebelte seine Sinne. Abgesehen von den drei Erlebnissen mit seiner Mutter, war Highland noch unberührt, hatte noch nie unter normalen Umständen in Gegenwart einer Frau eine Erektion gehabt. Zu seinem tiefen Erstaunen bekam er jetzt eine – mitten auf der Tanzfläche!
Tanaba begann ihn zu küssen, drängte ihr Becken in kreisenden Bewegungen an ihn und zog sich dann spielerisch wieder zurück. Die Diskolichter überspülten sie, die Rockmusik riß sie mit wie ein Fluß. Highlands Erregung steuerte auf ein Delirium zu. Ihr bezauberndes Gesicht, das sich dem seinen näherte, um sich küssen zu lassen, und sich entfernte, bevor er es tun konnte, war das einzige, was er sah. Er befand sich in einer anderen Dimension. Dieser Augenblick der Ekstase hatte keine Ähnlichkeit mit anderen Momenten in seinem Leben – abgesehen von einem!
Tanabas linke Gesichtshälfte begann sich zu verändern: Die Haut verblaßte zu einem cremigen Weiß, das Auge strahlte in intensivem Meergrün, die Haare loderten feuerrot. Er blickte in zwei Gesichter – Marilyn Highlands und Tanabas –, die zu einem verschmolzen. Zwanzig Jahre waren wie ausgelöscht: Marilyn – seine Linlinma – flog aus ihrem Schlafzimmer zu ihm auf den Baum.
»Ich möchte mit dir schlafen«, brachte er mühsam hervor.
»Das würde mir sehr gefallen«, antwortete Tanaba, die beiden Mundhälften zu einem Lächeln verziehend.
Ihr Preis war zweitausend Franc. Ja, sie wisse, daß das viel sei – aber dafür bekomme er die ganze Nacht. Und alle gewünschten Extras. Er nickte hastig und drückte ihr zweitausendfünfhundert in die Hand. Sie gingen in ihr Zimmer hinauf.
Sobald sie sich ausgezogen hatte, zog er seine Waffe aus dem Wadenhalfter und fesselte die junge Frau ans Bett.
Dann begann er sie zu verhören – mit vor Erregung bebender Stimme.

Sie leugnete. Er fing an, sie zu quälen. Seine Augen glänzten wie im Fieber, er stammelte wirres Zeug, nannte sie abwechselnd Tanaba und Linlinma. Als ihr Widerstand brach, bedauerte er es: Er wollte ihr weiter Schmerz zufügen.

Ja, sie habe Houdini getötet – aber es sei nicht ihre Idee gewesen.

Er zwang sich, ihr zuzuhören. Ihre Eltern waren mitnichten Diplomaten. Sie war in Vietnam geboren, ihr Vater ein schwarzer Soldat. Sie hatte ihn nie gesehen – es war nicht einmal sicher, daß er überhaupt etwas von ihrer Existenz wußte. Als der Krieg zu Ende war, sah man kleine Mädchen wie sie nicht gern in Saigon. Sie wäre wahrscheinlich umgebracht worden oder auf einem Boot im Südchinesischen Meer gestorben, wenn nicht ein amerikanischer Sergeant namens Thaddeus Minnick sie herausgeholt hätte. Er hatte sie mit in die Staaten genommen und für sie gesorgt. Was sie war – daß sie überhaupt noch war –, verdankte sie ihm.

Sergeant Minnick war inzwischen Major und in Hellenikon stationiert, dem großen Luftwaffenstützpunkt der USA in der Nähe von Athen. Sie hatte Houdini für ihn getötet.

Sie schwor, nicht zu wissen, für wen Minnick arbeitete – nicht einmal, ob er für diesen Auftrag bezahlt worden sei. Ihr habe er jedenfalls nichts gegeben. Highland wußte, daß das noch nicht die ganze Geschichte war. Er quälte sie weiter – langsam und sorgfältig darauf bedacht, sie nicht vorzeitig zu töten. Als es draußen allmählich hell wurde, erzählte sie ihm, daß Minnick seine Befehle von einer Frau mit einem Augenproblem erhalte – aber sie kenne nur ihren Vornamen.

Zoë.

Um zehn Uhr morgens verankerte er die Charterjacht in einer einsamen Bucht, weit entfernt von Nizza. Er schwamm ausgiebig und fühlte sich danach besser als seit Monaten – obwohl er die ganze Nacht kein Auge zugetan hatte. Als er später an Bord unter der Süßwasserdusche das Salz von seiner Haut spülte, bemerkte er, daß Julie, die jüngere der beiden Vertreterfrauen, seinen Körper musterte. Er erlebte

das oft, und für gewöhnlich machte es ihn nervös – aber heute nicht.
Als sie sah, daß er sie ertappt hatte, lächelte sie. »Wir haben Sie gestern abend vermißt. Die Sardinen in der kleinen Strandkneipe waren unglaublich! Wo waren Sie denn?«
»Ich mußte etwas erledigen.«
»Ich wette, Sie waren auf einer Party.«
»So was Ähnliches.«
Das Zimmermädchen, das Tanabas Überreste fand, hörte erst nach dem Dreifachen der üblichen Beruhigungsmitteldosis auf zu schreien.

Highland lag bäuchlings in dem hohen Riedgras, außerhalb der Reichweite der Sensoren auf der Cane Cove Plantage, und beobachtete die *Blind Zoë* durch ein Fernglas.
Lange Zeit tat sich überhaupt nichts. Es war so still, daß er die Käfer über den Boden krabbeln hörte.
Gegen neun Uhr erschien ein Mann auf Deck. Das mußte der Techniker sein – er hatte wohl die Nacht an Bord verbracht. Er nahm sich eine halbe Stunde dafür Zeit, das Boot nach Überwachungsgeräten abzusuchen, und ruderte dann in dem Gummibeiboot ans Ufer.
Auf dem alten Pier wurde er von Ordway und Minnick empfangen, die das Boot übernahmen. Minnick war ein kleiner, muskulöser Mann, Ende Vierzig, und trug Segelkleidung – Shorts und T-Shirt. Er setzte sich auf die Ruderbank und steuerte mit Ordway auf die *Blind Zoë* zu.
Highland beobachtete, wie Ordway sie noch einmal selbst peinlich genau untersuchte – er nahm sich sogar das Gummiboot vor.
Nachdem die Gefahr, belauscht zu werden, ausgeschlossen worden war, entrollten die beiden Männer befriedigt die Segel und bereiteten sich zur Fahrt auf die offene See vor. Ordway bezog am Steuer Posten, und Minnick betätigte die Ankerwinde.
Sobald der Anker die Wasseroberfläche durchbrach, setzte

Highland seinen Kopfhörer auf und begann an den Knöpfen eines kleinen Funkgeräts zu drehen.
Stunden zuvor, lange vor Tagesanbruch, war er langsam, um möglichst wenig Lärm zu machen, zur *Blind Zoë* hinausgeschwommen und zum Anker hinuntergetaucht. Er ruhte fest und sicher im Grundschlamm, und Highland mußte ihn mehrmals hin und her zerren, um ihn freizubekommen. Mit brennenden Lungen hatte er einen Ankerflügel sauber abgewischt und etwas daran befestigt, das wie ein kleiner Klumpen Rost aussah.
Das Rasseln der Ankerkette dröhnte in seinen Kopfhörern.
»Nicht einfach hinlegen – festbinden!« rief Ordway. Highland wartete, jeden Muskel angespannt, und betete, daß Minnick nicht das Minimikrofon von der Ankerhand klopfen oder es in eine ungünstige Lage bringen würde.
Zu seiner Erleichterung stellte er fest, daß die Position geradezu ideal war: Nichts blockierte die Übertragung. Er konnte Ordways gebellte Befehle hören, als das alte Boot Fahrt aufnahm.
Segel flappten, Taue ächzten, die Winsch quietschte, als Minnick die Kurbel drehte.
Sie waren schon auf offener See, als Ordway endlich zum Thema kam. »Ich ändere den Befehl.«
»Aber sie gehören noch immer mir allein, nicht wahr – Sie denken doch nicht daran, jemanden auszunehmen?«
»Mein Gott, sind Sie mißtrauisch. Natürlich gehören sie allein Ihnen. Red Queen ist Ihr Projekt – das habe ich Ihnen doch gleich zu Anfang gesagt.«
»Ich wollte mich ja nur vergewissern.«
»Vorsicht – Mast!« brüllte Ordway. »Wollen Sie einen Kopf kürzer gemacht werden?«
»Ich sollte nach all der Zeit, die ich für Sie arbeite, gelernt haben, mich zu ducken. Sagen Sie mir etwas über die Zielperson?«
Der Wind fuhr schräg in das Segel und ließ es knattern, wodurch Highland Ordways nächste Sätze verlorengingen.

Als wieder Ruhe herrschte, hörte er: »... ein Muttersöhnchen. Er wollte auf keinen Fall töten – nicht einmal im Notfall.«
»Wie ist es Ihnen denn dann gelungen, ihn doch anzuwerben?«
»Wir haben ihn unter Druck gesetzt – und da liegt das Problem...«
»Halt, Moment! Womit haben Sie ihn unter Druck gesetzt?«
»Wir drohten, seine Mami umzubringen.«
»Und das klappte?«
»Besser, als wir es uns hätten träumen lassen.«
»Ich glaube es nicht!«
»Greenspans Verdienst. Er gab mir eine Stunde Unterricht über Ambivalenz. Highland verbindet eine tiefe Haßliebe mit seiner Mutter – und Red Queen würde ihm Gelegenheit geben, beide Gefühle auszuleben: die Liebe, um sie zu beschützen – den Haß, um die Zielpersonen zu vernichten. Damals war ich bereit, alles zu versuchen. Der Bursche ist ein Sprachgenie.«
»Sie beschweren sich doch immer, daß unsere Organisation durch Bürokratie, zehnfache Absicherung und kleine Männer mit grünen Sonnenblenden ruiniert werde – und da hören Sie auf einen Psychologen! Sie stellen doch keine Schuhverkäufer ein, um Himmels willen.«
»Jedenfalls funktionierte es: Als der dafür vorgesehene Mann getötet wurde, erledigte unser Muttersöhnchen die Zielperson.«
»Plötzlich war ein Vegetarier scharf darauf, in der Fleischabteilung zu arbeiten – hat Sie das nicht alarmiert? Wissen Sie, mit solchen Verrückten zu arbeiten scheint anfangs immer eine großartige Idee zu sein – aber irgendwann drehen sie durch, und Sie müssen die Rechnung bezahlen. Und genau das passiert jetzt auch, stimmt's?«
»Nein, das nicht – aber wir haben unser Druckmittel verloren: Seine Mutter kam vor zwei Monaten um.«
Highland erstarrte.
»Hatte sie irgendwas getan, was sie nicht hätte tun sollen?«

»Nichts, was uns betraf: Offenbar ist sie irgendwie falsch mit dem Gasherd umgegangen. Jedenfalls flog die Bude in die Luft. Die Pflegerin war gerade Zigaretten holen gegangen.«
Highland vergrub das Gesicht im Sand. Das Riedgras ritzte seine Wangen. Er versuchte sich auf die fernen, windgepeitschten Stimmen in seinem Kopfhörer zu konzentrieren.
»Wir haben ihm zwar weiterhin Briefe schreiben lassen, aber es ist nur eine Frage der Zeit, bis er den Schwindel merkt.«
»Und dann gerät die Liebe-Haß-Ambivalenz aus dem Gleichgewicht, nicht wahr? Wen wird er sich dann vornehmen? Die anderen Männer von Red Queen? Unseren Präsidenten? Sie? Hat Greenspan dazu auch irgendwas Kluges zu sagen?«
»Sie kennen doch die Psychologen: Man kann ihnen niemals eine präzise Voraussage entlocken. Aber wir dürfen kein Risiko eingehen: Highland hat ein umfangreiches Training absolviert – und was er macht, das macht er gut.«
»Deshalb habe ich daran gedacht, jemanden mit Erfahrung auf ihn anzusetzen. Vielleicht Tanaba.«
»Lesen Sie seine Akte: Dieser Mann läuft nicht in eine Liebesfalle – er ist nicht empfänglich für derlei Reize.«
»Tanaba wird schon etwas einfallen – sie ist sehr begabt.«
»Was haben Sie vor, Thad? Wen versuchen Sie umzubringen – Highland oder Tanaba?«
»Nun – vielleicht ein bißchen von beidem. Sie wird allmählich penetrant.«
»Will Geld sehen, was? Gieriges kleines Biest. Natürlich – wenn beide sterben, sparen Sie sich ihr zweites Honorar.«
»Das erste habe ich auch schon gespart – sie hat keinen Cent bekommen.«
»Wie dem auch sei – Tanaba kommt nicht in Frage. Ich will, daß Sie die Sache selbst in die Hand nehmen. Die nächste Zielperson von Red Queen ist ein Bombenbastler namens Kamad Bashir. Lassen Sie Highland den erledigen, und töten Sie ihn, wenn er den Schauplatz verläßt. Ich möchte, daß es für die anderen so aussieht, als sei er in Erfüllung seiner Pflicht gestorben: Ich will nicht, daß sie sich zusammenreimen, daß keiner von ihnen am Leben bleibt.«

»Sehr geschickt: Sie werden ihn los, aber vorher führt er noch einen Auftrag für Sie aus.«
Ordway lachte auch und sagte dann: »Sollte er ihn verpatzen, nimmt Bashir Ihnen die Arbeit ab.«

Kamad Bashir nahm die letzte Maschine von Hamburg nach London. Es war Mitternacht, als er das Versteck erreichte. Er hatte sich Kentish Town als Viertel mit niedrigen Häusern vorgestellt – höchstens zwei, drei Stockwerke hoch – und sich den ganzen Flug über deswegen Sorgen gemacht: Trotz seinem an der Universität von Los Angeles erworbenen Diploms in Elektrotechnik brauchte er für seine Bombe ein viertes Stockwerk. Seine Art von Arbeit erforderte Glück und die bestmöglichen Voraussetzungen. Vielleicht würde er in einem Hotel absteigen. Als das Taxi in die Straße einbog, entspannte er sich: Das Fahrziel war ein Gebäude, das die anderen Häuser überragte, und im vierten Stock gab es einen Raum mit Giebelfenstern.

Aus einem in der Nähe geparkten Transporter sah Crowhurst Bashir aus dem Taxi steigen. »Zielperson vor dem Haus«, sagte er ins Mikrofon.
Borchard, der die Rückseite beobachtet hatte, raste durch den Garten hinter den Reihenhäusern, brach durch die Hintertür des angrenzenden Hauses und raste die Treppe hinauf, um bereit zu sein, Highland, falls nötig, zu Hilfe zu kommen. Auf dem Dach über ihm nickte Highland Carr zu, zog sich eine schwarze Strumpfmaske übers Gesicht und kletterte zu dem seitlichen Giebelfenster von Bashirs Dachkammer hinauf.

Von einem Fenster auf der gegenüberliegenden Straßenseite aus beobachtete Minnick die Kletterpartie durch sein Zielfernrohr – um sich auf Highlands Rückweg einzustimmen. Er saß hinter einer Stahlplatte, und das Gewehr ruhte auf einem Stativ. Er kannte die Machart der kugelsicheren Westen, die das Red-Queen-Team trug: Sie hatten keine Chance gegen seine 458er Winchester Magnum.

Die Syrerin, die das Haus führte, ließ Bashir herein. Ihre Augen hefteten sich nervös auf seinen Koffer – offensichtlich befürchtete sie, es sei Plastiksprengstoff darin. Er schüttelte den Kopf. »Erst morgen: in einer Dose mit der Aufschrift ›Fensterkitt‹.«
In einem Raum jenseits der Halle spielten vier junge Männer Karten, die Sturmgewehre achtlos an die Rückenlehnen ihrer Stühle gehängt. Sie musterten ihn schweigend – bemüht, ihr Interesse an diesem Mann zu verbergen, dessen Bomben drei Linienmaschinen zum Absturz gebracht hatten.
Nach ein paar Worten zu der Syrerin stieg Bashir die Treppe zu seiner Dachkammer hinauf.

Highland stieg durch das Fenster in den dunklen Raum. Er legte seine Waffe auf den Boden, kickte die Schuhe in die Zimmerecke, zog die Hose aus, entledigte sich seiner kugelsicheren Weste und ließ sie auf das Bett fallen. Er trug jetzt nur noch einen schwarzen Bodystocking und das Kletterseil um die Taille. Vorsichtig schob er ein kleines silbernes Röhrchen in die Weste und verließ auf Zehenspitzen das Zimmer, wobei er die Tür so vorsichtig öffnete und schloß wie ein Koch, der um ein Soufflé fürchtet.
Schritte auf der Treppe! Highland huschte ein Stockwerk hinunter und verschwand in der Gemeinschaftstoilette. Mit fieberhafter Eile schlang er ein Seil um den Heizkörper, schob das Fenster hoch, kletterte in Windeseile an der Rückwand des Hauses hinunter und sprintete an den Häusern entlang davon.

Bashir öffnete die Tür zu seinem Zimmer. Durch das offene Fenster konnte er das Blinzeln der Lichter des British Telecom Tower sehen. Was sollte die kugelsichere Weste auf dem Bett? Er hatte seine eigene Ausrüstung – er brauchte keine

Hilfe von diesen Amateuren. Er packte das Ding und wollte es in den Flur hinauswerfen, doch dann merkte er, daß diese Weste aus ganz anderem Material war als dem, das er kannte – so weich, daß seine Finger darin versanken. Und warum war sie so schwer? Diese Verwirrung war Bashirs letzte Empfindung.

Durch seinen Zugriff war das Silberröhrchen erschüttert und eine Unterbrecherschaltung aktiviert worden, die die Explosion auslöste. Die Ladung war ein wenig größer als nötig: Sie blies die beiden oberen Stockwerke des Hauses weg.

Am nächsten Tag schickte Minnick Highlands Gürtelschnalle per Kurier an Cal Ordway: Mehr hatte er in den Trümmern nicht finden können.

Bssss! Bssss! Bssss!

Dekan Osbert Orpington krümmte sich unter dem penetranten Summen, mit dem sein Sekretär über die Gegensprechanlage seine Aufmerksamkeit forderte.

»Was ist?« stöhnte er. Er fürchtete, es zu wissen! Das Wren College hatte – nachdem es eine fette Spende dafür eingestrichen hatte, daß es versicherte, eine Bastion weiblicher Studenten zu bleiben – verkündet, daß in Zukunft auch Männer zugelassen würden. Die angestrengten Klagen hatten die Treuhänder kalt erwischt: Sie waren völlig verdattert, daß irgend jemand – vor allem ihre eigenen Zöglinge – sie beim Wort nehmen würden. Begriffen die denn nicht, wie nötig Mutter Wren das Geld brauchte?

Bssss! Bssss!

Aber warum gingen sie ausgerechnet auf ihn los? Er war nur der Dekan, um Himmels willen – niemand fragte ihn nach seiner Meinung: Wie für dieses efeubewachsene Schlammloch üblich, war auch diese Entscheidung von dem Senilen-Komitee gefällt worden, dessen Mitglieder bei Rückfragen niemals zu erreichen waren.

Bssssssss!

Orpington umklammerte, in der Hoffnung, daraus Kraft zu

schöpfen, seinen Harvard-Bleistiftbehälter, wodurch VE und RI verdeckt wurden, aber nicht TAS. Dafür habe ich Harvard verlassen? Dagegen habe ich Cambridge, Massachusetts, eingetauscht – für die Wildnis von Jersey? Wie konnte ich eine Akademikerhochburg für eine Klippschule verlassen, die einzig und allein damit prahlen kann, daß sie nur eine Stunde von Princeton entfernt liegt? Es ist schön, ein großer Fisch in einem kleinen Teich zu sein – aber was wird, wenn der Teich austrocknet?

BSSSSSS!

»Ja, Robert? Was zum Teufel ist denn so dringend?«

Den Sekretär ließ die Wut seines Chefs völlig kalt. »Hier ist ein Dr. Julian Lamb für Sie.« Dieser kleine Mistkerl genießt es, wenn ich leide, dachte Orpington.

»Ich kenne keinen Julian Lamb.«

»Er ist wegen einer Anstellung als Lehrer gekommen.«

»Ich kann jetzt nicht – machen Sie einen Termin…«

»Hallo, Ozzie.«

Ungebeten einzudringen war eine Frechheit – ihn »Ozzie« zu nennen eine Ungeheuerlichkeit.

»Ich habe keine Zeit – Sie werden wieder gehen müssen.«

»Erkennen Sie mich nicht?«

Orpington übersah die ausgestreckte Hand. »Nein.«

»Ausgezeichnet – andernfalls hätte ich das viele Geld für die kosmetische Operation umsonst ausgegeben.«

Die Stimme kam Orpington bekannt vor. Er beugte sich stirnrunzelnd vor und studierte das Gesicht seines Gegenübers.

»Ich kenne Sie irgendwoher, nicht wahr? Wer sind Sie?«

»Sie hatten recht mit dem CIA, Ozzie: Er ist eine Schlangengrube – und ich mußte in eine andere überwechseln, um rauszukommen.«

»Mein Gott – Evan!«

»Nein: Evan Highland wurde in die Luft gesprengt – gemeinsam mit einem Terroristen.«

Dekan Orpington erblaßte. Er suchte in dem Gesicht nach

etwas, das an den brillanten Studenten erinnerte, den er so ins Herz geschlossen hatte.

»In die Luft gesprengt? Aber dann sind Sie... sind Sie nicht...?«

»Evan Highland? Der ist tot. Ich bin Julian Lamb. Sie haben ihm mal einen Job versprochen – und da er ihn nicht mehr antreten kann, hoffte ich, Sie würden ihn vielleicht mir anbieten.«

Zweiundzwanzigstes Kapitel

Was war das?
Winston war aus dem Schlaf aufgeschreckt. Er glaubte etwas gehört zu haben – ein Klicken, einen dumpfen Schlag –, wie damals in Nacht, als der Constable kam. War er im Haus? Schlich er durch das Parterre auf die Treppe zu? Würde er zu der Kammer kommen und mit brennenden Augen hereinstarren, wie er es in den schlimmen Träumen tat?
Winston horchte angestrengt in die Dunkelheit, bis die Stille in seinen Ohren zischte wie ein Dampfventil.
Vielleicht hatte er das Geräusch nur geträumt – vielleicht war der Constable doch nicht da.
Wieder ein dumpfer Schlag – lauter, näher. Der Constable! Der Constable wußte, daß er sich in der Schrankkammer versteckte. Schnell! Raus hier! Renn!
Winston krabbelte über die Wäschestapel, hinter denen er gelegen hatte, stieß die Tür weit auf und stolperte auf den Flur hinaus. Wo sollte er hin? Er mußte aus dem Haus. Weglaufen! Aber der Constable kam bestimmt die Treppe herauf. Es gab keinen anderen Weg nach draußen. Doch: das Badezimmer! Er könnte aus dem Fenster springen! Alles war besser als der Constable mit den furchtbaren Augen.
Winston hetzte den Flur hinunter. Im Mondlicht, das durch das Gangfenster hereinfiel, sah er plötzlich einen riesigen Schatten vor sich auftauchen. Winston stoppte, fiel, überkugelte sich, sprang auf und rannte zur Treppe zurück.
Der Constable war direkt hinter ihm! Eine starke Hand griff nach ihm und hielt ihn fest. Er trat und wand sich, um sich zu befreien, aber es war zwecklos. Er wurde in die Luft gehoben.
Klick! Die plötzliche Helligkeit blendete ihn.

»Nur die Ruhe, mein Junge«, sagte eine Männerstimme. »Ich bin's nur – dein Onkel Jake.«

In seiner Panik brauchte Winston einen Augenblick, bis er begriff. Dann hörte er auf, sich zu wehren, das Entsetzen in seinen Augen wich allmählich. Jake stellte ihn sanft auf die Füße, aber seine Knie gaben nach, und so nahm Jake ihn wieder hoch und drückte ihn an sich. Winstons Herz hämmerte wie eine Maschinenpistole und ließ seinen ganzen Körper vibrieren.

»Du bist in Sicherheit. Er ist nicht da. Ich bin hier. Ich werde dich beschützen. Er wird dich nicht kriegen.«

Winston hatte die Arme um Jakes Hals geschlungen, und sein Blick huschte ängstlich den Gang hinauf und hinunter: Er fürchtete sich noch immer.

»Ich werde dir was zeigen.« Jake trug den Jungen in die Küche und setzte ihn neben das Spülbecken. »Siehst du den Fensterladen vor dem Küchenfenster? Er sollte eigentlich verriegelt sein, damit niemand vom Garagentor reinklettern kann, aber der Riegel ist nicht zu. Schau.«

Winston starrte auf den Fensterladen. Ein Windstoß – da war der dumpfe Schlag! Winston zuckte erschrocken zusammen.

»Das ist es, was du gehört hast. Du dachtest, der böse Mann wäre hier im Haus – aber es hat nur der Fensterladen geklappert. Verstehst du? Ich habe vergessen, ihn zu schließen – und das wollte ich nachholen, als wir oben auf dem Flur ineinanderliefen.«

Winstons Augen weiteten sich, sein Blick wanderte zwischen Jake und dem Fensterladen hin und her.

»Normalerweise denke ich dran. Mach dir keine Sorgen – von heute an werde ich jeden Abend noch mal nachsehen, ob er zu ist.«

Jake schloß den Fensterladen, trug Winston in den ersten Stock hinauf und stellte ihn auf den Boden. Diesmal waren seine Knie nicht mehr so weich, aber er setzte sich sofort hin. Jake erwartete, daß er gleich in der Kammer verschwinden würde – aber er blieb, an die Wand gelehnt und starr geradeaus blickend, auf dem Gang sitzen.

»Willst du heute nacht bei uns im Zimmer schlafen? Du weißt, daß du das gern tun kannst.«

Keine Reaktion.

»Wie wär's mit den Gitt Brothers? Die hörst du doch gern, nicht wahr?«

Keine Reaktion.

Jake ging in die Hocke, streckte sich dann bäuchlings auf dem Teppich aus und schaute, das Kinn in die Hände gestützt, von unten zu Winston hinauf.

»Du fühlst dich ziemlich jämmerlich, stimmt's? Früher oder später wird der böse Mann kommen, um dich zu holen, und eine Flasche wie Onkel Jake kann nichts dagegen tun. Das denkst du doch, oder?«

Ein undeutbarer Ausdruck flackerte über Winstons Gesicht und verschwand.

»Vielleicht gibt es eine Möglichkeit, wie du ihm ganz ohne Hilfe entkommen kannst. Laß uns mal überlegen. Jetzt tun wir mal so, als ob ich du wäre.«

Jake richtete sich auf Hände und Knie auf und kroch in die Kammer.

Er schob einen Wäschestapel beiseite und zwängte sich unter das tiefste Regalbrett.

Winston war ihm bis zur Tür nachgekommen und beobachtete ihn verblüfft.

»Au!« Jake gab vor, sich an dem Kassettenrecorder gestoßen zu haben. »Ich schlafe.« Er schnarchte laut. Dann riß er plötzlich den Kopf hoch. »Hoppla! Was war das? Hört sich an, als würde der böse Mann im Erdgeschoß herumstöbern und mich suchen. Vielleicht weiß er ja gar nicht, daß ich hier in der Kammer bin. Wenn ich mich ganz still halte und mich ganz klein mache, geht er vielleicht wieder weg.«

Jake schloß die Augen, rollte sich zusammen und atmete nur noch ganz flach. Er versuchte das alles möglichst komisch erscheinen zu lassen – aber als er die Augen wieder öffnete, sah er, daß Winston ihn mit tiefernstem Gesicht anstarrte.

»Nein – das klappt nicht. Er weiß, daß ich irgendwo im Haus bin. Er wird mich finden – egal, wo ich mich verstecke. Ich muß aus dem Haus raus. Aber ganz leise, damit er nichts hört. Also – vorhin hast du die Kammertür mit einem Ruck aufgestoßen. Das habe ich bis ins Schlafzimmer gehört. Das ist nicht gut. Du mußt sie ganz vorsichtig aufschieben. So – siehst du?« Er zog die Tür fast ganz zu und öffnete sie dann langsam, gerade so weit, daß er herauskriechen konnte.
Er schaute erst nach rechts und dann nach links. »Welche Richtung?« flüsterte er. »Aus dem Fenster kann ich nicht – ist zu hoch. Ich muß irgendwie die Treppe runter.« Er kroch eilig über den Flur. Winston eifrig hinterher.
Plötzlich stoppte Jake. »Schsch! Hast du das gehört? Dieses Dielenbrett knarzt. Merk es dir. Du mußt lernen, welche Dielenbretter knarzen – und dann übst du so lange, bis du im Stockdunkeln den Flur entlanggehen kannst, ohne ein Geräusch zu machen.«
Jake kroch zur Treppe. »Am sichersten ist es rückwärts: Dann kann man immer erst prüfen, ob irgendeine Stufe knarrt. Komm.«
Nebeneinander tasteten sie sich rückwärts die Treppe hinunter. »So ist's gut. Genau so. Bleib drüben am Geländer: Wenn er die Treppe raufkommt, bemerkt er dich im Dunkeln vielleicht nicht.«
Sie erreichten die letzten Stufe. »Okay. Jetzt zur Haustür. Halt – nein: zu hell von der Straße. Lieber hinten raus.«
Gemeinsam krochen Jake und Winston durch die Halle und die Küche zur Hintertür.
»Weißt du, wie das Schloß funktioniert?« flüsterte Jake. »Du drückst auf den Knopf und drehst den Türknauf. Mach's mal. Nein – du mußt den Knopf reindrücken, bis er rausspringt. Genau. Sch! Mann, die Tür quietscht. Ich werde sie gleich morgen ölen, ich versprech's.«
Sie richteten sich auf und traten auf die Schwelle hinaus. »Dreh den Knauf, wenn du die Tür zumachst, und dreh ihn dann langsam wieder in die andere Richtung. Nein, nein –

nicht einfach loslassen – es darf doch nicht klicken! Versuch's noch mal. Na, siehst du – es geht doch. Okay. Inzwischen ist der böse Mann dahintergekommen, daß du ihm entwischt bist. Er kann jetzt jeden Augenblick durch diese Tür brechen. Zeig mir, was du dann tust. Schnell – ich höre ihn kommen!«
Winston jagte die Treppe hinunter, über den Hinterhof und durch das Gartentor. Jake wartete, bis er außer Sicht war, und sprintete dann hinterher. Der Junge war schon zehn Meter die gekieste Zufahrtsstraße hinter dem Haus hinuntergelaufen, als Jake ihn einholte.
»Weglaufen ist nicht gut«, sagte er, nun nicht mehr flüsternd. »Er verfolgt dich und fängt dich – so wie ich gerade.«
Sie kehrten zum Haus zurück. Winston starrte stirnrunzelnd vor sich auf den Boden.
»Weißt du, was du tun mußt? Du mußt ihn reinlegen. Überlegen wir mal, wie das gehen könnte.«
Sie standen im Hinterhof. Jake strich sich übers Kinn. »Es muß was sein, was er in einer Million Jahren nicht erwarten würde. Der böse Mann denkt, daß du wegrennst – also darfst du das nicht tun. Du mußt hierbleiben. Aber wo könntest du dich verstecken? Hmm.« Wieder strich er sich übers Kinn.
»Ich hab's! Du kletterst irgendwo rauf! Genau: auf den Sims über der Tür. Siehst du ihn? Warte – wir brauchen Licht: Schließlich wollen wir ja nicht, daß du dir das Genick brichst.«
Jake holte eine Taschenlampe aus der Küche und richtete den Strahl auf den Türsturz.
»Weißt du, warum die Idee so gut ist? Weil Leute nicht vermuten, daß jemand was tut, was sie selbst nicht können: Ein erwachsener Mann hätte da oben nie Platz – also wird er gar nicht auf die Idee kommen, dort nachzusehen.
Meinst du, du kannst an dem Pfosten hochklettern? Na los, zeig's mir. Das geht ja großartig. Ist ja auch ein Klacks für einen fixen Burschen wie dich. Und jetzt zieh dich auf den Sims. Halt dich fest. Prima! Könnte ich nie! Okay – und jetzt leg dich hin. Na, so was – wo ist Winston denn plötzlich

hingekommen? Hat irgend jemand Winston gesehen? Ich habe eine Neuigkeit für dich: Du bist unsichtbar. Der böse Mann könnte dich nicht mal sehen, wenn er hochschauen würde – aber das wird er nicht, weil er dich in den Hinterhöfen sucht. Und es ist ganz bequem da oben, oder nicht? Du könntest es bestimmt die ganze Nacht aushalten. Und jetzt zeig mir, wie du wieder runterkommst.«

Gleich darauf stand Winston wieder auf dem Boden. Die Angst war aus seinen Augen verschwunden. Ohne daß Jake ihn dazu aufgefordert hätte, kletterte er wieder den Pfosten hinauf und krabbelte auf den Sims – diesmal in der Hälfte der Zeit. Nach drei Wiederholungen schoß er hinauf wie ein geölter Blitz.

Jake gähnte ausgiebig. »Tut mir leid, Winst – ich bin total erledigt. Bist du einverstanden, daß wir schlafen gehen? Wir können ja morgen weiterüben. Ich werde deine Zeit stoppen – vielleicht kommst du ins Guinness-Buch der Rekorde – als schnellster ›Aufdensimskletterer‹.« Als sie das Parterre durchquerten, blieb Winston zurück, die Augen fest auf den Boden geheftet.

Einen Augenblick lang fürchtete Jake, daß der Junge wieder in seine Verzweiflung verfallen würde – dann verstand er: Winston prägte sich die knarzenden Dielenbretter ein.

Dreiundzwanzigstes Kapitel

Er ging mit schnellen Schritten, aber ohne Hast den Mittelgang der Maschine nach Nashville hinunter. Glattrasiert, im eleganten dunklen Anzug, den unvermeidlichen Trenchcoat des amerikanischen Geschäftsmannes über dem Arm – ein Jedermann, dessen Aussehen sich niemandem einprägte.
Julian Lamb setzte sich auf einen Fensterplatz. In Nashville würde er in ein Flugzeug nach Baton Rouge umsteigen. Dort wohnten die Grants.
Der Flug war ausgebucht. Ein Blaustrumpf in einem Schneiderkostüm ließ sich auf dem Platz am Gang nieder, öffnete den mitgebrachten Aktenkoffer und begann zu arbeiten. Gut – von dort drohte keine Gefahr. Dann zwängte sich ein übergewichtiger Mann in einem großkarierten Sportsakko in den mittleren Sitz, wodurch er seine Nachbarin beträchtlich einengte. Er atmete schwer, und auf seiner Stirn glänzten Schweißperlen.
Er wandte sich an Lamb und sagte fröhlich: »Na, wie sieht's denn aus, Sir? Meinen Sie, wir starten pünktlich?«
Ungünstig: ein Schwätzer. Lamb brummte etwas Unverständliches und schloß die Augen: Wenn er so tat, als schliefe er, würde der Kerl hoffentlich das Interesse an ihm verlieren und später keine Möglichkeit haben, sich an ein Gespräch zu erinnern.
Der Mann versuchte sein Glück bei der Frau zu seiner Rechten, aber auch sie legte offenbar keinen Wert auf eine Unterhaltung: Lamb hörte vielsagendes Papiergeraschel.
Obwohl er glaubhaft den Schlafenden mimte, war er hellwach: Noch nie in seinem Leben war er so aufgewühlt gewesen.

Die Grants – sie waren schuld! Juleth sah aus wie Linlinma. Und dann diese Sprache! Der Gedanke, sie mit ihren geheimen Wildtierlauten »anzusprechen« und ihre Verwirrung und Furcht zu sehen, wenn sie begriffen, daß er Bescheid wußte, ließ sein Herz rasen.

»Keckeckeck!« hörte er sich im Geist gackern. »Keckeckeck!« Das hieß in der »Delphinsprache«: »Laß uns ein Spiel spielen.« »Dolphone« nannten sie ihren Geheimcode – doch bald schon hatten sie andere gefährdete Tierarten dazugenommen und den »Wortschatz« erweitert: Wale, Robben, Pumas und Nashörner.

Was er tat, war riskant, das wußte er: Es war viel zu früh. Die Grant-Aufzeichnungen, die ihn einen Monat lang hätten bei Laune halten sollen, hatten bereits nach zwei Wochen ihre Wirkung verloren. Und wie sehr er sich auch bemühte – er konnte nicht warten. Phantasie genügte ihm nicht mehr. Auch Masturbieren brachte nichts – er brauchte die lebensechte Erfahrung. Der Drang zu töten war übermächtig geworden.

Um sich abzulenken, öffnete er die Augen einen Spalt und warf verstohlen einen Blick zu seinem Nachbarn hinüber: Der Großkarierte las die *Newsday*. »Er tötet ganze Familien«, schrie die Balkenüberschrift.

Lamb riß die Augen auf und las die Unterzeilen: »Erzwungene Abschiedsbriefe sollen die Väter belasten.« – »Achtzehn Tote.«

»Könnte ich die Zeitung vielleicht mal kurz haben?«

»Wenn ich sie gelesen habe, gern...«

»Sie bekommen sie ja gleich zurück.« Er entriß dem Mann die Zeitung und suchte hastig den Artikel zu der Schlagzeile: Der Bericht nahm fast die ganze Seite drei ein. Seine Augen rasten über die Textspalten. Es war unfaßbar! Das FBI hatte Namen, Adressen, Fotos!

Er hatte mit der Möglichkeit gerechnet, daß ihm trotz aller Sorgfalt ein Fehler unterlaufen und er irgendeine Spur hinterlassen könnte – aber dies war schlimmer als alles, was er sich ausgemalt hatte. Sie kannten nicht nur einen Fall – sie kannten vier! Und sie hatten eine Verbindung zwischen ihnen hergestellt! Leith, Giles, Sturluson und Harrow. Keine Namen, die nicht dazugehörten, keine Verwechslungen! Er hatte nicht nur einen oder zwei Fehler gemacht – etwas stimmte grundsätzlich nicht mit seiner Methode! Er hinterließ eine Brotkrumenspur von einem Verbrechen zum nächsten – etwas, dem sie folgen konnten. Aber was?

Würden sie dadurch auch auf Wren kommen? Und auf ihn?

Wieder und wieder las er den Artikel. Vergeblich. Es fehlte etwas – etwas Wesentliches: Sie gaben nicht alles preis, was sie wußten. Es mußte mehr geben, damit sie die Fälle miteinander in Verbindung hatten bringen können. Aber wieviel mehr? Genug, um ihn zu stellen?

Der dicke Mann starrte ihn an. »Was ist los, Mister? Kennen Sie welche von den Leuten?«

»O nein.« Lamb wollte ihm die Zeitung wiedergeben.

Der Mann musterte ihn weiter – als wolle er sich sein Gesicht einprägen. »Ich glaube, Sie behalten sie besser«, sagte er.

Wie meinte der Fettwanst das? Lambs Verstand trudelte wie ein angeschossenes Flugzeug. Wußte das FBI über die Grants Bescheid? Konnte es sein, daß ihn dort vor dem Haus Agenten erwarteten? Hatte ein Postbeamter die Waffe gefunden, die er an sich geschickt hatte? Hatten sie das Paketpostamt von Baton Rouge gefilzt? Vielleicht wußten sie sogar, daß er in dieser Maschine saß, und würden ihn bei der Landung in Nashville festnehmen!

Vielleicht waren sie aber auch schon hier im Flugzeug. Wenn sie seinen Aktenkoffer öffneten, würden sie seine Verkleidungen finden!

In panischer Angst blickte er auf – es hätte ihn nicht überrascht, wenn der Gang bereits von Agenten blockiert gewesen wäre. Renne! schrie es in ihm. Sobald wir landen, nimm die nächste Maschine – egal, wohin! Verschwinde, solange es noch geht. Vergiß das College. Heute abend kannst du schon um die halbe Welt sein. Fang neu an – mit einer neuen

Identität. Du kannst überall als Übersetzer arbeiten. Sie werden dich nie finden.
Wie Rauch einen Rauchmelder aktiviert, löste seine Furcht die Stimme eines früheren Ausbilders in seinem Kopf aus: »Panik ist der kleine Bruder des Todes! Immer ruhig bleiben, einen klaren Kopf bewahren!«
Die Zeitung lag immer noch auf seinem Schoß. Er versuchte, den Text analytisch zu lesen, wie er es immer seinen Studenten riet. Die Geschichte begann: »Das FBI gab heute früh bekannt...« Es war Absicht: Sie rechneten damit, daß er es läse, und hofften darauf, daß er sich verriete. Sie hatten nichts gegen ihn in der Hand – sonst hätten sie ihn längst verhaftet. War er einer von mehreren Verdächtigen? Hatten sie die Story veröffentlicht, um zu sehen, welcher der Infragekommenden den erwarteten Fehler machte? Wurde er überwacht? Unwahrscheinlich. Warum sollten sie sich an die Öffentlichkeit wenden, wenn sie definitiv jemanden in Verdacht hätten? Nein – es war ein Akt der Verzweiflung: Sie hofften, von Lesern Hinweise zu bekommen. Noch brachte niemand ihn mit den Morden in Verbindung. Noch war Wren ein sicherer Hafen. Noch!
Ein Glück, daß er Jessica Thorne nicht umgebracht hatte!
Er lehnte sich zurück und drosselte seine Atmung und seinen Herzschlag wieder auf normale Geschwindigkeit.
Keine Familien mehr – bis er herausgefunden hatte, was er falsch machte! Die Grants würden warten müssen – *Newsday's* Schuld!
Seltsamerweise fühlte Lamb sich besser als die ganze letzte Woche: Der brennende Wunsch zu töten, der ihn Tag und Nacht gequält hatte, war erloschen – ein Eiswasserbad der Angst hatte das Fieber gebrochen. Er konnte wieder denken. Er wußte, welche Schritte er als nächste tun würde:
Wie vorgesehen nach Baton Rouge fliegen, beim Paketpostamt die Waffe und die Laserausrüstung abholen und alles zurück nach New York schicken. Das Risiko war gering – das Abhörgerät unersetzbar. Nach Wren zurückgehen, wie ge-

wohnt Vorlesungen halten, zu Fakultätstreffen gehen, den Professor spielen. Sich bereit machen, falls nötig, zu fliehen: Paß, Kreditkarten etc. Und die Nachrichten verfolgen.
Die FBIler glauben, sie hätten es mit einem gewöhnlichen Mörder zu tun – einem gerissenen vielleicht, aber einem Laien, jemandem, der keine Ahnung von den Möglichkeiten der Spurensicherung und ihren Gedankenabläufen hat – und von ihren Grenzen.
Heute haben sie gesiegt: Du streichst die Grants – erst mal. Aber du kannst nicht nur reagieren – es muß einen Weg geben, die Kontrolle über den Handlungsablauf zu gewinnen. Schlag zurück.

Vierundzwanzigstes Kapitel

Früh am nächsten Morgen saß Jake an seinem Schreibtisch und ging das FBI-Heft durch, das er bei der Konferenz bekommen hatte. Es kostete ihn große Überwindung, die Familienschnappschüsse zu betrachten – Strandfeste, Grillparties, Geburtstagsfeiern – die ordentlich in Alben geklebt geruht hatten, nicht dafür gedacht, eines Tages den gründlichen Augen harter Männer in weitentfernten Städten ausgesetzt zu sein.

»Ausgeprägter Familiensinn«, hatte Brasswater gesagt. Die Fotos waren praktisch austauschbar. Harrow, Leith, Giles, Sturluson – vier identische harmlose Familien.

Nein – nicht ganz: Die Sturlusons wichen ein wenig ab. Der Vater war ein Rattler – ein Mann, der die Gewalt liebte. Immer wieder kam Jake auf ihn zurück. Die Motive der Aufnahmen waren dieselben wie bei den anderen – Luftballons, Barbecues und Geburtstagstorten –, aber es gab auf jedem Foto einen Störfaktor: eine Granate in einem Kasten, ein Gewehr an der Wand, ein T-Shirt mit der Aufschrift: »Eindringlinge willkommen« über dem Bild eines Grabsteins.

Jake blätterte ein paar Seiten weiter: Er suchte den Namen des Oberrattlers. Da: Chuell Vaughn. Er war auf Manöver – aber vielleicht war ja Mrs. Vaughn bereit, etwas zu sagen. Ohne große Hoffnung wählte er die Nummer der Vaughns in Beals, Colorado.

Jemand nahm den Hörer ab und imitierte das Rasseln einer Klapperschlange. »RRRRRATTLERS!« Eine Männerstimme. War Vaughn früher zurückgekommen?

»Chuell Vaughn?«
Vaughn hatte offensichtlich einen bestimmten Anruf erwartet. »Wer will das wissen?« fragte er mißtrauisch.
»Detective Harrow von der New Yorker Polizei. Ich möchte Ihnen ein paar Fragen über Lyle Sturluson stellen.«
»Hmm. Nun, Detective Harrow, Sir – lassen Sie mich Ihnen was erklären, Sir: Wir reden nicht mit Bullen. Warum ficken Sie sich nicht ins Knie?«
»Warum mauern Sie? Haben Sie die Geschichte in den Zeitungen nicht gelesen? Sturluson hat sich nicht selbst umgebracht – er wurde ermordet!«
»Und?«
»Sie wollen uns nicht helfen, seinen Mörder zu finden?«
»Warum sollte ich das wollen?«
»Um Himmels willen, Mann – er war einer Ihrer Kameraden.«
»Werfen Sie uns ja nicht mit dem in einen Topf! Wir haben ihn zwei Wochen vor seinem Tod rausgeschmissen.«
»Warum?«
»Ich halte mir den Hörer jetzt an den Arsch – wenn Sie den Furz hören, fangen Sie an zu schnuppern.« Klick. Er hatte aufgelegt.
Jake schaute auf und sah »Fleischklops« Gatto auf sich zukommen – breit grinsend. »Du wirst begeistert sein, Kumpel.« Er warf eine Zeitung auf den Schreibtisch. Ein Einspalter auf der ersten Seite war rot umrandet.
»BRUDER DES NEW YORKER COPS, DER DEN FAMILIENMÖRDERFALL AUFBRACHTE, UNTER DEN OPFERN«
Nach der Aufzählung von Rogers Familie wurde berichtet, daß Detective Harrow Captain Douglas Cowen unterstellt sei und eine enge Zusammenarbeit der New Yorker Sondereinheit von Captain Cowen mit dem FBI »in jeder Phase der Untersuchung« fordere. Die dazugestellte Fotografie zeigte Detective Harrow bei der Medaillenverleihung neben Captain Cowen.
Gatto konnte sich kaum lassen vor Vergnügen. »Niemand

geht ungestraft so mit dem Bureau um! Sie werden Cowens Eier an den Boden nageln und das Zimmer in Brand stecken.«
»Da müssen sie sich aber hinten anstellen«, schnaubte Jake.
Cowen telefonierte gerade, als Jake in sein Büro stürmte. Grinsend bot er ihm Platz an. Jake blieb stehen. Als Cowen auflegte, hielt Jake ihm die Zeitung unter die Nase. »Was zum Teufel treiben Sie eigentlich?«
»Ich mache Sie zum Helden – unter anderem.«
»Sie benutzen mich, um sich groß rauszustellen.«
»Geschieht Ihnen ganz recht. Vielleicht überlegen Sie es sich das nächstemal, bevor Sie dem Department in den Rücken fallen.« Cowen verschränkte die Hände hinter dem Kopf und lehnte sich gemütlich zurück. »Randell Brasswater war auch nicht gerade hingerissen von der Story. Mannomann! Der packt mehr Gefühl in die Worte wie ›unprofessionelles Verhalten‹, als andere mit Ausdrücken wie ›Superarschloch‹ oder ›gottverdammter Hurensohn‹ vermitteln können.«
»Warum haben Sie einen Bericht an die Zeitung gegeben, von dem Sie wußten, daß er ihn in Rage bringen würde?«
»Sie meinen, weil wir doch bisher in dem großen Sandkasten so lieb miteinander gespielt und uns gegenseitig die Förmchen geliehen haben?«
»Die Untersuchung fängt doch erst an. Sie haben die gemeinsame Sondertruppe zerschlagen, bevor sie aktiv werden konnte.«
»Was war denn so gemeinsam? Sie haben uns um das uns zustehende Verdienst gebracht. Mit Ihrer Hilfe, möchte ich hinzufügen. Die Verlautbarung des FBI liest sich, als wären die auf den Fall gestoßen, indem sie willkürlich Leichen ausgruben. Ich mußte unbedingt bekanntmachen, daß einer *meiner* Leute auf die Sache gekommen war – auch wenn ich nicht verraten durfte, wodurch. Und ich mußte es jetzt tun – solange die Geschichte noch Schlagzeilen macht.«
»Ist das alles, was Sie an diesem Fall interessiert – Publicity? Wir haben es hier nicht mit einer Ihrer Pensionierungszeremonien für Polizeihunde zu tun. Irgendwo da draußen läuft ein Kerl herum, der Familien niedermetzelt.«

»Richtig. Und was immer das Bureau auch über ihn herausfindet – wir werden die letzten sein, die es erfahren.«

Jake machte eine ungeduldige Handbewegung, und einer von Cowens goldenen Kugelschreibern flog quer durch den Raum. »Jetzt ja! Ihr Geniestreich hier hat den Sargdeckel zugenagelt.« Damit verließ er das Zimmer.

»Sie sollten mir im Schaufenster von Bergdorf's den Arsch küssen«, rief Cowen ihm hinterher. »Ich habe Ihren Namen richtig buchstabiert, ich habe Ihr schmeichelhaftestes Foto mitgeschickt – und ich habe den Schalldämpfer nicht erwähnt!«

Fünfundzwanzigstes Kapitel

Am folgenden Morgen fuhr Julian Lamb eine halbe Meile von Jake Harrows Haus entfernt langsam an einem Wäldchen vorbei. Näher heran brauchte er nicht.

Alles, was Harrow und alle andern im Haus in den vergangenen zwei Tagen gesagt hatten, befand sich auf einem Computerchip im Wipfel eines großen Holunderbaumes. Der Chip saß in seinem Laser-Fensterlauscher. Es war ein ziemliches Risiko, ihn behalten zu haben – aber ebensowenig wie von den Videokassetten konnte er sich von diesem Apparat trennen.

Er berührte einen Knopf. Innerhalb einer Mikrosekunde übertrug der Baumwipfelchip zwei Tage Aufnahme in ein Gerät unter dem Armaturenbrett.

Lamb wartete, bis er auf dem Grand Central Expressway war, bevor er sich die Aufzeichnung anhörte.

Eine Computerstimme quäkte: »Samstag, 10. Mai. Sechs Uhr neunundvierzig morgens.«

»Mmmm, Honigtiger. Das ist gut. So gut! Ohhh, mein Honigtiger.« Sprungfedern quietschten, Bettzeug raschelte. Lamb verwünschte, daß sein Laser nicht für Videoaufzeichnungen gebaut war. Harrow nannte seine Frau Sally. Sie mußten irgendwann in den letzten drei Jahren geheiratet haben: Damals, als er Mandy und Roger unter ständiger Überwachung hatte, war der Name nie gefallen.

Eine Dusche rauschte. Eine Saftpresse kaute sich unermüdlich durch acht Orangenhälften. Frühstücksgeschirr klapperte. Ein neuer Name: Winston. Mußte ihr kleiner Sohn sein. Er schien krank im Bett zu liegen. Jake brachte ihm Essen –

in den ersten Stock. Jake sprach mit ihm, scherzte mit ihm, bekam jedoch keine Antwort. Vielleicht eine Halsentzündung. Er hatte ein Radio am Bett: Es spielte eine Country-and-Western-Version von *He's Got the Whole World in His Hands.* Nein – kein Radio: ein Kassettenrecorder. Der Song fing immer wieder von vorn an.
Es wurde stiller im Haus. Sally schrieb auf einer Schreibmaschine. Jake kramte irgendwo herum.
Winston hatte wirklich eine Vorliebe für dieses Lied: Er spielte es jetzt schon zum sechstenmal!
Sally telefonierte ein paarmal, um einen Babysitter aufzutreiben: Sie und Jake wollten Donnerstagabend ausgehen.
Lambs Wagen überquerte die Triborough und dann die George-Washington-Bridge, während er den Harrows weiter durch ihr Wochenende folgte.
Winston war offenbar aufgestanden: Er folgte Jake auf Schritt und Tritt, der fröhlich auf den Jungen einschwatzte, ohne je eine Antwort zu bekommen – wie einsame Menschen sich mit ihren Haustieren unterhalten.
Die Zeit verging für Lamb wie im Flug.
Wieder *He's Got the Whole World in His Hands.* Und noch einmal. Und wieder.
An diesem Abend sahen Jake und Sally sich einen Film aus der Videothek an: *Wie wir waren.* Lamb schaltete auf Vorlauf. Der Film schien sie inspiriert zu haben: Wieder quietschen Sprungfedern, wieder war Jake der »Honigtiger«.
Der Sonntag begann, wie der Samstag aufgehört hatte. Danach Frühstück. Die Gitt Brothers veranlaßten Lamb erneut, vorzuspulen. Als die Aufzeichnung der Harrowschen Familienidylle auf Sonntag nachmittag vorgerückt war, rollte Lambs Honda schon eine ganze Weile durch New Jersey. Jake verkündete, daß jemand namens Gimlet vorbeikommen würde, um mit ihm über den »Fall« zu sprechen.
Gimlet kam und begann sofort zu essen. Chips krachten, Äpfel knackten, Kaffee wurde geschlürft. Lamb stellte sich den Mann als Fleischberg vor.

Der Besucher und Jake waren augenscheinlich alte Freunde: Sie kannten dieselben Witze, teilten dieselben Erinnerungen und hatten dieselben Ansichten.
Gimlet erkundigte sich nach einigen Cops aus dem Revier. Lamb kombinierte, daß Harrow und Gimlet früher Partner gewesen waren, Gimlet jetzt jedoch anderswo arbeitete.
Das Gespräch kam auf »den Fall«. Harrow schimpfte über Captain Cowen. »Zuerst macht er sich wichtig mit dieser Schnapsidee von der gemeinsamen Sondereinheit – und dann bringt er ohne Wissen des Bureaus den verfluchten Artikel in die Zeitung. Ich hatte einen ganz guten, lässigen Kontakt zu Pickard. Jetzt hat dieser Brasswater seinen Posten übernommen, und der kennt mich nicht – alles, was er kennt, ist Cowen und seine gequirlte Scheiße. Ich habe meinen Ansprechpartner verloren und bin praktisch raus aus dem Fall.«
»Nimm's nicht so schwer, Jake. das läuft immer so, wenn eine kombinierte Einheit aufgestellt wird. Ich habe denselben Mist mitgemacht: Da treffen zwei völlig verschiedene Welten aufeinander – und wir Cops haben größere Schwierigkeiten damit als die Jungs vom Bureau. Wir sind diejenigen mit den Diensträngen und Uniformen. Weißt du, wann mir die Augen aufgingen? Als ich wegen einer Geldwäschegeschichte ein Field Office in Miami anrief. Nach zwei Minuten Unterhaltung fiel es mir auf: Die behandeln dich ja, als seist du einer von ihnen. Und so kam ich mir auch vor. Was ist denn schon wichtig an Titeln? Interessant ist doch nur, was man weiß und was man kann. Mach dir keine Sorgen – es wird sich schon einrenken.«
»Aber ich kann nicht warten!«
»Ich kann dir nur raten, das Bureau nicht zu unterschätzen.«
»Ich brauche einen ›Dr. Pepper‹.«
»Aber es ist deine Untersuchung – ich bin der Außenseiter.«
Was ist ein Dr. Pepper, fragte Lamb sich verwundert.
»Brasswater wird alle Rosinen für sich und seine Leute behalten wollen – ich will nur eine Chance, sie auch zu finden.«

Dr. Pepper mußte eine Art von Spionage sein. Harrow brauchte einen Spion, um herauszufinden, was vorging? Der verdammte Zeitungsartikel hatte Harrow zugeschrieben, den Fall aufgebracht zu haben. Lamb begann unterdrückt zu fluchen. Hörte er den falschen Mann ab? Vielleicht sollte er seinen Laser lieber auf Brasswaters Fenster richten!

Gimlet klang unglücklich. »Mann, Jake – was willst du von mir? Ich kenne diese Burschen doch kaum. Und da soll ich mich in ihren Büros rumdrücken und sie über einen Fall aushorchen, mit dem ich überhaupt nichts zu tun habe?«

»Du bist vor Ort – auf den Gängen, in den Labors, in der Kantine. Da hörst du automatisch eine Menge.«

»Okay – sobald ich in einem Lift was aufschnappe, erfährst du's als erster. Das ist doch verrückt. Woher willst du wissen, daß sie Informationen zurückhalten? Euer Meeting war doch erst am Mittwoch. Ich bin natürlich kein Experte – aber wie lange dauert es, Glaswollefasern zu vergleichen? Bei absolutem Vorrang – Nasa-Dringlichkeit?«

Lamb brach der Schweiß aus. Glaswollefasern! Er benutzte Glaswolle für seine Schalldämpfer – als Innenfutter, mit Löchern: Sie sahen innen aus wie ein Schweizer Käse. Saugte der Luftstrom hinter dem Geschoß Glaswolle aus all den so sorgfältig hineingebohrten Löchern? Oder riß die Druckwelle Fasern los, bevor die Patrone die Kammer erreichte? Das Projektil mußte Unterschallgeschwindigkeit haben, sonst konnte es nicht schallgedämpft werden! Wie auch immer – seine Konstruktion hinterließ eine Glaswollespur! So also war die Verbindung zwischen den Morden erkannt worden!

Wie hätte er das wissen sollen? In Europa hatte er immer handelsübliche Schalldämpfer benutzt – die selbstgemachten waren nur für Notfälle gedacht. Beim Geheimdienst hatte er gelernt, sie herzustellen – und jetzt drohten sie ihm zum Verhängnis zu werden!

Harrow sagte gerade: »Brasswater prahlte bei der Konferenz damit, daß das FBI Muster von allen handelsüblichen Schalldämpfertypen beschafft hätte. Dieses PVC-Ding war bereits am Mittwoch in Quantico, aber wir haben noch nicht gehört, was die Tests ergeben haben.«

»Wirklich nicht?« Gimlet klang befremdet.

»Das ist ja interessant: Du weißt schon Bescheid. Hab' ich's nicht gesagt?«

»Ich habe den Bericht ganz zufällig gesehen – er lag auf irgendeinem Schreibtisch. Na ja – es hat mir jemand davon erzählt. Aber es war reines Glück.«

»Du weißt mehr als ich – und das, obwohl du dich gar nicht darum bemüht hast!«

»Vielleicht solltest du dich an Brasswater wenden.«

»Tolle Idee. Wirst du mir jetzt die Resultate der Untersuchung mitteilen, oder muß ich warten, bis ich sie mit der Post kriege?«

»Negativ. Nichts. Alles Quatsch. Irgend jemand hat Wirbel gemacht, weil er Teer für einen Glaswollerest hielt.«

Er erzählte noch mehr, jedoch nichts, was das Zuhören gelohnt hätte. Lamb hatte die Möbelhäuser und Einkaufszentren hinter sich gelassen und fuhr bereits durch das offene Land. Er atmete tief durch. Sie waren hinter den Schalldämpfern her. Jetzt wußte er es. Und konnte seinen Fehler korrigieren.

Er überwachte also doch den richtigen Mann.

Sechsundzwanzigstes Kapitel

Bill Grant war sofort wach, als die Nachttischlampe aufflammte.

»Was machen Sie hier? Was ist los?«

»Schsch! Das ist ein Raubüberfall. Tun Sie, was ich Ihnen sage, und es wird niemandem etwas geschehen. Haben Sie mich verstanden?«

»Ja.«

»Gut. Jetzt wecken Sie Ihre Frau. Aber sanft.«

»Jule – Jule, Schatz. Sei ganz leise. Wir werden überfallen.«

Juleth Grant blinzelte verschlafen. Dann sah sie Lamb und seine Waffe mit dem riesigen, schimmernden Schalldämpfer – einem handelsüblichen Modell. »Wer überfällt uns? Er? Er überfällt uns?«

Lamb legte einen Finger an die Lippen. »Schsch! Seien Sie brav, und niemand wird verletzt. Verstanden? Sie müssen genau tun, was ich sage, verstanden?«

»Verstanden«, bestätigte Juleth mit mühsam beherrschter Stimme.

»Wir wollen doch die Kinder nicht wecken, nicht wahr?« fuhr Lamb fort.

»Nein.«

»Bitte, tun Sie ihnen nichts«, beschwor Bill ihn.

»Wenn Sie parieren, wird ihnen nichts passieren.«

»Der Safe ist im Parterre.«

»Das hat Zeit. Zerreißen Sie einen Kopfkissenbezug, und machen Sie einen Knebel für Ihre Frau.« Grant tat es. Lamb gab ihm ein Stück Wäscheleine. »Fesseln Sie ihr Hände und Füße.« Grant tat auch das. Schweiß glänzte auf seinem kahlen Schädel.

»So ist es gut. Nun stehen Sie auf, und setzen Sie sich in den Sessel da.« Grant gehorchte. Er trug einen blauen Schlafanzug mit kleinen weißen Segelbooten. Obwohl er älter und blasser war, erinnerte er Lamb stark an Achmed: In seinen Augen stand derselbe flehende Ausdruck. Lamb reichte ihm Block und Kugelschreiber. »Und jetzt schreiben Sie – schnell: ›Nichts hat mehr eine Bedeutung. Ich weiß keinen anderen Ausweg.‹

Grant kritzelte »Nichts« – dann hielt er inne, hob den Kopf und sah Lamb scharf an.

»Los! Schreiben Sie schon. Dann gehen wir hinunter zum Safe, und ich verschwinde.«

Grant senkte den Kugelschreiber wieder auf das Papier, als wolle er weiterschreiben. Plötzlich stieß er vor, rammte Lamb den Kopf in den Bauch und umklammerte die Hand mit der Waffe. »DER FAMILIENMÖRDER IST HIER! KINDER, LAUFT!«

Lamb taumelte rückwärts und befreite mit einem Ruck seine Hand. Es muß aussehen wie Selbstmord! schrie sein Verstand. Er schoß Grant in den Kopf – auf der linken Seite, dort, wo früher einmal der Haaransatz gewesen war. Beide Männer krachten zu Boden. Lamb schob die Leiche von sich und sprang auf. Draußen im Flur wurde eine Tür geöffnet. Noch eine. Rennende nackte Füße. Die Kinder flüchteten!

Warum hatte er es nicht begriffen? Alles hatte sich verändert! Die ganze Welt wußte über ihn Bescheid!

Er stürmte durch die Schlafzimmertür. Die achtjährige Geraldine verschwand gerade die Treppe hinunter, gefolgt von der zehn Jahre alten Rosa. Lamb lief hinterher, spannte denn Hahn seiner Waffe und schoß das Mädchen in den Hinterkopf, als er die Treppe erreichte.

Er hetzte die Stufen hinunter, spannte wieder den Hahn. Sollte er den Schalldämpfer entfernen und mit der Automatic drauflosfeuern? Nein: Es könnte die Nachbarn alarmieren. Er brauchte noch Zeit für Juleth!

Am Fuß der Treppe schaltete er das Licht ein und blickte wild um sich. Verdammt! Keine Geraldine! In fliegender Hast durchsuchte er die unteren Räume, wozu er das Risiko einging, überall Licht zu machen. Er bewegte sich fast lautlos – angestrengt lauschend, ob sich irgendwo eine Tür oder ein Fenster öffnete. Wenn sie aus dem Haus käme, wäre er in Schwierigkeiten.

Da! Die Schondecke über dem Wohnzimmersofa beulte unten aus. Geraldines Fuß! Er packte zu. Das Mädchen schrie so laut, daß er fast losgelassen hätte. Er zerrte sie aus ihrem Versteck. Ihr weißes Nachthemd war voller Staubflusen – offensichtlich war dies kein Haushalt, in dem regelmäßig unter den Möbeln saubergemacht wurde.

»Loslassen! Hilfe!« Sie kreischte wie besessen.

Hübsches kleines Ding. Ihre Angst erregte ihn. Er hätte sie sich gern vorgenommen, während er sie langsam zu Tode würgte, aber er hatte keine Zeit: Die Situation war außer Kontrolle geraten. Immer noch den Fuß festhaltend, schoß er auf ihren Kopf, aber sie wehrte sich so heftig, daß die Kugel weit danebenging und sich in das Sofa bohrte. Fluchend riß Lamb das Mädchen vom Boden hoch und donnerte ihren Kopf mit solcher Wucht gegen die Wand, daß der Putz bis auf die Ziegel abplatzte.

Ihr Körper erschlaffte. Er ließ sie zu Boden fallen und drückte den Lauf seiner Waffe gegen ihre Stirn. Hahn spannen. Zu seiner Überraschung öffneten sich ihre Augen, aber die Hirnverletzung hatte bewirkt, daß die Pupillen nach oben gerutscht waren und man nur noch das Weiße sah. Schuß. Die Augen füllten sich mit Bluttränen.

Dieses verdammte kleine Biest mit seiner Schreierei! Jede Minute, die er länger in diesem Haus blieb, vergrößerte die Gefahr. Juleth! Seit Wochen hatte er an nichts anderes gedacht! Fünf Minuten – er würde sich fünf Minuten nehmen! Halt! Es war ja noch ein drittes Kind da: der sechsjährige Lincoln. Lamb rannte die Treppe hinauf, spannte im Laufen den Hahn, riß die Tür zu Lincolns Zimmer auf und schaltete das Licht ein. Ein sommersprossiger kleiner Junge saß mit entsetzt aufgerissenen Augen in der Unterwäsche auf dem Bett.

Als er Lamb sah, schrie er: »Der Mann, der Familien umbringt, ist hier! Hilf mir, Dad…«

Lamb erschoß ihn von der Tür aus. Die Kugel drang durch den Mund ein und schleuderte den Jungen mit einem dumpfen Schlag gegen das Kopfteil des Bettes. Halb verrückt vor Erregung, raste Lamb den Flur hinunter in das Elternschlafzimmer.

Das Bett war leer. Wie hatte sie sich befreien können?

Ein leises Geräusch links von ihm. Ein anderer Mann hätte wohl nur den Kopf gewandt, aber Lamb war von den CIA-Ausbildern darauf gedrillt worden, grundsätzlich auch das »dritte Auge« – die Mündung der Waffe – mitzudrehen. Juleth Grant stürzte hinter der Tür hervor, ein Dampfbügeleisen schlagbereit in beiden Händen. Er zog den Abzug durch.

Nichts geschah.

Er hatte vergessen, den Hahn zu spannen!

Er schlug ihr mit dem großen Schalldämpfer das Bügeleisen aus den Händen. Es flog seitwärts wie ein Frisbee und schlug ein Stück Mauerwerk aus der Wand. Juleth warf sich auf ihn und wollte ihm mit klauenartig gekrümmten Fingern die Augen auskratzen. Sie war erstaunlich kräftig – und sie war verzweifelt, zu allem entschlossen. Sie gab keinen Ton von sich – alles, was er hörte, war ihr rasselnder Atem.

Er wich zurück, packte ihre Unterarme – und stolperte über Bill Grants Leiche. Sie gingen zu Boden – Juleth auf ihm. Wieder versuchte sie, an seine Augen heranzukommen. Lamb hielt sie mit einer Hand von sich weg, drehte seine Waffe herum und begann mit dem Griff auf den Kopf seiner Angreiferin einzuhämmern. Sie verlor das Bewußtsein und blieb schwer auf ihm liegen. Er schleuderte sie weg, sprang auf, zerrte das Bettzeug vom Bett, hievte den schlaffen Körper auf die bloße Matratze und riß in wilder Hast das Laken in Streifen. Dann knebelte er Juleth und fesselte ihre Hände und Füße an die vier Pfosten des Bettes.

Anschließend füllte er das Dampfbügeleisen im angrenzenden Bad mit Wasser, schloß es neben dem Bett an und stellte es zum Aufheizen auf den Boden.
Juleth' Lider flatterten. Lamb stieß eine Reihe schriller Delphinlaute aus. »Piiiiiep! Piiiiiep! Piiiiiiep!«
Juleth blinzelte und schaute verwirrt um sich.
»Es ist Partyzeit. Oder sprichst du nicht ›Dolphone‹ wie ich?« sagte er.
Ihr Blick konzentrierte sich auf ihn, und in ihre Augen trat blankes Entsetzen.
Sie trug ein geflammtes Satinnachthemd. Er packte es und riß es ihr herunter. »›Krrrrr‹, knurrte der Gepard, weil er auf der Jagd war.«
Er betrachtete sie. Sie war älter als Linlinma, älter, als er sie von den Überwachungsaufzeichnungen in Erinnerung hatte, aber sie hatte immer noch den Körper einer Tänzerin – hochgewachsen, straff und durchtrainiert.
Plötzlich brach er in wildes Trompeten aus. »Papa ist zum Elefantenfriedhof gegangen. Rosie und Gerrie und Lindkie sind auch dort. Wilderer haben sie wegen des Elfenbeins erschossen. Ihr Grants liebt bedrohte Tierarten – jetzt seid ihr selbst eine bedrohte Spezies.« Wieder trompetete er. »Ich bin dein großer Elefant. Willst du meinen Rüssel sehen?« Er zog den Reißverschluß seiner Hose auf und streifte ein Kondom über seinen erigierten Penis.
Das Dampfbügeleisen begann zu spucken und zu zischen. »Hörst du das? Hissssss. Das ist das Schlangenwort für Sex. HISSSSS! HISSSSS!« Er hielt das Bügeleisen über ihre rechte Brustwarze und verbrühte sie mit dem ausströmenden Dampf. Juleth stieß erstickte, durch den Knebel gedämpfte Schreie aus und drehte und wand sich, um zu entkommen. Mit häßlichem Knacken sprangen ihre Schultern aus den Gelenken.
»Nicht so schnell – sonst haben wir ja gar nichts davon. Das Dampfbügeleisen war deine Idee, vergiß das nicht. Du hast damit angefangen. Der Ganter wird dich brühen und rupfen, du dumme Gans. HONK! HONK! HONK!«

Er lockerte den Knebel etwas. »Hast du noch was zu sagen, bevor die Grants gemeinsam mit der Friedenstaube auf die große Reise gehen?«
Undeutlich fragte sie: »Warum tun Sie das?«
Er stopfte den Knebel wieder tiefer in ihren Mund. In einem gespenstischen Singsang quakte er: »Warum tun Sie das? TURKLU! TURKLU. Warum tun Sie das? ARKA ARKA NAR NAR NAR. Warum tun Sie das?«
Er sprang aufs Bett, kniete sich, das glühendheiße Bügeleisen hochhaltend, zwischen ihre Beine und flüsterte: »Ich bin die Strafe dafür, daß du glücklich warst.«

Siebenundzwanzigstes Kapitel

Als Jake vier Jahre alt war, brachte Joe eines Tages eine große, runde elektrische Uhr mit nach Hause und hängte sie an die Wand über dem Herd. Sie ging genau – aber das Besondere daran war, daß eine Reklame für eine Limonade daraufstand. Jake hatte noch bei niemandem eine solche Uhr gesehen – aber schließlich hatte auch niemand einen so gewitzten Vater wie er. Die Uhr empfahl, zweimal am Tag Dr. Pepper zu genießen: um elf Uhr vormittags und um vier Uhr nachmittags.

Um zehn vor elf verließ Jake das Polizeirevier und steuerte auf den Central Park zu. Auf der Westseite trat er in eine Telefonzelle und legte abwartend die Hand auf den Hörer. Punkt elf klingelte der Apparat. Jake hob ab und sagte: »Dr. Pepper.«

»Wir haben vielleicht einen neuen Fall«, eröffnete Gimlet ihm.

»O Mann! Wie sicher bist du?«

»Es ist wieder eine ganze Familie. Aber der Laborbericht ist noch nicht da – wir wissen also noch nicht, ob ein selbstgemachter Schalldämpfer benutzt wurde.« Gimlets Telefonzelle stand an einer verkehrsreichen Ecke – Jake mußte sich anstrengen, ihn zu verstehen.

»Aber ansonsten wie gehabt?«

»Ja und nein: Beim Vater sieht es aus wie Selbstmord – aber es gibt keinen Abschiedsbrief. Die Kinder sind erschossen worden, aber nicht gefoltert und nicht mißbraucht. Was alle in Alarmzustand versetzte, ist das, was er mit der Mutter gemacht hat: Die Vorderseite ihres Körpers wurde mit einem

Bügeleisen versengt – der größte Teil der Haut ist weggebrannt. Er hat ihr Gesicht völlig zerstört, ihr den Schädel eingeschlagen und die Arme gebrochen.«
Gimlet begann auch die anderen Morde im Detail zu beschreiben.
»Wann ist es passiert?« fragte Jake.
»Dienstag. In den ganz frühen Morgenstunden. Was denkst du? Hört sich das nach deinem Irren an?«
»Hundertpro. Josephson sagte, die Pausen zwischen den Morden würden jedesmal kürzer: Er prophezeite den nächsten für irgendwann um den Zehnten. Gestern war der Dreizehnte. Und wo war es?«
»Baton Rouge, Louisiana.«
»Ich werde mich lieber gleich auf die Socken machen – solange es noch was zu sehen gibt. Gib mir die nötigen Details.«
»Familienname: Grant. Eltern: William und Juleth. Kinder: Rosa, zehn, Geraldine, acht, und Lincoln, sechs.«
Dann sagte er ihm die Adresse und fügte hinzu: »Wenn du auf Brasswater stoßen solltest, denke daran, ihn nicht von mir zu grüßen.«
Jake rief auf dem Revier an, erklärte dem Diensthabenden, er fühle sich nicht gut, schnappte sich ein Taxi und fuhr nach Hause, um Winston abzuholen. Es war ihm nicht wohl dabei, den Jungen mit einem weiteren Mordschauplatz zu konfrontieren – aber er war der einzige lebende Zeuge. Vielleicht bemerkte er ja irgend etwas.

Als Jake die Treppe hinaufstürmte, klang aus der Kammer *He's Got the Whole World in His Hands.* Sandy hatte einen ganzen Armvoll Kinderkassetten für Winston gekauft, die er sich höflicherweise einmal angehört hatte, bevor er zu seinem Lieblingssong zurückgekehrt war. Jake hing er allmählich zum Hals heraus.
Er beugte sich in die Kammer – er mußte schreien, um die Musik zu übertönen. »Komm raus, Winston – wir machen eine kleine Reise.«

Winston gehorchte, den Recorder fest an die Brust gepreßt. Jake nahm ihn ihm weg, schaltete ihn aus und legte ihn in die Kammer zurück. »Tut mir leid – ohne Musik.«
Der Junge sah ihn mit so kummervollen Augen an, daß Jake fast weich geworden wäre. »Mach dir keine Sorgen – die Gitt Brothers warten hier auf dich. Jetzt müssen sich ihre Stimmbänder mal eine Weile erholen.«

Der Spätnachmittag war heiß, der Himmel bedeckt. Als Jake den Mietwagen aus dem Flughafengelände von Baton Rouge steuerte, kurbelte Winston sein Fenster hoch.
Jake, der den Zitronenduft seines Kaugummis in der Nase hatte, protestierte: »He – wir drehen nicht gleich die Klimaanlage auf, wenn es draußen mal ein bißchen warm ist. Wir sind fürs Natürliche. Komm, mach dein Fenster wieder auf und genieße den Duft der Magnolien und – puhhh!« Ein widerlicher Gestank – eine Mischung aus Chemikalien und halbverwestem Fleisch – erstickte den Zitronenduft und drang in jeden Winkel seines Kopfes. Er schloß hastig sein Fenster und schaltete auf Kaltluft. Doch es war zu spät: Der Geruch hatte sich bereits im ganzen Wagen verteilt.
»Um das zu übertünchen, brauchte man einen ganzen Wald von Magnolien«, sagte Jake. »Warum grinst du? Schadenfreude ist ein sehr häßliches Gefühl, mein Freund – ein sehr häßliches.«
Das Grant-Haus lag in der Nähe der Universität. Jake verließ den Highway und arbeitete sich durch verschiedene Viertel, zwischendurch immer wieder den Stadtplan zu Rate ziehend. Um die sintflutartigen Regenfälle des Deltas abzuhalten, hatten die Häuser alle große Dächer und hockten wie riesige Pilze an den Vorortstraßen.
Er bog falsch ab und befand sich plötzlich auf dem Campus. Erstaunt fuhr er an einem Zaun vorbei, hinter dem große, wohlgenährte Rinder grasten: Er hatte nicht gewußt, daß die Universität auch eine Landwirtschaftsschule hatte. Winston war fasziniert. Jake hielt kurz an, damit der Junge sich die Tiere näher ansehen konnte.

Das Heim der Grants war eine Schönheit – ein Palast im Kolonialstil, mit einer Säulenveranda, herrlich gelegen inmitten sanfter Hügel. Drei große gelbe Transporter standen davor. Mehrere Männer verluden Holzplattformen, Scheinwerferstative, Werkzeuge, Kabeltrommeln und einen kleinen Generator – es sah aus, als habe eine Filmgesellschaft das Haus für Aufnahmen benutzt und packe nun wieder zusammen.

Winston ging so nah heran, wie er es wagte, und schaute den Männern bei der Arbeit zu.

Gimlet hatte sich unnütz Sorgen gemacht: Brasswater war schon längst weg. Es schien überhaupt kaum noch jemand dazusein. Plötzlich sah Jake einen Mann, den er in der vergangenen Woche auf dem Meeting kennengelernt hatte, in einen Wagen steigen und lief auf ihn zu.

»Havermeyer – warten Sie!«

»Was machen *Sie* denn hier?« Havermeyer ließ den Motor an: Er hatte es offensichtlich eilig wegzukommen.

»Seid ihr denn schon fertig?« fragte Jake. »Das ging aber schnell.«

Der andere sah ihn verwirrt an. »Hat es Ihnen denn niemand gesagt?«

»Was?«

»Der Laborbericht kam heute früh: Keine Glaswolle in den Wunden.«

»Oh.«

»Sie sind umsonst hergekommen.«

»Haben Sie was dagegen, daß ich mich drin mal umsehe – wenn ich nun schon mal hier bin?«

»Der Fall liegt jetzt in der Hand der hiesigen Polizei – wir haben ihn abgegeben.«

»Und wo sind die Leute?«

»Die kommen schon – nur die Ruhe. Ich würde ja bleiben und Sie vorstellen, aber ich komme eh schon zu spät zu einem Termin.«

Havermeyer fuhr davon, gefolgt von einem der gelben Transporter.

Jake bemerkte, daß ein alter Mann ihn von der anderen Straßenseite aus aufmerksam musterte. Als sich ihre Blicke trafen, senkte der Mann die Augen und machte sich an der Plastikabdeckung seines Vogelhäuschens zu schaffen. Er mußte hoch in den Siebzigern sein.

Jake schlenderte zu ihm hinüber. »Das müßte die Eichhörnchen fernhalten.«

»Ich hoffe es. Dieses Futterhäuschen soll an sich eichhörnchensicher sein, aber der Hersteller hat das Modell offenbar nicht mit so klugen Tieren getestet, wie wir sie hier haben.« Seine Stimme war immer zittriger geworden. Er räusperte sich verlegen.

»Ein trauriger Tag, nicht wahr?« sagte Jake und streckte dem Mann die Hand hin. »Ich bin Detective Harrow.«

»Doc Campbell. Vielleicht sollte ich mich nicht mehr ›Doc‹ nennen – ich bin im Ruhestand.« Er sprach mit einem weichen, kultivierten Südstaatenakzent.

»Doktor ist einer der Titel, die man behält: Sie werden immer Doc Campbell bleiben.«

»Nett, daß Sie das sagen.« Plötzlich begann der alte Mann zu weinen.

»Sie waren wie eine Familie für mich«, schluchzte er. »Meine Kinder sind schon lange fortgezogen. Meine Frau starb vor fünf Jahren. Die Grants sahen, daß ich einsam war, und nahmen mich in ihren Kreis auf. Die Kinder halfen mir immer bei der Gartenarbeit. Jeden Montag und Donnerstag war ich drüben zum Essen eingeladen – ohne Ausnahme. Wir gingen beieinander ein und aus. Sie taten es nicht, weil sie sich dazu verpflichtet fühlten, sondern aus Freude – aus reiner Freude.« Er atmete zitternd tief durch. »Es tut mir leid – was müssen Sie von mir denken.« Mit einem großen Taschentuch wischte er sich die Tränen ab.

»Sie haben einen schrecklichen Verlust erlitten. Es müssen außergewöhnliche Menschen gewesen sein.«

»Niemand hier wußte, *wie* außergewöhnlich. Die Leute verspotteten sie, weil sie sich für die Bäume einsetzten, bei

Protestmärschen mitgingen und an Besetzungen von Baustellen teilnahmen. Aber die Grants ließen sich nicht beirren. Sie standen für das ein, woran sie glaubten – und sie lockten sogar einen alten Einsiedler wie mich aus seiner Höhle.«

»Gehörten sie zu den ›Grünen‹?«

»Ihre große Leidenschaft waren die bedrohten Tierarten. Bill hielt Reden für die Erhaltung von Feuchtbiotopen, die ziemlichen Aufruhr verursachten: Hier im Delta über Feuchtbiotope zu sprechen ist so, als spräche man im Haus eines Gehenkten über Galgenstricke. Wir haben den Fluß hundert Jahre lang herumgestoßen, und jetzt wehrt er sich und wälzt sich über die Ufer. Wenn Ölleute, Politiker und Baulanderschließer im Clinch mit den Pioniertruppen liegen, dann ist das letzte, was die Leute wollen, ein Professor, der sich für die Alligatoren ins Zeug legt. Einige der maßgeblichen Leute wollten, daß man ihn feuerte – aber er war unkündbar, und außerdem befinden wir uns nicht mehr in den Fünfzigern: Die Universität läßt sich heute nicht mehr so gängeln. Und außerdem war Juleth diejenige, die sie wirklich haßten.«

»Juleth – nicht Judith?«

»Ungewöhnlich, nicht? Sie wurde nach den Rosenbergs getauft – den Atomspionen, die in den fünfziger Jahren liquidiert wurden: *Jul*ius und *Eth*el: Juleth. Sie stammte aus einer Familie überzeugter Kommunisten. Sie hatte den Radikalismus im Blut, denke ich. Nur setzte sie sich statt für geschundene Arbeiter für geschundene Tiere ein. Mit den Delphinen fing es an: Sie war außer sich darüber, wie elend jene verenden, die in Thunfischnetze geraten. Bevor die Grants hierherzogen, fuhr sie sogar einmal mit einem dieser Boote hinaus, die gegen die Fischer losgehen.«

»Eine mutige Frau.«

»Sie hatte den Mut, der aus Liebe entspringt. Sie konnte es nicht ertragen, Tiere leiden zu sehen – nicht einmal einen alten Hund wie mich.« Wieder wischte er sich über die Augen. »Ich glaube, ich gehe besser ins Haus – Sie haben meine Rührseligkeit jetzt lange genug ertragen. Ich danke

Ihnen, daß Sie mir zugehört haben, Detective. Ich werde diese lieben Menschen vermissen.«

»Das weiß ich.«

Doc Campbell sah ihn aufmerksam an. »Sie sind ganz anders als der Beamte, der vorhin bei mir war. Mir ist aufgefallen, daß Sie, als ich die Beherrschung verlor, ebenfalls Tränen in den Augen hatten. Warum?«

Jake lächelte. »Ich kannte mal Leute wie die Grants.«

Jake nahm Winston an der Hand und ging mit ihm ins Haus. Die Männer, die noch mit dem Beladen der Transporter beschäftigt waren, achteten gar nicht auf sie.

Das Wohnzimmer ging nach hinten auf eine weite Rasenfläche hinaus, die durch dichtgepflanzte Büsche gegen jeden Einblick abgeschirmt war.

Über dem Kamin hing wie ein Ahnenporträt das riesige Gemälde eines Kondors, der mit bösen Knopfaugen herunterstarrte, als habe er vor, die Familie aus seinem Testament zu streichen.

Ein kleines, braungerändertes Loch zeigte, wo die Kugel in das Sofa eingedrungen war, und ein Loch in der weißen Wand bezeichnete die Stelle, wo Geraldines Schädel zertrümmert worden war. Geraldine selbst war natürlich schon längst weggebracht worden. Nur eine Kreidezeichnung auf dem Boden erinnerte noch an sie – sie wirkte wie der Umriß eines Geistes.

Jake spürte, wie Winstons Anspannung wuchs. Beruhigend drückte er seine Hand. Er begann sich Vorwürfe zu machen: Der Junge hatte doch bereits Alpträume – brauchte er noch einen weiteren?

In einem Regal über dem Sofa standen gerahmte Fotos. Bill war dick und glatzköpfig. Juleth sah aus wie eine Schönheitskönigin – größer als ihr Mann und von eleganter Schlankheit. Auf einem Bild, das offensichtlich von einem Berufsfotografen stammte, hatte sie die Arme um einen Jungen in Winstons Alter geschlungen (Lincoln) und wurde von einem älteren Mädchen in einem Schulblazer (Rosa) und Geraldine in einem rosa Spitzenkleid flankiert. Dad William stand hinter ihnen – leicht vorgebeugt, damit man sein Phi-Beta-Kappa-Abzeichen sehen konnte – und lächelte viel strahlender, als bei einem formellen Foto üblich, voller Stolz auf seine »Dynastie«.

Sie stiegen die geschwungene Treppe hinauf, vorbei an Fotografien von Lemuren, Gorillas und löwenschwänzigen Makaken. Oben an der Treppe ein weiterer Kreideumriß: Rosa. Als Winston es sah, fuhr er zurück und wollte die Stufen wieder hinunter, doch Jake nahm ihn auf den Arm und trug ihn in Lincolns Zimmer.

Lincolns bevorzugte gefährdete Spezies waren offenbar die Reptilien gewesen: Auf der Innenseite der Tür klebte ein großes Poster, auf dem der Kopf eines Tuatara zu sehen war, der mit tückischen Augen der bevorstehenden Ausrottung entgegenblickte; auf Buchumschlägen grinsten Krokodile und Kaimane; ein ausgestopfter Komododrache bewachte ein Teleskop, einen Chemiekasten und ein Sortiment von Magneten für Experimente.

Das Bett war abgezogen. Ein großer Blutfleck leuchtete auf dem Kopfteil, ein kleinerer auf der nackten Matratze. Winston, den Jake wieder auf den Boden gestellt hatte, machte plötzlich einen Satz und tauchte unter das Bett. Jake ging auf die Knie, um zu sehen, was seine Aufmerksamkeit erregt hatte. Auf der anderen Seite des Bettes hing ein Kindermikrofon aus der Matratze – wie das von Winstons Kassettenabspielgerät, nur daß dieses aussah wie ein Mikrofon und nicht wie eine Banane. Winston zerrte daran, in dem Versuch, den daranhängenden Recorder herunterzuziehen.

Als Jake genauer hinschaute, sah er, daß *zwei* Matratzen auf dem Bett lagen: Lincoln hatte das Gerät dazwischengequetscht. Merkwürdig.

Endlich hatte Winston Erfolg: Der Apparat, ein etwas teuereres und ausgefeilteres Modell als seines, fiel ihm in die Hände.

»He – ich habe dich nicht hergebracht, damit du dir Kassetten anhörst«, sagte Jake.

Zu spät: Winston drückte Knöpfe, das Band lief zurück – und dann dröhnte *The Big Rock Candy Mountain* durch den Raum. Winston schloß die Augen und lauschte – endlich in der Sicherheit seines eigenen Universums. Jake brachte es nicht über sich, ihm das Gerät wegzunehmen. Als er hinausging, dachte er: Vielleicht hat es ja auch was Gutes – wenn ich Glück habe, gibt es in Zukunft noch ein zweites Lieblingslied!

Das Elternschlafzimmer war gründlich gereinigt worden. Bills Kreideumriß befand sich in der Nähe der Tür – er war nicht in einem Sessel sitzend gestorben wie die anderen Väter. Das Bett war abgezogen, der Rahmen stellenweise abgekratzt. Es gab kein Zeugnis von Juleth' Todesqualen.

Das angrenzende Badezimmer war im Urzustand belassen worden. Jake betrachtete traurig die Seifenstücke in Form von blauen Walen, grünen Schildkröten und weißen Nashörnern. Im Spiegelschrank über dem Waschbecken standen Kosmetika aus Karotten, Gurken und Ananas.

Plötzlich ertönte ein entsetzlicher schriller Schrei – wie von einem gequälten Tier. Jake lief auf den Flur. KLIRR! Ein Fenster zerbrach. In Lincolns Zimmer! Eine Serie von durchdringenden spitzen Schreien – wie damals, als Winston den Schalldämpfer gezeichnet hatte.

Jake stürmte in Lincolns Zimmer. Winston wälzte sich auf dem Boden und biß in seine Fäuste, namenloses Entsetzen in den Augen. Der Kassettenrecorder war nirgends zu sehen. Die untere Hälfte des einen Fensters war durchschlagen, aber es lagen keine Scherben auf dem Boden.

Jake ging in die Hocke und zerrte Winston die blutigen Hände aus dem Mund. »Es ist alles in Ordnung. Okay, okay. Wir gehen hier weg. Jetzt sofort. Beruhige dich. Beruhige dich. Na, komm schon.«

Allmählich wurde das Strampeln schwächer, die Augen nahmen wieder etwas wahr. Jake hob den Jungen hoch und trug ihn vors Haus. Der letzte gelbe Transporter wurde beladen.

Der Fahrer erklärte sich bereit, kurz auf Winston aufzupassen. Jake kehrte ins Haus zurück, verließ es durch die Hintertür und ging zu der Stelle unter dem zerbrochenen Fenster. Der Kassettenrecorder lag genau dort, wo er ihn vermutet hatte: in einem Blumenbeet, umgeben von Scherben.
Lincolns Gerät war im Unterschied zu Winstons auch für Aufnahmen konstruiert. *The Big Rock Candy Mountain* war der letzte Song auf dieser Seite. Jake drehte die Lautstärke nur ganz gering auf: Dieses Lied hatte Winstons Anfall ausgelöst. Er befand sich zwar auf der anderen Seite des Hauses, aber Angst schärft das Gehör gewaltig.

In the Big Rock Candy Mountain, boys,
The cops have wooden legs.
The bulldogs all have rubber teeth,
And the hens lay soft boiled eggs.
The boxcars are all empty there,
And the sun shines every day.
I'm bound to go where there ain't no snow,
In the Big Rock Candy Mountain.
Oh, the buzzin' of the bees in the cigarette trees,
The soda water fountain,
By the lemonade springs where the blue bird sings,
In the Big Rock Candy Mountain.

Das war's. Verwirrt stand Jake da, das Gerät am Ohr, und hörte zu, wie das leere Band mit einem schwachen elektronischen Zischen weiterlief. Was an diesem Lied konnte eine solche Reaktion hervorrufen? Vielleicht war es ja gar nicht der Song gewesen – vielleicht hatte Winston etwas in dem Zimmer entdeckt, während... Klick.
Eine Kinderstimme – stammelnd und zittrig, aber trotzdem zu verstehen: »Ein fremder Mann ist im Haus. Ich habe ihn gesehen: Er hat eine Polizeiuniform an, aber er ist kein...«
Knack. Das Band war zu Ende.

Achtundzwanzigstes Kapitel

Captain Cowen legte gerade den Hörer auf und winkte Jake mit einer ausholenden Geste herein.

»Setzen Sie sich, setzen Sie sich – Sie sind nicht auf dem Posten. Ich hörte, Sie lagen gestern krank zu Hause.«

Jake blieb stehen. »Oh... ja. Richtig. War aber nichts Ernstes. Heute geht es mir schon viel besser. Hören Sie – ich habe wichtige Neuigkeiten.«

»Gleich, gleich. Erst setzen Sie sich hin. Sie sehen wirklich elend aus. Sie dürfen nie mit Ihrer Gesundheit spielen.«

Als Jake sich widerwillig auf den Stuhl sinken ließ, sagte Cowen: »Ich fürchte, ich muß die Party abblasen.«

»Welche Party?«

»Jake, Jake – jetzt kränken Sie mich aber ernsthaft: Ich mach' mir die Mühe, eine Department-Party auf die Beine zu stellen, und Sie vergessen sie!«

»Oh – *die* Party! Klar erinnere ich mich. Wann sollte die noch mal stattfinden?«

»Heute abend.«

»Oje! Das hatte ich tatsächlich verschwitzt. Tut mir leid. Was ich Ihnen erzählen wollte...«

Cowen betrachtete angelegentlich seine sorgfältig manikürten Fingernägel. »Wollen Sie mich nicht fragen, warum ich die Party abblase?«

Jake hatte im Augenblick keinen Sinn für Cowens Spielchen. »Wahrscheinlich wurde im letzten Moment eine Pensionierungszeremonie für einen Polizeihund angesetzt. Ich habe herausgefunden, daß das Bureau uns einen neuen Familienmord unterschlagen hat.«

»Die Grants? Uninteressant. Ich sage die Party ab, weil ich heute abend nach Florida fliege.«

»Fein, fein – genießen Sie die Reise. Doug – glauben Sie nicht, was Brasswater Ihnen über die Grants erzählt! Ich kann Ihnen nicht sagen, warum – aber ich bin ziemlich sicher, daß sie unserem Mann zum Opfer gefallen sind. Ich weiß etwas, das niemand sonst weiß: Er kleidet sich wie ein Polizist. Er...«

Cowen verschränkte die Hände hinter dem Kopf, schlug die Beine übereinander und lehnte sich bequem zurück. »Sie können die Grants vergessen. Vertrauen Sie mir. Übrigens, mein Schwerkranker – ich hoffe, Sie haben nach Ihrem heimlichen Trip nach Baton Rouge noch nicht wieder ausgepackt.«

Jake starrte ihn verblüfft an.

Cowen grinste – er genoß es, Jake aus dem Konzept gebracht zu haben. »Oh – habe ich das noch nicht erwähnt? Sie kommen mit nach Florida. Sie, ich – und ›Fleischklops‹ Gatto. Machen Sie sich keine Sorgen wegen der Reisekosten: Ich lasse das von Treva für uns alle drei arrangieren – außer, Sie bestehen darauf, Ihr Ticket selbst zu bezahlen.«

»Es gibt eine Neuigkeit in *Florida*?«

»Würde ich sagen – ja: Etwa vor einer Stunde hat unser Killer bei der Polizei von Daytona ein volles Geständnis abgelegt.«

Neunundzwanzigstes Kapitel

»Einmal in jeder Generation geschieht es – wenn man Glück hat. Man fängt an, ein Manuskript eines völlig Unbekannten zu lesen, und ist plötzlich verzaubert, gefesselt und überwältigt von einer echten neuen Begabung. Diese Erfahrung machte ich bei dem Buch von Sally Payden Harrow. Aber lassen Sie mich das erste Kapitel vorlesen, um zu sehen, ob auch Sie in ihren Bann geschlagen werden.«

Humphry Shaw öffnete seinen Aktenkoffer und entnahm ihm ein Manuskript, das vom vielen Umblättern Eselsohren hatte. In Lorenzo Seguras winzigem Wohnzimmer – noch verkleinert durch die deckenhohen Bücherregale und vollgestopft mit Möbeln aus Goodwill-Stiftungen – herrschte ehrfürchtiges Schweigen. Der Kern der literarischen Königmacher beugte sich erwartungsvoll vor, als Shaw zu lesen begann…

Sally bog in ihre Straße ein und setzte die beiden Einkaufstüten für eine kurze Verschnaufpause ab. Sie schaute auf ihre Uhr.

Himmel! Tina wird mich umbringen! Ich hatte ihr geschworen, daß sie nur eine Stunde auf Winston aufpassen müsse!

Sie nahm die Tüten wieder auf und verfiel in Trab. Als sie sich dem Haus näherte, sah sie Jack – Winston an der einen und eine Reisetasche in der anderen Hand – herauskommen und mit schnellen Schritten auf den drei Jahre alten roten Mustang zusteuern. Als er sie entdeckte, ließ er Winstons Hand los und winkte ihr zu.

O Gott – er muß irgendwohin! Er kann mich nicht zu der Party fahren! Hoffentlich hat Tina Zeit! Sally stellte ihre Tüten auf den Bürgersteig und lief auf ihren Mann zu. »Wohin mußt du diesmal?«

»Nach Daytona, Florida.«

»Warum? Was ist los?«

Jake verfrachtete Winston auf den Rücksitz und zog Sally außer Hörweite. »Tut mir leid, Schatz – du warst nicht zu Hause. Ich bin schon spät dran. Ich hätte dich vom Flughafen aus angerufen. Wir haben ein Geständnis in dem Familienmörder-Fall.«

»Gott sei Dank!«

»Wenn es der Richtige ist. Wir verhören ihn noch heute abend. Deshalb nehme ich auch Winston mit. Cowen, die FBI-Leute – alle fliegen hin.«

»Wann kommst du wieder?«

Jake ging zum Wagen zurück. »Weiß ich nicht – sieh dir die Fernsehnachrichten an. Cowen hofft, morgen früh auf einer Pressekonferenz erklären zu können, daß wir den Killer geschnappt haben.«

»Ich werde nach dir Ausschau halten.« Sie küßte ihn, als er den Motor anließ und den Gang einlegte. »Viel Glück, Honigtiger.«

Jake grinste. »Cowen ist im siebten Himmel – es sieht ganz so aus, als seien wir wieder im Spiel. In New York besteht ein Haftbefehl gegen den Burschen – wegen Mordes. Passierte letzten Dezember – vielleicht hast du's gelesen. Eine Krankenschwester namens Megan Barker.«

Sally trat zurück und blinzelte verdutzt. »War die nicht...«

Aber Jake bog bereits in die Straße ein.

»Ein Kind? Sie bringen ein Kind mit? Jetzt? Auf diese Reise?« bellte Cowen. Die Leute in der Abflughalle wurden aufmerksam und schauten herüber.

»Mein Vater lebt in Florida«, sagte Jake. »Er wollte den Kleinen schon lange mal sehen.«

»Ihr Trauerurlaub war wohl nicht lange genug – Sie wollen noch mehr rausschinden, was?«

»Kommen Sie, Doug – Sie kennen mich. Es wird kein Problem geben.«

»Das Kind bleibt hier.«

»Es ist zu spät.«
»Rufen Sie Ihre Frau an, damit sie denn Jungen abholt.«
»Wir werden schon aufgerufen.«
»Lassen Sie ihn bei jemandem vom Bodenpersonal.« Cowen deutete auf einen Mann und eine Frau, die am Gate die Tickets abrissen.«
»Bei Fremden? Auf keinen Fall!«
»Seien Sie nicht albern.« Er beugte sich herunter und sprach Winston direkt an. »Es würde dir doch nichts ausmachen, bei diesen netten Leuten zu warten, oder, mein Sohn? Natürlich nicht.«
Winston glitt hinter Jake.
»Wenn er hierbleiben muß, fliege ich auch nicht«, erklärte Jake.
»Ich dachte, dieser Fall bedeute Ihnen etwas. Habe mich offenbar geirrt.« Cowen drehte sich um und ging auf das Gate zu. Ohne sich umzudrehen, rief er nach hinten: »Das Department wird sein Ticket nicht bezahlen – versuchen Sie ja nicht, es in Ihre Spesenrechnung reinzuschmuggeln.«
»Was regt er sich bloß so künstlich auf?« wandte Jake sich an Gatto. »Der Junge wird mit Sicherheit nicht in die erste Klasse stürmen und in seinen Kaviar patschen.«
»›Mein Vater lebt in Florida‹«, äffte Gatto ihn nach. »›Er wollte den Jungen schon lange mal sehen.‹ Ist das derselbe Joe Harrow, von dem du mir immer erzählst?«
»Ich rede zuviel.«
»*Ich* nicht, wie du vielleicht bemerkt hast. Nicht in Gegenwart von Cowen. Du schuldest mir was.«

Tina ging nicht ans Telefon – sie und David waren offenbar ausgegangen.
Ein Taxi kam nicht in Frage: Sie würde sich nicht einem fremden Mann ausliefern, der sie durch unbekannte Straßen und Gott weiß wohin fuhr. Bo hatte sie in einem Auto vergewaltigt.
Damit blieb noch die U-Bahn.

Wunderbar. Millionen fuhren jeden Tag damit. Sie würde es auch tun.

Sie duschte, schlüpfte in eine feinere Version der Aufmachung, die sie zu Shaws Vortrag getragen und in der sie ihn an die junge Virginia Woolf erinnert hatte: langer Rock, breitkrempiger Hut, elegantes Umschlagtuch.

Entschlossen marschierte sie zur Haustür, drehte das Licht in der Halle aus, holte tief Luft und legte die Hand auf den Türknauf. »Also los – ob ich will oder nicht.«

Sie schaltete das Licht wieder ein, ging durch die Halle ins Wohnzimmer, setzte sich in einen Sessel, seufzte laut, stand auf und ging in die Halle hinaus, mit der Absicht, nach links zur Haustür abzubiegen. Statt dessen wandte sie sich nach rechts, ging in die Küche, machte Licht, setzte Kaffeewasser auf, ließ sich am Tisch nieder, trommelte mit den Fingern auf die Kunststoffplatte, stand auf, drehte die Kochplatte ab, schüttete das Wasser ins Spülbecken, schaltete das Licht aus, ging in die Halle, steuerte auf die Haustür zu, blieb vor dem Spiegel in der Halle stehen, musterte sich kurz, seufzte laut, ging ins Wohnzimmer, machte die Stehlampe an und ließ sich aufs Sofa fallen.

»Verdammt! Verdammt! Verdammt! Verdammt!«

Sie versuchte wieder aufzustehen, doch ihre Beine versagten ihr den Dienst. Wie gelähmt saß sie da.

Sie kramte in ihrer Tasche herum, holte ihre Puderdose heraus und betrachtete ihr Gesicht in dem kleinen Spiegel.

»Es war einmal eine Frau namens Sally, die klug genug war, um ein wundervolles Buch zu schreiben, und mutig genug, um es dem besten Schriftsteller des Landes zur Beurteilung vorzulegen. Es gefiel ihm, er wollte sie berühmt machen, aber an dem wichtigsten Abend ihres Lebens hatte sie zuviel Angst, um das Haus zu verlassen. Und so saß sie in ihrem Wohnzimmer und ließ ihr Leben an sich vorbeirauschen. Kann man ihr einen Vorwurf machen? Natürlich nicht. Man muß sie bedauern. Man muß sie entschuldigen. Sie ist ein unendlich bemitleidenswertes Geschöpf. Es ist doch eine tiefe

Tragik, daß dieses arme, kleine, geschundene Ding sich ihre große Chance entgehen ließ, obwohl sie nur die Hand nach dem Erfolg hätte ausstrecken müssen. Ich werde die nächsten Stunden hier sitzen bleiben und ihr schwaches, albernes, von Selbstmitleid gezeichnetes Gesicht studieren.«
Sally stand auf, machte die Lampe aus und setzte sich in Bewegung. Schritt für Schritt – durchs Wohnzimmer, durch die Halle, Licht aus, durch die Haustür, den Weg hinunter, durch das Gartentor und auf die U-Bahn-Station zu.
Sie wagte sich in den Untergrund.
Nach einer Weile kam der Zug. Sie stieg in den mittleren Waggon, in der Hoffnung, Sicherheit in der Menge zu finden, aber er war fast leer.
An der nächsten Haltestelle stiegen vier schrill gestylte Jugendliche ein, und obwohl überall Platz war, setzten sie sich ausgerechnet ihr gegenüber. Einer der jungen Burschen musterte sie anzüglich von oben bis unten. Nervös hob sie den Blick und begann die über seinem Kopf angebrachte, in spanischer Sprache abgefaßte Reklame für eine Fruchtbarkeitsklinik zu übersetzen.
Der Zug ratterte weiter. Allmählich füllte er sich. Ein riesiger Kerl in einem Armee-Arbeitsanzug schob sich aus dem hinteren Wagen herein und begann seinen einstudierten Text herunterzuleiern. »Ja, ich weiß, ich bin ein Riesenkerl, aber ich tue Ihnen nichts…« Als er bei Sally vorbeikam, gab sie ihm einen Vierteldollar.
»Gott segne Sie«, sagte er.
Seine Worte beschämten sie. Wie kann ich vor diesem armen Teufel Angst haben? Er bettelt mich an und bedroht mich nicht. Ich bin diejenige, die die Macht hat.
Der Junge gegenüber starrte sie immer noch an. Sie sah ihm in die Augen und hielt sie fest. Nach kurzer Zeit stieg eine leichte Röte in sein Gesicht, und er senkte den Blick.
Ist doch nur ein Punker. Wenn ich ihn fragen würde, wo er hingeschaut habe, würde er wahrscheinlich in Ohnmacht fallen. Mit hocherhobenem Kopf schaute sie sich kühn die anderen Fahrgäste an.

Ganz normale Leute. Niemand, vor dem man sich fürchten müßte. Es heißt doch immer, New York sei voll von Meuchelmördern. Und – wo sind die?
»Sie begraben sie unter den Straßen!«
Sally fuhr auf und sah sich nach dem Sprecher um, aber er war nicht zu entdecken.
»Die Telefongesellschaft, die Wasserwerke – alle tun es. Sie begraben sie unter den Straßen!«
Sie konnte die Stimme noch immer nicht lokalisieren, aber sie kam jede Sekunde näher.
»Sie legen Stahlplatten auf sie drauf.« Ein völlig abgemagerter Mann kroch auf Händen und Knien durch die Menge. Seine Arme und Beine schimmerten bläulichweiß durch seine zerfetzte Kleidung. Als er Sally sah, steuerte er sofort auf sie zu – als habe er die ganze Zeit nur mit ihr gesprochen.
»Glauben Sie mir nicht? Ich zeige Ihnen, wo sie begraben sind.« Er kroch auf sie zu wie ein geprügelter Hund.
Warum ich? Warum mußte er sich ausgerechnet mich aussuchen? Sie sprang auf und wich zurück. »Ist schon okay«, sagte sie.
Er folgte ihr.
»Dieser Mann belästigt mich«, sagte sie laut und blickte sich hilfesuchend um. Die anderen Fahrgäste mieden tunlichst ihren Blick – wie Kellner, die zu viele Tische zu bedienen haben.
»Ich zeige Ihnen, wo sie begraben sind. Die Stadt hat eine Karte herausgebracht.« Er hielt inne und suchte in seinen Lumpen herum. Der Zug lief in eine Station ein. Die Tür öffnete sich. Sally trat rückwärts auf den Bahnsteig.
»Sie begraben sie unter den Straßen«, schrie der dürre Mann, der in diesem Augenblick zwischen zwei Paar Beinen erschien. Die Tür schloß sich direkt vor seinem Gesicht und schnitt ihm das Wort ab.
Falsche Haltestelle: Sie hätte erst eine weiter aussteigen sollen. Kein Problem – in ein paar Minuten würde der nächste Zug kommen.

Sie stand ganz allein auf dem Bahnsteig. Von oben klang schwach das Hupen eines Autos herunter. Sie begraben sie unter den Straßen. Ihr Herz hämmerte gegen die Rippen.
Sie ging den Bahnsteig entlang und blieb unter einem orangefarbenen Quadrat stehen: Es markierte die »Sicherheitszone« in Sichtweite des Fahrkartenschalters, aber sie fühlte sich hier noch angreifbarer. Wenn der Angestellte sähe, daß jemand sie überfiel, würde er sich wahrscheinlich vergewissern, daß seine Tür abgeschlossen war, sich auf den Boden werfen und einen Rosenkranz beten.
Weit hinten in dem dunklen Tunnel tropfte Wasser. Wie konnte es hier unten so still sein? Wenn man den ungeheuren Lärm bedachte, den die Züge machten, hätte man erwartet, daß man sie schon meilenweit kommen hörte. Hatte die Stadt den U-Bahn-Verkehr für heute abend eingestellt?
Der Gestank von Urin stieg ihr in die Nase – ein abgestandener, scharfer Geruch. Männer. Unkontrollierte, betrunkene Untiere, die mit ihren großen Penissen herumwedelten und überall hinpißten, wo es ihnen gerade einfiel. Sally atmete durch den Mund. Der Zug würde sie von diesem Gestank wegbringen – falls er jemals kam.
Wo bleibt der gottverdammte Zug?
Du mußt doch nur eine Haltestelle weiter. Geh zu Fuß.
Sie ging durch das Drehkreuz und hastete auf die Treppe zu, die nach oben führte.
O Gott! Auf halbem Weg stand ein junger Mann. Er strahlte einen unbändigen Zorn aus und starrte sie an. Er trug Turnschuhe – »Verbrecherschuhe«, wie Jake sie nannte. Sie suchte in ihrer Handtasche nach einem Vierteldollar – bereit, ihren Tribut zu zahlen. Als sie sich ihm näherte, sagte er mit nur mühsam beherrschter Wut: »Ich bitte gewaltlos um einen Fahrausweis.«
Was meinte er damit? Sie hatte keinen Fahrausweis. Sie war darauf vorbereitet gewesen, einen Vierteldollar herzugeben, aber das war nicht das, was der Junge wollte. Sie wußte nicht, was sie tun sollte – also eilte sie einfach an ihm vorbei.

Oben angekommen, warf sie einen Blick zurück, halb erwartend, daß er sie verfolgte – aber er schaute nicht einmal in ihre Richtung.
Diese verdammte Stadt war wie ein Schwelbrand in einer Matratze: Sie konnte harmlos vor sich hin kokeln oder plötzlich auflodern und einen verbrennen. Man wußte nie, was einen erwartete.
Wo war sie? Suchend blickte sie sich um, aber an jedem Pfosten, den sie sah, hing ein leeres Rechteck. Warum fehlten alle Straßenschilder? Wer stiehlt denn um Himmels willen Straßenschilder?
Sie stolperte vorwärts, verzweifelt bemüht, sich in den Griff zu bekommen. Der warme Maiabend hatte die Menschen nach draußen gelockt. Die Straßen brodelten vor Leben.
Fliegende Händler hatten die Bürgersteige in Basare verwandelt. Sally konnte sich nur mit Mühe an den Ständen mit schmuddeligen Secondhand-Kleidern, alten, zerfledderten Zeitschriften und angeblich wertvollen gestohlenen Uhren vorbeidrängen.
An einer Ecke fiedelte ein Geigentrio dahin – fast fehlerfrei. An der nächsten stand ein junger Mann in einer Toga regungslos auf einem Podest: Er stellte eine antike Statue dar.
Sally kam sich unerträglich auffällig vor in ihrer Partyaufmachung. Sie schien Kommentare geradezu herauszufordern. Männer in Hauseingängen honorierten ihre Erscheinung mit schmatzenden Küssen und unappetitlichen Geräuschen.
Ich halte das nicht aus!
Sie begann zu rennen.
Doch das erregte erst recht Aufmerksamkeit. »Was hast du's denn so eilig, Baby?« – »Lauf nicht weg, Puppe – ich habe genau das, was du brauchst!« Männer beugten sich vor, als wollten sie sie aufhalten, streckten die Hände aus, als wollten sie sie packen. Ein alptraumhafter Spießrutenlauf.
Sie begann zu schluchzen. Nur weg hier! Nach Hause! Auch wenn sie dazu in ein Taxi steigen mußte. Sie hätte niemals versuchen dürfen, sich allein auf den Weg zu machen.

Sally trat an den Straßenrand und winkte den Taxis zu. »Außer Dienst«. »Außer Dienst«. »Außer Dienst«. Waren das alles Sadisten! Fuhren sie die ganze Nacht mit den »Außer-Dienst«-Zeichen herum, um verzweifelte Menschen zu quälen?

Versuch es woanders.

Über die Fahrbahn, um die Ecke – und durch einen Zauber, den nur Experten im Immobilienwesen von Manhattan verstanden, fand sie sich plötzlich in einer ruhigen Straße mit gepflegten Wohnhäusern wieder.

Sie taumelte weiter – atemlos und völlig durcheinander. Ich muß mich hinsetzen, ausruhen, wieder zu mir kommen. Ein offenes Tor, dahinter ein Westentaschenpark. Sally ließ sich auf einer Bank neben einer netten alten Dame nieder, die eine Schar von Eichhörnchen fütterte.

Allmählich wurde sie ruhiger. Die kleine alte Dame schien ihre Qual zu spüren und tätschelte ihr Knie. »Wollen Sie sie auch füttern?« Sie gab ihr ein Stück Weißbrot.

Sally schaute auf das Gewühl zu ihren Füßen hinunter: Die Tiere hatten nackte, lange Schwänze und böse rote Augen. Zu entsetzt, um schreien zu können, flüsterte sie: »Das sind ja gar keine Eichhörnchen.«

Die Frau lächelte freundlich. »Lassen Sie sich nicht von Vorurteilen leiten, Liebes. Auch Ratten brauchen Liebe.«

Sie hatte sich ausgemalt, daß Segura in einer ärmlichen Gegend wohnen würde – in einem abbruchreifen Gebäude mit schrillen Graffiti an den Wänden. Statt dessen fand sie ein schönes Haus aus braunem Sandstein in einer vornehmen, baumgesäumten Straße vor.

Nicht zu glauben: Sie war tatsächlich angekommen. Sie hatte ihre Phobie überwunden, die U-Bahn bewältigt und die Stadt, sich nicht von Verrückten, Lüstlingen und Ratten beirren lassen! Plötzlich fühlte sie sich stark – und frei! Jetzt konnte sie alles schaffen!

Sie drückte auf die Klingel. Ein rotbejackter Butler ließ sie ein, nachdem er sorgfältig ihre Einladung geprüft hatte. Dann ging er voran durch Seguras kostbar möbliertes Haus, vorbei an verschlossenen Türen zu einem großen Wohnzimmer, dessen Geräuschpegel auf mindestens hundert Gäste schließen ließ. Das war keine »kleine Zusammenkunft«, wie sie es sich vorgestellt hatte. Die Terrassentüren standen offen, und den Garten dahinter beleuchteten Scheinwerfer, die in den Bäumen hingen. Junge, attraktive Kellner in irisierenden T-Shirts und schwarzen Nappalederhosen bewegten sich geschmeidig zwischen den Gästen und boten Drinks und exquisite Häppchen an.

Shaw stand in der Mitte des Raumes und hielt hof. Sally drängte sich so weit durch die ihn umringenden Verehrer, wie sie es wagen konnte, ohne gleich von ihm entdeckt zu werden: Sie hoffte, irgendwelche literarischen Leckerbissen aufzuschnappen, bevor sie sich bemerkbar machte.

Shaw sprach gerade über die Schwierigkeiten, in New York einen guten Schneider zu finden. Sie hörte eine Weile zu und zwängte sich dann ganz nach vorn durch.

Er erkannte sie sofort. »Sie ist gekommen – meine schöne Bekehrte! Virginia Woolf – die Frau des Polizisten. Unsere ›Lady vom Revier‹.« Er küßte sie enthusiastisch auf die Wangen, ohne ihre Haut zu berühren. Sein Atem war so heiß, daß er Schellackplatten zum Schmelzen gebracht hätte. »Liebste Virginia – Sie sind hinreißend!« Sein Begeisterungsausbruch hatte die Umstehenden verstummen lassen. Sally wich verschämt zurück, doch er packte ihre Hände und hielt sie fest.

»Gehen Sie nicht, bevor wir uns unterhalten haben«, bat er.

»Dann hat es Ihnen also gefallen?«

»Was?«

»Mein Buch!«

»Ihr... Buch.« Er starrte sie ausdruckslos an. »O ja – Ihr Buch!«

Sally fühlte, wie sie innerlich gefror. »Sie haben es doch gelesen?«

»Natürlich«, versicherte er herzlich. »... allerdings nur quer. Ich muß es noch gründlicher durchgehen, um es beurteilen zu können.«

»Aber irgend etwas können Sie mir doch bestimmt sagen.«

»Das möchte ich noch nicht – es wäre verantwortungslos.« Er lächelte vage und blickte sich nach einem anderen Gesprächspartner um, aber die Zuhörer hatten sich zerstreut.

»Ist es gut? Bin ich auf dem richtigen Weg?« Jetzt hielt *sie seine* Hände fest.

»Ich lese es nächste Woche und schreibe Ihnen dann kurz.«

Sie drängte die aufsteigenden Tränen zurück. Sie hatte riskiert, überfallen zu werden, und war durch lebendige Ratten gewatet, um seine Meinung zu hören – sie konnte nicht mit leeren Händen gehen. »Sagen Sie mir nur, ob es Ihnen gefallen hat«, flehte sie.

»Oh – da sehe ich jemanden, mit dem ich unbedingt sprechen muß. Bitte entschuldigen Sie mich.«

Sie umklammerte seine Hände mit eisernem Griff. »Sie haben mir versprochen, mir heute Ihr Urteil über mein Buch zu geben – auf dieser Party!«

»Sie werden allmählich lästig, meine Liebe.«

»Sie haben mir *gar nichts* zu sagen?«

Er sah sie entnervt an. »Nein – ich *kann* Ihnen gar nichts sagen: Fünf Minuten, nachdem Sie mir Ihr Manuskript gegeben hatten, warf ich es in einen Mülleimer. Geben Sie jetzt Ruhe?«

Sie ließ seine Hände los, als habe sie sich verbrannt, drehte sich auf dem Absatz um und ging. Er folgte ihr, zornig, daß sie ihn zu diesem Geständnis gezwungen hatte. »Wenn ich jeden Quatsch lesen würde, den Leute mir aufhalsen wollen, käme ich nicht mehr zu meiner eigenen Arbeit.«

»Warum haben Sie dann angeboten, es zu lesen?«

»Das tue ich immer: Fanatische Schreiberlinge wie Sie würden ein Nein doch nie akzeptieren.«

Sally wurde leichenblaß und nickte mehrmals heftig. »Ich verstehe. Danke für Ihre Offenheit.«

»Keine Ursache.«
»Und jetzt habe ich *Ihnen* etwas zu sagen – als Frau eines Polizisten.«
»Vielleicht ein andermal.«
»Mel Haney ist der Familienmörder.«

Dreißigstes Kapitel

Die Maschine nach Daytona machte in Atlanta Zwischenlandung. Die Passagiere, deren Reise hier endete, suchten ihr Handgepäck zusammen und stiegen aus. Die Weiterfliegenden saßen fünfundvierzig Minuten ohne Klimaanlage schwitzend auf ihren Plätzen und wunderten sich darüber, daß niemand zustieg.
Technische Probleme. Alles von Bord. Kein Grund zur Beunruhigung. Verlassen Sie den Aufenthaltsraum nicht. Achten Sie auf den Monitor. Es wird eine Ersatzmaschine bereitgestellt. Wann? Bald. Wie bald? Achten Sie auf den Monitor.
Sie aßen labberige Sandwiches, die zu lange in Plastik eingewickelt gewesen waren, und spülten sie mit Büchsensoda hinunter. Die Ersatzmaschine ist in den Hangar zurückgebracht worden. Nichts Ernstes. Achten Sie auf den Monitor. Probleme mit der Hydraulik. Ein Geschäftsmann, der in Jakes Nähe saß, stöhnte: »Es ist immer die verdammte Hydraulik. Wozu brauchen die Tragflächen bloß Ruder?«
Cowen lief in der Halle auf und ab und murmelte unablässig »Megan Barker ist ein New Yorker Fall« vor sich hin wie eine Gebetsmühle. Die FBI-Mannschaft hatte sich so weit entfernt wie möglich von der Polizei niedergelassen. Brasswater las immer wieder die Papiere durch, die auf seinem Schoß lagen, und warf Cowen hin und wieder mißtrauische Blicke zu. Es wurde später und später. Die versprochene Abflugszeit verschob sich immer wieder – zuerst um eine, dann um zwei und schließlich um drei Stunden.
Winston saß Jake gegenüber in einer Stuhlreihe, müde, aber wachsam. Er sah so niedlich aus, daß mehrere Erwachsene

sich in seine Nähe gesetzt hatten und lächelnd versuchten, in Augenkontakt mit ihm zu treten. Schließlich sprach eine dicke Frau in einem geblümten Kleid ihn an: »Wie heißt du denn?«

Winston schlug schüchtern die Augen nieder.

»Willst du mir nicht sagen, wie du heißt?«

»Er heißt Winston«, sprang Jake für ihn ein.

Die Frau schaute kummervoll drein. »Sie sollten Winston die Möglichkeit geben, für sich selbst zu sprechen. Bei manchen Kindern braucht es ein bißchen Zeit und etwas Hartnäckigkeit. Ich kenne mich aus – ich bin Lehrerin. Winston – sagst du mir, wie alt du bist? Natürlich tust du das – du bist ja schon ein großer Junge.«

Winston legte eine Hand über den Mund.

»Ich weiß, daß du es kannst. Na, komm – sag's mir.«

Ein Schwarzer, der mit seiner Familie reiste, hatte die Szene mit wachsender Verärgerung beobachtet. »Entschuldigen Sie, Madam«, mischte er sich mit starkem Jamaikaakzent ein. »Mit einem Kind, das Winston heißt, müssen Sie in dem typischen Inselakzent sprechen. Sie müssen sagen ›wie alt du sein, Junge?‹.«

Winston hielt die Augen weiter gesenkt.

»Ich wetten, du acht – warum du dich benehmen wie vier? Du mir sagen das, Junge?«

Winston kroch in sich zusammen.

Ein zweiter Schwarzer ergriff Winstons Partei. »Drängen Sie ihn nicht. Vielleicht ist er aus Haiti und spricht die Sprache der Engel.« Und zu Winston gewandt: »Est-ce que ou ce haïtien?« Er deutete auf den Jamaikaner. »Ou vle moin semin bouch li?«

Winston senkte den Kopf, so tief er konnte, und legte die Arme darüber. Jake stand auf und nahm ihn bei der Hand: »Zeit für einen kleinen Spaziergang.«

Winston sprang auf und warf ihm einen erleichterten Blick zu.

»Der Junge ist gestört«, sagte der Jamaikaner.

»Was für eine Bösartigkeit«, empörte sich der Haitianer.
»Er gehört in Behandlung. Heutzutage kann man viel gegen Lernschwächen tun«, warf die Geblümte ein.
Jake lächelte die drei an. »Tut mir leid, Leute – Winston versteht kein einziges Wort, das Sie sagen. Er ist aus Kamerun hergekommen, um an der Schachmeisterschaft teilzunehmen.«
Sie musterten Winston mit einem Respekt, der an Ehrfurcht grenzte.
»Ich habe mir gleich gedacht, daß er hochintelligent ist«, sagte die Dicke.
Jake und Winston schlenderten davon. Der Haitianer folgte ihnen. »Entschuldigen Sie: Können Sie mir sagen, welche Sprache man in Kamerun spricht?«
»Kamera.«

Endlich der Weiterflug. Cowen, ein Champagnerglas umklammernd, in der ersten Klasse, alle anderen – Brasswater eingeschlossen – beim »niederen Volk«. Das Wetter hatte sich drastisch verschlechtert. Regen peitschte gegen die Fenster, Blitze erhellten die Wolkenberge, das Flugzeug kämpfte sich klappernd und ächzend durch das Gewitter – es war wie auf der Achterbahn. Jake, der am Fenster saß, legte Winston beruhigend die Hand auf die Schulter, doch als er ihn ansah, stellte er fest, daß das gar nicht nötig gewesen wäre: Der Junge strahlte – offensichtlich genoß er die Berg-und-Tal-Fahrt. Nachdem die Maschine über das Unwetter gestiegen war und ein riesiges, mondbeschienenes Plateau schwarzer Quellwolken unter ihnen lag, kletterte Winston auf Jakes Schoß, um aus dem Fenster schauen zu können.
Als sie im Polizeihauptquartier von Daytona ankamen, war es bereits nach eins. Der Diensthabende hieß Lieutenant Teavers. Er versuchte ihnen einzureden, daß Haney in einer Zelle schlafe, aber ein vorbeikommender Detective eröffnete ihnen, daß der Mann wieder in den Verhörraum gebracht worden sei. Seltsam – immerhin hatte Haney bereits sechs

Stunden zuvor sein Geständnis abgelegt. Cowen wollte das Protokoll einsehen.
»Ist nicht verfügbar«, erklärte Teavers.
Lautstarker Protest, Drohungen.
Obwohl es spät in der Nacht war, wirkte Winston hellwach. Nervös beobachtete er die streitenden Männer. Jake nahm ihn an der Hand und führte ihn weg. Sie stiegen eine Treppe hinauf, gingen einen Flur entlang, bogen um eine Ecke und kamen zu einem Cop, der zwischen zwei Türen hinter einem Schreibtisch saß. Der Beamte senkte seine Heimwerkerzeitschrift. »Kann ich Ihnen helfen?«
»New York«, erklärte Jake und zeigte ihm seinen Ausweis – doch die erhoffte Wirkung blieb aus. Der Cop deutete auf die weiter entfernt liegende Tür. »Tut mir leid – Zutritt verboten: Unsere Leute haben ihn gerade in der Mangel.«
»Teavers sagte, ich könnte zuschauen.«
»Was ist mit dem Jungen? Der darf auf keinen Fall rein.«
»Teavers sagte, wenn er sich ruhig verhielte, hätte er nichts dagegen. Sehen Sie doch, wie brav er ist: Er hat noch kein einziges Wort gesprochen.«
Der Cop war unschlüssig. »Von einem Kind hat mir keiner was gesagt. Ist er ein Zeuge?«
»Rufen Sie doch den Lieutenant an, und vergewissern Sie sich«, schlug Jake vor.
Der Mann nahm den Hörer ab und drückte auf ein paar Knöpfe. »Wer spricht? Oh – Danny. Hast *du* jetzt Dienst? Jaaa. Hör mal – ich muß mit Teavers sprechen. Verbinde mich doch, ja?« Er wartete und trommelte nervös mit seinem Kugelschreiber auf den Tisch. »Hallo, Lieutenant?«
Jake formte mit Daumen und Zeigefinger das Okayzeichen. »Vielen Dank auch.« Er öffnete die nähergelegene Tür, trat mit Winston in den Beobachtungsraum und zog die Tür hinter sich zu.
Das Zimmer war fast dunkel und kaum größer als ein begehbarer Schrank. In einer Wand saß ein großes Einwegfenster, das die Sicht auf den gesamten Verhörraum ermöglichte. In

einer Ecke zischte eine Kaffeemaschine leise vor sich hin. Der Papierkorb quoll über von verschmierten Papptellern. Es roch nach Krautsalat. Zwei Männer hockten auf Stühlen und verfolgten die Befragung. Keiner von beiden nahm von den Neuankömmlingen Notiz.

Auf der anderen Seite der Glasscheibe ging etwas Merkwürdiges vor. Der verhörende Beamte – ein schwergewichtiger Südstaatensheriff-Typ, dessen weißes Hemd unter den Achseln große, graue Schweißflecken aufwies – stand mit verschränkten Armen da, seine Oberarme umklammernd, und wirkte wie ein kleiner Angestellter, der von seinem Boß niedergemacht wird. Haney, frettchengesichtig, dürr und kleiner, als Jake ihn sich vorgestellt hatte, saß am Tisch. Er schrie und gestikulierte wild. Seine Stimme quäkte aus dem Lautsprecher in der Decke. »Ich habe Ihnen die Liste gegeben und die Reihenfolge. So hatten wir es ausgemacht. Und jetzt posaunen Sie die Geschichte überall rum!«

»Ist nicht unsere Schuld«, antwortete das Schwergewicht verbissen. »Wir spielen das Spiel, wie Sie es wollten.«

Gespannt hob Jake Winston hoch, damit er durch das Fenster schauen konnte. Es war ihm schrecklich, dem armen kleinen Kerl das antun zu müssen. In zwei Sekunden würde er sich vielleicht schon auf dem Boden wälzen und seine Fäuste blutig beißen. Aber Winston musterte die beiden Männer genau wie die Gewitterwolken auf dem Flug: fasziniert, aber ohne Furcht.

»Siehst du den bösen Mann?« fragte Jake.

Winston schüttelte den Kopf.

Hinter ihnen ging die Tür auf. »Gehen wir, New York«, schnauzte der Cop vom Flur. »Teavers hat Ihnen nicht erlaubt herzukommen.«

»Mach die verdammte Tür zu«, sagte einer der Beobachter müde, ohne den Blick von der Glasscheibe zu wenden.

»Der Mann auf dem Stuhl«, flüsterte Jake Winston ins Ohr. »Ist das nicht der böse Mann?«

Der Cop kam herein und schloß die Tür. Er legte Jake die Hand auf die Schulter: »Na los – raus hier.«

Der Junge tat etwas, das bei ihm nur selten vorkam: Er drehte sich um und schaute Jake geradewegs in die Augen – und dann schüttelte er heftig den Kopf: Nein!
Jake stellte ihn auf die Füße und sagte leise: »Danke, Kumpel.«
Dann folgten sie dem Cop auf den Gang.
Aus dem Lautsprecher dröhnte Haneys Stimme: »Hören Sie, Farrington, wenn ich rausfinde, daß Sie mich an einen Reporter verscherbeln, um sich wichtig zu machen, dann werde ich so laut ›Erpressung‹ schreien, daß Ihnen die Ohren dröhnen – und dann können Sie sich mit meinem Geständnis nur noch den Hintern...«
Die zufallende Tür schnitt den Satz ab.

»Tut mir leid, daß nicht mehr Stühle da sind – ich wußte nicht, daß Sie so viele sind.« Teavers öffnete und schloß seine Augen ein paarmal, um seinen Verstand wieder in Gang zu bringen. Es ging auf zwei Uhr zu.
Aber Teavers war nicht nur müde – er war auch stocksauer: Die höheren Chargen waren davongestürzt wie Kaninchen und hatten ihn dazu verdonnert, die Stellung zu halten, Haney machte die Leute von der PR-Abteilung wahnsinnig, New Yorker Detectives schnüffelten herum, wo sie nichts zu suchen hatten, und dieser Captain Cowen saß ihm im Nacken wie eine Klette – und jetzt mußte er sich einem ganzen Zimmer mit Eliteleuten des FBI und der New Yorker Polizei stellen. Wenn er zu energisch aufträte, würden sie sich vielleicht weiter oben über ihn beschweren. Wenn er zu entgegenkommend wäre, würde er vielleicht von seinen eigenen Leuten beschimpft. Die Möglichkeiten fataler Folgen waren beträchtlich.
Die Besucher fluteten in einen kleinen Konferenzraum, in den man in aller Eile Metallklappstühle gebracht hatte. Jalousien verwehrten den Blick auf die Dunkelheit vor den Fenstern, Neonröhren an der Decke summten wie aggressive Insekten. Brasswater ging nach vorn durch und besetzte den

Mittelplatz, Cowen setzte sich neben ihn – angespannt vorgebeugt wie ein K.-o.-Kämpfer, der darauf lauert, seinen vernichtenden Schlag anbringen zu können. Jake entschied sich für einen Platz in der Mitte des Raums und »Fleischklops« Gatto für den Stuhl neben der Tür. Damit blieben für die langsameren der FBI-Truppe nur noch die Fensterbretter.

Teavers trank einen Schluck abgestandenen Kaffee aus einem Pappbecher und begann, in der Hoffnung, die Sache schnell hinter sich zu bringen, ohne Einleitung mit seinem Bericht: »Haney hatte ein Mädchen vom Parkplatz der Daytona High School entführt und zu seiner Hütte im Wald verschleppt, wo er sie vergewaltigte und mit einem Holzscheit erschlug. Ein Suchtrupp hatte das Mädchen ein paar Stunden später gefunden und war buchstäblich über Haney gestolpert, der in der Nähe schlafend auf dem Boden lag. Beim Verhör hatte er zunächst verwirrt gewirkt und nicht reden wollen, plötzlich jedoch den Mord im Wald gestanden und anschließend die Familienmorde.«

»Hat er einen Anwalt verlangt?« fragte Brasswater.

Teavers starrte ihn feindselig an. »Wir haben nicht vergessen, ihm seine Rechte vorzulesen, wenn es das ist, was Sie wissen wollen. Daytona ist zwar nicht New York – aber schwachsinnig sind wir hier auch nicht.«

»Das habe ich auch nicht gesagt«, antwortete Brasswater gelassen.

»Unser Freund meinte sich selbst verteidigen zu können – er brauche keine ›Gesetzeskrüppel‹ dazu.«

»Ließ er etwas über einen Partner verlauten – einen zweiten Mann, der in die Familienmorde verwickelt ist?« fragte Brasswater.

»Nein.«

»Sind Sie sicher? Kein Versuch, die Schuld wenigstens teilweise auf jemand anderen abzuwälzen? Keine Äußerungen, die darauf hindeuten, daß er einen Helfer hatte?«

»Nicht daß ich wüßte.«

Brasswater betrachtete das Aus für die Zwei-Mann-Theorie

des Bureau als persönlichen Affront. »Haben Sie seine Angaben überprüft?« fragte er angriffslustig.
»Er gab uns die Adresse einer Pension in der Nähe von Daytona, und die Besitzerin bestätigte uns, daß er dort gewohnt hat.«
»Aber doch nur die letzten fünf Tage«, wandte Brasswater ein.
Cowen riß den Kopf hoch. Woher wußte Brasswater das? Hatte man das New Yorker Police Department übergangen?
»Wo war er Montagnacht?« fragte Jake: Das war die Nacht, in der die Grants ermordet wurden.
Teavers blätterte seine Notizen durch. Angesichts der auf ihn fixierten Blicke fiel es ihm schwer, sich zu konzentrieren. »In der Pension. Er saß bis nach Mitternacht mit der Hausbesitzerin vor dem Fernseher. Die Frau hat das bezeugt.«
Brasswater steuerte weiterhin Angriffskurs. »Und davor? Wie kam er nach Daytona? Per Flugzeug? Bus? Auto? Wo wohnte er in Skokie? Beals? San José? Baton Rouge? Wie kam er von einem Ort zum anderen? Und womit finanzierte er die Reisen?«
»Das wissen wir nicht. Er legte das Geständnis ab, und danach kriegten wir nichts mehr aus ihm raus.«
Brasswater griff in sein Jackett und zog die eselsohrigen Papiere heraus, die er auf dem Flughafen von Atlanta gelesen hatte. »Ich bin das Geständnis immer wieder durchgegangen...«
Cowen sprang auf. »Mir haben Sie verweigert, es einzusehen, Teavers! Warum haben Sie es dem Bureau durchgefaxt?«
»War nicht meine Idee«, wehrte Teavers ab.
Brasswater tippte mit dem Zeigefinger auf das Geständnis. »Wollen Sie sagen, daß alles, was Haney über die Morde ausgesagt hat, hier drinsteht?«
Teavers versuchte, es positiv hinzudrehen: »Alles. Vollständig.«
»Dann haben wir ein Problem«, erklärte Brasswater. »Auf diesen Seiten gibt es nichts, was nicht in den Zeitungen

stand. Nicht ein einziges neues Detail. Dieses Geständnis könnte auch von unserer Pressestelle verfaßt worden sein.«

»Jetzt machen Sie mal halblang.« Teavers sah seine Felle davonschwimmen: Die Daytona-Cops hatten den Fall des Jahrhunderts gelöst, und jetzt versuchte dieser Großkotz vom FBI ihnen die Trophäe streitig zu machen! »Sie reden ja, als wäre Haney einer dieser Verrückten, die Morde gestehen, um sich wichtig zu machen. Wir haben den Burschen im Wald neben dem Mädchen gefunden, das er ermordet hat – und wir wissen, daß er mindestens noch einen weiteren Mord begangen hat: in New York.«

»Das ändert nichts daran, daß wir nur sein Wort dafür haben, daß er der Familienmörder ist. Es gibt keinerlei Bestätigung dafür. Nicht die Spur.«

Jake stand auf. »Vielleicht kann ich uns allen Zeit sparen! Lassen Sie mich mit ihm reden.«

»Warum Sie?« fragte Teavers. Jetzt ließen diese Mistkerle sogar durchblicken, daß die Daytona-Polizei das Verhör vergeigt hatte! Als hätten sie nicht ein vollständiges Geständnis aus dem Kerl herausbekommen.

»Das ist Jake Harrow«, erklärte Cowen laut, »der Bruder eines der Opfer. Er weiß Einzelheiten über das Haus und die Familie, die nicht in den Zeitungen standen.« Das war es, worauf er gewartet hatte: eine Gelegenheit, sein Department ins Zentrum der Handlung zu bringen – und es Brasswater heimzuzahlen, daß er ihm das Geständnis vorenthalten hatte.

»Ich dachte, Haney sage nichts mehr...«

»Jake könnte ihn vielleicht zum Reden bringen«, meinte Cowen. »Es wäre doch möglich, daß er einen Schock bekommt, wenn er mit einem Angehörigen einer ermordeten Familie konfrontiert wird. Jake sieht sogar aus wie sein Bruder.«

Brasswater protestierte heftig: »Ich sehe offen gestanden nicht ein, was es bringen soll, jemanden da reinzuschicken, der persönlich betroffen ist.«

Cowen zuckte mit den Schultern. »Was haben wir zu verlieren? Es liegt ein unterschriebenes Geständnis vor. Warum sollten wir nicht versuchen, Haney ein bißchen Zunder zu geben?«
»Aber er könnte alles verderben«, wandte Brasswater hitzig ein.
»Was wollen Sie damit sagen?« fragte Cowen leise. »Daß mein Mann die Kontrolle über sich verlieren würde?«
Brasswater merkte, daß er zu weit gegangen war. Ein Punkt seiner Anweisung lautete, sich kooperativ zu zeigen, was die New Yorker Cops betraf – besonders hier in Florida, mit einem hiesigen Beamten im Raum. Er wandte sich an Teavers. »Er ist Ihr Gefangener – was meinen *Sie*?«
Der Lieutenant funkelte ihn an: Das letzte, was er heute nacht noch brauchte, war, Brasswaters heiße Kartoffel zu übernehmen. Er warf sie ihm zurück. »Wenn Sie alle keinen Einwand haben – dann haben wir auch keinen.«

Der Verhörraum war ein steril-weißer Würfel – hell erleuchtet wie eine Eisdiele. In der Mitte des Zimmers stand ein rechteckiger Tisch mit einer Kunststoffplatte und Chrombeinen, der am Boden festgeschraubt war, damit er nicht als Waffe zweckentfremdet werden konnte. Auf dem Tisch standen ein Tonbandgerät und ein Mikrofon. Das Mikro übertrug die Stimmen sowohl auf das Band als auch auf den Lautsprecher im Beobachtungsraum, der jenseits des großen Spiegels an der einen Wand angebracht war.
Als Jake hereinkam, hob Haney den Kopf und sah den Besucher mit blutunterlaufenen Augen an.
»Warum bin ich jetzt schon wieder hier?« fragte er. »Ich habe doch gesagt, daß ich keine Fragen mehr beantworte.«
Jake schloß die Tür und lehnte sich mit verschränkten Armen dagegen. Schweigend und regungslos stand er da und starrte Haney mit halbgeschlossenen Augen gut zwei Minuten lang an. Haney hielt seinem Blick eine Zeitlang stand, doch schließlich schaute er weg.

»Was ist los mit euch? Ich habe doch schon gestanden. Ich weiß nichts weiter.«

»Sie wissen nicht, wer ich bin?«

Haney legte den Kopf schief und musterte Jake forschend.

»O ja: Sie sind Roger Harrows Bruder. Der New Yorker Cop. Tut mir leid, daß ich Sie nicht gleich erkannt habe – ich habe noch nie einen Harrow in Straßenklamotten gesehen.«

Jake rührte sich nicht. Er stand nur da und starrte weiter. Das einzige Geräusch war das schwache Quietschen der Tonbandspulen, die sich stetig drehten und im Augenblick nur das Summen der Neonröhren aufzeichneten.

Nach einer Weile drehte Haney den Kopf zur Seite: »Meine Schokoladenseite ist die hier.«

Jake schien ihn gar nicht zu hören. Er starrte weiter.

»Haben Sie sich in mich vergafft?« fragte Haney. »Ich würde Sie ja meinen Schwanz lutschen lassen, aber ich bin einem Phi Delta in Vassar versprochen.«

Eine weitere Minute verging.

Jakes Schweigen lastete so schwer im Raum, daß es Haneys Worte in der Luft zu zermalmen schien.

Haney seufzte: »Ich weiß, ich weiß – Sie möchten mich gerne zu Brei schlagen. Und wissen Sie, was – wenn es nach mir ginge, könnten Sie das ruhig tun. Ich würde Ihnen sogar sagen, wenn ich vorn weichgeklopft wäre, damit Sie sich dann die Rückseite vornehmen könnten. Aber diese alten Spanner hinter dem Spiegel da werden das wohl nicht...«

»Warum sollte ich Sie zu Brei schlagen wollen?« fragte Jake ruhig. Er schien verwirrt.

Haney stand auf. »Es war besonders nett, Sie kennenzulernen, aber heute war Schulball, und ich...«

»Warum sollte ich Sie zu Brei schlagen wollen?« fragte Jake noch einmal.

»Ich sagte Ihnen schon – ich habe alle Fragen beant...«

»Warum sollte ich Sie zu Brei schlagen wollen?«

Haney verdrehte die Augen. »Mal sehen: Roger, Amanda, Jill, Alexander – vier gute Gründe, denke ich. Und jetzt gehe ich ins Bett.«

Jake grinste – aber nur mit den Lippen. »Wenn Sie wirklich meine Verwandten niedergemetzelt haben, gibt es keinen Krieg zwischen uns. Im Gegenteil: Ich mag Burschen, die zu ihren Taten stehen.«

»Das ist ja toll. Lassen Sie uns Blutsbrüder werden und ein Baumhaus bauen.«

»Sie denken wohl, ich mache Spaß, was? Ich mache aber keinen Spaß. Wenn Sie die Wahrheit sagen, dann ist alles in Ordnung. Ich überlasse Ihre Bestrafung gern unserem Rechtssystem.«

»Ist ja äußerst großzügig.«

»Was mich in Wut bringt, ist ein Lügner.«

»Ich weiß nicht, was für ein Spiel Sie hier spielen, aber...«

»Kein Spiel. Ich glaube nicht, daß Sie meine Familie getötet haben. Aber der wirkliche Mörder kommt davon – durch Ihre Schuld. Und das macht mich grimmig.«

»Ich gestehe das Verbrechen des Jahrhunderts, lasse mich freiwillig rösten – und Sie glauben mir nicht? Die Beweislast liegt bei Ihnen.«

»Alle Fakten in Ihrem Geständnis sind allgemein bekannt – durch die Zeitungen. Sie haben Ihre Hausaufgaben nicht gemacht – Sie haben nur abgekupfert.«

»Ich habe nicht bloß gestanden – ich habe in *Florida* gestanden, einem Staat, wo es die Todesstrafe gibt. Das sollte sogar Sie überzeugen.«

»Erzählen Sie mir eine Sache, die nicht in den Zeitungen stand.«

»Wenn Sie zusätzliche Informationen wollen, um dazu zu onanieren, dann müssen Sie warten – ich muß doch ein paar Leckerbissen für das Broadway-Musical aufheben.«

»Was hing an Jills Zimmerdecke?«

»Ein Spiegel: Sie hatte mich erwartet, die kleine Schlampe.«

Jake grinste über Haneys Schlagfertigkeit. Er schob die Hand in die Tasche und holte eine Halbdollarmünze heraus, die er hochzuwerfen begann, wie George Raft das in seinen Filmen so gern tat. »Sie können es mir nicht sagen, weil Sie es nicht wissen. Sie sind ein verlogener kleiner Mistkerl.«

Haney zuckte mit den Schultern. »Genug von mir – sprechen wie über *Sie*: Wie ist es denn so, ein Bulle zu sein?«
»Nicht schlecht – im Kino zahlen wir nur den halben Eintritt. Hoppla!«
Jake warf die Münze hoch in die Luft und machte keinen Versuch, sie aufzufangen. Sie landete neben Haneys Stuhl. Bevor Haney sich rühren konnte, trat Jake vor und ließ sich neben ihm auf ein Knie nieder. Dann packte er ein Bein des Stuhles und hob ihn, mit Haney drauf, hoch, während er mit der rechten Hand den Boden nach seiner Münze abtastete. Haney stieß fast an die Decke. Leichenblaß klammerte er sich mit beiden Händen an den Sitz.
Jenseits des Spiegels quollen Teavers fast die Augen aus dem Kopf. »Er setzt den Häftling unter Druck! Das darf er nicht, stimmt's?«
»Wo ist bloß diese verdammte Münze?« klang Jakes Stimme hohl aus dem Lautsprecher in den abgedunkelten Beobachtungsraum. Er hielt Haney immer noch auf einem Knie hoch wie eine Flagge und achtete darauf, daß der Tisch seine wahren Aktivitäten verdeckte.
Brasswater rüttelte Cowen am Arm. »Darf ich fragen, worauf Ihr Mann zum Teufel hinauswill?«
Cowen schüttelte die Hand ab. »Geben Sie ihm eine Chance. Er improvisiert gern.«
Jake hatte inzwischen die elektrische Zuleitung des Tonbandgeräts zu sich gezogen und um seinen rechten Schuh gewickelt.
»Das wär's.« Vorsichtig, als sei Haney eine Mingvase, ließ er den Stuhl wieder herunter und drehte ihn im Laufe des Prozesses um neunzig Grad, so daß die Lehne zur Wand zeigte.
Sobald Haney wieder festen Boden unter sich hatte, stand er vorsichtig auf. »Sehr eindrucksvoll, Mr. Universum. Sie können mich nicht einschüchtern, Sie Arschloch.« Doch das Zittern in seiner Stimme zeigte deutlich, wie ihn sein »Höhenflug« mitgenommen hatte.

»Ich habe Sie nicht angerührt«, sagte Jake, der nur ein paar Zentimeter von ihm entfernt vor ihm aufragte.
Haney dachte nicht daran, daß das Mikrofon seine Worte via Lautsprecher in den Beobachtungsraum übertrug, und brüllte in den Spiegel: »Dieser Mann versucht mich körperlich einzuschüchtern. Er verletzt meine Rechte.«
»Setzen!« befahl Jake.
Haney gehorchte. Seine Gesichtsfarbe spielte jetzt ins Grünliche, und er war schweißüberströmt.
Ohne einen Fuß vom Boden zu heben, streckte Jake den Arm aus, zog sich einen zweiten Stuhl heran und setzte sich so nah vor Haney, daß sich ihre Knie berührten. Die beiden Männer waren zwischen Tisch und Wand eingezwängt: Jakes breiter Rücken blockierte die Sicht auf Haney vom Beobachtungsraum aus zur Gänze.
»Ehrlich gesagt, Mel – ich scheiße mich nicht im geringsten um Ihre Rechte. Ich werde alles tun, um diesen Fall zu lösen. Es wäre mir sogar egal, wenn ich selber ins Gefängnis müßte. Können Sie mir folgen?«
Im Beobachtungsraum sagte Brasswater: »Also hören Sie – jetzt geht er aber zu weit: Das war eben eine unmißverständliche Drohung.«
»Geben Sie ihm noch zwei Minuten«, bat Cowen.
Brasswater wandte sich an Teavers: »Lassen Sie zu, daß Ihr Verdächtiger in dieser Weise bedroht wird?«
»Harrow arbeitet nicht für mich, Captain – ich gebe ihm keine Anweisungen.«
Die Zuständigkeiten waren hoffnungslos verheddert. In der Zwischenzeit zerfetzte Jake das Regelbuch. In New York hätte Cowen niemals gestattet, daß ein Verhör in dieser Weise geführt würde – aber hier war er auf Harrow angewiesen.
Im Nebenzimmer sagte Harrow gerade: »Erzählen Sie mir etwas über die Morde, das nicht in den Zeitungen stand – oder geben Sie zu, daß das Geständnis eine Lüge ist. Eins von beiden.«

»Ich würde Ihnen nicht mal den Schweiß von meinen Eiern geben, wenn Sie am Verdursten wären.«
Jake zog das Steakmesser aus der Tasche, das er aus Rogers Küche mitgenommen hatte und seit drei Wochen mit sich herumtrug. Gleichzeitig riß er mit seinem rechten Fuß das Anschlußkabel des Tonbandgeräts aus der Steckdose. Mit der linken Hand packte er Haneys Gürtelschnalle und drückte ihn fest auf den Stuhl nieder. Mit der Rechten ließ er die gefährliche Schneide des Sägemessers langsam an Haneys Hosenschlitz auf und ab gleiten.
»Entweder du antwortest mir in den nächsten zehn Sekunden, oder ich schneide dir deinen Schwanz ab. Einundzwanzig...«
»Er hat ein Messer!« schrie Haney. »Hilfe! Hilfe!«
»Sie können dich nicht hören«, erklärte Jake ihm seelenruhig. »Ich habe die Verbindung unterbrochen. Dreiundzwanzig – sehen können sie auch nichts, weil ich im Weg sitze – fünfundzwanzig...«
Jakes Kraftdemonstration und die Schärfe des Messers veranlaßten Haney, auf jede Gegenwehr zu verzichten. Wie ein zu Tode geängstigtes Tier starrte er seinen Peiniger an.
Jake verstärkte den Druck des Messers auf Haneys Hose. Bei jeder Abwärtsbewegung hüpfte die Schneide über den Rand der Peniseichel: Haney war beschnitten.
»Achtundzwanzig, neunundzwanzig...«
Haneys Pupillen rutschten nach oben, die weißen Augäpfel glänzten. Er öffnete den Mund, aber es kam kein Laut heraus. Speichel quoll aus seinen Mundwinkeln und lief an seinem Kinn herunter. Schlaff wie eine Puppe, hing er auf dem Stuhl.
»Dreißig.« Jake drückte die Spitze des Messers leicht gegen Haneys Hosenschlitz.
»Sch...Sch...Schalldämpfer«, stammelte Haney kaum hörbar.
Jake erstarrte. »Was? Was hast du gesagt?«
Hinter ihm ging die Tür auf. Cowens Stimme drang kaum

durch das Rauschen in seinen Ohren. »Irgendwas stimmt nicht mit dem Ton: Wir hören drüben kein Wort mehr.«
»Schalldämpfer!« schrie Haney. »Ich habe sie benutzt, um die Väter zu erschießen. Hab' sie selbst gemacht. Das stand in keiner Zeitung!«
Flecken wie Miniaturrauchbomben erschienen vor Jakes Augen. Haney begann etwas über PVC-Rohre, Glaswolle und Harz zu erzählen, aber vorübergehend konnte Jake ihn weder hören noch sehen.
Dann klangen weitere Stimmen hinter ihm auf: Die Männer aus dem Beobachtungsraum drängten, aufgeregt durcheinanderredend, herein.
»Jake – das Messer!« flüsterte Haney. »Steck das Messer weg!«
Ohne zu überlegen, schob Jake es in die Tasche. Gerade noch rechtzeitig: Cops und FBI-Leute umringten ihn, schlugen ihm auf die Schulter und schüttelten ihm die Hand, als ob er gerade das Leben des Präsidenten gerettet hätte.
Als Jake den Raum verließ, lümmelte Haney auf seinem Stuhl, die Hände hinter dem Kopf verschränkt, ein Grinsen auf dem Gesicht. »Wir müssen das unbedingt irgendwann wiederholen – mit dir ist es noch amüsanter als mit deinen Verwandten.«
Cowen konnte sich gar nicht lassen vor Begeisterung. »Sie haben es geschafft – Sie haben es wirklich geschafft! Sie haben den Kerl festgenagelt. Brasswater wollte Sie unterbrechen, aber ich sagte: ›Kommt gar nicht in Frage.‹ Was zum Teufel haben Sie zum Schluß zu ihm gesagt? Wir konnten nichts hören – der Lautsprecher war plötzlich tot.«
»Ich habe ihm mit Kastration gedroht.«
»Schon gut – behalten Sie Ihre Tricks für sich. Das einzig Wichtige ist, daß Sie es geschafft haben.«
Sogar Brasswater schüttelte Jake die Hand, wenn auch mit sichtbarem Widerwillen. Nur Teavers kochte: Warum hatte man die Schalldämpfer den Cops von Daytona vorenthalten? Immerhin hatten *sie* Haney festgenommen! Traute das Bu

reau ihnen nicht zu, ein Geheimnis zu bewahren? Oder hatten die New Yorker Burschen hier nur ihren großen Auftritt haben wollen?

»Hören Sie auf zu schmollen«, sagte Brasswater zu ihm. »Immerhin wissen wir jetzt, daß Sie den richtigen Kerl erwischt haben.«

Einunddreißigstes Kapitel

Gegen fünf Uhr morgens packte Jake Winston in einem nahe gelegenen Motel ins Bett. Der Junge war so müde, daß er nicht einmal die Süßigkeiten essen wollte, die auf dem Kopfkissen lagen.

Jake ließ sich in einen Sessel fallen und versuchte ein Nickerchen zu machen, aber er war zu aufgewühlt.

Wurde er allmählich verrückt? Aufgrund des hysterischen Anfalls eines psychisch gestörten Kindes und des zittrigen Gestammels auf einem Tonband war er sicher gewesen, daß die Grants ebenfalls auf das Konto des Familienmörders gingen. Aufgrund des gezeichneten Schalldämpfers hatte er Winston für sich zum Orakel von Delphi hochstilisiert. Aber heute nacht, als der Junge Gelegenheit hatte, den Killer deutlich zu sehen, hatte er überhaupt nicht reagiert – und er, Jake Harrow, Detective, gewiefter Beamter mit einer Schublade voller Auszeichnungen, hätte um ein Haar einen Mann verstümmelt, dessen Geständnis bereits vorlag.

Allmählich wurde er ruhiger. Er hatte Glück gehabt: Aus welch verqueren Gründen auch immer – Haney hatte ihn nicht angezeigt. Und wenn er es später noch versuchen sollte – wer würde ihm dann glauben?

Nun – der Fall war geklärt, der Mörder würde keine Familien mehr töten. Jake kam zu dem Schluß, daß es das beste wäre, Winston so schnell wie möglich zu Mrs. Appleby zurückzubringen.

Er fuhr mit einem Taxi zum Polizeihauptquartier, um Cowens Pressekonferenz mitzuerleben.

In der kurzen Zeit, die er weg gewesen war, hatte sich viel

verändert: Das Taxi konnte nicht einmal in die Nähe seines Zieles vordringen – die Zufahrtsstraße war hoffnungslos verstopft. Jake mußte die letzten zwei Blocks zu Fuß gehen.

Sie waren mit der Morgendämmerung hereingeströmt – wie Haie, die Blut gerochen hatten. Fernsehteams, Zeitungsfotografen, Strafverteidiger und politisch Aktive, Todeskandidaten-Groupies und reine Gaffer.

Die Fernsehleute hatten angekündigt, daß sie mit einem Fall von landesweiter Bedeutung aufwarten würden, und das Hauptquartier von Daytona verwandelte sich im Handumdrehen in ein Tollhaus.

Als Jake den Parkplatz überquerte, sah er eine junge Frau in roten Shorts aus einem verbeulten Camaro mit Schildern springen, auf denen »Li'l Cat« stand.

In einem anderen Wagen erkannte er den berühmten Anwalt Marion Thurber – Blitzableiter für tausend Prozesse des linken Flügels. Als Thurber ausstieg, klimperten aztekische Fruchtbarkeits- und Peace-Symbole aus gehämmertem Silber in dem Wald von Brusthaaren, der aus seinem weit offenen Hemd quoll. Mit seinem mahagonifarbenen Teint und der wallenden weißen Mähne sah er aus wie ein Prophet aus dem Alten Testament.

Jake hatte Mühe, sich durch die Menschenmenge vor dem Gebäude zu drängen. Am Eingang stand Gatto und betrachtete das Gewühl mit einem verächtlichen Grinsen: »Ein Gutes haben Massenmorde – sie rufen die schicksten Miezen auf den Plan.«

Ein reichlich verquollener, triefäugiger Lieutenant Teavers stand in der Halle hinter dem Tresen und brüllte gerade einen hochgewachsenen Mann mit Hasenzähnen an, als Jake dazukam: »Nein! Nein – auf gar keinen Fall! Es ist mir egal, was er Ihnen um Mitternacht erzählt hat – jetzt haben wir Morgen, und er will Sie nicht sehen.«

»Aber es ist dringend – es geht um Leben und Tod. Ich bestehe auf meinen Rechten!«

»Bestehen Sie nur drauf«, erwiderte Teavers beißend und

wandte sich an Jake – eine willkommene Gelegenheit, die Diskussion zu beenden. »Brauchen Sie was?«
»Ich werde über Chicago nach Hause fliegen. Haben Sie eine Ahnung, wann eine Maschine geht?«
»Halten Sie mich für einen Idioten?« schrie das Riesenkaninchen. »Ich weiß genau, warum die Fernsehteams hier sind!«
Teavers versuchte, ihn zu ignorieren. »Wir haben hier irgendwo einen Universalflugplan.« Er begann in einer mit Papieren vollgestopften Schublade herumzukramen.
»Sie werden der Welt verkünden, daß Mel Haney der Familienmörder ist!« schrie das Riesenkaninchen.
Teavers hob den Kopf und funkelte ihn wütend an. »Leise! Das ist noch nicht offiziell!«
»*Noch* nicht! Damit haben Sie es zugegeben. Sie wollen Mel all diese Morde anhängen!«
»He, he! Hat er Ihnen gesagt, daß wir ihm was anhängen?«
»Nun, äh – nein.«
»Na also. Er hat von sich aus gestanden – wir haben die verdammten Morde ja nicht einmal erwähnt.«
»Genau deshalb ist es ja so wichtig, daß ich gleich mit ihm spreche. Er muß das Geständnis bei der Pressekonferenz widerrufen.«
»Sie können ihn aber nicht sehen – basta! Und halten Sie den Reportern gegenüber Ihre große Klappe, sonst sehen Sie ihn vielleicht überhaupt nie mehr – kapiert?« Teavers setzte seine Suche in der Schublade fort und brachte schließlich einen zerfledderten und fettfleckigen Flugplan zum Vorschein, den er Jake in die Hand drückte. »Sieht so aus, als wäre der vom Februar der neueste, den wir haben – aber einen Anhaltspunkt kriegen Sie damit wenigstens.«
Jake warf nicht einmal einen Blick darauf. Er wandte sich an das Riesenkaninchen mit der blaßrosa Haut und den wäßrigen Augen: »Entschuldigen Sie – ich wußte nicht, daß Mel Haney einen Anwalt hat.«
»Ich bin nur ein Freund.«
»Oh.« Jake nickte. Er blätterte den Flugplan durch. »Sie

denken wirklich, daß sein Geständnis falsch ist? Dann müssen Sie ja glauben, daß Ihr Kumpel von Todessehnsucht beseelt ist.«

»Todessehnsucht? Ich bitte Sie! Verstehen Sie denn nicht, was er tut? Er ist wegen Megan Barker und eines Teenagers aus Daytona verhaftet worden – aber er weiß, daß zwei Morde heutzutage keine große Sache mehr sind, und so setzt er noch etwas richtig Spektakuläres drauf, wodurch er sich das Interesse der großen Anwälte und der Medien sichert. Da draußen stehen tausend Menschen, die sich vor Begeisterung für einen Massenmörder fast überschlagen. Er ist auf dem besten Weg, Amerikas Liebling zu werden. Je mehr Morde er zugibt, um so sicherer ist er: Er wird viel zu berühmt, um auf dem Stuhl zu rösten. Seine größte Sorge ist jetzt, wer ihn in dem fürs Fernsehen gedrehten Film verkörpern wird.«

Ein Grinsen ging über Jakes Gesicht. »Er versucht also, der Strafe für zwei Morde zu entgehen, indem er achtzehn weitere gesteht? Originell.«

»Sie sagen es – aber er kann diese Familien nicht ermordet haben: Die Zeitungen beschrieben das Vorgehen des Killers als klug durchdacht – zu einer solchen Planung wäre Mel Haney gar nicht in der Lage.«

»Sie glauben, er ist nicht klug genug?«

»Vom Intellekt her ist er brillant, aber emotional ist er ein Kind, läßt sich nur von Impulsen leiten. Er lebt nur für den Augenblick, unfähig zu jeder Voraussicht – vor allem, wenn es um Gewalttätigkeit geht. Er hat den größten Teil seines Daseins hinter Gittern verbracht, vergessen Sie das nicht. Er hat nie gelernt, seinen Jähzorn zu zügeln – das tat der Staat für ihn.«

»Vielleicht sollten wir Haney freilassen und den Staat einsperren.« Jake wurde es allmählich müde, den Theorien dieses Wichtigtuers zuzuhören.

»Haney ist außergewöhnlich ungeschickt: Er kann weder mit einem elektrischen Büchsenöffner umgehen noch mit einer Saugglocke für die Toilette. Er kann noch nicht einmal den Behälter seines Bleistiftspitzers ausleeren.«

»Ist ja alles schön und gut – aber die Familien wurden nicht mit einem Bleistift ermordet.« Jake wandte sich demonstrativ ab. »He, Teavers – kann ich mal telefonieren?«
»Natürlich wurden sie nicht mit einem Bleistift ermordet. Aber wie steht es mit diesen selbstgemachten Schalldämpfern?«
»Vielleicht hat ihm jemand geholfen«, sagte Jake über die Schulter.
»Er hat mir erzählt, er habe sie ganz allein gemacht.«
Jetzt drehte Jake sich doch wieder zu ihm um und sah ihn scharf an.
»Er hat mit Ihnen über die Schalldämpfer gesprochen?«
»Er behauptete, er habe die Anfertigung in der Gefängniswerkstatt gelernt, aber das ist eine hanebüchene Lüge. Er könnte nicht einmal...«
»Wann hatten Sie dieses Gespräch?«
»Gleich nachdem ich ankam – gegen Mitternacht. Ich bat ihn, zuzugeben, daß sein Geständnis ein Lügengespinst ist, aber das kleine Wiesel schaltete auf stur.«
»Wer erwähnte die Schalldämpfer zuerst – Sie oder er?« fragte Jake.
»Oh – ich. Ich sagte: ›Was soll dieser Blödsinn mit den selbstgebastelten Schalldämpfern? Sie konnten nicht mal meinen Bleistiftspitzer...‹«
Teavers stellte ein Telefon auf das Ende des Tresens. »Sie müssen die Neun wählen, um ein Amt zu kriegen!« rief er herüber.
»Lieutenant – könnten Sie mal kurz herkommen?« rief Jake zurück.
Teavers ließ sich Zeit. »Was brauchen Sie denn jetzt noch? Handtücher? Eiswasser?«
»Wann hat der Mann hier mit Haney gesprochen?«
»Geben Sie nicht mir die Schuld: Das war, bevor die Elitetruppe reinbrach. Ich war noch nicht im Dienst.«
»Also *bevor* wir ankamen?«
Teavers blinzelte müde auf seine Ankunftsliste hinunter.

»Zwölf Uhr vierzehn. Brauchen Sie das Telefon nun oder nicht?«
Jake wandte sich an das Riesenkaninchen: »Wer hat Ihnen von den Schalldämpfern erzählt?«
»Irgendeine Polizistenfrau.«
»Wie hieß sie?«
»Halten Sie sich mit Äußerungen über unsere Beamten zurück«, warnte Teavers.
»Keine Angst – es war in New York. Ihr Name ist mir entfallen, aber – ich weiß nicht, ob Sie damit etwas anfangen können, Gentlemen – sie sah aus wie die junge Virginia Woolf.«

Jake fand Cowen auf der Herrentoilette: Der Captain betupfte die Haut unter seinen Augen mit einer Flüssigkeit, die die Tränensäcke reduzieren sollte. Er lächelte selig: Landesweite Aufmerksamkeit! Ruhm!
»Haney ist nicht der Mörder«, verkündete Jake.
»So früh am Morgen habe ich noch keinen Sinn für schlechte Witze.«
Jake berichtete ihm, was er gerade von Shaw erfahren hatte. Der Captain setzte seine kosmetischen Bemühungen unbeirrt fort. »Sie haben mir noch nicht verraten, wie Shaw es schaffte, vor uns hier zu sein. Das ist doch merkwürdig, denn wir waren in der letzten Maschine.«
»Auf der Party waren auch ein paar hohe Tiere. Einer von denen lieh ihm seinen Firmenjet. Er muß uns überholt haben, als wir in Atlanta vor uns hin schmorten.«
»Ihre kleine Sally war also auf einer Party in Greenwich Village – zusammen mit Humphry Shaw und Größen der Gesellschaft. Ich nehme doch nicht an, daß sie so was regelmäßig macht. Wußten Sie, daß sie an diesem illustren Beisammensein teilnahm?«
»Ja, sie hat es mir gesagt – aber das ist schon eine Weile her. Ich hatte es ganz vergessen.«
»Wenn die Katze aus dem Haus ist...«

»Sie hatte Shaw ein Manuskript zur Beurteilung gegeben.«
»Na klar – glauben Sie's ruhig. Sie ist Ihre Frau. Es geht mich nichts an. Entschuldigen Sie, daß ich lebe.«
»Kommen Sie schon – Sie können mich auseinandernehmen, *nachdem* Sie die Pressekonferenz abgesagt haben.«
Nachdem er mit seinen Augen fertig war, wandte Cowen sich seiner Frisur zu und brachte sie mit liebevollen Händen in Form, als kenne er jede Haarsträhne mit Namen. »Unmöglich: Brasswater hat zugestimmt, daß ich als Sprecher beider Gruppen fungiere – ich kann diese Übereinkunft auf keinen Fall umschmeißen, nur weil Sally Humpy und Humpy Haney irgendwas erzählt hat.«
»Nicht einmal, wenn er der falsche Mann ist?«
»Jake – Sie sind ein Held: Der Mann, der Haney dazu brachte, die Schalldämpfer zu erwähnen. Warum wollen Sie das kaputtmachen?«
»Haney hat einen Affen aus mir gemacht – der verdammte Mistkerl hat mir was vorgespielt!«
»Die Schalldämpfer sind ja nicht das einzige, was wir gegen ihn in der Hand haben: Immerhin hat er ein volles Geständnis abgelegt – und unterschrieben.«
»Aber der echte Mörder ist noch immer irgendwo da draußen. Er hat die Grants umgebracht. Er trägt eine Polizistenuniform, um seine Opfer zu verwirren. Ich habe eine Kinderstimme auf Band, die...«
Cowen warf einen Blick auf seine Uhr. »Finde ich das alles hochinteressant – aber jetzt ist Show-time!«

Das Fernsehteam hatte sich in einem Flur niedergelassen – soweit man bei etwas so Beweglichem von »niederlassen« sprechen konnte: tragbare Geräte, Kabel im Gürtel, Zubehör im Rucksack – wie bei einer Gruppe von Gelegenheitsfotografen, die jederzeit bereit ist, einzuschalten und aufzunehmen.
Das Interview wurde von einer jungen Schwarzen geführt – offensichtlich einem aufgehenden Stern –, die für diesen

Auftrag von Miami eingeflogen worden war. Es wurde live übertragen.
Jake hörte aus einiger Entfernung zu, als Cowen der wartenden Welt erzählte, wie die Polizei die Verhaftung vorgenommen und schließlich auch das Geständnis bekommen habe. Kein Wort von der Daytona-Polizei: Die Zuschauer mußten den Eindruck gewinnen, daß Cowens Männer alles allein gemacht hätten.
Dann erklärte er, wie ein Detective aus New York, ein Angehöriger des New York Police Departement und ein enger Mitarbeiter des Captains Douglas Cowen vom New York Police Department, das Geständnis untermauerte, indem er Haney mit einem Trick dazu brachte, die Schalldämpfer zu erwähnen, von denen er nur wissen konnte, wenn er wirklich der Mörder war.
Cowen war in seinem Element: Hierfür war er geboren worden! Er hatte nie etwas gegen Kameras gehabt – aber diese *liebte* er –, und die Kamera erwiderte seine Liebe: Es war eine heiße Affäre.
Doch die Journalistin aus Miami wußte mehr, als Cowen erwartet hatte: An ihm vorbei wandte sie sich an Jake: »Detective Harrow – berichten Sie uns, wie Sie Haney dazu brachten, sich selbst zu belasten.«
»Ich glaube nicht, daß er das getan hat.«
»Seien Sie vorsichtig!« brüllte Cowen.
»Ich verstehe nicht. Wollen Sie sagen, daß Haney nicht gestanden hat?«
»Doch – gestanden hat er schon. Die Frage ist nur...«
Cowen drängte sich energisch dazwischen. »Das reicht, Harrow.«
»Captain – versuchen Sie, diesen Mann mundtot zu machen?«
»Seine eigenen Verwandten befinden sich unter den Opfern. Er steht unter großem Streß.« Cowen packte Jake am Arm und wollte ihn wegziehen.
Zu spät: Die Reporterin roch SENSATION. Sie folgte Jake, und

ihr Team folgte ihr. Das Mikrofon schoß auf Jakes Mund zu wie eine auf Hitze programmierte Rakete. »Behaupten Sie, daß Mel Haney zum Sündenbock gemacht werden soll?«

»Er hat sich selbst dazu gemacht. Er lügt!«

»Jake – ich befehle Ihnen ...«

»Dann glauben Sie also, daß er unschuldig ist ...«

»In der Nacht zum Dienstag wurde eine weitere Familie ermordet. Die Grants. In Baton Rouge. Haney kann es nicht getan haben – er saß zu diesem Zeitpunkt in Florida vor dem Fernseher.«

Vor Cowens Augen erschienen tanzende Lichtpunkte: Alles, was er so mühevoll aufgebaut hatte, wurde zum Einsturz gebracht – von einem seiner eigenen Männer! Er geriet in Panik. »Halten Sie den Mund! Kein Wort mehr! Gatto – helfen Sie mir!« Cowen versuchte Jake niederzuringen.

»Lassen Sie nicht zu, daß die Wahrheit unterdrückt wird!« brüllte Jake. »Hören Sie zu! Der echte Mörder trägt eine Polizeiuniform, damit die Leute nicht schreien, wenn sie aufwachen, und ...«

»Fleischklops« Gatto krachte auf ihn herunter wie ein Air-conditioner aus der Deckenverankerung. Jake landete mit dem Gesicht nach unten auf dem Fliesenboden, halb betäubt und kaum in der Lage zu atmen.

»Eine Premiere im amerikanischen Fernsehen!« rief die Reporterin hingerissen. Sie hatte Mühe, den entstandenen Aufruhr zu übertönen. »Wir werden Zeugen einer versuchten Verschleierung durch die Polizei – und, wie es aussieht, auch der Vereitelung! Billy – nimm das auf! Paß auf, daß uns niemand dazwischenfunkt! Billy, laß nicht ... Hören Sie auf! Lassen Sie los!«

Plötzlich erklang eine donnernde Stimme: »Mel Haney ist unschuldig! Sein Geständnis ist falsch. Harrow hat Informationen, die das beweisen! Ich kann bestätigen ...« Humphry Shaw wurde mitten im Satz unterbrochen.

»Die Mistkerle haben uns den Saft abgedreht!« rief einer der Techniker.

Captain Cowen bückte sich und brüllte in Jakes Ohr: »Sie sind suspendiert, Sie Hurensohn. Ich ziehe Ihre Dienstmarke ein. Und ich mache Sie fertig bei der Anhörung!« Jake hatte ihn in einer landesweit ausgestrahlten Fernsehsendung unmöglich gemacht! Er weinte beinah. »Ich mache Sie fertig, Sie Irrer! Ich schwöre es bei Gott – ich mache Sie fertig!«

Zweiunddreißigstes Kapitel

Am Nachmittag desselben Tages schleppte Sally niedergeschlagen zwei große Koffer in ihr ehemaliges Jungmädchenzimmer in Princeton.

Zu tief in Gedanken, um die Ausbuchtung unter der Überdecke zu bemerken, hievte sie einen der Koffer aufs Bett. Mit jämmerlichem Quietschen krabbelte Nans Langhaardackel zum Kopfkissen hinauf und starrte sie vorwurfsvoll an.

»O Ponty – das wollte ich nicht. Tut mir leid.«

Nan, die, von Neugier gepeinigt, auf dem Flur herumlungerte, ergriff die Gelegenheit, ins Zimmer zu platzen und den Hund in ihre Arme zu reißen. »Wie oft hat Mami das Ponty schon gesagt? Wenn du in ein Menschenbett kriechst, wirst du zerquetscht. Hat Ponty auf sie gehört? Hm? Hat er das?« Zu Sally sagte sie: »Es war nicht deine Schuld, Liebes. Erfahrung ist eine harte Schule, aber Pontormo lernt es in keiner anderen.«

Sally lächelte nicht. Sie ließ den Koffer aufschnappen und begann Unterwäsche in eine Kommodenschublade zu werfen.

Nan blieb, den Hund immer noch auf dem Arm, neben ihr stehen und gab vor, ihr zur Hand gehen zu wollen. »Ich habe Jakes Fernsehauftritt heute früh verpaßt«, sagte sie schließlich, »aber einige meiner Freundinnen riefen mich ziemlich beunruhigt an. Sie fragten mich, ob der arme Mann unter… unter irgendeiner Art Spannung stünde.«

»Ich nehme an, daß das zutrifft.«

»Na ja – natürlich hat er diesen schrecklichen Fall am Hals, der ihn auch noch persönlich betrifft. Aber gibt es noch etwas anderes, daß ihn belastet?«

Sally zuckte mit den Schultern, ließ einen Armvoll Kosmetika in eine Schublade fallen und schloß sie wieder, ohne sich die Mühe zu machen, vorher Ordnung zu schaffen.
Nan streichelte den Dackel, ohne den Blick von Sally zu wenden. »Möchtest du vielleicht darüber sprechen?«
»Worüber?«
»Wir machen alle Fehler, Liebes.«
Sally, die über ihren Koffer gebeugt war, hob den Kopf. »Bitte, Nan – säg jetzt nicht an mir herum. Ich bin nicht in Stimmung.«
»Ich finde, ich habe ein Recht, zu wissen, warum du hier bist.«
»Das weiß ich ja selber nicht.«
»Interessant. Und Jake? Weiß *er* es? Oder tappt ihr beide im dunkeln?«
»Jake bat mich, für eine Weile auszuziehen.«
»Es war *seine* Idee?«
»Einzig und allein.«
»Er muß doch einen Grund dafür haben. Was hast du angestellt?«
»Typisch, daß du sofort zu dem Schluß kommst, daß ich etwas angestellt haben muß.«
»Zu welchem Schluß sollte ich denn sonst kommen?«
»Du sollst überhaupt keine Schlüsse ziehen. Er hat mich nicht rausgeworfen – er hat mich nur gebeten, für eine Weile auszuziehen. Ich hatte nicht einmal eine Chance, mit ihm darüber zu sprechen.«
»Er hat dir einen Brief hinterlassen?«
»Nein – er ließ es mir von einem Dritten mitteilen.«
»Einem Anwalt?«
»Nein! Von Jakes Freund Gimlet – dem Mann, der mich hergebracht hat. Ich begreife das Ganze ebensowenig wie du. Wenn ich erfahre, was vorgeht, bist du die erste, der ich es erzähle, okay?«
»Ich verstehe nicht, warum du dich deiner eigenen Mutter nicht anvertrauen willst«, schmollte Nan. »Wenn du es tätest, würdest du feststellen, daß ich dir ein oder zwei wertvol-

le Ratschläge geben könnte, wie man eine Ehe zusammenhält.«

»Ausgerechnet du!« rief Sally verärgert. Der Dackel begann aufgeregt zu hecheln. »Vielleicht denkst du, ich hätte dich früher nicht gehört, wenn du die ganze Nacht mit allen möglichen Freundinnen telefoniertest, während du darauf wartetest, daß Popsy irgendwann zerzaust und erschöpft aus dem Bett irgendeiner Studentin nach Hause kam.«

Nan hatte interessiert zugehört und nickte jetzt, als stimme sie zu. »Mein armes Mädchen«, sagte sie. »Die Dinge zwischen Jake und dir müssen schlechter stehen, als ich dachte.«

Das Motorengeräusch sank um eine volle Oktave ab, und diese Veränderung ließ Humphry Shaw aufschrecken. Er kratzte sich verschlafen und schaute aus dem Fenster, als der Jet langsam eine weit ausholende Wende flog.

»Ist das schon Teeterboro?« rief er zum Piloten nach vorn. Sie waren allein an Bord.

Der Pilot hieß Dexter – ein sommersprossiger Bursche, der in Shaws Augen eher wie ein Hotelpage aussah. Dexter drehte sich um und grinste seinen Passagier an. »Sie schnarchten schon, bevor wir Florida verlassen hatten. Schwere Nacht gehabt, was?«

Befremdet über den plump-vertraulichen Ton, wandte sich Shaw, ohne zu antworten, wieder der Aussicht zu. Unter ihnen kam ein zweiter Jet der Gesellschaft in sein Blickfeld wie eine von Jägern aufgescheuchte weiße Taube.

Die Maschine ging tiefer, und Shaw erkannte Einzelheiten: In der Zufahrtsstraße hinter den Hangars und am Flughafengebäude stauten sich hereindrängende Fahrzeuge – und vor dem Terminal wartete eine große Menschenmenge. Aus der Entfernung wirkte sie wie eine Riesenamöbe. Er fand den Anblick gleichzeitig abstoßend und schön.

Dexters Stimme klang besorgt. Shaw konnte nicht verstehen, was er sagte, aber er hatte den Eindruck, als stelle der Pilot zwischen dem üblichen Austausch technischer Daten der Bodenstation auch andere Fragen.

Schließlich drehte der junge Mann sich zu ihm um und rief: »Da unten ist allerhand geboten…, so 'ne Art Demonstration. Die Leute haben Transparente dabei. Die Nintendo-Jockeys im Tower wissen nicht, was los ist – sie wiederholen nur immer wieder, daß ich landen soll.«

»Es ist doch nicht gefährlich, oder?«

»Augenblick.« Dexter wandte sich wieder den Kontrollinstrumenten zu und brachte das Flugzeug auf den richtigen Kurs für die Landung. »Es ist immer gefährlich, wenn Menschen sich an den Landebahnen versammeln«, rief er über die Schulter. »Und besonders, wenn diese Menschen wütend sind.«

Panik erfaßte Shaw. »Vielleicht sollten wir lieber nicht landen.«

Der Pilot reichte ihm ein Fernglas nach hinten. »Tun Sie mir den Gefallen und lesen Sie die Transparente.«

Shaw nahm das Glas, beugte sich vor und rief Dexter ins Ohr: »Ich sagte, wir sollten vielleicht lieber nicht landen – aber Sie sind schon auf Anflug gegangen.«

»*Ich* fliege die Maschine – *Sie* lesen die Transparente«, rief Dexter mit solcher Entschiedenheit, daß Shaw augenblicklich gehorchte. Die Linsen des Fernglases waren sehr stark, die Transparente groß, aber die Leute hielten sie nicht still, und so verschwammen sie immer wieder vor seinen Augen, oder er erhaschte nur ein Bruchstück. Hinzu kam die Vibration der Maschine.

Er griff zu dem Hilfsmittel, sich selbst Anordnungen zu geben. »Es ist, als ob man sich im Spiegel die Nackenhaare schneidet«, murmelte er. »Ich muß rückwärts denken. Ich fliege vorwärts und abwärts – also muß ich das Glas entgegengesetzt einsetzen.« Es funktionierte. Er konzentrierte sich auf ein großes Poster, wobei er die Augen zusammenkniff, als könne er dadurch genauer sehen. Es war ein Gesicht – mit groben Strichen skizziert, aber vertraut. Und darunter stand in unförmigen Buchstaben HANEYS HURE.

»Das bin *ich*! Sie sind hinter *mir* her!«

Wie hypnotisiert starrte er auf das Bild: ein Galgen mit baumelnder Schlinge, ungelenke Zeichnungen von Kindern, mit roter Farbe bekleckst, eine Karikatur von ihm als Puppenspieler – und Haney als Marionette, mit einem bluttriefenden Messer in der Hand.
»Ihr seid ja verrückt«, flüsterte Shaw. »Ich war doch nur eine Sekunde im Fernsehen. Als ich sagte, Haney sei unschuldig, meinte ich nicht *generell* unschuldig – ich meinte...« Die Menge überflutete jetzt die Rollbahn, als wolle sie den Jet mit bloßen Händen stoppen.
Shaw senkte das Fernglas. »Die wollen mich umbringen! Ziehen Sie hoch, ziehen Sie um Himmels willen hoch!«
Ein dumpfer Laut – die Räder der Maschine hatten Bodenberührung.
Shaw begrub das Gesicht in den Händen und schrie hysterisch: »Ich bin tot! Ich bin erledigt! Gott, hilf mir!«
Der Motor jaulte auf. Shaw hob den Kopf und öffnete die Augen: Sie waren wieder in der Luft und stiegen schnell.
Dexter drehte sich breit grinsend um: »Das nennt man durchstarten.«

Gegen fünf Uhr hörte Sally Reifen auf der Kieseinfahrt knirschen und lief zum Wohnzimmerfenster. Jakes roter Mustang! Winston stieg aus und ging zögernd auf den Eingang zu. Sie stürmte an ihm vorbei. Als Jake sie sah, legte er den Gang ein.
»Warte! Warte bitte!« Sally klopfte verzweifelt an das geschlossene Seitenfenster. Jake starrte sie ablehnend an, schaltete dann jedoch widerwillig auf Leerlauf und ließ das Fenster herunter.
»Geht es dir gut? Was ist eigentlich los?« fragte sie atemlos.
»Nicht jetzt«, antwortete er.
»Sprich mit mir – bitte!«
»Ich bin unter Zeitdruck.«
Sie öffnete die Tür und glitt auf den Beifahrersitz. »Dann fahre ich ein Stück mit. Zurück kann ich ja ein Taxi nehmen.«

»Du mußt wieder aussteigen!« Seine Stimme war heiser, dunkle Schatten lagen unter den fiebrigglänzenden Augen. Sie erkannte, daß er völlig erschöpft war – kein Schlaf, kein Essen, nur schwarzer Kaffee und Wut –, aber sie war zu besorgt, um nachzugeben.

»Tu mir das nicht an! Ich schalte heute früh den Fernseher ein und erlebe, wie sich Männer auf dich stürzen, als hättest du gerade den Präsidenten erschossen. Ich bekomme einen Schock. Das Telefon klingelt ununterbrochen, und dauernd erzählen mir Leute, daß sie gesehen hätten, wie du vor laufenden Kameras durchgedreht hast. Dann steht auf einmal Gimlet vor der Tür: Ich solle packen – du wolltest, daß ich eine Weile in Princeton bleibe. Warum? Gimlet sagte, du würdest es mir später erklären. Ich habe den ganzen Tag damit verbracht, mich um dich zu sorgen, und bin immer unruhiger geworden. Du kannst nicht einfach Winston hier abladen und verschwinden, ohne ein Wort mit mir zu reden.«

»Keine Panik – es wird alles gut. Ich habe es einfach eilig, das ist alles. Mach dir keine Gedanken: Ich bin nicht plötzlich verrückt geworden.«

»Bitte, Schatz – ich stehe auf deiner Seite, vergiß das nicht! Versteck dich nicht hinter diesem Ich-bin-hart-im-Nehmen-Image. Wenn du bei der Pressekonferenz die Nerven verloren hast – na wennschon. Damit kann ich leben. Sag es mir nur einfach.«

»Nein, nein – das war doch nur Theater.«

»Theater? Ich verstehe nicht.«

»Ich habe es inszeniert. Ich gab der Reporterin zu verstehen, daß sie eine Sensation drehen könnte, wenn sie mich befragte.«

»Captain Cowen hat aber *nicht* gespielt!«

»Den kriege ich schon wieder in den Griff, wenn es soweit ist. Ich habe alles unter Kontrolle.«

»Aber warum hast du Theater gespielt? Wen wolltest du damit reinlegen?«

»Ich kann dir wirklich nicht mehr sagen.«

Sally dachte angestrengt nach. »Du glaubst, Haney sei nicht euer Mann. Du glaubst, daß der echte Mörder noch frei herumläuft. Dann war deine Vorstellung für *ihn* gedacht! Aber warum hast du die Karten aufgedeckt? Warum hast du ihm verraten, daß du ihn jagst?« Sie hielt inne, runzelte die Stirn und riß plötzlich entsetzt die Augen auf. »Mein Gott! Du stellst ihm eine Falle? Du willst ihn dazu bringen, daß er sich dich vornimmt!«

»Sally – hör auf! Deine Phantasie geht mit dir durch…«

»Deshalb hast du ›durchgedreht‹ – um ihn wissen zu lassen, daß du über die Grants und die Polizeiuniform Bescheid weißt! Du willst, daß er glaubt, daß du ihm auf den Fersen bist und ihn festnimmst – wenn er dich nicht vorher umbringt.«

»Du irrst dich.«

Sie schlug mit der flachen Hand auf das Armaturenbrett. »Ich irre mich nicht – und die Falle ist unser Haus! Deshalb hast du Winston und mich nach Princeton abgeschoben – damit uns nichts passiert: Du nimmst an, daß er heute nacht zuschlagen wird. Deshalb hast du es so eilig: Der Köder muß rechtzeitig am Haken sein!«

Er starrte durch die Windschutzscheibe. »Wir wollen hoffen, daß der Mörder nicht so klug ist wie du.«

»Es ist nicht fair! Warum mußt du dein Leben riskieren? Gibt es nicht noch andere Cops auf der Welt?«

»Millionen – aber die halten alle Haney für den Täter.«

»Bestimmt nicht mehr lange: Sobald das FBI überprüft…«

»Bis dahin mordet der echte Killer weiter.«

»Ja – und *du* wirst sein nächstes Opfer sein!«

»Ich muß meine Pflicht tun.«

»Es *ist* nicht deine Pflicht: Cowen hat es dir nicht befohlen. Du hast dich ganz allein dazu entschlossen. Du bist in diesem Fall kein Cop – nur ein Privatmann mit einem Waffenschein: Jake Harrow, der Mann, mit dem ich das Bett teile.«

»Ich tue es – ob es dir gefällt oder nicht.«

»In Ordnung. Ich begleite dich.« Sie ließ ihren Sicherheitsgurt einrasten.

»Was soll das für einen Sinn haben?«

»Wenn ich auch da bin, ist die Falle glaubhafter: Er wird durch die Fenster sehen, wie ich herumwirtschafte, singe und Essen koche. Und dann kann er uns beide zwischen Suppe und Hauptgericht töten.«

»Steig aus!«

»Wenn du dir aussuchen kannst, was du tust, dann kann ich das auch.«

»Wenn ich ihn nicht aus seinem Versteck locke, tut es niemand.«

»Wer zwingt dich dazu, dein Leben aufs Spiel zu setzen?«

»Du.«

»Was soll das heißen?«

Jake zog den Schlüssel aus dem Zündschloß und sah ihr in die Augen. »Ich bin *deinetwegen* zu diesem Alleingang gezwungen.«

»Ich verstehe kein Wort!«

»*Du* hast Shaw von den Schalldämpfern erzählt.«

Tiefe Röte überflutete ihr Gesicht. »O mein Gott! Was ist passiert?«

»Shaw gab es Haney weiter, und der benutzte die Information, um alle Welt davon zu überzeugen, daß er der Mörder sei.«

»Kannst du den Leuten denn nicht erklären, wie er darauf gekommen ist?«

»Das tat ich ja – aber es war zu spät: Sie haben sich auf Haney festgelegt.«

»Jake – es tut mir so leid! Shaw sagte mir, er habe mein Manuskript in den Mülleimer geschmissen, ohne auch nur einen Blick darauf zu werfen, und da wollte ich zurückschlagen. Deshalb knallte ich ihm hin, daß Haney die Familienmorde gestanden habe. Ich spuckte alles aus, was ich wußte, um ihn zu überzeugen.«

»Einschließlich der Schalldämpfer.«

»Ich habe dir alles verdorben.«

»Allerdings – das hast du. Ich war stinkwütend, als ich es

erfuhr – aber es hat keinen Sinn, sich über verschüttete Milch aufzuregen.«

»Wie kann ich das jemals wiedergutmachen?«

»Indem du die paar Stufen zum Haus raufgehst und mich losfahren läßt.«

»Ja, ja – natürlich.« Sie löste den Sicherheitsgurt, ohne den Blick von Jake zu wenden. »Wenn du getötet wirst, bin ich verantwortlich. Ich werde mir das nie verzeihen.«

»Verdammt, hör auf damit! Du hast einen schlimmen Fehler gemacht, aber du bist nicht der Mörder.«

»Deshalb wolltest du nicht mit mir reden, stimmt's? Für den Fall, daß du getötet würdest, wolltest du nicht, daß ich mir die Schuld gebe. Du hast versucht, mich vor allem zu beschützen – sogar vor meinem eigenen Fehler.«

»Ich habe es versucht – aber du bist zu klug für mich. Tut mir leid.«

Sie schlang die Arme um seinen Hals und küßte ihn. »Bitte stirb nicht.«

»Bin ich schon jemals gestorben? Ich bin viel zu gerissen, um zu sterben.«

Sie küßte ihn wieder, zog mit den Zähnen an seiner Unterlippe, biß zart hinein und ließ ihre Zunge gegen die seine schnellen.

Er zog sich zurück. »Das ist ja verrückt«, sagte er.

»Da hast du recht«, nickte sie. »Aber in Anbetracht deiner Zeitnot können wir nicht ins Haus gehen, uns ausziehen und uns im Bett lieben.«

Sie ließ den Mund an der Knopfleiste abwärts wandern, während sie sein Hemd aufknöpfte. Dann zog sie den Reißverschluß seiner Hose auf und senkte ihr Gesicht in seinen Schoß.

»Sally! Wir parken vor dem Haus deiner Eltern! Wenn deine Mutter rauskommt...« Er brach ab und schloß die Augen. Erregung flackerte über sein Gesicht, als die seidenweichen Lippen ihn umschlossen.

Dreiunddreißigstes Kapitel

Jake steuerte seinen roten Mustang durch die Straßen von Queens. Er hatte seit sechsunddreißig Stunden nicht geschlafen, aber er fühlte sich nicht müde. Er hatte seit dem vergangenen Abend nichts gegessen, aber er war nicht hungrig. Ein leerer Magen wäre auch günstiger, falls die Ärzte ihn in einer Stunde aufschneiden, verletzte Arterien reparieren und in seinen Eingeweiden nach Geschossen suchen mußten.
Als er sich seinem Haus näherte, entdeckte er in einer Nebenstraße einen kleinen, unbeschrifteten Transporter. Das mußte Gimlets »Kontrollzentrum« sein.
Scharfschützen – Freunde aus dem Department – lauerten bäuchlings auf den umliegenden Dächern. Sie überwachten das Haus von vorn und von der Rückseite. Drinnen würde Jake auf sich allein gestellt sein. Alle waren mit Funkgeräten ausgerüstet, jedoch angewiesen, absolute Funkstille zu halten, solange sie den Mörder nicht eindeutig ausmachen konnten. Keine Lageberichte: Sie durften ihr Opfer nicht verscheuchen.
Inzwischen war es dunkel geworden. Jake hoffte, der Killer würde bei den schlechten Lichtverhältnissen keinen Fernschuß wagen: Er wollte ihn zwingen, so nahe wie möglich heranzukommen.
Er parkte vor dem Haus. Sein Herz schlug wie ein Hammer. Das kurze Stück Weg vom Auto bis zur Tür war der schlimmste Teil, denn hier gab es keine Deckung für ihn. Er schlug die Wagentür zu und ging um den Mustang herum auf das Gartentor zu. Nur nicht rennen! Er versuchte sich trotz der starren, kugelsicheren Weste, die er unter seinem Jackett

trug, normal zu bewegen. Es kostete ihn Mühe, der Versuchung zu widerstehen, den Kopf zu senken: Eine Kugel konnte ihn erledigen. Komm schon, Mann. Augen geradeaus und los. Keine suchenden Blicke zu Büschen oder Dächern. Laß dir Zeit mit dem Aufsperren. Hatte der Mörder ihn schon im Fadenkreuz? Wenn der Kerl schon seine eigenen Schalldämpfer fabrizierte, dann hatte er vielleicht kein Infrarot-Zielfernrohr. Jake konnte es nur hoffen.

Er schloß die Tür auf. So weit, so gut. Ich lebe noch.

Gimlets Team hatte das Haus den ganzen Tag beobachtet – aber es war immerhin möglich, daß der Killer trotzdem irgendwie hereingekommen war und sich in einer dunklen Ecke versteckte, um ihn zu erschießen.

Sperr auf. Geh ins Haus. Schließ die Tür.

Warte auf die Kugel, die dir das Gehirn rausbläst.

Vierunddreißigstes Kapitel

Es war schon nach Mitternacht, als der Electra langsam in den baumumstandenen Parkplatz einbog. Nur noch sechs weitere Fahrzeuge standen verstreut auf der rissigen Asphaltfläche.

Shaw stieg aus dem Mietwagen und wäre fast hingefallen. Er war völlig steif: In einem Rutsch von Westchester Airport den ganzen Weg hierher nach Blithedale in North Vermont, und nur ein paarmal ausgestiegen, um am Straßenrand zu urinieren und einmal, um aus einem Automaten ein Sandwich zu ziehen, das er im Wagen gegessen hatte, um nicht Gefahr zu laufen, erkannt zu werden. Das war schon Stunden her. Seine Beine kribbelten, und er hüpfte von einem Fuß auf den anderen, um den Kreislauf wieder in Schwung zu bringen.

Blithedale war eine Schriftstellerkolonie, die optimale Konzentration ermöglichte: Es gab kein Telefon, kein Fernsehen, keine Radios – und keinen menschlichen Kontakt, wenn man keinen wollte. Die Mahlzeiten wurden auf der Schwelle der Häuser abgestellt, und danach entfernten sich die Auslieferer auf Zehenspitzen.

Hier konnte er sich verstecken, bis die wankelmütige Öffentlichkeit einen neuen Prügelknaben gefunden hatte. Gott sei gedankt für das schlechte Gedächtnis der Welt – er würde sich nie wieder darüber beschweren.

Er erreichte den schmalen Pfad, der den Hügel hinaufführte. Nirgends brannte Licht: Die Schriftsteller, die hier wohnten, waren schon lange zuvor schlafen gegangen. Wolken schoben sich vor den Mond. Die Bäume ragten tiefschwarz in den

Himmel. Die Wege von Blithedale zogen sich über die Hügel wie ein Spinnennetz, immer wieder abzweigend. Shaw beschleunigte seine Schritte, der Strahl seiner Taschenlampe tanzte über den dunklen Weg.

In der Eile übersah er seine Abzweigung und mußte ein Stück zurückgehen. Vor einem Schweizer Chalet blieb er verwirrt stehen, leuchtete um sich, nickte, wandte sich nach links, passierte eine Blockhütte und bog in eine Sackgasse ein, die vor einem Haus endete, das in der typischen A-Form der schwedischen Ferienhäuser gebaut war.

Der Schlüssel lag in einem Kunststein neben dem Eingang. Shaw schloß auf, trat ein und tastete nach dem Lichtschalter. Etwas Hartes bohrte sich in seinen Rücken.

»Keine Bewegung – sonst sind Sie ein toter Mann!«

»Nicht schießen!« kreischte Shaw.

»Schsch! Geben Sie die Taschenlampe nach hinten.«

Shaw gehorchte und flüsterte: »Ich schwöre – ich hatte seit Dezember keinen Kontakt zu Haney. Was immer er getan hat – ich habe ihm nicht dabei geholfen!«

»Flach auf den Rücken!« Der Strahl der Taschenlampe leuchtete auf das Bett.

Shaw legte sich hin. »Ich versuche nicht mehr, ihn freizubekommen. Er soll dafür bestraft werden, daß er Megan Barker und dieses Kind in Florida umgebracht hat. Die Fernsehübertragung wurde unterbrochen, bevor ich meinen Standpunkt darlegen konnte.«

Der Fremde zog vier Stücke Wäscheleine aus der Jackentasche und fesselte eilig Shaws Hände und Füße an die Ecken des Bettes.

»Das ist zu fest. Sie schnüren mir das Blut ab!«

Der Mann setzte sich neben ihn in einen Sessel. Die Taschenlampe erlosch.

Es war dunkel im Raum – abgesehen von dem Mondlicht, das von draußen hereinfiel. Sosehr Shaw sich auch anstrengte, er konnte nur den schwachschimmernden Pistolenlauf auf dem Schoß des Mannes erkennen. Warum war er so lang? Er konnte den Blick nicht davon lassen.

»Woher weiß Harrow, daß ich die Grants umgebracht habe?«
»O mein Gott!«
»Was habe ich falsch gemacht?« fragte Lamb. »Habe ich etwas liegengelassen? Oder war es die Art, wie ich vorging – eine verräterische Technik? Was kennzeichnet mich?«
»Ich weiß es nicht.«
»Wie hat Harrow das mit der Polizeiuniform herausgefunden?«
»Auch das weiß ich nicht. Wie sollte ich?«
»Sie arbeiten doch eng mit ihm zusammen.«
»Das tue ich nicht. Ich habe ihn nur ein einziges Mal gesprochen – ein paar Minuten in Florida. Ich schwöre es.«
»Das ist eine Lüge. Sie kennen ihn privat.«
»Nein.«
»Sie haben ihn zu Ihrer Party eingeladen.«
»Warten Sie, warten Sie – das ist alles ein Mißverständnis. Wirklich. Lassen Sie es mich erklären: Seine Frau, wissen Sie... seine Frau – wie heißt sie doch gleich?«
»Spielen Sie mir nicht den Idioten vor.«
»Ihr Name fällt mir nicht ein. Ich nannte sie Virginia Woolf – und *der* Name ist mir im Gedächtnis geblieben. Sie hält sich für eine Schriftstellerin. Sie bat mich, etwas zu lesen, das sie geschrieben hatte, und in einem schwachen Moment lud ich sie zu der Party ein. Ansonsten habe ich nie Kontakt mit einem der beiden gehabt. Ich habe nie gesellschaftlich mit diesen Leuten verkehrt, ich habe ihnen nicht geholfen – und ich habe nicht die geringsten Insider-Informationen.«
»Aber im Fernsehen sagten Sie, Harrow wisse etwas, das Haneys Unschuld beweise. Wie kommt es, daß das FBI nichts davon wußte, aber Sie?«
»Ach – *das* ist es! Jetzt verstehe ich. Damit meinte ich nur – es ist etwas kompliziert –, daß ich Harrow erzählte, daß Haney von mir von den Schalldämpfern erfahren hatte. Ironischerweise erfuhr ich wiederum von seiner Frau davon. Sie erschien auf der Party, um meine Meinung über ihr Manuskript zu hören...«

»Verschonen Sie mich mit diesen Lügen über Ehefrauen und Manuskripte! Halten Sie mich für einen Ihrer schwachsinnigen Leser? Nach der Fernsehsendung war klar, daß Sie und Harrow unter einer Decke stecken. Sie halfen ihm, den Köder in die Falle zu legen.«

»Welche Falle? Ich weiß von keiner Falle.«

»Sie wissen von überhaupt nichts, nicht wahr? Es wird Sie freuen, zu hören, daß es fast geklappt hätte, Sie und Harrow hätten einen Oscar verdient für ihre Vorstellung. Sie haben mich ganz schön ins Schwitzen gebracht. Ich fuhr wie ein Verrückter los, um Harrow zu töten. Vor Aufregung achtete ich kaum auf die Aufzeichnung, die mein Abhörgerät gemacht hatte. Wenn ich nicht im letzten Augenblick angefangen hätte, darüber nachzudenken, warum Gimlet Harrows Frau zu ihren Eltern nach Princeton schaffte, wäre ich jetzt tot: Sie sollte aus dem Weg sein, wenn ich auftauchte, um Harrow zu töten, und in einen Kugelhagel geriete.«

»Ich kenne niemanden, der Gimlet heißt. Harrow hat mir nicht gesagt, daß er eine Falle vorbereitete. Ich schwöre es.«

»Sie haben kein Dampfbügeleisen hier, oder?«

»Was? Nein. Sie haben die ganze Sache völlig falsch aufgefaßt. Ich weiß wirklich nichts. Als ich sagte, Harrow hätte Informationen, sprach ich über das, was er von mir erfahren hatte – und das war nur die Tatsache, daß ich Haney von den Schalldämpfern erzählt hatte. Hören Sie, ich weiß, es hört sich alles reichlich verworren an, aber ich kann erklären...«

»Machen Sie sich keine Gedanken mehr, Humpty. Es wird alles gut.« Lamb ließ den Strahl der Taschenlampe durch den Raum wandern. »Ah – Pfeifen. Sie rauchen Pfeife.«

»Bei der Arbeit, ja. Könnten Sie bitte die Fesseln etwas lockern?«

»Wo ist Ihr Feuerzeug?«

»In der Schreibtischschublade. Nein, in der hinteren. Hören Sie – ich spüre meine Arme schon gar nicht mehr.«

»Ich habe es. Und da ist auch noch Benzin. Fast voll. Ausgezeichnet.«

Die Flamme wirkte unnatürlich hoch in der Dunkelheit. Shaw sah, daß die Hose des Fremden sich über einer Erektion ausbeulte.
Lamb klappte das Feuerzeug zu, trat ans Bett und begann einen Kopfkissenbezug in Streifen zu reißen.
»Warum machen Sie das?«
»Für einen Knebel.«
»O bitte nein! Ich bin ganz still. Ich verspreche es!«
Lamb knebelte ihn und machte das Feuerzeug wieder an.
»Das werden Sie nicht können: Ich brenne Ihnen die Haut von Ihren Eiern und lasse Ihren Schwanz zu einem verkohlten Stumpf zusammenschnurren. Dann brenne ich Ihnen die Augäpfel aus – einen nach dem anderen. Ich glaube, Sie sollten mir lieber verraten, was Harrow über mich weiß, Humpty. Solange Sie noch eine Zunge haben.«

Fünfunddreißigstes Kapitel

Humphry Shaw umzubringen war ein Fehler gewesen, das wußte Lamb jetzt – ein großes Risiko ohne Resultate: Der Mann hatte wirklich nichts gewußt.
Nicht einmal der Mord selbst hatte ihm etwas gebracht: Anstatt ihm Erleichterung zu verschaffen, hatte er ihn noch zusätzlich stimuliert. Der Trieb wurde allmählich unerträglich. Er übertönte die Furcht und unterspülte die Grundfesten seiner Disziplin wie Hochwasser.
Das Feuer in dem Schwedenhaus hatte die Polizei getäuscht: Sie kam zu dem Schluß, Shaw sei mit brennender Pfeife eingeschlafen. Die Medien brachten drei Theorien:
1. Selbstmord aus Schuldgefühlen, weil Haney sich als der Familienmörder erwiesen hatte.
2. Tödlicher Unfall aufgrund unbewußter Schuldgefühle, weil Haney sich als der Familienmörder erwiesen hatte.
3. Göttliche Gerechtigkeit.
Lamb wäre belustigt gewesen, wenn er sich nicht nach wie vor Sorgen wegen Harrow gemacht hätte. Harrow ließ sich nicht täuschen. Wie würde er reagieren? Was würde er jetzt tun? Lamb hätte gern den Laser vom Baum geholt, aber er wagte sich nicht einmal in die Nähe: Die Falle bestand sicherlich noch immer. Es war zu gefährlich, sich zu nähern.
Das ganze Wochenende fühlte er sich wie ein gefangener Leopard, der unablässig am Gitter seines zu kleinen Käfigs hin und her streicht. Er brauchte Informationen. Nach den Vormittagsvorlesungen fuhr er die zwei Stunden von Wren nach Queens.
Als er mit seinem grauen Prelude an der Einmündung von

Harrows Straße vorbeirollte, starrte er zu dem Haus hinüber, konnte jedoch keine verdächtigen Aktivitäten feststellen. Was erwartete er denn? Wenn die Bewacher noch auf ihren Posten waren, würden sie das bestimmt nicht an die große Glocke hängen.

Er war versucht, zu wenden und noch einmal vorbeizufahren, entschied sich jedoch dagegen. Als er den großen Holunderbaum passierte, drückte er auf den Knopf unter dem Armaturenbrett und sah das kleine rote Licht aufleuchten: Der Laser war noch an seinem Platz.

Der Mechanismus des Tonbandgeräts schwirrte, als der Computerchip seine Aufzeichnungen übertrug. Es *gab* also eine Aufzeichnung! Gott sei Dank!

Für gewöhnlich wartete Lamb mit dem Abhören, bis er auf dem Grand Central Expressway war, doch heute brachte er diese Geduld nicht auf.

»Samstag, siebzehnter Mai«, sagte die Computerstimme. »fünf Uhr zweiunddreißig nachmittags.«

KRACH!

»... den ganzen Sommer für dich Leibwache spielen.« Gimlets Stimme. »Das weißt du. Aber sie brauchen einen Grund – nicht irgendeine fadenscheinige Scheiße.«

»Was ist mit *dir*?« Harrow war mit ihm ins Haus gekommen. »Kann ich wenigstens auf *dich* zählen?«

»Ich sagte, Scheiße.«

»Möchtest du irgendwas? Ein Bier? Soll ich dir ein Käsesandwich machen?«

»Nein – nichts. Ich esse später zu Hause – wenn Marge nicht die Sicherheitskette vorgelegt hat.«

»Es ist doch nur ein Vormittag.«

»Es ist ein voller Tag, bis wir aus Connecticut zurück sind.«

»Ich sollte mich auf jeden Fall sehen lassen: Immerhin ist Shaw an meiner Stelle gestorben.«

»Das steht nicht fest. Niemand kann mit Sicherheit sagen, was mit ihm passiert ist – er war zu verkohlt. Sie konnten ihn ja nur noch über seinen Zahnarzt identifizieren.«

»Komm schon – ich stelle eine Falle, indem ich im Fernsehen behaupte, etwas zu wissen, und er spielt mit, indem er so tut, als wisse er es auch. In der Nacht darauf brennt sein Haus nieder, und er wird durch das Feuer derartig verstümmelt, daß man keine Spuren etwaiger Folterungen mehr feststellen kann. Glaubst du, das wäre Zufall?«
»Es sind schon merkwürdigere Dinge vorgekommen. Warum glaubst du, unser Mann käme zur Beerdigung? Hast du ihn an *Rogers* Grab in sein Taschentuch weinen sehen?«
»Shaw war ein berühmter Mann.«
»Und du denkst, unser Mörder wird hinkommen, um sich ein Autogramm zu holen?«
»Ich habe schon alles arrangiert: Ich werde mich als Chauffeur verkleiden und einen Trauerwagen fahren. Aber ich brauche Unterstützung.«
»Falls er auftaucht.«
»Ich habe so das Gefühl, er wird.«
»Du hattest auch so das Gefühl, er würde *hier* aufkreuzen.«
»Na ja – statt dessen hat er Shaw getötet. Ich hatte zumindest zur Hälfte recht.«
»Na, das ist doch schon was!«
»Wo liegt dein Problem?«
»Du tanzt nach einer Hundepfeife – ich kann die Melodie nicht hören.«
»Dann tu es einfach aus Gefälligkeit, okay?«
»Ich würde ja wirklich gern – aber ausgerechnet an dem Tag muß ich zum Friseur.«
Ein Stuhl scharrte über den Boden. Schritte.
»Du warst mein Partner.«
»Sorry – mir reicht's.«
Eine Tür öffnete sich und fiel mit leisem Klappen zu.
KRACH! KLIRR! Harrow hatte den Küchentisch leer gefegt.
»Scheiße.«
Stille. Das rote Licht unter dem Armaturenbrett ging aus. Und blieb aus.

Sechsunddreißigstes Kapitel

»Pontormo! Pontormoooo! Wo um Himmels willen versteckt sich dieser Hund? Pontormo, Baby – komm zu Mami. Das tut er immer am Tag einer Ausstellung: Er weiß genau, daß mich das rasend macht! PONTORMO!«

»Sei still, Nan«, rief Sally. »Ich versuche mich zu konzentrieren.« Sie starrte das leere weiße Blatt in ihrer Schreibmaschine feindselig an. Wie konnte sie auch nur eine Zeile schreiben, wenn ihre Mutter durch das Haus bellte wie eine Elchkuh, die nach ihrem verlorenen Kalb ruft?

Vielleicht sollte sie eine Geschichte über ihre Beziehung zu Nan schreiben. Mutter und erwachsene Tochter, zusammen in einem Haus eingesperrt, kämpfen wütend gegeneinander, wie sie es immer getan haben, bis sie irgendwann Achtung füreinander entwickeln, als sie feststellen, daß sie, obwohl sie so verschieden zu sein scheinen, in Wahrheit identisch sind. Symbolisiert durch einen kleinen Kirschholzsekretär, den die Mutter an ihrem Hochzeitstag von *ihrer* Mutter bekam – mit drei Schubladen übereinander, die für drei Generationen stehen –, und sie polieren ihn gemeinsam, und durch diese einfache hausfrauliche Arbeit erkennt die Tochter, wie sie beide ihren Platz im großen Weltgefüge ausfüllen... Spei, kotz, würg! Brecht mir die Finger, bevor ich es noch schlimmer mache!

»Sally! Liebes!«

Nan stand in der Tür. Ihre Stimme klang wie ein samtüberzogenes Rasiermesser. »Würdest du bitte mal rauskommen? Ich möchte, daß du dir etwas ansiehst.«

Sally folgte ihr den Flur hinunter zu Winstons Kammer. Er

hielt etwas im Arm, das aussah wie eine Salami mit Haaren. Die Wurst leckte ihm das Gesicht – mit einer Begeisterung, die Nan nicht teilte. Indigniert entriß sie Winston das Tier.
»Ich habe nicht den ganzen Vormittag damit verbracht, den Hund zu baden und zu kämmen, damit dieses ... dieses Individuum den Kammerboden mit ihm aufwischt.«
»Er sieht doch völlig okay aus.«
»Für dich sieht alles okay aus. Unglücklicherweise sitzt du nicht in der Jury. Er ist völlig zerzaust, nicht wahr, Ponty. Ponty sagt ›dassis richtig – bin danz zazaust‹.«
»Ein bißchen zerzaust ist doch gut – sieht lebendiger aus. Es steht ihm.«
»Wenn du länger hierbleibst, wirst du den Jungen davon abhalten müssen, Unheil anzurichten.«
»Was für Unheil? Er hat mit deinem Liebling geschmust.«
»Mein Liebling ist nicht fürs Schmusen gedacht – er ist ein Ausstellungsstück! Halt diesen geistig behinderten Bengel von ihm fern.«
»Er ist nicht geistig behindert!«
»Er ist autistisch. Er versteht kein Wort.«
»Er ist nicht autistisch – er weigert sich nur, zu sprechen.«
»Wer hatte denn die fabelhafte Idee, ihn nach einem der größten Redner zu nennen? Er erinnert mich eher an Coolidge – den schweigsamen Cal.«
»Du solltest dich schämen«, fuhr Sally sie an. »Wie kannst du in seiner Gegenwart solche Dinge sagen?«
»Reg dich nicht so auf – er hat doch keinen Schimmer, wovon ich rede.«
»Doch, das hat er wohl: Er sieht dich an.«
»Er sieht Pontormo an. Pontormo ist derjenige, der mich versteht.«
Sallys Augen sprühten Funken. »Das ist so ... Warte. Paß auf. Winston – willst du eine Pizza?«
Winston nickte ernst.
»Er weiß, was Pizza bedeutet«, triumphierte sie. »Ist Pizza vielleicht kein Wort?«

Nan streckte ihrem Hund die Hand hin. »Ponty kennt auch einige Wörter, nicht wahr, Ponty? Pfötchen, Ponty. Pfötchen.«
Der Hund legte seine Pfote in ihre Hand.
»Du bist ekelhaft!« rief Sally. »Wie kannst du den Verstand dieses Kindes mit dem deines Hundes vergleichen?«
»Das tue ich doch gar nicht – ich mache dir nur deutlich, daß eine Reaktion auf bestimmte Worte nicht dasselbe ist wie der Gebrauch der Sprache.«
Sally starrte sie angewidert an. »Bleib hier. Rühr dich nicht.« Sie holte das Telefon aus ihrem Zimmer. Die Schnur reichte gerade bis in Winstons Kammer.
»Was soll er denn damit?« fragte Nan. »Seinen Börsenmakler anrufen?«
»Wo steht die Nummer der Pizzeria?«
»Auf der Pinnwand in der Küche. Du willst mir doch nicht erzählen, daß er eine Pizza bestellen wird!«
»Nein – aber ich wette mit dir, daß er die Nummer wählen kann. Er hat mich oft genug dabei beobachtet.«
»Mach dich nicht lächerlich. Er wird nicht mal verstehen, was du von ihm erwartest.«
»Fünf Dollar?«
»Du bist wirklich zu albern.«
»Bekommst du etwa kalte Füße, liebste Mutter? Hast du Angst, er könnte es doch schaffen?«
»In Ordnung«, nickte Nan. »Ich halte die fünf und erhöhe auf den Preis einer großen Pizza. Dann haben wir von diesem ganzen Unsinn wenigstens ein Mittagessen.«
»Wir sind im Geschäft«, sagte Sally. »Bin gleich wieder da. Halte solange das Telefon.«
Eine Minute später kam sie wieder die Treppe heraufgestürmt und ratterte Winston die Zahlen herunter. »Du mußt nur die Tasten in der richtigen Reihenfolge runterdrücken.«
»Falls er weiß, was eine Zahl ist – oder eine Taste.«
Winston tippte leicht mit dem Hörer gegen Nans Knie. Überrascht nahm sie ihn, unfähig zu glauben, daß er die Verbin-

dung wirklich hergestellt hatte – und noch dazu in so kurzer Zeit.
»Uni-Pizzeria – bitte bleiben Sie dran.«
»Na?« fragte Sally maliziös.
»Manche autistischen Kinder haben eine Begabung für Zahlen«, sagte Nan langsam. »Er muß einer von denen sein.«
Sally lächelte. »Winston – die Lady spendiert uns eine Pizza. Würstchen und Paprika, stimmt's?«

Siebenunddreißigstes Kapitel

Humphry Shaw wurde zu Grabe getragen – aber nicht auf einem schlichten Neuengland-Kirchhof, wie man es seinem Schreibstil nach vermutet hätte, sondern auf einem großen, nicht konfessionsgebundenen Friedhof außerhalb von Stamford, Connecticut, mit dem klangvollen Namen »Angel's Rest«, auf dem bereits zwei Generationen der Familie Shaw ruhten.

Julian Lamb saß hinter dem Steuer eines unauffälligen braunen Leihwagens und beobachtete von der anderen Seite des Highway aus die Prozession von Autos, die durch das große Tor rollte.

So also sah eine Beerdigung »im engsten Familienkreis« aus, wenn der Verstorbene ein berühmter, viermal verheirateter Schriftsteller war: Exfrauen, deren derzeitige Ehemänner, Verwandte, die Kinder aller Beteiligten, Freunde aus literarischen Kreisen, Feinde aus literarischen Kreisen, Verleger, ehemalige Verleger, Agenten, ehemalige Agenten, Reporter, Freunde aus der kleinen Stadt, in der er gelebt hatte – ein nicht enden wollender Strom: jede Menge Verdächtige für Harrow!

Lamb wartete, bis die Menschenmenge sich um das Grab postiert und der Pfarrer mit seinen Gebeten begonnen hatte: Jetzt konzentrierte sich die allgemeine Aufmerksamkeit ausschließlich auf die Trauerfeier. Er kurbelte das Fenster auf der Beifahrerseite herunter, zog eine große Automatik mit einem handelsüblichen Schalldämpfer unter seinem Jakkett hervor und legte sie auf den Sitz neben sich. Der Schalldämpfer war noch größer als der, den er bei den Grants benutzt hatte – länger und schwerer als die Waffe selbst. Der Schuß würde nicht lauter sein als das Klicken beim Entsichern. Lamb hatte sich für ein »Sicherheitsgeschoß« entschieden – so bezeichnet, weil es nicht eine Person durchschlug und eine eventuell dahinter stehende auch noch traf, sondern im Körper des Opfers explodierte.

Er ließ den Motor an. Um den Friedhof lief ein vielbefahrener vierspuriger Highway. Lamb mußte geraume Zeit auf eine Verkehrslücke warten, bevor er mit seinem Mietwagen die Straße überqueren konnte. Langsam fuhr er durch das Tor und den schmalen, geteerten Weg entlang – wie ein verspäteter Trauergast.

Orgelmusik drang aus versteckten Lautsprechern, monumental und klagend, unter den akustischen Bedingungen einer Kathedrale aufgenommen, die hier im Freien jedoch nicht zur Wirkung kamen. Shaw hätte es verabscheut, dachte Lamb.

Sein Blick eilte über die Limousinen, die rechts am Weg parkten. In der, die dem Grab am nächsten stand, entdeckte er die Silhouette einer Chauffeursmütze. Das mußte Harrow sein: Er war auf den Beifahrersitz hinübergerutscht, das Gesicht der Menge zugewandt.

Ein klassisches Manöver: ein Schuß von einem Wagen zum anderen. Für gewöhnlich an einer Ampel durchgeführt – sobald sie auf Grün schaltete.

Lamb hatte das schon einmal praktiziert – in Kairo. Dort hatte ihm das Verkehrsgewühl mehr Sorgen bereitet als die Tat selbst.

Die Voraussetzungen waren geradezu ideal: Das Fenster auf der Fahrerseite von Harrows Wagen stand offen – kein splitterndes Glas! Harrow trug sicherlich eine kugelsichere Weste, aber das spielte keine Rolle: Sein Kopf bot ein nicht zu verfehlendes Ziel.

In ein paar Sekunden rollst du lautlos neben ihn, bis die Fenster auf gleicher Höhe sind. Und dann hebst du in oft geübter Weise deine Waffe.

Mord ist wie Ballett – man muß ihn zu einem Metronom proben und dann im Rhythmus ausführen.
Wenn der Rhythmus stimmt, kann nichts schiefgehen. Hetz dich nicht! Hast ist dein einziger Feind.
Eine Kugel in seinen Kopf, die Waffe wieder auf den Beifahrersitz, die rechte Hand aufs Steuer und dann den Fuß aufs Gas – schön langsam um die sanfte Kurve auf das Tor zu. Bis jemand merkt, was geschehen ist, und der erste Schrei ertönt, bist du schon so weit weg, daß niemand dich mit dem Vorfall in Verbindung bringt. Deine Nummernschilder sind vorsorglich mit Schlamm beschmiert, der Verkehr ist dicht, aber fließend. Die einzige Schwierigkeit könnte darin bestehen, eine Lücke zu finden, um in den Highway einzubiegen. Erzwinge es nicht! Du darfst nicht auffallen!
Lambs Wagen kroch in Schrittgeschwindigkeit dahin. Jetzt hatte er das Heck von Harrows Limousine erreicht: Die Gestalt auf dem Beifahrersitz war durch das getönte Glas nur schemenhaft zu erkennen.
Lamb hielt neben ihm an. Harrow drehte sich nicht um. Lamb brachte die Waffe in Anschlag, zog den Abzug durch und »Pchiuh!«.
BUMMMM! Harrows Kopf explodierte mit einem lauten Krachen, Haarbüschel flogen in alle Richtungen, der Oberkörper kippte nach vorn aus dem Fenster.
Lamb erstarrte, die Waffe immer noch auf ihr Ziel gerichtet. Eine Puppe! Er hatte eine Puppe erschossen! Es war eine Falle! Er warf die Waffe auf den Boden und trat das Gaspedal durch.
Vor ihm, in der Nähe des Tores, schoß ein Fahrzeug aus einer Baumgruppe und kam direkt auf ihn zu.

BUMMMM!
Harrow stand mitten in der Trauergemeinde, als die Detonation krachte. Er hatte sich als Trauergast verkleidet – mit Brille, Schnurrbart und grauen Strähnen im Haar.
Als er herumwirbelte, sah er einen braunen Wagen vom Weg

abbiegen und in wildem Slalom zwischen den Grabsteinen davonrasen. Unmittelbar darauf röhrte der Motor des Verfolgers auf: Gimlet!
Die Menge flüchtete in wilder Panik. Einige fielen hin, andere stolperten über sie, alle schrien und kreischten durcheinander. Jake kämpfte sich rücksichtslos durch das Gedränge, um zu seiner Limousine zu gelangen.
Er setzte sich hinter das Steuer und jagte, die verstümmelte Puppe als makabren Fahrgast neben sich, mit Vollgas über das feuchte Gras.

Gimlet schaute in den Rückspiegel und sah Jake rasch aufholen: Der große Wagen schlingerte und krachte immer wieder gegen Grabsteine. Der Braune vor ihm steuerte mit halsbrecherischer Geschwindigkeit auf eine Baumgruppe am anderen Ende des Friedhofs zu.
Sie hatten ihn! Das Gelände war von einer hohen Mauer umgeben: Unmöglich, da hinüberzuklettern. Der Ausgang befand sich in entgegengesetzter Richtung, und Jake und er kamen von zwei Seiten, um den Fluchtweg abzuschneiden.
Der Braune schlitterte seitwärts und kam zwischen den Bäumen zum Stehen.
Gimlet stellte seinen Wagen quer und hielt an. Er ließ den Motor laufen – für den Fall, daß der andere plötzlich wieder losführe und er ihn verfolgen müßte. Jake brachte seine Limousine etwa zwanzig Meter entfernt zum Halten und bückte sich, um etwas unter dem Sitz hervorzuholen. Gimlet sprang aus dem Auto, ging dahinter in Deckung und brachte seine Pistole in Anschlag.
»Kommen Sie mit erhobenen Händen raus! Los! Bewegen Sie sich! Na, wird's bald?« brüllte er. Seine Stimme zitterte vor Wut: Als der Killer den Kopf der Puppe vom Rumpf blies, war er im Glauben, Jake zu töten!
Stille. Nichts rührte sich da drüben. Der Kerl mußte noch drin sein.
Als er gerade einen Warnschuß abgeben wollte, brach rechts

von ihm ein Höllenlärm los. Verdammte Scheiße! Jake hatte eine Uzi! Er stand breitbeinig hinter der Limousine, die Waffe auf das Dach gestützt, und ließ die Automatik rattern.
»Stopp! Stopp!« schrie Gimlet, so laut er konnte, aber Jake hörte ihn nicht: Mit Hunderten von Kugeln durchsiebte er das Fahrzeug des Killers in Höhe der Türen. Durch die Erschütterung barsten die Fenster. Die Windschutzscheibe zersprang in tausend Stücke, und Brocken von Sicherheitsglas wurden gegen die Bäume geschleudert. Die Motorhaube sprang auf und federte auf und nieder, der Kofferraumdeckel desgleichen. Der Wagen schwankte wie ein kniender Betrunkener, als nacheinander die Luft aus den vier Reifen zischte. Wolken von Kalkputz stiegen von der Mauer auf, als die Hochgeschwindigkeitsgeschosse sie trafen, nachdem sie auf ihrem Weg alles durchschlagen hatten, was sich zwischen den beiden Türen befand.
Weiter und weiter, Magazin nach Magazin. Mit hochrotem Gesicht feuerte Jake die Waffe ab, die in seinen Händen einen grotesken Tanz aufführte: Offenbar hatte er die Absicht, den Wagen des Mörders auf einen Ölfleck zu reduzieren.
Gimlet rannte im Zickzack auf ihn zu.
In der haaresbreiten Pause zwischen zwei Magazinen schrie er: »Bist du übergeschnappt?« – direkt in Jakes Ohr.
Es war, als versuche er, einen Löwen im Blutrausch zu stoppen. Jake hörte ihn nicht – er war wie in Trance. Er knallte die neubestückte Uzi wieder aufs Dach, bereit, die nächste Salve loszulassen.
»Jake – hör auf!« Gimlet packte den Lauf. »Auuu! Verflucht!« Das Metall war glühend heiß. Er riß die Hand zurück und stieß Jake hart den Ellbogen in die Rippen. Jake grunzte und trat zurück: Erst jetzt bemerkte er ihn.
»Hör auf! Hör auf!« brüllte Gimlet. »Es reicht!« Jake starrte mit zusammengekniffenen Augen zu der braunen Ruine hinüber und nahm langsam den Finger vom Abzug.
Ohne Vorwarnung rief er: »Komm mit!« und jagte los.
»Warte!« schrie Gimlet, aber Jake war schon fast drüben, die

Uzi am Lauf gepackt: Offensichtlich war er immun gegen glühendes Metall.
Gimlet lief über den Rasen auf das rauchende Wrack zu.
»Leer!« brüllte Jake. »Der Mistkerl ist weg!«
Er war auf keinem Baum, und er war nicht unter dem Auto.
Da: Eine Strickleiter an der Mauer!
Jake kletterte hinauf.
»Ich sehe ihn nicht«, rief er von oben.
Er schwang die Beine hinüber und verschwand. Gimlet hörte ihn auf dem Boden landen. Er kletterte hinterher und hielt auf dem Mauerrücken kurz an, um seine Waffe aus dem Gürtel zu ziehen, bevor er hinuntersprang.
Ein dichtbefahrener, vierspuriger Highway. Dahinter ein flaches Sumpfgebiet – ohne die geringste Möglichkeit, sich zu verstecken. Ohnmächtige Wut stieg in ihm hoch. Freie Sicht in jeder Richtung – auf eine Viertelmeile. Wo war der Kerl? Er hatte doch gar keine Zeit gehabt zu fliehen!
Auf der anderen Seite des Highway fuhr ein grünes Auto vorbei: Der Fahrer machte eine abrupte Bewegung.
»Jake! Paß auf!« brüllte Gimlet.
KLONK! Ein Geräusch, als fiele eine Eisentür ins Schloß. SKRIIIIIIIITSCH! kreischten die Reifen. Bis Gimlet seine Pistole in Anschlag gebracht hatte, war der Wagen bereits vierzig Meter entfernt – und jetzt wechselte er die Fahrbahn und verschwand im Verkehrsgewühl: keine Chance mehr, ihn zu treffen.
Jake lag mit dem Gesicht nach unten ausgestreckt auf dem Gras, die Uzi nutzlos übergehängt.

Achtunddreißigstes Kapitel

»Noch eine Falle? Ihr habt den Killer dorthin gelockt, damit er auf Jack schießen sollte?« schrie Sally.

»Wir hofften natürlich, es wäre umgekehrt«, sagte Gimlet.

Sally war am Vormittag mit ihrer Mutter in Princeton beim Einkaufen gewesen und hatte erst nach dem Mittagessen von Jakes Verletzung erfahren. Als sie es hörte, gaben ihre Knie nach, und vor ihren Augen tanzten grelle Lichtpunkte. Jake schoß auf *andere* – niemand durfte auf *Jake* schießen!

Nan hatte mehrere Stunden für den Weg von Princeton nach Stamford gebraucht: Sie hielten immer wieder an, um im Krankenhaus anzurufen und sich nach Jakes Zustand zu erkundigen. Die lange, angespannte Fahrt, die Informationsfetzen – ganz gut, im Augenblick nicht so gut – hatten ihre Nerven zerschlissen.

Jetzt stand Sally mit Nan und Gimlet in der Eingangshalle vor dem Geschenkeladen und sprach mit einem erschöpften, aber präzisen Chirurgen. Dr. Simon und sein Team hatten Jake vier Stunden lang operiert. Es waren zwei Bluttransfusionen nötig gewesen. Er war noch nicht außer Lebensgefahr, aber der Arzt äußerte sich vorsichtig optimistisch.

»Das ist deine Schuld, Richard Gimmler«, sagte Sally bitter.

»Es war *Jakes* Idee. Es ist *immer* seine Idee.«

»Du hast ihm geholfen! Du hast ihn in seinem Wahnsinn bestärkt!«

Dr. Simon hob die Hand. »Mrs. Harrow – es ist sehr gut möglich, daß Detective Gimmler Ihrem Mann das Leben gerettet hat: Sein Warnruf veranlaßte Mr. Harrow aufzuschauen, und so drang die Kugel in seinen Hals statt in seinen Kopf.«

Sally blickte bestürzt drein. »Tut mir leid. Ich wollte nicht...«
Gimlet zuckte verlegen mit den Schultern. »Wir sind alle ein bißchen durcheinander.«
»Wann kann ich ihn sehen?« wandte Sally sich wieder an den Arzt.
»In den nächsten Stunden nicht. Ich will ihn noch auf der Intensivstation behalten, bis wir sicher sind, daß keine Komplikationen eintreten. Ich möchte vermeiden, daß eine schluchzende Nachtschwester morgens um vier verzweifelt nach der richtigen Kanüle für eine Transfusion sucht, wenn Sie verstehen, was ich meine.« Damit ließ er sie stehen.
»Nur weil er ein guter Chirurg ist, braucht er sich noch lange nicht so flegelhaft aufzuführen«, empörte sich Nan. Sie trat in den Geschenkeladen.
Sally nahm Gimlets Hand. »Ich danke dir, daß du ihm das Leben gerettet hast.«
»Ich weiß nicht, ob ich das getan habe. Bei so dramatischen Vorfällen ist immer gleich jemand da, der sie ausschmückt.«
»Ich danke dir, daß du *versucht* hast, sein Leben zu retten.«
»Okay – das akzeptiere ich.«
Nach einem Moment, in dem beide mit den Tränen kämpften, räusperte Sally sich und sagte: »Also, los – erzähle: Wie habt ihr den Killer zu der Beerdigung gelockt?«
»Wir haben ihm in eurem Haus eine Szene vorgespielt: Jake sagte, er würde sich als Chauffeur verkleiden und einen der Trauerwagen fahren – und ich lehnte es ab, ihm zu helfen.«
»Der Killer hört das Haus ab?«
»Scheint so.«
»Und wie lange schon?«
»Keinen Schimmer. Ich habe alles mit den raffiniertesten Geräten abgesucht: Nichts zu finden. Jake kam auf die Idee, daß irgendeine Wanze dasein müsse, nachdem die Sache mit Shaw passiert war: Er hatte im Fernsehen so getan, als drehe er durch, und behauptet, er habe entscheidende Informationen. Dann packte Shaw das Mikro und erweckte den Eindruck,

daß er mit ihm zusammenarbeite. Der Mörder muß darauf reingefallen sein – aber warum brachte er Shaw um? Seine Wanze muß ihn davor gewarnt haben, sich Jake vorzunehmen.«
»Die Schalldämpfer-Geschichte hat Shaw das Leben gekostet?« Sally wurde blaß.
»Was ist mit dir?«
»Es ist meine Schuld: Wenn ich nicht gequatscht hätte, wäre Shaw jetzt nicht tot.«
Gimlet zuckte mit den Schultern. »Jetzt kann er sich wenigstens persönlich bei Megan Barker entschuldigen.«
Der makabre Witz verpuffte wirkungslos. Mit Entsetzen in der Stimme beteuerte Sally: »Ich werde nie mehr über diesen verdammten Fall sprechen. Mit niemandem!«

»Mrs. Harrow? Sie können jetzt zu Ihrem Mann.«
Es war schon nach Mitternacht. Nan war auf einer Bank im Flur eingeschlafen. Sally folgte der Krankenschwester den Gang entlang.
Jake war gerade erst aus der Intensivstation in ein reguläres Zimmer gebracht worden. Vor der Tür stand ein Mann in Pflegerkleidung: ein Cop von der Stamford Police.
Neben Jakes Bett saß eine Schwester mittleren Alters und strickte an einem Pullover. Sie lächelte Sally mitfühlend an.
Jake lag mit geschlossenen Augen da. Schläuche aus der Wand führten in seinen Hals. Schläuche!
Was sagt man zu einem Mann, der Schläuche im Hals hat? »Darling – ich bin's, deine Frau. Ich bin hier, Darling«, und: »Der Doktor sagt, du wirst bald wieder okay sein«, und: »Ich liebe dich.«
Der blasse Fremde im Bett reagierte nicht. Kein Lidflattern, nicht einmal das winzigste Lächeln. Er sah aus wie einer dieser Hirntoten, die von Maschinen am Leben gehalten werden – als würde er nie wieder aufwachen.
Die Neonröhren an der Decke summten in Sallys Ohren wie ein wütender Fliegenschwarm. Die Stricknadeln klapperten

dröhnend. Die in angeblich beruhigendem Grün gestrichenen Wände schienen auf sie zuzukommen.

Ihr Beschützer, ihr Wall gegen die böse Welt – bleich wie ein Albino, mit Schläuchen im Hals!

Jake würde weiterleben, aber »Mr. Kaltschnäuzig« war tot.

Neununddreißigstes Kapitel

BUMMMMMM!

Julian Lamb widerstand der Versuchung, das Gaspedal durchzutreten: Ein Beschleunigen nach einer Explosion konnte einen wachsamen Bürger dazu veranlassen, sich seine Autonummer zu notieren.

Also fuhr er langsam weiter. Niemand schaute aus dem Fenster, niemand kam aus dem Haus gestürzt. Es war ein diesiger Maimorgen in Queens. Wahrscheinlich dachten die Leute, Kinder hätten einen Knallkörper gezündet.

In Wahrheit hatten sie den Sprengsatz gehört, den Lamb für den Notfall installiert hatte. Lamb wagte sich nicht nahe genug heran, um die Wirkung in Augenschein nehmen zu können, aber aus der Lautstärke der Explosion konnte er schließen, daß sie die obere Hälfte des großen Holunderbaums weggeblasen hatte – und den Laserlauscher pulverisiert, der auf Jake Harrows Haus gerichtet gewesen war!

Sein phantastischer Fensterlauscher! Eine Sonderanfertigung des CIA – unersetzlich, nirgends auf dem freien Markt erhältlich. Welches Risiko hatte er auf sich genommen, um ihn zu behalten – und jetzt hatte Harrow ihn gezwungen, ihn zu zerstören!

Der Kerl hatte ihn zum Narren gehalten, ausgetrickst. Harrow und sein Spießgeselle hatten Theater gespielt! Ihn mit seinem eigenen Abhörgerät geschlagen! Es mit Lügen gefüttert und ihn geradewegs in die Falle geführt! Ihn beinahe umgebracht! Er hörte jetzt noch die Kugeln, die knapp unter seinen Füßen in die Mauer geschlagen waren, als er die Strickleiter hinaufkletterte.

Keine Wanzen mehr – welcher Art auch immer: Er konnte ihnen nicht mehr trauen – er würde nie wissen, wann er echte und wann er falsche Informationen hörte. Man hatte ihm die Ohren zugestopft, die Augen ausgestochen, ihn außer Gefecht gesetzt: Ohne seinen Horchposten hatte er keine Möglichkeit, herauszufinden, was Harrow tat.
Lamb befand sich auf dem Grand Central Expressway, Meilen von Harrows Haus entfernt. Er hatte den Fensterlauscher in die Luft gesprengt und war unbemerkt entkommen – aber statt sich zu entspannen, wurde er immer nervöser. Es war alles schiefgegangen. Harrow würde nicht sterben: Heute früh war in den Nachrichten durchgekommen, daß er außer Lebensgefahr war – und das bedeutete, daß er bald wieder auf Achse sein würde.
Verdammt sollte er sein! Wie hatte er den Laserlauscher entdecken können? Wie hatte er herausgefunden, daß auch die Grants auf sein, Lambs, Konto gingen? Wie hatte er von der Polizeiuniform erfahren?
Welche Quelle hatte er?

Vierzigstes Kapitel

»Jetzt ist die große Klappe doch tatsächlich verstummt!«

Es war Freitag nachmittag, und Jake hatte einen Besucher: Captain Cowen.

Er stellte sein Mitbringsel, einen großen Obstkorb, auf den Tisch am Fenster.

Jake war wach und klar bei Verstand, aber die Kugel hatte seine Stimmbänder beschädigt – es würde eine Weile dauern, bevor er wieder sprechen könnte. Er schrieb etwas auf den Block, den er griffbereit neben sich liegen hatte, und reichte Cowen das Blatt.

»Wo ist der Pürierstab?«

Cowen kicherte über seine Gedankenlosigkeit. »Stimmt – es dürfte ein bißchen schmerzhaft für Sie sein, das Zeug im Stück zu essen. Na ja – Sie können die Früchte ja dazu verwenden, die Krankenschwestern zu bestechen, damit sie Ihnen den Rücken kratzen. Hören Sie – ich möchte nicht riskieren, daß vielleicht noch mal jemand auf Sie schießt. Die Polizei von Stamford hat das Krankenhaus fest im Griff. Sie werden optimal geschützt. Ich möchte, daß Sie sich ausruhen, solange Sie hier sind. Machen Sie sich keine Gedanken. Konzentrieren Sie sich ganz darauf, gesund zu werden.«

Um seine Herzlichkeit zu untermauern, setzte er sich auf den Bettrand. Als er Jakes schmerzverzerrtes Gesicht sah, sprang er wieder auf.

»Tut mir leid.« Er zog sich einen Stuhl heran und ließ sich zu einem gemütlichen Plausch nieder. »Ach ja – und sorgen Sie sich nicht wegen der Anhörung: Sie wird verschoben, bis Sie wieder auf dem Damm sind.«

Jake starrte ihn ungläubig an. Dann schrieb er: »Steht das immer noch an?«
»Ich fürchte, ja. Der Commissioner ist sehr wütend darüber, daß Sie sich im Fernsehen gegen mich gestellt haben. Er sagt, Sie hätten das gesamte Department in Verruf gebracht.«
»Bin ich noch suspendiert?«
Cowen hielt die Hand hoch – mit einer winzigen Lücke zwischen Daumen und Zeigefinger. »Sie sind so nah dran zu fliegen.«
Jake zeichnete ein großes Fragezeichen auf den Block.
Cowen zuckte mit den Schultern. »Haben Sie gedacht, eine Kugel würde Ihnen eine Generalamnestie verschaffen?«
»Sie beweist immerhin, daß ich recht hatte.«
»Wer sagt das?«
Jake deutete auf seinen Hals. »Die Kugel des Killers.«
»Detective Gimmler hat ausgesagt, daß keiner von Ihnen beiden mehr als einen flüchtigen Blick aus der Ferne auf den Schützen werfen konnte. Sie wissen nicht einmal, ob der Bursche, der geschossen hat, derselbe war, den Sie jagten.«
Jake versuchte fassungslos, den Kopf zu schütteln, zuckte zusammen und ließ es lieber. »Wer denn dann? Haney?«
»Tja, das würde die Dinge wesentlich vereinfachen – aber unglücklicherweise sitzt der noch immer in einer Zelle in Florida: Brasswater ist absolut überzeugt davon, daß er unser Mann ist. Er ist geradezu besessen davon. Je weniger Beweise er findet, um so verbissener sucht er. Mir sind die Hände gebunden, das wissen Sie. Ich muß warten, bis er aufgibt.«
Jake strich »Haney« aus und schrieb »Shaw?«.
»Brillant«, grinste Cowen. »Ich bin froh, daß Sie diese Frage aufwerfen – ich habe es selbst ernsthaft erwogen.«
»Es lebe der Schwachsinn!«
Cowen lachte, doch seine Augen blieben kalt wie Murmeln. Er zog eine Pressemitteilung aus der Innentasche seines Jacketts und gab sie Jake. »Was meinen Sie dazu?«
Eine phantasievolle Story über einen rachedurstigen, auf

Bewährung Entlassenen (ungenannt), den Jake einmal verhaftet hatte. Jake las das Machwerk nur zur Hälfte, knüllte es zusammen und schleuderte es über das Bettende.
Cowen hob das Papier ohne das geringste Anzeichen von Verärgerung auf und glättete es liebevoll. »Nur zu behaupten, daß es nicht unser Mann war, genügt nicht – man muß den Medien schon eine befriedigende Geschichte servieren. Also haben wir improvisiert. Aber immerhin könnte es so gewesen sein: Schließlich haben Sie im Laufe Ihrer Dienstzeit schon eine ganze Menge üble Gestalten von der Straße geholt.«
Jake starrte ihn feindselig an.
»Ich verstehe Sie – auch ohne Worte. Vielleicht ist Haney wirklich nicht unser Mann – vielleicht irren wir uns, und Sie haben recht. Sobald die Schläuche raus sind – kommen Sie zurück ins Team. Wir bieten Ihnen an, alle Anklagen gegen Sie fallenzulassen, die Anhörung abzublasen und Sie mit blütenweißer Weste wieder aufzunehmen.«
»Wenn ich das da unterschreibe.«
Cowen gab ihm die Pressemitteilung zurück. »Genau. Irgendwo da unten.«
Jake knüllte sie erneut zusammen – aber diesmal warf er sie nach Cowen, der sie geschickt auffing und zum zweitenmal sorgfältig glättete.
»Ich brauche Ihre Unterschrift gar nicht – ich kann das auch so an die Zeitungen schicken. Verstehen Sie nicht, daß ich versuche, Ihnen zu helfen?«
»Helfen oder knebeln?«
Cowen langte zum Tisch hinüber, nahm sich einen Apfel, polierte ihn mit seinem Ärmel und grub seine Zähne hinein. »Sie wollen also diese Erklärung nicht unterzeichnen – geben Sie mir dann wenigstens Ihr Wort, daß Sie keinen Widerspruch dagegen einlegen?«
»Lügen helfen dem Killer.«
»Ich bitte Sie ja nicht, zu lügen – Sie sollen sich nur von den Reportern fernhalten.«

»Bis die nächste Familie abgeschlachtet wird.«
»Sie halten sich für die Geißel Gottes, was? Sie sind nicht mehr bei Trost, Jake – ist Ihnen das klar? Sie sind kein Cop mehr – Sie sind so eine Art Superrächer, der mit einer Uzi Amok läuft. Ich habe die Bilder gesehen: Sie müssen tausend Kugeln in den Wagen auf dem Friedhof gepumpt haben. Was sollte das, Jake?«
»Warnschüsse.«
Cowen warf den Rest des Apfels in den Papierkorb und rauschte hinaus wie eine beleidigte Diva.

Wenig später stieg Captain Cowen auf dem Parkplatz in den Fond der langgestreckten Limousine seiner Frau Eden. Es war Freitag: Er würde heute nicht mehr in die Stadt zurückkehren.
Als der Chauffeur aus der Lücke rangierte, rief Cowen den Leiter der Public-Relations-Abteilung des Department an. Er tippte die Zahlen blind ein und suchte währenddessen mit zusammengekniffenen Augen die in der Sonne blendendweiße Wand des Krankenhauses ab, aber er konnte Jakes Zimmer nicht ausmachen.
»Harry, mein Junge – hör genau zu.« Er zog die verknitterte Pressemitteilung aus der Tasche, hielt sie an die Sprechmuschel und begann, sie zu zerreißen. »Hörst du das? Ja – das ist dein Meisterstück. Tadellose Prosa – das ist nicht das Problem. Hm. Er hat den Fußboden damit aufgewischt. Er spinnt, Harry – die Luft ist raus. Ich weiß, daß er viele Medaillen bekommen hat – Gott gewährt eben immer den falschen Leuten seine Gunst.«
Nachdem er die Verlautbarung auf Konfettigröße reduziert und auf den Boden des Wagens gestreut hatte, lehnte er sich behaglich in den Ziegenledersitzen zurück, um die lange Fahrt zu dem Sommerhaus in East Hampton entspannt genießen zu können.
»Halt die Klappe. Ich habe wirklich alles versucht, aber der Verrückte... Ja, ja – er hat es gelesen... aber er war nicht

bereit... Würdest du jetzt endlich mal dein großes PR-Maul halten! Mann – du bist ja noch schlimmer als er! Das kommt davon, wenn man geistig Behinderte einstellt. Ja – ich will, daß du eine neue Erklärung schreibst... Natürlich heute – was dachtest du denn? Nächstes Jahr? Was hast du für ein Problem? Hat dir jemand deinen Bleistift weggenommen? Hattet ihr bei der *Times-Picayune* oder wie immer das Käseblatt in Rock Window hieß, bei dem du angeblich Reporter warst, keine Ablieferungstermine? Oder siehst du dich vielleicht außerstande, eine neue Erklärung zu verfassen?
Jetzt hör endlich auf zu meckern. Du wirst dich diesmal etwas bemühen müssen. Ich brauche eine Schilderung der Ereignisse auf dem Friedhof, die mir die Möglichkeit läßt, Harrow später zu verhaften. Nein, nein, ich will nicht, daß du schon mit dem Finger auf ihn zeigst – beschränk dich auf Andeutungen. Geheimnisvolle Schießerei, Zeitfolge unklar – laß alles offen, damit wir später etwas einfügen können, um dem Esel den Schwanz anzuheften. Vielleicht kannst du durch Fotos den Wahnsinns-Aspekt reinbringen: Die kopflose Puppe, der durchlöcherte Wagen – und dazu ein Foto von Harrow. Aber übertreib nicht – ich möchte nicht, daß es so aussieht, als machten wir Front gegen Harrow.
Was? Weil ich Zeit schinde, du Schwachkopf. Wir können ihn doch nicht festnehmen, solange er Schlagzeilen macht – oder möchtest du vielleicht auf Kanal fünf sehen, wie er in Handschellen über den Krankenhausparkplatz gezerrt wird? Mensch, muß ich dir wirklich deinen Job erklären? Solange er nicht reden kann, ist er keine Gefahr. In der Zwischenzeit lassen wir keinen Reporter zu ihm und überprüfen seine Post. Ja – der Doktor sagt, mindestens zehn Tage, vielleicht sogar zwei Wochen. Bis dahin ist die Geschichte auf Seite siebenunddreißig gerutscht – unter die Kleinanzeigen. Und dann verhaften wir ihn.
Ja – ich weiß auch, daß seine Verletzung die Sache heikel macht. Deshalb mußt du dein Hirn anstrengen. Mhm. Interessant. Hmm. Halt, halt – brems dich: Wir haben es hier nicht

mit der Ermordung Kennedys zu tun. Faß dich so kurz, daß es auf der Rückseite eines Briefkuverts Platz hat.
Mir ist alles recht, wenn du es schaffst, daß es so aussieht, als sei es nicht unser Killer gewesen... Ja – wenn du das Familien-Moment herausstellst, wird es klar: Harrow ist keine Familie – er ist ein Cop. Brillant. Ja. Ja. Mhm. Zähl mir nicht die Gründe auf, warum du es nicht machen kannst – mach es einfach, okay? Das ist dein Job, Harry. Dafür wirst du bezahlt. Ja. Hmm. In der Zeit, die du mir hier was vorjammerst, könntest du die verdammte Erklärung schon fast fertig haben.
Ich ruf' dich in einer Stunde noch mal an – und dann möchte ich was hören –, sonst bist du sehr schnell weg vom Fenster. Bis dann.«
Er beugte sich vor und mixte sich mit Zutaten aus der Bar einen Martini. Ein böses Lächeln umspielte seine Lippen. »Duck dich, Harrow«, murmelte er.

Einundvierzigstes Kapitel

Die Zeitungen brachten nur kleine Meldungen – nichts Auffälliges:
Samstag: Die Polizei äußert sich nicht zu den Vorfällen bei Shaws Beerdigung – sie erklärte lediglich, die Untersuchung laufe.
Montag: Die Polizei gibt keinerlei Kommentar zu dem Gerücht, daß in der Puppe auf dem Friedhof Kokain gefunden wurde.
Mittwoch: Die Polizei schweigt zu der Behauptung, daß ein Beutel mit Kokain, der bei einer Razzia sichergestellt wurde, aus einem gewissen Revier auf der Westseite von Manhattan verschwand und sich in der Tasche eines Trauergastes bei Shaws Begräbnis wiederfand.

Jake saß in seinem Krankenhausbett und las die Meldungen mit wachsender Furcht – und Wut: Tag für Tag, Andeutung für Andeutung, ritt Cowen ihn tiefer rein. Sie würden ihn verhaften – wegen Drogenhandels. Und wann würde er so damit beschäftigt sein, seine Unschuld zu beweisen, daß er für nichts anderes mehr Zeit fand – vor allem nicht für die Suche nach dem Familienmörder. Die Frage war: Wieviel Zeit blieb ihm noch?

Die Antwort bekam er von Officer Decker von der Stamford Police.

Decker war der Pfleger-Cop, der die Nachtschicht vor Jakes Zimmer hatte – ein großer, wohlgenährter Bursche mit hängender Unterlippe. Den ganzen Abend tigerte er auf dem Flur auf und ab wie eine übernervöse dänische Dogge, quatschte die Krankenschwestern an und zwang den vorbei-

kommenden Patienten seine Witze auf, über die nur er lachte, was ihm jedoch nie auffiel.
Eines Abends stürmte er in Jakes Zimmer, schaltete die Deckenbeleuchtung aus, drehte die Nachttischlampe so, daß Jake wie im Scheinwerferlicht saß, und bellte nach der Manier eines deutschen Geheimdienstlers in einem Kriegsfilm: »So – Sie wollen also nicht reden! Ich kann Ihnen versichern, wir haben Mittel und Wege, Sie dazu zu bringen!« Dann fiel er auf die Knie und schaltete auf Ronald Colman um: »Ich flehe Sie an – reden Sie. Seien Sie ein guter Junge. Ich bitte Sie. Ich muß hier raus! Ich werde verrückt, hören Sie – verrückt!«
So ist das also, dachte Jake: Die Falle schnappt zu, sobald ich wieder sprechen kann.
Er atmete geräuschvoll ein und bewegte die Lippen, als versuche er verzweifelt, etwas zu sagen.
Decker lachte, daß ihm die Tränen kamen.
Amüsier dich nur, mein Freund, dachte Jake. Du wirst diesen Job noch eine Weile haben.

Zweiundvierzigstes Kapitel

»Hallo, Schätzchen! Die Gäste sind da. He – warum bist du noch nicht umgezogen?«

Popsy war ohne anzuklopfen ins Zimmer geplatzt. Sein dikkes Babygesicht war dank einigen Cocktails bereits rosig überhaucht. Durch die offene Tür hörte Sally den Lärm einer Akademiker-Dinnerparty, der sich ständig steigerte wie das Motorengeräusch einer Boeing 747 kurz vor dem Start.

Fast zwei Wochen lag Jake nun schon im Krankenhaus. Sally wohnte noch immer in Princeton. Sie konnte nicht nach Queens zurück: Der Killer hörte das Haus womöglich nach wie vor ab. Und so vergingen ihre Tage damit, Jake in Stamford zu besuchen, in ihrem Jungmädchenzimmer zu schreiben und sich um Winston zu kümmern, mit dem sie lange, wenn auch einseitige Gespräche führte.

Sally schlug die Decke zurück: Sie hatte sich in Jeans und Top hingelegt. Jetzt setzte sie sich auf die Bettkante und vergrub das Gesicht in den Händen. »Tut mir leid – ich kann nicht. Ich hole mir ein Sandwich rauf und lese was.«

»Du wirst deine hübsche Nase nicht in einem Buch verstekken«, protestierte Popsy. »Du kommst hinunter, junge Dame – und zwar flott.«

Sally haßte diesen Kommandoton. »Ich bin erst vor einer Viertelstunde aus dem Krankenhaus zurückgekommen – ich muß mich ausruhen.«

Der Besuch in der Klinik hatte sie heute besonders viel Nervenkraft gekostet, denn sie hatte Jake auf seine Bitte hin ein Funktelefon ins Zimmer schmuggeln müssen. Sie und Gimlet waren die einzigen, die wußten, daß er wieder sprechen konnte.

»Unsinn! Eine Party ist die beste Therapie für dich. Lenk dich ab.«
»Popsy, bitte!« Wo kam plötzlich dieser Kleinmädchenton her? Sie hörte sich an wie sechzehn. Anscheinend passierte so etwas, wenn man wieder zu Hause wohnte.
»Komm schon – alle wollen dich sehen.«
»Ich habe ihnen nichts zu sagen.«
»Dann tu es für deinen alten Vater. Ich habe mich wirklich auf diese Dinnerparty gefreut.«
Nicht sehr glaubhaft, wenn man bedachte, daß er zweihundert Abende pro Jahr auf Dinnerparties zubrachte: entweder bei sich oder eingeladenermaßen. Er war ein Mensch, der es nicht ertragen konnte, allein zu sein – und Nan betrachtete er nicht als Gesellschaft.
»Morgen verbringe ich den ganzen Abend mit dir.« Sie fing schon an, Konzessionen zu machen!
»So lange kannst du deinen armen Vater doch nicht schmachten lassen.«
Verdammt, dachte sie wütend – kann man ihm denn überhaupt nicht beikommen?
»Als ich hier im Haus aufwuchs, konntest du ausgezeichnet ohne mich auskommen«, platzte sie heraus. So deutlich hatte sie nicht werden wollen.
Er ging gar nicht darauf ein. »Du hast hier freie Kost und Logis – da kann ich als Gegenleistung doch wohl erwarten, daß du mir diesen kleinen Gefallen tust.«
»Soll ich mir mein Abendessen mit Singen verdienen?«
»Es gibt Ente mit Orangensauce.«
»Du kannst so himmelschreiend unsensibel sein! Mein Mann – der ganz nebenbei dein Schwiegersohn ist – wäre um ein Haar umgekommen, aber alles, woran du denkst, ist irgendeine Party.«
Das Rosa seiner Wangen vertiefte sich um eine Schattierung, aber er ließ sich nicht beirren. Statt dessen kam er auf sie zu, bis sein immer noch lächelndes Gesicht ihr gesamtes Blickfeld ausfüllte wie eine große Scheibe halbrohes Roastbeef.

Ein intensiver Moschusgeruch – offenbar dazu gedacht, Frauen schon beim ersten Einatmen zu willfährigen Opfern zu machen – stieg ihr in die Nase. Es war widerlich: Er stank wie ein Yak in der Brunft.

»Hör zu«, sagte er gelassen. »Du hast die Sprache auf Jake gebracht – nicht ich. Ich lese Zeitungen: An deiner Stelle wäre ich sehr nett zu meinem Popsy – es könnte gut sein, daß du ihn in nächster Zeit brauchst.«

Noch vor zwei Wochen hätte Sally ihm gesagt, er solle sich zum Teufel scheren – doch jetzt riet ihr eine kleine, furchtsame Stimme in ihrem Innern, lieber vorsichtig zu sein: Im Augenblick konnte Jake sich noch hinter seinem Schweigen verschanzen – wie Winston –, aber wenn sie ihn verhafteten, würden ihre Eltern alles sein, was sie hatte.

»Okay, okay – ich bin in zehn Minuten unten.«

Sie empfand ihr Nachgeben als qualvolle Erniedrigung: So mußten sich die Studentinnen fühlen, die sich dazu überwanden, Popsy zu Willen zu sein, um sich dadurch bessere Noten zu »verdienen«.

»Braves Mädchen.« An der Tür drehte er sich noch einmal um. »Zieh das weiße Kleid an. Du weißt – in Weiß mag ich dich am liebsten.«

Genau zehn Minuten später kam Sally in ihrem weißen Kleid die breite Treppe herunter.

Sie ging durch die Halle – vorbei an Nans Porträt, das sie immer gehaßt hatte. Ihre Mutter hatte darauf den verlogen-unschuldigen Ausdruck wie Doris Day in einer ihrer Komödien aus den sechziger Jahren: Er vermittelte den Eindruck einer glücklichen, sorglosen Frau – hätte sie keinen Mann, der sie ständig hinterging und übersah.

Als sie den Wohnraum betrat, hörte sie Popsy sagen: »Ich besitze nördlich von hier vierzig Morgen Land – und es ist keinen Cent wert.« Die Akademiker lauschten fasziniert. Ihre alkoholgeröteten Gesichter trieben wie Asteroiden in Popsys Gravitationsfeld. Insgeheim bewunderten sie die Dinge, über denen sie angeblich standen und über die sie später

Witze reißen würden: die Dienstboten, die Fingerschalen, die Erstausgaben und Familienporträts – die ganze Atmosphäre bürgerlicher Großartigkeit.

Popsy entdeckte Sally und hob sein Glas zu einem schweigenden Gruß.

Er hatte nicht gelogen, als er gesagt hatte, daß die Gäste sie sehen wollten: Sehr bald stand sie im Mittelpunkt des Interesses. Die Bücherwürmer wollten wissen, welche Munition Jake in seiner Uzi gehabt hatte. Mit Stahlmantel oder mit Stahlkern? Hatte er eine Kevlar-Weste getragen? Einlagig oder zweilagig? Ja, sie besuchte ihn regelmäßig im Krankenhaus. Sprechen Sie miteinander über den Vorfall? Was – er *kann* nicht sprechen? Er schreibt auf, was er sagen will? Die Kugel hat seine Stimmbänder verletzt, sagen Sie? Mein Gott, was für eine Tragödie! Wird es denn wieder werden?

Doch das Mitgefühl war nur gespielt: In Wahrheit waren sie nur begierig auf Insider-Informationen. Stimmt es, was in den Zeitungen steht – daß die Schießerei auf dem Friedhof nichts mit dem Familienmörder zu tun hatte? Daß Kokain in der Puppe war?

Ich will nicht mehr, dachte sie. Als ob Popsys versteckte Drohungen nicht genügten! Sie fand es ekelhaft, daß diese Menschen, die sich angeblich wissenschaftlicher Arbeit verpflichtet fühlten, offenbar mit Wonne die Regenbogenpresse nach Hinweisen auf einen möglichen Skandal absuchten.

Sie war ernstlich versucht, Cowens Falschmeldungen an die Presse zu berichtigen und das tückische Komplott gegen ihren Mann aufzudecken – aber Jake hatte ihr eingeschärft zu schweigen. Er wollte so lange wie möglich im Krankenhaus bleiben, um Zeit zu gewinnen und zu versuchen, mit Hilfe des Funktelefons Nachforschungen anzustellen. Alles, was ihn interessierte, war die Klärung des Falles. Es kümmerte ihn nicht, daß sein Name in den Schmutz gezogen wurde. Es war zum Verrücktwerden! Sie mußte etwas tun! Sie durfte nicht zulassen, daß diese miesen Heuchler Jake verdächtigten, bei Beerdigungen mit Drogen zu dealen.

Sie öffnete den Mund – und schloß ihn wieder: Das letztemal, als sie auf einer Party die Kontrolle über sich verlor, hatte sie das Geheimnis der Schalldämpfer ausgeplaudert. Was zu Shaws Ermordung führte. Die zu Shaws Beerdigung führte. Die dazu führte, daß Jake angeschossen wurde.

»Ich kann nicht über den Fall sprechen«, sagte sie. »Ich bin sicher, Sie verstehen das.« Die Professoren faßten das als Koketterie einer Insiderin auf und bedrängten Sally nur um so mehr. Hatte Jake verdeckt ermittelt? Warum verweigerte die Polizei jede Stellungnahme? Warum die Geheimniskrämerei?

»Nicht mehr, nicht mehr – kein einziges Wort mehr!« rief sie. Der Kreis wurde enger, schloß sie ein – sie attackierten sie mit Fragen wie Reporter bei der Verhaftung eines Mafiabosses.

Zu ihrer Erleichterung wurde schließlich mitgeteilt, daß angerichtet sei. Die Inquisitoren leerten hastig ihre Aperitifgläser.

Das Essen für die sechsundzwanzig Gäste, serviert von Leihpersonal, war wie üblich eine aufwendige Angelegenheit mit funkelndem Kristall und zartem Porzellan. Nan saß an einem Ende der Tafel – den Fuß auf dem Knopf, der Klingelzeichen in der Küche auslöste –, Popsy ihr gegenüber, bereit, eine Reihe von Toasts auszubringen, die er verstohlen von den Karten ablesen würde, die in seiner Jackettasche steckten.

Als Sally sich hinsetzte, stellte sie fest, daß einer der aufdringlichen Professoren den Platz links von ihr hatte, und wandte sich dem Mann zu ihrer Rechten zu.

Er lächelte: »Warum sind Sie denn so belagert worden?«

»Es ging um ein nicht aufgeklärtes Verbrechen, über das ich nicht zu sprechen bereit bin.«

»Es wird Sie freuen zu hören, daß ich nicht an Verbrechen interessiert bin – seien sie nun aufgeklärt oder unaufgeklärt.«

»Das freut mich wirklich – denn wenn mir noch eine einzige

Frage darüber gestellt wird, springe ich auf und fahre zum Essen zum Burger King.«

Er lachte. »Man sah Ihnen an, wie Sie litten.«

Sie beugte sich zu ihm hinüber und flüsterte: »Ich hoffe, Sie werden mich beschützen, wenn der Mann links versucht, mit mir über das Verzögerungsmoment bei Geschossen zu plaudern.«

»Ich werde mit unregelmäßigen Sanskritverben zurückschlagen: Nichts beendet ein unerwünschtes Gespräch schneller.«

Sie warf einen Blick auf seine Platzkarte. »Ich danke Ihnen, Dekan Orpington.«

Er zwinkerte ihr zu. »Sagen Sie es niemandem – ich bin nicht Orpington. Er brannte zwar darauf, heute hierherzukommen, doch in letzter Minute kam etwas dazwischen. Ich bin der Ersatzmann.«

Sally hatte noch nie ein positives Wort über das Wren College gehört, und die alten Sprachen des Mittleren Ostens gehörten nicht zu ihren Interessengebieten, aber Professor Lamb erwies sich als amüsanter Tischherr. Er zeichnete ein liebevoll-spöttisches Bild der vielgeschmähten Schule, und gemeinsam lachten sie über einen Professor aus Butte, Montana, der, wenn er wegen Trunkenheit am Steuer von der Campuspolizei angehalten wurde, den Beamten Texte entgegenschleuderte wie »Hinfort, Lakai!«, und einen Studenten, der sich im Vorlesungssaal geirrt hatte und eine Stunde lang unregelmäßige hebräische Verben lernte – in der festen Überzeugung, es mit mittelalterlichem Persisch zu tun zu haben.

Lamb erzählte ihr, er verbringe den Sommer in Princeton, um seine Forschungen in der hiesigen Bibliothek fortzusetzen. Er hatte ein Souterrain-Apartment gemietet. »Gott sei Dank sind die Eigentümer den Juni über in Europa, und so kann ich das ganze Haus benutzen – sonst hätte ich wahrscheinlich schon Schimmel angesetzt: Durch mein Wohnzimmer fließt ein Fluß – komplett mit Steinen und Farnen:

Professor Reuter – das ist mein Vermieter – ist Meeresbiologe.«
»Reuter? Ist das nicht das große schwarze Haus hinter dem Wald?«
»Genau. Wir sind praktisch Nachbarn.«
Sie fragte ihn nach seinen Forschungen.
»Im Augenblick schreibe ich eine Arbeit über falsche Wortdeutungen«, sagte er. »Typischer Akademikerkram – staubtrocken für den Laien, fürchte ich.«
»Falsche Wortdeutungen? Das hört sich an, als würden Sie die Wörterbücher berichtigen!«
»Wörterbücher? Großer Gott!« Er verdrehte die Augen. »Die Wortdeutungen in Wörterbüchern sind ein schlechter Witz. Nein, nein – ich spreche von echten Gelehrten: Sogar diese können Opfer naheliegender Schlüsse werden.«
»Haben Sie ein Beispiel parat?«
»Kennen Sie Dionysos?«
»War das nicht der griechische Party-Gott?«
Lamb lachte. »Ganz recht.« Sie lächelten beide, als ein Salondiener ihnen wie aufs Stichwort die Gläser füllte. »Im Griechischen wird der Name so geschrieben.« Er zog einen Kugelschreiber aus der Tasche und schrieb in Druckbuchstaben »*Dio nysos*« auf eine von Nans teuren Damastservietten. »*Dio* bedeutet *Zeus*; und *oinos* heißt *Wein* – wovon sich die Önologie ableitet, was Weinbaukunde heißt.«
»Dann war Dionysos also Zeus' Weinlieferant?«
»Ganz offensichtlich, nicht? Jedenfalls glaubten Generationen von Gelehrten das.«
»Aber es stimmt nicht?«
»Dionysos ist ein sehr alter Name – wahrscheinlich nicht einmal griechisch. Der Gott wurde aus asiatischen Religionen übernommen.«
»Das ist ja faszinierend.«
»Nun ja – es finanziert die Miete.«
»Veröffentlichen oder untergehen, richtig?«
Lamb lächelte. »So ähnlich.«

Seit ihrem Weggang aus Queens hatte Sally sich nicht mehr so wohl gefühlt: In Lambs Gegewart wuchs ihr Selbstvertrauen, sie blühte regelrecht auf. Sie mußte zugeben, daß Popsy recht gehabt hatte: Die Party tat ihr wirklich gut.
Lamb begann von seinem neuesten Projekt in Wren zu erzählen – einem Literaturmagazin. Offenbar hatte eine Stiftung nur für diesen Zweck eine enorme Geldsumme zur Verfügung gestellt. Es gab noch keinen Namen dafür. Ob ihr vielleicht einer einfalle? Irgend etwas, in dem das Wort Wren vorkam.
Sally kicherte. »Wie wär's mit ›Wurmstichige Worte für Wrens‹?«
Er runzelte die Stirn. »Es ist eine ernsthafte Angelegenheit. Mit diesem Magazin könnte das College an Bedeutung gewinnen.«
Sally glaubte, er scherze. »Wer will denn schon die Ergebnisse von Kursen für kreatives Schreiben lesen? Das tun sich doch nur Masochisten an.«
Zu spät erkannte sie, daß sie ihn gekränkt hatte. Er erklärte in scharfem Ton, daß es sich um nichts dergleichen handele. Sie würden Arbeiten von überallher veröffentlichen – auch von namhaften Autoren. Magazine wie dieses fänden beachtlichen Absatz in Universitätsstädten und anspruchsvollen Buchhandlungen, lägen in Hunderten von Bibliotheken aus und würden von einem breiten Publikum gelesen – einschließlich Literaturagenten und großen Verlegern –, und sie seien eine Startrampe für Karrieren.
Sally hatte zu kichern aufgehört und gestand, daß sie selbst Schriftstellerin sei. Sie habe ein Buch über echte Verbrechen in Arbeit – im Endeffekt eine Studie über das Gute und das Böse.
Er konzentrierte sich mit plötzlichem Appetit auf seine Ente. »Ich weiß nicht: Action-Geschichten... selbst literarische... sind nicht genau das... wir legen mehr Wert auf Tiefgang.«
Sally lehnte sich so weit zu ihm hinüber, daß ihr Ellbogen fast seinen Teller vom Tisch geschoben hätte. »Das ist hochinteressant für mich – ich bin nämlich zu dem Schluß gelangt, daß

genau dies das Wesentliche ist. Ich habe mein Buch abgebrochen und mit einer Kurzgeschichte begonnen, die ganz anders ist als alles, was ich bisher geschrieben habe.«

»Aha.« Er wandte sich von ihr ab, als wolle er mit seiner anderen Tischdame ein Gespräch beginnen.

Sally legte ihm die Hand auf die Schulter. »Ich frage mich, ob Sie meine Story für Ihr Magazin in Erwägung ziehen würden.«

»Ja, natürlich. Schicken Sie sie zu meinen Händen...«

»Das Manuskript liegt oben auf meinem Schreibtisch. Ich kann es Ihnen holen.«

Er sah sie irritiert an, und sie war sicher, daß er ablehnen würde. Doch zu ihrer Überraschung nickte er. »In Ordnung.«

Sie sprang auf. »Die Geschichte wird Ihnen gefallen. Der Titel lautet *Der schweigende Seher*. Es geht um das Gefühlsleben eines Jungen, der Zeuge eines vielfachen Mordes war.«

Dreiundvierzigstes Kapitel

»Zeit für Ihr Schlafmittel«, verkündete die Krankenschwester. Unter ihrem wachsamen Blick steckte er die Kapsel in den Mund und spülte mit Wasser aus dem Plastikbecher nach. Kaum war er allein, spuckte Jake sie wieder aus und warf sie zu den anderen in die Nachttischschublade.

Draußen vor der Tür scherzte Decker mit einem Patienten. Sonst war der Kerl doch auch nicht unentwegt auf seinem Posten – warum ausgerechnet heute?

Jake starrte wütend an die Decke und wartete. Um ihn herum ging das Klinikleben seinen Gang. Aus anderen Zimmern dröhnten Fernsehprogramme, es klingelte und summte, unpersönliche Stimmen verlangten über Lautsprecher diesen oder jenen Arzt, Bahren rollten, immer wieder irgendwo anstoßend, über den Flur wie Nachschubwaggons zum Kriegsschauplatz.

Wie konnte ein Energiebündel wie Decker es nur aushalten, so lange auf seinem Hintern zu sitzen? Es gab doch genügend Krankenschwestern, die sich über seine Aufmerksamkeit gefreut hätten, und sicher auch Patienten, die seine Witze noch nicht kannten.

Endlich hörte er ihn sagen: »Halt, Helen – lassen Sie sich doch helfen!« Und damit sprang der Meisterfummler auf und stampfte den Flur hinunter.

Lamb war so begierig darauf, zu erfahren, was in Sallys Geschichte stand, daß er sie nach der Party sofort las, nachdem er in seinen Wagen gestiegen war, der in der Zufahrt des Payden-Hauses stand. Zuerst war er verwirrt. Wer war der kleine schwarze Junge, den sie »Manley« getauft hatte – der »Schweigende Seher«, der den Mord an einer Familie miterlebt, den Schalldämpfer gezeichnet und Haney für unschuldig erklärt hatte?

Dann las er, daß der Kleine *He's Got the Whole World in His Hands* liebte.

Das war der Song, der ihn, Lamb, auf den Laseraufzeichnungen so entnervt hatte! Das Manuskript raschelte in seiner Hand, so stark zitterte sie. Manley war Winston! Und er war nicht Jakes und Sallys Sohn – Roger und Mandy hatten ihn adoptiert! Er war Zeuge der Morde in Skokie gewesen. Er hatte ihn gesehen – aber irgendwie war es Harrow gelungen, den Zeitungen seine Existenz zu verschweigen!

Lamb legte den Kopf zurück und brach in triumphierendes Gelächter aus.

Phantastisch! Er hatte sich mit List und Tücke in diese Party eingeschlichen, um als letzte Informationsmöglichkeit Sally anzuzapfen – einen armseligen Ersatz für die elektronische Ausrüstung, die er nicht anzuwenden wagte. Und jetzt hatte sie sich als Volltreffer herausgestellt – viel besser als der Laserlauscher. Wie oft hatte er gehört, daß Jake auf den kleinen Jungen einredete, ohne zu begreifen, wer er war oder was er wußte. Sally hatte ihm die Lösung seines Problems auf einem Silbertablett serviert: Winston war Harrows Geheimwaffe!

Ich danke dir, Sally Harrow!

»RRRRRRRRATTTLERS!« ratterte Chuell Vaughns Stimme in Jakes Ohr.

»Hier spricht Detective Harrow. Erinnern Sie sich an mich?«

»Ja, ja – Sie haben doch schon mal angerufen.«

»Richtig.«

»Sie sind doch nicht etwa der Typ, der im Polizeihauptquartier von Daytona vor laufenden Kameras eine Rauferei mit seinen Kollegen hatte?«

»Genau der.«

»Was ist mit Ihrer Stimme?«

»Habe eine Kugel in den Hals gekriegt.«
»Bei einer Beerdigung – stimmt's?«
»Sie verfolgen die Sache offenbar.«
»Sporadisch. In den Zeitungen von Denver erschien ein Foto von dem Wagen, dem Sie mit Ihrer Uzi eine zusätzliche Luftkühlung verpaßten. Ich würde sagen, die Reparatur dürfte sich kaum lohnen.«
Jake stieß ein bellendes Lachen aus. »Die Leute von Hertz waren nicht gerade begeistert.«
Auch Vaughn lachte. Dann verfiel er in unbehagliches Schweigen. Schließlich sagte er stockend: »Hören Sie, Mann – ich möchte mich entschuldigen, daß ich Ihnen letztes Mal so dumm gekommen bin. Ich dachte, Sie wären so ein Schreibstubenhengst. Ich hatte ja keine Ahnung, daß Sie ein Pistolero sind wie wir.«
»Ist schon okay. Vielleicht können Sie mir helfen.«
»Schießen Sie los. Passende Formulierung, was?«
Jake zwang sich zu einem höflichen Lachen. »Erzählen Sie mir, warum die Rattlers Lyle Sturluson rausgeworfen haben.«
»O Mann...«
»Hatte er den Glauben an Ihre Sache verloren? War er zu den Liberalen übergelaufen?«
»Müssen Sie das wirklich wissen?«
»Wenn er etwas Illegales getan hat, haben Sie mein Wort, daß ich nichts...«
»Nichts Illegales. Schlimmer.«
»Was? Hat er Ringos Kojoten ein Bier spendiert? Reden Sie schon.«
»Jedesmal, wenn wir auf Manöver in den Bergen waren, marschierte er die drei Meilen zum nächsten Telefon, um jemanden anzurufen. Er sagte, er habe versprochen, sich bei seiner Familie zu melden, aber ein paar von uns glaubten ihm nicht: Sie dachten, er wäre ein Informant oder so was. Obwohl ich ihm nicht mißtraute, beschloß ich, die Sache klarzustellen, und richtete es eines Tages so ein, daß ich

schon vor ihm unten bei der Tankstelle war, wo der Wandapparat hing. Ich verzog mich ins Klo, setzte mich auf die Brille und wartete.

Nach einer Stunde, in der mir nur die Fliegen in die Ohren gesummt hatten, hörte ich seine Stimme durch die dünne Wand.«

Vaughn hielt inne.

»Sprach er mit dem FBI?« fragte Jake.

»Nein, Mann – er sprach wirklich mit seiner Familie.«

»Was hat er denn so Schlimmes gesagt?«

»Es war nicht das, *was* er sagte, sondern *wie* er es sagte. Zuerst dachte ich, es sei eine Fremdsprache. Seine Leute stammen aus Island, und da spricht man eher merkwürdig, als würde man sich ständig räuspern. Ich hörte den isländischen Akzent – aber dann erkannte ich, daß er hauptsächlich englische Wörter benutzte.«

»Er sprach also Englisch mit isländischem Akzent.«

Vaughn mußte sich zu einer Antwort regelrecht zwingen. Sein Abscheu war deutlich zu hören: »Nein, Mann – er sprach Babytalk.«

»Was für eine Art Babytalk?«

»Wie soll ich das erklären? Er und seine Familie hatten sich was aus Englisch und Isländisch zusammengebraut, und... na, Sie wissen schon: gugudada und so.«

»Wie hörte es sich an?«

»Wie ein kleines Mädchen, das mit seiner Lieblingspuppe spricht. Verdammt, Harrow – ich bin ein erwachsener Mann. Ich habe es Ihnen beschrieben, aber ich weigere mich, es nachzumachen. Als ich begriff, was ich da hörte, wäre ich am liebsten durch die Wand gerannt. Ich sagte Sturluson, er solle sich schon mal immer eine Transportmöglichkeit suchen, denn er würde auf keinen Fall mit uns nach Beals zurückfahren. ›Wir sind Rattlers und keine Wickelkinder‹, sagte ich zu ihm. Ich sagte...«

»He, Harrow! Letterman verleiht dem Familienmörder eine Medaille für seinen Kampf gegen Lärmbelästigung!« Decker

war ohne Voranmeldung ins Zimmer gestürmt und wollte zum Fernseher. »Das muß…«
Jake versuchte den Hörer unter der Bettdecke verschwinden zu lassen, doch es war zu spät: Decker hatte ihn gesehen.
»Sie hinterlistiger Bastard! Sie können also sprechen!«
Jake schüttelte den Kopf und hielt ihm den Hörer hin, aus dem Vaughns Stimme drang.
»Wollen Sie mir erzählen, daß das der Wetterbericht ist?«
Jake nickte. Decker kam um das Bett herum, um sich zu vergewissern, aber als er die Hand ausstreckte, riß Jake den Hörer zurück.
»He! Geben Sie her!«
Unter der Decke hatte Jakes Hand sich um das Telefongehäuse geschlossen, und als der Cop vorsprang, ließ Jake den Metallkasten gegen sein Kinn krachen. Deckers Kopf wurde nach hinten gerissen, seine Füße verloren den Halt, und er brach am Fußende zusammen, das Gesicht auf dem Bett, die Knie auf dem Linoleum.
Jake sprang auf, schloß die Tür, zerrte den Mann ganz auf das Bett und zog die Decke über ihn. Dann löste er seine Wochenration Schlafmittel aus den Kapseln in einem Glas Wasser auf und flößte das Gebräu dem immer noch Halbbewußtlosen ein. Als Jake mit Anziehen fertig war, schnarchte sein Bewacher bereits.
Das Funktelefon und das FBI-Heft unter dem Arm, öffnete Jake vorsichtig die Tür einen Spalt, wartete, bis die Luft rein war, und verließ dann mit schnellen Schritten die Station.

Vierundvierzigstes Kapitel

KRACH!

Winston öffnete die Augen und starrte in die Dunkelheit. Der Lärm, der ihn geweckt hatte, hallte noch in seinen Ohren nach. War der Constable schließlich doch noch gekommen?

KRACH! Donner! Ein Unwetter tobte um das große Haus in Princeton, in dem alle anderen fest schliefen: Popsy und Nan im großen Schlafzimmer, Tante Sally auf der anderen Seite des Flurs. Winston gähnte und legte sich wieder hin.

Wieder krachte es. Dann ein Klicken, ein dumpfer Schlag und leise Schritte.

Er erinnerte sich genau an die vorsichtigen, gedämpften Geräusche: Er hatte sie damals in Skokie gehört!

In der ersten Nacht in diesem Haus hatte er einen Plan gemacht, nach dem er vorgehen wollte, falls der Constable käme. Hier gab es keinen Sims über der Hintertür wie bei Onkel Jake, aber dafür ein Geländer, das zum Garagendach lief. Wenn er sich flach auf dieses Dach legte, könnte ihn der Constable von unten nicht sehen: Es hatte einen hochgezogenen Rand. Fast jede Nacht in den vergangenen zwei Wochen hatte er, wenn alle anderen im Bett waren, geübt, geräuschlos aus dem Haus und auf das Garagendach zu kommen. Es war ihm so einfach erschienen wie ein Spiel – doch jetzt hämmerte sein Herz, als sei er schon eine Meile gerannt.

Er wußte, daß die Kammertür quietschte, deshalb hatte er sie nur so weit zugemacht, daß er hinauskonnte, ohne sie zu bewegen. Es war stockfinster im Flur – hier gab es kein Nachtlicht wie in Skokie.

Langsam tastete er sich mit seinen nackten Füßen voran:

Schritt, Schritt, großer Schritt über ein knarzendes Dielenbrett, Schritt, Schritt, Schritt. Er erreichte die Treppe.
Unten seufzte leise die Küchentür. Es blieb ihm nicht viel Zeit. Er drehte sich um und machte sich rückwärts an den Abstieg, wie Jake es ihm beigebracht hatte. Ein Donnerschlag krachte.
Dann ein Quietschen – wie von einer kleinen Maus: Der Fußboden neben dem Telefontischchen im Korridor! Der Constable war ganz nah! Die Kutscherlampe am Eingang warf einen schwachen Lichtschein herein: Alles ab einer Höhe von sechzig Zentimetern war in Umrissen zu erkennen. Winston rutschte die letzten Stufen bäuchlings hinunter und rollte sich zu der im Schatten liegenden Wand – gerade noch rechtzeitig, bevor der Constable um die Ecke bog.
Der Constable legte die Hand auf das Treppengeländer, blieb jedoch stehen. Hatte er etwas gehört? Seine Polizeimarke glänzte bedrohlich.
Winston hielt den Atem an: Ein Blitz, und der Constable würde ihn entdecken!
Der Constable machte sich auf den Weg in den ersten Stock. Winston blieb regungslos liegen, bis sein Feind oben angekommen war. Nicht bewegen! Der Constable verhielt einen Moment und horchte. Dann ging er den Flur entlang. Winston kroch an der Treppe vorbei, richtete sich in dem dunklen Gang auf und schlich zur Rückseite des Hauses.
Schritt, Schritt, großer Schritt über das »Mäusebrett« neben dem Telefontisch. Die Küchentür ließ sich nicht geräuschlos öffnen. Winston legte die Hand auf den Türknauf und hoffte auf einen Donnerschlag. Nichts. Im ersten Stock quietschte die Tür der Kammer: Der Constable war direkt zu seinem Versteck gegangen – er würde gleich feststellen, daß er weggelaufen war! Winston riß die Küchentür auf und rannte schneller, als er es geprobt hatte, zur Hintertür.
Sie hatte zwei Riegel. Einer öffnete sich nach links, der andere nach rechts. Winston streckte die Hand aus und drehte nach rechts. Dann den anderen nach links. Die Tür

ging nicht auf! Prüfend ließ er die Finger über das Holz gleiten: Er hatte den oberen mit dem unteren Riegel verwechselt! Er fing von vorne an, begriff, daß nicht abgesperrt gewesen war, drehte planlos an den Riegeln und rüttelte verzweifelt an dem Türknauf.

Schließlich hielt er erschöpft inne. Tränen strömten ihm über das Gesicht. Was sollte er tun?

Er zwang sich, nachzudenken – und plötzlich ließ die Tür sich öffnen. Rechts von ihm lag das Verandageländer – sein Fluchtweg zum Garagentor. Aber er hatte keine Zeit mehr: Draußen auf dem Flur kamen Schritte näher – der Constable mußte ihn gehört haben!

Jenseits der Rasenfläche erhob sich eine dunkle Mauer von Bäumen. Sie waren seine einzige Hoffnung!

Winston rannte in den strömenden Regen hinaus. Seine Füße sanken bei jedem Schritt tief in die aufgeweichte Erde der Blumenbeete ein. Er taumelte, stolperte, rannte – und erreichte ein dichtes Gebüsch. Scharfe Zweige peitschten in sein Gesicht und schabten über seinen Kopf. Er wagte einen Blick nach hinten: Eine Gestalt hob sich schemenhaft gegen die weiße Hausmauer ab – der Constable verfolgte ihn! Blitze zuckten und zeigten Winston einen Pfad zu seiner Rechten und ein Dickicht zu seiner Linken.

Donner krachte, Winston schrie auf: Er war mit dem linken Fuß in etwas Spitzes getreten. Er ruderte mit den Armen, um nicht das Gleichgewicht zu verlieren, und rannte humpelnd weiter. Er rutschte aus und fiel der Länge nach hin. Als sein Gesicht den Boden berührte, fuhr ihm ein messerscharfer Schmerz in die Wange, dicht unter dem Auge.

Halb betäubt kroch er auf allen vieren in das Buschwerk zu seiner Linken, kam zu einem kleinen Hohlraum und kauerte sich zusammen. Als er vorsichtig nach der Verletzung auf seiner Wange tastete, stellte er fest, daß ein Dorn sich hineingebohrt hatte. Er riß ihn heraus. Blut rann warm über sein Gesicht.

Plötzlich flammte ein starkes Licht auf, schwang zuerst hin

und her und leuchtete dann geradewegs in seine Richtung. Der Constable hatte eine Taschenlampe – die hellste, die er je gesehen hatte! Der Strahl durchschnitt den Regenvorhang und die schützenden Zweige und leuchtete ihm genau ins Gesicht. Einen Augenblick lang starrte er wie hypnotisiert hinein – unfähig zu begreifen, daß er so schnell gefunden worden war.

Tschak! Etwas schlug in den jungen Baum neben ihm ein und schleuderte ihm Holzstückchen ins Gesicht. Der Constable schoß auf ihn!

Renn! Renn! Renn!

Winston kroch aus seinem Versteck und stürmte los – tiefer in den Wald. Der Schmerz in seinem verletzten Fuß wurde bei jedem Schritt stärker, aber er hatte zuviel Angst, um ihn zu schonen: Humpeln konnte man nicht so schnell.

Seine Augen waren noch immer geblendet von der Taschenlampe: Alles, was er sah, war ein großer gelber Kreis. Er hetzte durchs Unterholz, trat Schößlinge nieder, verfing sich in Ranken, schlitterte über den nassen Boden.

Sein ganzer Körper tat weh. Jeder Schritt brachte neue Verletzungen, aber er wußte, wenn er auch nur für einen Augenblick stehenbliebe, würde die Taschenlampe ihn wiederfinden.

Und dann eine Kugel.

Der große gelbe Kreis verblaßte allmählich, wurde durchsichtig. Jetzt konnte er das echte Licht der Taschenlampe sehen, das um ihn herumtanzte, auf den nassen Blättern glänzte, von Baum zu Baum sprang, in dem Versuch, ihn zu stellen.

Es war wie in seinem Traum: Er lief so schnell wie nie in seinem Leben, aber er konnte nicht entkommen. Er spürte, wie ihn seine Kräfte verließen. Die Beine waren schwer wie Holzklötze, er konnte die Füße kaum noch vom Boden heben. Seine Lungen brannten bei jedem krampfhaften Atemzug, er bekam fast keine Luft mehr. Wieder flammte ein Blitz auf: Direkt vor ihm lag eine Lichtung – mit einem Schuppen darauf! Das war seine letzte Chance!

Plötzlich wieder der vollen Wucht des Regens ausgesetzt, hetzte er durch das hohe Gras. Im Schein des Blitzes hatte er einen Baum neben dem Schuppen gesehen, dessen einer Ast über das Dach hing. Als er ihn erreichte, stellte er fest, daß der Stamm dicker war, als er von weitem angenommen hatte. Er spreizte Arme und Beine, so weit er konnte, und klammerte sich fest. Die Rinde war so glitschig, daß er nur schwer Halt fand. Die winzigen Vorsprünge brachen unter seinen Füßen weg. Das Ziehen in Armen und Beinen war fast nicht mehr auszuhalten, aber Winston gab nicht auf. Zentimeter für Zentimeter kroch er höher.

Dann hatte er den Ast erreicht. Er langte hinüber und wollte sich daran festhalten, aber der Ast war so dick, daß seine Hand abrutschte. Mit dem Mut der Verzweiflung ließ er den Baumstamm los und hängte sich mit beiden Händen an den Ast. Die Anstrengung ließ seine Zähne knirschen.

Plötzlich leuchtete drüben im Wald die Taschenlampe wieder auf. Ihr Strahl wanderte über das Dach des Schuppens. Winston strampelte mit den Beinen, um in Schwung zu kommen, und hangelte sich Hand über Hand den Ast entlang.

Dann ließ er sich fallen und preßte sich so flach wie möglich an die rauhe Dachpappe. Er hatte Mühe, zu atmen, und er sah wieder farbige Kreise – diesmal jedoch nicht von der Taschenlampe, sondern vor Erschöpfung.

Und dann wurde unter ihm die Schuppentür aufgerissen. Der Kopf des Constable befand sich nur etwa dreißig Zentimeter unter Winstons Bauch. Den Geräuschen nach zu urteilen, warf der Constable Möbel um – und etwas, das sich wie eine große Metallwanne anhörte. Winstons Herz schlug bis zum Hals. Er legte die Hand über den Mund, um das Pfeifen seines heftigen Atems zu dämpfen, aber davon wurde ihm so schwindlig, daß er Angst hatte, vom Dach zu rutschen, und so öffnete er den Mund ganz weit und atmete so langsam und tief wie möglich.

Ein Donnerschlag. Und noch ein Schlag: Der Constable hatte

die Schuppentür zugeknallt. Er war jetzt wieder draußen, umrundete die Hütte. Plötzlich wurde es hell. Winston drehte den Kopf zur Seite! Der Baumstamm war in helles Licht getaucht. Und dann schabende Geräusche: Der Constable kletterte den Baum hoch. Gleich würde er weit genug sein, um auf das Dach schauen zu können!

Winston robbte vorwärts, drehte sich um, hing einen Augenblick, die Hände um den Rand des Daches gekrampft, in der Luft, und ließ sich dann fallen. Ein brennender Schmerz fuhr von seinem linken Fuß in sein Bein hinauf, das Knie gab nach, und Winston fiel seitwärts ins Gras. Der Schmerz war so stark, daß er ihm den Atem nahm.

Und dann hörte er ein Scharren auf dem Dach: Der Constable war oben!

Steh auf! Renn!

Er rappelte sich auf und rannte, so schnell er konnte, über die Lichtung. Das war alles, was ihm noch blieb: blindlings durch die regengepeitschte Dunkelheit zu fliehen, ohne Ziel und ohne Hoffnung, davonzukommen.

Als er den Rand der Lichtung erreichte, blieb er stehen. Ein Blitz tauchte die Welt in gleißende Helligkeit: Der Constable stand auf dem Schuppendach! Warum hatte er kein Licht? War die Batterie seiner Taschenlampe leer?

Schluchzend vor Schmerz und Anstrengung, hetzte Winston weiter. Plötzlich sah er seinen eigenen Schatten vor sich herlaufen! Die Batterie war nicht leer. Der Constable würde wieder schießen!

Da: Ein Graben, der die Lichtung durchschnitt. Winston sprang kopfüber hinein und landete bäuchlings in zehn Zentimeter hohem, fließendem Wasser.

Sirrr! Etwas schwirrte über ihn hinweg. Er robbte vorwärts. Im Augenblick war er vor dem Lichtstrahl sicher – aber bestimmt würde der Constable gleich in den Graben herunterkommen und dann...

Winston erreichte den Wald, kletterte die Böschung hinauf und stürzte ins Dickicht. Aber so schnell er auch lief – der

Constable blieb ihm auf den Fersen. Er hörte ihn hinter sich durch das Unterholz brechen, näher, näher. Der Strahl der Taschenlampe schien jetzt überall zu sein, züngelte an den Bäumen hoch wie eine Flamme.
Krachend barsten dürre Äste am Boden: Der Constable würde ihn erwischen!
Verzweifelt warf er sich nach links in ein besonders dichtes Gebüsch, rappelte sich auf, kämpfte sich durch, stolperte und fiel auf etwas Hartes, Flaches. Er tastete es ab: Eine runde Holzplatte. Da war das Licht wieder. In seinem Schein erkannte Winston, daß er auf eine Art Deckel lag. Er rollte sich herunter, stemmte den Deckel hoch und sah einen Hohlraum. Ein Versteck! Mit den Füßen voran glitt er hinab. Er stürzte in die Tiefe.

Fünfundvierzigstes Kapitel

»Sa – liiii! Sa – liiii! Wach auf!«

Wie ein Taucher, der seinen eigenen Luftblasen nach oben folgt, schwamm sie aus den Abgrundtiefen ihres Schlafes zur Oberfläche und öffnete schließlich widerstrebend die Augen. Warum brannte die Nachttischlampe! Und wer flüsterte da?

»Jake!«

»Schsch! Es ist vier Uhr früh. Ich möchte deine Eltern nicht wecken.«

»Warum hat man dich schon entlassen?«

»Gestern wurden die Fäden gezogen. Ich bin fast wie neu.«

»Was tust du hier? Ist etwas passiert?«

»Decker hat mich mit dem Funktelefon erwischt. Ich mußte ihn außer Gefecht setzen.«

Sally setzte sich ruckartig auf. »Du hast einen Polizeibeamten angegriffen?«

»Ich hatte die Wahl: entweder das oder mich aufgrund erlogener Anschuldigungen kaltstellen lassen.«

»Und was hast du jetzt vor?«

»Den Fall aufzuklären – was sonst?«

»Aber sie werden dich suchen.«

»Ich muß eben dafür sorgen, daß sie mich nicht finden.«

»Machst du damit nicht alles noch schlimmer? Wird Flucht nicht immer als Schuldeingeständnis gewertet?«

»Ich bin der einzige, der den Killer sucht – und wenn Cowen mich ausschaltet, tut es niemand mehr.«

»Aber wie kannst du ihn suchen, wenn du auf der Flucht bist?«

»Ich werde mir schon was einfallen lassen.«

»Daran zweifle ich nicht.« Die Müdigkeit in ihrer Stimme rührte nicht nur daher, daß sie mitten in der Nacht aus dem Schlaf gerissen worden war. »Was soll ich wegen Winston unternehmen?«
»Behalte ihn noch eine Weile hier.«
»Wir sollten ihn lieber möglichst bald zurückbringen – sonst kann ich es nicht mehr: Der kleine Kerl ist mir schon sehr ans Herz gewachsen.«
»Ich weiß, daß es ihm gegenüber nicht fair ist, aber er hat mir die wertvollsten Hinweise in diesem Fall geliefert – vielleicht kommt er noch mit etwas daher, das mir von Nutzen ist.«
»Kann ich dir irgendwie helfen?«
»Ich brauche Geld.«
»Ich gehe gleich morgen früh zur Bank.«
»Das ist zu spät. Hast du nichts im Haus?«
»Nicht viel. Halt! Popsys eiserne Reserve. Er hat ein paar Tausender in der Höhlung eines Holzbalkens im Keller versteckt.« Sally stand auf und begann sich anzuziehen.
»Großartig! Und dann muß ich noch ein Auto haben: Den Mustang kann ich nicht nehmen, und unter meinem Namen kann ich keins mieten.«
»Nimm Popsys Kombi. Er benutzt ihn nie.«
»Lieber nicht – wenn er ihn als gestohlen meldet...«
»Das wird er nicht – darum kümmere ich mich schon. Die Schlüssel liegen auf der Fahrerseite unter der Fußmatte.«
»Du bist ein Schatz, Schatz.«
»Jake – werden wir je wieder ein normales Leben führen? Wird dieser Wahnsinn irgendwann ein Ende haben?«
Er sah sie schweigend an.
»Ja, ja – ich weiß: Du *mußt* es tun.«
»Ich wünschte, ich müßte es nicht.«
»Ich auch. Ich hole dir das Geld.«
Sie verließ das Zimmer.
Er bemerkte, daß er immer noch das Armband des Hospitals trug, riß es herunter und wollte es in den Papierkorb werfen, überlegte es sich jedoch im letzten Augenblick anders und

schob es in die Tasche: Es wäre ungünstig, wenn es jemand in Sallys Schlafzimmer fände. Sie hatte recht: Er war auf der Flucht. Und er mußte anfangen, wie ein Flüchtiger zu denken.

Als Sally mit dem Geld in der Hand die Treppe heraufkam, sah sie in dem schwachen Lichtschein, der aus ihrem Zimmer fiel, daß Jake auf sie zukam.
»Wo ist Winston?« fragte er.
»Ist er denn nicht in der Kammer?«
»Sein Kassettenrecorder ist da – aber er nicht.«
»Hast du schon auf der Toilette nachgesehen?«
»Ja. Könnte er bei deinen Eltern sein?«
»Unwahrscheinlich: Nan ist nicht besonders nett zu ihm. Vielleicht hat er Hunger bekommen.«
»Ich bin durch die Hintertür hereingekommen – in der Küche war er nicht.«
Die nächsten zehn Minuten verbrachten sie damit, so leise wie möglich das Haus zu durchsuchen. Schließlich trafen sie im Wohnzimmer aufeinander.
»Er muß doch irgendwo im Haus sein«, sagte Sally.
»Die Hintertür war nicht zugesperrt.«
»Vielleicht hat Popsy vergessen, sie abzuschließen – oder vielleicht hat Winston die Fluchtmethode geübt, die du ihm beigebracht hast.«
»Bei diesem Unwetter?«
»Warte mal! Jake! Vielleicht hat er dich hereinkommen hören und ist aus Angst davongelaufen. Er konnte ja nicht wissen, daß du es warst.«
»Mein Gott – du könntest recht haben! Ich muß mich draußen umsehen.«

Jake holte eine Taschenlampe und ging hinaus. Es hatte aufgehört zu regnen. Er musterte das Schloß: Keine Anzeichen von Gewalteinwirkung. Er ließ den Lichtstrahl über die Oberkante der Tür streichen: kein Sims. Aber da war ein

Verandageländer. Er stieg hinauf und balancierte, Winstons Namen rufend, darauf entlang. Immer wieder drohte er herunterzufallen, denn auf dem nassen Holz fanden seine Schuhe kaum Halt.
Das fehlte mir noch: Ein falscher Schritt, und ich liege wieder im Krankenhaus!
Das Garagendach wäre ein hervorragendes Versteck gewesen – aber Winston war nicht dort. »Warum bist du nicht hier?« fragte Jake leise. »Was ist passiert?«
Wieder auf sicherem Boden, leuchtete er die Blumenbeete ab. War das da der Abdruck eines kleinen, nackten Fußes, oder spielte seine Phantasie ihm einen Streich? Er glaubte zwei kleine Vertiefungen zu sehen, die von Zehen herrührten, aber er konnte sich irren. Das Grundstück war dicht bewachsen. Er bewegte sich, mit der Taschenlampe methodisch alles absuchend, langsam vorwärts, überquerte eine Lichtung und kämpfte sich durch das Dickicht dahinter, bis er die Rückseite eines großen Hauses vor sich aufragen sah: Er hatte das Nachbargrundstück erreicht.
Sinnlos, weiterzugehen: Wenn Winston das Grundstück verlassen hatte, konnte er überall auf der Welt sein – falls er noch auf der Welt war! Jake kehrte um und durchkämmte das Gelände kreuz und quer. Der Rand des Himmels begann sich zu heben: Die Dämmerung brach an.
In dem schwachen Licht sah er einen Geräteschuppen, den er auf dem Hinweg nicht bemerkt hatte, und lief durch das nasse Gras darauf zu.
Der Strahl der Taschenlampe glitt über das Innere der Hütte: Ein Schubkarren lag umgekippt auf einem aufgerissenen Düngemittelsack, die Holzbänke an den Wänden waren hochgeklappt worden.
Jakes Mund öffnete sich zu einem stummen Schrei: Winston war nicht aufgrund eines Irrtums weggelaufen! Er mußte sich in diesem Schuppen versteckt haben. Und hier hatte der Killer ihn erwischt und weggeschleppt, um ihn zu töten!
Jake verließ die Hütte. Als er den Strahl der Taschenlampe

über den Baum neben dem Schuppen gleiten ließ, sah Jake, daß die Rinde des Stammes große, frische Wunden aufwies. Ein Erwachsener mußte daran hinaufgeklettert sein! Aber das ergab nur einen Sinn, wenn er Winston dort oben vermutet hatte!
Innerhalb von Sekunden war Jake oben. Schlammspuren von großen Schuhen! Das Tageslicht war jetzt schon so hell, daß man Farben erkennen konnte. Jakes Blick erfaßte einen roten Fleck in der Mitte des Daches. Blut! Offenbar hatte hier jemand lange genug gelegen, da es an der Dachpappe hatte antrocknen können. Winston! Wie schwer war er verletzt?
Das Blut bewies, daß der Junge hiergewesen war – aber war er dem Constable in die Hände gefallen, oder war er entkommen?
Jake ließ sich vom Dach herunter und kroch auf allen vieren, sorgfältig den Boden untersuchend, um die Hütte herum. Vor der Tür fand er noch mehr Blut – an den Unterseiten der Grashalme.
Die Taschenlampe war inzwischen überflüssig geworden. Er steckte sie in die Jackettasche. Plötzlich wurde es wesentlich heller: Die Sonne mußte aufgegangen sein. Weitere Blutspuren.
Als Jake schließlich aufstand, klebte die Hose klitschnaß und erdverschmiert an seinen Beinen. Er ließ den Blick über die Wiese wandern. Da: Eine Schneise in dem hohen Gras. Er lief hin: Die Abdrücke im Boden mußten von dem Killer stammen – aber sie waren nicht so tief, als hätte er jemanden getragen. Also hatte er Winston verfolgt!
Jake folgte der Spur, übersprang einen Graben, ging geradeaus weiter, bahnte sich mit den Schultern den Weg durchs Unterholz – und sah wieder das große, schwarze Haus vom Nachbargrundstück vor sich.
Die aufsteigende Verzweiflung niederkämpfend, kehrte er um und machte sich auf den Rückweg. Er hatte nur in der unmittelbaren Nähe des Schuppens Blut entdeckt. War Winstons Flucht doch dort zu Ende gewesen?
Der Graben! Er hatte den Graben noch nicht untersucht!

Ein paar Minuten später stieß er einen leisen Schrei aus: ein kleiner roter Schmierer auf den Steinen! Der überhängende Rand des Grabens hatte verhindert, daß der Regen ihn wegwusch.
Aber die Blutspuren wiesen ihm keine Richtung. Auf gut Glück kroch er in Richtung Wald – und wurde fündig: Dort, wo der Graben in den Wald mündete, war jemand durch das Unterholz gebrochen und hatte einen Trampelpfad hinterlassen – ein großer Mensch!
»Winston! Winnn-stonnn!« rief er mit um Festigkeit bemühter Stimme. »Wo bist du? Ich bin's – Onkel Jake. Alles in Ordnung. Du kannst rauskommen. Wo – auuu! Verdammt!«
Ein Dorn hatte sich durch die Hose in seinen Schenkel gebohrt.
Als er stehenblieb, um ihn herauszuziehen, hörte er eine Stimme.
»Hier.« Woher kam sie?
»Winston?«
Jake hielt den Atem an und ließ den Blick suchend über die umstehenden Bäume gleiten.
Wieder kam die Stimme aus dem Nichts. »Hier.«
»Sprich mit mir!« rief Jake. »Sprich mit mir. Ich kann dich nicht finden, wenn du nicht mit mir sprichst!«
»Ich bin hier drin.«
Irgendwo unten. Links von ihm.
Jake drang in der vermuteten Richtung in ein dichtes Gebüsch. Er verwünschte jeden Ast, der unter seinen Schritten knackte, jedes Blatt, das raschelte.
»Ich komme. Sprich weiter.«
Er umrundete eine verwitterte Holzscheibe und ging weiter, sich die Zweige mit beiden Armen aus dem Weg haltend.
»Wo bist du? Sprich weiter.«
»Im Boden!« antwortete Winston hinter ihm. Es klang seltsam hohl.
Jake wirbelte herum. Die Stimme war ganz nah – aber er konnte sie nicht orten.

»Hilf mir!« schrie er. »Wo? Wo bist du?«
»In der Erde! Unten in der Erde!«
Der alte Holzdeckel! Jake stürzte darauf zu, schob die Hände darunter und kippte ihn zur Seite. Das morsche Holz fiel aus dem Eisenring, der es zusammengehalten hatte. Ein Brunnen! Zum erstenmal seit vielleicht fünfzig Jahren fiel Tageslicht in den gemauerten Schacht.
Winston stand in etwa dreieinhalb Meter Tiefe auf trockenem Boden. Er blinzelte verängstigt in die plötzliche Helligkeit.
»Guten Morgen, Mr. Churchill – wie möchten Sie Ihre Eier?«
»Der Constable hat mich gejagt.«
»Das habe ich mir gedacht. Du mußt dich ja zu Tode geängstigt haben.«
»Er hat mit seiner Riesenpistole auf mich geschossen.«
»Wir sollten ihn wie den anderen Constable die Toilette hinunterspülen, was meinst du?«
Winston nickte heftig. Noch immer stand Furcht in seinen Augen.
»Er ist weg«, sagte Jake sanft.
»Bestimmt?«
»Bestimmt.«
Winston nickte, aber er war offenbar nicht überzeugt. Dann sagte er: »Ich wäre in diesem Loch bestimmt verhungert. Danke, Onkel Jake.«
»Hör auf zu schnattern – du weckst die Feldmäuse auf.«

Sechsundvierzigstes Kapitel

Jake hatte aus dem Schuppen ein Seil und einen großen Eimer geholt und Winston mit diesem »Förderkorb« aus dem Brunnen heraufgezogen. Zum Glück hatte der Junge sich bei dem Sturz in die Tiefe nichts gebrochen.

»Ich habe Blutspuren gefunden. Wo bist du verletzt?«

»Am Fuß. Ich bin in was Spitzes getreten.«

»Laß mal sehen.«

Der Junge lehnte sich an einen Baum und hob den Fuß. Jake kniete sich hin und inspizierte die Wunde. »Regel drei: Tanze nie auf einer Bärenfalle.«

Vorsichtig wischte er mit einem nassen Blatt das angetrocknete Blut ab und sah, daß ein dicker, schwarzer Stachel tief in der Sohle steckte.

Er nahm ihn zwischen die Fingernägel und schaute zu den Büschen hinüber. »Ist das ein Fuchs?« Als Winston seinem Blick folgte, zog Jake den Dorn mit einem Ruck heraus. Der Junge zuckte zusammen, schrie jedoch nicht auf.

»Das habe ich mal für einen Löwen getan«, sagte Jake. »Und der wurde daraufhin mein bester Freund.« Ein Blutstropfen drang aus der Wunde. Jake band sein Taschentuch um den Fuß.

»Du solltest jetzt nicht auftreten.« Er hob Winston auf seine Schultern und machte sich auf den Rückweg zum Haus.

»Autsch!« Winstons Bein scheuerte an Jakes Hals entlang. »Warum drehst du dich denn hin und her?«

»Ich schau' nach dem Constable.«

»Kannst du das nicht auch, ohne dich soviel zu bewegen? Wenn ich vor Schmerzen schreie, verrate ich doch, wo wir sind.«

Das leuchtete Winston ein: Er blieb ruhig sitzen.
»Weißt du was, Winston? Ich habe nachgedacht. Du und ich, wir haben dasselbe Problem: Dich jagt der Constable und mich die New Yorker Polizei. Was hältst du davon, wenn wir uns irgendwohin verziehen, wo uns keiner kennt?«
Winston hüpfte begeistert auf und ab. »Prima!«
»Halt dich still. Also – abgemacht: Wir schnappen uns Popsys Wagen, und dann nichts wie weg.«
»Du sagst Popsy, wo wir hinfahren?« Winston war hörbar beunruhigt.
»Ich sage es keiner Menschenseele.«
»Aber es ist *sein* Auto«, wandte Winston ein. »Er wird fragen.«
»Wenn er aufsteht, sind wir schon weg.«
»Du *stiehlst* es?«
»Nein, nein – Tante Sally hat gesagt, wir dürfen es nehmen.«
»Sagst du Tante Sally, wo wir hinfahren?«
»Niemandem. Nicht mal dir. Unser Ziel ist ein Supergeheimnis. Ich sag's nicht mal mir selber. Ich lege es in einem verschlossenen Umschlag ins Handschuhfach und mache ihn erst auf, wenn wir aus New Jersey raus sind. Und ich verspreche dir, mit verbundenen Augen zu fahren. Okay?«
»Okay.«
»Zufrieden?«
»Zufrieden.«
»Gut.«
Eine Weile schwiegen beide. Die Morgensonne ließ die Regentropfen auf den Blättern blitzen. Vögel zwitscherten. Schließlich sagte Winston: »Wenn's keiner weiß, kann's keiner dem Constable sagen.«

Sally packte Winstons wenige Habseligkeiten zusammen, während Jake seinen Fuß wusch und ihn fachgerecht verband. Der Medizinschrank der Paydens war mit allem ausgestattet, was man zur Wundversorgung benötigte. Jake stopfte sich die Taschen voll – man konnte ja nie wissen...

Keine Zeit mehr für Frühstück: Nans Radiowecker war auf drei vor sieben eingestellt. Um vier vor sieben rollten Jake und Winston in Popsys grünem Eldorado die Einfahrt hinunter. Der Wagen hatte ein ungünstiges Alter: Zu alt, um noch etwas herzumachen, und zu neu für Oldtimer-Rallyes. Da Popsy einen Mercedes fuhr und Nan einen Volvo, würde er wohl ewig halten. Als sie langsam durch die ruhigen Straßen der Wohngegend fuhren, sagte Jake: »Ich wollte dich schon lange was fragen: Was bedeutet ›Totes Meer‹?«
Winston warf ihm einen entsetzten Blick zu. »Weiß nicht«, antwortete er mit erstickter Stimme.
»Beruhige dich wieder – ich wollte dich nicht erschrecken. Ich bin nur neugierig, weil du das manchmal im Schlaf rufst – aber mit einer ganz merkwürdigen Stimme: ›Totes Meer.‹«
Jake kam dem Bariton ziemlich nahe, mit dem Winston diese zwei Worte immer aussprach.
Der Junge fuhr zusammen. »Das hat der Constable gesagt!«
»Hat er sonst noch was gesagt?«
»Er hat mit vielen Stimmen gesprochen.«
»Was hat er gesagt?«
»Totes Meer.«
»Und was noch?«
»Weiß nicht.« Winston zitterte am ganzen Leib.
»Wenn dir was einfällt, sag's mir – okay?«
Der Junge nickte. Er sah so verängstigt aus, daß Jake unter den Fahrersitz griff und den Kassettenrecorder herauszog, den er ihm eigentlich erst auf dem Highway hatte geben wollen. »Schau mal, was ich mitgenommen habe. Wir wär's mit deinem Lieblingssong?«
Winston legte den Recorder neben sich, ohne ihn einzuschalten, drehte sich im Gurt um, kniete sich auf den Sitz und schaute aus dem Heckfenster.
»Gar nicht dumm«, lobte Jake. »Bevor wir uns auf den Highway trauen, sollten wir uns vergewissern, daß uns niemand folgt.«
Winston nickte ernst, die Augen starr nach hinten gerichtet.

»Aber was hinter uns vorgeht, kann ich im Rückspiegel sehen«, sagte Jake. »Setz dich wieder – ich habe eine andere Aufgabe für dich.«

Der Junge gehorchte widerwillig.

»Okay. Jetzt sage ich dir, was du tun sollst – wenn du mir wirklich helfen willst.«

Heftiges Nicken. »Will ich!«

»Gut. Behalte die rechte Seite im Auge. Schau die Seitenstraßen hinunter und zwischen den Häusern bis zur nächsten Parallelstraße: Verfolger kommen nämlich nicht immer von hinten, sondern fahren manchmal sozusagen neben einem her. Paß auf, ob du einen Wagen bemerkst, den du schon vorher gesehen hast. Die haben ganz üble Tricks drauf: Wenn sie sehen, wo man hinfährt, dann überholen sie und warten weiter vorn auf einen. Wir müssen mit allem rechnen. Hast du verstanden?«

»Verstanden.« Er starrte bereits aus dem Seitenfenster.

Zwanzig Minuten lang fuhren sie planlos durch die Außenbezirke von Princeton. Winston glaubte einen blauen Volvo, der aus einer Nebenstraße einbiegen wollte, zum zweitenmal zu sehen.

Als Jake vorbei war, fuhr er rechts ran, um den Wagen überholen zu lassen. »Ich sag' dir: Der sieht für mich anders aus als der erste – und er verhält sich auch nicht wie ein Verfolgerfahrzeug. Außerdem hat in dieser Gegend alle Welt einen Volvo. Nan auch. Was meinst du – sollen wir in Richtung Highway fahren?«

Winston schüttelte nachdrücklich den Kopf.

»Mann – wir können doch nicht den ganzen Tag hier rumkutschieren.«

»Wir müssen es aber ganz bestimmt wissen!«

»Tut mir leid, Kumpel – es ist Zeit, daß ich ein Machtwort spreche: Ich darf das, weil ich erwachsen bin – und ich sage, wir starten jetzt.«

»Er hat *mich* gejagt!«

Jake sah ihn erstaunt an. Eine Minute lang fuhren sie schweigend weiter.

»Du hast recht. Tut mir leid.«
Im Geschäftsviertel nahe der Universität herrschte nur mäßiger Verkehr.
»Ich glaube, es gibt nur eine Möglichkeit, um festzustellen, ob wir verfolgt werden. Bist du richtig angeschnallt? Leg den Kassettenrecorder lieber auf den Boden – in Kürze würde er da sowieso landen. Halt dich fest – es geht los.«
Jake riß das Steuer nach links und donnerte die schmale Gasse zwischen zwei Läden hinunter. »Puh – das war knapp: Fast wäre der Außenspiegel abgewesen! Popsy würde einen Anfall bekommen!« Hinter den Gebäuden zog Jake wieder links ab, raste über eine Ladezone und haarscharf zwischen den dort geparkten Lastwagen hindurch.
Winston klammerte sich mit einer Hand an den Sitz und mit der anderen an seinen Sicherheitsgurt. Sie zwängten sich durch eine schmale Durchfahrt, überquerten eine Seitenstraße, rumpelten über den Randstein auf den Parkplatz eines Restaurants, der zu dieser frühen Morgenstunde noch leer war.
»Versuch nie, diese Manöver nachzumachen – das ist nur was für professionelle Stuntmen.« Der Wagen schoß nach rechts, schlingerte einen Weg mit Frostaufbrüchen hinauf, fuhr in falscher Richtung durch eine Einbahnstraße, jagte hundert Meter weit an hübschen, weißen Holzhäuschen vorbei, bremste scharf, bog abrupt in eine Zufahrt ein, die in eine Garage führte. Jake hielt auf dem freien Platz neben einem Nissan Sentra. »Dann wollen wir mal sehen.«
Mehr als zwei Minuten kam überhaupt kein Fahrzeug vorbei. Dann ein Lastwagen.
»Irgendwelche Volvos – blaue oder sonstwelche?« fragte Jake den Jungen, der wieder auf dem Sitz kniete.
Winston schüttelte den Kopf.
»Sieht so aus, als folge uns niemand!«
»Weiß ich noch nicht.«
Jake lehnte sich, den Blick im Rückspiegel, in seinen Sitz zurück. »Dann bleiben wir hier, bis du's weißt.«

Zehn Minuten saßen sie schweigend da. Dann stieg Winston aus, ging zur Straße, schaute nach rechts und links und kam zurück. »Niemand da.«
Jake schloß Daumen und Zeigefinger zum Okayzeichen. »Wenn du es sagst, Partner.«
Die Verbindungstür zwischen Haus und Garage öffnete sich. Ein Mann in einem grauen Anzug erschien, öffnete die Fahrertür des Sentra, warf seinen Aktenkoffer auf den Beifahrersitz, hängte sein Jackett an den Haken über der rechten Hintertür, setzte sich ans Steuer, sah den fremden Wagen neben dem seinen, blinzelte verwirrt, kurbelte das Beifahrerfenster herunter, tippte kurz auf die Hupe, um Jakes Aufmerksamkeit zu erregen, wartete, bis Jake seinerseits das Fenster heruntergekurbelt hatte, und fragte: »Was machen Sie hier?«
»Ich nehme sie«, erklärte Jake fröhlich.
»Was nehmen Sie?«
»Die Garage. Oh – nicht für mich: Sie ist ein Ersatz für die Garage, die ich zusammengefahren habe. Könnten Sie sie als Geschenk verpacken?«
Der Mann starrte ihn mit offenem Mund an. Schließlich sagte er: »Sie haben sich offenbar in der Adresse geirrt.«
»Sie verkaufen die Garage nicht? So ein Pech.«

Auf dem Briefkasten stand REUTER.
Das schwarze, vierstöckige Haus hob sich drohend gegen den Morgenhimmel ab. Eine viereinhalb Meter lange, geflieste Treppe wand sich von der Einfahrt zur Haustür. Das Souterrain-Apartment hatte einen eigenen Eingang und hohe Gewächshausfenster, durch die man das Blattwerk der oberen Zweige eingetopfter Bäume sah.
Im Innern schlängelte sich unter den Bäumen ein Bach in einem Bett aus weißen Kieseln in einem sanften S von Wand zu Wand. Mit seinem lauten Gurgeln hörte er sich eher an wie eine Regenrinne bei einem Wolkenbruch als ein murmelndes Bächlein. Kleine Felsen, Seerosenblätter, Farnwe-

del. Am Ufer auf dem Kachelboden ein niedriger Glastisch und Liegestühle.
In einem davon lag Julian Lamb, immer noch in der durchweichten Polizeiuniform, den schlammverkrusteten Schuhen; Waffe und Taschenlampe neben sich auf dem Boden.
Zum hundertstenmal sah er die Schrankkammer im Haus der Paydens vor sich – jedes Detail im grellen Licht seiner Taschenlampe: Einen Kinder-Kassettenrecorder, einen Hauptwasserhahn, ein Kissen mit einer Einbuchtung, wo der Kopf gelegen hatte, eine zurückgeschlagene Decke, ein Paar Turnschuhe und eine leere Matratze. Er erinnerte sich daran, verständnislos darauf hinuntergestarrt zu haben – wie ein Mann, der beim Öffnen seines Safes feststellt, daß seine Ersparnisse verschwunden sind. Er hatte die Hand auf die Matratze gelegt: lauwarm! Der Junge war gerade noch hiergewesen!
Und dann hatte unten die Küchentür geklappert.
Wie ist er an mir vorbeigekommen?
Wußte er, daß ich kam? War er gewarnt worden? Erkannte er die Polizeiuniform? Ich trug sie, um die Nachbarn irrezuführen – um ihn machte ich mir gar keine Gedanken.
Und wie flink er war! Aufgrund von Sallys Story hatte er sich ein verängstigtes kleines Wesen vorgestellt, das wie angewurzelt schreckensstarr ganz hinten in der Kammer kauerte. Aber das Kind war wie der Blitz im Unterholz verschwunden. Er hatte den Jungen zweimal in dem Wäldchen gesehen – und beide Male war er ihm entwischt. Unglaublich! Einem Fünfjährigen war gelungen, was ausgebildete Terroristen nicht geschafft hatten! Er war ihm entkommen, hatte ihn überlistet, ihn besiegt!
Jetzt wußte Lamb es: Sein großer Fehler waren nicht die Schalldämpfer gewesen, sondern die Tatsache, daß er in der Mordnacht bei Roger Harrow Winston nicht bemerkt hatte. Der Junge hatte ihn nun schon zum zweitenmal gesehen. Winston war Harrows Informationsquelle – die größte Gefahr.

Er mußte sterben, bevor Harrow aus dem Krankenhaus kam! Und diesmal würde er nicht aus Vergnügen töten – es war wie bei Red Queen: Winston war kein Opfer – er war eine Zielperson.

Siebenundvierzigstes Kapitel

He's got the whole world in His hands,
He's got the whole world in His hands,
He's got the whole world in His hands,
He's got the whole world in His hands.

Es war inzwischen ein Uhr mittags, und sie fuhren in westlicher Richtung auf dem Pennsylvania Turnpike. Winston hatte sein Lieblingslied seit Princeton ununterbrochen laufen lassen. Wieder einmal spulte er das Band zurück.

Jake stöhnte auf. »Ich ahne Fürchterliches: Willst du das Ding *noch mal* spielen? Wirklich?«

Der Junge nickte.

»Hab Erbarmen! Wie wär's zur Abwechslung mal mit *Skip to my Lou?*«

He's got the little bitty babies in His hands,
He's got the little bitty babies in His hands,
He's got the little bitty babies in His hands,
He's got the whole world in His hands.

Das Rasthaus an der Straße führte keine Pizza. Winston entschied sich für ein Burger-Sortiment. Jake schloß sich an. Ein Genuß nach dem Klinikfraß! Er aß so gierig, daß er nicht bemerkte, daß sie aus einer anderen Nische beobachtet wurden.

Zum Dessert wollte Winston ein Rieseneis. Eigentlich war er schon nach zwei Löffeln satt, aber es schmeckte so gut, daß er tapfer weitermampfte.

Jake trank seinen Kaffee aus und zahlte. Winston schluckte schon erheblich langsamer – es würde noch eine Weile dauern, bis er fertig wäre.
Jake stand auf. »Ich werde inzwischen noch volltanken – und mir einen Bart wachsen lassen.«
Auf dem Rückweg ging er zu einem der Telefone in der Halle – langsam und zögernd: Es war ihm unangenehm, Tante Freezie anzurufen, mit der Joe nach dem Tod seiner Frau eine Weile zusammengelebt hatte – aber es war ihm keine bessere Lösung eingefallen.
Er sah sie deutlich vor sich: Ein blasses, gutmütiges Geschöpf mit permanent besorgtem Gesichtsausdruck und einem Kopftuch, unter dem ständig Haarsträhnen hervorlugten.
Er erinnerte sich, wie er in verdrießlichem Schweigen zugehört hatte, als sie darüber sprach, wieviel sie seinem Vater zu bieten habe, womit sie das große Haus und die Leibrente meinte, die sie von ihren Eltern geerbt hatte – und ihre Bereitwilligkeit, sich um seine Söhne zu kümmern. Als ob ihn das interessierte! Seine Mutter konnte niemand ersetzen.
Einmal hatte Roger ihn darauf hingewiesen, daß sie unmittelbar nach der Beerdigung zu Tante Freezie gezogen waren: Joe und sie mußten sich also schon recht gut gekannt haben, bevor seine Frau starb. Jake fragte ihn, was das bedeutete, und Roger machte den Fehler, es ihm zu erklären. Jake brach in Tränen aus und boxte ihn so hart in die Rippen, daß er es niemals mehr erwähnte.
Als es zwischen seinem Vater und ihr zu Ende ging, spielte Jake ihr einen Streich, den er bis heute nicht vergessen hatte: Er band die hintere Stoßstange von Dads altem blauem Chevy an einen Stützpfeiler der Holzgarage – und als sein Vater losfahren wollte, riß er die gesamte Konstruktion nieder. Jake hatte deswegen ein so schlechtes Gewissen, daß er sich später nie mehr bei Freezie meldete. Und er sprach auch nicht über sie –

nicht einmal mit Roger. Sally hatte noch nie von ihr gehört. Auch Gimlet nicht oder Gatto oder sonst jemand, den er aus seiner Single-Zeit in New York kannte.

Und damit wurde ihr Haus zu dem idealen Versteck für Winston. Deshalb mußte er sein Schweigen brechen. Komm schon, sagte er sich – was stellst du dich denn so an? Wahrscheinlich erreichst du sie gar nicht. Es sind inzwischen immerhin zwanzig Jahre vergangen. Sie ist sicher umgezogen oder hat geheiratet und einen Haufen Kinder. Vielleicht ist sie aber auch schon tot oder lebt in Saint Louis mit einem Schienenleger zusammen.

Er stellte sich mit dem Rücken zur Halle, um möglichst ungestört zu sein. Dann atmete er tief durch, nahm den Hörer ab und tippte die Nummer ein.

Winston brachte keinen Bissen mehr hinunter – der Eisbecher war fast leer. Er schob ihn weit von sich und hob den Kopf: Vier schwarze Frauen mittleren Alters starrten auf ihn herunter.

Die Grauhaarige in den braunen Hosen schien die Wortführerin zu sein. Sie deutete auf den Becher. »Hast du das alles allein gegessen?«

Er nickte.

»Du mußt ja einen großen Magen haben. Eiskrem ist aber auch was Feines.«

Er nickte.

»Wie heißt du denn?«

»Winston.«

»Wo ist denn deine Mami, Winston?«

»Sie ist tot.«

»Da hast du's«, mischte sich eine der anderen Frauen ein. »Ich habe dir doch gesagt, wir sollten ihn in Ruhe lassen.«

»Sei still, Marietta – wir brechen doch keine Gesetze«, herrschte die größte von ihnen sie an.

»Es tut mir leid, das zu hören, Winston«, sagte die Grauhaarige. »Und was ist mit deinem Daddy?«
»Hör doch auf, um den heißen Brei herumzureden«, drängte die Große, die Marietta zum Schweigen gebracht hatte. Sie beugte sich zu Winston hinunter. »Kennst du den Mann schon länger, mit dem du hier bist?«
Winston nickte.
»Bist du sicher? Wir bringen dich nach Hause, wenn du möchtest.«
»Nein danke«, lehnte Winston höflich ab.
»Was macht er mit dir? Warum seid ihr beide zusammen? Du kannst es uns ruhig sagen.«
»Sag uns, wo du wohnst«, forderte die Grauhaarige ihn auf.
»Was hat er mit dir vor?« fragte die Große.
Winston atmete tief durch und verkündete dann laut und deutlich. »Er bringt mich zur Schachweltmeisterschaft – ich spiele da mit.«
Die Große zuckte zurück, als habe sie etwas gestochen. »Warum hast du das denn nicht gleich gesagt?«
»Ich bin aus Kamerun«, erklärte er großspurig, als sei damit alles klar.
»Laßt uns gehen, bevor der Mann zurückkommt«, bat Marietta unbehaglich.
Es war zu spät: Jake näherte sich mit schnellen Schritten – und einem breiten Grinsen. »Winston – du kleiner Teufel: Kaum drehe ich dir den Rücken zu, bist du schon von schönen Frauen umringt. Komm, wir müssen los. Dein Eisbecher hat uns tausend Meilen gekostet.« Und zu den Frauen gewandt: »Tut mir leid, das Plauderstündchen unterbrechen zu müssen – er ist ein charmanter kleiner Bursche, was?«
»Und so intelligent«, ergänzte die Große. »Wenn man sich vorstellt, daß er an der Schachmeisterschaft teilnimmt – in seinem Alter!«
Jake und Winston wechselten einen Blick.
»Ja, ja – einige der älteren Großmeister fürchten ihn gerade-

zu«, lächelte Jake. »Weil sie bei ihm nie wissen, was sie erwartet.«

»Wir führen alle Arten von Musik«, sagte der Geschäftsführer. »Was suchen Sie denn?«

»Um die Wahrheit zu sagen – ich weiß es nicht«, gestand Jake. Er starrte verwirrt auf das reichhaltige Angebot von Tonbandkassetten in dem Billigladen am Rande von Wheeling, West Virginia. Winston war im Wagen geblieben und spielte *He's Got the Whole World in His Hands.*

»Wir haben Countrymusik, Gospel, Bluegrass, Polkas, Opern, Rock 'n' Roll. Sie sagen mir, was Sie wollen, und ich suche es Ihnen raus.«

Jake schnippte mit den Fingern. »Das ist es: Reggae! Haben Sie Reggaes da?«

»Kommen sofort.« Der Manager bückte sich hinter den Tresen und brachte eine Kassette mit Scott Joplin zum Vorschein.

Jake hielt sich die Hand vor den Mund, als müsse er husten. Dann sagte er: »Nicht Ragtime – Reggae. Sie wissen schon – diese Musik von den Westindischen Inseln.«

»Danach gibt es hier in Wheeling keine große Nachfrage. Ich hatte eine Aufnahme von einer Steelband da, die Beethovens Fünfte spielte, aber die ist ausverkauft. Lassen Sie mich nachdenken. Musik von den Inseln... Moment – ich habe genau das Richtige für Sie. Das wird Ihnen bestimmt gefallen.«

Fünf Minuten später – wieder auf dem Highway – hörte Winston sich die neue Kassette an.

DAY-O, DAY-DAY-AY-O...

Als das Lied zu Ende war, fragte Jake: »Wie findest du das, Winst? Ist doch ziemlich gut, oder? Musik von den Inseln – wie in Trinidad.«

Der Junge nickte. »Ich hab's schon mal gehört.«

»Es war das einzige, was der Mann an Inselmusik hatte.«

»Es gefällt mir.« Winston nahm die Belafonte-Kassette heraus und legte wieder die Gitts ein. »Danke schön.«

»Na ja – es könnte schlimmer sein«, seufzte Jake. »Wenn dein Lieblingssong *Kung fu Fighting* wäre, hätte man mich schon in die Klapsmühle bringen müssen.«

Drei Uhr neunundfünfzig nachmittags. Keine Musik. Winston hatte sie sofort abgestellt, als Jake ihm anbot, das Funktelefon zu bedienen, von dem er restlos begeistert war. Jake gab ihm die Nummer einer Telefonzelle in Manhattan an und streckte dann die Hand nach dem Hörer aus wie ein Chirurg nach dem Skalpell.

Das erste Klingelzeichen war noch nicht zu Ende, als schon Gimlets Stimme durch die Leitung schepperte. »Dr. Pepper.«

Jake nickte Winston lobend zu, und das Gesicht des Jungen leuchtete vor Stolz.

»Du hast gehört, was im Krankenhaus passiert ist?« fragte Jake.

»Ja. Wo bist du jetzt?«

»In Ohio. Unterwegs nach Westen.«

»Behalte diesen Kurs bei.«

»Steht was in den Zeitungen?«

»Nichts.«

»Ich hatte keine Wahl: Decker hat mich beim Telefonieren erwischt. Ich hoffe, du gerätst jetzt nicht in Schwierigkeiten.«

»Wie's aussieht, entwickelt sich alles vorteilhaft. Treva hat mir erzählt, daß Cowen die Cops von Stamford dazu überredet hat, die Anzeige wegen Körperverletzung erst mal zurückzuhalten. Und es stand auch keine Rauschgiftgeschichte in den Morgenblättern. Ich glaube, er hat Angst, dich unter Anklage zu stellen: Immerhin wäre es möglich, daß du den Familienmörder genau dann schnappst – und dann müßte er alle Anschuldigungen fallenlassen oder den von ihm selbst aufgebauten Helden wegen Drogenhandels verknacken. Dadurch, daß du abgehauen bist, hast du ihn in die Ecke gedrängt.«

»Gefällt mir.«

»Ich finde es auch nicht übel. Ich war ebenfalls auf dem

Friedhof – erinnerst du dich? Cowen hatte vor, mich gleichfalls zu einem Drogenkönig zu befördern.«

»Das hatte ich befürchtet. Ich hätte nie gedacht...«

»Ich wußte, daß ich ein Risiko einging. Aber tu mir einen Gefallen: Laß dir vor deiner Rückkehr nach New York einen neuen Kopf verpassen – oder zumindest eine Geschlechtsumwandlung vornehmen. Eine ganze Menge Leute halten die Augen nach dir offen. Sogar ›Fleischklops‹ drückte sich bei mir herum und fragte mich so ganz nebenbei, ob ich was von seinem Partner gehört hätte. Der muß mich für total bescheuert halten.«

»Daß du mir geholfen hast, macht dich zu einer wichtigen Persönlichkeit.«

»Du sagst es. Aber ich habe was unternommen, um uns abzusichern. Kennst du den schwarzen Fernsehreporter Trask Walkins?«

»Trask Walkins? Ich glaube, er ist in Ordnung.«

»Er mußte sich eine Leibwache engagieren, nachdem er die Story über Kindsmißhandlungen in einem Brooklyner Bezirk gemacht hatte. Er ist absolut unbestechlich.«

»Und du hast dich mit ihm in Verbindung gesetzt?«

»Zweimal habe ich mich mit ihm getroffen, zweimal mit ihm telefoniert – seit Donnerstag. Bin bloß froh, daß ich sein Interesse schon gewonnen habe, bevor du die Fliege machtest.«

»Er ist auf unserer Seite?«

»Er ist auf niemandes Seite – aber er hat ein offenes Ohr. Wenn du was Neues hast, hört er zu. Also, Jake – ich rate dir: Finde was Neues.«

»Habe ich schon: Winston.«

»Den hast du doch schon seit Wochen.«

»Ja – aber er hat unseren Mann letzte Nacht wiedergesehen. Und er hat die Funkstille beendet. Meinst du, du könntest ein Identikit für mich beschaffen?«

»Sag mir, wo ich es hinschicken soll. Langsam, ich ritze mir die Adresse in den Arm.«

He's got the gamblin' man in His ha-ands
He-ees got the gamblin' ma-an in His haaands
He-ees gah-at the ga-amblin' maaan…

Irgendwann verloren die Stimmen der Gitts ihren Schmelz. Das Band begann zu eiern, die Musik zu jaulen. Winston schaltete das Gerät aus und sah Jake kummervoll an.
»Er braucht neue Batterien.«
»Wir haben jetzt keine Zeit, welche zu kaufen.«
»Warum nicht?«
»Weil ich vor Cincinnati nicht mehr anhalten will.«
»Warum nicht?«
»Komm schon, Freund – wir sind auf der Flucht, schon vergessen?«
»Okay.« Winstons Miene wurde immer kummervoller.
»Vielleicht haben sie welche in dem Motel, wo wir übernachten.«
Der Junge nickte.
»Tut mir leid, Winst – aber so ist das Leben nun mal.«
»Okay.«
»Danke, daß du es einsiehst.«
Eine Weile fuhren sie schweigend dahin, Jake den Blick nach vorn, Winston den seinen auf den schweigenden Kassettenrecorder gerichtet.
Bei der nächsten Ausfahrt verließ Jake den Highway, um Batterien zu kaufen.

He's got you and me, brother, in His hands,
He's got you and me, sister, in His hands,
He's got you and me, brother, in His hands,
He's got the whole world in His hands.

»Ich habe das Gefühl, als hätte er meinen Hals in den Händen. Wenn du so weitermachst, geht mir die Luft aus.«

Es war bereits dunkel, und sie fuhren auf einem vierspurigen Highway mit Frostaufbrüchen durch das südliche Ohio.

»Schau mal unter das Armaturenbrett: Da liegt eine Taschenlampe. Warum läßt du die Brüder nicht mal verschnaufen und beschäftigst dich eine Weile *damit*? Blende entgegenkommende Fahrer, verursache eine Massenkarambolage – ich brauche Abwechslung.«

Der Junge nahm die Taschenlampe und begann im Wageninneren herumzuleuchten.

»Nicht hier drin, Schlaumeier.«

Winston richtete den Strahl nach draußen und steil nach oben und beobachtete fasziniert, wie er über Baumwipfel und Stromleitungen zuckte.

Sammy Davis sang weiter.

»O nein – jetzt haben wir auch noch eine *Whole World* Lightshow.«

Winston grinste spitzbübisch.

»Hör zu«, sagte Jake. »In diesem Wagen ist ein Radio. Vielleicht finde ich was wirklich Gutes wie *Disco Duck*.« Jake ließ den Sucher wandern, bis er auf einen Mann mit einem weichen Südstaatenakzent stieß, der fragte: »Haben Sie Schwierigkeiten, das Telefonbuch, die Zeitung oder die Bibel zu lesen? Dann brauchen Sie eine Brille, mein Freund. Für fünf Dollar plus Porto und Verpackung schicken wir Ihnen umgehend eine Qualitätsbrille. Sie werden garantiert zufrieden sein. Schreiben Sie an...«

Jake suchte weiter.

»A – ha! Hör dir das an, Winston. Das ist genau das richtige!«

Die Gitt Brothers sangen ihren großen Hit *When A Honky-Tonk Trucker*. Jake begann mitzusingen und dichtete seinen eigenen Text an den Stellen dazu, wo er sich an den wirklichen nicht mehr erinnern konnte:

When a honkey-tonk trucker takes off his ring,
He'll swear that he loves you but it don't mean a thing.

Winston senkte den Strahl der Taschenlampe gerade lange genug, um in seinem Licht den Kassettenrecorder lauter stellen zu können.
Jake drehte das Radio weiter auf und sang noch lauter als vorher:

That little white line on his finger so tan,
Lines your highway to heartbreak with another gal's man.

Popsys Eldorado schwebte durch die Nacht wie eine vierhundert PS starke Matratze. Winstons Taschenlampe leuchtete himmelwärts wie der Scheinwerfer bei einer Hollywood-Premiere. Jake und die Gitts schleuderten ihre Stimmen aus dem Fenster wie übermütige Betrunkene, die ihr Wechselgeld unters Volk streuen, und die Worte streiften Straßenschilder, Bäume und Strommasten, bevor sie in der Dunkelheit verwehten.

Achtundvierzigstes Kapitel

Montag morgen in der Nassau Street in Princeton: Lamb lehnte im Zugang zu einer Buchhandlung und wartete darauf, daß Sally ein Stück weiter die Straße hinunter aus der Bäckerei käme. Trotz seiner Ungeduld, herauszufinden, was mit Winston geschehen war, erfüllte ihn das bevorstehende Zusammentreffen mit Unbehagen – nicht ihret-, sondern seinetwegen. Bei der Dinnerparty im Haus ihres Vaters war er in bestürzendem Maße erregt gewesen. Sie hatte Stunden ganz nahe neben ihm gesessen, und er war sich ihrer leuchtenden Augen, ihrer weichen Stimme und den gelegentlichen Berührungen ihrer Körper mit erschreckender Intensität bewußt gewesen. Je länger er sie ansah, um so schöner erschien sie ihm, und es war ihm kaum noch möglich gewesen, den Blick von ihr zu wenden. Nach zwei Glas Wein waren in seinem Kopf die Aufzeichnungen der Liebesszenen mit ihrem Mann abgelaufen, und während seine Ohren ihre Ausführungen über Literatur im allgemeinen und besonderen aufnahmen, stöhnte sie in seinem Kopf: »O Honigtiger! Oh, ist das gut!«

Er mußte unbedingt vermeiden, mit ihr allein zu sein – warum sollte er sich unnötig in Gefahr begeben? Er konnte es sich nicht leisten, die Beherrschung zu verlieren. Sie war der ideale Informant für ihn – ohne daß er sie etwas fragen mußte: Ihr Zeitplan, ihr Kommen und Gehen, würde ihm Aufschluß darüber geben, wann Harrow das Krankenhaus verließe – und liquidiert werden konnte –, und sie schrieb eine Geschichte über Winston, die eindeutig als Tagebuch zu erkennen war. Und sie war absolut unverdächtig: Harrow

würde niemals auf die Idee kommen, seiner Frau falsche Informationen zu geben.
Er sah sie in der Glasscheibe der Drehtür der Bäckerei, hängte sich seine grüne Büchertasche über die Schulter und ging vor ihr her, als sei er gerade aus der Buchhandlung gekommen.
»Professor Lamb! Professor Lamb!«
Er drehte sich um, zauberte einen leicht verwirrten Ausdruck auf sein Gesicht und lächelte dann erkennend, als sie mit ihrer Tüte Croissants auf ihn zulief.
»Mrs. Harrow! Das trifft sich ja gut. Ich hatte vor, Ihre Mutter anzurufen, um ihr für den schönen Abend zu danken, aber jetzt können Sie ihr vielleicht meine Grüße übermitteln.« Er blinzelte ihr zu. »Sagen Sie ihr, daß Dekan Orpington sich ausgezeichnet unterhalten hat.«
»Ich werde es ausrichten, Herr Dekan.« Sie trat von einem Fuß auf den anderen und zermarterte sich das Gehirn nach einer Möglichkeit, das Gespräch fortzusetzen. Offenbar hatte sie Hemmungen, ihn zu fragen, ob er schon dazu gekommen sei, ihre Geschichte zu lesen. »Äh – also – haben Sie schon ein paar Fische in Ihrem Wohnzimmer gefangen?«
»Leider nein – ich übe noch.«
»Wie gehen Ihre Forschungen voran?«
Er zuckte mit den Schultern. »Wie üblich: zeitraubend und wenig ergiebig.« Er fand, daß er sie nun lange genug auf die Folter gespannt hatte. »Hören Sie: Wir müssen uns unbedingt über den *Schweigenden Seher* unterhalten.«
»Sie haben die Story schon gelesen?« Sie sah eher erschrokken aus als erfreut.
»Gleich Samstag nacht nach der Dinnerparty – in der Erwartung, bestenfalls ein Beispiel für den derzeit modischen Schreibstil zu finden. Doch Sie haben mich überrascht. Die Geschichte hat mich fast die ganze Nacht wach gehalten.«
»Sie hat Ihnen gefallen?« Sie konnte es offensichtlich nicht recht glauben.
»Nun – sie ist höchst ungewöhnlich. Die Idee, alles mit den

Augen eines schweigenden Kindes zu sehen, ist faszinierend. Er ist so schrecklich einsam. Ich finde es hervorragend, daß Sie nur ihm einen Namen gegeben haben und die Erwachsenen nur vage beschreiben. Manchmal kann man kaum beurteilen, ob es sich um Männer oder Frauen handelt.«

Die verdammte Story hat mich halb wahnsinnig gemacht! Die meiste Zeit wußte ich überhaupt nicht, was vorging. Sie will offenbar über Winston schreiben, ohne näher auf den Fall einzugehen.

»Es stört Sie nicht, daß ich die Morde nicht schildere? Ich hatte ein bißchen Angst, daß der Leser nicht verstehen würde, worum es geht.«

»Das ist herrlich geheimnisvoll. Die Sache mit dem Zeichenspiel und dem Kassettenrecorder – ist das eine Therapiemaßnahme, ist der Junge geisteskrank? Aber dann hebt ihn jemand hoch und läßt ihn durch eine Glasscheibe einen Mann im Nebenzimmer ansehen – ohne Worte, ohne Erklärungen weiß man: Das ist ein Mordverdächtiger.«

»Genau das habe ich zu erreichen gehofft. Ich bin so froh, daß Sie das verstanden haben.«

»Es ist unglaublich stark. Ich weiß nicht, wann mich ein Stück Prosa je so berührt hat.«

»Ich danke Ihnen, das ist phantastisch!« Sie errötete tief und strahlte ihn an.

Das habe ich geschafft! dachte er. Es kostete ihn große Anstrengung, sie nicht zu küssen.

Er ließ sie den Augenblick genießen, haßte den Gedanken, ihre Freude gleich zerstören zu müssen, doch dann sagte er: »Natürlich muß man ... daran arbeiten.«

Der Herr gibt es, der Herr nimmt es. Ihr Lächeln verblaßte. »In welchem Umfang?«

Er nahm das Manuskript aus seinem Aktenkoffer. Jede Seite war mit handgeschriebenen Anmerkungen übersät.

Sie zuckte zusammen. »Ich dachte, es hätte Ihnen gefallen.«

»Nun ja ... die Geschichte mit den Augen des Jungen zu sehen ist eine blendende Idee – aber natürlich haben Sie sie nicht gleich auf Anhieb perfekt verwirklichen können.«

Sie tippte mit dem Zeigefinger auf die Überschrift eines Kapitels.

FLUSSMÜNDUNG

Lamb hatte sie mit Rotstift eingekreist und »Wo ist das?« an den Rand geschrieben.

Mit kummervoller Stimme sagte sie: »Noch vor ein paar Sekunden haben Sie mir gesagt, Sie fänden das Vage der Schilderung herrlich geheimnisvoll.«

»Das *ist* es ja auch – aber Sie beschreiben hauptsächlich Empfindungen, und da fehlt einem einfach das Gegengewicht zur Realität.«

»Ist es denn nicht klar, daß sich das irgendwo im Süden in der Nähe von Wasser ereignet?«

»Sie müssen einen Namen nennen – eine bestimmte Stadt: Der Leser muß glauben, daß dieses Kaleidoskop von Farben, Gerüchen und Gefühlen, das diesen Jungen überflutet, einen realen Hintergrund hat.«

»Halten Sie das wirklich für wichtig?«

»Für entscheidend.«

»Okay – ich werde darüber nachdenken. Sie haben mir viel Stoff zum Nachdenken gegeben. Das Manuskript enthält mehr Kritik als Story.«

»Es ist keine Kritik – ich habe nur editorische Verbesserungsvorschläge gemacht.«

»Editorische? Als Herausgeber des Literaturmagazins?«

»Ja, glauben Sie denn, ich hätte mir nur so zum Zeitvertreib die viele Arbeit gemacht?«

Ihre Miene erhellte sich wieder. »Sie meinen, wenn ich Ihren Kommentaren entsprechend Änderungen vornehme, werden Sie meine Geschichte veröffentlichen?«

»In der ersten Ausgabe.«

Sie schüttelte ihm freudig die Hand. »Wunderbar!«

»Es gibt nur ein kleines Problem. Orpington rief mich gestern abend an: Er möchte das Material für die erste Ausgabe bis zum Wochenende in Händen haben.«

»Aber das Magazin hat ja noch nicht einmal einen Namen.«
»Orpington hätte den Subventionsvertrag zu Anfang genauer studieren sollen: Es hat sich herausgestellt, daß er eine Liste von Autoren enthält, die in der ersten Ausgabe erscheinen sollen. Orpington hat mir zwar versichert, das sei nur eine Pro-forma-Sache – aber ich finde es beunruhigend. Ihre Story könnte unsere beste Waffe sein – wenn Sie sie zur vollen Wirkung bringen können.«
Sie blätterte das Manuskript mit zweifelnder Miene durch. »Ich werde mein Bestes tun – aber die Zeit ist knapp.«
»Es ist mir sehr unangenehm, Sie derart unter Druck zu setzen. Kann ich Ihnen irgendwie behilflich sein?«
»Sie könnten die Hälfte Ihrer Kommentare wegradieren. Nein, ernsthaft: Es wäre großartig, wenn Sie meine Arbeit überwachen würden. Es wäre mir schrecklich, wenn ich am Freitag feststellen müßte, daß ich das Ganze falsch angefangen habe.«
»Wie oft schwebt Ihnen denn vor?«
»Am besten jeden Tag.«
»Wann besuchen Sie Ihren Mann?«
»Ich glaube nicht, daß es seinen Heilungsprozeß beeinträchtigt, wenn ich diese Woche mal nicht zu ihm gehe.«
»Ich denke, ich kann Sie in meinen Terminplan einbauen.«
»Sie wohnen doch gleich neben uns – ich könnte an den Nachmittagen zu Ihnen rüberkommen.«
»Nein! Das wäre nicht gut. Ich bin dafür, daß wir uns vormittags treffen – hier in Princeton. Wie wär's mit dem Lokal an der Ecke?« Er deutete auf eine Eisdiele mit dem Namen *Hole in the Wall*.
»Ist mir recht.«
»Dann ist es also abgemacht.«
»Wenn ich bis Samstag fertig sein muß, dann fangen wir lieber gleich an. Los – ich lade Sie ein.«
Lamb lächelte. »Nein, nein. Sprechen Sie niemals nachlässig, und übernehmen Sie niemals die Rechnung, wenn Sie mit einem Herausgeber am Tisch sitzen. Sie werden sehen – ich mache noch eine richtige Schriftstellerin aus Ihnen.«

Während er am Tresen auf die beiden Cappuccini wartete, beobachtete er, wie Sally sich graziös zwischen den großen Topfpflanzen ihren Weg zu einem Fenstertisch bahnte, und bewunderte ihre wohlgeformten Beine in den engen Jeans. Gott sei Dank, daß wir uns in einem Lokal befinden!

Lamb ging die Geschichte Seite für Seite und Zeile für Zeile durch – ganz der engagierte Kritiker, was ihm als Lehrer nicht schwerfiel. Wie Orpington gern sagte: »Jede Vorlesung in Wren ist Unterricht im Schreiben.«

Lamb hatte reichlich Übung im Lehren von Zusammenhängen und Gedankenfluß – gar nicht zu reden von Grammatik und Rechtschreibung. Er mußte nur seine Ausdrucksweise ein wenig verändern. Er sprach über bildhafte Darstellung, emotionale Übergänge, erzählerische Logik. Er wies sie auf Einzelheiten hin, die sie einfach eingestreut hatte, ohne darüber nachzudenken: Waren sie notwendig, bewirkten sie eine echte Intensivierung des Eindrucks?

Als ihre Augen müde wurden, lehnte er sich zurück und fragte: »Haben Sie Kinder?«

»Nein. Warum fragen Sie?« Sie wußte es natürlich, aber sie brauchte im Augenblick dringend ein Kompliment.

»Dieser kleine Junge, dieser Manley – übrigens ein perfekter Name für ihn – hat einen so ausgeprägten Charakter, ist so exakt beobachtet, daß ich mich frage, wer sein Vorbild ist.«

»Sie halten mich nicht für schöpferisch genug, um ihn erfunden zu haben?«

»Die meisten Schriftsteller nehmen sich zu Anfang eine reale Person als Beispiel für eine Figur. Haben Sie das bei Manley nicht getan?«

»Was spielt das für eine Rolle? Hat das einen Einfluß auf die Story?«

»Nun – Manley ist so liebenswert, daß man sich unwillkürlich fragt, ob es irgendwo einen Jungen gibt, nach dessen Bild er geschaffen wurde.«

Sie lächelte ihn an. »Aha! Der hartgesottene Herausgeber hat also doch eine weiche Stelle. Okay – ich gestehe: Manley existiert – aber natürlich mit einem anderen Namen.«

Lamb lachte. »Sie haben mich ertappt. Ich finde ihn wirklich besonders sympathisch und würde gern mehr über ihn erfahren.«

»Gut – ich werde noch ein paar Details einfügen.«

»Sie müssen mehr tun als das: Ich vermute, daß die Leser viel mehr wissen wollen.«

»Wirklich? Meine Güte! Ich weiß nicht, wie ich das machen soll.«

»Es wäre sicher sehr nützlich, zum Vorbild zurückzugehen. Werden Sie den wirklichen Manley bald treffen?«

»Ich bezweifle, daß das noch vor dem Ablieferungstermin geht.«

»Wie schade. Es würde die Geschichte wesentlich aufwerten, wenn...«

»Möglicherweise kann ich mit ihm telefonieren.«

Lambs Tasse zitterte derart, daß der Cappuccino sich über seine Manschette ergoß. »Ich dachte, er... ich meine, Manley spricht doch nicht. Ist er doch nicht so wie Manley?«

»Er sprach nicht – aber jetzt tut er es wieder. Aber vielleicht sollte ich bei Manley bei der Schweigsamkeit bleiben, damit die Figur nicht zu stark verändert wird, meinen Sie nicht?«

»O nein, nein – das macht ihn sogar noch interessanter. Warum reden Sie nicht noch heute mit ihm – dann können Sie einen sozusagen taufrischen Dialog einbauen.«

Sie senkte den Blick. »Ich weiß nicht, wo er ist. Ich muß darauf warten, angerufen zu werden.«

Verdammt! Sie ist nicht bereit, über etwas zu sprechen, das mit dem Fall zusammenhängt!

Er zwang sich zu einem Lächeln. »War ja nur so ein Gedanke. Ich habe Ihnen für einen Tag schon mehr als genug Arbeit gegeben. Ich hoffe, Sie sind nicht allzu gekränkt.«

Sie schüttelte den Kopf. »Wollen Sie die Wahrheit wissen? Als Sie mir das Manuskript mit all den Korrekturen zeigten, dachte ich, das ist das Ende! Er hat einen Ziegelstein in mein Spinnennetz geworfen. Gab es überhaupt etwas auf diesen Seiten, das ihm gefiel? Das Wasserzeichen vielleicht?

Aber als wir anfingen, es durchzugehen, erkannte ich – he! Ich arbeite mit einem Herausgeber an meiner Story! Er zerreißt sie in der Luft, weil er glaubt, daß sie es wert ist, bearbeitet zu werden. Ja, natürlich schmerzt es – das tut Wachstum häufig. Ich habe es hier nicht mit einem meiner Tagträume in der Küche zu tun, in denen mir der Erfolg in den Schoß fällt, sondern mit der Realität. Und so ist es eben, wenn man Schriftsteller werden will.«

»Das ist die richtige Einstellung.« Lamb stand auf.

»Morgen – die gleiche Zeit, gleicher Ort?«

Er streckte den Daumen nach oben. »Machen Sie sich keine Sorgen – wir kriegen das hin.«

Lamb drehte sich um und steuerte auf die Tür zu, tief erleichtert, daß er seine Erregung nicht mehr verbergen mußte. Winston fängt wieder an zu sprechen und verschwindet sofort! Bei wem ist er jetzt? Mit wem spricht er?

Als Sally ihm nachsah, kam ihr plötzlich zu Bewußtsein, wie attraktiv dieser Mann war. Sie lächelte. Die Frauen an dieser Klippschule in Jersey waren mit Sicherheit alle hinter ihm her.

Neunundvierzigstes Kapitel

Die Gitt Brothers hatten an diesem Morgen Ruhe: Winston hing in seinem Sicherheitsgurt und schlief wie ein Stein – völlig erledigt nach einer Doppelportion Pfannkuchen.

Sie hatten die Nacht in einem Motel außerhalb von Cincinnati verbracht. Jetzt war es später Vormittag, und Popsys Eldorado rollte eine zweispurige Landstraße in Indiana entlang.

Ein Ortsschild besagte, daß sie in »Grissom, 7 500 Einwohner« einfuhren, einer alten Präriestadt mit weißen Häusern, die in Straßen standen, die nach Bäumen und Präsidenten benannt waren. Eigentlich war es keine Stadt mehr, nur noch ein Wohnviertel: Die Identität war durch Einkaufszentren und Industrieparks verlorengegangen.

Jake rüttelte Winston an der Schulter. »Wir sind fast da! Wach auf! Ich will dir was zeigen. Da rechts! Das ist der Grissom Lake. Da habe ich meinen Bruder vor dem Ertrinken gerettet.«

Der Junge blinzelte verschlafen in die angegebene Richtung. Der See schien nicht tief genug, daß jemand darin ertrinken könnte. Sie fuhren an einem taschentuchgroßen Sandfleck vorbei, den ein Schild als »Strand« auswies. Er lag verlassen da.

»Ich hatte den See viel größer in Erinnerung«, sagte Jake. »Ob er wohl geschrumpft ist? Aber es kommt mir alles hier viel kleiner vor. Na ja – immerhin war ich das letztemal in deinem Alter hier – ungefähr vor hundert Jahren. Jetzt kann ich es dir verraten: Wir werden bei einer sehr netten Lady namens Tante Freezie wohnen. Ich lebte bei ihr, als ich ein

Kind war, und es hat mir sehr gefallen. Du wirst dich auch wohl fühlen.«
Winston sah ihn zweifelnd an. »Weiß Popsy, wo sie wohnt?«
»Machst du dir immer noch Sorgen?«
»Vielleicht reden sie ja mal miteinander.«
»Ach so – du machst dir wegen der ›Tante‹ Gedanken. Sie ist nicht wirklich meine Tante – ich nannte sie damals nur so. Popsy hat noch nie von ihr gehört und sie nicht von ihm, okay?«
»Okay«, nickte er, immer noch zweifelnd.
Neue Häuser waren auf den freien Grundstücken in der Willow Street entstanden, aber Tante Freezies Haus sah immer noch genauso aus, wie er es in all den Jahren in seinen Träumen erlebt hatte – bis hin zu dem Eisenschwan auf dem Rasen und dem Holzapfelbaum im Garten. Der hohe weiße Bau war von umlaufenden Veranden umgeben und auf drei Seiten von einer Hecke geschützt – über zwei Meter hoch und mehrere Büsche dick. Wenn, wie jetzt, Blätter daran waren, hatte sie ihm als Junge großartige Verstecke geboten. Er konnte von einem Ende zum anderen kriechen, ohne gesehen zu werden. Roger hatte sie den »Dschungel« genannt.
Offenbar reichte Tante Freezies Leibrente nicht mehr so weit wie früher. Sie hatte ihm am Telefon erzählt, daß sie jetzt in der Kantine einer Fabrik aushelfe, doch sie könne sich ihre Zeit einteilen und werde zu Hause sein, wenn sie kämen.
Sie hatte offenbar nach ihnen Ausschau gehalten: Bevor sie den Weg halb heraufgekommen waren, öffnete sie die Haustür und sah ihnen mit einem seltsamen Gesichtsausdruck entgegen.
»Schau dich an«, sagte sie.
»Schau *dich* an. Du siehst großartig aus.« Jake war ungemein angetan von ihrer Erscheinung. Er hatte eine verhärmte alte Frau erwartet. Statt dessen stellte er fest, daß Tante Freezie regelrecht aufgeblüht war: Ihre Haare waren nicht mehr strähnig, sondern modisch silbergrau getönt und schick geschnitten, sie hatte keinen fahlen Teint mehr, und auch

ihre Nervosität war verschwunden. Sie machte einen selbstbewußten und gelösten Eindruck.

Sie küßte ihn auf die Wange. »Du siehst besser aus als dein Vater in deinem Alter – und das will was heißen. Und du mußt Winston sein. Es freut mich, dich kennenzulernen.«

Sie streckte dem Jungen die Hand hin. Er schüttelte sie, war jedoch zu schüchtern, um etwas zu sagen.

Jake holte die Reisetaschen aus dem Wagen. Freezie lebte allein in dem großen Haus – es war Platz genug. Sie schlief noch immer in ihrem alten Zimmer – das Elternschlafzimmer war für sie tabu. Jetzt brachte sie Jake dort unter, und Winston bekam das Gästezimmer.

Zu Mittag gab es Spaghetti mit Thunfischsauce. Winston hatte sich von seiner Pfannkuchenorgie fabelhaft erholt und tat sich reichlich auf.

Nach dem Essen sagte Freezie: »Wir können den Jungen beruhigt allein im Haus lassen. Gehen wir ein Stück spazieren.« Sobald sie draußen waren, fragte sie: »Was soll das alles?«

»Wie ich dir schon sagte – ich kann im Augenblick nicht darüber sprechen.«

»Du mußt verheiratet gewesen sein, um dieses Kind zu adoptieren. Bist du es noch?«

»Ja.«

»Mit einer Schwarzen?«

»Nein.«

»Warum ist sie nicht mitgekommen? Ist ihr etwas zugestoßen?«

»Nichts ist ihr zugestoßen. Und zwischen uns ist alles in Ordnung.«

»Weiß sie, daß ihr hier seid?«

Jake schlenderte neben ihr her und sah sich mit großem Interesse die Nachbarhäuser an, an denen sie vorbeikamen.

»Ich kann nicht darüber sprechen.«

»Einen Augenblick. Dieses Kind ist auch ihres. Willst du andeuten, daß sie keine Ahnung hat, wo es steckt?«

»Sie ist vollkommen einverstanden mit dem, was ich tue.«
»Tust du mir einen Gefallen? Ruf sie an und laß mich mit ihr reden. Jetzt gleich. Du brauchst mich ja nicht sehen zu lassen, welche Nummer du wählst.«
»Das kann ich nicht.«
»Warum nicht?«
»Aus vielen guten Gründen.«
»Du kommst nach all diesen Jahren mit einem kleinen Jungen hier hereingeschneit, um den ich mich für unbestimmte Zeit kümmern soll, und läßt mich völlig im dunkeln tappen?«
»Es ist viel verlangt – aber du mußt mir vertrauen.«
»Jetzt hast du dich angehört wie dein Vater.«
»Du weißt wirklich, wie man einen Menschen kränken kann.«
»Ich meine es ernst: Die Sache kommt mir vor wie eine seiner Schnapsideen.«
»Ist es aber nicht.«
»Willst du mir auch nichts über dich erzählen – wo du lebst und was für einen Beruf du hast?«
»Es ist für uns beide besser, wenn ich es nicht tue.«
»Ich könnte Joe anrufen und ihn fragen.«
»Das wirst du nicht.«
»Seit wann bist du so gescheit?«
»Ich finde es besser, dir nichts zu sagen, statt dich anzulügen«, erklärte Jake. »Wenn du später alles erfährst, wirst du einsehen, daß ich recht hatte.«
»Bleibst du wenigstens ein paar Tage, bis der Junge sich eingelebt hat?«
»Das habe ich vor.«
»Nun – wenigstens weiß ich jetzt in *einem* Punkt, was du vorhast. Du hast vielleicht Nerven, Jake Harrow.«
Sie gingen schweigend nebeneinanderher. Hin und wieder warf Freezie einen verstohlenen Blick auf Jake, der aufmerksam seine Umgebung musterte.
»Wie geht es Roger?«
»Ich sagte dir doch: Der Junge ist legal adoptiert, und er gehört zu mir. Mehr kann ich dir nicht sagen.«

»Du willst nicht einmal über Roger sprechen? Hast du Angst, etwas zu sagen, das verrät, wo Roger ist, und daß ich ihn dann anrufe?«
»Sei doch nicht so verdammt hartnäckig.«
»Ich frage ja nur, weil ich mir immer Sorgen um Roger gemacht habe: Er war so ein Seelchen.«
Jake schwieg.
»Jake, bitte – ich will dich nicht aushorchen. Sag mir nur einfach ganz allgemeine Dinge. Hat er geheiratet?«
»Ja.«
»Kinder?«
»Ja.«
»Und – geht es ihm gut?«
»Du brauchst dir seinetwegen keine Gedanken zu machen.«
»Das ist wunderbar.« Sie lächelte erleichtert. »Damit ist mir eine Last von der Seele genommen.« Sie sah ihn von der Seite an. »Warum machst du so ein trauriges Gesicht?«
»Was? Oh – ich habe mich nur gerade gefragt, ob du dir meinetwegen auch jemals Sorgen gemacht hast.«
»Deinetwegen? Nein, Jake – das kann ich nicht behaupten. Du warst ein kleiner Tiger.«
»Damals, als ich deine Garage ruiniert habe?«
Sie brach in Gelächter aus. »Als du den alten Chevrolet von deinem Dad daran festgebunden hast, meinst du? Dieses schreckliche Krachen dröhnt mir noch heute in den Ohren. Ich rannte nach draußen und sah, daß das Garagendach schräg auf meinem Dodge lag wie eine Wasserskischanze – und die eine Seitenwand im Stiefmütterchenbeet. Und dann hörte ich jemanden lachen, und mein Blick wanderte von dem Pfosten über das Seil und Joes Wagen zu Joe, der sich königlich amüsierte.
Ich werde nie vergessen, wie er in jenem Augenblick aussah. Er hatte seine guten grauen Hosen an und ein weißes Hemd – seine Abschiedskleidung –, aber er zerstörte das Bild mit einer scheußlichen knallroten Schirmmütze.
›Das war der Kleine Krieger‹, prustete er. Er nannte dich

immer ›Kleiner Krieger‹. ›Roger wäre nie auf so eine Idee gekommen – das hat der Kleine Krieger ganz allein gemacht. Schau – er hat das Seil sogar mit Kies bedeckt, damit ich es nicht sehen konnte.‹ Und er lachte und lachte. Schließlich wischte er sich die Tränen ab und sagte: ›Entschuldige – für dich ist es bestimmt nicht komisch. Ich bezahle den Schaden, sobald ich kann.‹ Ich antwortete: ›Laß gut sein, Joe – ich weiß, daß Jake nicht vorhatte, die Garage einzureißen.‹
Das machte ihn verlegen. Er sagte, ich sei eine gute Frau, und küßte mich auf die Wange. Ich erinnere mich noch, wie Roger aussah: Blaß und mit rotgeweinten Augen verrenkte er sich den Hals und beobachtete, wie Joe das Seil losmachte. Er verstand überhaupt nicht, was passiert war. Joe sagte: ›Bleib im Wagen, Roger, wir fahren gleich.‹ Ich habe ihn nie wiedergesehen.«
»Du hast etwas ausgelassen«, sagte Jake. »Bevor er ins Auto stieg, ließ er den Blick über die Bäume, das Haus und die Büsche gleiten: Er wußte, daß ich dort irgendwo steckte und ihn beobachtete. Und dann rief er: ›Alle Achtung, Kleiner Krieger – war keine schlechte Idee!‹ und warf seine Schirmmütze in die Luft. Der Wind trieb sie bis aufs Nachbargrundstück, aber das kümmerte ihn gar nicht: Er fuhr ohne sie weg.«
Tante Freezie blickte zu Boden. »Wirklich? Das hatte ich vergessen.«
»Ich versteckte mich den ganzen Tag im Gebüsch, weil ich Angst hatte, du würdest mich wegen der Garage rauswerfen. Du warst nicht wütend, du hast mich nicht verprügelt – du hast die Sache nicht einmal erwähnt. Aber ich konnte mir diesen idiotischen Streich niemals verzeihen. Noch heute frage ich mich, was mich damals geritten hat.«
Sie legte eine Hand auf seine Schulter. »Das ist doch völlig klar: Du wolltest nicht, daß dein Dad wegfuhr – und du glaubtest, mit einem Seil könntest du ihn festhalten. Du hast ihn wirklich sehr geliebt. Jeden Nachmittag hast du am Wohnzimmerfenster gesessen und nach ihm Ausschau gehal-

ten. Ich wußte immer schon, bevor ich ihn sah, daß er wieder da war – wenn ich dich rufen hörte ›Mighty Joe! Mighty Joe!‹ und dann die Tür aufgerissen wurde und du aus dem Haus stürztest.«
Tante Freezie blieb stehen und nahm Boxerhaltung ein. »Und dann sagte er: ›Komm, Kleiner Krieger – erst die Linke, dann die Rechte. Ein sauberer Uppercut und dann auf den Solarplexus. Na, komm schon, Kleiner Krieger!‹« Sie ließ die Fäuste sinken und lachte. »Er liebte das Wort Solarplexus.«
Jake lächelte wehmütig. »Eines Abends kam er mit einem Paar Boxhandschuhe für mich nach Hause – riesige Dinger, größer als mein Kopf. Ich war ganz aus dem Häuschen.«
»Das stimmt. Er hatte selbst auch welche, und ihr boxtet an den langen Sommerabenden von einem Ende des Hinterhofs zum anderen und lachtet und lachtet. Meine Güte, konntet ihr lachen! Man hörte euch die ganze Straße hinunter. Du warst immer Joes Liebling.«
Jake zuckte mit den Schultern. »Er liebte seine beiden Söhne – wenn er gerade nichts Besseres zu tun hatte. Nachdem er uns von dir weggeholt hatte, spielte er als Vater nur noch eine Gastrolle. Monatelang war er weg, und dann tauchte er plötzlich in einer brütendheißen Sommernacht stockbetrunken wieder auf und brachte uns einen Ventilator mit. Seiner Vorstellung nach entschädigte er uns damit für die lange Zeit, in der wir ihn nicht gesehen hatten. Und dann saß er am Ende von Rogers Bett und schwafelte stundenlang darüber, wie sehr er seine beiden Jungs liebe. Ich frage mich – wenn er uns so liebte, warum ließ er uns dann nicht schlafen?«
»Man kann ihm nicht böse sein«, sagte Freezie. »Er ist wie ein Blatt im Wind.«
»Ich hielt ihn immer für ziemlich stark. Er hat in seinem Leben nur das getan, was er wollte – ohne jede Rücksicht.«
»Er hat nie getan, was er wollte – nicht wirklich«, widersprach Freezie. »Tief im Innern war er schrecklich unsicher und fürchtete sich vor dem Leben. Und wenn er feststellte,

daß er jemanden liebte, dann fühlte er sich überfordert und floh.«
Jake schaute in das Gesicht, das so viel Mitgefühl mit dem Mann ausdrückte, der sie vor so langer Zeit verlassen hatte, legte den Arm um sie und drückte sie an sich. »Wenn du dem alten Schlitzohr verzeihen kannst, dann kann ich es auch.«
Sie machte sich los. »Vergeben und vergessen«, sagte sie.

Danach erzählte Freezie von ihrer Arbeit in der Fabrik und für die Kirche und von ihren Freundinnen. Sie fragte Jake, was für ein Kind Winston sei. Er habe ein schreckliches Erlebnis gehabt, sagte Jake, aber er würde sich bald wieder erholen – und dann schilderte er einiges, was der Junge gesagt und getan hatte, beschränkte sich jedoch, was die näheren Umstände betraf, auf sehr vage Angaben: Leute auf einem Flughafen, Frauen in einem Restaurant, eine Dame, die ihm nicht zutraute, eine Telefonnummer wählen zu können. Freezie bemerkte, daß Jake geradezu von innen her leuchte, wenn er von Winston sprach.
Als sie die Einfahrt zu ihrem Haus erreichten, hielt neben ihnen ein Expreßlieferwagen. Der junge Fahrer stieg aus. Er hatte ein Paket von der Größe eines Diplomatenkoffers in der Hand.
»Sind Sie Freda Rugan?« fragte er freundlich.
»Ja – aber ich habe nichts bestellt.«
»Das ist für mich«, erklärte Jake. »Entschuldige – ich habe mir die Freiheit genommen, es hierher schicken zu lassen.«
Sie unterschrieb die Quittung. »Dafür mußt du mir einen Gefallen tun.«
»Welchen?«
»Meine Hintertreppe ist seit zwei Jahren kaputt.«
»Wo hast du dein Werkzeug?«
Sie überließ Jake seiner Aufgabe und machte sich auf die Suche nach Winston. Sie fand ihn im Flur im ersten Stock, wo er langsam und mit angespanntem Gesicht auf und ab ging, als sei er auf der Suche nach losen Dielenbrettern.

»Komm mit ins Wohnzimmer runter – ich möchte dich ein bißchen besser kennenlernen.«
Er folgte ihr gehorsam. Sie setzte sich aufs Sofa, er auf den am weitesten entfernten Stuhl.
»Also, Winston – hattest du und dein Dad eine angenehme Reise?«
Nicken.
»Gefällt es dir hier in Grissom?«
Nicken.
»Vermißt du deine Mami?«
Nicken.
»Was für ein tapferer Junge. Sagst du mir deinen vollen Namen?«
Murmeln.
»Könntest du ein bißchen lauter sprechen, ich habe dich nicht verstanden.«
»Winston Churchill Harrow.«
»Sehr gut. Und deine Adresse?«
»Die ist ein Geheimnis.«
»Deine Adresse ist ein Geheimnis? Aber mir kannst du sie doch sagen?«
Kopfschütteln.
»In welcher Stadt wohnt ihr? Das ist doch bestimmt kein Geheimnis.«
»Doch.«
In den nächsten Minuten stellte sie fest, daß alles ein Geheimnis war – angefangen vom Namen seiner Mutter bis hin zu den Staaten, durch die sie gefahren waren, um hierherzukommen. Jake hat ihn hervorragend präpariert, dachte sie.
»Entschuldige mich eine Minute. Ich komme gleich wieder – und ich verspreche, daß ich dir keine Fragen mehr stelle, okay?«
Deutliche Erleichterung.
Sie ging in die Einfahrt hinaus und sah sich den Eldorado an: Nummernschilder aus New Jersey.
Als sie zurückkam, saß Winston noch immer auf seinem

Platz. Er hatte nicht einmal seine Körperhaltung verändert. Dieser Junge hatte offensichtlich Angst. Eine Welle des Mitgefühls stieg in ihr hoch. Sie mußte ihm helfen.

»Bist du nicht hungrig?« fragte sie.

Er nickte und entspannte sich ein wenig.

»Jake sagt, daß du Pizza magst. Stimmt das?«

Wieder nickte er und begann mit einem Fuß zu baumeln.

»Wir haben eine Pizzeria ganz in der Nähe – hat Jake dir das erzählt?«

»Wir sind vorbeigefahren.«

»Dann hast du es *ihm* erzählt.«

»Ich wollte, daß er sie nicht übersieht.«

Sie lachte. »Schlaues Kerlchen.«

»Ich bin manchmal schlau.« Wie hübsch er lächelte.

»Was meinst du – sollen wir eine Pizza bestellen?«

Er nickte begeistert und hüpfte auf seinem Stuhl auf und ab.

»Welche magst du denn am liebsten?«

»Mit Würstchen und Paprika.«

Sie holte das Telefon, stellte es auf den Couchtisch vor sich und begann zu wählen. Doch dann legte sie den Hörer wieder auf. »Jake hat mir erzählt, daß zu Hause immer *du* die Nummer von der Pizzeria wählst.«

Er lächelte stolz. »Das ist wahr.«

»Würdest du für mich wählen?«

Er nickte eifrig.

Sie klopfte auf das Sofakissen neben sich. »Dann setz dich zu mir.«

Er gehorchte augenblicklich, griff nach dem Telefonhörer und hielt die Finger startbereit über die Tastatur.

»Wähle langsam und sorgfältig«, sagte sie. »Ich möchte sehen, wie du es machst.«

Er blickte auf und sah sie verwirrt an. »Ich brauche die Nummer.«

»Dieselbe wie immer«, sagte sie. »Pizzerias haben im ganzen Land dieselbe Nummer, damit die Leute sich nicht so viele verschiedene merken müssen.«

Sie beobachtete, wie er die Tasten drückte.
»Warte! Wir wissen ja gar nicht, was Jake für eine haben will.« Sie legte den Hörer wieder auf. »Lauf doch schnell und frag ihn.«
Winston schoß hinaus. Freezie holte einen Bleistiftstummel aus ihrer Tasche und schrieb die Nummer, die Winston gewählt hatte, an den Rand einer Zeitung, riß ihn ab und steckte ihn in die Tasche.

Nach dem Abendessen setzten Jake und Winston sich ins Wohnzimmer. Jake legte das Expreßpaket auf den Couchtisch.
»Du meinst, der Constable ist der stärkste Kerl der Welt, stimmt's?«
Winston nickte. Nach der Pizza hatte er entspannt und vergnügt gewirkt. Jetzt erstarrte sein Gesicht vor Furcht.
»Na ja – ziemlich stark ist er wohl –, aber wenn zwei harte Kerle wie du und ich zusammenhalten und einander helfen, dann können wir mit ihm fertig werden, meinst du nicht?«
»Weiß nicht.«
»Ich auch nicht«, gab Jake zu. »Aber ich werde es auf alle Fälle versuchen. Es ist schwierig, aber irgend jemand muß es tun. Ohne deine Hilfe habe ich allerdings keine Chance. Wirst du mir helfen, gegen ihn zu kämpfen?«
Der Junge warf einen unsicheren Blick auf seine dünnen Ärmchen. »Wenn wir noch ein Jahr warten, habe ich mehr Kraft.«
»Ich spreche nicht von einem Faustkampf. Es gibt viele Möglichkeiten, gegen jemanden zu kämpfen. Also – wir sind ein Team. In einem Team hat jeder eine besondere Begabung, und wenn man die alle zusammenfaßt, dann wird das Team stärker als jeder andere – sogar als der alte Mr. Sowieso in seiner falschen Uniform. Verstanden?«
»Wir halten zusammen.«
»So ist's richtig. Wie ich schon sagte, hat jeder von uns was Besonderes zu bieten. Da ich erwachsen und groß bin, übernehme die Faustkämpfe, okay?«

Winston nickte. »Und was mach' ich?«
»Ich weiß nicht, wie der Constable aussieht, also weiß ich auch nicht, gegen wen ich kämpfen muß. Die Polizei weiß es nicht, das FBI weiß es nicht. Wenn wir es wüßten, würden Hunderte von Männern ihn jagen. Du bist der einzige Mensch auf der Welt, der es weiß. Wirst du dein Wissen an das Team weitergeben?«
Der Junge nickte zögernd.
»Ich wußte, daß ich auf dich zählen kann. Siehst du dieses Paket? Weißt du, was drin ist? Das gute alte Identikit mit all den lustigen Nasen und Bärten – erinnerst du dich? Darf ich es auspacken?«
Wieder ein Nicken.
»Du wirst es nicht wieder aus dem Fenster werfen?«
Kopfschütteln.
»Guter Junge.« Jake packte das Identikit aus. »Und jetzt wollen wir sehen, ob du den Constable zusammenbasteln kannst – oder wenigstens jemanden, der ihm ähnlich sieht.«
Winston beugte sich vor. »Ich versuch's!« erklärte er entschlossen.

New Jersey hatte drei Vorwahlnummern.
Sie versuchte es mit 201: »Kein Anschluß unter dieser Nummer?«
Bei 908 meldete sich eine Installationsfirma.
Dann wählte sie 609.
»Uni-Pizzeria – bitte bleiben Sie dran.«
Freezie tippte nervös mit ihrem Bleistiftstummel auf die Arbeitsfläche. Jake und Winston waren im Wohnzimmer mit irgendeinem Spiel beschäftigt, aber es bestand immer die Gefahr, daß einer von ihnen in die Küche käme, um sich ein Glas Wasser zu holen. Bei ihrem Glück...
»Ja – was kann ich für Sie tun?«
»Dies ist ein Notfall«, sagte sie. »Welche Stadt habe ich erreicht, bitte?«
»Princeton.«

Dann bin ich ja richtig gelandet. »Ich rufe aus dem ›Mercy Hospital‹ in Trenton an. Es hat einen schrecklichen Autounfall gegeben, und wir versuchen, eine Frau ausfindig zu machen. Jemand hat uns gesagt, sie würde regelmäßig von Ihnen beliefert.«
»Ich werde Ihnen helfen, so gut ich kann.«
»Ich danke Ihnen vielmals. Die Frau heißt Harrow.«
»Moment – der Auslieferer ist gerade im Gehen. Jamal – warte einen Augenblick. Wir haben hier einen Notruf aus einem Krankenhaus. Belieferst du öfter eine Mrs. Harrow? Nein? Bist du sicher? Er sagt nein. Tut mir leid.«
»Vielleicht ist der Name ja falsch. Sie ist eine Weiße und hat einen schwarzen Adoptivsohn von etwa fünf Jahren.«
»Jamal – komm zurück! Jemand soll ihn aufhalten! Jamal – warte doch mal! Wie steht's mit einer Weißen mit einem ungefähr fünfjährigen schwarzen Sohn? Ja. Nein – muß nicht Harrow heißen. Du willst es ihr selber sagen? – Ich gebe ihn Ihnen.«
Jamal kam an den Apparat. »Sie sind vom Krankenhaus?«
»Ja.«
»Okay. Wir haben da tatsächlich eine Weiße mit einem schwarzen Sohn in dem Alter. Sie bestellen fast jeden Tag eine Pizza. Der Name ist Payden. P-A-Y-D-E-N. Wollen Sie die Adresse? Ich habe das Bestellbuch gerade hier.«
»Geben Sie mir nur die Telefonnummer.«
Er las sie vor. »Was ist denn passiert? Nichts Schlimmes, hoffentlich.«
»Das wird sich erst herausstellen«, sagte Tante Freezie.

Um zehn Uhr an diesem Abend riß Jake ohne Vorwarnung die Tür der Schrankkammer auf.
»Was machst du da drin?«
Der Junge blinzelte ihm schuldbewußt entgegen.
»Tante Freezie hat sich die Mühe gemacht, das Gästezimmer für dich herzurichten. Dort steht ein schönes, weiches Bett, in dem du dich bequem ausstrecken kannst.«

»Die Kammer ist gut für mich.«
»Im Motel hast du auch in einem Bett geschlafen.«
»Da waren wir ja auch auf der Flucht.«
»Jetzt bin ich aber wirklich enttäuscht: Warum, glaubst du, bin ich tausend Meilen mit dir gefahren? Damit du nicht mehr in einer Kammer schlafen mußt!«
»Princeton ist weit weg von Skokie – aber er hat mich da auch gefunden.«
Jake sah ihn nachdenklich an und trat dann einen Schritt zurück.
»Diesmal hast du dir aber eine kleine Kammer ausgesucht. Hast du keine größere finden können?«
»Sie ist auf deinem Flur.«
»Du willst nicht in einem Schlafzimmer gefangen sein, wenn der Constable kommt, stimmt's?«
Winston nickte.
»Ich glaube nicht, daß wir eine Matratze reinquetschen können. Ich werde sehen, ob ich was anderes für dich auftreiben kann.«
Winston wartete. Er hörte Jake und Tante Freezie unten leise miteinander sprechen.
Jake kam mit Sofakissen zurück. »Jetzt mußt du einen Moment raus: Tante Freezie sagt, auf dem obersten Brett seien saubere Laken, aber ich ... o ja – da sind sie ja.« Er griff nach oben, nahm ein Laken herunter und zog dabei etwas mit. Er hob es auf: Die alte Baseballmütze trug in schwungvoller weißer Schrift auf rotem Grund den Aufdruck »St. Louis Cardinals«. Jake drehte sie einen Augenblick lang unschlüssig in den Händen und legte sie dann vorsichtig auf das oberste Bord zurück.
Der Junge stand auf dem Gang und sah zu, wie Jake ein Bett für ihn machte.
»Ist Tante Freezie böse auf mich?«
Jake ging in die Hocke, so daß ihre Augen auf gleicher Höhe waren. »Sie wollte dich im See ersäufen, aber ich konnte es ihr ausreden.«

»Tut mir leid«, sagte Winston mit ganz kleiner Stimme. »War doch nur Spaß. Niemand ist böse auf dich. Du kannst schlafen, wo du willst. Aber du verbiegst dir den Rücken hier drin ganz umsonst: Der Constable findet dich niemals in Grissom, Indiana.«

Fünfzigstes Kapitel

Als Sally am nächsten Morgen das *Hole in the Wall* betrat, wartete Lamb schon ungeduldig an einem der hinteren Tische.

Er gab vor, so in seine arabische Zeitung vertieft zu sein, daß er nicht sah, wie sie sich eine Tasse Kaffee holte und zu ihm trat.

»Guten Morgen, Professor Lamb.«

Er nickte, ohne aufzuschauen.

»Ich bin daraufgekommen, warum es mir so schwerfiel, mehr Einzelheiten über Manley in die Geschichte einzuflechten«, sagte sie fröhlich und setzte sich. »Ich versuchte, bereits vorhandene Abschnitte, speziell Baton Rouge, damit auszuschmücken, ohne eine neue Entwicklung einzubauen. Also habe ich jetzt ein ganz neues Kapitel geschrieben, an dessen Ende er eine lange Autoreise in einen anderen Staat macht.«

Gestern wußte sie nicht, wo Winston hingebracht worden ist – jetzt weiß sie es: Sie steht in Verbindung mit den Leuten, die ihn verstecken. Das Mädchen ist eine wahre Goldmine!

Sie schob ihm die Manuskriptseite hin. Mit geheucheltem Interesse las er den Zeitungsartikel zu Ende und wandte sich dann ihrer Arbeit zu.

»Grissom, Indiana«, las er laut. »Sehen Sie – es ist wirklich viel besser, wenn Sie eine echte Stadt benennen.«

»Sie hatten völlig recht«, stimmte sie zu. »Das macht das Ganze genauer.«

Nicht für ihn: Die Autofahrt, gesehen mit den Augen des kleinen Jungen, gab ihm keinerlei Aufschluß: keine Namen, keine Straßenschilder, keine klare Beschreibung von Menschen. Ein Mann saß am Steuer. Aber wer? Sonst war niemand dabei. Lamb verschlang ihre Schilderung, in der verzweifelten Hoffnung, doch noch auf irgendwelche Fakten zu stoßen:

Der Wind rauscht. Der Motor summt. Der Junge schaut aus dem Fenster. Die Sonne scheint auf das grüne Blech... Also: ein grüner Wagen. Was weiter?

Eine Zweitagereise, die in Grissom endet. Ein Haus, eine Schrankkammer. Eine Frau. Die Frau des Fahrers? Konnte man nicht sagen. Keine Einzelheiten.

Ich könnte den Rest meines Lebens damit zubringen, durch Grissom zu fahren und darauf zu warten, daß Winston aus irgendeiner Haustür käme. Wie kann ich mehr erfahren, ohne ihr Mißtrauen zu erwecken?

»Sie sind auf dem richtigen Weg – aber es stimmt noch nicht ganz«, sagte er vorsichtig. »Ich bin nicht sicher, was ich Ihnen dazu sagen...«

»Oh – es ist nur ein Entwurf«, erwiderte Sally mit einem Lächeln. »Ich schreibe es sowieso noch einmal neu. Ich war ziemlich aufgeregt, als ich es schrieb.«

»Das tut mir leid. Hat sich Jakes Zustand verschlechtert?«

»Nein, nein. Es geht um Nan. Ich fürchte, all die Jahre, in denen Popsy sie betrogen hat, haben ihren Verstand angegriffen.«

»Wie kommen Sie darauf?«

»Das möchten Sie bestimmt nicht wissen.«

»Doch, doch: Wenn Sie es sich von der Seele reden, wird Ihnen bestimmt leichter.«

»Na ja – gestern abend telefonierte ich in der Küche, und sie muß vom Flur aus zugehört haben. Als ich auflegte, stürzte sie herein – völlig außer sich und mit irrem Blick. ›Mit wem hast du gesprochen?‹ Ich erklärte ihr, daß sie das nichts angehe. ›Es war ein Mann, gib's zu!‹ Ich antwortete, es sei eine Frau gewesen. ›Lüg mich nicht an! Ich habe seinen Namen gehört: Du hast ihn Reuben genannt!‹ Ich hatte mit einer Frau telefoniert, die mit Nachnamen Rugan heißt.

Wenn das nicht paranoid ist: Nan machte einen Männernamen daraus!«
»Konnten Sie ihr nicht einfach erklären, wer die Frau ist?«
»Sie hat noch nie von ihr gehört.«
»Warum haben Sie die Frau nicht noch mal angerufen und sie mit Ihrer Mutter sprechen lassen?«
Sally senkte unbehaglich den Blick. »Ich will nicht darüber diskutieren – darum geht es ja auch gar nicht. Es sollte nicht nötig sein, Ferngespräche zu führen, um zu beweisen, daß ich meinen Mann nicht betrüge.«
»Natürlich nicht. Kein Wunder, daß Sie aufgeregt waren.«
Sie hat das neue Kapitel nach dem Ferngespräch mit dieser Rugan geschrieben! Von ihr muß sie erfahren haben, daß Winston in Grissom ist!
»Ich danke Ihnen, daß Sie mir zugehört haben«, sagte Sally. »Es geht mir wirklich besser.«
»Ausgezeichnet.« Er nahm seine Zeitungen. »Dann können Sie ja sofort damit anfangen, das Kapitel neu zu schreiben.«
Sie sah ihn erschrocken an. »Sie meinen jetzt gleich?«
»Je früher, um so besser.«
»Aber ich habe auch an anderen Stellen Veränderungen vorgenommen, die ich Ihnen zeigen will.«
Er stand auf. »Die sehe ich mir das nächstemal an.«
»Sie gehen schon?«
»Ich muß mich beeilen.«
»Sehe ich Sie morgen?«
»Morgen sieht es schlecht aus – da habe ich fast den ganzen Tag Besprechungen. Treffen wir uns am Donnerstag wieder.«
Er steuerte auf die Tür zu.
»Julian – warten Sie!«
Er war schon draußen. Sie stürmte auf die Straße hinaus, aber er war verschwunden.
Und dann entdeckte sie ihn zwei Blocks weiter: Offenbar hatte er es wirklich eilig – er rannte!

Die Hintertreppe war nur der Anfang. Tante Freezie hatte anscheinend keine Reparaturen mehr vorgenommen, seit Joe sie verlassen hatte. Im Augenblick war Jake damit beschäftigt, altmodische Telefonkabel durch moderne zu ersetzen. Sie verfolgte jede seiner Bewegungen mit Argusaugen, als verstünde sie etwas davon.

»Siehst du deinen Bruder eigentlich oft?« fragte sie.

Jake war froh, sie nicht ansehen zu müssen. »Vor ein paar Monaten waren wir eine Weile bei ihm.«

»Ihr lebt also nicht nahe beieinander.«

»Nein.« Das war nicht einmal gelogen.

»Wie schade. Als Jungen hattet ihr ein so enges Verhältnis.«

»Rot zu Rot, Grün zu Grün«, murmelte Jake: Er sprach mit den Drähten in seiner Hand, nicht mit Tante Freezie.

»Ihr hattet sogar eure eigene Sprache.«

»Na ja – ein paar Codewörter würde ich noch keine Sprache nennen.«

»Ich schon. Ihr habt euch stundenlang so unterhalten. Wir saßen beim Abendessen, und plötzlich sagte einer von euch so was wie ›zu hoher Reifendruck‹. Und der andere antwortete ›Lugnut.‹ Dann aß er eine Weile weiter und sagte dann: ›Wird bald platzen.‹ Und dann saht ihr beide Joe und mich an und versuchtet angestrengt ernst zu bleiben.«

Jake lächelte vage. »Ja, so war das. Aber Roger war das Ganze viel wichtiger als mir. Er steigerte sich richtig hinein.«

»Ich dachte, es sei ein Versuch von ihm, dich Joe abspenstig zu machen. Alle bemühten sich immer um dich, Jake.«

»Gib mir doch mal den Schraubenzieher. Danke.«

»Ihr hattet eigene Bezeichnungen für alles mögliche. Zahnpasta hieß ›Mund halten‹. Die Schule war ›die Rattenfarm‹, und Hausaufgaben waren ›Rattendressur‹. Mich nanntet ihr Tigibbet – Kurzform von Flibbertigibbet –, und euer Dad war der ›Youngster‹ – Kurzform von Mighty Joe Young, dem Gorilla in den Filmen. Ich machte mir regelmäßig Sorgen euretwegen. Ich ging zur Schulpsychologin. Erinnerst du

dich an Miß Pope? Das war die, in die alle Jungs aus den höheren Klassen verknallt waren. Sie sagte, eine Geheimsprache wie eure – mit einem so umfassenden Wortschatz, daß sie eine richtige Unterhaltung ermöglichte –, sei äußerst selten, außer bei eineiigen Zwillingen.«
Jake stand auf. »Das hätten wir. Wenn die Sprache so geheim war – wieso wußtest du dann so gut darüber Bescheid?«
»Weil ich, nachdem ihr beide weg wart, ein Notizbuch fand, in dem Roger alle Wörter aufgeschrieben hatte. Komm mit – ich zeige es dir.«
»Weißt du – ich möchte lieber nicht über Roger sprechen.«
»Es geht ja nicht um den heutigen Roger – es geht um die Zeit, als ihr beide noch Kinder wart. Bitte schau es dir an. Ich wollte schon immer mal mit einem von euch darüber reden.«
»Na schön.«
Vorsichtig, wie es einem Relikt aus vergangener Zeit zukommt, hob Tante Freezie das abgeschabte und fleckige Notizbuch aus der Schublade ihres Schreibtischs.

MAPLE LEAF
150 Seiten · 3 Kapitel

»Da hast du's – euer Lexikon. Ihr hattet Hunderte von Wörtern. Hier ist die Seite mit den Nahrungsmitteln. Sieh's dir an.« Sie gab ihm das Notizbuch.
Fleisch: Reifen
Gemüse: jedes wilde Tier, hauptsächlich Krokodile, Nilpferd oder Nashorn
Salat: Venus (Kurzform von Venusfliegenfalle)
Kartoffeln: Wolken
Jake blickte auf. »Erstaunlich. Ich hatte das meiste vergessen.«
»Manche Worte, die ihr häufig benutzt habt, stehen nicht drin – wie ›Marmeladentopf‹ und ›Spülwasser‹. Was bedeuteten sie?«
»Gar nichts: Wir streuten sie nur ein, um euch zu irritieren.«

»Und wie steht's mit ›Lugnut‹? Das kam fast in jedem Satz vor.«
»Aha. Lugnut hatte zwei Bedeutungen. Erstens hieß es ›Roger‹: Es war sein Geheimname.«
»Und was noch?«
»Und außerdem ›verstanden‹: Piloten sagen ›Roger‹, und so sagten wir ›Lugnut‹.« Er blätterte weiter und lachte plötzlich auf. »Du meine Güte, ja: Auf die Toilette gehen hieß ›Fallschirmspringen‹. Lügen waren ›Querschläger‹, und Schuleschwänzen hieß ›warm anziehen‹. Ganz schön einfallsreich, was?«
»Und was in aller Welt war ›Wurmholz‹?« fragte sie. »Das habt ihr auch unentwegt gebraucht, aber es steht ebenfalls nicht in dem Buch.«
»Wurmholz? Laß mich überlegen. O ja: Wenn Roger im Herbst Schule schwänzte, dann war ›Wurmholz‹ ein Football – und im Frühling konnte es sein Baseballhandschuh sein. Ich wußte immer, was gemeint war. Er tat so, als ginge er zur Schule, bog um die Ecke, und ich warf ihm das Gewünschte aus dem Fenster hinunter.«
»Na ja – wenn ihr mit Telepathie gearbeitet habt, ist es kein Wunder, daß ich nie dahinterkam.«
Er lachte wieder. »Ich erinnere mich daran, wie du in unserem Zimmer standest und Rog sagte: ›Ich werde mich heute ganz warm anziehen. Wo ist das Wurmholz?‹ Er fand es herrlich, dich in Verwirrung zu stürzen – das war schöner als das ganze Schuleschwänzen.«
Sie lächelte. »Manches habe ich mir auch zusammengereimt, aber ich wollte euch den Spaß nicht verderben – und nachdem Roger weg war, hatte das Ganze ja sowieso ein Ende.«

Mit schnellen Schritten, doch ohne Hast durchquerte er die bevölkerte Halle: glattrasiert, im eleganten dunklen Anzug, den unvermeidlichen Trenchcoat des typischen amerikanischen Geschäftsmannes über dem Arm – ein Jedermann, dessen Aussehen sich niemand einprägte.

Unter Lambs Fassade der Gelassenheit brodelte es. In der Eile hatte er nicht, wie sonst, alles sorgfältig planen können – und schon ging etwas schief! Nach seiner halsbrecherischen Fahrt von Princeton war er kurz vor La Guardia in einen Stau geraten und hatte den Direktflug nach Indianapolis um Haaresbreite verpaßt – und jetzt mußte er statt dessen nach Cincinnati fliegen und dort neunzig Minuten auf einen Klapperkasten warten, der ihn ans Ziel brächte.

Mit gekonnt gelangweilter Miene stellte er seine Reisetasche auf das Band, das sie zum Durchleuchten transportierte. Die Tasche enthielt eine Bombe.

Der Röntgenstrahl registrierte sie nicht – ebensowenig wie die Sensoren, die sich unter dem Laufband befanden. Er hob die Tasche vorsichtig herunter, bevor der nachfolgende Koffer dagegenstoßen konnte, und eilte zu seinem Gate. Eine Waffe wäre ihm bedeutend lieber gewesen, aber er hatte keine Zeit gehabt, eine entsprechende Ausrüstung per Post vorauszuschicken – und so war er gezwungen gewesen, sich für Trans-RDX zu entscheiden, einen Sprengstoff, der selbst von den empfindlichsten elektronischen Augen und Nasen unentdeckt blieb. Trans-RDX war ein wenig bekannter entfernter Verwandter von RDX, dem entscheidenden Faktor in C-4-Bomben. Eine kleine Portion genügte: Seine Bombe war nicht größer als ein Pokerchip. Unglücklicherweise hatte die molekulare Veränderung, die diesen Sprengstoff fünfzigmal wirkungsvoller als RDX machte, zur Folge, daß er auch fünfzigmal erschütterungsempfindlicher war – noch bedeutend mehr als PETN: Wenn der »Chip« explodierte, während Lamb die Reisetasche in der Hand hatte, würde nichts mehr von ihm übrigbleiben, was das Beerdigen lohnte. Er haßte es, das Zeug in seiner Nähe zu haben: In Princeton hatte er einen kleinen Vorrat in der größtmöglichen Entfernung vom Haus neben einem Baumstumpf vergraben. Sogar Terroristen war das Zeug zu gefährlich.

Crowhurst hatte ihm beigebracht, wie man den tödlichen Chip durch die Schale in ein rohes Ei praktizierte, ihn mit

einer Büroklammer in das Eigelb stieß und die Eierschale mit Superkleber wieder verschloß. Der Inhalt des Eis schützte das »Kuckucksei« gegen Röntgenstrahlen.
Das Fahrwerk der Maschine nach Cincinnati löste sich von der Startbahn. Das gefährliche Ei lag in einer braunen Papiertüte – zusammen mit einem vegetarischen Sandwich und einem Apfel.
Lamb starrte blicklos auf Manhattan hinunter, das unter ihm in der Mittagssonne lag, und schwor sich, diesmal nicht wieder zu versagen.

Einundfünfzigstes Kapitel

Jake reparierte zwei Wasserhähne, einen Deckenanschluß und die Pumpe der Versitzgrube. Danach machte er mit Tante Freezie einen Spaziergang um den Grissom Lake.

Sie deutete auf den See hinaus. »Da war der alte Pier. Gott sei Dank hat die Stadt ihn vor einiger Zeit abgerissen – baufällig war er ja schon lange. Es war eine grobe Verantwortungslosigkeit, daß man ihn so lange stehen gelassen hatte: Damals stolperte dein Bruder über ein loses Brett und stürzte in dreieinhalb Meter tiefes Wasser. Er konnte nicht schwimmen. Er schrie und schlug wild um sich. Du schwammst sofort zu ihm. Weißt du noch, wie es weiterging?«

»Ich sagte ihm, er solle sich an meiner Schulter festhalten, und schleppte ihn ans Ufer.«

»Du sagtest ›Roger, halt dich an meiner Schulter fest‹?« Jake warf einen flachen Stein. Er schlug, zwei-, dreimal auf der glatten Wasseroberfläche auf, nach jedem Aufprall konzentrische Kreise hinterlassend. »Na – das kann ich noch. Wir haben wirklich genug über Roger geredet.«

»Aber du hast die Sache völlig falsch in Erinnerung.«

»Okay – ist mir auch recht. Dann hat *er* eben *mich* gerettet. Gib endlich Ruhe.«

»Der arme Roger war außer sich vor Angst. Ich hörte, wie du ihm zuriefst: ›Laß dich treiben! Ich zieh' dich! Laß dich treiben.‹ Du wußtest, daß er das ausgezeichnet konnte: Er legte sich oft im seichten Wasser auf den Rücken und ließ sich von dir als ›Hai‹ angreifen. Als du versuchtest, ihn zu packen, klammerte er sich an dich, und ihr drohtet beide unterzugehen. Euer ›Ringkampf‹ dauerte eine Ewigkeit. Immer wieder schriest du ›laß dich treiben‹, aber Roger war so in Panik, daß du ihn nicht zu fassen bekamst. Ich lief auf den Pier hinaus und versuchte dir ein Seil zuzuwerfen, aber ihr entferntet euch immer weiter. Ich konnte auch nicht schwimmen und wurde jede Sekunde hektischer. Plötzlich hörte ich dich mit ganz ruhiger Stimme sagen: ›Roger! Totes Meer.‹ Er hielt augenblicklich still, und du konntest ihn ans Ufer ziehen.«

Jake starrte sie entgeistert an. »*Was* habe ich gesagt?«

»Totes Meer. Das bedeutete ›treiben lassen‹. Ihr Jungen hattet gehört, daß das Tote Meer so salzig ist, daß man darin nicht mal untergeht, wenn man es versucht – und als du ihm ein Kommando in eurer Geheimsprache gabst, reagierte er sofort.«

»›Totes Meer‹ war eines unserer Codewörter? Bist du sicher? Ich habe es im Notizbuch nicht gesehen.«

»Es steht aber irgendwo. Was ist denn los mit dir? Du siehst ja entsetzlich aus.«

»Wir müssen zum Haus zurück. Sofort!«

»Nur die Ruhe – ich finde es gleich.« Sie blätterte hastig das Notizbuch durch, gleichzeitig bemüht, die Seiten nicht aus der Spirale zu reißen, die sie zusammenhielt. »Hier! Meine Güte – ich bin so außer Atem, daß ich gar nicht richtig lesen kann. Da: ›Totes Meer = ›treiben lassen‹, oder ›beruhige dich‹, ›hör auf zu meckern‹ oder ›tu, was man dir sagt‹.«

»Laß mal sehen.« Jake riß ihr das Buch aus der Hand und starrte auf die ordentliche, runde Handschrift seines Bruders hinunter. »›Tu, was man dir sagt‹. *Das* hat er ihnen gesagt! Aber woher wußte er davon?«

»Woher wußte wer wovon?« fragte Freezie, aber er war schon aus dem Zimmer.

Jakes erster Anruf ging nach Baton Rouge. Doc Campbell schien die Frage zu beunruhigen.

»Mein Gott – wie haben Sie davon erfahren? Müssen Sie wirklich über die Geheimsprache Bescheid wissen?«

»Es ist ungeheuer wichtig – warum, kann ich Ihnen leider nicht sagen.«

»Also gut. Es fing mit einer Tonbandaufnahme an, die Juleth nach Hause brachte: Es war so etwas wie ein Berlitzkurs für die Delphinsprache. Sie waren ganz begeistert davon, erfanden ihre eigenen Laute dazu und nahmen dann auch noch andere gefährdete Tierarten mit hinein, wie den Berggorilla und den Weißkopfseeadler. Die Sprache hatte ein eigenes Alphabet, das aus Grunzen und Zwitschern bestand, und ein Vokabular von 1500 Wörtern.«

»War das allgemein bekannt? Ich meine – sprachen sie mit ihren Nachbarn darüber?«

»Niemals. Es war ihr kleines Geheimnis – oder vielleicht ihr großes. Sie leisteten einen Eid – sogar der sechsjährige Lincoln.«

»Aber *Sie* wußten es.«

»Ich war so oft bei ihnen drüben, daß ich zwangsläufig etwas mitbekam. Aber ich tat so, als hörte ich es nicht: Ich wollte nicht in ihre Intimsphäre eindringen. Und sie waren froh darüber – obwohl sie natürlich wußten, daß ich dies und das aufgeschnappt hätte. Ein guter Gast zu sein heißt unter anderem auch, zu wissen, wann man schwerhörig sein muß.«

»Haben sie etwas aufgeschrieben – so was wie ein Wörterbuch?«

Schweigen. Schließlich seufzte Doc Campbell tief. »Ich habe befürchtet, daß Sie das fragen würden.« Wieder seufzte er. »Müssen Sie das wirklich wissen?«

»Es ist lebensnotwendig.«

»Dann muß ich Ihnen ein Geständnis machen: Das FBI hatte das Haus versiegelt – aber sie gingen kurz nach Mitternacht. Ich hatte einen Schlüssel, und ich wollte mir ein Erinnerungsstück holen. Sentimental, was?«

»Sie haben diese Menschen geliebt.«

»Ich nahm das kleine handgeschriebene Wörterbuch an mich. Sie nannten ihre Sprache ›Dolphone‹ – wie ›Anglophone‹ für Englischsprechende. Ich hüte das Büchlein wie einen Schatz.«

Etwas über die Sprache der Giles' zu erfahren erwies sich als wesentlich schwieriger. Morton war Bühnenbildner gewesen, Audrey Psychoanalytikerin: Die FBI-Liste der Verwandten, Freunde, Kollegen und Geschäftsbeziehungen las sich wie das Telefonbuch von Los Angeles. Aber niemand wußte etwas von einer speziellen Familiensprache – nicht einmal die Mexikanerin, die ihnen den Haushalt geführt hatte. Nach zweiunddreißig Telefonaten war Jake nahe daran aufzugeben, als ein Joggingpartner von Morton sagte: »Haben Sie schon mal von Grace Boudreaux gehört? Sie ist Theaterproduzentin, Avantgarde-Richtung. Multi-Media-Zeug. Morty hat viele Bühnenbilder für sie gemacht. Sie war eng mit der Familie befreundet. Vielleicht weiß sie was.«

Jake brauchte eine Dreiviertelstunde, um herauszufinden, wo Grace Boudreaux an diesem Tag arbeitete: in einem Gogo-Palast am Sunset, der seine Räume tagsüber für Proben vermietete.

»Es wird aber auch langsam Zeit, daß mich jemand von euch anruft«, sagte Grace. »Ich habe mir letzten Winter den Mund fusselig geredet, um die Cops davon zu überzeugen, daß Morty seine Familie nicht umgebracht hat. Er war Künstler. Er baute eine Miniaturlandschaft in seinem Keller – mit Städten und Schlössern und Bergen. Sie hätten die Puppen sehen sollen, die er machte. Unglaublich. Es war ein schrecklicher Verlust für mich – persönlich und beruflich: Er wußte, wie man meine Visionen verwirklichen konnte. Er hat keiner Fliege was zuleide getan. Er weinte, als sie die Katze beerdigten.«

Jake fragte sie nach der Geheimsprache.

»Wie enttäuschend: Ich dachte, ich sei die einzige außerhalb der Familie, die davon wußte. König Artus hatte sie zu dieser Sprache angeregt. Morty erzählte den Mädchen oft Geschichten aus der alten Zeit der kühnen Ritter, und daraus entwickelte sich die Sprache. Altnordische Endungen, gälische Verbformen – ich weiß nicht, warum sie es so streng geheimhielten: Es hörte sich wirklich hübsch und phantasievoll an.«

»Sie sprachen auch mit *Ihnen* so?«
»Niemals. Ich kam durch einen Irrtum darauf. Francine, die Vierjährige, sagte immer etwas, wenn sie mich sah, und dann kicherte sie und schlug die Hand vor den Mund. Ich dachte, sie sage ›Tante‹, was mir offen gestanden nicht besonders gefiel, und so sprach ich die Eltern darauf an. Es stellte sich heraus, daß sie mich ›Argante‹ nannte – das war die Feenkönigin, die König Artus aufzog. Damit ich nicht glauben sollte, daß sie sich über mich lustig machten, gestanden sie mir, daß sie für alles und jeden eigene Namen hatten, und erzählten mir ein bißchen von ihrer Sprache – das, was ich gerade Ihnen erzählt habe –, aber ›Argante‹ ist das einzige Wort, das ich je einen von ihnen habe aussprechen hören. Sie hatten die eiserne Regel, die Sprache nur anzuwenden, wenn sie unter sich waren.«
»Haben sie etwas davon niedergeschrieben?«
»Sie meinen in so einer Art Wörterbuch? Ich habe nie eins gesehen. Aber selbst wenn es eines gegeben hätte, kämen Sie zu spät: Hauskäufer reagieren sehr empfindlich auf Gebäude, in denen jemand ermordet wurde: Sie wollen keinen Amityville-Horror erleben. Schließlich brannte das Haus unter mysteriösen Umständen ab – und falls es ein Wörterbuch gegeben hat, ist es ebenso ein Opfer der Flammen geworden wie Mortys Puppen. Was für eine Verschwendung.«

Der Mann mit dem schütteren Bart und der abgeschabten Bomberjacke hetzte durch den Flughafen von Indianapolis, seine Reisetasche im Arm wie ein schlafendes Baby.
Eine Schlange am Leihwagenmietschalter! Verdammt! Er hätte erst einen Wagen mieten und sich dann verkleiden sollen!
Er verlangsamte seine Schritte, stellte sich hinten an und versuchte seinen stoßweisen Atem unter Kontrolle zu bringen. Er wagte nicht, die Tasche auf den Boden zu stellen: Er durfte nicht riskieren, daß jemand dagegenstieß.

Der Kunde, der gerade an der Reihe war, kannte sich nicht aus, und die junge Angestellte der Autovermietung war von zeitraubender Hilfsbereitschaft, zeichnete Kreise und Kreuze auf seine Straßenkarte, überhäufte ihn mit Hinweisen und warnte ihn vor Stellen, wo er möglicherweise Gefahr laufen konnte, falsch abzubiegen.

»Nein – Booth Tarkington ist kein Mauthäuschen – es ist der Name der Ausfahrt... nein, Sir, es gibt keine Stadt namens Tarkington... ein Songschreiber – ich glaube, er schrieb *Down Home in Indiana.*«

Lamb hätte am liebsten den Schalter gestürmt und »Notfall! Ich brauche sofort meinen Wagen!« gerufen – aber natürlich durfte er nicht auffallen. Am Ende bemerkte jemand noch, daß er verkleidet war! Es blieb ihm nichts anderes übrig, als zähneknirschend abzuwarten, während sich die Schlange im Schneckentempo voranbewegte.

»Haben Sie eine Reservierung?« fragte die Booth-Tarkington-Expertin mit einem leicht verächtlichen Blick auf seine Bomberjacke.

»Ich habe heute früh reserviert. Es hieß, es gehe klar.« Er schob ihr Kreditkarte und Führerschein hin.

Sie ließ die Finger über die Tastatur ihres Computers huschen. »Ah ja – da haben wir es schon, Mr. Halliburton.«

Während sie den Vertrag ausschrieb, studierte Lamb einige ihrer Landkarten.

»Alles erledigt, Sir.« Sie gab ihm den Schlüssel. »Brauchen Sie irgendwelche Ratschläge bezüglich Ihrer Route?«

»Nein danke – ich bin ein schlaues Kerlchen.«

Er hatte den Weg nach Grissom bereits im Kopf.

Es war sechzehn Uhr. Detective Richard Gimmler stand in Manhattan neben einer öffentlichen Fernsprechzelle. Das Telefon klingelte.

»Dr. Pepper«, meldete er sich.

»Sieht so aus, als hätten wir es mit einem kaukasischen Typ zu tun – regelmäßige Gesichtszüge, keine besonderen Merkmale, keine Brille, braune Haare, etwa einszweiundachtzig, sportliche Figur. Das Alter ist ein Problem – ich würde ihn zwischen fünfundzwanzig und fünfunddreißig schätzen. Das Gesicht steht noch nicht genau fest – ich werde heute versuchen, es genauer zu kriegen.«

»Und was willst du damit – es auf Brieftaschenformat verkleinern und immer mit dir herumtragen?«

»Jetzt müssen sie mir zuhören. Ich habe einen verdammt guten Hinweis. Drei Familien auf der FBI-Liste hatten eine Marotte gemeinsam. Und die Grants hatten sie auch. Von den Leith' weiß ich es noch nicht, aber ich wette, sie passen auch dazu – sie waren die ersten, und die Spur ist schon ziemlich alt. Aber zumindest vier von ihnen hatten eine Geheimsprache.«

»Haben nicht die meisten Kosenamen und so was?«

»Natürlich gibt es überall ein paar spezielle Wörter – aber ich spreche von regelrechten Sprachen, in denen Menschen lange Gespräche führen, die Außenstehende nicht verstehen können.«

»Und das soll helfen, unseren Freund festzunageln?«

»Eine eigene Sprache! Denk doch darüber nach, was das bedeutet! Die steht nicht auf der Steuererklärung, man gibt sie auch für einen Kreditvertrag nicht an. Es gibt keine Klubs dafür, keine Vereinsmitteilungen. Private Sprachen sind wie ein Code. Ich habe erst heute früh herausgefunden, daß bei meinem Bruder auch eine benutzt wurde. Unser Freund hat vier – wahrscheinlich fünf – solche Familien entdeckt. Alle in verschiedenen Staaten. Wie hat er das gemacht? Vielleicht hat er sie abgehört.«

»Warum hätte er das tun sollen?«

»Vielleicht ist es sein Job, Leute abzuhören – und nebenbei hat er sich für seine privaten Zwecke die rausgesucht, die ihm gefielen.«

»Und weshalb hätte man ihn beauftragen sollen, die Familien abzuhören?«

»Mandy war bei den ›Grünen‹ – vielleicht hielt sie jemand für ein Sicherheitsrisiko. Ebenso Juleth Grant mit ihrem Kommunisten-Clan – vor allem, als sie und ihr Mann sich mit dem Rathaus und den Raffinerien anlegten, um seltene Reptilien zu retten. Sturluson mit seinem Überlebenswahn – du weißt, wie scharf diese Leute beobachtet werden. Audrey Giles war Psychoanalytikerin für Hollywoods Schickeria. Waren die Vorgänge in den Schlafzimmern der Stars nicht schon immer von nationalem Interesse? In dem Fall ging es nicht direkt um die Giles' – Audrey war nur Mittel zum Zweck. Wenn sich herausstellen sollte, daß Leith die ausgefallene Leidenschaft der anderen Familien teilte – nun, er hatte eine Menge Klienten aus der Politik. Auch er interessierte also nur mittelbar.«

»Du meinst, unser Mann arbeitet für Uncle Sam?«

»Arbeitet oder arbeitete, ja. Als Agent.«

»Könnte auch ein simpler Angestellter sein: ein Aktenhengst, ein Codeknacker, ein Bürobote – vielleicht aber auch ein Außenseiter, der eine Beziehung zu einer Sekretärin angeknüpft hat, die auf dem richtigen Stuhl sitzt. Oder wie wär's mit einem Hacker? Hast du schon daran gedacht?«

»Sieh dir doch an, wie er mordet. Wie er seine Spuren verwischt. Er ist ein Profi.«

»Du hast recht – das spricht dafür. Was machst du als nächstes?«

»Ich brauche einen Termin bei Brasswater. Auf neutralem Boden. Kannst du das arrangieren?«

»He – was habe ich dir gesagt: Die lochen dich ein.«

»Aber vielleicht kann ich ihn vorher noch überreden.«

»Was zu tun?«

»Herauszufinden, ob die Bundesregierung diese Familien irgendwann überwachen ließ – und ob in allen Fällen derselbe Agent eingesetzt wurde.«

»Was soll das nutzen, Mensch? Brasswater ist vom FBI – der kann höchstens überprüfen, was das Bureau in dieser Hinsicht unternommen hat. Aber was, wenn unser Killer vom CIA ist? Oder von der DEA? Oder der DIA? Oder der NSA?

Oder vom Schatzamt? Oder vom Army-Geheimdienst oder vom Marinegeheimdienst? Glaubst du, die Leute lassen einen Typen vom Bureau einfach so ihre Geheimakten durchfilzen?«

»Was schlägst du vor?«

»Sprich mit Trask Walkins.«

»Einem Lokalreporter vom Fernsehen?«

»Mannomann – dieser Lokalreporter ist ein *Star* in New York. Und er ist ganz heiß auf diese Story. Inzwischen muß *ich* ihn nicht mehr anrufen – er ruft *mich* an. Er kann es gar nicht erwarten, das Police Department wegen der falschen Beschuldigungen gegen dich bloßzustellen. Wenn du ihm sagst, daß unser Schalldämpfer-Killer vom CIA ist, bekommt er einen Orgasmus.«

»Aber wenn ich an die Öffentlichkeit gehe, verscheuche ich unseren Mann – und die vereinigten Geheimdienste werden in Lichtgeschwindigkeit eine Verschleierung aufziehen und ihre Reißwölfe auf Turbo schalten.«

»Es könnte alles mögliche passieren – aber wie soll es dich weiterbringen, wenn du dich in einem Maisfeld in Indiana versteckst?«

Eine lange Pause folgte. Schließlich sagte Jake: »Gibt es eine Spitze?«

»Wovon?«

»Vom System. Dem Geheimdienst.«

»Ja – den Präsidenten. Aber wenn du den sprechen willst, nimm dir für die Wartezeit einen dicken Wälzer zum Lesen mit.«

»Nein – ich meine: Gibt es einen Chef dieser Buchstabensuppe – DEA, DIA, BVD und so weiter? Oder erstatten sie dem Präsidenten alle getrennt Bericht?«

»So jemanden gibt es schon: Den DCI – den Director of Central Intelligence. Er ist sowohl der Leiter des CIA, der ja nur ein Teil des Apparates ist, als wundersamerweise auch der Chef des gesamten Geheimdienstes. Und nebenbei ist er auch noch Ausbilder.«

»Das ist der Mann, mit dem ich reden werde.«
»Das ist nicht dein Ernst!«
»Du hast mich überzeugt: Ich muß klotzen, statt zu klekkern.«
»Du bekommst ihn niemals ans Telefon – und während sie dich auf Warteleitung schalten, verfolgen sie deinen Anruf zurück und lassen dich verhaften.«
»Ich werde ihn in seinem Büro in Washington aufsuchen.«
»Du spinnst ja. Das macht niemand.«
»Daß du dich da mal nicht täuschst.«

Auf dem großen Schild über der Straße stand es zwar nicht, aber Lamb wußte auch so, daß er die Abfahrt nach Grissom erreicht hatte. Er bog ab und wappnete sich für die Dinge, die da kommen würden: Die Landstraßen waren mit Sicherheit holprig – und er hatte ein gefährliches Gepäckstück im Kofferraum.

Zweiundfünfzigstes Kapitel

»Du fährst schon?« fragte Tante Freezie irritiert, als sie sah, daß Jake seinen Koffer packte.
»Ich muß.«
»Kannst du nicht wenigstens noch bis morgen früh bleiben? In ein paar Stunden ist es dunkel, und dann wirst du sowieso irgendwo Pause machen.«
»Ich fahre durch.«
»Und was ist mit dem Jungen?«
»Wenn sich alles so entwickelt, wie ich hoffe, werde ich ihn schon in ein paar Tagen abholen können. Ich mache bessere Fortschritte, als ich erwartet hatte.«
»Kannst du ihn nicht mitnehmen?«
»Ich werde Tag und Nacht beschäftigt sein – er wäre mir nur im Weg.«
»Ich dachte, du wolltest ein paar Tage bleiben, bis er sich eingelebt hat.«
»Ich weiß, daß es ein bißchen früh ist, aber ich bin sicher, daß er sich schnell eingewöhnen wird. Er ist ein gescheiter kleiner Kerl – er versteht Dinge, wenn man sie ihm erklärt.«
»Die Gelegenheit hast du jetzt«, sagte sie mit einer Kopfbewegung zur Schlafzimmertür.
Winston kam zögernd herein.
»Ich bin am Ende des Flurs.« Auf dem Weg nach draußen tätschelte sie dem Jungen ermutigend die Schulter.
»Fahren wir weg?« Seine Augen glitten über Jakes Gesicht, als stünde seine ganze Zukunft dort geschrieben.
Jake sah sich außerstande, seinem Blick zu begegnen, also konzentrierte er sich auf seine Augenbrauen. »Ich mache

eine kleine Reise. Du kannst hierbleiben und das Leben genießen, du Glückspilz.«

Der Junge sah ihn entsetzt an. »Nimm mich mit.«

»Nein – diesmal muß ich allein fahren. Es geht nicht anders – okay?«

»Warum?«

»Weil ich wegfahre, um den Constable zu fangen. Du willst ihn doch nicht wiedersehen, oder?«

»Ich muß dir aber helfen.«

»Du hast recht – deine Hilfe ist unheimlich wichtig für mich. Aber weißt du – du hast mir schon sehr geholfen: mit dem Bild, das du von dem Constable gemacht hast. Das werde ich vielen Leuten zeigen, die vielleicht wissen, wer er ist, und dann können wir ihn verfolgen und festnehmen.«

»Laß mich mitfahren – ich spiele auch ganz bestimmt nicht *He's Got the Whole World*!«

Jake lächelte gerührt. »Ich bin gern mit dir unterwegs – auch wenn ich die Gitts ununterbrochen hören muß. Aber jetzt brauche ich dich hier.«

»Sind wir denn nicht ein Team?«

»Wir sind ein großartiges Team – aber Teams können nicht immer am selben Ort arbeiten. Und im Augenblick gibt es zwei Aufgaben zu erledigen – und deshalb müssen wir unser Team aufteilen: Mein Job ist es, drüben im Osten den Constable zu verhaften – und dein Job ist es, hier die Stellung zu halten.«

Winstons Augen füllten sich mit Tränen. »Du hast gesagt, wir halten zusammen.«

»Nur keine Panik. Laß mich überlegen.«

Jake strich sich übers Kinn. »Du hast Angst, daß der Constable herkommt, wenn ich weg bin, und deshalb möchtest du in meiner Nähe bleiben, stimmt's? Tja – was sollen wir da machen?«

Der Junge sah ihn flehend an.

»Ich hab's! Warte hier – ich bin gleich zurück.«

Er ging ins Parterre hinunter und holte das Funktelefon. Auf dem Rückweg schaute er durch die offene Tür in Freezies Zimmer. Sie lag mit hinter dem Kopf verschränkten Händen auf dem Bett.

Ohne die Augen zu öffnen, fragte sie: »Fährt er nun mit dir, oder bleibst du auch hier?«

»Okay, ich gebe zu, daß er es schwerer nimmt, als ich dachte – aber ich habe ein kleines Geschenk für ihn, das seinen Kummer dämpfen wird.«

Sie machte die Augen gerade lange genug auf, um sehen zu können, was er in der Hand hielt. »Was soll er denn mit *dem* Ding?«

»Glaub mir – er wird sich halb totfreuen. Der Junge ist ein Telefon-Freak.«

»Und was ist mit dir? Brauchst du es nicht?«

»Es muß eben ohne gehen.«

Winston hob den Kopf, als Jake hereinkam. Er weinte nicht, aber auf seinen Wangen glänzten Tränenspuren.

»Der Weihnachtsmann hat eine Sommer-Zwischenlandung gemacht. Schau her: Jetzt bist du bestimmt das einzige Kind in der Straße mit einem eigenen Funktelefon. Ich schenke es dir. Es ist drahtlos. Du kannst es mit in deine Kammer nehmen – es ist jederzeit einsatzbereit.«

Winston würdigte das Telefon kaum eines Blickes. Seine Augen hingen an Jakes Gesicht.

Jake ging vor ihm in die Hocke. »Du möchtest, daß ich hierbleibe, damit ich dich beschützen kann, falls der Constable auftaucht. Aber das Telefon ist viel nützlicher für dich, als ich es bin. Sagen wir mal, du hörst den Constable ins Haus kommen. Dann wählst du 911 – drei Zahlen, das schaffst du auch im Dunkeln –, und schon hast du die Polizei dran. Und es gibt jede Menge Cops in dieser Stadt. Ist das nicht toll?«

Jake hielt ihm den Apparat hin. »Nimm schon – es gehört dir. Ich werde es nicht zurückverlangen.«

Winston nahm den Kasten.

»Okay – dann wollen wir mal sehen, ob du dich damit auskennst. Kannst du mir die Antenne zeigen?«

Winston tat, als mustere er das Gerät aufmerksam – und dann rannte er plötzlich damit aus dem Zimmer und den Flur entlang.

KRACH! Die Badezimmertür!

Und die Wasserspülung!

Jake fuhr auf. »Nicht schon wieder!«

Als er auf das Bad zulief, wurde die Tür aufgerissen. Winston schoß an ihm vorbei und die Treppe hinunter.

Das Funktelefon lag in der Toilettenschüssel, die Antenne steckte im Abfluß.

»Verdammt noch mal! Ich dachte, das hätten wir hinter uns!« rief Jake wütend. Er hörte die Haustür zuschlagen.

Tante Freezie kam angelaufen und schaute in die Toilette. »Vielleicht funktioniert es ja noch.« Sie bückte sich, um es herauszuholen.

»Laß es drin!« befahl Jake barsch. Dann stürmte er durch den Flur, die Stufen hinunter und aus dem Haus.

Keine Spur von Winston.

»Komm zurück! Hierher! Sofort. Winston!«

Jake umrundete das Haus und rief immer wieder zornig den Namen des Jungen. Keine Reaktion. Er ging wieder nach oben.

Tante Freezie erwartete ihn im Flur. »Er kommt schon wieder«, beruhigte sie ihn. »Sobald du weg bist.«

»Er wird sich schon fangen – und er hat ja noch *The Whole World.*«

»Nein, Jake – *The Whole World* fährt mit einem grünen Stationswagen weg.«

»Tut mir leid – ich habe keine Zeit, mir noch länger Gedanken über seine Gefühle zu machen. Ich muß etwas erledigen.« Er holte seine Reisetasche aus dem Elternschlafzimmer. »Du weißt nicht, wieviel Gutes du damit tust, daß du dich um ihn kümmerst. Wenn ich dir später alles erkläre, wirst du erkennen, wie wichtig deine Hilfe war.«

»Ich bin gespannt. Paß auf dich auf, Jake.«

Er küßte sie auf die Wange. »Wenn dieser kleine Schlammspringer auftaucht, laß ihn das Telefon aus der Toilette holen und sag ihm, daß er nicht das Recht hat, einen so wertvollen Gegenstand zu ruinieren – auch wenn er ihm gehört. Ich verlange nicht, daß du ihm den Hintern versohlst – aber genau das braucht er eigentlich.«

»Er braucht seinen Vater.«

»Er braucht einen Vater, der ihm den Hintern versohlt: Er hat ein tadelloses Funktelefon kaputtgemacht.«

»Du hast mal eine tadellose Garage kaputtgemacht.«

Jake legte den Kopf schief und sah sie an. »Wiedersehen, Tante Freezie.«

Er stellte die Tasche in den Kofferraum, stieg ein und ließ den Wagen langsam rückwärts aus der Zufahrt rollen. Rechts von ihm ragte die Hecke empor, links von ihm das Haus und vor ihm die Garage, in der Freezies schwarzes Auto parkte. Sie sah genauso aus wie die, die er zum Einsturz gebracht hatte. Er stieß zurück bis zum Bürgersteig, hielt an, stellte den Motor ab, stieg aus und blickte seufzend um sich. Dann legte er den Kopf in den Nacken und schaute in den kobaltblauen Nachmittagshimmel hinauf. Aus dem Augenwinkel sah er das alte Haus mit dem Kamin, der seit dem Einbau der Gasheizung nicht mehr rauchte, dem mit einem Türchen gekrönten Dachbodenfenster und der schwarzen Regenrinne. In seiner Kindheit war ihm das Haus ungeheuer hoch erschienen.

Immer noch zum Himmel hochschauend, ging er die Zufahrt entlang. Nichts als Blau. Nichts als Blau. Nichts als Blau.

Er hatte schon fast die Garage erreicht, als er eine rote Baseballkappe an der Regenrinne vorbei in die Luft steigen sah – höher und höher, zwischen Dachbodenfenster und Schornstein.

Der Wind packte sie und trieb sie davon.

Leise, daß es niemand hören konnte, flüsterte er: »Wiedersehen, Mighty Joe.«

Er mußte sich damals irgendwo hier versteckt haben. Vielleicht ein Stück weiter hinten. Jake trat an den Rand der

Zufahrt und drückte mit den Händen die Zweige auseinander.
Winston kauerte in einem kleinen Hohlraum in den Büschen wie in seiner Kammer. Seine großen Augen waren voller Angst.
Jake streckte die Hand aus. Winston duckte sich, als fürchte er, geschlagen zu werden. Als er den Kopf wieder hob, war die Hand noch immer da: Sie wartete darauf, daß er sie nähme. Nach einigem Zögern griff der Junge zu und wurde hochgezogen.
»Komm, kleiner Krieger«, sagte Jake sanft. »Wir haben einen langen Weg vor uns.«

Dreiundfünfzigstes Kapitel

Zu seiner Erleichterung fand Lamb im Telefonbuch von Grissom nur einmal den Namen Rugan. Langsam fuhr er an der angegebenen Hausnummer in der Willow Street vorbei. Das große Haus war nicht gerade baufällig, aber auch nicht besonders gepflegt.

»Reizvoll schäbig« wäre wohl die richtige Bezeichnung gewesen. Auf dem Briefkasten stand in krakeligen Buchstaben MISS FREDA RUGAN. Der nebulöse Fahrer aus Sallys Geschichte war also nicht ihr Ehemann. Nirgends war ein grüner Wagen zu sehen – nur ein alter schwarzer Plymouth.

Er lächelte. Es würde ein Kinderspiel werden, Winston wohnte nicht beim Polizeichef von Grissom: Harrows Helfer – Sally, Gimlet oder sonstwer – hatten den Jungen offenbar bei einer unverheirateten Verwandten untergebracht, bis Harrow aus dem Krankenhaus käme. Hier mußte er sich keine Sorgen wegen irgendwelcher Sicherheitsvorkehrungen machen.

Im Laufe des Abends beobachtete er das Haus aus den verschiedensten Winkeln. Ab und zu war eine Frau mittleren Alters zu sehen – das war alles. Um halb elf brannte nur noch in einem Zimmer im ersten Stock Licht – und um halb zwölf ging auch das aus.

Um eins parkte er seinen Leihwagen in einer Seitenstraße. Diesmal trug er keine Polizeiuniform – sie hätte Winston sofort in Alarmzustand versetzt: Er hatte seine Aufmachung als alternder Hippie beibehalten.

Er wickelte das Trans-RDX-Ei in ein Taschentuch und verstaute es in einer Tasche seiner Bomberjacke. Dann ging er

die Zufahrt des Nebenhauses hinauf und um die Garage herum: Wenn die Leute einen Hund hatten, war es besser, das jetzt herauszufinden als auf dem Rückweg.
Kein Hund.
Die Taschenlampe auf schwache Leuchtkraft eingestellt, bahnte er sich den Weg durch ein Gebüsch und kämpfte sich dann durch die Hecke hinter dem Rugan-Haus.
Die durchhängende Telefonleitung über seinem Kopf wies ihm den Weg zu dem Anschlußkasten an der Mauer. Er kappte die Leitung mit seinem Taschenmesser.
Dann brachte er dicht über dem Boden kleine Bewegungssensoren an – an der Garage, dem Vogelbad und dem Holzapfelbaum. Er zerrte den Eisenschwan ein Stück von seinem Platz weg, bis er mit der Garage und dem Baum eine Linie bildete, und installierte einen vierten Sensor: Der Kreis war geschlossen. Wenn Winston das Haus verlassen sollte, würden die Sensoren seine Position anzeigen.
Das Schloß an der Hintertür war geradezu albern: Es genügte die Klinge des Taschenmessers, um es zu öffnen. Es ging schneller als mit einem Schlüssel – und auch leiser.
Im Haus drehte er die Taschenlampe voll auf. Er hoffte, Winston würde versuchen, sich an ihm vorbeizustehlen, aber nichts rührte sich. In der Küche gab es keine Steakmesser, aber ein Brotmesser mit einem dicken Griff und Sägeschliff – der große Bruder der Steakmesser. Lamb ging mit schnellen Schritten zur Treppe und stieg hinauf. Der Strahl seiner Taschenlampe huschte über Wände und Boden.
Er wußte, daß Winston darauf bestand, jeweils in der Schrankkammer im ersten Stock zu schlafen: Das war eine der wenigen klaren Angaben in Sallys Story. Er schlich auf Zehenspitzen zu der Tür und zog sie auf.
Niemand da! schien der Abstellraum ihm höhnisch entgegenzuschreien. Es war noch schlimmer als beim letztenmal: keine Turnschuhe, kein Kassettenrecorder, das Kissen unberührt, die Matratze kalt. Hier war schon lange niemand gewesen.

Er riß Freezies Schlafzimmertür auf und richtete die Taschenlampe auf ihr Gesicht. Sie fuhr hoch, konnte in dem grellen Licht jedoch nichts erkennen. »Wer ist da?«

»Wo ist Winston?«

»Sie haben hier nichts zu suchen! Verschwinden Sie!« sagte sie resolut. Sie setzte sich in ihrem blauen Nachthemd mit dem weißen Spitzenkragen kerzengerade auf, hielt schützend die Hand vors Gesicht und versuchte, durch die gespreizten Finger etwas zu sehen.

»Ich habe gefragt, wo Winston ist.«

»Dies ist mein Haus! Ich werde die Polizei rufen.«

Er trat näher heran und leuchtete mit der Taschenlampe auf das Brotmesser in seiner Hand. »Ich weiß, daß dies Ihr Haus ist – und das hier ist Ihr Messer. Ist es scharf genug, um damit einen Menschen aufzuschlitzen? Was meinen Sie als Besitzerin?«

Ihre weitaufgerissenen Augen wanderten von der schattenhaften Gestalt zu dem Brotmesser und wieder zurück. »Legen Sie das weg! Verschwinden Sie!«

»Sagen Sie mir, wo Winston ist, sonst werde ich Sie in Streifen schneiden.«

»Ich weiß nicht, wo er ist. Seien Sie vorsichtig mit dem Messer!«

»In Ihrer Schrankkammer ist ein Bett für ihn gemacht.«

»Ich habe es noch liegenlassen: Ich wasche immer donnerstags.«

»Wenn er nicht hier ist – wer hat ihn dann weggebracht?«

»Ich weiß es nicht.«

»Sie wissen nicht, wer ihn mitgenommen hat? Freda Rugan! Das kann nicht sein. Für diese Lüge werde ich Sie bestrafen müssen.«

Er hob das Messer.

In seinem linken Ohr übertrug der winzige Lautsprecher einen Ton... Stille... höherer Ton... Stille... noch höherer Ton: Jemand oder etwas – war hinter dem Haus. Die Höhe der Signale deutete auf eine Position im ersten Drittel der Strek-

ke zwischen Garage und Vogelbad hin – und das Objekt bewegte sich in Richtung Vogelbad weiter.
Er wollte gerade über den Flur rennen, um aus dem rückwärtigen Fenster zu schauen, als eine zweite Folge von Pieptönen, zwei Oktaven höher, zu den vorhergehenden dazukam. Lamb stürzte zum Schlafzimmerfenster und sah einen Polizisten mit gezogener Waffe den Rasen überqueren.
Auf einem silberfarbenen Metallbriefkasten auf der anderen Straßenseite pulsierte rotes und blaues Licht – so schnell wie der Herzschlag eines Vogels: Reflektionen eines Streifenwagens, der außer Sicht parkte.
»HILFE! HILFE!« Freda Rugan sprang aus dem Bett und hetzte zur Tür.
Lamb machte einen Satz, packte sie mit der freien Hand an den Haaren und zerrte die immer noch schreiende Frau zurück zum Bett.
»Maul halten!« Er hielt ihr das Messer vors Gesicht.
»HILFE!«
Er steckte sich das Messer in den Gürtel, warf Freezie aufs Bett, riß ein Handtuch vom Nachttisch und drückte es auf ihren Mund.
Unter dem Handtuch kam ein Funktelefon zum Vorschein. Die Lederhülle war wasserdurchtränkt. Lamb starrte es entsetzt an.
Sie hat mich hereinkommen hören und die Cops gerufen! Deshalb steht der Streifenwagen nicht auf der Straße. Sie haben das Haus umzingelt! Ich sitze in der Falle!
Freezie wehrte sich mit Händen und Füßen und versuchte verzweifelt, das Handtuch von ihrem Mund zu zerren. Lamb kniete sich mit seinem vollen Gewicht auf ihren Magen, zog das Messer aus dem Gürtel und schnitt ihr die Kehle durch. Sie bäumte sich auf, wodurch sie ihn mit hochhob, und stöhnte wie eine Frau in den Wehen. Das Blut aus der Schlagader durchfeuchtete warm das Tuch unter seiner Hand.
Ihre Bewegungen wurden langsamer, der Kopf sank zurück,

schaumige Bläschen quollen aus der Halswunde. Freezie stieß einen Laut aus, der wie ein langer Seufzer klang.
Jetzt stirb schon endlich, verdammt noch mal!
Ihre Hände und Füße zuckten immer noch krampfhaft, als er wieder zum Fenster stürzte und es so weit wie möglich hochschob. Die Piepser in seinem Ohr sagten ihm, daß ein Mensch sich vorn beim Haus befand – auf der Seite der Einfahrt. Lamb beugte sich vorsichtig hinaus und entdeckte einen Mann, der mit dem Rücken zu ihm um die Ecke spähte.
Freda Rugan lag jetzt still – mit starren Augen und klaffender Kehle. Lamb hob den schlaffen Körper hoch, trug ihn zum Fenster und warf ihn hinaus. Freezie schlug mit einem dumpfen Laut auf. Sie lag auf der linken Seite – als hätte sie sich zum Schlafen im Gras zusammengerollt.
Der Cop war schon um die Ecke verschwunden, aber als er das Geräusch hörte, kam er zurück. Sekundenlang starrte er mit offenem Mund fassungslos auf die Gestalt in dem blauen Nachthemd hinunter, die aus dem Nichts gekommen zu sein schien. Dann trat er näher, ging in die Knie, nahm eines der Handgelenke und schrie: »George! George! Komm schnell her! George? George!«
George kam um die Hausecke galoppiert und brüllte: »Was? Was hast du gesagt?«
»Es ist Miss Rugan. Sie ist tot.«
»Grundgütiger!«
Von oben kam ein Poker-Chip geflogen und landete neben Georges Schuh. Der Aufprall, der kaum mehr Erschütterung verursachte als ein Fingerschnippen, reichte aus, um das Trans-RDX zu aktivieren. Eine Dreißigtausendstelsekunde später explodierte der Chip.
Nachdem Lamb die Bombe aus dem Fenster geworfen hatte, hatte er sich unter das Bett gerollt. Obwohl er sich die Ohren zuhielt, war der Krach der Detonation schmerzhaft. Der Boden unter ihm schwankte wie das Deck eines Schiffes bei schwerer See. Gips regnete von der Zimmerdecke und sprang von den Wänden ab wie Puzzleteilchen.

Lamb kroch aus seiner Deckung. Der Fußboden war mit Glassplittern übersät. Gipsstaub waberte wie dichter Nebel im Raum. Lamb schaute aus dem Fenster: Ein Teil der Fassade war auf den Rasen gestürzt und hatte Freda Rugan und die beiden Cops unter sich begraben. Stützpfeiler barsten, Wände platzten auf, und Zimmerdecken stürzten ein. Als er die Treppe hinunterhetzte, hörte er das unheilvolle Rauschen von Feuer.

Vierundfünfzigstes Kapitel

Sallys nackter Körper schimmerte. Ihre Schönheit betäubte ihn beinahe – und sie erschreckte ihn auch. Sie war sexuell ausgereift, aber keine Mutter. Keine Prostituierte wie Tanaba. Sally hatte das richtige Alter für ihn – und auch ihre Herkunft war akzeptabel. Genau die Art Frau, die er heiraten sollte, und genau die Art Frau, von der er sich immer ferngehalten hatte – sogar in der Phantasie.

Lamb begann sich auszuziehen.

Er zitterte vor Erregung und Furcht. Noch nie hatte er sich einer Frau in dieser Weise genähert – sanft, verletzbar, gleichgestellt: Er war immer der Herr gewesen – der Gefürchtete, das Ungeheuer. Die Frauen waren gefesselt und geknebelt – stimmlos, wehrlos.

Sich einer Frau auszuliefern war ein entsetzliches Gefühl – aber es bot auch Möglichkeiten: Er war nicht mehr in das Korsett seines Drehbuchs gezwängt, bei dem er stets das Ende kannte – er spielte mit einem gleichberechtigten Partner, und sie improvisierten.

Als er seine Unterhose abstreifte, bedeckte er verschämt seinen schlaffen Penis.

Sally beobachtete ihn vom Bett aus mit einem kleinen Lächeln. Sie schien seine Ängste vollkommen zu verstehen – ihm weit voraus zu sein. Als er zu ihr kam, schmiegte sie sich an ihn, ohne ihn zu bedrängen: Sie war glücklich in seiner Umarmung.

So verharrten sie eine ganze Weile. Allmählich entspannte sich Lamb. Er streichelte Sallys Rücken. Ihre Haut fühlte sich an wie kühle Seide. Die Nähe ihres Körpers war eine Offenbarung – wie ein Schritt ins Paradies.

»Mhm – das ist schön«, schnurrte Sally. »Du bist ein richtiger Honigtiger.«
Honigtiger! Lamb kannte das Wort: Er hatte es auf Band. So nannte sie Jake, wenn sie sich liebten. Es war ihr Kosewort für ihn. Und jetzt sagte sie es zu *ihm*!
Tränen stiegen ihm in die Augen. »Das gefällt mir«, sagte er. »Nenn mich noch mal so.«
»Wie? Honigtiger? Na ja – das bist du ja jetzt: Du bist mein Honigtiger.«
»Würdest du… würdest du etwas tun für deinen Honigtiger?«
»Mhm. Was denn?«
»Würdest du mir deinen Ehering geben?«
Sie zog ihn ab. Sein Penis war jetzt steif. Sie nahm seine Hand und steckte ihm den Ring an den kleinen Finger.
»Mein Honigtiger«, flüsterte sie.
Mit wachsender Ungeduld nahm er sie in die Arme, ihre Beine umklammerten ihn, ihre Brüste preßten sich an seine Brust, ihre Schamhaare umschmeichelten seinen Penis wie Flaumfedern. Er hatte noch nie etwas Ähnliches empfunden. Ihr Mund öffnete sich seinen Küssen, ihre Hände huschten über seinen Körper. Er liebkoste ihren Rücken und ihre Schenkel. Lange lagen sie so da – bis seine Haut vor Lust zu glühen schien.
Der Akt, der ihm immer unmöglich gewesen war, erwies sich nun als völlig problemlos. Sein Penis fand den Weg in ihre Vagina. Konnte das sein? Hatte sie ihn geheilt? Würde er sein Leben ändern, diese mörderische Tretmühle verlassen können?
Sie bewegten sich im gleichen Rhythmus, schneller und schneller, ihrer eigenen Empfindungen und deren des anderen intensiv bewußt. Es gab bei diesem Tanz niemanden, der führte – zwei gleichberechtigte Partner folgten der Melodie der Leidenschaft.
Sie hüllten einander ein – Mund an Mund, Haut an Haut. Sally löste sich von ihm, holte ihn wieder heran, schob ihn

weg, preßte sich an ihn. Er hob sie fast senkrecht von dem durchgeschwitzten Laken und spürte, wie sie zum Orgasmus kam.
»Ich bin dein Honigtiger«, stammelte Lamb. »Du gehörst mir. Nur mir.«
Sie waren eins – ihr Blut rauschte in seinen Ohren.
»Sir! Sir – wir sind gleich da!«
Lamb öffnete die Augen. Eine junge Stewardeß stellte seinen Sitz senkrecht: Das Flugzeug setzte zur Landung auf La Guardia an.
Er hatte den ganzen Weg von Indianapolis hierher geschlafen! Die Vormittagshelligkeit brannte in seinen Augen. Er schloß sie wieder.
Könnte ich es wirklich? Könnte ich sie lieben wie ein normaler Mann?
Wie Jake?

Was zum Teufel hatte der Direktor vor?
Cal Ordway blieb wie angewurzelt an der Tür stehen – erschrocken über den Anblick, der sich ihm bot.
Er hatte gerade Feierabend machen wollen, als der Direktor ihn aus heiterem Himmel hierherbeordert hatte: Ebene fünf, Sektion E in Langley, ein Konferenzraum, zweckmäßig eingerichtet, mit billigen Reproduktionen an den Wänden und einer Kaffeemaschine in der Ecke.
Drei Männer saßen bereits am Tisch: Pritchard, Sylvere und Rance. Gemeinsam mit Ordway bildeten sie den »Lügnerclub«, den »Club, der nie zusammenkam«. Jeder von ihnen leitete eine angeblich nicht existente Operation – nicht nur von der »Firma« und von Kontrolle seitens des Kongresses, sondern auch voneinander abgeschirmt. Sie besuchten sich nicht gegenseitig in ihren Büros, unterhielten sich nicht auf dem Gang, tauchten nicht in denselben Restaurants oder auf denselben Parties auf.
Sie hier alle zusammenzubringen bedeutete die schwerwiegende Verletzung eines Tabus – es mußte einen triftigen Grund dafür geben.

Ordway setzte sich. Er spürte, daß die anderen ebenso verwirrt waren wie er. Keiner wußte, wo er hinschauen sollte, und so starrten sie unbehaglich an die Wände oder an die Decke.

Der Direktor kam herein. »Guten Tag, Gentlemen.« Keine Entschuldigung für die ungewöhnliche Zeit. Er war in Hemdsärmeln, trug sein Markenzeichen: rote Hosenträger, rote Krawatte und rote Socken. Das Rot besagte: Ich komme zwar aus der Theorieabteilung und nicht von der Front, aber ich bin kein verstaubter Schreibstubenhengst.

Er umrundete eilig den Tisch und gab jedem der Anwesenden einen Ordner. Dann setzte er sich, faltete die Hände hinter dem Kopf, legte die Füße auf den Tisch und ließ seine roten Socken bewundern, während er die Männer einweihte.

Die Ordner waren vollgestopft mit Zeitungsausschnitten. Ach ja – die Schalldämpfermorde. Ordway hatte darüber gelesen. Typischer Revolverblattstoff – ebenso wie rätselhafte Brände und Bandenkriege. Aber was hatte das hier mit dem Spiel der Nationen zu tun?

Der Direktor ließ den Blick um den Tisch wandern, die Augenbrauen in der stummen Frage hochgezogen, ob er die allgemeine Aufmerksamkeit habe. Er hatte sie.

»Heute morgen kam ein Besucher, der behauptete, er könne beweisen, daß der Schalldämpfermörder ein Geheimagent sei, und der mich zu sehen verlangte. Natürlich war das nicht möglich, und so erzählte er seine Geschichte schließlich den PR-Leuten. Er habe Beweise dafür, daß vier der ermordeten Familien auf der FBI-Liste eine geheime Sprache gebrauchten, und er sei überzeugt, daß der Killer noch eine fünfte Familie umbrachte – eine, die das Bureau überprüfte und verwarf. Sie hießen Grant. Er könne beweisen, daß auch sie eine Geheimsprache benutzten. Wer außer einem Überwachungsmann könne vier solche Familien finden? Das war sein Argument.

Er hatte einen kleinen Jungen bei sich, der seinen Angaben nach Zeuge bei einem der Morde war. Der Junge hat ein

Identikit-Bild zusammengestellt, das unser Besucher – er heißt Harrow – durch den Personal-Computer laufen lassen wollte, um zu sehen, ob jemand vom Stab ihm ähnlich sähe.«
Der Direktor nahm die Füße vom Tisch und beugte sich vor: »Harrow behauptet außerdem, daß nach Haneys Verhaftung der echte Mörder versuchte, ihn und den Jungen zu töten. Aber dafür hat er keinen Beweis.
Die Story ist ziemlich dünn, aber er ist ein recht überzeugender Bursche, und er hat die PR-Leute dazu gebracht, beim FBI anzurufen und zu bitten, die Hinterlassenschaft der Leith' nach Hinweisen auf eine Geheimsprache zu durchsuchen.
Die Familie Leith wurde im Januar ermordet. Der Mann hatte eine Menge Klienten aus höchsten politischen Kreisen. Seine Unterlagen wurden jeweils von DC-Cops in Verwahrung genommen – seine Kunden mußten sich einen Gerichtsbeschluß besorgen, um ihre eigenen Steuerbescheide zu bekommen. Natürlich beschwerte sich keiner von ihnen darüber: Es war ihnen nur recht, daß ihre Finanzsituation nicht für jedermann einsehbar war.
Heute am späten Vormittag begaben sich also zwei junge Agenten zu einem Lagerhaus in Arlington und machten sich daran, Leith' Papiere zu durchforsten. Und als sie wieder aus dem Papierberg auftauchten, hatte einer von ihnen doch tatsächlich ein maschinegeschriebenes und handgebundenes Wörterbuch entdeckt. Die Leith' nannten ihre Familiensprache ›Rechtschaffen‹. Sie ist eine Mischung aus Gullah, altertümlichem südlichem Blacklish, Sotho und Kindersprache.«
Sylvere blätterte die Zeitungsausschnitte in seinem Ordner durch. »Hier steht aber nirgends, daß sie Schwarze waren.«
»Sie waren schneeweiß«, sagte der Direktor. »Albert Leith stammte aus einer alten Südstaatenfamilie. Aus der Widmung, die vorn in dem Buch steht, ist zu entnehmen, daß er ›Rechtschaffen‹ als Junge lernte – von einer Schwarzen, die bei ihnen angestellt war. Er nennt sie seine ›wahre Mutter‹.

Durch die Auffindung des Wörterbuchs wurde Harrows Theorie weiter untermauert. Und das war der Punkt, an dem die PR-Leute ihre Karrieren riskierten und mich aus einer Konferenz mit der DNC rausholten. In der letzten Stunde habe ich mit den Leitern der anderen Geheimdienste gesprochen. Sie haben sich bereit erklärt, ihre Unterlagen durchzusehen. Alle – einschließlich der noch nicht bearbeiteten. Ich möchte, daß Sie dasselbe tun. Die Namen aller Mitglieder der fünf Familien stehen auf einem Blatt in Ihrem Ordner. Wenn unser Besucher recht hat, standen die meisten von ihnen oder alle irgendwann unter Überwachung durch denselben Agenten. Suchen Sie diese Namen. Wenn nur einer davon auftaucht, möchte ich es wissen – egal, in welchem Zusammenhang. Ich brauche Ihre Ergebnisse bis Mitternacht.«

Rance starrte den Direktor feindselig an. »Sie sind sich bewußt, daß wir diese Suche nicht delegieren können – wir lassen niemand anderen an derart geheimes Material. Also müssen wir die Arbeit selbst tun.«

»Ich bin untröstlich, Ihnen Ihren Feierabend zu verderben«, antwortete der Direktor beißend.

»Ist das Identikit-Bild schon durch den Computer gelaufen?« fragte Ordway.

Der Direktor lächelte etwas hilflos. »Ja – aber es paßte keiner dazu.«

Ordway versuchte vergeblich, seinen Zorn zu unterdrücken. »Sie verlangen von uns, wegen einer albernen Familiensprache unsere Familienjuwelen aus unserem Safe zu holen?«

»Wollen Sie das Wörterbuch sehen? Die Linguisten waren so fasziniert, daß ich es ihnen kaum wieder entreißen konnte.«

Der Direktor legte ein großes schwarzes Buch auf den Tisch. Auf dem Deckel stand in goldenen Lettern *Rechtschaffen muß rechtschaffen bleiben*.

Die vier Meisterspione starrten mit steinernen Gesichtern darauf.

Der Direktor genoß die Szene sichtlich. Er hatte Mühe, ein Grinsen zu unterdrücken. »Harrow sagte, daß die Grants eine Art Doktor-Doolittle-Esperanto sprachen, das sie aus den Lauten bedrohter Tierarten zusammenstellten. Sie nannten es« – er blickte auf seine Aufzeichnungen hinunter – »›Dolphone‹.«

»Sie wollen sich doch nicht etwa über uns lustig machen, oder?«

»Die Sache ist leider sehr ernst.« Der Direktor stand auf. »Ich würde ja gern noch mit Ihnen plaudern, aber wir haben alle viel zu tun.«

Keiner der anderen rührte sich.

Der Direktor hob die Brauen. »Kommen Sie, Gentlemen – es ist schneller Mitternacht, als Sie denken.«

»Ich verlange eine Erklärung«, sagte Ordway.

»Inwiefern?«

»Warum Sie uns alle zusammengetrommelt haben, obwohl Sie wissen, daß es eine Maxime unserer Arbeit ist, uns nie zu treffen.«

»Sagen Sie mir nicht, daß ich eine heilige Vorschrift mit Füßen getreten habe! Ein Mann der Tat wie Sie sollte es als erster verstehen. In einer Krise kann man nicht immer an diesen hehren Grundsätzen festhalten.«

»In einer Krise? Wir haben eine Krise, weil irgendein dahergelaufener Kerl sich eine Theorie zurechtgelegt hat?«

Der Direktor stützte sich auf den Tisch und beugte sich zu ihm hinüber. »Calvin, Calvin – Sie sind offenbar nicht auf dem aktuellen Stand der Dinge: Es tobt ein erbitterter Kampf um Budgets – wer wieviel von dem ständig schrumpfenden Kuchen bekommt. Die Regierung will Resultate sehen, und wir haben schon jetzt Schwierigkeiten, unsere Daseinsberechtigung zu beweisen. Was, wenn unser Besucher recht hat? Das würde bedeuten, daß einer unserer Leute irgendwo da draußen rumläuft und Familien abschlachtet. Er kann jederzeit erwischt werden – von jemand anderem! Wenn das passieren sollte, haben wir keine Möglichkeit, ihn zum Schweigen zu bringen. Was, wenn er sich einem Zeitungskolumnisten oder einer Fernsehstation stellt? Oder Geiseln nimmt und verlangt, seine Story im Radio erzählen zu dürfen? Wir haben es hier nicht mit irgendwelchen schmutzigen Machenschaften in einem Land der Dritten Welt zu tun, die Rand gegenüber McNally niemals erwähnte – es geht um vielfachen Mord *hier* in den Vereinigten Staaten. Wir haben den Kerl auf Kosten der Steuerzahler ausgebildet, Steuerzahler zu ermorden. Wir werden zum Wachhund, der das Baby fraß. Bedenken Sie, wie sich das auf unsere Institution auswirken könnte.«

Er steuerte auf die Tür zu. »Mitternacht – auf keinen Fall später. Ich warte.«

Ordway hatte ein Haus in Potomac Overlock, aber er besaß auch eine Wohnung hier in Georgetown – ein Dachgeschoß in einer Villa in der M Street nahe der Wisconsin –, und hier mußte er nun wohl oder übel die nächsten Stunden zubringen.

Er schloß die Tür auf und trat ein. Vor den Giebelfenstern standen hohe Bäume, das Weißenghetto im Nordwestquadranten des Distrikts lag schläfrig im Licht des langen Juniabends.

Einen Augenblick lang dachte er, zur Hölle damit, ich werde sowieso nichts finden. Warum soll ich nicht in *Nathan's Tavern* einen zur Brust nehmen? Der Direktor wird es nie erfahren.

Doch dann siegte sein Pflichtbewußtsein: Wenn der Direktor darauf bestand, daß er seine alten Unterlagen durchfilzte, dann würde er es eben tun. Mit einem Seufzer zerrte er den Staubsauger aus dem Flurschrank ins Bad, öffnete das Schränkchen über dem Waschbecken und schob einen Rasierklingenspender auf der Ablage zur Seite, wodurch ein in die Wand eingelassenes Zeitschloß sichtbar wurde.

Der Timer war so eingestellt, daß er, falls die Tür des Schränkchens länger als dreißig Sekunden offenstand, die Datei entmagnetisierte. Jeder Versuch, die Wand zu durchbrechen, würde sowohl zur Vernichtung der Daten als auch zu einer ziemlich heftigen Explosion führen.

Er entnahm seinem Aktenkoffer eine Spezialdüse, die er auf den Schlauch des Staubsaugers steckte und auf den Wegwerfschlitz für Rasierklingen in der Rückwand des Schränkchens richtete. Er ließ den Staubsauger eine Weile laufen und öffnete dann den Beutel. Er enthielt scheinbar hundert gebrauchte Rasierklingen. In Wahrheit handelte es sich um Datenträger. Neunundneunzig davon enthielten glaubhafte, aber falsche Informationen. Er sortierte sie sorgfältig, bis er eine mit dem richtigen Muster von Randzacken fand, steckte diese in einen Kasten, der wie eine gewöhnliche VHS-Kassette aussah, und schob ihn in den Videorecorder. Dann schaltete er das Gerät ein und setzte sich mit der Fernsteuerung in der Hand in einen Sessel.
Namen liefen über den Bildschirm. Er zog die Liste des Direktors aus der Tasche. Erster Name Giles. Er wußte, daß er ihn nicht finden würde.
Was zum Teufel...
Er hielt das Band an und starrte mit zusammengekniffenen Augen auf den Schirm. Dann drückte er auf einen anderen Knopf der Fernbedienung und holte sich ihre Akte.
Los Angeles, Kalifornien, Giles, Morton und Audrey. Drei kleine Töchter.
Sie waren es!
Überwachender Agent: Evan Highland.
Verdammt! Der Direktor würde wahrscheinlich bis zwei Uhr früh einen kompletten Bericht über diese Familie haben wollen. Ein Glück, daß er sich wenigstens nicht auch noch die Mühe machen mußte, den Agenten aufzutreiben! Highland war vor mehr als einem Jahr drüben in Europa in die Luft geflogen. Minnick hatte ihm seine Gürtelschnalle gezeigt. Man mußte Gott auch für kleine Segnungen dankbar sein.
Nächster Name: Grant.

Fünfunddreißigstes Kapitel

Nach ihrem Treffen in Langley am Mittwoch arrangierte der Direktor Jakes und Winstons Unterbringung in einem Versteck, das, wie er Jake versicherte, nur von wichtigen Überläufern und Diplomaten benutzt werde und nicht einmal dem harten Kern bekannt sei, der jetzt seine Akten nach Hinweisen auf den Schalldämpfermörder durchforstete.

Der Direktor hatte Jake für Freitag früh eine Antwort zugesagt. Bis dahin konnten sie nichts tun als warten.

Zwei Agenten eskortierten sie in eine Parkgarage, setzten sie in einen fensterlosen Lieferwagen und kutschierten sie eine Dreiviertelstunde durch die Gegend. Jake hatte den Eindruck, daß sie im Kreis fuhren. Als sich die Türen öffneten, befanden sie sich in der Kellergarage eines alten Steinhauses. Die Fenster waren durch schwere Ziergitter gesichert, und alles, was man von drinnen sah, waren Mauern und Bäume. Aus dem Tanggeruch in der Luft schloß Jake, daß sie sich irgendwo in der Nähe des Potomac befanden. Niemand sagte es ausdrücklich, aber es war klar, daß sie das Haus nicht verlassen durften.

Jake und Winston saßen nebeneinander an einem Tisch für vierzehn Personen. Schweigsames Personal servierte ihnen einen exzellenten Coq au vin. Jake fürchtete anfangs, daß die Atmosphäre den Jungen ängstigen würde, aber er benahm sich völlig unbefangen und veranlaßte sogar eine der finster dreinblickenden Wachen zu einem Lächeln, als er mit einem Stück Brot die Sauce auftunkte.

Danach sahen sie fern – in Gesellschaft von zwei Männern, die über keinen der Witze lachten. Schließlich brachte Jake

Winston ins Bett, drehte das Licht ab und blieb in der Tür stehen. »Das ist ein Leben, was? Wir wohnen hier wie in einem Safe. Niemand kann uns hier erwischen.«
»Wo schläfst du'n?«
»Gleich nebenan. Wenn es dir zu einsam ist, lasse ich dir eine Liege in mein Zimmer stellen – aber versuche erst mal, hierzubleiben.«
Zu Anfang half Winston sich damit, daß er an die starken Männer dachte, die unten wachten. Die sahen wirklich gefährlich aus. Man konnte richtig Angst bekommen, weil sie nicht redeten und nicht lächelten und immer aussahen, als hörten sie etwas, das andere nicht hören konnten.
Der Große, der sie hergefahren hatte, sah am gefährlichsten aus. Er schien jeden Menschen zu hassen. Vielleicht war er der Constable und hatte sich verkleidet? Vielleicht sprach er deshalb so wenig – weil er fürchtete, daß er, Winston, seine Stimme erkennen würde. Das Angebot der Liege in Jakes Zimmer wurde immer reizvoller.
Winston glitt aus dem Bett und öffnete die Tür zum Flur. Direkt gegenüber lag eine Kammer. Wieso war sie ihm vorher nicht aufgefallen?
Vielleicht war es aber auch gar keine Wäschekammer. Gab es in einem solchen Haus überhaupt eine? Vielleicht war diese Kammer bis obenhin voll mit Waffen und Bomben! Oder vielleicht hingen Leichen drin wie Anzüge!
Aber andererseits gab es hier viele Betten – und irgendwo mußte die Wäsche dafür ja sein. Winston ging hin und riß die Tür auf.
Hohe Stapel weißer Wäsche schimmerten ihm entgegen. Entschlossen betrat er den kleinen Raum und zog die Tür so weit hinter sich zu, daß gerade noch etwas Luft durch den Spalt hereindrang.
Er kroch unter das letzte Bord, legte sich auf den Rücken und drehte sich dann auf die Seite. Jetzt fühlte er sich bedeutend sicherer: Es war eine große Beruhigung, wieder in einer Kammer schlafen zu können.

Er drehte und wendete sich, um die bequemste Stellung zu finden – und dann spürte er den Hauptwasserhahn im Rükken.

Lautlos schwang die Rückwand zur Seite wie eine Tür, und Winston rollte hinaus. Einige Sekunden lag er verwirrt blinzelnd da, dann rappelte er sich auf. Er stand am Fuß einer Treppe, die steil zu einer Tür hinaufführte, unter der ein Lichtschein hervordrang.

In dem Zimmer dahinter stöhnte eine Frau. Tat der Constable ihr weh wie damals in der Nacht in Skokie?

Nein – das hörte sich anders an. Winston stieg die Stufen hoch. Jetzt hörte er auch einen Mann stöhnen, schneller und schneller und immer lauter, und er sagte abwechselnd ja und nein.

Oben angekommen, legte Winston die Hand auf die Tür und drückte sie langsam auf.

Er sah einen Raum vor sich, der wie ein kleines Kino wirkte. Am anderen Ende befand sich ein riesiger Bildschirm, der von vielen kleinen Monitoren umgeben war, auf denen grüne, regungslose Bilder standen. Davor saßen mit dem Rücken zu ihm in tiefen Sesseln zwei Männer im Dämmerlicht. Der stöhnende Mann und die Frau waren auf dem großen Bildschirm. Er trug Cowboystiefel und einen großen Hut und sonst nichts, und sie war ganz nackt und umklammerte ihn mit den Beinen. In dem Film war es heller Mittag, und er hatte sie auf die Motorhaube eines Lastwagens gelegt, und sie bewegten sich auf und ab...

Eine metallische Stimme sagte: »Achtung! Sektor eins!« Einen Augenblick lang sah Winston, daß sich auf einem der kleinen Monitore etwas rührte, dann sprang das Bild auf den großen Schirm und ersetzte den Mann und die Frau. Aus einer schwarz wirkenden Blättermasse stieg flügelschlagend ein Vogel mit riesigen Augen empor: eine Eule. Etwas wand sich verzweifelt in ihren Fängen: eine Maus.

Einer der Männer sagte: »Wieder der verdammte Barney. Ich schwör's dir: Der wartet extra mit seinem Auftritt, bis der Film richtig spannend wird.«

Winston drehte sich um, schlich die Treppe hinunter und durch die Kammer zurück in sein Zimmer. Das Bett war noch warm.
Zwanzig Minuten später fuhr er hoch: Eine riesige Silhouette stand in der Tür! Jake! In diesem Augenblick schien er ihm ein schirmender Riese, der ihn niemals im Stich lassen würde.
»Keine Angst! Ich bin's nur – Onkel Jake.«
Winston atmete hörbar aus.
»Willst du mit rüberkommen? Mir ist es recht.«
»Ich bin okay hier«, murmelte er im Einschlafen.

Ordway ging in seinem Wohnzimmer auf und ab. Sollte er dem Direktor sagen, was er gefunden hatte? Oder nichts tun und das Beste hoffen? Highland selber suchen? Gleichgültig, wie er den Baum der Entscheidung auch drehte – immer sah er sich an einem der Äste baumeln: mit einer Schlinge um den Hals!
Er schaute sich das Identikit-Bild noch einmal an: Highland hatte sich zweifellos einer plastischen Operation unterzogen – aber dennoch war er als der Mann zu erkennen, den er angeworben, ausgebildet und auf die Menschheit losgelassen hatte.
Evan Highland war sein Geschöpf. Er würde immer an ihm haften – wie eine Tätowierung.
Eine leichte Brise blähte die zarten weißen Vorhänge an den Giebelfenstern. Unten auf der Straße suchten sich Yuppiebräute einen Platz, wo sie sich auf die coole Georgetown-Art, die sie so schätzten, die Kleider vom Leib reißen lassen konnten.
Ich habe versucht, ihn umzubringen.
Hat das meine Lage verbessert oder verschlechtert?
Verschlechtert. Versagen ist immer schlecht. Highland hatte ihn überlistet, erfolgreich seinen eigenen Tod vorgetäuscht. Er war noch am Leben – irgendwo auf dem nordamerikanischen Kontinent – und nutzte seine Eliteausbildung dazu, ungestraft unschuldige Menschen abzuschlachten.

Die Digitaluhr tickte geräuschlos.
Zehn Uhr.
Er hatte bis Mitternacht Zeit, den Direktor anzurufen und ihm entweder zu sagen, was er entdeckt hatte, oder eine Verschleierung zu inszenieren.
Es war so verführerisch, nichts zu tun, die Rasierklinge in den Schlitz zurückzuwerfen, die Tür hinter sich zuzumachen – und zu hoffen, daß Highland nie erwischt werden würde. Aber wenn Highlands Geschichte jemals an die Öffentlichkeit käme, würde der Direktor Ordway ans Kreuz nageln. Er würde an seiner Stelle dasselbe tun. Wer sollte da auch widerstehen können? Es war so verdammt einfach: Offiziell wußte der Direktor ja nichts von Red Queen. Ordway würde in Marion, Illinois, enden und sich mit seinem Zellennachbarn durch Klopfzeichen mit dem Blechnapf über den nächsten Zug in ihrem Schachspiel verständigen.
Aber das FBI und die Polizei waren noch immer auf Haney fixiert. Was, wenn die »Firma« Highland erwischte? Sobald sie seinen Namen hätten, wäre das sehr wahrscheinlich. Ordway hatte detaillierte Unterlagen über Highland. Morgen früh würden hundert CIA-Agenten ausschwärmen und seine Verwandten und Freunde befragen, seine alten Schlupfwinkel durchstöbern – bewaffnet mit einem Identikit-Bild von seinem neuen Gesicht und einem Jungen, der ihn identifizieren konnte. O ja – die »Firma« würde ihn in kurzer Zeit aufspüren. Und was dann?
In der guten alten Zeit wäre die Sache geheimgehalten worden. Highland wäre zu Fischmehlzusatz zermahlen worden, und niemand hätte etwas erfahren? Aber heutzutage? Nein – dieser Direktor würde die Sache nicht begraben. Er würde an die Öffentlichkeit gehen – den Erfolg dazu benutzen, seine Machtposition zu festigen.
Die Maßnahme, die Verleugneten an einen Tisch zu zwingen, war der erste Schuß in einem Krieg. Highland war der Stock, mit dem er die verhaßten »Außendienstler« zu Tode prügeln konnte. Highland unter den Tisch fallen lassen? Er würde

ihn als »Spitze des Eisbergs« bezeichnen und weitergraben. Schauprozesse, öffentliche Beichten: Alle seine Feinde würden entehrt, degradiert und eingesperrt. Er würde unvorstellbares Oberwasser gewinnen.

Die Stunde hat geschlagen. Evan Highland erklärt im Fernsehen, wie man genau zwischen die Augen schießt, und ein Senator quietscht heuchlerisch wie eine Hure in der Hochzeitsnacht: »Wollen Sie sagen, daß Sie im Namen dieser Regierung Bürger anderer Nationen in ihren eigenen Ländern liquidiert haben?«

»Ich habe nur Befehle ausgeführt.«

»Wessen Befehle?«

»Dieses Mannes. Er sitzt dort drüben. Calvin Ordway.«

Ordway beschloß, dem Direktor mitzuteilen, daß er nichts gefunden habe: Er würde Highland selbst suchen.

Sechsundfünfzigstes Kapitel

»Wie geht es Reuben?« fragte Nan. Sie lehnte mit verschränkten Armen am Spülbecken.

Sally goß heißes Wasser in eine Filtertasse: Sie machte sich ihren Vormittagskaffee. »Fang nicht wieder an – es ist zu albern.«

»Du willst mir also nicht sagen, wie es dem guten Reuben geht?«

»Ich kenne überhaupt keinen Reuben. Wie oft muß ich dir das noch sagen?«

»Nun – Sibyl Ghilinhan sah dich mit jemandem frühstükken.«

»Dann hast du also jetzt deine Freundinnen als Spione auf mich angesetzt. Ist ja entzückend.«

»Du solltest dich schämen, in aller Öffentlichkeit eine Liebesaffäre zu demonstrieren.«

»Hast du eigentlich eine Ahnung, wie sehr du mich kränkst? Es würde Sibyl oder dir niemals einfallen, daß ich mich mit einem Mann treffen könnte, ohne ein Verhältnis mit ihm zu haben, was? Der Mann war Professor Lamb vom Wren College. Er wird eine Geschichte von mir in einem neuen Literaturmagazin veröffentlichen, das sie dort rausbringen. Wir sind das Manuskript durchgegangen – und wir haben nur Kaffee miteinander getrunken.«

»Sibyl sagte, du hättest dich benommen, als wäre etwas zwischen euch.«

»Was kann ich für Sibyls schmutzige Phantasie? Mit *ihr* solltest du böse sein – dafür, daß sie so bösartigen Klatsch verbreitet.«

»Princeton ist nicht New York – hier wird man scharf beobachtet.«
»Ich weiß überhaupt nicht, was dieses Gespräch soll. Ich bin eine erwachsene Frau.«
»Du bist auch eine verheiratete Frau – und ich wäre dir sehr dankbar, wenn du dich auch wie eine solche benehmen würdest, solange du in diesem Haus wohnst.«
»Ich habe ihn in diesem Haus kennengelernt.«
»Wen?«
»Professor Lamb. Er war auf der Dinnerparty am Samstag abend.«
»Das gestattet dir noch lange nicht, eine Affäre mit ihm anzufangen.«
»Ich habe keine Affäre mit ihm – aber ich brauchte nicht deine Erlaubnis, wenn ich eine hätte. Ich habe ein Recht auf mein eigenes Leben.«
Nan schien diese Feststellung zu dumm zu finden, um etwas darauf zu erwidern. Sie versenkte die Filtertüte mit dem Kaffeesatz im Mülleimer und runzelte gedankenvoll die Stirn. »Ich erinnere mich nicht, einen Professor Lamb eingeladen zu haben.«
»Hast du auch nicht – jemand, der verhindert war, hat ihm seine Einladung weitergegeben.«
»Das hat mir niemand gesagt. Man möchte es nicht glauben. Wir haben doch kein Restaurant, wo jeder hinkommen kann. Lamb war doch nicht etwa der junge Mann, der rechts von dir saß?«
»Du hast die Platzkarten verteilt, liebste Mutter – wir saßen da, wo du uns hingesetzt hast.«
»So wie du dich an ihn rangeschmissen hast, hättest du gar keinen eigenen Stuhl gebraucht: Du hocktest ja fast auf seinem Schoß. Ich habe dich beobachtet – du hast mit niemand anderem auch nur ein Wort gesprochen. Es war so peinlich.«
»Ich habe mich lediglich angeregt unterhalten.«
»Das kann man wohl sagen. Ich versuchte dir zu signalisie-

ren, daß du dich etwas beherrschen solltest, aber du hattest ja nur Augen für deinen neuen Freund – wie eine betrunkene kleine Schlampe hast du dich aufgeführt.«
»Was ist mit dir los, Mutter? Ich sage dir doch, daß ich kein Verhältnis mit Professor Lamb habe. Er hilft mir bei meiner Story. Das ist alles – mehr ist nicht dran. Muß ich auf die Bibel schwören, damit du mir glaubst?«
»Es wäre besser, du würdest die Bibel aufschlagen und dir den ehelichen Treueschwur noch mal durchlesen. Jake Harrow ist dein Mann. Was immer zwischen euch vorgeht, wie schlimm es auch werden mag – du bist verpflichtet, dich anständig zu benehmen.«
»Soll ich dir das Manuskript mit Professor Lambs Verbesserungsvorschlägen zeigen? Wenn du siehst, wie viele es sind, wirst du erkennen, daß wir, nicht einmal wenn wir wollten, Zeit für ein Techtelmechtel hätten.« Sie ging auf die Tür zu.
»Spar dir die Mühe«, sagte Nan. »Ich lege keinen Wert auf Alibis, Indizien und angebliche Beweise.«
Sally fuhr wütend herum. »Ich kann machen, was ich will – du hältst an deiner Meinung fest, nicht wahr? Bist du Gott? Woher nimmst du deine Überzeugung?«
»Ich bin nicht überzeugt. Ich warne dich nur. Aber wenn mir noch einmal etwas über dich und diesen Professor zu Ohren kommt, dann verläßt du das Haus: Ich dulde keine unmoralische Ehefrau unter meinem Dach.«
»Aber gegen einen unmoralischen Ehemann hast du nichts einzuwenden.«
Nan starrte sie sekundenlang schweigend an. Dann drehte sie sich zum Spülbecken um und ließ Wasser in die Tassen laufen. »Ich hätte Popsy verlassen sollen, als ich noch jung war«, sagte sie. »Jetzt ist es zu spät. Ich habe mich zu sehr an mein bequemes Leben gewöhnt. Das merkwürdige ist...« Sie wandte sich Sally zu und schaute ihr gerade in die Augen, »...daß es immer noch weh tut. Ich werde nicht zulassen, daß du es genauso machst – nicht in meinem Haus, direkt vor meiner Nase. Wenn du das Vertrauen des Mannes, der dich

liebt, mit Füßen treten willst, dann tu das gefälligst, wenn ich es nicht sehe. Ich muß mit Popsys Lügen leben – aber ich werde mir verdammt noch mal nicht anschauen, wie du wirst wie er.«

Der Wind auf dem Chesapeake schrie förmlich nach einem Segelausflug, aber Ordway konnte dem Ruf nicht folgen.
Er verbrachte den Tag in seinem Drehsessel – mit brennenden Magenschmerzen um sein Leben kämpfend: Er führte ein Telefonat nach dem anderen, machte sich fieberhaft Notizen auf gelbe Zettel. Seine einzige Hilfe war sein guter alter Stimmenanalysator. Er liebte diesen Apparat, seit er ihm verraten hatte, daß seine Frau ihn betrog. Er würde sich nie von ihm trennen.
Der Analysator war ein Veteran. Ordway sagte scherzhaft, daß es sich um das letzte kohlebetriebene Modell handle. Es war ein großer, hoher Kasten mit einer Lichtleiste: Grün für Ehrlichkeit, Gelb für Zweifel und Rot für Lüge. Was konnte man von einer Maschine mehr verlangen?
Die neuen Analysatoren waren ausgefeilter, auf Zigarettenschachtelgröße geschrumpft – aber das Bild, das sie zeigten, erinnerte an nasse Teeblätter auf einer grauen Magmafläche.
Er stand unter dem Druck, schnell arbeiten zu müssen – Highland zu finden, bevor jemand anderer es tat. Mit jeder Stunde, die verging, entfernte er sich mehr von Mitternacht, als er angefangen hatte, den Direktor zu belügen.
Die Telefonnummern waren alle überholt. Er wählte sich die Finger wund, um die Leute auf seiner Liste aufzutreiben. Und wenn er sie dann endlich hatte, dann wußten sie nichts. Das Problem mit seinen geheimen Daten war, daß sie nicht regelmäßig von Sachbearbeitern auf den neuesten Stand gebracht wurden: Die Halbwertzeit von Telefonnummern liegt unter zwanzig Monaten. Sogar in Provinznestern wie Selvage und Malcolm ziehen in erstaunlichem Maße Leute um, heiraten, wechseln den Arbeitsplatz und sterben. Aber

Ordway mußte sich mit den Möglichkeiten begnügen, die er hatte – er wagte es nicht, irgend jemanden bei der »Firma« um Hilfe zu bitten.
Walter Highland hatte das Haus in Malcolm schon vor langer Zeit verkauft und lebte mit seiner dritten Frau in Atlanta. Er hatte seit mehr als zehn Jahren nicht mehr mit Evan gesprochen. Als Ordway nach ihm fragte, rief der Vater: »Ich bekam die Nachricht, daß er tot sei. Wollen Sie sagen, daß er es nicht ist?« Der Gedanke, daß sein Sohn noch am Leben sein könnte, schien ihm den Tag zu verderben.
Evan Highlands Vergangenheit war in alle Winde verstreut. Seine Freunde aus der Kinderzeit lebten jetzt in Palo Alto, Little Rock und Rome. Sie hatten keine Verbindung untereinander – und schon gar nicht mit Highland. Seine High-School war auf vier andere High-Schools verteilt worden – das Gebäude beherbergte jetzt ein College.
Am frühen Nachmittag war Ordways Telefonohr rot und wund, und in seinem Magen hatte sich ein steinharter Klumpen gebildet. Er hatte fest damit gerechnet, Hinweise auf Highland zu finden, wenn er nur weit genug zurückginge – normalerweise brachten ganz simple Dinge aus der Vergangenheit auch den raffiniertesten Flüchtigen zu Fall. Diesmal nicht.
Wir haben ihn zu gut ausgebildet, dachte Ordway. Er hat keine Spuren hinterlassen.
Er starrte den Stimmenanalysator an, als sei er ein Kurzwellenradio, das auf allen Frequenzen nur atmosphärische Störungen übertrug. Wo war Evan Highland? Im Weltraum?
Halt mal! dachte er. Diese verdammte methodische Denkweise! Er hatte ein ganz offensichtliches Verbindungsglied übersehen: den Besucher! Der Mann hatte doch gesagt, Highland habe versucht, ihn und das Kind zu töten! Mein Gott: Sobald der Direktor ihn davon überzeugt hätte, daß der Gesuchte kein Agent war, würde der Besucher wieder abziehen.
Wie lange würde es dauern, bis Highland es wieder versuchte?

Ich muß nur dem Besucher folgen!
Wenn Highland *ihn* findet, finde *ich* Highland!

Der Fahrer des Transporters – der gefährlich Aussehende, von dem Winston gedacht hatte, er sei vielleicht der Constable in Verkleidung – beobachtete aus dem Wagen, wie Jake und Winston in der Langley-Garage den Aufzug betraten. Dann stellte er das Fahrzeug auf dem dafür vorgesehenen Platz ab und nahm einen anderen Lift nach oben. Als er draußen über den Parkplatz zu seinem Auto ging, rief jemand ganz in seiner Nähe: »Barr, mein Freund – kommen Sie doch mal eine Sekunde her.«
Links von ihm: Ein schwarzer BMW mit einem Dachträger. Er bückte sich und schaute hinein. Cal Ordway bedeutete ihm, einzusteigen. Als Polowski auf den Beifahrersitz glitt, bemerkte er, daß Ordway einen Packen Hunderter in der Hand hielt.
»Sie kennen sich doch mit Geld aus«, sagte Ordway. »Halten Sie die Scheine hier für Blüten?« Er reichte ihm einige hinüber.
Polowski musterte sie prüfend. »Scheinen in Ordnung zu sein.«
»Wer war der Besucher gestern abend?«
»Es waren zwei. Ein Mann und ein kleiner Junge. Ich übernahm sie am frühen Abend und brachte sie gerade zurück: Der rote Hosenträger wollte sie sehen.«
Ordway löste weitere Banknoten aus dem Bündel. »Wer ist der Bursche?«
»Ein New Yorker Detective namens Harrow. Einer von den Helden da drüben. Hat tonnenweise Medaillen.«
Ordways Augen hatten sich geweitet. »Jake Harrow! Ich wußte doch, daß ich den Namen kenne: Die Familie seines Bruders war eine der ermordeten. Jetzt verstehe ich, warum er kein Nein als Antwort akzeptiert: Er hat eine Mission!«
Noch ein Hunderter für Polowski. »Und was hat das Kind mit der Sache zu tun?«

»Der Kleine heißt Winston Churchill Harrow. Der Bruder hatte ihn adoptiert. Oh – er ist ein Schwarzer, das hätte ich fast vergessen. Von den West Indies.«
»Es wäre schön, wenn ich erfahren könnte, wo Harrows Wagen steht.«
Ordway gab Polowski auch die letzten Scheine. Sein Informant sah ihn stirnrunzelnd an. Ordway zog seine Brieftasche heraus und entnahm ihr einen weiteren Hunderter. »Lassen Sie mir wenigstens noch ein bißchen Benzingeld.«
»Na klar – ich bin doch kein Unmensch. Es ist ein alter Cadillac Eldorado. Steht auf dem Besucherparkplatz.«
»Barr – Sie sind Ihr Geld wert.«
»Immer zu Diensten, Mr. Ordway.«

Jake und Winston wurden in den Konferenzraum gebeten. Jakes Optimismus schwand. Gestern hatte er sich mit dem Direktor in dessen Büro unterhalten. Er erinnerte sich, daß Cowen gesagt hatte, daß er nie jemandem eine schlechte Nachricht in seinem Büro mitteile: Wenn es eine Szene gebe, wolle er die Möglichkeit haben, den Raum zu verlassen.
Die Tür ging auf, und der Direktor erschien. »Es ist schneller gegangen, als ich dachte – obwohl ich auch die unwichtigeren Operationen habe überprüfen lassen.«
»Sie wollen mir doch nicht sagen, daß Sie mir nichts zu sagen haben?«
Der Direktor zog eine Karte aus der Innentasche seines Jacketts und überflog sie. »Nirgends eine Akte über Giles oder Leith. Harrow – tut mir leid – Ihr Bruder – und seine Frau, die Grants und Lyle Sturluson erschienen hier und da auf alten Listen möglicherweise subversiver Elemente, aber keiner stand jemals unter Überwachung.«
»Wenn Sie etwas gefunden hätten – würden Sie es mir sagen?«
»Wahrscheinlich nicht. Aber wir haben nichts gefunden.«
»Irgend jemand vertuscht es.«
»Diese Möglichkeit besteht natürlich immer, aber in diesem

Fall wäre es sehr riskant. Sie sagen, der Schalldämpfermörder sei noch auf freiem Fuß. Sollte er erwischt werden und es sich herausstellen, daß er für uns gearbeitet hat, würde das für den Verantwortlichen das abrupte Ende seiner Karriere bedeuten.«

»Vielleicht hängt einer von ihnen mit drin.«

»Vielleicht bin ich selbst der Killer. Ich habe die Eingeweide des amerikanischen Geheimdienstes für Sie durchwühlen lassen – mehr hat es nicht ergeben.«

»Haben Sie mich einen Tag früher herbestellt, weil Sie *nichts* gefunden haben – oder weil Sie *etwas* gefunden haben?«

»Es war ein Entgegenkommen meinerseits. Ich glaubte, Sie hätten Wichtigeres zu tun, als sinnlos zu warten.«

»Ja – wie zum Beispiel mich an die Medien zu wenden. Ich bin überzeugt, daß jemand etwas verschleiert. Ich warne Sie – ich werde einen ganz schönen Wirbel machen.«

Der Direktor schüttelte Jake herzlich die Hand. »Ich kann gut verstehen, daß Sie nicht aufgeben. Es hat mich gefreut, Sie kennenzulernen – wirklich.«

Dann beugte er sich hinunter und gab Winston die Hand. »Du bist ein tapferer junger Mann. Wenn du älter bist – meinst du, du hättest dann Lust, beim Geheimdienst Karriere zu machen?«

Der Junge nickte ernst.

Der Direktor richtete sich wieder auf und blinzelte Jake zu. »Ein aufgeweckter kleiner Bursche. Kommen Sie gut nach Hause, Detective. Ich lasse Sie hinausbringen.«

Jake war so in seine Berechnungen vertieft, daß er nicht antwortete. Sie würden noch in Washington zu Abend essen – er konnte vom Restaurant aus beim Fernsehen anrufen.

Ordway schlenderte über den Besucherparkplatz. Einen Eldorado solle er suchen, hatte Polowski gesagt. Ein Cop mit einem Cadillac – der muß ja Kohle haben! Ich wette, er lebt in einem vornehmen Vorort.

Da ist er ja. A-ha! Was habe ich gesagt: Jersey-Nummernschilder.

Ein hübscher alter Caddy – sehr gepflegt. Wahrscheinlich wohnt Harrow in Fort Lee oder so und fährt mit dem Bus zum Dienst und holt sein Schmuckstück nur sonntags aus der Garage. Das würde erklären, daß die alte Kiste noch in so gutem Zustand ist.

Er ging langsam auf das Heck des Wagens zu und zog einen kleinen Metallkasten aus der Tasche: Einen leistungsstarken Sender mit Magneten, die so gut hafteten, daß nicht einmal die übelsten Schlaglöcher sie lösen konnten.

Im Vorübergehen bückte er sich kurz und befestigte ihn an der Innenseite des linken hinteren Kotflügels.

Siebenundfünfzigstes Kapitel

Cal Ordway fuhr mit seinem schwarzen BMW nordwärts. Der Abstandsanzeiger piepste leise – er würde ihn auf jede auffällige Tempoveränderung des Fahrzeugs vor ihm aufmerksam machen. Der Feldstärkemesser sorgte automatisch dafür, daß er sich immer zwei Meilen hinter Harrow hielt. Die Nadel des Rechts-Links-Judikators glitt entsprechend der weiten, gutausgebauten Kurven träge hin und her.

Dank der elektronischen Ausrüstung hatte Ordway sein Zielobjekt fest im Griff.

Auf dem Beifahrersitz stand ein tragbarer Computer, den er mit allen Informationen gefüttert hatte, die er besaß, und der mit einem A/I-Programm ausgestattet war, das Telefonanschlüsse aufspüren konnte.

Ordway trug einen Kopfhörer, um die Hände frei zu haben. Der Computer wählte für ihn – auf einen einzigen Tastendruck hin. Er brauchte sich keine Notizen zu machen: Seine Anrufe wurden auf Band aufgenommen, und so konnte er neugewonnene Erkenntnisse jeweils in das System einspeisen, wenn Harrow Ruhepausen einlegte. Der Stimmenanalysator hing unter dem Armaturenbrett an einer Aufhängung mit einem Kardangelenk – mit der Vorderseite zu ihm, damit er die Lichtleiste bei Bedarf sofort checken konnte.

Highlands Beziehungen aus der Kinderzeit hatten nichts erbracht – also blieben noch Harvard und der CIA!

Es gab bei der »Firma« einige Leute, die Ordway hätte anrufen können – andere Überwacher, Agenten, Techniker, die Highland flüchtig gekannt hatte –, doch er ließ es: Er wollte nicht, daß dem Direktor hinterbracht würde, daß er jemandem auf der Spur war, der früher für ihn gearbeitet hatte – das Gespräch mit Polowski war schon riskant genug gewesen.

Ordway machte sich nicht die Mühe, Highlands Harvard-Freunde anzuwählen: Mit Sicherheit hatte keiner von ihnen mehr seine alte Nummer. Kein Problem. Universitäten halten sich stets auf dem laufenden über ihre Abgänger – wegen möglicher Spendenersuchen. Er würde am Morgen dort anrufen und sich die derzeitigen Adressen und Telefonnummern geben lassen.

Blieben die Professoren. Nicht gerade vielversprechend, aber immerhin. Er wußte aus jahrelanger Erfahrung, daß Flüchtige sich scheuen, an einen Ort zu ziehen, den sie nicht kennen. Vielleicht war Highland nach Cambridge zurückgekehrt – und mit etwas Glück hatte einer seiner ehemaligen Lehrer ihn zufällig auf der Straße getroffen. Möglicherweise hatte er auch wegen einer Anstellung um ein Empfehlungsschreiben gebeten. Manchmal tun die Klügsten die dümmsten Dinge. Das herauszufinden würde ein leichtes sein: Im Gegensatz zu anderen Geistesarbeitern bleiben Professoren meist an ihrem Platz.

Doch er irrte sich – er hatte die Kürze des akademischen Jahres nicht bedacht: Jetzt im Juni waren die meisten Leute auf seiner Liste bereits in ihren Sommerwohnungen oder trieben sich irgendwo in Europa auf Konferenzen herum – und so bekam er immer wieder Zeitmieter oder Hausbetreuer an den Apparat.

Von den wenigen Professoren, die er erreichte, erinnerte sich keiner an Highland. Sie hatten ihn nur in den ersten Semestern unterrichtet.

Inzwischen war es dunkel geworden. Die letzte Ausfahrt nach Wilmington glitt vorbei. Auf dem Bildschirm erschien Professor Orpington aus Harvard. Der Name kam Ordway irgendwie bekannt vor. Der Computer teilte ihm mit, daß Orpington Highlands Doktorvater gewesen war. Ordway drückte einen Knopf und lauschte auf das schnelle Knacken, mit dem die Nummer gewählt wurde. »Kein Anschluß unter dieser Nummer.« Der Computer fand die aktuelle Nummer von Orpingtons Haus in Cambridge: Der neue Besitzer wußte Orpingtons Nummer in New Jersey.

Piep! Piep! PIIIIIIEP! Der grüne Eldorado drosselte sein Tempo! Der Feldstärkemesser schaltete von Automatik auf Handbetrieb und überließ die Geschwindigkeitskontrolle Ordway. Die Nadel des Richtungsanzeigers schwang nach rechts. Das nächste Hinweisschild am Highway kündigte eine Raststätte mit Tankstelle an: Harrow machte offenbar eine Pause. Ordway bog in den Parkplatz ein, stellte sich in die letzte Reihe, stieg aus und sah sich prüfend um: Das Gelände war zu drei Vierteln hauptsächlich von Kleinlastern und Wohnmobilen besetzt. Er konnte Harrow nicht entdekken, aber das spielte keine große Rolle – das wichtigste war, daß ihn niemand beobachtete: Er zog den Reißverschluß seiner Hose auf und pinkelte auf das Pflaster.

»Typisch BMW-Fahrer«, sagte er selbstironisch und stieg wieder ein.

Er ließ das Band mit den Telefonaten vorlaufen und speiste die neuen Nummern ein. Dann aß er einen Müsliriegel und eine Tüte Studentenfutter und spülte die frugale Mahlzeit mit einer Flasche Wasser hinunter.

PIIIIP! PIIIIIEP! PIIIIIP! Hastig drehte er die Lautstärke des Abstandsanzeigers herunter: Der alte grüne Eldorado fuhr langsam vor ihm vorbei und auf die Ausfahrt zu.

Wenigstens hat er nicht gesehen, wie ich mir die Schuhe naß gespritzt habe.

Fünf Minuten später befand sich Ordway wieder auf der Interstate und fragte Orpington, ob er »im letzten Jahr oder so« etwas von Evan Highland gehört habe.

»Evan Highland? Hmm. O ja – jetzt erinnere ich mich an ihn: Ein heller Kopf. Er verließ die Universität, um dem CIA beizutreten – und seitdem habe ich nichts mehr von ihm gehört.«

Ordway benutzte den Stimmenanalysator nun schon seit

zwölf Jahren. Er registrierte Mikroschwankungen in der Stimme – Veränderungen, die das menschliche Ohr nicht wahrnahm –, aber der ständige Umgang damit hatte ihn soweit gebracht, daß er ihn fast nicht mehr brauchte: Er hörte sofort, daß Orpington log: Erstens sprach er plötzlich langsamer – und Ordway bemerkte auch eine Spur von Anspannung. Trotzdem warf er, um sich zu vergewissern, einen Blick auf die Lichtleiste seines treuen Begleiters: Das rote Licht bestätigte seinen Eindruck.

Jemand klopfte energisch an die Wohnungstür.
Lamb sprang auf. Warum hatte er keinen Wagen kommen hören? Mit einem Satz war er bei dem Koffer auf dem Boden, öffnete den Deckel des Geheimfachs und nahm seine schallgedämpfte Waffe heraus. Dann hetzte er ins Parterre hinauf und spähte aus dem Wohnzimmerfenster.
Direkt unter ihm befand sich ein blonder Kopf: Die zarte Faust zu einer neuen Klopfserie gehoben, stand eine Frau da – allein und unbewaffnet: Sally. Sie hatte einen vertrauten braunen Umschlag unter dem Arm: ihr Manuskript.
Was zum Teufel wollte sie hier?
Erneutes Klopfen – noch nachdrücklicher.
Ich darf sie nicht hereinlassen: Wir wären allein miteinander – was, wenn ich die Beherrschung verlöre?
Sally gab nicht auf.
Ich muß aufmachen – sie weiß, daß ich hier bin: Mein Wagen steht vor dem Haus – und außerdem will ich wissen, wo Winston ist.
Lamb lief wieder hinunter und öffnete. Sally war in Jeans und T-Shirt, ohne Make-up – und sie sah hinreißend und beunruhigt aus.
»Tut mir leid, Sie zu belästigen – aber ich möchte Sie bitten, daß wir die Änderungen in meiner Geschichte gleich durchgehen.«
»Ich stecke gerade mitten in einer wichtigen Arbeit.«
»Morgen früh habe ich aber keine Zeit.«

»Vielleicht kann ich später eine Stunde erübrigen.«
Sie sah ihn flehend an. »Ich habe ein Problem.«
»Und das wäre?«
»Julian, bitte! Ich kann nicht warten!«
Blockier nicht die Tür – laß sie rein.
»Na, dann kommen Sie.« Er bemühte sich, locker zu klingen, aber sein Widerwille war deutlich zu erkennen. Er trat beiseite, um sie vorbeizulassen.
Der Fluß, der sich durch das Souterrain-Wohnzimmer schlängelte, führte infolge des Regens vom Wochenende Hochwasser. Sein lautes Gurgeln hallte hohl durch den gekachelten Raum – wie bei einem Swimmingpool, aus dem das letzte Wasser abläuft.
»Ich dachte, Sie hätten Spaß gemacht – aber das ist ja wirklich ein Fluß.« Nachdem sie sich den Zutritt zu seinem Reich ertrotzt hatte, entspannte sie sich etwas.
Er ging hinter ihr über die alberne kleine Brücke und versuchte, nicht auf ihre Beine in den hautengen Jeans zu starren.
»Setzen Sie sich. Möchten Sie Kaffee?«
»Das wäre schön.«
Er verschwand in die Küche und nahm sich viel Zeit bei der Zubereitung des Kaffees. Nachdem er Sally nicht mehr vor Augen hatte, normalisierte sein Herzschlag sich wieder.
So weit, so gut – laß nur nicht zu, daß die Bilder in deinem Kopf auftauchen!
Er kam mit vorsichtigen Schritten zurück, um nichts zu verschütten. Auf dem Glastisch türmten sich arabische, griechische und hebräische Zeitungen. »Werfen Sie sie einfach auf den Boden«, sagte er – und sah zu, wie sie sie ordentlich aufeinanderstapelte. Dann stellte er die Tassen hin und setzte sich ihr gegenüber in einen Liegestuhl.
Starr nicht auf ihre Beine!
»Also – wo liegt denn nun Ihr Problem?«
Sally nippte an dem heißen Kaffee. »Nach der Reuben-Episode muß Nan die Weiber von ihrem Hundezüchterverein auf

mich angesetzt haben: Eine von ihnen sah uns im *Hole in the Wall* und berichtete ihr, wir hätten uns zwischen den Grünpflanzen in schamloser Weise vergnügt.«
»Was für eine blühende Phantasie!« Er lächelte.
Nans Freundin nimmt also an, ich sei Sallys Geliebter? Denken alle anderen, die uns zusammen sehen, das auch? Ja – natürlich tun sie das. Sie denken: Schau ihn dir an – er hat ein schönes Mädchen. Sie gehört ihm. Sie kann ihm nicht widerstehen – sie tut alles, was er will.
»Nan drohte, mich rauszuwerfen, falls sie noch einmal etwas in dieser Art höre. Es ist mir sehr unangenehm, Sie mit meinen Problemen zu belasten – aber es gibt mehrere Gründe dafür, daß ich noch nicht nach Queens zurück kann. Und solange Jake noch im Krankenhaus ist, bin ich Nans Wahnvorstellungen ausgeliefert. Sie hat heute abend eine Besprechung beim Züchterverein – deshalb konnte ich weg. Ich werde versuchen, Ihnen nicht zuviel von Ihrer Zeit zu stehlen.«
»Dann lassen Sie uns an die Arbeit gehen.«
»Ich bin Ihnen wirklich sehr dankbar«, strahlte sie ihn an.
Dankbarkeit bindet – verpflichtet. Sie legt sich wie eine Schlinge um deinen Hals – und dann ziehe ich den Stuhl weg. Du gehörst mir.
Sie rückte ihren Liegestuhl neben den seinen und legte ihr Manuskript auf den Tisch. Er wandte sich ihr zu.
Ihr Gesicht teilte sich wie mit einer Rasierklinge in zwei Hälften: Auf einer Seite blieb es Sallys, auf der anderen veränderte es sich zu Linlinmas: Blond und blauäugig rechts – rothaarig und grünäugig links. Die Lippen paßten fast perfekt zusammen. Sie begannen mit Sallys Stimme zu sprechen.
Was sagt sie? Plapper, plapper, plapper. Kleb ihr den Mund zu. Wo ist das Messer, mit dem ich ihr die Scheide zerfetzen, die Brüste abschneiden und die Brustwarzen abtrennen kann? Wo ist mein geliebtes Steakmesser?
Er stand auf. »Ich muß etwas holen.« Er bemerkte, daß seine

Stimme gepreßt und undeutlich klang – als stünde er unter Drogen.
»Geht es Ihnen nicht gut?«
»Doch, doch – alles okay. Reden Sie weiter – ich höre zu.«
Er ging in die Küche, riß eine Schublade auf und wühlte im Besteckkasten nach einem Messer.

Es war so verdammt einfach, dachte Ordway. Ein paar Drohungen, und der Dekan des Wren College hatte gesungen wie eine Nachtigall.
»Sie vermitteln den Eindruck, als erinnerten Sie sich nur noch sehr dunkel an ihn, Osbert. Das ist sehr merkwürdig, denn soviel ich weiß, waren Sie sein Doktorvater. Machen Sie sich keine Gedanken über meine Person – sagen wir, ich bin ein Regierungsbeamter. Na los – legen Sie auf. Wir können die Sache auch auf die harte Tour durchziehen: Streifenwagen, Durchsuchungsbefehl, Vorladung. Wir haben Beweise, daß er sich mit Ihnen in Verbindung gesetzt hat. Ja, Osbert – kürzlich. Vielleicht möchten Sie mir den Inhalt Ihrer Unterhaltung mitteilen? Ich verstehe. Ein enger Freund von Ihnen geht zum CIA und taucht Jahre später mit einem neuen Gesicht auf – und Sie wollen mir erzählen, daß Sie nicht mehr wissen, worüber Sie gesprochen haben? Warum decken Sie ihn? Ich werde vergessen, daß Sie das gesagt haben, Osbert – ich gebe Ihnen noch eine Chance, Ihre Antwort zu revidieren...«
Ein paar Minuten später war Orpington in die Knie gegangen. Ordways Funk-Fax-Gerät ratterte leise und spuckte Julian Lambs Wren-Personalakte aus: Wahrscheinlich hatte Orpington den ganzen Weg zum Verwaltungsgebäude im gestreckten Galopp zurückgelegt, um sie zu beschaffen.
Zu ungeduldig, um zu warten, fuhr Ordway auf die Standspur, hielt an und las das Fax schon während es aus dem Schlitz quoll.
Highland nannte sich heutzutage also Julian Lamb – das hatte der arme Orpington ihm ja bereits preisgegeben. Es

folgten eine Liste der Vorlesungen, die er hielt, seine neue Sozialversicherungsnummer, sein falscher Geburtsort und das falsche Geburtsdatum, Haarfarbe, Bankverbindungen, medizinische Berichte, Zulassung und Nummernschilder seines Prelude.

Und das Wichtigste: Lambs Sommeradresse: Leacock 109, Princeton, New Jersey.

Genau in diese Richtung war Ordway unterwegs! Er holte einen Stadtplan von Princeton auf den Bildschirm und tippte die Straße ein. Der Cursor blinkte an der gesuchten Stelle auf. Er drückte auf weitere Knöpfe und erhielt die beste Route vom Turnpike aus. Er ließ die Karte auf und ab wandern, um einen Eindruck von der Gegend zu gewinnen.

Das Faxgerät unter dem Armaturenbrett ratterte wieder: Der verängstigte Professor hatte auch noch eine aktuelle Fotografie durchgegeben!

Ordway legte sie neben die Aufnahme von dem Gesicht vor der Operation und das Identikit-Bild. Winston hatte recht gute Arbeit geleistet: Das Identikit-Bild sah Lamb ähnlicher als das alte Foto von Evan Highland.

Der plastische Chirurg muß ein Genie sein, dachte Ordway. Ich sollte Highland nach dem Namen fragen, bevor ich ihn umlege.

Ordway fädelte sich wieder in den Verkehrsstrom ein. Der Feldstärkemesser zeigte ihm an, daß Harrow fast zehn Meilen voraus war – fast schon außer Reichweite. Ordway schaltete den Apparat aus und beschleunigte. Sollten Harrow und Sohn ruhig zu ihrem Vorort in North Jersey zurückkehren – er brauchte sie nicht mehr. Mit ein wenig Glück wäre Highland-Lamb noch vor Mitternacht tot.

Ordway näherte sich der Abfahrt nach Princeton, als er den grünen Eldorado überholte.

Er mußte sich beherrschen, Harrow nicht zuzuwinken.

Achtundfünfzigstes Kapitel

»Wir werden verfolgt.«

»Bist du sicher?«

»Ja.«

Er sieht den Constable schon in jedem Wagen, dachte Jake. Warum habe ich bloß erwähnt, daß wir zum Payden-Haus fahren?

Winston war der Grund für diesen Umweg. Trask Walkins hatte angeboten, sie auf unbegrenzte Zeit in seinem Haus in Ardsley unterzubringen, und Jake war erst jetzt der Gedanke gekommen, daß das bedeuten würde, daß er Winston möglicherweise tagelang allein bei Fremden lassen müßte: Es wäre besser, Sally abzuholen und mitzunehmen.

»Vielleicht irrst du dich.«

»Der Wagen ist rot.«

»Das sagst du mir andauernd. Wie kommt es, daß *ich* ihn nie sehe?«

»Weil du am Steuer sitzt und nach vorn gucken mußt.«

»Du hast immer eine Antwort parat, was? Da kommt die Ausfahrt nach Princeton. Paß auf: Wenn er uns folgt, dann wird er auch abbiegen.«

Eine lange Schlange wartete vor dem Mauthäuschen. Winston, der auf dem Sitz gekniet und nach hinten hinausgeschaut hatte, drehte sich plötzlich um und deutete durch die Windschutzscheibe. »Siehst du! Er zahlt grade!«

Im Licht der Scheinwerfer des Hintermannes sah Jake einen roten Wagen mit Fließheck. Bevor er ihn genauer mustern konnte, rollte er weiter, und der Blick darauf wurde von dem Häuschen versperrt.

»Das Auto ist vor uns – nicht hinter uns.«
»Du hast doch selbst gesagt, daß sie's manchmal so machen.«
»Hab' ich das? Wann?«
»Als du neulich den blauen Wagen abgehängt hast.«
»Oh. Ja – du hast recht. Aber du bist nicht fair: Ich bringe dir diese polizeilichen Feinheiten nicht bei, damit du sie gegen mich verwenden kannst. Der Wagen da vorn hat ein Fließheck – du hast aber nichts von einem Fließheck gesagt.«
»Ich habe kein Flußheck gesehen.«
»*Fließ*heck. Du weißt doch, was ein Fließheck ist.«
Winston schüttelte den Kopf.
»Ein Fließheck ist... wie zum Teufel... also, das Heckfenster und der Kofferraumdeckel sind aus einem Stück – und es geht hinten flach runter.«
»Er ist *rot.*«
»Rot ist eine beliebte Farbe. Mein Mustang ist auch rot, weißt du noch? Und ich verfolge uns nicht. In dieser Schlange stehen zwanzig Autos – da *muß* eines rot sein.«
Der Junge sah ihn trotzig an. »Ich hab' ihn aber vorher schon gesehen.«
»Schon gut, schon gut – ich wollte dich nicht beleidigen. Okay – wir werden also von einem roten Wagen mit Fließheck verfolgt, der vor uns herfährt. Aber von jetzt an achte bitte auf besondere Merkmale, okay? Eine Delle, einen Kratzer, einen Sechszylindermotor auf dem Dach – irgendwas Spezielles. Okay?«
»Okay.« Winston wandte sich wieder der Heckscheibe zu.

Als Ordway von den Angestellten im Mauthäuschen das Wechselgeld entgegennahm und zufällig in den Außenspiegel sah, hätte er die Münzen beinahe fallen lassen: Fünf Wagen hinter ihm stand Harrows Eldorado!
Folgte Harrow etwa *ihm*? Weshalb um Himmels willen? Ordway rollte die Rampe hinunter, bog in Richtung Princeton ab und raste etwa eine Meile mit Highway-Geschwindigkeit dahin. Dann fuhr er in eine geschlossene Tankstelle und

hielt dicht an der Hausmauer: Hier würde Harrow ihn nicht sehen.
Er breitete die Arme aus und drückte auf zwei Tasten an den Enden des Armaturenbretts: Ein Tablett mit seiner Waffe, einem Schalldämpfer und einem Halfter glitt unter ihm aus dem Fahrersitz und prallte gegen seine Waden. Er streifte sein Jackett ab und legte das Schulterhalfter an. Dann schraubte er den Schalldämpfer auf die Waffe, legte sie auf seinen Schoß und zog das Jackett wieder an: Er war bereit.
Sekunden später fuhr der grüne Eldorado vorbei.
Wenn er mir nicht folgt – was macht er dann hier? Hat der Racheengel vielleicht irgendwie herausgefunden, wo Lamb wohnt?
Es schien kaum möglich. Und doch...
Er schob die Waffe ins Halfter, schaltete den Abstandsanzeiger ein und rollte auf die Straße zurück.
Hier mußte er nicht zwei Meilen zurückbleiben, nur weit genug, um nicht von Harrow gesehen zu werden.
Ordway saß mit verkrampften Kiefermuskeln und angespannt vorgebeugt hinter dem Steuer – ein Sklave des Abstandsanzeigers. Wenn das Piepsen zu leise wurde, trat er aufs Gas – wurde es zu laut, nahm er den Fuß zurück: Straße für Straße fuhr Harrow schnurstracks den kürzesten Weg zur Leacock 109 – als habe er sich vorhin ins Fenster des BMW gelehnt und die Strecke vom Bildschirm abgekupfert!
Was hatte er mit Lamb vor? Wollte er ihn in Handschellen vorführen – zum Ruhm des New York Police Department? Oder die Leiche auf den Schreibtisch des Direktors legen? Sie mit einer Kettensäge in Scheiben schneiden und diese an *Fox* verkaufen? Es spielte gar keine Rolle: Er konnte seine, Ordways, Karriere vernichten, ihn ins Gefängnis bringen. Er war eine größere Gefahr als Lamb – der wollte der Welt schließlich nicht die Wahrheit sagen.
Harrow mußte sterben. Und der Junge auch.
Zuerst.
Vor Lamb.
Jetzt.

Als Ordway am Mauthäuschen Gas gab, sagte Winston: »Wir werden von *zwei* Autos verfolgt.«
»Was – hast du noch einen entdeckt?«
»Der ist schwarz.«
»Wo? Zeig ihn mir.«
Winston deutete nach vorn. »Er hat gerade bezahlt.«
»Noch ein Wagen, der uns verfolgt, indem er vor uns herfährt? Werden wir verfolgt, oder haben wir ein Ehrengeleit?«
»Wir werden verfolgt.«
»Aber beide sind *vor* uns!«
»Ich habe ihn auf dem Parkplatz gesehen, wo wir angehalten haben!« rief Winston aufgebracht.
»Okay, okay. Also ein schwarzer Wagen. Hat der auch ein Fließheck?«
Winston schüttelte den Kopf. »Nein – ein normales.«
»Hat er was Besonderes?«
Schweigen.
Jake zahlte die Maut und fuhr die Rampe hinunter.
»Tante Freezies alter Karren ist auch schwarz. Sah das Auto so ähnlich aus wie ihres?«
»Es war neuer.«
»Na, das ist doch schon was. Weißt du noch, wonach du schauen solltest?«
»Nach was Speziellem.«
»Genau. Etwas, das einen Wagen von anderen unterscheidet. Du sagst, du hättest ihn gesehen, als wir Rast machten. Wie kommt es, daß du ihn dir gemerkt hast?«
»Er hat ein Geweih.«
»Du meinst Antennen? Diese Drähte, die in die Höhe stehen?«
Winston schüttelte den Kopf. »Er hatte ein Geweih. So.« Er legte die Hände auf den Kopf.
»Du willst doch nicht sagen, daß er einen Zwölfender aufs Dach gebunden hatte. Ein Geweih? Meinst du einen Überrollbügel? Du hast doch gesagt, es sei ...«
Winston stieß ihn in die Rippen. »Da! Da ist er!«

»Aua! Wo? Der schwarze BMW? Ich sehe nicht... ach, ein *solches* Geweih meinst du! Wir nüchternen Menschen nennen das einen Gepäckträger. Aber der parkt doch da.«
»Der wird uns von *hinten* verfolgen.«
Jake mußte lachen. »Dir kann man nichts vormachen. Du hast recht. Klassischer Fall: rotes Fließheck vorn, schwarzer BMW hinten. Stehen über Funk in Verbindung, lassen sich abwechselnd sehen, laufen kaum ein Risiko.«
»Machst du's wie neulich?«
»Du willst noch eine Achterbahnfahrt? Aber wir sind schon fast bei Popsys Haus. Ich möchte nicht so kurz vor dem Ziel Gefahr laufen, seinem Eldorado irgendwelche besonderen Merkmale zu verpassen.«
»Du glaubst mir nicht.«
»Ich bin nur anderer Meinung. Ich sag' dir was: Wir halten beide die Augen offen. Wenn wir...« In diesem Moment sah er aus dem Augenwinkel im Rückspiegel etwas aufblitzen: Vier Blocks weiter hinten, auf einer Hügelkuppe, fuhr ein schwarzer Wagen unter einer Straßenlaterne durch, und das Licht wurde von seinem Dachständer reflektiert!
»Schlechte Neuigkeiten, Freund: Du könntest doch recht haben.«
Winston sah ihn entsetzt an.
»Keine Panik. Wir biegen rechts ab und fahren an einem großen Sportplatz vorbei. Wenn du quer drüberschaust, siehst du den Kreisverkehr, den wir grade verlassen haben. Und dann gehe ich mit dem Tempo runter, und wir sehen, ob der Zwölfender uns noch immer folgt.«
Winston starrte aus der Heckscheibe. Sie erreichten den Sportplatz.
»Er kommt näher!« rief Winston. Erschrocken warf Jake einen schnellen Blick in den Rückspiegel. Der BMW fuhr mindestens sechzig Meilen – und das in einer Wohngegend! Der hat mich in Null Komma nichts! Ich muß ihn schleunigst loswerden! Bitte, lieber Gott – keine Schießerei mit dem Jungen im Wagen!

Wenn er an der nächsten Kreuzung rechts abbiegen würde, käme er in eine lange, halbmondförmige Straße, die am Ende wieder in die mündete, auf der er sich jetzt befand. Vielleicht würde sie sich als tödliche Falle erweisen – aber er mußte das Risiko eingehen.

Jake wechselte auf die linke Fahrspur, ging vom Gas, riß das Steuer nach rechts und trat das Gaspedal bis zum Anschlag durch. Der alte Eldorado schlingerte mit quietschenden Reifen in die Seitenstraße.

Jetzt laß dir was einfallen! Schnell – solange wir noch außer Sicht sind!

Sie passierten mehrere Sackgassen.

Warum bin ich bloß hier reingefahren? Wenn der Typ im BMW nicht total verblödet ist, wird er...

Und dann sah Jake plötzlich jenseits einer weiteren Sackgasse Scheinwerfer leuchten: Dort lief eine Parallelstraße! Er bremste scharf, stieß zurück, bog links in die schmale Sackgasse ab und raste an vornehmen, gepflegten Häusern vorbei. Kurz vor dem Ende der Straße schlitterte er in eine Einfahrt.

Bitte, lieber Gott – keine Zäune, keine Begrenzungspfosten!

Er fuhr über eine Rasenfläche, schleuderte um ein Blumenbeet, durchbrach eine niedrige Hecke und raste in den Wald. Man hatte die Bäume gelichtet – deswegen hatte er die Parallelstraße sehen können. Er jagte mit halsbrecherischer Geschwindigkeit zwischen Baumstümpfen hindurch auf die dahinterliegende Straße zu. Dort wandte er sich nach links. Aufatmend ging er auf normales Tempo.

»Alles klar, Adlerauge – wir haben den Strolch abgeschüttelt.«

»Aber nicht den roten.«

Mehrere Minuten lang fuhren sie schweigend dahin. »Siehst du die vielen Lichter ungefähr eine Meile vor uns?« fragte Jake schließlich. »Das ist die Route 2. Du hast was gegen Princeton? Okay – verlassen wir's. Fahren wir nach Ardsley.«

Zum erstenmal, seit sie Washington verlassen hatten, lächelte der Junge. »Prima.«
»Den Zwölfender können wir verg...«
Plötzlich war der schwarze BMW wieder in seinem Rückspiegel.
Jake trat das Gaspedal durch.
»Er hat uns gefunden! Wie zum Teufel ist das möglich?«
Die Beschleunigung drückte ihn in den Sitz. Als sie auf achtzig waren, gab Winston seinen Beobachtungsposten auf und schnallte sich so fest wie möglich an. Hundert – und noch schneller. Die Straße schien sich zu verjüngen. Jake hielt sich auf der Mittellinie.
Nicht schnell genug: Jeder Blick in den Rückspiegel zeigte ihm, daß der BMW aufholte. Da: Die Ampel an der Route 1!
»Bleib grün!« flehte er leise.
Gelb!
Er drückte auf die Hupe, stellte sich auf die Bremse und riß das Steuer nach links. Mit kreischenden Reifen schleuderte das Zweitonnengefährt durch die Kurve, schoß unmittelbar vor einem herandonnernden Autotransporter auf die Fahrbahn und raste auf der Standspur den Highway entlang. Kaum fünfzig Meter weiter lag ein Motelkomplex. Er bog in die Zufahrt ein, fuhr über den Parkplatz hinter dem Hauptgebäude und ging zwischen zwei anderen Wagen in Deckung.
»Raus«, kommandierte er.
Er rannte am Rand des Parkplatzes entlang und stürzte sich dann, dicht gefolgt von Winston, in die Büsche dahinter. Auf allen vieren krochen sie bis zu einer Stelle, von der aus sie den Highway sehen konnten. Winston hockte sich hin, Jake legte sich flach auf den Bauch. Die Feuchtigkeit des Bodens ließ Hose und Hemd schnell klamm werden.
Winston ließ die Straße nicht aus den Augen.
»Da kommt er!«
Der BMW fuhr vorbei – der Dachständer blitzte im Licht der Highway-Beleuchtung.
»Diesmal hat er uns wirklich verloren.« Jake atmete auf.

Winston packte ihn am Arm. Er starrte auf den Parkplatz eines Steakhouse, der jenseits des Highway lag: Ein roter Wagen mit Fließheck fuhr genau gegenüber von ihnen in eine Lücke!

»Ich sehe ihn.« Jake nickte. »Hier sind Hunderte von Wagen – einer von denen muß ja rot sein. Wir werden eine Weile warten, um ganz sicherzugehen.«

Nach einer weiteren Minute auf dem nassen Boden sagte er: »Wenn ich jemals wieder an dir zweifeln sollte, werde ich mir zehnmal hintereinander allein *He's Got the Whole World* anhören – ich schwöre es.«

Der schwarze BMW fuhr in den Parkplatz ein. Wie auf Schienen steuerte er geradewegs auf den grünen Eldorado zu. Das Licht der Bogenlampe huschte über das Gesicht des Fahrers. Als der Wagen an ihrem Versteck vorbeikam, sah Jake, daß der Mann nur die linke Hand am Steuer hatte: In der rechten hielt er eine Waffe, deren Lauf aus dem Beifahrerfenster zeigte. Sie war mit einem Schalldämpfer versehen.

Der BMW rollte langsam an dem Eldorado vorbei. Schlug einen Bogen und hielt dann vor ihm an. Als ihr Verfolger sah, daß niemand darin saß, schob er seine Waffe unter sein Jackett und kehrte zum Hauptgebäude der Motelanlage zurück, hielt an, stieg aus und lief hinein.

Jake wäre liebend gern losgesprintet und hätte sich mit gezogener Waffe hinter den Kotflügel geduckt, bis der Mann wieder herausgekommen wäre – aber er konnte Winston nicht allein im Gebüsch lassen. Was wäre, wenn er, Jake, erschossen würde? Der Mann wüßte zweifelsohne, daß Winston irgendwo in der Nähe sein mußte. Das Kind in Sicherheit zu bringen war jetzt das wichtigste.

»Der Zwölfender ist ins Motel gegangen«, flüsterte er. »Wenn wir nun noch das rote Fließheck loswerden, sind wir frei.«

Winston sprang auf und schoß wie der Blitz auf den Eldorado zu.

Harrow hatte ganz offensichtlich gemerkt, daß er verfolgt wurde: Plötzlich war er verschwunden! Der Richtungsanzeiger bewies, daß er rechts abgebogen war – aber wo? Zweimal fuhr Ordway an der Sackgasse vorbei, bevor er die dahinter verlaufende Parallelstraße entdeckte. Wenn Harrow da durchgekommen war, konnte er das auch!
Und dann fand er den leeren Eldorado auf dem Motelparkplatz: Harrow wollte mit Sicherheit telefonieren – dem Direktor sagen, daß Lamb der Schalldämpfermörder sei.
Du mußt ihn aufhalten!
Ordway stürmte in die Lobby. Es herrschte reger Betrieb: Mindestens zehn Leute standen an der Rezeption, und zwanzig weitere bevölkerten die Halle. Ein rotgesichtiger Mann in einem Sportsakko schnauzte den Empfangschef wegen einer nicht durchgeführten Reservierung an.
Ordway zwang sich zu einem normalen Tempo. Wo waren die verdammten Telefone? Er umrundete das Gedränge an der Rezeption. Da: In einem offenen Anbau befanden sich zwei lange Reihen von Zellen!
Er sah Winston, der an der Tür der letzten auf der rechten Seite zerrte: Da drin mußte Harrow sein!
Ordway ging mit langsamen Schritten auf das Ende des Raumes zu und zog seine Waffe. Winston ließ den Türgriff los, starrte Ordway entsetzt an und wich zurück. Ordway riß die Tür auf.
»Levon, was habe ich dir gerade ge...« Der Mann in der Zelle sah die Waffe und erstarrte.
Er war ein Schwarzer.
»Ich gebe Ihnen mein Geld – tun Sie nur dem Jungen nichts«, bat er leise.
Ordway kämpfte den Impuls nieder, die beiden aus lauter Enttäuschung niederzuschießen. Er hatte nicht nur die falschen Leute erwischt – er mußte sie auch noch zum Schweigen bringen. Wenn er jetzt einfach ginge, würde der Bursche Zeter und Mordio schreien.
»Legen Sie auf«, sagte er ruhig.

Vater und Sohn starrten wie hypnotisiert auf den fünfundvierziger Colt mit dem Schalldämpfer, als sei er eine Kobra. Ohne hinzusehen, hängte der Mann den Hörer auf die Gabel.
»Wer sind Sie?« fragte Levon.
»Sei still!« befahl sein Vater scharf.
Ordway zielte auf den Jungen und schwenkte die Waffe dann zum Vater hinüber. »Wenn Sie tun, was ich sage, wird Levon nichts passieren.«
»Ich habe nicht viel Geld bei mir – aber ich trage eine goldene Rolex.«
»Gut – dann wollen wir die Zeit vergleichen.«
Ordway zeigte ihm das Zifferblatt seiner eigenen goldenen Rolex.
Der Mann sah ihn verständnislos an und machte Anstalten, die Uhr vom Handgelenk zu ziehen.
»Behalten Sie sie«, schnauzte Ordway. »Sie können sich Ihre Freiheit nicht erkaufen. Sie beide kommen nur lebend raus hier, wenn Sie parieren. Passen Sie genau auf! Ich will, daß Sie den Wetterbericht anrufen – und den hören Sie sich exakt zwanzig Minuten lang an. Sollten Sie irgend jemand anderen anrufen, werde ich es erfahren. Sollten Sie die Zelle vorher verlassen, werde ich es ebenfalls erfahren. Dann gehen Sie auf Ihr Zimmer. Sie haben mich nie gesehen. Wenn Sie jemandem über unser Zusammentreffen sprechen, werde ich auch das erfahren – und dann bringe ich Sie um – und den Jungen! Verstanden?«
»Dad – ist das eine echte Pistole?« fragte Levon.
»Wir reden später«, antwortete sein Vater mit gepreßter Stimme.
Ordway tippte ihm mit dem Schalldämpfer auf die Brust.
»Ich fragte, ob Sie mich verstanden haben.«
»Ich soll mir zwanzig Minuten lang den Wetterbericht anhören, danach aufs Zimmer gehen und niemandem etwas erzählen.«
»Genau. Also los.«
Ordway sah zu, wie der Mann sich umdrehte und zu wählen

begann. Dann trat er zurück, steckte seine Waffe ins Halfter und verließ den Anbau. Levon folgte ihm. Als er die Lobby durchquerte, hörte er Levon zu dem Chefpagen sagen: »Der Mann hat mit einer Pistole auf meinen Dad gezielt.«

Als er hinausging, hörte er die Antwort: »Ich wette, dein Lieblingsspiel ist Räuber und Gendarm.«

Niemand kam ihm nach. Ordway beschleunigte seine Schritte. Als er aus der Hintertür trat, glitt sein Blick zum Ende des Parkplatzes: Kein grüner Eldorado!

Er rannte zu seinem BMW und schaltete den Feldstärkemesser ein: Harrow befand sich acht Meilen nördlich fast schon außerhalb der Reichweite des elektronischen Geräts! Noch ein paar Minuten, und er hätte ihn verloren!

Mistkerl!

Ordway trat das Gaspedal durch. Mit quietschenden Reifen machte der BMW sich an die Verfolgung.

Die Tachometernadel glitt über neunzig hinaus. Der Verkehr war dicht. Ordway mußte von Fahrspur zu Fahrspur springen. Er holte stetig auf. Jetzt war Harrow nur noch vier Meilen vor ihm. Dann drei. Ordway zog seinen Colt heraus, schraubte einhändig den Schalldämpfer ab und steckte die Waffe wieder ins Halfter.

Keine Tricks mehr. Töte ihn auf dem Highway. Setz dich hinter ihn und blas ihm den Kopf von den Schultern. Und wenn der Wagen zum Stehen kommt, dann hol das Kind raus und erlöse es von seinem Übel – wenn es nicht schon tot ist.

Piep Piep PIIIIIEP! Harrow drosselte sein Tempo. Die Nadel des Richtungsanzeigers flatterte kurz und glitt dann nach links: Harrow war abgebogen, Ordway sah eine Chance, viel Boden gutzumachen, und beschleunigte. Er schloß bis auf zweieinhalb, zwei, anderthalb Meilen auf. Der Richtungsanzeiger deutete ganz nach links. Wo war die Abzweigung? Einen Augenblick später zeigten ihm seine Instrumente, daß er daran vorbeigefahren war.

Noch eine Phantomstraße!

Er hatte den letzten Pulk von Wagen, die er überholt hatte,

weit hinter sich gelassen, die Straße war im Augenblick in beiden Fahrtrichtungen frei. Er trat die Bremse durch. Der BMW bockte, schleuderte jedoch nicht: Kerzengerade, wie mit einem Lineal gezogen, schwärzten die Reifen den Belag des Highway.

Als die Tachometernadel unter fünfundzwanzig sank, schaltete Ordway auf Leerlauf, riß das Steuer nach links und zog die Handbremse hoch. Der Wagen vollführte eine Hundertachtziggradwendung. Ordway löste die Handbremse, trat aufs Gas, schoß auf die Gegenfahrbahn und raste den Weg zurück, den er gekommen war. Der beißende Gestank von verbranntem Gummi waberte durch das Wageninnere.

»Du entkommst mir nicht, Harrow!«

Als er sich der gesuchten Abzweigung näherte, ging er mit der Geschwindigkeit herunter und musterte mit zusammengekniffenen Augen den Straßenrand. Da war es: Ein Feldweg, der in einen Wald führte.

Er bog ein.

Harrow befand sich etwas eine Meile voraus: Obwohl er den Weg das erstemal übersehen hatte, war er ihm dicht auf den Fersen! Ohne sich um die Gefahr eines Achsbruchs zu scheren, jagte Ordway seinen Wagen durch die tiefen Schlaglöcher. Piep Piep PIIIIIEP! Der Feldstärkemesser zeigte an, daß er schnell aufholte: Harrow hatte sein Tempo drastisch gedrosselt – er fuhr nur noch knapp zehn Meilen pro Stunde: Der Weg mußte weiter vorn noch schlechter werden – es war ein schlimmer Fehler gewesen, sich mit dem großen Eldorado in die Wildnis zu wagen.

Aber auch der BMW war kein Geländefahrzeug: Er schwankte, brach aus der Spur, und seine sonst als so angenehm empfundene Federung ließ Ordway auf und ab hüpfen, daß er glaubte, die Augen würden ihm herausfallen.

Der Abstand verringerte sich rapide.

Bestens, bestens. Diesmal erwische ich ihn – hier kann er mich nicht mehr abschütteln.

Er schaltete die Scheinwerfer aus, ließ nur das Standlicht an, fuhr jedoch mit unverminderter Geschwindigkeit weiter. Die Straße war zwar auch weiterhin holprig, verlief jedoch schnurgerade. Harrow war höchstens noch sechshundert Meter vor ihm.

Ordway zog die Waffe aus dem Halfter, nahm sie, ohne das Steuer loszulassen, in die linke Hand, um aus dem Fahrerfenster schießen zu können. Er schoß mit beiden Händen gleich gut – das Ergebnis ständigen Trainings.

Piep! PIIIIEP! PIIIIEP! Näher. Er fragte sich, wie der schwere Kombi überhaupt noch einen Vorsprung haben konnte. Die Straße wurde noch übler. Direkt vor ihm stieg sie steil an. Harrow war noch dreihundert Meter vor ihm und fuhr nach wie vor zehn Meilen die Stunde. Ordway gab Gas.

Der Wagen kämpfte sich die Steigung hinauf, erreichte eine Plattform, auf der die Hinterräder plötzlich wieder volle Bodenhaftung hatten – und schoß ins Leere.

Eine Sekunde lang hielt er sich waagrecht, dann senkte sich die Nase. Er prallte auf dem Hang auf, überschlug sich mehrmals, krachte gegen einen Baumstumpf und rollte seitwärts zehn Meter bis zur Talsohle.

Jake hörte den Absturz und blieb stehen. Er stützte die Hände auf die Knie und versuchte wieder zu Atem zu kommen. Dann warf er den kleinen Metallkasten ins Gebüsch, den er an der Innenseite seines Kotflügels entdeckt hatte, und joggte im Licht seiner Taschenlampe den Weg zurück, den er gekommen war.

Als sie den Motelparkplatz verlassen hatten, war das rote Fließheck ihnen nicht gefolgt – in diesem Fall hatte Winston sich also geirrt.

Wie hatte der schwarze BMW sie orten können, nachdem sie in die sichelförmige Straße eingebogen waren? Wie hatte er ihnen auf den Motelparkplatz folgen und direkt auf den Eldorado zusteuern können, als sei er magnetisiert? Es gab nur eine Erklärung: durch einen Sender! Er brauchte nicht lange, um ihn zu finden.

Er lief den Feldweg ein Stück entlang, kletterte den Hang hinunter und überquerte die riesige Baugrube: Jetzt bewegte er sich bedeutend langsamer und vorsichtiger als noch vor ein paar Minuten, in denen er vorgetäuscht hatte, ein Auto zu sein.

Der BMW lag auf dem Dach. Der Fahrer hing noch in seinem Sicherheitsgurt. Blut tropfte aus einer Wunde an der linken Kopfseite, mit der er gegen die Tür gekracht war. Er war tot.

Der Dachständer war völlig verbogen. Die Kabel der beiden daran befestigten Peitschenantennen hatten unter einer Chromleiste gelegen, die bei dem Sturz abgesprungen war.

Er musterte die Leiche: ein älterer Mann, teurer Anzug, teurer Haarschnitt. Sogar blutig, tot und mit dem Kopf nach unten sah er aus wie ein hoher Beamter.

Der Wagen war mit elektronischen Geräten vollgestopft. Jake durchsuchte die Taschen des Toten. Er fand drei Ausweise. Einer davon wies ihn als Calvin Ordway vom CIA aus.

»Ich hätte dem Direktor nicht erzählen sollen, daß ich vorhabe, mich an die Medien zu wenden, was, Calvin?«

Der Direktor hatte den Killer offenbar aufgetrieben und sich zu einer Vertuschung entschlossen. Er, Jake, und Winston waren also die einzigen, die die Geschichte an den Tag bringen konnten, und so hatte der Direktor Calvin geschickt, um sie aus dem Weg räumen zu lassen. Er wollte die ganze Sache begraben und Haneys Geständnis für gültig erklären. Was hatte er mit dem Mörder vor? Ihn zu töten? Ihn mit einer großzügigen Abfindung zu entlassen? Es wurde höchste Zeit!

Winston hatte den Eldorado verlassen, den Jake im Wald versteckt hatte, und rutschte, sich von Wurzel zu Wurzel hangelnd, den Hang hinunter.

»Bleib weg!« rief Jake.

Er holte die Tonbandkassetten, die Dossiers und die Telefaxe aus dem Wagen – und den tragbaren Computer.

Im Dach des Wagens lagen drei Bilder:

Winstons Identikit-Bild des Constable, das eines Agenten – Evan Highland, vermutlich vor längerer Zeit in Europa ums

Leben gekommen – und das eines Sprachprofessors vom Wren College: Julian Lamb, Sommeradresse c/o Reuter, Leycock 109 in Princeton. Jake kam die Straße bekannt vor, und er leuchtete mit der Taschenlampe auf die kleine Karte, die jemand unter das Foto gezeichnet hatte.

»He – das ist doch das große schwarze Haus hinter Popsys Wäldchen! Ich werd' verrückt!«

Highlands und Lambs Gesichter hatten nicht viel gemeinsam – aber seltsamerweise ähnelten sie beide dem Identikit-Bild. Winston kam zum Wagen gelaufen und musterte den Toten. »Ich hab' doch gesagt, du sollst wegbleiben«, schimpfte Jake.

Winston schüttelte den Kopf: »Das ist nicht der Constable.«

»Ich weiß – ich wollte dir den Anblick ersparen. Wie steht's mit den beiden hier?« Jake hielt ihm das Foto hin.

Winston sah stirnrunzelnd von Highland zu Lamb, von Lamb zu Highland.

Dann tippte sein Zeigefinger schnell und heftig wie ein körnerpickender Vogel auf das Bild von Julian Lamb: »Der da!«

»Bist du sicher?«

Winston tippte noch nachdrücklicher darauf.

»Das isser!«

Neunundfünfzigstes Kapitel

»Liebe Güte – viel ist von meinem Manuskript ja nicht übrig –, aber jetzt weiß ich wenigstens, was ich machen muß«, sagte Sally.

Das Bett war mit engbeschriebenen Seiten übersät: Sie hatten es als Schreibtisch benutzt. Sally sammelte die Blätter ein. »Und schon bin ich weg. Ich stecke die überarbeitete Fassung morgen in Ihren Briefkasten – sobald ich mich irgendwie aus dem Haus schleichen kann. Ich muß vorsichtig sein: Nan hat tausend Augen.«

»Klingeln Sie einfach – einige meiner Besprechungen sind abgesagt worden. Ich werde wahrscheinlich zu Hause sein. Möchten Sie etwas trinken, bevor Sie gehen?«

»Ein Glas kaltes Wasser wäre schön.«

Lamb ging durch das dunkle Wohnzimmer in die Küche, machte das Licht an und blieb einen Moment lang stehen. Er zitterte vor Aufregung. Er hatte nicht mehr den Wunsch, Sally zu töten – statt dessen war er geradezu besessen von dem Gedanken, daß sie, nachdem er Winston und Jake umgebracht hatte, allein und verloren sein und einen Menschen brauchen würde, der sie tröstete: Bei ihm würde sie vergessen, daß Jake jemals gelebt hatte.

Er zog das Steakmesser aus der Tasche und warf es in die Schublade.

Jake lief gebückt an der Rückwand des dunklen Wohnzimmers entlang, die Neun-Millimeter-Beretta mit beiden Händen vor sich haltend. Der gurgelnde Fluß übertönte seine Schritte. Am Ende des Raumes fiel Licht durch zwei hinter-

einanderliegende offene Türen. Aus der weiter entfernten trat jetzt ein Mann mit einem Glas in der Hand.
Das Gesicht, auf das Winston getippt hatte: Lamb – der Schalldämpfermörder!
Ich muß nah ran. Ich werde ihm das Gehirn rausblasen.
Eine bekannte Stimme sagte: »Das Bett ist wieder frei.«
Eine Frau trat aus dem nähergelegenen Zimmer.
Seine Welt stürzte ein, sein Verstand schrie gequält auf: Sally kam aus dem Schlafzimmer des Mannes, den er haßte wie niemanden sonst, den zu töten er geschworen hatte!
Es war ihm nicht bewußt, aber er mußte aufgeschrien haben, denn Lamb drehte sich langsam um und spähte verwirrt in die Dunkelheit.
Sallys Augen folgten seinem Blick: »Jake!« Sie stürzte auf ihn zu, blockierte das Schußfeld.
»Geh beiseite!« brüllte Jake. Seine Stimme dröhnte fremd in seinen Ohren. Er sah, wie Lamb hinter Sally ins Schlafzimmer lief.
»Nicht!« schrie Sally verzweifelt. »Es ist nicht so, wie du denkst!«
Und dann riß sie ihm die Waffe aus der Hand und schleuderte sie in hohem Bogen über den Fluß. Sie landete auf dem Kies des anderen Ufers.
»Hör nicht auf Nan! Sie ist verrückt!«
Lamb beugte sich über seinen Koffer und nestelte an dem Deckel herum.
Zip!
Jake stürmte ins Schlafzimmer.
Zip. Ziiiiep! Das Geheimfach war offen.
Jake sah, wie Lamb eine schallgedämpfte Waffe herausnahm. Er hechtete über das Bett und warf ein Kissen in Richtung der Pistole.
Pchiuh!
Das Kissen explodierte, und die Kugel streifte Jakes Wange wie ein Messer. Er sprang durch den Federwirbel auf Lamb zu und donnerte ihm die Faust ins Gesicht. Der Schlag warf

Lamb rückwärts gegen die Wand. Jake packte die Hand, die die Waffe hielt, und knallte sie auf den Heizkörper. Die Pistole fiel zu Boden.
Lambs Faust landete auf Jakes gerade erst verheiltem Hals. Mit einem dumpfen Laut taumelte er zurück.
Lamb tauchte in einem Splitterregen durch das Schlafzimmerfenster und rannte in die Nacht hinaus.
Jake hob Lambs Waffe auf, schraubte den Schalldämpfer ab und sprang hinterher.

Oben an der Einfahrt hörte Winston Glas klirren. Sekunden später sah er eine Gestalt hinter dem Haus hervorkommen und in dem Wäldchen am Rand des Grundstücks verschwinden.
Der Constable war geflohen! Frei! Winston wirbelte herum und rannte los.
Lamb stolperte durch die Dunkelheit, bis er gegen einen verzinkten, stabilen Maschendrahtzaun prallte.
Er ließ sich auf Hände und Knie nieder und kroch an ihm entlang, bis er zu dem von ihm markierten Baumstumpf kam. In fieberhafter Eile begann er zu graben. Seine rechte Hand, die Harrow auf die Heizung geschlagen hatte, schmerzte höllisch.
Was war das?
Ein Lied wehte leise durch die Nacht.

He's got the night and the day in His hands…

Winston! Eine Geisel! Harrow wird es nicht wagen, zu schießen! Ich kann ihn auf Wurfweite heranlocken!

He's got the sun and the moon ist His hands…

Seine Finger ertasteten eine glatte Oberfläche. Er nahm das Ei aus dem Versteck und steckte es in die Brusttasche seines Hemdes.

Der Zaun war dreieinhalb Meter hoch. Lamb kletterte hinauf, schwang sich hinüber und ließ sich fallen. Er landete neben einer einspurigen Asphaltstraße, rappelte sich auf und spurtete in Richtung der Musik los.

He's got you and me, brother, in His hands,
He's got the whole world in His hands

Die Silhouette eines großen, geparkten Wagens! Die Musik kam von dort. Lamb rannte hin und riß die Beifahrertür auf. Die Innenbeleuchtung flammte auf.

He's got the little bitty babies in His hands...

Der Kassettenrecorder lag vor dem Rücksitz auf dem Boden und lief mit voller Lautstärke.

He's got the little bitty babies...

Mit einem brutalen Tritt brachte Lamb die Stimmen zum Schweigen.
Hinter ihm – noch weit entfernt – donnernde Schritte.
Harrow!
Lamb tauchte in die Dunkelheit und zwanzig Meter weit an dem Wagen vorbei. Dann fuhr er herum, riß das Ei aus der Brusttasche, zerdrückte es in der Hand und umschloß den Chip mit seinen geschwollenen Fingern.
Sobald er den Wagen erreicht, werfe ich.

Winston schlug die Hände vor den Mund, um nicht zu schreien. Bis Jake käme, wäre der Constable weg!
Er mußte ihn aufhalten. Aber wie sollte er das schaffen, ohne daß der Constable ihn erwischte? Die Vorstellung ließ ihn am ganzen Leibe zittern. Einen Augenblick lang verweigerten ihm Arme und Beine den Dienst.
Dann rollte er unter dem Eldorado hervor, öffnete die Fahrertür und stieg ein.

Lamb sah die Innenbeleuchtung angehen – und eine kleine Gestalt hinter das Steuer gleiten.
Er ist zum Wagen zurückgekommen! Jetzt kann ich ihn doch als Geisel...
Das Licht der Scheinwerfer traf ihn wie eine lautlose Explosion, blendete ihn, ließ ihn taumeln.
Verdammter kleiner Bastard! Ich werde dich in tausend Stücke schießen!
PENG!
Harrow hatte ihn entdeckt: Er schoß auf ihn – von irgendwo weiter oben auf der Straße! Lamb riß den Arm zurück und schleuderte den Chip mit soviel Schwung, wie er aufbringen konnte, in Richtung des Mündungsfeuers.

Plötzlich leuchtete dicht vor Jake ein Feuerball. Die Wucht der Detonation warf ihn drei Meter zurück.
Wie betäubt lag er ausgestreckt auf dem Asphalt – bis Sekunden später eine riesige Feuerblume erblühte, als der Tank des Eldorado explodierte. Der Kofferraumdeckel flog neun Meter weit. Glühende Schrapnelle regneten herunter, landeten klirrend auf der Straße und entzündeten kleine Brände im Gras.
»Nein!« schrie Jake. »Um Gottes willen, nein!«
Winston war im Wagen!
Schwarze Rauchwolken stiegen aus dem Wrack auf. Lamb stürmte heran, einen Wagenheber schlagbereit in den erhobenen Händen.
Jake, der sich halb aufgerichtet hatte, sah sich suchend um! Wo war seine Waffe? Er konnte sie nicht finden. Und dann sauste die Eisenstange auf seinen Kopf zu wie eine Holzfälleraxt.
Er packte mit der rechten Hand zu und schrie auf: Das Metall war glühend heiß. Unwillkürlich ließ er los, und der Wagenheber krachte auf seine Brust herunter. Es klang, als wäre eine Wassermelone auf Beton geschlagen. Die Wucht des Aufpralls blockierte vorübergehend seine Atmung und sei

nen Herzschlag. Lamb, der seine Hände mit Stoff von den Sitzbezügen umwickelt hatte, holte zu einem neuerlichen Schlag aus.

»TOTES MEER!« sagte er drohend.

Eine kleine, drahtige Gestalt kam von hinten angerannt und sprang ihm auf den Rücken, umklammerte Lambs Hals und würgte ihn. Lamb löste seine Hand vom Wagenheber, riß Winstons Arm los und schleuderte den Jungen ins Gras. Dann wandte er sich wieder Jake zu und hob die Eisenstange hoch über den Kopf.

Jake drehte sich zur Seite und wehrte den Schlag mit seinem rechten Arm ab. Der Wagenheber glitt daran entlang und traf ihn an der Wange. Er hörte ein Zischen wie von bratendem Speck und roch den beißenden Gestank von verbranntem Fleisch. Er war vom Mund bis zum Backenknochen gebrandmarkt. Vor seinen Augen verschwamm alles, er sank zurück und fühlte sein Bewußtsein schwinden.

Lamb hob erneut das Eisen.

Und dann wurde plötzlich sein Kopf nach hinten gerissen: Winston war hochgesprungen und hatte ihn an den Haaren gepackt. Lamb taumelte und schlug ziellos nach hinten. Winston wich den Schlägen aus und klammerte sich fest. Der Wagenheber klirrte auf den Asphalt. Lamb griff mit beiden Händen über seine Schultern, packte seinen Angreifer an den Armen, hob ihn hoch und schleuderte ihn über seinen Kopf durch die Luft. Der Junge landete auf dem Rücken neben der Straße – viereinhalb Meter entfernt. Er blieb regungslos liegen.

»Jetzt sind Sie dran!« schrie Lamb.

Er hob den Wagenheber auf, holte aus und wollte Jake den Schädel einschlagen. Jakes Hand schoß nach oben, fing die Eisenstange ab und hielt sie fest.

»Winston!« brüllte er. »Die Waffe! Neben dir!«

Lamb versuchte verzweifelt, Jake den Wagenheber zu entwinden, indem er ihn hin und her riß. Das heiße Rohr fraß sich in Jakes Handfläche.

»Schieß!« schrie Jake. »Zieh den Abzug durch!«
»Ich habe Angst, dich zu treffen!« schrie Winston zurück.
»Schieß!«
Lamb wandte den Kopf und sah den Jungen mit ausgestreckten Armen auf der Straße kauern. Seine Hände waren leer. Keine Waffe!
TRICK! schrie jede graue Zelle in Lambs Gehirn, als er wieder zu Jake herumfuhr, der die glühende Eisenstange umfaßte, sich hochzog und mit der freien Hand Rogers Steakmesser aus der Tasche riß. Die Klinge durchschnitt Lambs Kehle, enthauptete ihn halb.
Er ließ den Wagenheber los und stürzte vornüber – mit dem Gesicht auf Jake, als wolle er ihn küssen. In seinen weitaufgerissenen Augen standen Überraschung und Verständnislosigkeit, sein Körper bewegte sich auf und ab wie beim Liebesakt.
Der Blutstrom aus seiner Kehle wurde schwächer und versiegte schließlich. Der Körper erschlaffte und wurde merklich schwerer.
Jake schob die Leiche von sich und stand auf. Die Anspannung hatte ihn die Schmerzen in seiner Hand vergessen lassen – jetzt kehrten sie zurück. Mit knirschenden Zähnen hielt er sich eisern aufrecht.
Von fern hörte er Sally seinen Namen rufen.
Im flackernden Licht des brennenden Wagens sah Jake in zwanzig Metern Entfernung den Lauf seiner Waffe schimmern! Bis dorthin hatte die Explosion sie geschleudert!
Winston war herangekommen und musterte den Constable eingehend, um sich zu vergewissern, daß er wirklich tot war. Schließlich hob er den Blick und sagte: »Den haben wir sauber erwischt, was?«
»Das haben wir, Winston Churchill Harrow«, nickte Jake.